VERBORGEN

ANDER WERK VAN KARIN SLAUGHTER

Nachtschade
Zoenoffer
Een lichte koude huivering
Onzichtbaar
Trouweloos
Triptiek
Onaantastbaar
Onbegrepen
Versplinterd
Genesis
Verbroken
Ongezien
Gevallen
Doorn in mijn vlees
Genadeloos
Stille zonde
Veroordeeld
Mooie meisjes

KORTE VERHALEN

Kwijt
Gepakt
Koud hart
Diep

KARIN SLAUGHTER
VERBORGEN

Vertaling Ineke Lenting

HarperCollins

Oorspronkelijke titel: *The Kept Woman*
Vertaling: © Ineke Lenting
Omslagontwerp: Marry van Baar
Omslagbeeld: iStock en Shutterstock
Zetwerk: Mat-Zet B.V., Soest
Druk: CPI Koninklijke Wöhrmann BV, Zutphen

ISBN 978 94 027 1380 0
NUR 305
Eerste druk 2016

Originele uitgave verschenen bij HarperCollins Publishers LLC, New York, U.S.A.
Deze uitgave is uitgegeven in samenwerking met HarperCollins Publishers LLC
HarperCollins Holland en Harlequin Holland zijn divisies van Harlequin Enterprises Limited
www.harpercollins.nl

Voor mijn lezers

Proloog

Voor het eerst in haar leven hield ze haar dochter in haar armen.

Jaren geleden, toen de verpleegkundige in het ziekenhuis haar had gevraagd of ze haar baby wilde vasthouden, had ze geweigerd. Ze had geweigerd het meisje een naam te geven. Ze had geweigerd de formulieren te ondertekenen waarmee ze afstand deed van haar kind. Zo had ze alle opties opengehouden, want dat deed ze altijd. Ze wist nog dat ze voor ze het ziekenhuis verliet haar spijkerbroek omhoog had gesjord. Die was nog vochtig van het vruchtwater. Eerst had hij strak om haar middel gezeten, maar nu slobberde hij om haar heen, en met de losse stof in haar vuist geklemd was ze de trap aan de achterkant van het gebouw afgedaald en naar buiten gerend, naar de jongen die om de hoek in zijn auto zat te wachten.

Er was altijd een jongen die op haar wachtte, die iets van haar verlangde, die naar haar smachtte, die haar haatte. Zolang ze zich kon herinneren, was het al zo geweest. Op haar tiende bood de pooier van haar moeder haar een maaltijd aan in ruil voor haar mond. Op haar vijftiende was er een pleegvader die niet vies was van een wip. Op haar drieëntwintigste een soldaat die een slagveld maakte van haar lichaam. Op haar vierendertigste een politieman die haar wijsmaakte dat het geen verkrachting was. Op haar zevenendertigste een andere politieman die haar bezwoer eeuwig van haar te zullen blijven houden.

Eeuwig duurde altijd minder lang dan je dacht.

Ze raakte het gezicht van haar dochter aan. Voorzichtig deze keer, niet zoals eerst.

Wat was ze mooi.

Ze had een zachte, gladde huid. Haar ogen waren gesloten, maar achter de oogleden trilde iets. Haar adem floot in haar borstkas.

Voorzichtig streek ze het haar van haar dochter achter haar oor. Dat had ze jaren geleden in het ziekenhuis ook kunnen doen. Een gespannen voorhoofdje gladstrijken. Tien vingertjes kussen, tien piepkleine teentjes strelen.

Nu waren haar nagels gemanicuurd. Haar tenen waren lang en vervormd na jarenlang balletles, dansen tot diep in de nacht en wat ze allemaal nog meer had beleefd in haar opwindende, moederloze bestaan.

Ze raakte de lippen van haar dochter aan. Koud. Ze verloor te veel bloed. Het heft van het mes dat uit haar borst stak klopte mee met haar hart, soms als een metronoom en dan weer als de vastgelopen secondewijzer van een klok die bijna stilstond.

Al die verloren jaren.

Ze had haar dochter in het ziekenhuis in haar armen moeten houden. Al was het maar voor één keer. Ze had haar dochter een vage herinnering aan haar streling moeten meegeven zodat ze niet ineenkromp zoals nu, zodat ze haar hand niet ontweek alsof het de hand van een vreemde was.

Ze wáren vreemden voor elkaar.

Ze schudde haar hoofd. Deze waanzin kon ze niet aan: stilstaan bij alles wat ze had verloren en waarom. Ze was sterk, ze kwam altijd weer boven, daar moest ze nu aan denken. Haar hele leven had ze op het scherp van de snede gebalanceerd, vluchtend voor de dingen waar mensen doorgaans op afrennen: een kind, een man, een thuis, een leven.

Geluk. Voldoening. Liefde.

Nu besefte ze dat al dat vluchten haar rechtstreeks naar deze donkere kamer had gevoerd, dat ze vastzat in dit donkere oord, waar ze haar dochter voor de eerste en de laatste keer vasthield terwijl de jonge vrouw doodbloedde in haar armen.

Achter de gesloten deur klonk geschuifel. In het spleetje licht boven de drempel waren de schaduwen te zien van twee voeten die over de vloer gleden.

De vermoedelijke moordenaar van haar dochter?

Haar eigen moordenaar?

De houten deur rammelde in het metalen kozijn. Een vierkantje licht gaf de plek aan waar de klink had gezeten.

Ze dacht aan wapens: de metalen stijlen in haar hooggehakte schoenen, die ze had uitgeschopt toen ze de straat overrende. Het mes dat uit de borstkas van haar dochter stak.

Ze ademde nog. Het lemmet van het mes drukte tegen iets vitaals en stremde de bloedstroom, zodat haar doodsstrijd een traag en moeizaam proces was.

Heel even raakte ze het mes aan, maar toen trok ze haar hand langzaam terug.

Weer werd aan de deur gerammeld. Er klonk geschraap. Metaal tegen metaal. Het vierkantje licht werd smaller en verdween toen een schroevendraaier in de opening werd geramd.

Klik-klik-klik, als bij het droogschieten met een ongeladen wapen.

Voorzichtig legde ze het hoofd van haar dochter op de vloer. Ze ging op haar knieën zitten en beet op haar lip toen een pijnscheut door haar ribben sneed. De wond in haar zij gaapte open. Bloed sijpelde langs haar benen. Spieren begonnen te verkrampen.

Ze kroop de donkere kamer door, zonder acht te slaan op het krijtachtige gruis van zaagsel en metaalschaafsel dat in haar knieën beet, de stekende pijn onder haar ribben, de gestage stroom bloed die een spoor achter haar vormde. Ze stuitte op schroeven en spijkers tot haar hand langs iets kouds streek, iets ronds van metaal. Ze raapte het voorwerp op. In het donker herkenden haar vingers wat ze vasthield: de kapotte deurknop. Massief. Zwaar. De tien centimeter lange pin stak als een ijspriem uit.

Een laatste klik en hij had het slot te pakken. De schroevendraaier kletterde op de betonnen vloer. De deur kierde open.

Ze kneep haar ogen samen tegen het naderende licht en dacht aan alle manieren waarop ze de mannen in haar leven pijn had gedaan. Eén keer met een pistool. Eén keer met een naald. Ontelbare keren met haar vuisten. Met haar mond. Met haar tanden. Met haar hart.

Voorzichtig werd de deur een paar centimeter verder opengeduwd. De loop van een pistool kroop om de hoek.

Ze pakte de deurknop zo vast dat de pin tussen haar vingers stak, en wachtte tot de man binnenkwam.

MAANDAG

EEN

Will Trent maakte zich zorgen om zijn hond. Betty's gebit werd gereinigd, wat een belachelijke geldverspilling leek voor een huisdier, maar nadat de dierenarts had uitgelegd wat gebrekkige gebitsverzorging allemaal kon aanrichten, had hij zijn huis wel willen verkopen om het beestje een paar kostbare jaartjes extra te schenken.

Kennelijk was hij niet de enige gek in Atlanta die zorgde dat het met de gezondheid van zijn huisdier beter was gesteld dan met die van menig Amerikaan. Hij keek even naar de rij wachtenden voor de Dutch Valley Animal Clinic. De ingang werd versperd door een weerspannige Deense dog, wat leidde tot de uitwisseling van veelbetekenende blikken tussen een aantal kattenbezitters. Will liep de straat op. Hij wiste het zweet van zijn nek en vroeg zich af of hij transpireerde vanwege de verstikkende hitte aan het eind van deze augustusmaand, of van pure paniek omdat hij niet wist of hij de juiste beslissing had genomen. Nooit eerder had hij een hond gehad. Nooit eerder had hij als enige verantwoordelijkheid gedragen voor het welzijn van een dier. Hij legde zijn hand op zijn borst en voelde nog steeds hoe Betty's hartje had gerinkeld als een tamboerijn toen hij haar aan de assistente had overgedragen.

Moest hij weer naar binnen gaan om haar te redden?

Een snerpend getoeter haalde hem met een schok uit zijn gepieker. Hij zag een rode flits toen Faith Mitchell langsreed in haar Mini. Met een wijde boog keerde ze op de weg en vervolgens stopte ze naast Will. Hij reikte al naar het portier, maar ze boog opzij en duwde het zelf open.

'Opschieten,' zei ze boven het gegier van de airco uit, die op de hoogste stand stond. 'Amanda heeft al twee berichtjes gestuurd en vraagt zich af waar we in godsnaam blijven.'

Will aarzelde voor hij in het autootje stapte. Faiths dienstauto, een Suburban, was bij de garage. Door het kinderzitje op de achterbank van de

Mini bleef er voorin zo'n tachtig centimeter ruimte over om zijn één meter negentig lange lijf in te plooien.

Faiths telefoon piepte: een nieuw bericht. 'Amanda.' Het klonk als een vloek, maar zo spraken de meeste mensen haar naam uit. Amanda Wagner, plaatsvervangend hoofd van het Georgia Bureau of Investigation, en hun bazin. Ze stond niet bekend om haar geduld.

Will wierp zijn colbert op de achterbank en vouwde zich als een burrito op de passagiersstoel, met zijn hoofd schuin omhoog in de paar extra centimeters van het schuifdak. Het dashboardkastje drukte tegen zijn schenen. Zijn knieën raakten bijna zijn gezicht. Als ze een ongeluk kregen, moest de patholoog zijn neus van de binnenkant van zijn schedel schrapen.

'Moord,' zei Faith. Nog voor hij het portier had gesloten, haalde ze haar voet al van de rem. 'Man van achtenvijftig.'

'Mooi,' zei Will, met het soort genoegen over de dood van een medemens waartoe alleen een politieman in staat is. Ter verdediging moest worden aangevoerd dat zowel Faith als hij de laatste zeven maanden een sisyfusklus had verricht. Zij was uitgeleend aan een speciale eenheid die onderzoek deed naar het fraudeschandaal bij het openbaar onderwijs in Atlanta, en hij was vastgelopen in het moeras van een verkrachtingszaak met een hoog publiciteitsgehalte.

'Het telefoontje kwam vanmorgen rond vijf uur op de meldkamer binnen.' Bijna opgetogen gaf Faith de bijzonderheden door. 'Een onbekende man zei dat er een lijk lag in een van de lege pakhuizen aan die zijstraat van Chattahoochee Avenue. Veel bloed. Geen moordwapen.' Ze minderde vaart voor een rood licht. 'Op de politiezender wordt gezwegen over de doodsoorzaak, dus het zal wel heftig zijn.'

De auto liet een bliepje horen. Blindelings tastte Will naar zijn veiligheidsriem. 'Waarom worden wij hierop gezet?' Het GBI kon zich niet zomaar met een zaak bemoeien, dat ging alleen op last van de gouverneur of op verzoek van de plaatselijke politie. Het Atlanta Police Department kreeg wekelijks met moord te maken. Doorgaans vroegen ze niet om hulp. Zeker niet van de staat.

'Het slachtoffer is een agent van het APD.' Alsof Will haar kind was, pakte Faith zijn veiligheidsriem en klikte die vast. 'Rechercheur eerste klas Dale Harding, gepensioneerd. Weleens van gehoord?'

Will schudde zijn hoofd. 'Jij?'

'Mijn moeder heeft hem gekend. Ze heeft nooit met hem samengewerkt. Hij deed witteboordencriminaliteit. Is al vroeg in de ziektewet gegaan en zat opeens in de particuliere beveiliging. Type gorilla dat er niet voor terugdeinst een paar botten te breken.' Faith had vijftien jaar bij het APD gewerkt voor ze als partner aan Will werd toegewezen. Haar moeder was commandant geweest, maar was nu met pensioen. Samen kenden ze zo ongeveer het hele korps. 'Gezien zijn reputatie, zei mijn moeder, heeft Harding waarschijnlijk de verkeerde pooier dwarsgezeten of zijn bookmaker niet op tijd betaald en toen een klap met een honkbalknuppel gekregen.'

Het licht sprong op groen, en de auto schoot weg. De Glock zond een scherpe steek door Wills ribben. Hij probeerde te verzitten. Ondanks de ijzige airco plakte zijn bezwete overhemd al aan de rugleuning van de stoel, en zijn vel voelde alsof er een pleister werd losgetrokken. Het dashboardklokje gaf 07.38 uur aan. Hij moest er niet aan denken hoe heet het tegen de middag zou zijn.

Weer piepte Faiths telefoon. En nog eens. En nog eens. 'Amanda,' kreunde ze. 'Waarom al die losse regels? Ze stuurt drie verschillende zinnen in drie verschillende berichten. Allemaal met hoofdletters. Het is niet eerlijk.' Faith hield één hand aan het stuur terwijl ze met de andere een bericht tikte, wat zowel gevaarlijk als verboden was, maar Faith was het soort agent dat alleen de overtredingen van anderen zag. 'Nog zo'n vijf minuten, toch?'

'In dit verkeer eerder tien.' Will pakte het stuur om te voorkomen dat ze op het trottoir belandden. 'Wat is het adres van dat pakhuis?'

Ze scrolde terug door haar berichten. 'Het is een bouwplaats in de buurt van de pakhuizen. Beacon Street 83.'

Will klemde zijn kaken zo stijf op elkaar, dat de pijn als een bliksemschicht door zijn nek schoot. 'Dat is de nachtclub van Marcus Rippy.'

Faith keek hem geschrokken aan. 'Da's een grap, toch?'

Will schudde zijn hoofd. Niets aan Marcus Rippy kwam ook maar in de buurt van een grap. De man was profbasketballer en was ervan beschuldigd een studente te hebben gedrogeerd en verkracht. De afgelopen zeven maanden had Will een vrij stevige zaak tegen de smeerlap opgebouwd, maar Rippy had honderden miljoenen dollars om aan advocaten, specialisten, experts en journalisten te spenderen die er allemaal voor hadden gezorgd dat de zaak nooit voor de rechter kwam.

'Wat doet een dode ex-agent in de nachtclub van Marcus Rippy, nog geen twee weken nadat die een aanklacht wegens verkrachting heeft weten te ontduiken?' vroeg Faith.

'Tegen de tijd dat wij daar arriveren, hebben Rippy's advocaten allang een aannemelijke verklaring, neem dat maar van mij aan.'

'Jezus.' Faith wierp haar telefoon in de bekerhouder en bracht beide handen weer naar het stuur. Ze zweeg. Waarschijnlijk liet ze alle redenen waarom dit slecht voor hen uitpakte de revue passeren. Dale Harding was politieman geweest, maar wel een foute. Waar het moord in de grote stad betrof, gold als bittere waarheid dat de overledene zelden een voorbeeldig en rechtschapen burger was. Niet om de schuld op het slachtoffer af te schuiven, maar zo iemand bleek toch vaak betrokken te zijn geweest bij bepaalde activiteiten – pooiers stangen, bookies niet betalen – en dan was het niet zo vreemd als hij uiteindelijk vermoord werd.

De betrokkenheid van Marcus Rippy veranderde echter alles.

Het ochtendverkeer verdichtte zich tot een dikke brij, en Faith minderde vaart. 'Ik weet dat je niet wilde praten over jouw mislukte zaak, maar nu moet ik het toch horen.'

Will wilde er nog steeds niet over praten. Vijf uur lang had Rippy het slachtoffer herhaaldelijk verkracht, soms had hij haar geslagen en soms net zo lang haar keel dichtgeknepen tot ze het bewustzijn verloor. Toen Will drie dagen later naast haar bed in het ziekenhuis stond, zag hij de donkere striemen waar Rippy's vingers haar hals hadden omvat, net zoals hij op het basketbalveld een bal vastklemde. Het medisch rapport maakte melding van meer letsel. Snijwonden. Rijtwonden. Gescheurd weefsel.

Stomp trauma. Bloedingen. De vrouw kon alleen maar fluisteren; niettemin vertelde ze haar verhaal en bleef het herhalen voor iedereen die het wilde horen, tot Rippy's advocaten haar de mond snoerden.

'Will?' vroeg Faith.

'Hij heeft een vrouw verkracht. Hij heeft zich eruit gekocht. Straks doet hij het weer. Waarschijnlijk heeft hij het vaker gedaan. En dat maakt allemaal niks uit, want hij is handig met een basketbal.'

'Wauw, dat is wel heel veel informatie. Bedankt, zeg!'

De pijn in Wills kaak verhevigde. 'Het was nieuwjaarsdag. Tien uur 's ochtends. Het slachtoffer werd door een dienstmeisje bewusteloos in Marcus Rippy's huis aangetroffen. Het dienstmeisje belde Rippy's hoofd beveiliging, die op zijn beurt Rippy's zakelijk manager belde. Die belde Rippy's advocaten en die belden uiteindelijk een particuliere ambulance waarmee de vrouw naar het Piedmont Hospital werd gebracht. Om een uur of acht, twee uur voor het slachtoffer werd gevonden, vertrok Rippy's privévliegtuig naar Miami, met hemzelf en zijn hele familie aan boord. Hij beweert dat die vakantie al een hele tijd op het programma stond, maar het vliegplan werd pas een halfuur voor vertrek ingediend. Rippy zei geen idee te hebben dat het slachtoffer in zijn huis was. Hij had haar nog nooit gezien. Nooit met haar gepraat. Wist niet hoe ze heette. De vorige avond was er een groot oudjaarsfeest bij hem thuis geweest. Ze hadden een paar honderd mensen over de vloer gehad.'

Faith zei: 'Op Facebook is gepost over –'

'Op Instagram,' zei Will, want hij had het internet mogen afschuimen en urenlang feestopnamen bekeken die de genodigden met hun telefoons hadden gemaakt. 'Een van de feestgangers heeft een GIF gepost van het slachtoffer, waarop ze brabbelt en in een ijsemmer kotst. Rippy's mensen hebben in het ziekenhuis een drugstest op haar laten uitvoeren. Ze had cannabis, amfetaminen en alcohol in haar bloed.'

'Je zei dat ze bewusteloos was toen ze naar het ziekenhuis werd gebracht. Heeft ze Rippy's mensen toestemming gegeven om de uitslag van haar drugstest in te zien?'

Will schudde zijn hoofd, want het deed er niet toe. Rippy's team had iemand in het ziekenhuislab omgekocht en de uitslag van het bloedonderzoek naar de pers gelekt.

'Geef toe, die naam is wel heel toepasselijk. Rapey/Rippy.' Peinzend trok Faith haar mond scheef. 'Dat huis is gigantisch, hè?'

'Een kleine tweeduizend vierkante meter.' In gedachten zag Will het bouwplan weer voor zich dat hij urenlang had bestudeerd en dat nog steeds in zijn brein stond gegrift. 'Het is hoefijzervormig met een zwembad in het midden. Het gezin woont in het hoofdgedeelte, aan de bovenkant van het hoefijzer. In de twee vleugels die naar achteren lopen zijn gastenverblijven, en verder heb je een nagelsalon, een indoorbasketbalveld, een massagekamer, een sportzaal, een bioscoop en een speelkamer voor zijn twee kinderen. Je kunt het zo gek niet bedenken of ze hebben het.'

'Dus logischerwijs kan er in het ene deel van het huis iets gebeuren zonder dat iemand in het andere deel daar weet van heeft.'

'Zonder dat tweehonderd mensen er weet van hebben. Zonder dat de dienstmeisjes, de butlers, de bedienden, de cateraars, de koks, de barkeepers, de assistenten en de noem maar op er weet van hebben.' Het hoofd beveiliging had Will twee uur lang door de villa en over het terrein rondgeleid. Op alle mogelijke punten rondom het huis waren camera's geïnstalleerd. Dode hoeken waren er niet. Bewegingssensoren registreerden alles wat zwaarder was dan een neerdwarrelend blad in de voortuin. Niemand kwam onopgemerkt het terrein op of af.

Behalve op de avond van de verkrachting. Het was noodweer geweest. De elektriciteit viel telkens uit. De generatoren waren hypermodern, maar om de een of andere reden was de externe digitale videorecorder, die opnamen van de beveiligingscamera's vastlegde, niet op het noodnet aangesloten.

'Oké, ik heb het nieuws gezien,' zei Faith. 'Volgens Rippy's mensen was ze een gek die op geld uit was.'

'Ze hebben haar geld aangeboden. Dat heeft ze geweigerd.'

'Misschien wachtte ze op een hoger bod.' Faith trommelde op het stuur. 'Is het mogelijk dat ze zich die wonden zelf heeft toegebracht?'

Dat was ook de mening van Rippy's advocaten geweest. Ze hadden zelfs een deskundige opgetrommeld die bereid was onder ede te verklaren dat de reusachtige vingerafdrukken op haar hals, rug en dijen van haar eigen hand afkomstig waren.

'Ze had hier een blauwe plek...' Will wees naar zijn rug. 'Een soort vuistafdruk tussen haar schouderbladen. Een grote vuist. Je kon de vingerafdrukken zien, net als bij die blauwe plekken op haar hals. Haar lever was zwaar gekneusd. Van de artsen moest ze twee weken het bed houden.'

'En dat condoom met het sperma van Rippy...'

'Dat is in het toilet op de gang gevonden. Volgens zijn vrouw hebben ze die avond seks gehad.'

'En hij laat het gebruikte condoom in het toilet op de gang achter, niet in dat bij zijn slaapkamer?' Faith fronste haar wenkbrauwen. 'Zat er DNA van zijn vrouw aan de buitenkant van het condoom?'

'Het condoom lag op een tegelvloer die kort daarvoor was gedweild met een chloorhoudend schoonmaakmiddel. Van wat er op de buitenkant zat, konden we niets gebruiken.'

'Is er DNA op het slachtoffer aangetroffen?'

'Wat ongeïdentificeerde haren, alle van vrouwen, waarschijnlijk meegenomen uit haar studentenhuis.'

'Heeft het slachtoffer gezegd wie haar voor het feest had uitgenodigd?'

'Ze was met een groep studievrienden. Geen van hen kan zich herinneren wie de oorspronkelijke uitnodiging heeft ontvangen. Geen van hen kende Rippy persoonlijk. Tenminste, dat wilde geen van hen toegeven. En zodra ik bij hen aanklopte, namen ze alle vier afstand van het slachtoffer.'

'Heeft het slachtoffer Rippy positief geïdentificeerd?'

'Ze stond in de rij voor het toilet. Dat was nadat ze in de ijsemmer had gekotst. Ze beweert dat ze maar één glas had gedronken, maar dat ze er misselijk van werd, alsof er iets verkeerds in zat. Rippy stapte op haar af. Ze herkende hem onmiddellijk. Hij deed aardig, zei dat er nog een toilet was, verderop in de gang, in de gastenvleugel. Ze liep met hem mee. Het was een heel eind. Ze voelde zich een beetje duizelig. Hij sloeg zijn arm om haar heen om haar te ondersteunen en zo nam hij haar mee naar het achterste gastenverblijf, aan het einde van de gang. Ze ging naar het toilet, en toen ze er weer uit kwam, zat hij zonder kleren op het bed.'

'En toen?'

'De volgende dag werd ze wakker in het ziekenhuis. Ze had een zware hersenschudding door stompen of klappen tegen haar hoofd. Haar keel was blijkbaar herhaaldelijk dichtgeknepen en ze was een paar keer buiten bewustzijn geraakt. Volgens de artsen zal ze zich nooit meer volledig kunnen herinneren wat er die avond gebeurd is.'

'Hm.'

In dat ene geluid lag al haar twijfel besloten.

'En het toilet op de gang, waar dat condoom is gevonden?' vroeg Faith.

'De zesde deur vanaf het gastenverblijf, dus ze moeten erlangs zijn gekomen, en toen hij terugging naar het feest, is hij er weer langsgekomen. Op filmbeelden van telefoons is te zien dat Rippy de hele avond met onderbrekingen op het feest was,' voegde Will eraan toe. 'Dus hij is steeds heen en weer gegaan om zijn alibi te versterken. Bovendien stond zijn halve team vierkant achter hem. Jameel Gordon, Andre Dupree, Reuben Figaroa. De dag na de verkrachting verschenen ze allemaal op het bureau van het APD, met hun advocaten in hun kielzog, en stuk voor stuk vertelden ze hetzelfde verhaal. Tegen de tijd dat het GBI de zaak overnam, wilden ze geen van allen opnieuw verhoord worden.

'Wat weer typisch is,' merkte Faith op. 'En volgens Rippy heeft hij het slachtoffer niet eens gezien op het feest?'

'Klopt.'

'Zijn vrouw is niet op haar mondje gevallen, hè?'

'Die toeterde alles na wat zijn verdediging aanvoerde.' In elke talkshow en elk nieuwsprogramma waar ze haar wilden hebben, was LaDonna Rippy komen opdraven. 'Ze bevestigde alles wat haar man had gezegd, ook dat ze het slachtoffer niet op het feest had gezien.'

'Hm.' Faith klonk zo mogelijk nog sceptischer.

'En de mensen die het slachtoffer die avond wel hadden gezien, zeiden dat ze dronken was en iedere basketbalspeler binnen handbereik om de hals vloog,' vulde Will aan. 'Als je dat filmpje ziet waarop ze staat te kotsen en dat optelt bij de drugstest, lijkt dat aannemelijk. Maar als je naar de uitslag van het verkrachtingsonderzoek kijkt, blijkt dat ze op zeer gewelddadige wijze is verkracht. Bovendien herinnert het slachtoffer zich dat Rippy spiernaakt op het bed zat toen ze uit het toilet kwam.'

'Zal ik eens advocaat van de duivel spelen?'

Will knikte, ook al wist hij wat er kwam.

'Ik snap wel waarop het is stukgelopen. Kwestie van zijn woord tegen het hare, en Rippy krijgt het voordeel van de twijfel, want zo werkt de grondwet nou eenmaal. Onschuldig tot het tegendeel blablabla. En vergeet niet dat Rippy stinkend rijk is. Als hij in een trailerpark had gewoond, zou zijn pro-Deoadvocaat zijn gevangenisstraf hebben teruggebracht tot vijf jaar voor wederrechtelijke vrijheidsberoving, alleen om te zorgen dat hij niet in het zedenregister werd opgenomen. Einde verhaal.'

Will zweeg, want meer viel er niet over te zeggen.

Faith klemde het stuur vast. 'Ik haat verkrachtingszaken. Bij een moordzaak zal de jury nooit vragen: "Is de man echt vermoord of liegt hij om aandacht te krijgen? En wat deed hij in dat deel van de stad? En waarom dronk hij? En hoe zit het met al die moordenaars met wie hij vroeger gedatet heeft?" '

'Ze was geen sympathiek iemand,' zei Will, hoe vreselijk hij het ook vond dat dit ertoe deed. 'Komt uit een probleemgezin. Alleenstaande, drugsverslaafde moeder. Vader onbekend. Op de middelbare school was er gedoe met drugs, ze deed aan zelfverwonding. Wegens slechte prestaties dreigde ze van de universiteit te worden gestuurd. Verder scharrelde ze wat met allerlei kerels en zat ze de helft van de tijd op Tinder en OkCupid, zoals iedereen van haar leeftijd. Rippy's mensen ontdekten dat ze een paar jaar geleden abortus heeft laten plegen. In feite heeft zij de hele verdedigingsstrategie voor hen uitgeschreven.'

'Voor meiden zit er maar een heel dun lijntje tussen goed en slecht, maar als je daar eenmaal overheen gaat...' Faith zuchtte eens diep. 'Je hebt geen idee wat een rottigheid er over mij de ronde deed toen ik zwanger was van Jeremy. De ene dag was ik een veelbelovende scholier met haar hele leven voor zich, en de volgende dag was ik een tiener-Mata Hari.'

'Heb je wegens spionage de kogel gekregen?'

'Je weet best wat ik bedoel. Ik was een verschoppeling. Jeremy's vader werd naar familie in het noorden gestuurd. Mijn broer heeft me nog altijd niet vergeven. Mijn vader werd uit zijn loge gezet. Hij raakte zijn klanten bij bosjes kwijt. Geen van mijn vrienden praatte nog met me. Ik moest zonder diploma van school.'

'Gelukkig was het anders toen je Emma kreeg.'

'Ja hoor, een vrouw van vijfendertig met een zoon van twintig en een eenjarig dochtertje wordt voortdurend geprezen om de uitstekende keuzes die ze in haar leven heeft gemaakt.' Ze veranderde van onderwerp. 'Ze had toch een vriend? Het slachtoffer?'

'Die heeft het een week voor de verkrachting uitgemaakt.'

'O, jezus.' Na alle verkrachtingszaken waaraan Faith had meegewerkt, wist ze dat de advocaat van een verdachte zich niets mooiers kon voorstellen dan een aanklagende partij met een ex-vriendje dat ze jaloers wilde maken.

'Na de verkrachting kwam hij weer in beeld,' zei Will, hoewel hij bepaald geen fan van het ex-vriendje was. 'Hij heeft haar al die tijd bijgestaan. Hij gaf haar het gevoel dat ze veilig was. Dat probeerde hij althans.'

'Is de naam Dale Harding nooit gevallen tijdens het onderzoek?'

Hij schudde zijn hoofd.

Een nieuwsbusje scheurde langs, en na een meter of twintig op de linkerrijbaan maakte het een verboden zwenking.

'Zo te zien heeft het middagjournaal zijn hoofditem te pakken,' zei Faith.

'Die willen geen nieuws. Die zijn op roddel uit.' Tot op het moment dat Rippy's zaak niet-ontvankelijk werd verklaard, kon Will geen stap buiten de deur van het GBI-hoofdkwartier zetten zonder dat een of andere keurig gekapte verslaggever een soundbite aan hem probeerde te ontlokken die hem zijn carrière zou hebben gekost. Toch kwam hij er nog goed af, de doodsbedreigingen en het online gestalk in aanmerking genomen waarmee Rippy's fans het slachtoffer bestookten.

'Het zou toeval kunnen zijn,' zei Faith. 'Dat Harding dood wordt aangetroffen in Rippy's club.'

Will keek even opzij. Geen agent die in toeval geloofde, en Faith al helemaal niet.

'Oké,' gaf ze toe, bijsturend om de uiterst strafbare inhaalmanoeuvres van het nieuwsbusje te kunnen volgen. 'We weten in elk geval waarom Amanda vier berichtjes heeft gestuurd.' Haar telefoon piepte. 'Vijf.' Faith greep het toestel. Terwijl ze een scherpe bocht nam, liet ze haar duim over het scherm glijden. 'Jeremy heeft eindelijk zijn Facebookpagina bijgewerkt.'

Will nam het stuur over, want nu typte ze een bericht aan haar zoon, die zijn collegevrije zomermaanden benutte door met drie vrienden het land te doorkruisen, kennelijk puur om zijn moeder grijze haren te bezorgen.

Faith zat al mompelend te typen, zich beklagend over de stupiditeit van jongens in het algemeen en die van haar zoon in het bijzonder. 'Is dit meisje achttien volgens jou?'

Will wierp een blik op een foto van Jeremy, die dicht tegen een schaars gekleed blondje aan stond. De hoopvolle grijns op zijn gezicht was hartverscheurend. Jeremy was een klein uitgevallen, magere, nerdachtige jongen, die aan het Georgia Institute of Technology natuurwetenschappen studeerde. Een meloen maakte waarschijnlijk nog meer kans bij de blondine. 'Ik zou me eerder zorgen maken om de waterpijp op de vloer.'

'O, verdomme.' Faith had de telefoon bijna uit het raampje gesmeten. 'Hij mag hopen dat zijn oma dit niet ziet.'

Will keek toe terwijl Faith de foto doorstuurde aan haar moeder om ervoor te zorgen dat dit wél gebeurde.

Hij wees naar de naderende kruising. 'Dat is Chattahoochee.'

Vloekend nam Faith de afslag. 'Wanneer ik als moeder van een zoon naar die foto kijk, is mijn eerste gedachte: maak haar niet zwanger. Dan kijk ik ernaar als de moeder van een dochter en denk: zorg dat je niet stoned wordt met een jongen die je pas hebt ontmoet, want straks word je door zijn vrienden gegangbangd en voor dood in een hotelkast achtergelaten.'

Will schudde zijn hoofd. Jeremy was een prima jongen met prima vrienden. 'Hij is twintig. Je moet hem een keer gaan vertrouwen.'

'Echt niet.' Ze liet de telefoon weer in de bekerhouder ploffen. 'Niet zolang hij nog eten wil, kleren, een dak boven zijn hoofd, een zorgverzekering, een iPhone, videogames, zakgeld, geld voor benzine...'

Will luisterde al niet meer naar de lange lijst met dingen die Faith haar arme zoon ging afpakken. In gedachten was hij weer bij Marcus Rippy. Bij de zelfgenoegzame kop van de basketbalspeler zoals hij daar had gezeten, achterovergeleund op zijn stoel, met zijn armen over elkaar en zijn mond stijf dicht. Bij de hatelijke blikken van zijn vrouw telkens als Will een vraag stelde. Bij zijn verwaande zakenmanager en zijn aalgladde advocaten, onderling inwisselbaar als schurken in een Bondfilm.

Bij Keisha Miscavage, die Marcus Rippy had aangeklaagd.

De jonge vrouw was bepaald geen softie, en zelfs vanuit haar ziekenhuisbed had ze weerbaarheid uitgestraald. Haar hese gefluister was doorspekt met fuck en shit, en ze hield haar ogen voortdurend half dichtgeknepen, alsof zij Will een verhoor afnam in plaats van omgekeerd. 'Met mij hoef je geen medelijden te hebben,' had ze gezegd. 'Doe je werk nou maar.'

Will moest heimelijk toegeven dat hij een zwak had voor vijandige vrouwen. Verschrikkelijk vond hij het dat hij het bij Keisha zo gruwelijk had laten afweten. Hij kon niet eens meer basketbal kijken, laat staan spelen. Telkens als hij een bal aanraakte, wilde hij die Marcus Rippy door de strot duwen.

'Holy shit.' Faith liet de auto uitrijden tot op enkele meters van een nieuwsbusje. 'Het halve politiekorps is hier.'

Will liet zijn blik over het parkeerterrein gaan. Faith zat er niet ver naast. Het wemelde van de mensen. Een truck met lichtapparatuur. De bus van de forensische recherche van het APD. Het mobiele lab van de afdeling forensische wetenschap van het GBI. Patrouillewagens en burgerauto's van het APD stonden als in een spelletje mikado over het terrein verspreid. Geel politielint vormde een afzetting rond een nasmeulende, uitgebrande auto, die dampend in een halo van water op het verschroeide asfalt stond. Overal krioelde het van de technisch rechercheurs, die genummerde gele bordjes plaatsten bij alles wat voor bewijs kon doorgaan.

'Wedden dat ik weet wie het lijk gemeld heeft?' zei Faith.

'Crackverslaafde,' giste Will. 'Raver. Weggelopen tiener.' Hij bestudeerde het spelonkachtige gebouw vóór hen. De toekomstige nachtclub van Marcus Rippy. Een halfjaar geleden, toen het menens leek te worden met die aanklacht wegens verkrachting, was de bouw stilgelegd. De muren van gegoten beton waren ruw, verweerd en donkerder aan de onderkant door de vele lagen graffiti. Rond de fundering schoot onkruid op. Hoog in het gebouw, in beide hoeken aan de straatkant, zaten twee gigantische ramen. Het getinte glas was bijna zwart.

Will benijdde de rechercheurs niet, die elk condoom en elke naald en crackpijp moesten inventariseren. Onmogelijk te zeggen wat ze binnen aan vinger- en schoenafdrukken aantroffen. Te oordelen naar de kapotte lichtgevende halskettingen en fopspenen hadden ravers intensief gebruikgemaakt van de plek.

'Vertel eens over die club,' zei Faith.

'De investeerders hebben de bouw stilgelegd tot Rippy's problemen waren opgelost.'

'Weet je of ze het project weer hebben opgepakt?'

Will vloekte zachtjes, niet vanwege de vraag, maar omdat zijn bazin met haar handen in de zij voor het gebouw stond. Amanda keek op haar horloge, keek naar hen en keek weer op haar horloge.

Faith vloekte al even hartgrondig toen ze uitstapte. In het wilde weg tastte Will naar de ronde portierknop, die ongeveer de omtrek van een M&M had. Het portier veerde open op de scharnieren. Hete lucht stroomde naar binnen. Atlanta kreeg het staartje mee van de warmste, vochtigste zomer sinds mensenheugenis. Als je de deur uit ging, was het alsof je de bek van een gapende hond in liep.

Will wurmde zich uit de auto en probeerde de toekijkende agenten te negeren die een paar meter verderop stonden. Hun stemmen droegen niet ver, maar hij was er redelijk van overtuigd dat ze wedjes legden op hoeveel clowns er nog meer uit het wagentje zouden rollen.

Gelukkig werd Amanda afgeleid door een forensisch analist. Charlie Reed was gemakkelijk te herkennen aan zijn krulsnor en zijn Popeye-achtige bouw. Op zoek naar andere bekende gezichten liet Will zijn blik over het terrein gaan.

'Mitchell, toch?'

Toen Will zich omdraaide, zag hij een opvallend knappe man. Hij had een kuiltje in zijn kin en donker haar met een slag erin, en hij keek naar Faith met de blik van een corpsbal op wijvenjacht.

'Hallo.' Faiths stem klonk vreemd hoog. 'Kennen wij elkaar?'

'Helaas niet.' De man streek door zijn losse, jongensachtige haar. 'Je lijkt op je moeder. Toen ik nog in uniform was, heb ik met haar samengewerkt. Ik ben Collier. Dit is mijn partner, Ng.'

Ng liet met een bijna onmerkbaar rukje van zijn kin merken hoe cool hij was. Zijn haar was in legerstijl gemillimeterd. Hij had een *wraparound* zonnebril op, en net als zijn partner droeg hij een spijkerbroek en een zwart T-shirt met APD POLICE – dit alles in tegenstelling tot Will, die net een ober in een Italiaans steakhouse leek.

'Trent,' zei Will, en hij rechtte zijn schouders, want hij had tenminste nog zijn lengte op hen voor. 'Wat hebben we hier?'

'Eén grote klotebende.' Om niet naar Will te hoeven opkijken keek Ng naar het gebouw. 'Ik heb gehoord dat Rippy al in een vliegtuig naar Miami zit.'

'Zijn jullie binnen geweest?' vroeg Faith.

'Niet boven.'

Toen verdere informatie uitbleef, deed ze een nieuwe poging. 'Kunnen we de agenten spreken die het lijk hebben gevonden?'

Ng deed alsof zijn geheugen hem parten speelde. 'Hoe heten ze ook alweer?' vroeg hij aan zijn partner.

Collier schudde zijn hoofd. 'Al sla je me dood.'

Faith was niet langer van zijn charmes gediend. 'Hé, 21 Jump Street, zullen we jullie maar met rust laten? Kunnen jullie elkaar lekker verder afrukken.'

Ng lachte, maar ook hij gaf geen nadere informatie prijs.

'Jezus,' zei Faith. 'Je kent mijn moeder, Collier. Onze baas is een oud-collega van haar. Wat denk je dat zij ervan zal zeggen als zij ons bij moet praten?'

Collier slaakte een vermoeide zucht. Hij wreef over zijn nek en staarde in de verte. In het zonlicht schemerde er grijs door zijn haar. Bij zijn ooghoeken zaten diepe rimpels. Hij moest halverwege de veertig zijn en was dus een paar jaar ouder dan Will, wat Will om de een of andere reden een goed gevoel gaf.

'Oké.' Uiteindelijk liet Collier zich vermurwen, maar pas nadat hij nog eens door zijn haar had gestreken. 'De meldkamer krijgt een anonieme tip binnen over een dooie, op deze locatie. Twintig minuten later arriveert er een patrouillewagen met twee petten. Ze doorzoeken het gebouw. Vinden het lijk, een man, in een kamer boven. Steekwond in de hals. En één groot bloedbad. Een van hen herkent Harding omdat hij na het werk weleens iets met hem ging drinken: zuiplap, gokker, vrouwengek, echt zo'n ouderwetse smeris. Je moeder kan je vast wel wat verhalen vertellen.'

'We waren met een gevalletje huiselijk geweld bezig toen de oproep kwam,' zei Ng. 'Wat een slagveld was dat. Die meid gaat dagen onder het mes. Volle maan, hè? Dan komt de waanzin boven.'

Faith negeerde zijn oorlogsverhaal. 'Hoe is Harding of wie dan ook het gebouw binnengekomen?'

'Zo te zien met een betonschaar.' Collier haalde zijn schouders op. 'Het slot was compleet doorgeknipt, en daar is behoorlijk wat spierkracht voor nodig geweest, dus we denken dat een man het gedaan heeft.'

'Hebben jullie die betonschaar gevonden?'

'Nee.'

'En hoe zit het met de auto?'

'Daar kwam me toch een vracht hitte van af toen we hier arriveerden, het leek Tsjernobyl wel. We hebben de brandweer gebeld om het zaakje nat te spuiten. Volgens hen is er een brandversneller gebruikt. De benzinetank is ontploft.'

'Heeft niemand een autobrand gemeld?'

'Nee, erg hè?' zei Ng. 'Het lijkt erop dat alle junks en hoeren die in deze pakhuizen bivakkeren aan het omstandereffect lijden.'

'Zo ken ik er nog wel een paar,' zei Faith.

Will bestudeerde de twee lege pakhuizen aan weerszijden van Rippy's club. Op een groot bord werd een multifunctioneel bouwproject aangekondigd dat hier binnenkort zou verrijzen, maar te oordelen naar de verbleekte letters liet 'binnenkort' nog steeds op zich wachten. Elk gebouw bestond uit vier verdiepingen en was minstens een huizenblok diep. Rode baksteen van de voorlaatste eeuwwisseling. Gotische bogen met gebrandschilderd glas dat er al heel lang geleden uit was gebroken.

Hij draaide zich om. Aan de overkant van de straat stond een bijpassend kantoorgebouw van minstens negen verdiepingen, misschien meer als er ook een souterrain was. Op gele borden boven de met kettingen vergrendelde deuren werd vermeld dat het gebouw voor afbraak was bestemd. De drie kolossen waren overblijfselen uit het industriële verleden van Atlanta. Als Rippy's investeerders het project weer hadden opgepakt nu de verkrachtingszaak op niets was uitgelopen, kon hun dat straks miljoenen en misschien wel miljarden opleveren.

'Hebben jullie het chassisnummer van de auto kunnen achterhalen?' vroeg Faith.

'Een witte Kia Sorento uit 2016, op naam van Vernon Dale Harding,' zei Collier. 'Volgens de brandweer heeft de wagen wel vier of vijf uur staan branden.'

'Dus iemand heeft Harding vermoord en zijn auto in de fik gestoken, en toen heeft iemand anders, of misschien dezelfde persoon, vijf uur later 911 gebeld.'

Will staarde naar de nachtclub. 'Waarom hier?'

Faith schudde haar hoofd. 'Waarom wij?'

Ng snapte niet dat het een retorische vraag was. Hij maakte een handgebaar in de richting van het gebouw. 'Dit moest een soort nachtclub worden. Beneden een dansvloer, boven een cirkel van vipruimtes, als een atrium in een winkelcentrum. Ik dacht dat er misschien een bende bij betrokken was, die hier midden in de gribus een hippe club zoals deze uit de grond stampte, dus ik belde mijn vriendin bij het archief, Rippy's naam dook op en ik dacht: o, shit. Dus ik heb het gelijk bij mijn baas gemeld. Die pleegt een beleefdheidstelefoontje met jullie ijzervreetster, en tien minuten later staat ze hier haar tanden te flossen met ons konthaar.'

Ze keken allemaal naar Amanda. Charlie Reed was verdwenen, en een lange, elegante vrouw met rood haar had zijn plaats ingenomen. Terwijl ze haar haren opstak, sprak ze met Amanda.

Ng floot zachtjes. 'Hallo zeg. Moet je die Girl Scout zien. Zouden de gordijnen bij het matje passen?'

Collier grijnsde. 'Zal ik je morgenochtend laten weten.'

Faith keek naar Wills gebalde vuisten. 'Zo kan-ie wel weer, jongens.'

Collier bleef grijnzen. 'Gewoon een geintje, agent.' Hij gaf haar een knipoog. 'Maar ik kan je wel vertellen dat ik van scouting ben getrapt omdat ik niet van de kabouters kon afblijven.'

Ng bulderde van het lachen. Faith sloeg haar ogen ten hemel en liep weg.

'Rooie,' zei Will tegen de rechercheurs. 'Iedereen noemt haar Rooie. Ze is technisch rechercheur, maar ze loopt je voortdurend voor de voeten, dus hou haar in de gaten.'

'Heeft ze een vriend?' vroeg Collier.

Will haalde zijn schouders op. 'Doet dat ertoe?'

'Helemaal niet.' Collier sprak met het onwankelbare zelfvertrouwen van een man die nog nooit door een vrouw was afgewezen. 'Bedankt voor de info, maat,' zei hij, ongegeneerd saluerend.

Met moeite ontspande Will zijn vuisten toen hij op Amanda afstapte. Faith liep al naar het gebouw, waarschijnlijk omdat ze geen zin in moeilijkheden had. Vooraan bij het hek zette de roodharige vrouw haar handtekening voor ze de plaats delict betrad. Ze glimlachte toen ze Will zag, en hij lachte terug want ze heette niet Rooie, ze heette Sara Linton, en ze was geen technisch rechercheur, ze was de patholoog-anatoom, en het ging Collier en Ng geen zak aan wat waar bij paste, want drie uur geleden lag ze nog onder Will in bed zoveel vunzigheid in zijn oor te fluisteren dat het hem heel even zijn slikvermogen had benomen.

Amanda keek niet op van haar BlackBerry toen Will dichterbij kwam. Afwachtend bleef hij voor haar staan, want daar dwong ze hem meestal toe. Hij was zeer vertrouwd met de bovenkant van haar hoofd, met de spiraal op de kruin, die haar peper-en-zoutkleurige haar tot een helm spon.

'Je bent laat, agent Trent,' zei ze ten slotte.

'Inderdaad. Het zal niet weer gebeuren.'

Achterdochtig kneep ze haar ogen samen. 'Die stank die je ruikt is de geur van alle stront die we over ons heen gaan krijgen. Ik heb al gebeld met de burgemeester, de gouverneur en met twee officieren van justitie. Allemaal weigeren ze hiernaartoe te komen omdat ze niet door de camera's betrapt willen worden in de buurt van een nieuwe zaak rond Marcus Rippy.' Ze keek weer op haar telefoon. De BlackBerry was haar mobiele commandopost, vanwaar ze updates uitwisselde met haar uitgebreide netwerk van contacten, die lang niet allemaal officieel waren.

'Er zijn nog drie satellietbussen op weg hiernaartoe, waaronder een van het nationale nieuws. Ik heb al ruim dertig e-mails ontvangen van verslaggevers die om een verklaring vragen. Rippy's advocaten hebben al gebeld om te zeggen dat zij alle vragen afhandelen en dat de geringste aanwijzing dat we Rippy onrechtmatig beschuldigen kan leiden tot een smaadproces. Ze willen me nota bene pas morgenochtend te woord staan. Te druk, zeggen ze.'

'Net als de vorige keer.' Will had welgeteld één ontmoeting met Marcus Rippy kunnen regelen, maar de man had het grootste deel van de tijd gezwegen. Faith had gelijk. Een van de ergerlijkste dingen aan mensen met geld was dat ze buitengewoon goed op de hoogte waren van hun grondrechten.

'Hebben wij officieel de leiding, of het APD?' vroeg Will.

'Denk je dat ik hier zou staan als ik niet officieel de leiding had?' zei Amanda.

Will keek om naar Collier en Ng. 'Weet commandant Kuiltjeskin dat ook?'

'Vind je hem knap?'

'Nou, dat zou ik niet...'

Amanda was al op weg naar het gebouw. Ze had de rappe gang van een shetlandpony, en Will liep op een drafje achter haar aan.

Bij de agent van dienst tekenden ze voor toegang. In plaats van naar binnen te gaan liet Amanda Will net buiten de schaduw staan, zodat de zon zijn schedel in een oven zou veranderen.

'Als groentje heb ik Hardings vader nog gekend,' zei ze. 'Die ouwe was een straatagent die al zijn geld aan hoeren en de hondenraces spendeerde. In '85 aan een hersenbloeding gestorven. Zijn zoon heeft zijn gokverslaving geërfd. Dale is de ziektewet ingegaan, maar die liep twee jaar geleden af. Eerder dit jaar heeft hij zijn pensioen verzilverd.'

'Waarom ging hij de ziektewet in?'

'HIPAA,' zei ze, doelend op de wet die het de politie naast allerlei andere zaken verbood artsen privégegevens over hun patiënten te ontlokken. 'Ik probeer via via aan de informatie te komen, maar dit ziet er niet goed uit, Will. Harding was een foute smeris, maar nu is hij een dode smeris, en zijn lijk ligt in een gebouw dat eigendom is van een man die we voor het oog van de hele wereld niet op verkrachting hebben kunnen pakken.'

'Is bekend of Harding banden had met Rippy?'

'Had ik maar een rechercheur die dat even uitdokterde.' Ze keerde zich om en liep naar het gebouw. Er was nog geen stroom. Binnen was het bedompt en spelonkachtig, de donkere, getinte ramen gaven de ruimte een spookachtige sfeer. Ze trokken schoenbeschermers aan. Opeens kwamen de generatoren brullend tot leven. Xenonlampen flitsten aan en verlichtten elke vierkante centimeter van het gebouw. Uit protest krompen Wills netvliezen samen.

Onder een kakofonie van geklik werden zaklampen uitgeschakeld en opgeborgen. Nadat Wills ogen zich hadden aangepast, zag hij wat hij al verwacht had te zien: afval, condooms en naalden, een leeg winkelwagentje, tuinstoelen, vuile matrassen – om de een of andere reden waren er altijd vuile matrassen – en meer lege bierblikjes en kapotgeslagen drankflessen dan je kon tellen. De muren stonden vol met veelkleurige graffiti, zo hoog als een arm met een spuitbus kon reiken. Will herkende enkele gang tags – de Suernos, de Bloods, de Crips – maar het waren vooral namen met een hart eromheen, vredestekens en een stel gigantische, fors geschapen eenhoorns met regenboogogen. Typische raverskunst. Het mooie van ecstasy was dat je er heel gelukkig van werd, tot je hart ermee stopte.

Ng had de indeling van het gebouw redelijk goed beschreven. Boven was een atrium dat in verbinding stond met de begane grond, net als in een winkelcentrum. Rond de galerij liep een tijdelijke houten reling, maar met openingen die een niet al te voorzichtig iemand in de problemen zouden kunnen brengen. De benedenverdieping was gigantisch, met vloeren van verschillende hoogtes, betonnen halve muurtjes voor wat intiemere zitjes en een grote open ruimte om te dansen. Wat waarschijnlijk een bar moest worden liep in een halve cirkel om de achterkant van het gebouw. Twee imposante, gebogen trappen voerden naar de eerste verdieping, zeker tien meter hoger. De betonnen trappen langs de muren deden denken aan de giftanden van een cobra die zich elk moment op de dansvloer kon storten.

Een oudere vrouw met een gele helm stapte op Amanda af. In haar hand had ze een tweede helm, die ze aan Amanda gaf, die hem op haar beurt aan Will gaf, die hem uiteindelijk op de vloer legde.

De vrouw kwam meteen ter zake. 'Gevonden op het parkeerterrein: een lege zak van doorschijnend plastic met aan de binnenkant een papieren label. Op enig moment heeft er een lichtbruin stuk zeildoek in gezeten, dat niet op de plaats delict is teruggevonden. Het zeildoek is van het merk Handy, één meter tien bij één meter zeventig, overal verkrijgbaar.' Even staakte ze haar vermoeide gedreun om adem te halen. 'Verder: een rol zwarte ducttape, een paar keer gebruikt, plastic verpakking nog niet gelokaliseerd. Volgens het weerbericht is er anderhalf etmaal geleden hier in de buurt een stortbui geweest. Het papieren label van de zeildoekzak en de randen van de ducttape vertonen geen tekenen van blootstelling aan een dergelijk weertype.'

'Tja, dan hebben we in elk geval een tijdraam,' zei Amanda. 'Ergens tijdens het weekend.'

'Zeildoek,' herhaalde Will. 'Dat gebruiken schilders.'

'Klopt,' zei de vrouw. 'In of buiten het gebouw is geen verf of schildersgereedschap aangetroffen.' Ze vervolgde haar verhaal. 'De trappen: die zijn allebei onderdeel van de plaats delict en worden nog onderzocht. Tot nu toe is het volgende gevonden: voorwerpen uit een damestas, iets wat op weefsel lijkt. Uit de darmen, geen stof.' Ze wees naar een schaarlift.

'Daar zullen jullie mee naar boven moeten. We hebben al iemand besteld om het ding te bedienen. Hij is hier over vijfentwintig minuten.'

'Je neemt me in de maling, hè?' Collier was ongemerkt bij hen komen staan. 'Kunnen we echt niet met de trap?' Argwanend bekeek hij de schaarlift, een hydraulisch apparaat dat een platform recht omhoog hees, als een buitengewoon wiebelige openluchtlift met alleen een dunne veiligheidsreling om de passagier voor een wisse dood te behoeden.

'Weet jij hoe je zo'n ding moet bedienen?' vroeg Amanda aan Will.

'Daar kom ik wel achter.' De machine was al aangesloten. Will vond de sleutel in de reserveaccukast. Met de punt van de sleutel drukte hij op het resetknopje onderin. De schaarlift schokte een paar keer snel op en neer, en toen deed hij het.

Will greep de veiligheidsreling en beklom de twee treden bij de motor. Amanda reikte naar zijn hand om opgehesen te worden. Het ging haar moeiteloos af, vooral omdat Will al het werk deed. Ze was licht, woog minder dan een zware bokszak.

Ze draaiden zich om en wachtten op Collier, die een blik op de giftand-achtige trappen wierp.

Amanda tikte op haar horloge. 'Je hebt twee seconden, rechercheur Collier.'

Collier ademde diep in en griste de gele helm van de vloer. Hij drukte hem op zijn hoofd en klauterde als een angstig babyaapje het platform op.

Will draaide de sleutel om en startte de motor. Tijdens zijn studie had hij vaak in de bouw gewerkt, en hij kon zo ongeveer elke machine op een bouwterrein bedienen. Toch liet hij het platform een beetje schudden, al was het maar om Collier met witte knokkels de veiligheidsreling te zien vastklemmen.

De motor knerpte tijdens het stijgen. Sara stond op de trap en hielp een technisch rechercheur met het verzamelen van bewijsmateriaal. Ze droeg een kakibroek en een nauwsluitend marineblauw T-shirt, dat haar op meer dan twee manieren flatteerde. Haar haar was nog opgestoken, maar een paar strengen waren losgeraakt. Ze had haar bril opgezet. Hij zag haar graag met bril.

Will had nu anderhalf jaar een relatie met Sara, wat er ruwweg op neerkwam dat hij nu al zeventien maanden en zesentwintig dagen langer gelukkig was geweest dan ooit. Hij woonde praktisch in haar appartement. Hun honden konden goed met elkaar overweg. Hij vond haar zus aardig. Hij begreep haar moeder. Hij was bang voor haar vader. Twee weken geleden was ze officieel in dienst getreden van het GBI. Dit was hun eerste gezamenlijke zaak. Hij geneerde zich lichtelijk, zo heerlijk vond hij het om haar te zien.

Daarom wendde Will zijn blik maar af, want zwijmelen over je vriendin op de plek van een gruwelijk misdrijf was waarschijnlijk de snelste manier om seriemoordenaar te worden.

Of misschien werd hij gewoon moordenaar. Collier had namelijk besloten zich over zijn hoogtevrees heen te zetten en naar Sara's kont te loeren toen ze zich vooroverboog om de rechercheur te helpen.

Will verplaatste zijn gewicht. Het platform schudde. Collier maakte een geluid dat het midden hield tussen kokhalzen en janken.

Amanda schonk Will een van haar schaarse lachjes. 'Mijn eerste klus was een vent die van een steiger naar beneden was gevallen. Dat was ver voor de invoering van al die stomme veiligheidsvoorschriften. Voor de patholoog viel er niet veel meer te doen. We hebben zijn hersens rechtstreeks van het trottoir de goot in gespoten.'

Collier boog zich voorover zodat hij zonder de reling los te laten met zijn arm het zweet van zijn gezicht kon wissen.

De lift schudde uit zichzelf toen Will het platform een paar centimeter onder de betonnen galerij stilhield. De houten reling was weggetrokken. Tegenover de opening lagen dikke schimmelige gipsplaten van één meter twintig bij drie meter tot borsthoogte opgestapeld. Aan de dikke stoflaag op de emmers met stucpasta te zien lagen ze er al sinds de bouw een half jaar geleden was stilgelegd. Graffitiafbeeldingen dropen loom over alles heen – de vloer, de muren, de bouwmaterialen – en twee van de alomtegenwoordige eenhoorns met regenboogogen hielden boven aan de trappen de wacht.

Zware houten deuren gaven toegang tot de vermoedelijke vipruimtes.

Het handgemaakte mahoniehoutsnijwerk was donkerbruin gebeitst, waarschijnlijk in de fabriek, maar de graffitikunstenaars hadden hun best gedaan de afwerking aan het oog te onttrekken. Van de ene trap naar de andere was de galerij bezaaid met gele genummerde markeringsbordjes. Verschillende in tyvek gehulde technisch rechercheurs fotografeerden en verzamelden bewijsmateriaal. Sommige vipruimtes werden bespoten met luminol, een chemische verbinding die lichaamsvocht bij blootstelling aan blacklight onaards blauw deed oplichten.

Will dacht liever niet aan al het lichaamsvocht dat ze gingen aantreffen.

Aan het eind van de galerij stond Faith met haar hoofd achterover uit een waterfles te drinken. Ze droeg een wit tyvekpak. De rits was open, en ze had de mouwen om haar middel gebonden. Kennelijk had ze zich als forensisch rechercheur voorgedaan om snel op de plaats delict te zijn, zonder op de schaarlift te moeten wachten. Vóór haar lag een berg verzegelde plastic bewijszakken, naast een keurige stapel dozen met handschoenen, plastic zakken en beschermende kleding. De moordkamer was een paar meter verderop, en de houten deur was naar buiten geopend. Licht flitste aan en uit terwijl de positie en de staat van het lijk door de forensisch fotograaf werden vastgelegd. Ze mochten pas naar binnen als elke vierkante centimeter in kaart was gebracht.

Op weg naar de moordkamer haalde Amanda haar telefoon tevoorschijn en las haar nieuwe berichten. 'CNN is er. Ik moet de gouverneur en de burgemeester bijpraten. Will, jij neemt het voortouw terwijl ik hun handjes vasthoud. Collier, jij zoekt uit of Harding nog familie heeft. Van wat ik me herinner is er een tante aan vaderskant.'

'Tot uw dienst.' Colliers schouder schuurde langs de muur toen hij op enige afstand volgde.

'Zet die helm af. Je lijkt wel iemand van de Village People.' Weer keek ze op haar telefoon. Kennelijk was er nieuwe informatie binnengekomen. 'Harding heeft vier ex-vrouwen. Twee werken nog voor het korps, allebei in het archief. Spoor ze op en kijk of er een bookmaker of pooier is van wie de naam telkens opduikt.'

Strompelend probeerde Collier haar bij te houden nadat hij de helm op de vloer had gelegd. 'Denkt u dat zijn exen nog steeds contact met hem hadden?'

'Meen je dat nou, die vraag?' Haar woorden troffen duidelijk doel, want Collier reageerde met een knikje. Ze liet haar telefoon weer in haar zak glijden. 'Faith, laat het hele verhaal eens horen.'

'Pin van een deurknop door de hals.' Faith wees naar de zijkant van haar eigen hals. 'Zelfde type als de overige deurknoppen hierboven, dus we mogen ervan uitgaan dat de moordenaar die niet heeft meegenomen om er een moord mee te plegen. Bij de auto is een G43 gevonden. Het mechanisme is geblokkeerd maar er is minstens één kogel mee afgeschoten. Charlie trekt op dit moment het serienummer na.'

'Dat is de nieuwe Glock,' zei Collier. 'Hoe ziet die eruit?'

'Lichtgewicht, slank profiel. Ruwe greep, maar een prima wapen om verborgen te dragen.'

Collier stelde nog een vraag over het wapen, dat speciaal voor overheidsgebruik was vervaardigd. Will luisterde al niet meer. Met dat pistool werd de zaak niet opgelost.

Hij stapte om enkele gemarkeerde, bloederige schoenafdrukken heen en bukte zich om het sluitwerk van de deur wat beter te bekijken. De afdekplaat was rechthoekig, zo'n zeven bij vijftien centimeter en vastgeschroefd aan de deur. Hij was van gietijzer, geplateerd met gepolijst koper, en had een gedetailleerd reliëfontwerp, met een cursieve R in het midden. Rippy's logo. Will was die R overal in het huis van de man tegengekomen. Hij tuurde naar de klink met de lange metalen cilinder die de deur sloot of opende als je er een draai aan gaf. Rond het holle vierkant waar de deurpin doorheen hoorde te gaan zaten krassen. Hij keek naar de vloer en zag de lange schroevendraaier met het genummerde gele kaartje ernaast.

Iemand had in de kamer opgesloten gezeten, en iemand anders had zich met behulp van de schroevendraaier toegang verschaft.

Will kwam weer overeind om de moordplek te overzien. De fotograaf stapte voorzichtig over het lijk om niet uit te glijden in het bloed.

Er was heel veel bloed.

Het was tegen het plafond op gespoten, tegen de muren gesproeid en gespat, het glinsterde op de vrijwel zwarte, kriskras door elkaar lopende graffiti. Het was over de vloer gestroomd alsof iemand een canule in Hardings halsslagader had geopend en die had laten leeglopen. Licht sprankelde over het donkere, stollende vocht. Will proefde de metaalsmaak van ijzer dat met zuurstof in contact kwam. Daaronder ving hij een zweem pislucht op, en om de een of andere reden vond hij dat deerniswekkender dan de deurpin die net als bij Frankenstein als een schroef uit Hardings vlezige spekhals stak.

Voor wie bij de politie werkte, had de dood zelden iets waardigs.

Het lichaam van Dale Harding lag in het midden van de kamer, die ongeveer zes vierkante meter was, met een gewelfd plafond. De man lag plat op zijn rug. Hij was groot en kaal, en in zijn goedkope, glimmende pak, dat niet om zijn dikke pens sloot, leek hij eerder een politieman van zijn vaders generatie. Aan één kant hing zijn overhemd uit zijn broek. Zijn rood met blauw gestreepte das lag naar twee kanten, als de benen van een hordeloper. De tailleband van zijn broek was omgeslagen. Het roestvrijstalen TAG Heuer-horloge zat als een tourniquet om zijn pols nu uiteenlopende ontbindingssappen zijn lichaam lieten opzwellen. Een gouden ring met diamant sneed in zijn pink. Om zijn wasachtig gele enkels spanden keurige zwarte sokken. Zijn mond stond open. Zijn ogen waren gesloten. Het leek wel of hij eczeem had. De droge huid rond zijn mond en neus zag eruit alsof hij met suiker was besprenkeld.

Vreemd genoeg zat er alleen een veeg bloed aan de voorkant van zijn lichaam, alsof een schilder een zwiep met zijn kwast had gegeven. Op zijn gezicht zaten een paar druppels, maar verder was er niets, vooral niet waar je het zou verwachten, namelijk rond de te strakke boord van zijn overhemd.

'Deze lagen op de trap.'

Will keerde zich om.

Faith draaide de plastic zak om zodat ze de etiketten kon lezen. 'BareMinerals. Mac. Lichtbruine tinten oogschaduw. Espressobruine mascara. Chocoladebruine eyeliner. De foundation en het poeder zijn medium.'

'Waarschijnlijk een blanke vrouw,' zei Amanda.

'Er zit ook een blikje lippenbalsem bij. La Mer.'

'Rijke blanke vrouw,' corrigeerde Amanda zichzelf. Will kende het merk, maar alleen omdat Sara het gebruikte. Ooit had hij per ongeluk het bonnetje gezien en bijna een hartaanval gekregen. Per ons was de balsem duurder dan een brok heroïne.

'Dus we kunnen ervan uitgaan dat er een vrouw bij Harding is geweest,' zei Amanda.

'En nu niet meer,' zei Faith. 'Deurpin door de hals lijkt me typisch iets voor een vrouw.'

'Waar is die handtas?' vroeg Amanda.

'In de kamer. Zo te zien is hij gescheurd, alsof hij ergens achter is blijven haken.'

'En alleen de make-up is eruit gevallen?'

Faith pakte de overige plastic bewijszakken en somde de inhoud op. 'Eén autosleutel, Chevy, onbekend model, geen sleutelring. Een borstel met lange bruine haren, die gaat zo snel mogelijk naar het lab. Blikje pepermunt, Altoids. Allerlei munten met pluis uit de tas. Pakje tissues, merk Puffs. Een plastic contactlenzendoosje. Een tube ChapStick, de pauperlippenbalsem.'

'Geen portefeuille?'

Faith schudde haar hoofd. 'Volgens de fotograaf zat die ook niet in de tas, maar we kijken wel even als hij klaar is.'

'Goed, we hebben dus een dode politieman en een verdwenen vrouw.' Amanda las de blik in Wills ogen. 'Ze is het huis niet uit geweest. Een uur geleden heb ik haar gesproken, en ik heb het nagetrokken bij de hulpsheriff die bij haar huis staat te posten.'

Keisha Miscavage, die Marcus Rippy had aangeklaagd. Haar naam was niet aan de pers vrijgegeven, maar dankzij internet bleef niemand lang anoniem. Drie maanden geleden was Keisha ondergedoken, en omdat ze serieuze doodsbedreigingen van verschillende fans van Rippy had ontvangen, stond ze nog steeds onder permanente politiebewaking.

'Hoe zit het met al die gang tags?' vroeg Collier. 'Hierboven tel ik er twee, beneden minstens vier. Daar moeten we de bende-eenheid op zetten, kunnen ze wat gangsters oppakken.'

'Zullen we alle eenhoorns dan ook maar laten oppakken?' zei Faith.

Amanda schudde haar hoofd. 'Het gaat nu om de vrouw. Stel dat ze in deze kamer is geweest. En stel dat ze iets te maken heeft gehad met de huidige toestand van het slachtoffer, als we Harding het slachtoffer mogen noemen.' Ze keek naar de inhoud van de handtas. 'Het gaat om een blanke, redelijk welgestelde vrouw die midden in de nacht in een verkeerd deel van de stad een ontmoeting had met een foute smeris. Waarom? Wat had ze hier te zoeken?'

'Betalen is makkelijker dan trouwen,' zei Collier. 'Misschien was het een escort en wilde of kon hij niet betalen, en werd ze toen kwaad.'

'Vreemde plek voor een pijpbeurt,' was Faiths bezwaar.

'Dat zeildoek is trouwens een kleine maat,' zei Will, want Amanda bracht haar weekenden vast niet door tussen de zeildoekschappen in de plaatselijke ijzerwarenwinkel. 'De standaardmaat is één meter vijftig bij twee meter tien, of één meter tachtig bij drie meter zestig, maar de verpakking buiten was voor een doek van één meter tien bij één meter zeventig. Alleen al Hardings middel is één meter in omtrek en hij is zo'n één meter tachtig lang.'

Amanda staarde hem aan. 'En nu in gewone taal.'

'Als de moordenaar dat zeildoek heeft meegenomen om zich van een lijk te ontdoen, dan was het stuk doek dat hij heeft gekocht voor een veel kleiner persoon bedoeld.'

'Een vrouwenmaat,' zei Faith. 'Fantastisch.'

Amanda knikte. 'Harding heeft hier met die vrouw afgesproken om haar te vermoorden, maar hij heeft het tegen haar moeten afleggen.'

'Ze is gewond.' Sara kwam de trap op. Haar bril zat om de boord van haar shirt gehaakt. Met de achterkant van haar arm wiste ze het zweet van haar voorhoofd. 'Op de linkertrap gaat een spoor omhoog van bebloede blotevoetafdrukken. Hoogstwaarschijnlijk van een vrouw, maat negenendertig, veertig, met een zware afzet die erop wijst dat ze rende.' Ze wees achter zich, naar de trap. 'Op de tweede tree van boven zit een impactplek die wijst op een val waarbij ze haar hoofd heeft gestoten, waarschijnlijk bij de kruin. In de bloedspatten hebben we wat lang bruin haar aangetroffen dat lijkt op wat er in de borstel zit.' Ze wees naar de andere trap. 'Rechts hebben we nog meer voetafdrukken, van een lopend iemand, en een passief bloedspatpatroon dat een spoor naar de nooduitgang vormt, waarna het verdwijnt op de metalen trap. Passieve bloedspatten wijzen op een open wond.'

'Dus ze is naar boven gerend en naar beneden gelopen?' giste Amanda.

'Mogelijk.' Sara haalde haar schouders op. 'Honderden mensen zijn dit gebouw in en uit geweest. Misschien heeft iemand die voetafdrukken vorige week achtergelaten en zijn de bloeddruppels van iemand anders die hier gisteravond is geweest. Eerst moet van elk monster het DNA worden geanalyseerd voor we met zekerheid kunnen zeggen wat bij wie hoort.'

Amanda keek verstoord. DNA-analyse kon weken duren. Zij gaf de voorkeur aan onderzoek met onmiddellijk resultaat.

'Klaar.' De fotograaf trok zijn tyvekpak uit. Zijn kleren waren drijfnat. Zijn haar leek wel op zijn hoofd geverfd. 'Jullie mogen de kamer in,' zei hij tegen Amanda. 'Zodra ik terug ben, zal ik de foto's verwerken en uploaden.'

Ze knikte. 'Bedankt.'

Sara trok een nieuw paar handschoenen uit haar achterzak. 'De schoenafdrukken hier...' Ze wees naar de vloer, die zo uit een dansstudio kon komen. 'Die zijn van de agenten die het eerst ter plekke waren. Twee paar. Een van hen ging de kamer binnen, waarschijnlijk om naar het gezicht te kijken. Het profiel van beide paren schoenen is bijna identiek. Haix Black Eagles. Horen bij de politie-uitrusting.'

'In hun verklaringen staat dat ze de kamer niet zijn binnengegaan,' zei Collier geërgerd.

'Vraag het nog eens na.' Sara trok een nieuw paar schoenbeschermers aan. 'Er is heel veel bloed,' verklaarde ze. 'Ze hebben het slachtoffer herkend. Een collega. Dat is me nogal wat...'

'Ho ho, Rooie.' Als een verkeersagent stak Collier zijn hand op. 'Moet je niet op de PA wachten voor je daar naar binnen wandelt?'

De blik die Sara hem schonk was ooit de voorbode geweest van de twee ellendigste uren uit Wills leven. 'Ik bén de patholoog-anatoom, en ik geef de voorkeur aan Sara of dokter Linton.'

Faiths schelle lach weergalmde door het gebouw.

Steunend met haar hand tegen de muur liep Sara de kamer in. Rimpelingen verspreidden zich over de bloedplas. Ze raapte de tas op die in de hoek lag. De riem was gebroken. Langs de zijkant liep een lange scheur. De tas was van zwart, geruwd leer met zware koperen ritsen en gespen en een slot bij de sluiting, zo'n ding dat of heel duur of heel goedkoop was.

'Ik zie geen portefeuille.' Sara hield een goudkleurige lipstick omhoog. 'Sisley, Rose Cashmere. Die heb ik thuis ook.' Ze fronste haar wenkbrauwen. 'Aan de zijkant is het goud eraf geschaafd, net als bij de mijne. Vast een fabrieksfout.' Ze liet de lipstick weer in de tas vallen. Ze woog hem op haar hand. 'Dit voelt niet als Dolce&Gabbana.' Ze liep naar de deur.

'Nee.' Amanda wierp er een blik in. 'Het is namaak. Zie je die naden?'

'Het &-teken is ook het verkeerde lettertype.' Faith spreidde een stuk plastic op de vloer uit om de tas grondiger te kunnen inventariseren. 'Waarom koop je een nep-D&G als je je Sisley en La Mer kunt veroorloven?'

'Een tas van tweeënhalfduizend dollar tegen een lippenstift van vijftig dollar?' zei Amanda.

'De lippenstift kun je nog achteroverdrukken, maar die tas niet,' merkte Faith op.

'Misschien een testexemplaar. Die krassen zijn wellicht van het etiket dat eraf is gekrabd.'

Will schonk Collier een samenzweerderige blik, zo van *Wij mannen hebben geen flauw idee waar dit over gaat*, maar Collier keek terug alsof hij Will het liefst door zijn kop wilde schieten.

Sara liep de kamer weer in. Dit was haar eerste kans om de moordplek echt te onderzoeken. Will had vaker een glimp opgevangen van deze kant van haar karakter, maar nog nooit in een officiële hoedanigheid. Zonder zich te haasten verkende ze de kamer, en zwijgend bestudeerde ze de bloedspatpatronen en de straal bloed op het plafond. De graffiti maakten het er niet gemakkelijker op. Op sommige plekken waren de muren helemaal zwart van de opgespoten logo's en tags. Ze bekeek alles van dichtbij en zette haar bril op om de spuitverf van het bloed te kunnen onderscheiden. Tweemaal liep ze de kamer rond voor ze aan haar onderzoek van het lichaam begon.

Omdat ze niet in het bloed neer kon knielen, ging ze op haar hurken bij het dikke middel van Harding zitten. Ze doorzocht zijn voorste broekzakken en overhandigde Faith een gesmolten chocoladereep, een geopend pakje Skittles, een pak bankbiljetten die met een groen elastiek bij elkaar werden gehouden en wat muntgeld. Vervolgens doorzocht ze Hardings jasje. In de borstzak zat een opgevouwen stuk papier. Sara vouwde het open. 'Een raceformulier. Online gokken.'

'Honden?' vermoedde Amanda.

'Paarden.' Sara gaf het formulier aan Faith, die het naast de andere voorwerpen op het plastic legde.

'Geen mobiele telefoons,' merkte Faith op. 'Niet op het lichaam van Harding. Niet in de tas. Niet in het gebouw.'

Sara beklopte het lichaam om zichzelf ervan te verzekeren dat ze niets belangrijks in zijn kleren had gemist. Ze schoof Hardings oogleden open. Met beide handen duwde ze zijn kaken uiteen om in zijn mond te kijken. Ze knoopte zijn overhemd en broek los. Ze bestudeerde elke vierkante centimeter van zijn opgezwollen onderbuik. Ze trok zijn losgeknoopte manchetten omhoog en bekeek zijn onderarmen. Ze hees zijn broekspijpen op en schoof zijn sokken naar beneden.

Ten slotte zei ze: 'Aan de lijkvlekken te zien is het lichaam niet verplaatst, dus hij is hier gestorven, in deze houding, op zijn rug. Ik heb de omgevingstemperatuur en de temperatuur van de lever nog niet, maar hij is volledig stijf, wat betekent dat hij meer dan vier uur en minder dan acht uur dood is.'

'Dat geeft ons dus een tijdpad van zondagavond tot maandagochtend,' zei Faith. 'De brandweer schat dat de auto vier tot vijf uur geleden in brand is gestoken. Dan zitten we op drie uur vannacht. De oproep kwam om vijf uur binnen.'

'Sorry, maar mag ik daar iets over vragen?' Het was duidelijk dat Collier nog steeds zijn wonden likte, maar het was al even duidelijk dat hij zijn nut wilde bewijzen. 'Hij heeft een soort schimmel om zijn mond en neus. Die ontstaat toch veel later dan binnen vijf uur?'

'Inderdaad, maar het is geen schimmel,' antwoordde Sara. 'Wil je me even helpen het lichaam op zijn kant te rollen? Hij mag niet voorovervallen.'

Collier trok twee schoenbeschermers uit de doos. Met een scheve grijns naar Sara schoof hij ze over de oude beschermers die hij had aangetrokken toen hij het gebouw betrad. 'Ik heet trouwens Holden. Net als in het boek. Mijn ouders hoopten op een onaangepaste eenling.'

Sara glimlachte om de flauwe grap, maar Will kon wel door de grond zakken.

Zonder de grijns van zijn gezicht te vegen pakte Collier een paar handschoenen van Sara aan, om vervolgens heel overdreven met zijn kinderhandjes de vingers uit te rekken. 'Hoe gaan we dit doen?'

'Ik tel tot drie.' Bij drie hees Collier grommend Hardings schouders van de grond en probeerde hem op zijn zij te rollen. Het lichaam was stijf en scharnierde schuin opzij. Bij het verplaatsen van het gewicht dreigde Harding met zijn neus in een plas bloed te vallen, en Collier zette zijn ellebogen schrap tegen zijn knieën om het lichaam recht te houden.

Om zijn rug te onderzoeken trok Sara Hardings jasje en overhemd omhoog. Will vermoedde dat ze op zoek was naar puncties. Ze drukte met haar gehandschoende vingers op de huid om te zien of er open wonden waren, maar vond niets. Door het donkere bloed op de vloer leek het alsof Harding in een bak motorolie was gedompeld.

'Hou je het nog een minuutje?' vroeg Sara aan Collier.

'Ja hoor.' Hij perste het woord zijn keel uit. Will zag zijn halsaderen opzwellen. Harding woog wel honderdtien kilo, misschien meer. Colliers armen trilden van de inspanning die het hem kostte om de man schuin overeind te houden.

Sara trok een nieuw paar handschoenen aan. Ze stak haar hand in Hardings achterzak en haalde er een dikke kunststof portefeuille uit. Het klittenband maakte een scheurend geluid toen ze het lostrok. Ze somde op wat ze aantrof: 'Ticketstrookjes, bonnetjes van afhaaltenten, gokbriefjes, twee verschillende foto's van een naakte blondine uit de collectie van BackDoorMan.com. Een paar visitekaartjes.' Ze keek naar Collier. 'Leg hem weer neer, maar voorzichtig.'

Kreunend liet Collier het lijk op de vloer zakken.

'Moet je kijken.' Sara gaf een visitekaartje aan Faith. Will herkende het kleurenlogo. Dat had hij talloze malen gezien op documenten die waren overgedragen door Marcus Rippy's sportmanagementteam.

'Kolere,' mompelde Faith. 'Kip Kilpatrick. Dat is toch Rippy's manager? Die heb ik op tv gezien.'

Will keek naar Amanda. Ze had haar ogen gesloten, alsof ze de naam van de man uit haar gedachten wilde wissen. Will voelde hetzelfde. Kip Kilpatrick was Marcus Rippy's manager, belangrijkste advocaat, beste vriend en algehele regelaar. Wettig bewijs ontbrak, maar Will was ervan overtuigd dat Kilpatrick zijn trawanten eropuit had gestuurd om twee getuigen van het oudejaarsfeest af te kopen en een derde zo te intimideren dat hij zijn mond hield.

'Niet om vervelend te doen,' zei Sara, 'maar die deurpin heeft Hardings halsaderen en slagaderen gemist. En ook zijn slokdarm. En zo ongeveer alles wat ertoe doet. In zijn mond of neus zit geen bloed. Door die pin heeft hij nauwelijks gebloed, alleen een stroompje dat langs de zijkant van zijn hals is opgedroogd. Verder heeft hij geen serieuze verwondingen. Dit bloed, of in elk geval deze hoeveelheid bloed, is niet van hem afkomstig.'

'Wat?' Amanda klonk eerder geërgerd dan geschokt. 'Weet je dat zeker?'

'Absoluut. De achterkant van zijn kleren heeft bloed van de vloer opgezogen, en die veeg bloed op zijn overhemd is duidelijk van iemand anders. Zijn hoofdslagaderen zijn intact. Op zijn hoofd, romp, armen of benen heb ik geen wonden van betekenis aangetroffen. Het bloed dat je hier in de kamer ziet, is niet van Dale Harding.'

Will was verbaasd, maar meteen vond hij het stom dat hij verbaasd was. Sara had de plaats delict beter geduid dan hij.

'Van wie is dat bloed dan?' vroeg Faith. 'Van Ms. La Mer?'

'Daar lijkt het wel op.' Voorzichtig, om haar evenwicht niet te verliezen, kwam Sara overeind.

Amanda probeerde de informatie te verwerken. 'Onze verdwenen vrouw is met haar hoofd op de trap gevallen, vervolgens is ze met haar bloederige voeten over de galerij gerend, en wat toen?'

'Er heeft zich in deze kamer een gewelddadig gevecht tussen twee mensen voorgedaan. Aan het patroon te zien is het bloed met kracht tegen het plafond gespoten, wat duidt op een doorboorde slagader, en zoals ik al zei, die was niet van Harding.' Sara liep naar de hoek aan de overkant van de kamer. 'We hebben andere lichtbronnen nodig, want de graffitiafbeeldingen zijn heel donker, maar zien jullie deze veeg over de muur? Die is van een hand, en de hand zat onder het bloed. Afmeting en spanwijdte zijn klein, als bij een vrouw.'

Will had de uitgesmeerde bloedveeg al gezien, maar niet dat die eindigde in een zichtbaar stel vingers. Ze deden hem denken aan de vingervormige kneuzingen op de hals van Keisha Miscavage.

'Er zijn vannacht geen onopgeloste schietpartijen gemeld,' zei Amanda tegen Sara. 'Dus we hebben het over een steekpartij?'

Sara haalde haar schouders op. 'Eventueel.'

'Eventueel,' herhaalde Amanda. 'Schitterend. Ik zal de ziekenhuizen laten weten dat ze eventuéél moeten uitkijken naar een onverklaarbare steekpartij met een ernstige hoofdwond.'

'Dat doe ik wel.' Collier begon al op zijn telefoon te tikken. 'Ik heb een maat op de politiepost van het Grady Hospital. Die kan gelijk op de spoedafdeling gaan kijken.'

'We moeten het Atlanta Medical en het Piedmont ook inlichten.'

Collier knikte al typend.

'Sara, leg nog eens uit,' zei Faith. 'Die deurknop heeft niet tot Hardings dood geleid, maar hij is dood, dat is duidelijk. Wat is er gebeurd?'

'Slechte keuzes, dat is wat er is gebeurd. Hij is morbide obees. Hij is abnormaal opgezwollen. Zijn ogen vertonen tekenen van bindvliesontsteking. Ik vermoed dat hij door hoge bloeddruk een vergroot hart heeft. Op zijn onderbuik en bovenbenen zitten naaldsporen, die erop wijzen dat hij aan suikerziekte leed en afhankelijk was van insuline. Hij leefde op fastfood en Skittles en was totaal niet met zijn gezondheid bezig.'

Collier keek sceptisch. 'Dus midden in een gevecht op leven en dood kreeg Harding een diabetisch coma? Slim bekeken.'

'Het ligt ingewikkelder.' Sara wees naar het gebied rond haar eigen mond. 'Hardings gezicht. Je dacht dat het schimmel was, maar schimmel groeit meestal in kolonies of in een massa bij elkaar. Denk maar aan brood dat niet meer goed is. Eerst dacht ik aan seborroïsch eczeem, maar nu weet ik bijna zeker dat het uremische vorst is.'

'Ik dacht al urine te ruiken,' zei Will.

'Dat had je goed.' Sara reikte Collier een zak aan voor zijn handschoenen en schoenbeschermers. 'Ureum is een gifstof die als het goed is door de nieren uit het bloed wordt gefilterd. Als de nieren om de een of andere reden niet werken – denk maar aan diabetes en hoge bloeddruk – probeert het lichaam het ureum met zweet uit te scheiden. Het zweet verdampt, het ureum kristalliseert, en dat leidt tot uremische vorst.'

Collier knikte, alsof hij het begreep. 'Hoeveel tijd gaat daar overheen?'

'Niet veel. Hij leefde al een poos met chronisch nierfalen in het laatste stadium. Op zeker moment werd hij daarvoor behandeld. In zijn arm heeft hij een canule voor vaattoegang. Uremische vorst komt zeer zelden voor, maar we kunnen eruit afleiden dat hij om wat voor reden dan ook is gestopt met dialyse, waarschijnlijk tussen een week en tien dagen geleden.'

'Jezus,' zei Faith. 'Dus is dit moord of niet?'

'Zo te zien hebben ze elkaar willen vermoorden, en kennelijk zijn ze er allebei in geslaagd,' zei Amanda. Ze richtte zich tot Sara: 'Laten we ons concentreren op de verdwenen vrouw. Je zei dat in deze kamer een gewelddadig gevecht heeft plaatsgevonden, een gevecht dat Harding heeft verloren, maar niet nadat hij zijn tegenstander behoorlijk wat letsel had toegebracht, zoals we aan het bloed kunnen zien. Is die vrouw, gezien haar verwondingen, in staat geweest het gebouw uit te lopen en weg te rijden? En laat alle misschiens en mogelijks maar achterwege. Je bent niet in de rechtbank, dokter Linton.'

Toch hield Sara een slag om de arm. 'Laten we beginnen bij die impact op de trap. Als die van het hoofd van de ontbrekende vrouw is, dan heeft ze een behoorlijk harde dreun gehad. Waarschijnlijk heeft ze een scheur in haar schedel. In het gunstigste geval heeft ze een hersenschudding.' Sara keek de moordkamer weer in. 'Het echte gevaar schuilt in het grote bloedverlies. Ik schat dit op iets meer dan twee liter, dus een verlies van dertig tot vijfendertig procent. Dan heb je het al bijna over bloedverlies klasse III. Het bloeden moet niet alleen gestelpt worden, ze heeft ook vocht nodig, waarschijnlijk via een infuus.'

'Daarvoor kon ze het zeildoek gebruiken,' zei Will. 'Om het bloeden te stelpen. Het zeildoek ontbreekt. Op het parkeerterrein is een rol ducttape gevonden.'

'Dat is mogelijk,' beaamde Sara. 'Maar laten we het over de aard van de verwonding hebben. Als het bloed van haar borst of hals afkomstig was, zou ze dood zijn. Het kan niet van de buik zijn, want dat bloed zou in de buik zijn gebleven. Dus blijven de ledematen over. Dit bloed kan van een flinke jaap in de lies afkomstig zijn. Dan zou ze kunnen lopen, maar niet zonder moeite. Hetzelfde geldt voor de mediale malleolus, de binnenkant van de enkel. Dan zou ze nog steeds hebben kunnen wegkruipen of zich hebben kunnen wegslepen. Of het kan dit zijn...' Sara hield haar armen beschermend voor haar gezicht, met de handpalmen naar buiten. 'Een horizontale snee door de radiale of ulnaire slagaderen, ze maait met haar armen en het bloed spuit als uit een tuinslang de kamer rond, en in feite is de ader op dat moment ook een tuinslang.' Ze keek weer naar Harding. 'Maar als dat het geval was, zou ik verwachten dat hij nog meer onder het bloed zat.'

'Bedankt dokter, voor de multiplechoicelijst,' zei Amanda. 'Hoeveel tijd hebben we nog om die vrouw te vinden?'

Sara nam de steek luchtig op. 'Verwondingen van dat soort moeten altijd behandeld worden, ook al slaagt ze erin het bloeden te stelpen. Gezien de hoeveelheid bloed die ze heeft verloren en de vier tot vijf uur sinds het tijdstip van zijn dood, schat ik dat ze zonder medisch ingrijpen nog drie tot vier uur heeft voor haar organen het beginnen te begeven.'

'Jij doet de doden, wij speuren de levenden op.' Amanda richtte zich tot Will en Faith. 'De klok tikt. Allereerst moeten we die vrouw zien te vinden en medische hulp voor haar regelen, en dan moeten we uitvogelen wat ze hier in godsnaam te zoeken had.'

'Hoe zit het met BackDoorMan.com? Komt daarmee Rippy in beeld?' vroeg Collier.

'Daar kickte Harding vast op,' zei Will. 'Rippy heeft een uitgesproken voorkeur.'

'Donker haar, lekkere mond, moordlijf,' vulde Faith aan.

'Zijn vrouw is blond,' zei Collier.

Faith sloeg haar ogen ten hemel. 'Ik ben blond. Dat van haar komt uit een flesje.'

'Jullie mogen het over haarkleur hebben nadat we die vrouw hebben gevonden,' zei Amanda tegen Collier. 'Laat je partner de meldingen van vermiste personen van de afgelopen achtenveertig uur verzamelen. Vrouwen, jong, Rippy's type.' Collier knikte, maar ze was nog niet klaar. 'Ik heb minstens tien man in uniform nodig om beide pakhuizen en het kantoorgebouw te doorzoeken. En laat een bouwkundig ingenieur komen; dat gebouw lijkt me behoorlijk krakkemikkig. Op elke verdieping, in elk hoekje en gaatje wil ik voeten op de vloer, niet alleen ogen en oren, en alles moet onderzocht worden. Ons slachtoffer schuine streep moordenares heeft zich misschien pal onder onze neus verscholen of ligt ergens dood te bloeden. Die krantenkop willen we morgenochtend geen van allen zien.'

Tegen Faith zei ze: 'Ga naar Hardings woning. Tegen de tijd dat je daar aankomt, heb ik het huiszoekingsbevel getekend. Harding gaf zich voor privédetective uit. Dan heeft hij wellicht onderzoek gepleegd naar een vrouw, mogelijk in opdracht van Rippy. Mogelijk was ze ook een slachtoffer van hem, of misschien chanteerde ze hem voor geld, of beide. Harding heeft vast een dossier, foto's, aantekeningen, en hopelijk het adres van de vrouw.'

Ze wees naar Will. 'Jij gaat met haar mee. Harding zal wel niet in luxe leven. Het is vast zo'n buurt met drankzaken, geldwisselaars en striptenten. Waarschijnlijk zijn er wegwerptelefoons te koop. Check of de IMEInummers in de eventuele beveiligingsopnamen voorkomen om te zien of we een telefoonnummer aan Harding kunnen koppelen, en vergelijk dat dan met nummers die verbonden zijn met Kip Kilpatrick of Marcus Rippy.'

'Begrepen,' klonk het in koor.

Will hoorde metaal over beton schrapen. De schaarlift had Charlie Reed op de eerste verdieping afgeleverd. Met sombere blik liep hij op hen af.

'Voor de draad ermee, Charlie,' zei Amanda. 'Het is al een race tegen de klok.'

Charlie frunnikte aan zijn mobiel. 'Ik heb de info over de Glock 43 binnen.'

'En?'

Met zijn blik strak op Amanda gericht zei hij: 'Misschien moeten we –'

'Voor de draad ermee, zei ik.'

Hij ademde diep in. 'Hij staat op naam van Angie Polaski.'

Opeens kreeg Will het benauwd. Zijn tong smaakte zuur.

Donker haar. Lekkere mond. Moordlijf.

Het was alsof de zijkant van zijn gezicht in brand stond. Mensen staarden hem aan. Wachtten op zijn reactie. Een zweetdruppel rolde in zijn oog. Hij keek op naar het plafond, omdat hij zijn blik nergens anders op durfde te richten.

Uiteindelijk verbrak Collier de stilte met een vraag. 'Wat snap ik hier niet?' Toen niemand antwoordde vroeg hij: 'Wie is Angie Polaski?'

Sara schraapte haar keel en zei: 'Angie Polaski is Wills vrouw.'

TWEE

Sara zag Will met zijn hand steun zoeken bij de muur. Ze moest iets doen, hem troosten, zeggen dat het goed kwam, maar ze stond daar en vocht tegen de bekende vonk van woede die ze altijd voelde als de naam van zijn onvoorspelbare, hatelijke vrouw viel.

Sinds zijn elfde was Angie Polaski als een muskiet Wills leven in- en uitgefladderd. Ze waren samen opgegroeid in een kindertehuis in Atlanta, ze waren allebei misbruikt, verwaarloosd, mishandeld en in de steek gelaten, maar ze hadden het overleefd. Niet alles kon op het conto van het systeem worden geschreven. Van al het leed dat Will tijdens zijn jeugd had moeten ondergaan, waren Angies kwellingen het ergst geweest. En ze kwelde hem nog steeds, want er school een wrede logica in het feit dat ze hier met zijn allen bijeen waren, in dit gebouw waar haar nieuwste slachtoffer in een stollende bloedplas lag.

Dale Harding was bijkomstige schade. Will was altijd Angies hoofddoelwit, degene die ze keer op keer wist te raken.

Was het nu dan eindelijk afgelopen met haar?

'Het kan niet...' Will zweeg. Zijn blik tastte de moordkamer af. 'Ze kan niet...'

Sara vocht tegen haar woede. Dit was niet de zoveelste dwarse poging van Angie om aandacht te krijgen. Ze zag Will dezelfde gevolgtrekkingen maken: de gewelddadige strijd, de levensbedreigende verwonding, de ware zee van bloed.

Gewond. Gevaarlijk. Wanhopig.

Angie.

'Ze...' Weer zweeg Will. 'Misschien is ze...' Hijgend liet hij zich tegen de muur zakken. 'O god. O jezus.' Hij sloeg zijn hand voor zijn mond. 'Ze kan niet...' Zijn stem sloeg over. 'Ze is het.'

'Dat weten we niet.' Sara probeerde geruststellend te klinken. Ze hield zichzelf voor dat dit niet om Angie ging. Het ging om Will. De aanblik van zijn pijn was als een mes dat in haar borst werd rondgedraaid. 'Misschien is haar wapen gestolen of –'

'Ze is het.' Hij keerde hun zijn rug toe en liep een paar meter weg, maar Sara had nog net zijn gekwelde blik gezien. Ze werd overmand door haar eigen nutteloosheid. Ze wilden allebei wanhopig graag van Angie verlost zijn, maar niet op deze manier. Tenminste, dat zou Sara nooit hardop uitspreken. Ze moest toegeven dat ze altijd had geweten dat Angie nooit voor een elegante finale zou kiezen. Zelfs dood – of bijna-dood – had ze een manier gevonden om Will met zich mee naar beneden te sleuren.

Amanda vroeg: 'Charlie, wat staat er als geregistreerd adres vermeld?'

'Hetzelfde als op haar rijbewijs.' Charlie keek op het schermpje van zijn telefoon. 'Baker Street...'

'98,' vulde Will aan zonder zich om te draaien. 'Dat is haar oude adres. En het telefoonnummer?'

Charlie las een nummer op, maar Will schudde zijn hoofd. 'Afgesloten.'

'Weet jij waar ze is?' vroeg Amanda.

Weer schudde Will zijn hoofd.

'Wanneer heb je haar voor het laatst gezien?'

Hij zweeg even. 'Zaterdag,' zei hij ten slotte.

Het mes in Sara's borst maakte een laatste, wrede draai. 'Zaterdag?'

Ze hadden bij hem thuis geslapen. Ze hadden gevreeën. Twee keer. Will had gezegd dat hij ging hardlopen, maar hij had in het geheim met zijn vrouw afgesproken.

Sara kreeg de woorden nauwelijks haar mond uit. 'Heb je haar twee dagen geleden nog gezien?'

Will zweeg.

Amanda zuchtte kort en geërgerd. 'Heb je een telefoonnummer? Weet je waar ze werkt? Hoe we met haar in contact kunnen komen?'

Bij elke vraag schudde hij zijn hoofd.

Sara staarde naar zijn rug, naar zijn brede schouders waar ze haar armen omheen had geslagen. Zijn hals, die ze had gekust. Zijn dikke, lichtblonde haar waar ze doorheen had gewoeld. Haar ogen schoten vol. Had hij al die tijd nog met Angie afgesproken? Al die avonden dat hij moest overwerken. Al die vroege vergaderingen. Al die keren dat hij twee uur ging hardlopen, al die potjes straatbasketbal.

'Goed.' Amanda klapte in haar handen. Haar stem droeg door het hele gebouw. 'Forensisch team, neem een kwartier pauze. Zorg dat je vocht binnenkrijgt. Ga maar in de airco zitten.'

Met een zucht van waardering liepen de rechercheurs in hun witte pakken naar de uitgang. Zodra ze buiten waren, brak het geroddel waarschijnlijk los.

Snel, voor ze konden vallen, veegde Sara de tranen uit haar ogen. Ze was aan het werk. Ze moest zich concentreren op wat voor haar lag en waar ze greep op had. 'We kunnen in het mobiele lab de bloedgroep bepalen,' zei ze tegen Amanda. 'Dan hebben we vrijwel meteen de uitslag.' Tevergeefs probeerde ze de brok in haar keel weg te slikken. 'Een DNA-test is het niet, maar met de ABO-test kunnen we Angie mogelijk wegstrepen. Of haar op de lijst zetten, afhankelijk van haar bloedgroep.' Weer moest ze iets wegslikken. Ze had geen idee of ze nog te volgen was. 'Zo kunnen we wat losse lijnen trekken. Is de bloedgroep van het spatpatroon op de trap dezelfde als die van de bloederige voetstappen naar de kamer? Zijn die monsters van dezelfde bloedgroep als die van het bloed in de kamer? Is dat dezelfde bloedgroep als van de slagaderlijke bloeding? En van de veeg met de hand?' Sara perste haar lippen op elkaar. Hoe vaak moest ze het woord 'bloedgroep' nog uitspreken? Het leende zich al bijna voor een drinkspelletje. 'Ik moet Angies bloedgroep weten. En we moeten dit alles onderbouwen met DNA. Maar aan de hand van de bloedgroepen weten we in elk geval iets.'

Amanda gaf een kort knikje. 'Doe maar. Angie heeft tien jaar bij de politie gewerkt. Ik vraag de bloedgegevens op uit haar dossier.' Ze klonk aangeslagen, wat niets voor haar was. 'Faith, jij gaat bellen. Huidig adres, telefoonnummer, werkgever, alles wat je kunt vinden. Collier, voor jou en Ng blijft de opdracht dezelfde. Jullie stellen teams samen om de pakhuizen –'

'Dat doe ik.' Will keerde zich al naar de lift toe, maar Amanda pakte hem bij zijn arm en hij bleef staan.

'Hier blijven.' Hij wilde zich losrukken, maar ze had haar nagels in de mouw van zijn overhemd geslagen. 'Dat is een bevel.'

'Misschien is ze –'

'Ik weet wat ze misschien is, maar jij blijft hier en beantwoordt mijn vragen. Begrepen?'

Collier hoestte in zijn hand, alsof Will een scholier was die van zijn leraar op zijn kop kreeg. Faith mepte hem tegen zijn arm om hem de mond te snoeren.

'Charlie,' zei Amanda. 'Neem Collier en Faith mee naar beneden en kom dan weer boven om mij te halen.'

In het voorbijgaan kneep Faith even in Sara's hand. Doorgaans spraken ze niet over Will, behalve in algemene zin. Nog nooit had Sara die regel zo graag willen schenden als op dat moment.

'Amanda.' Will wachtte niet tot het publiek de zaal uit was. 'Ik kan niet zomaar –'

Met opgestoken vinger legde Amanda hem het zwijgen op. In elk geval íémand die Sara voor een vernedering wilde behoeden. Voor de zoveelste vernedering.

Zaterdag.

Twee dagen geleden.

Sara had geen idee gehad dat Will iets voor haar achterhield. Wat had ze nog meer over het hoofd gezien? Ze liet de afgelopen paar weken de revue passeren. Will had zich niet vreemd gedragen. Hij was juist attenter geweest, romantischer zelfs, en misschien had dat de grootste waarschuwing moeten zijn.

'Amanda.' Will deed een nieuwe poging, met gedempte stem om zo redelijk mogelijk over te komen. 'Je hebt gehoord wat Sara zei. Angie kan doodbloeden. Misschien heeft ze nog een paar uur voor...' Zijn woorden stierven weg. Ze wisten allemaal wat er zou gebeuren als hulp voor Angie uitbleef. 'Ik moet haar zoeken. Ik ben de enige die weet waar ze zich mogelijk verstopt.'

Amanda schonk Will een ijzige blik. 'Ik zweer het op mijn leven, Wilbur: als je ook maar één stap van deze galerij vandaan zet, laat ik je in de boeien slaan voor je met je ogen kunt knipperen.'

Haat vonkte in zijn ogen. 'Dit vergeef ik je nooit.'

Met een overdreven gebaar haalde Amanda haar telefoon tevoorschijn. 'Zet maar op de lijst.'

Will keerde haar zijn rug toe. Hij keek Sara amper aan. In plaats van iets tegen haar te zeggen, of zelfs maar te erkennen dat er iets speelde, liep hij naar de trap. Sara had al verwacht dat hij naar beneden zou gaan, maar hij draaide zich weer om en begon als een gevangen panter over de galerij heen en weer te lopen. Hij hield zijn kiezen zo stijf op elkaar dat Sara zijn kaakspieren zag bewegen. Zijn vuisten waren gebald. Boven aan de trap bleef hij weer staan, schudde zijn hoofd en mompelde iets.

Sara las het woord op zijn lippen. Geen sorry. Geen uitleg.

Angie.

Hij hield niet van Angie. In elk geval niet als echtgenoot. In elk geval niet als Sara moest geloven wat hij haar had verteld. Bijna het hele afgelopen jaar was Will op zoek geweest naar zijn vrouw om echtscheiding te kunnen aanvragen. Hun hele huwelijk was trouwens nep geweest, letterlijk het resultaat van een weddenschap. Will had Sara beloofd dat hij al het mogelijke zou doen om er een eind aan te maken. Ze had zich nooit afgevraagd hoe het kon dat een special agent bij het Georgia Bureau of Investigation niet in staat was een vrouw op te sporen met wie hij op papier nog getrouwd was. En nu bleek hij twee dagen geleden gewoon oog in oog met haar te hebben gestaan.

Had hij in een restaurant met haar afgesproken? In een hotel? Sara voelde weer tranen opkomen. Had hij al die tijd nog contact met Angie gehad? Had hij Sara bedrogen?

'Oké.' Amanda had gewacht tot de lift de begane grond had bereikt. 'Zaterdag. Waar heb je Angie gezien?'

Langzaam keerde Will zich naar haar toe. Hij sloeg zijn armen over elkaar. Hij richtte zijn blik op een plek boven Amanda's hoofd. 'Op straat bij mijn huis. Daar stond haar auto geparkeerd.' Hij zweeg, en Sara hoopte dat hij zich nog kon herinneren wat ze met hem had gedaan voor hij vertrok, want dat ging nooit weer gebeuren. 'Ik wilde hardlopen, en toen zag ik haar auto. Het is een Chevy Monte Carlo SS, uit '88, zwart met –'

‘Rode strepen. Ik heb al in vijf staten een opsporingsbericht laten uitgaan.’ Vervolgens stelde Amanda de vraag die op Sara’s lippen brandde. ‘Wat had ze bij je huis te zoeken?’

‘Ik weet het niet,’ zei hij hoofdschuddend. ‘Ze zag me, stapte weer in en…’

‘Heeft ze niks tegen je gezegd?’

‘Nee.’

‘Is ze niet binnen geweest?’

‘Nee.’ Hij dacht even na. ‘Niet dat ik weet. Maar soms laat ze zichzelf binnen.’

Sara keek naar de bewijszakken die Faith op de vloer had laten liggen.

De lippenstift.

Sisley Rose Cashmere met een kras op de zijkant. Het was geen fabrieksfout. Dit was Sara’s lippenstift. Die had ze vorige maand bij Will laten liggen. In zijn badkamer. Op de wastafel. Ze waren uit eten gegaan, en toen ze er later naar zocht, was hij nergens te bekennen.

In Angies tas. In haar hand. Tussen haar vingers. Op haar lippen.

Sara werd misselijk.

‘Enig idee waarom ze voor je huis geparkeerd stond?’ vroeg Amanda.

Will schudde zijn hoofd. ‘Nee.’

Met moeite vond Sara haar stem terug. ‘Heeft ze een briefje op mijn auto achtergelaten?’

‘Nee,’ zei Will, maar hoe kon Sara hem nog vertrouwen? Toen hij terugkwam van hardlopen, hadden ze samen ontbeten. Ze hadden de rest van de dag op de bank doorgebracht, pizza besteld en rondgelummeld, en hij had wel duizend kansen gehad om haar te vertellen dat de vrouw die hij al een jaar probeerde op te sporen diezelfde ochtend voor zijn huis had gestaan. Sara zou heus niet kwaad zijn geworden. Geïrriteerd misschien, maar niet vanwege Will. Ze rekende hem Angies bullshit nooit aan. Dat wist hij, want Angie had hun allebei al ontelbare keren problemen bezorgd.

Wat betekende dat Will het bezoekje alleen voor haar verzweeg omdat er meer achter stak. Dat Angie in zijn huis was geweest, bijvoorbeeld. Dat ze Sara's lippenstift had gestolen. Wat miste Sara verder nog? Een paar kammen. Een flesje parfum. Ze had het zichzelf aangerekend dat ze spullen in haar eigen appartement en in Wills huis liet rondslingeren. Het zou niet bij haar zijn opgekomen dat Angie ze van haar pikte.

En dat Will het wist.

'Neem het allemaal eens met me door,' zei Amanda. 'Je stapt via de voordeur naar buiten. Je ziet Angie in haar geparkeerde auto.'

'Ze stond ernaast.' Will sprak bedachtzaam, alsof hij moest nadenken voor hij antwoord gaf. 'Ze zag me, wist dat ik haar gezien had, maar toen stapte ze in en...' Hij wierp een blik op de bewijszakken. De contactsleutel van de Chevy. Van het ouderwetse soort dat in een Monte Carlo uit '88 paste.

'Ik rende achter de auto aan, maar ze reed weg.'

Sara probeerde het beeld te verdringen van Will die Angie over straat najoeg.

Amanda richtte zich tot Sara. 'Wat bedoelde je net met een briefje?'

Ze haalde haar schouders op, alsof het niets te betekenen had, maar het had alles te betekenen. 'Soms laat ze briefjes achter op mijn auto. Je kunt wel raden wat erop staat.'

'Recent nog?'

'Het laatste was drie weken geleden.' Het was Sara's laatste dienst geweest als kinderarts in het Grady Hospital. Een vierjarig jongetje had per ongeluk een zakje crystal meth voor snoep aangezien. De jongen werd met een hartstilstand door de ambulance naar het ziekenhuis gebracht. Urenlang had ze hem proberen te redden. Het had niets uitgehaald. Toen ze bij haar auto aankwam, stond er met donkere eyeliner VUILE KUTHOER op haar voorruit geschreven.

Het bericht was van Wills vrouw, dat leed geen twijfel. Angie schreef in schuinschrift, met losse letters. Haar T leek een J en haar E leek net een omgekeerde drie. De twee letters kwamen terug in zo ongeveer alle berichten die ze ooit had achtergelaten en waar ze anderhalf jaar geleden mee begonnen was, op de ochtend na de eerste nacht die Will in Sara's appartement had doorgebracht.

‘Heeft Angie nooit briefjes voor jou achtergelaten?’ vroeg Amanda aan Will.

Will wreef over zijn kaak. ‘Nee, dat zou ze nooit doen.’

Sara sloeg haar blik neer. Hij kende Angie door en door.

‘Goed.’ Amanda klonk nog aangeslagener dan eerst. ‘Ik geef jullie vijf minuten om te praten, en dan gaan jullie weer aan het werk.’

‘Nee!’ Will riep het bijna uit. ‘Ik moet Angie zoeken. Je moet me haar laten zoeken.’

‘En wat gebeurt er als je haar lijk vindt, Will? Dat van de vrouw van wie je wilt scheiden om bij je nieuwe vriendin te kunnen zijn? En de patholoog-anatoom die verantwoordelijk is voor de plaats delict is toevallig die nieuwe vriendin? En je naaste collega en je bazin zitten ook op de zaak? Zie je het al in de krant staan? Of moet ik het dan aan je voorlezen?’

Daar had Will niet over nagedacht, zag Sara.

Amanda was nog niet klaar. ‘Je vrouw heeft een agent vermoord – of eigenlijk niet vermoord, volgens je vriendin – een agent die bij Kip Kilpatrick op de loonlijst stond, dus hij was in dienst van Marcus Rippy, die je de afgelopen zeven maanden valselijk van verkrachting hebt beschuldigd, en trouwens, diezelfde vrouw stalkte je vriendin.’ Ze had haar handen in haar zij. ‘Klinkt dat normaal?’

‘Ik wil haar gewoon vinden.’

‘Dat weet ik, maar je zult dit aan mij moeten overlaten.’ Tegen Sara zei ze: ‘Vijf minuten.’ Haar hakjes maakten een klakkend geluid toen ze naar de lift liep. Sara had Charlie niet eens met het platform boven horen komen.

Will deed zijn mond al open, maar Sara legde hem het zwijgen op.

‘Deze kant op.’ Ze wenkte hem mee, weg van de moordkamer. Ongeacht het soort leven dat Dale Harding had geleid, dood verdiende hij enig respect.

Wills in tyvek gestoken voeten schuifelden over de vloer. Hij liet zijn schouders hangen, waardoor hij net een kwajongen was die op zijn kop kreeg. Achter de emmers met stucpasta bleef hij staan. Met beide handen wreef hij over zijn gezicht, tot hij elke uitdrukking had weggewist.

Sara stelde zich vóór hem op. Ze wachtte tot hij iets zei, wat dan ook.

Dat het hem speet dat hij had gelogen of dat hij verdrietig of boos was of dat hij van haar hield en dat ze zich hier doorheen zouden slaan of dat hij haar nooit meer wilde zien.

Hij zei niets.

Hij keek over haar schouder naar de plek waar de lift weer zou verschijnen. Zijn vuisten waren nog steeds gebald. Zijn hele lijf was gespannen, klaar om te springen zodra het platform in zicht kwam.

'Ik hou je hier niet vast.' Sara's woorden bleven steken in haar keel. Haar stem werd zacht als ze boos was, dan kon ze nauwelijks meer dan fluisteren. 'Ga daar maar staan wachten. Ik heb nog heel veel te doen.'

Will verroerde zich niet. Ze wisten allebei dat Charlie pas zou komen als hun vijf minuten erop zaten. 'Wat wil je dat ik zeg?'

Haar hart bonkte. Haar mond was droog. Hij klonk kwaad. Hij had het recht niet kwaad te zijn. 'Waarom heb je niet gezegd dat je haar gezien hebt?'

'Ik wilde je niet van streek maken.'

'Als mensen dat zeggen, betekent het meestal dat ze het lef niet hebben om eerlijk te zijn.'

Toen hij lachte, sloeg er een stop bij haar door. Ze had hem wel kunnen slaan.

'Kijk me aan.'

Zijn aarzeling was tastbaar, maar uiteindelijk keek hij haar aan.

'Je weet dat ze mijn lippenstift heeft gestolen. Dat ze aan mijn spullen heeft gezeten.' Weer voelde Sara tranen opkomen, maar nu van woede. Alles begon bij de lippenstift, want Angie was geen type dat het bij één incident liet. Sara dacht aan alle persoonlijke spullen die ze bij Will thuis had achtergelaten. Bij de gedachte dat Angie ze had gevonden, ze had aangeraakt, werd ze misselijk van woede. 'Denk je dat ze in mijn appartement heeft ingebroken?'

'Ik weet het niet.' Schouderophalend spreidde hij zijn handen, alsof niets van dit alles zijn probleem was. 'Wat wil je dat ik…'

'Bek dicht.' Sara perste de woorden eruit. 'Ze heeft aan mijn spullen gezeten. Aan ónze spullen.'

Will wreef over zijn kaak. Hij keek achterom, naar de galerij.

'Vorig jaar heb je de sloten op je deuren vervangen.' Sara wist dat dát in elk geval waar was. Hij had haar een nieuwe sleutel gegeven. Ze had de nieuwe nachtsloten gezien. 'Heb je haar ook een sleutel gegeven?'

Hij schudde zijn hoofd.

'Hoelang weet je al dat ze bij je inbreekt?'

Weer gingen zijn schouders omhoog.

'Geef je nog antwoord?'

'Ik moest mijn bek toch dichthouden?'

Sara proefde gal. Ze had haar laptop bij Will laten staan. Dat ding bevatte haar hele leven: patiëntendossiers, e-mails, haar adresboek, haar agenda, foto's. Had Angie haar wachtwoord geraden? Had ze in haar weekendtas gesnuffeld? Had ze haar kleren aangetrokken? Wat had ze nog meer gestolen?

'Hoor eens,' zei Will, 'ik weet niet eens zeker of ze binnen is geweest. Alleen waren er soms dingen verplaatst. Of misschien heb jij ze verplaatst. Of ikzelf. Of –'

'Echt? Dacht je dat?' Will was de netheid zelve. Hij zette altijd alles terug op zijn plek, en Sara zorgde ervoor dat ze dat ook deed als ze bij hem thuis was. 'Waarom heb je de sloten niet opnieuw vervangen?'

'Hoezo? Denk je dat ze zo makkelijk tegen te houden is? Dat ik haar in de hand kan houden?' Will klonk verbijsterd door haar vraag, en misschien was hij dat ook wel, want al kon hij nog zo koppig zijn en al was hij nog zo sterk, Angie was altijd degene die de voorwaarden van hun relatie bepaalde. Ze was net een oudere zus die hem wilde beschermen. Een geschifte minnares die hem met seks in haar macht hield. Een akelige echtgenote die eigenlijk niet getrouwd wilde zijn, maar hem niet wilde laten gaan. Angie hield van hem. Ze haatte hem. Ze had hem nodig. Ze verdween, soms dagenlang, soms weken- of maandenlang, meer dan eens een heel jaar. Dat ze altijd terugkwam, was bijna dertig jaar lang de enige constante factor in Wills leven geweest.

'Heb je echt naar haar gezocht?' vroeg Sara.

'Ik heb je de echtscheidingspapieren laten zien.'

'Betekent dat ja?'

Even schitterde er woede in zijn ogen. 'Ja.'

'Heb je haar vaker ontmoet zonder het mij te vertellen?' Ze proefde bittere paniek. 'Zijn jullie samen geweest?'

Nu laaide zijn woede op, alsof ze het recht niet had die vraag te stellen. 'Nee, Sara. Ik heb haar niet achter je rug geneukt.'

Sprak hij de waarheid? Kon ze op zijn woorden vertrouwen? Voor deze man had Sara haar leven overhoop gegooid. Haar intuïtie het zwijgen opgelegd. Haar normen in gevaar gebracht. Ze had deze baan aangenomen. Ze had zichzelf volledig voor gek gezet in aanwezigheid van iedereen met wie ze samenwerkte. Om nog maar te zwijgen van wat haar familie ervan zou denken, want ze kon deze verschrikking onmogelijk voor hen verbergen zonder een grotere leugenaar te worden dan Will zelf.

'Denk je dat ze nog leeft?' vroeg hij.

'Ik weet het niet.' Tot haar genoegen lag in de waarheid een wrede onzekerheid besloten.

Will keek op zijn horloge. Hij was dit nota bene aan het timen, wachtend op de seconde dat de lift weer boven was zodat hij op zijn witte paard kon springen om Angie voor de zoveelste keer te redden.

De vorige dag, de dag nadat hij zijn vrouw had gezien, hadden ze open huizen bezocht. Ze waren aan het wandelen geweest en voor de grap hadden ze gezegd dat wat rondneuzen in huizen met airco een prima excuus was om de hitte te ontvluchten. Onwillekeurig had Sara zichzelf al een trap zien afdalen om Will met een kus te begroeten of bloemen in een tuin zien planten terwijl Will het gras maaide of samen met Will laat op de avond in die ene keuken ijs zien eten, terwijl ze goddomme beter had kunnen nadenken over het soort slot dat ze op haar nachtkastje moest aanbrengen.

'Jezus.' Sara sloeg haar handen voor haar gezicht. Het liefst sprong ze nu in een bad met loog.

'Ze zou nooit opgeven.' Will plukte aan zijn wenkbrauw, een nerveuze tic die Sara bij hun eerste ontmoeting al was opgevallen. 'Angie. Die zou nooit opgeven. Ook al was ze gewond.'

Sara antwoordde niet, maar hij had gelijk. Angie was een kakkerlak.

Overal waar ze kwam, verspreidde ze ziekte, en ze liet zich door niets verdelgen.

'Haar auto is hier niet,' zei Will. 'Maar haar sleutel wel. Hoewel, misschien had ze een andere. Een andere sleutel.' Hij liet zijn hand zakken. 'Ze is politieagent geweest. In het kindertehuis was ze de stoerste van de meiden. Stoerder dan de jongens. Soms stoerder dan ik. Ze weet zich te redden. Ze heeft mensen, een netwerk, die helpen haar wel als ze in de problemen zit. Als ze gewond is.'

Elk woord dat hij uitsprak was als een dolk.

'Niet dan?' zei Will. 'Als iemand dit overleeft, is het Angie toch?'

Sara schudde haar hoofd. Ze wilde dit gesprek niet. 'Wat verwacht je van me, Will? Dat ik je geruststel? Je troost? Dat ik zeg dat het niet erg is dat je me bedrogen hebt? Dat je wist dat ze mijn privacy – onze privacy – schond, maar dat je het toch liet gebeuren?' Sara sloeg haar hand voor haar mond, want met bekvechten schoten ze ook niets op. 'Ik weet dat je altijd iets voor haar zult blijven voelen. Dertig jaar lang is ze een belangrijk deel van je leven geweest. Dat aanvaard ik. Ik begrijp dat je een band met haar hebt vanwege alles wat jullie hebben doorstaan, maar jij en ik zijn nu samen. Tenminste, dat dacht ik. Je moet eerlijk tegen me zijn.'

Will schudde zijn hoofd, alsof het een simpel misverstand betrof. 'Ik bén ook eerlijk. Ze had haar auto op straat geparkeerd. We hebben niets gezegd. Wel had ik het je eigenlijk moeten vertellen.'

Vooral dat 'eigenlijk' kwam keihard aan.

Weer keek hij naar de opening in de reling waar de lift moest verschijnen. 'Het duurt nu al langer dan vijf minuten.'

'Will.' Nu verdween het kleine beetje trots dat ze nog overhad. 'Zeg alsjeblieft wat ik moet doen. Alsjeblieft.' Voor ze het doorhad, greep ze zijn hand. Het gevoel dat hij wegglipte was onverdraaglijk. 'Wil je meer tijd? Als je daar behoefte aan hebt, zeg het dan.'

Hij keek naar hun handen.

'Praat tegen me. Alsjeblieft.'

Met zijn duim streelde hij haar vingers. Zon hij op een manier om haar te verlaten? Was er nog meer dat hij niet had opgebiecht?

Haar hart bonkte in haar borstkas. 'Als je dit in je eentje moet verwerken, zeg het dan. Ik kan het wel aan. Zeg alleen wat ik moet doen.'

Nog steeds streelde hij haar hand. Sara dacht terug aan de eerste keer dat hij dat had gedaan. Ze waren in het souterrain van het ziekenhuis. Toen ze zijn huid tegen de hare had gevoeld, was er iets geëxplodeerd in haar lijf. Net als nu was haar hart tekeergegaan. Alleen was ze die keer vervuld geweest van hoop. Nu werd ze door angst overmand.

'Will?'

Hij kuchte. Hij klemde haar hand nog steviger vast. Met ingehouden adem wachtte ze op wat hij ging zeggen, en ze vroeg zich af of dit het einde van hun relatie betekende of alleen de zoveelste gigantische berg die ze moesten overwinnen.

'Wil jij Betty ophalen?' vroeg hij.

Sara's brein kon zijn vraag niet verwerken. 'Wat?'

'Ze is bij de dierenarts en...' Haperend haalde hij adem. Nog steeds klemde hij haar hand vast. 'Ik weet niet hoe laat ik klaar ben. Wil jij haar ophalen?'

Sara's mond viel open, klapte dicht en viel weer open.

'Ze hebben gezegd dat ze...' Hij zweeg even. Ze zag zijn adamsappel op en neer wippen toen hij slikte. 'Ik mocht om vijf uur terugkomen, maar misschien wil jij bellen om te vragen of je haar eerder kunt halen, want ze zeiden dat ze om twaalf uur klaar zou zijn, maar vanwege de verdoving...'

'Ja.' Sara gaf toe, want ze wist niet wat ze anders moest doen. 'Ik zorg wel voor haar.'

Hij zuchtte diep en lang, alsof het geregel rond Betty het moeilijkste deel van dit gesprek was. 'Bedankt.'

Overdreven hard klossend om zijn komst aan te kondigen kwam Charlie Reed de trap op. Hij had twee zware plunjezakken bij zich, in elke hand een.

'De trappen zijn vrijgegeven,' zei hij, 'dus geen levensgevaarlijke lift meer.' Onder zijn krulsnor plooide zijn mond zich tot een strak lachje. 'Amanda zit in de auto op je te wachten, Will.'

Wills hand gleed uit die van Sara. Hij stapte om Charlie heen en stormde met twee treden tegelijk de trap af.

Zonder goed te weten wat er zojuist gebeurd was of wat ze ervan moest denken keek Sara hem na. Ze legde haar hand op haar borst om te checken of haar hart nog klopte. Het sloeg razendsnel, alsof ze zojuist een marathon had gelopen.

'Mijn hemel.' Charlie was nu boven. Hij liet beide plunjezakken vallen, sloeg zijn handen ineen en stapte op Sara af. 'Ik probeer te bedenken hoe ik dit nog gênanter kan maken. Zal ik mijn broek uittrekken? Een liedje gaan zingen?'

Sara probeerde te lachen, maar het klonk als een snik. 'Het spijt me.'

'Je hoeft je tegenover mij niet te verontschuldigen.' Er was niets gemaakts aan Charlies vriendelijke lach. Hij haalde een waterflesje uit een van de vele zakken van zijn cargobroek. 'Drink maar helemaal leeg. Officieel is het tienduizend graden hierbinnen.'

Sara dwong zichzelf weer te glimlachen, alleen omdat hij zo zijn best deed.

'Optie één,' begon Charlie. 'Neem overdag eens een borrel. Het heeft zijn voor- en nadelen.'

Sara kon alleen maar aan de voordelen denken. Al ruim een jaar had ze niets alcoholisch gedronken. Will kon niet tegen de smaak. 'Optie twee?'

Hij gebaarde om zich heen, naar het gebouw dat nog steeds een plaats delict was.

'Drinken is verleidelijk,' zei Sara, en ieder woord kwam uit de grond van haar hart. 'Maar nu over wat ons te doen staat. Het lichaam van Harding kan verwijderd worden. Daar is minstens vier man voor nodig.'

'Ik heb om zes gevraagd, vanwege de trap. Ze zijn er over een minuut of veertig.'

Sara keek op haar horloge. Er trok een waas voor haar ogen, en ze moest naar de tijd raden. 'De voorbereidingen duren een paar uur. Na de lunch begin ik met de autopsie.' Betty's dierenarts gaf de hond vast niet voor vijf uur mee, vooral niet aan Sara. Het zat de man dwars dat hij zelf geen mensendokter was. 'De bloedgroeptest staat boven aan mijn lijst, dacht ik zo. Hebben we Angies bloedgroep al?'

'Amanda zou je een bericht sturen zodra ze die weet. Ondertussen heb ik iemand van forensisch bloedmonsters laten nemen. Hij is waarschijnlijk een halfuur bezig. Zoals je ziet zijn de muren zo goed als zwart van de graffiti, dus ik heb gezegd dat hij alleen moet pakken wat zichtbaar is en zijn labels goed moet checken. De man is traag, maar heel gedegen.' Charlie zweeg even om op adem te komen. 'Tot die tijd kun je me misschien helpen met het installeren van blacklights en het fotograferen van de luminolreacties, of ga anders even lekker koel in de forensische bus op de monsters zitten wachten waarna je je toverkunsten kunt vertonen.'

'Ik help je wel,' zei Sara, ook al wilde ze het liefst even in haar eentje in de bus zitten. Ze nam een slok water. Haar maag draaide zich om van het koude vocht. Het was de lippenstift. Ze kon zich niet losmaken van het beeld van Angie die voor de spiegel in Wills badkamer stond om háár make-up uit te proberen en mee te pikken wat van haar gading was. Dat deed Angie Polaski namelijk. Ze pikte de spullen van anderen.

'Gaat het?' vroeg Charlie.

'Prima.' Met zorg draaide Sara de dop weer op de waterfles. 'En verder?'

'We zijn nog steeds bewijsmateriaal aan het inventariseren. Daar zijn we een dag of drie, vier mee zoet. Hardings auto is voldoende afgekoeld om onderzocht te kunnen worden, maar of we veel vinden is nog maar de vraag. Het ding ligt totaal in de vernieling.' Hij keerde zich om, want een forensisch rechercheur kwam de trap op. De jongeman droeg een tyvekpak zonder capuchon. Zijn haar zat in een netje en zijn paardenstaart stak als een pijl uit zijn achterhoofd. Op de zijkant van zijn hals was een overdadig versierd rood met blauw kruis getatoeëerd. Op zijn kin prijkte een miezerig sikje, en hij had een wenkbrauwpiercing.

'Gary Quintana,' zei Charlie. 'Rechtstreeks van de forensische opleiding bij ons gekomen. Superslim en heel leergierig. Je moet door zijn bizarre uiterlijk heen kijken. Hij vangt geredde katten op. En hij is veganist.'

Sara glimlachte en knikte, alsof ze meekreeg wat Charlie allemaal zei. Haar hart klopte nu in haar keel. Ze proefde maagzuur en hoopte hevig dat ze niet hoefde over te geven.

Charlie sloeg zijn handen in elkaar. 'Oké, ik heb al mijn fijne camera's en lampen bij me en –'

‘Sorry,’ onderbrak Sara hem. Weer legde ze haar hand op haar borst, in de volle overtuiging dat Charlie haar hart erdoorheen kon zien kloppen. ‘Kun je me een minuutje missen?’

‘Zeker. Ik begin vast met installeren in de eerste kamer. Kom er maar bij als je zover bent.’

‘Dank je,’ zei Sara gesmoord. Ze liep over de galerij naar de verst afgelegen trap, en toen ze de kamer passeerde waar Dale Harding was gestorven, had ze het gevoel een onvergeeflijke zonde te hebben begaan door haar hele leven te laten instorten terwijl hij daar dood lag. Boven aan de trap bleef ze staan voor de eenhoorn met de regenboogogen. Haar maag speelde op als een scheepje op zee. Ze sloot haar ogen en wachtte tot de misselijkheid wegtrok. Daarna pakte ze haar iPhone, want die bood het enige sociaal aanvaardbare excuus om met gebogen hoofd stil te blijven staan.

Ze had een berichtje van haar zus. Tessa was zendeling in Zuid-Afrika. Ze had een foto gestuurd van haar dochtertje, dat een zandkasteel bouwde met behulp van enkele kinderen uit de buurt.

Sara riep het toetsenbord op. Angie is terug, tikte ze, maar ze verstuurde het bericht niet. Ze staarde naar de woorden, verwijderde de laatste en schreef: Angie is misschien dood. Haar duim zweefde boven STUUR, maar ze drukte er niet op.

Ze had getuigd in verscheidene moordprocessen waarbij telefoongegevens in het spel waren geweest. Nu zag ze zichzelf al in de getuigenbank staan om aan de jury uit te leggen waarom haar zusje met een smiley had gereageerd op het nieuws dat Wills vrouw misschien dood was. Ze verwijderde het niet verzonden bericht en keek naar de foto van haar nichtje tot haar maag tot bedaren was gekomen en ze niet langer de neiging had zichzelf van de trap te werpen.

De verknipte relatie tussen Will en Angie had ze nooit goed begrepen. Het was iets wat ze was gaan accepteren als een van die dingen die je verdroeg als je verliefd op iemand was, bijvoorbeeld dat hij weigerde groente te eten of dat het hem totaal ontging dat de wc-papierhouder leeg was. Angie was een verslaving. Ze was een ziekte.

Iedereen had een verleden.

Sara was getrouwd geweest. Ze had eindeloos, hartstochtelijk veel gehouden van de man met wie ze de rest van haar leven gelukkig had willen zijn. Maar hij was gestorven, en ze had zichzelf gedwongen door te gaan. Uiteindelijk. Heel langzaam. Het stadje waar ze was opgegroeid, had ze verlaten. Haar familie had ze verlaten. Alles wat ze ooit had gekend had ze verlaten om naar Atlanta te verhuizen en opnieuw te beginnen. En toen was Will ten tonele verschenen.

Was het liefde op het eerste gezicht geweest? Haar kennismaking met Will was eerder een soort ontwaken. Destijds was Sara drie jaar weduwe geweest. Ze draaide dubbele diensten in het Grady Hospital, ging naar huis en ging weer aan het werk, en dat was haar leven. Toen was Will de spoedeisende hulp binnengelopen. Diep in haar binnenste had Sara iets voelen bewegen, als een winterbloem die zijn kopje boven de sneeuw uit stak. Hij was knap. Hij was slim. Hij was grappig. Hij was ook buitengewoon gecompliceerd. Will zou de eerste zijn om toe te geven dat hij voldoende bagage had om elk vliegtuig in de lucht mee vol te stouwen. En Angie was daar slechts een onderdeeltje van.

Het grootste deel van haar beroepsleven had Sara als kinderarts of als patholoog-anatoom gewerkt. In beide functies had ze talloze weerzinwekkende voorbeelden gezien van wat er gebeurde als volwassenen hun woede op kinderen afreageerden. Pas toen ze Will leerde kennen, begreep ze echt wat er gebeurde als deze misbruikte kinderen opgroeiden. Wills littekens waren van zowel lichamelijke als emotionele aard. Hij had geen vertrouwen in mensen, niet voldoende in elk geval. Hij liet nog liever zijn tanden trekken dan dat hij over zijn gevoelens sprak. Of liever: het was gemakkelijker om de Titanic aan een veter door drijfzand te trekken dan om Will over iets wezenlijks te laten praten.

Ze waren al drie maanden samen toen hij het voor het eerst over de littekens op zijn lichaam wilde hebben. Bijna een jaar verstreek voor hij Sara over de oorzaken vertelde, maar hij verzweeg de details en al helemaal de emoties die erachter schuilgingen. Ze had geleerd zich naar hem te richten en geen vragen te stellen. Ze streek met haar handen over zijn rug en deed alsof ze de volmaakt vierkante afdruk van een riemgesp niet voelde. Ze kuste zijn mond en negeerde het litteken waar zijn lip in tweeën was gespleten. Ze kocht alleen shirts met lange mouwen voor hem, want ze wist dat niemand mocht zien dat hij zijn onderarm ooit met een scheermes had bewerkt.

Voor Angie.

Hij had zich van kant willen maken voor Angie. Niet omdat ze hem had afgewezen, maar omdat ze als tieners samen in een pleeggezin waren ondergebracht en de vader des huizes niet met zijn handen van Angie had kunnen afblijven. Ze had al eerder alarm geslagen, maar de politie luisterde niet naar een meid zoals zij. Op haar veertiende had ze al een strafblad. Daarom had Will een scheermes gepakt en zijn arm vanaf zijn pols in een vijftien centimeter lange lijn opengesneden, want hij wist dat een spoedopname in elk geval niet genegeerd kon worden.

Dat was niet de eerste of de laatste keer geweest dat hij zijn leven voor Angie Polaski op het spel had gezet. Will had er jaren over gedaan om zich uit haar greep te bevrijden. Maar had hij zich er echt uit bevrijd? Was het niet meer dan begrijpelijk dat hij aangeslagen was nu iemand die hij bijna zijn hele leven had gekend waarschijnlijk dood was?

Sara moest steeds weer aan de lippenstift denken. Dat was het enige waarop ze zich kon concentreren, want alle bijkomende inbreuken die de lippenstift vertegenwoordigde, kon ze niet aan. Will wist dat Angie bij hem inbrak. Hij was bereid zijn leven voor haar te geven, maar het was hem te veel moeite om Sara's privacy te beschermen.

Ze schudde haar hoofd. Nu wist ze in elk geval welke plaats ze op zijn prioriteitenlijst innam: pal achter Betty.

Sara stopte haar telefoon weer in haar zak. Ze pakte haar bril, die om haar boord zat gehaakt. De glazen waren vies. Het was ondraaglijk warm in het gebouw. Alles zat onder het zweet. In haar zak vond ze een tissue, waarmee ze gedecideerd haar glazen schoonpoetste.

Als ze Betty oppikte, moest Will haar uiteindelijk komen halen, en dat was het positieve ervan. Eigenlijk was het belachelijk. Waarom had ze hem zoveel macht gegeven? Ze was een volwassen vrouw. Ze hoorde zich geen schoolmeisje te voelen dat wachtte tot een jongen ja of nee had aangekruist op een briefje dat ze in zijn kluisje had gestopt.

Ze keek door de brillenglazen, tuurde naar een veeg en was al bijna kwaad op zichzelf omdat ze de zoveelste bril had verpest toen ze besefte dat de veeg niet op het glas zat. Hij zat op de eenhoorn erachter.

Ze schoof haar bril op haar neus en keek nog eens goed. De eenhoorn was levensgroot, als je ervan uitging dat een eenhoorn even groot was als een paard. Hij hield zijn hoofd iets schuin en keek de trap af, met zijn regenboogoog ter hoogte van Sara's schouder. In het midden van de groenblauwe streep in zijn iris zat een gat ter grootte van een flink muntstuk. Grijze betonflinters waren eraf gebladderd, en zo'n flinter had ze aangezien voor een veeg op haar brillenglas. Sara keek naar de grond. Sigarettenpeuken en crackpijpjes bedekt met een laagje betonstof. Het stof was recent naar beneden gekomen.

'Charlie?' riep ze.

Hij stak zijn hoofd uit een van de kamers. 'Ja?'

'Kun je even hier komen met je camera en een pincet?'

'Zo'n spannend voorstel heb ik de hele week nog niet gehad.' Hij liep de kamer in en kwam weer naar buiten met zijn camera in de ene hand en een kleine koffer in de andere.

'Hier.' Sara wees naar het oog van de eenhoorn.

Charlie huiverde: 'Twee dingen waar ik altijd doodsbang voor ben geweest: eenhoorns en oogbollen.' Hij pakte een vergrootglas uit de koffer en boog zich voorover om beter te kunnen kijken. 'O, juist ja. Goed gezien, zeg.'

Terwijl Sara toekeek, fotografeerde Charlie het doorboorde oog, waarbij hij een metalen liniaaltje gebruikte voor de juiste schaal. Hetzelfde deed hij met het stof onder de eenhoorn, waarna hij de lenzen verwisselde voor een totaaloverzicht. Ten slotte, nadat hij het hele beest in kaart had gebracht, gaf hij Sara een pincet met naaldachtige uiteinden. 'De eer is aan jou.'

Sara was zich ervan bewust dat ze er de tijd voor moest nemen, anders richtte ze meer schade aan dan dat ze goeddeed. Ze was zich er ook van bewust dat ze nog nooit een operatiespelletje had verloren. Met de muis van haar hand vlak onder het oog van de eenhoorn opende ze de pincet net ver genoeg om de zijkanten van het gat in de iris niet te raken. Langzaam stak ze de pootjes naar binnen tot ze op iets hards stuitte. In plaats van de pincet te openen, kneep ze hem nog verder dicht, want ze was er bijna zeker van dat ze iets te pakken had. Ze had gelijk. De uiteinden van de pootjes klemden de platgedrukte rand vast van wat een dumdumkogel bleek te zijn.

'Er wordt op eenhoorns geschoten, hè?' zei Charlie.

Sara glimlachte. 'Een 38 Special?'

'Zo te zien wel,' zei Charlie. 'Met de G43 is niet geschoten. In het magazijn en de kamer zaten 9 mm American Eagles, full metal jacket.' Peinzend trok Charlie zijn snor scheef. 'Dit zou van een revolver kunnen zijn.'

'Zou kunnen,' beaamde Sara. Een agent van Dale Hardings generatie gaf misschien de voorkeur aan een revolver boven een 9 mm. 'Je hebt geen ander wapen gevonden?'

'Misschien is het gesmolten in zijn auto. Ik zal tegen de technische jongens zeggen dat ze ernaar uit moeten kijken.'

Sara rook aan de afgeschoten kogel en ving vleugjes zaagsel, grafiet en nitroglycerine op. 'Recent, naar de geur te oordelen.'

Charlie nam ook een snuifje. 'Klopt. Maar geen bloed.'

'De kogel was misschien heet genoeg om een bloedende wond dicht te schroeien toen hij door het lichaam ging, maar er kunnen wel microscopische sporen zijn.'

'Kastle-Meyer?'

Sara schudde haar hoofd. De bloedtest die soms op de plaats delict werd gebruikt stond bekend om zijn foutieve positieve uitslagen. 'Eigenlijk moeten we het door het lab laten wassen. Het zou vreselijk zijn om te horen te krijgen dat we het enige bruikbare monster ongeschikt hebben gemaakt om op DNA te laten testen.'

'Uitstekend punt.' Charlie keek naar de vloer. 'Ik ben geen arts, maar als de kogel iets groots heeft geraakt, een slagader zeg maar, moeten we hier in de buurt bloed kunnen zien.'

'Dat is zo.' Sara haalde een bewijszakje uit de koffer. Charlie nam de etikettering voor zijn rekening, omdat zijn handschrift leesbaarder was.

'Het is maar dat je het weet,' zei hij, 'maar Amanda heeft overal spoed achter gezet, inclusief het DNA.'

'Vierentwintig uur is beter dan twee maanden.' Sara bestudeerde het kogelgat in het oog van de eenhoorn. 'Vind jij dit gat ook niet wat ovaal?'

'Dat zag ik al toen ik de foto's maakte. We laten het door de computerjongens reconstrueren, zij kunnen de baan, de snelheid en de hoeken berekenen. Ik zal zeggen dat er spoed achter zit. Dan moeten we over een paar dagen meer duidelijkheid hebben.'

Sara pakte een fineliner uit de koffer en schoof die in het gat. De klemdop wees met een lichtelijk schuine hoek naar de galerij. 'Heb je twee waterpassen en wat draad?'

Charlie moest lachen. 'Je bent een echte speurneus, hè?'

Sara wachtte tot Charlie een kluwen draad uit een plunjezak had gehaald. Hij bond het vast aan het uiteinde van de pen. Daarna haalde hij zijn telefoon uit zijn zak en opende een waterpasapp.

'O, goed idee.' Sara haalde haar iPhone tevoorschijn en scrolde door haar apps tot ze de waterpas had gevonden. 'Hoeveel meter is het naar de andere kant van de galerij?'

'Achtentwintig.'

'Een projectiel dat door de lucht gaat is onderhevig aan luchtweerstand, wind en zwaartekracht.'

'Hierbinnen is geen wind. Weerstand is op deze afstand verwaarloosbaar.'

'Dan blijft zwaartekracht over.' Sara zette haar telefoon op de pen. De app toonde een ouderwetse Stanleywaterpas, met een digitaal nummer onder de luchtbel. 'Zeven punt zes graden.' Ze plaatste de telefoon langs de zijkant van de pen voor de tweede lezing. Het getal sprong op en neer. 'We houden het op tweeëndertig.'

'Fantastisch.' Charlie begon achteruit te lopen en rolde draad af, waarbij hij de lijn strak hield. Af en toe bleef hij staan, en aan de hand van de waterpas op zijn telefoon controleerde hij de boven- en zijkant van de draad om ervoor te zorgen dat hij nog steeds goed zat. Zolang hij de juiste hoek aanhield, wees de draad ruwweg de plek aan waar de kogel de loop van het wapen had verlaten.

Al lopend keek Charlie telkens achterom, ervoor zorgend dat hij niet op de gele plastic markeringsbordjes stapte. Zijn hand was te hoog om er redelijkerwijs van uit te gaan dat iemand van gemiddelde lengte een wapen vanaf dat punt had afgeschoten. Hij passeerde de moordkamer, de opgestapelde emmers stucpasta. Nu ging zijn hand omlaag. Pas toen hij bij de trap was aangekomen, bleef hij staan.

'Wacht.' Sara keek op de waterpas op haar telefoon. 'Je trekt te veel naar links.'

'Ik heb een theorie.' Charlie ging een tree naar beneden, en toen nog een. Hij keek weer naar Sara. De hand met de kluwen draad zakte een stukje, en nog een stukje. Sara hield de pen op zijn plaats. De draad bewoog nu weg van de galerij, stond strak als een koord in de open ruimte, tot Charlies hand ter hoogte van zijn enkel zat. Met behulp van de waterpas maakte hij een correctie. Zijn hand schoof naar achteren tot hij de muur raakte. Voor de laatste keer controleerde hij de hoeken. 'Verder gaat het lijntje niet, zogezegd.'

Sara bestudeerde het traject van de draad. Met Charlies theorie was niets mis. Degene die het wapen had afgeschoten had ergens op de trap gestaan. Of niet gestaan. Charlies hand zat laag, zo'n acht centimeter boven de tree. Twee treden lager bevond zich het impactpunt waar de vrouw – waarschijnlijk Angie – met haar achterhoofd tegenaan was geslagen.

'Op die plek hebben ze gevochten om het wapen,' zei Sara.

'Angie en Harding.' Charlie volgde haar gedachtegang. 'Angie heeft een wapen. Ze rent de trap op. Harding grijpt haar, slaat haar met haar achterhoofd tegen de traptree. Ze ziet sterretjes. Hij probeert het wapen te pakken. Misschien slaat hij de rug van haar hand tegen het beton en schiet zij een kogel af.'

'Angie is rechts,' zei Sara, die het vreselijk vond dat ze dit wist. 'Als ze op haar rug lag, en als jouw theorie klopt, had ze het wapen in haar linkerhand moeten hebben, wat betekent dat de kogel aan die kant van de trap zou zitten, niet hier.'

'Ze heeft zich toch op haar zij kunnen draaien?'

Sara haalde haar schouders op, want in aanmerking genomen dat ze zich moesten behelpen met een kluwen draad en een gratis app, was niets met zekerheid te zeggen.

'Laten we nog eens goed nadenken.' Charlie begon de draad op te rollen. 'Angie rent weg van Harding, met de revolver in haar hand omdat haar Glock om de een of andere reden blokkeerde op het parkeerterrein. Ze is bijna boven aan de trap. Harding pakt haar. Het wapen gaat af. Angie weet te ontsnappen. Ze gaat de kamer binnen. Doet de deur dicht. Wordt vervolgd.' Hij stak zijn vinger op. 'De grote vraag is hoe dat wapen is afgegaan. Een agent houdt haar vinger niet aan de trekker terwijl ze de trap op rent. Het wordt er tijdens de training ingeramd dat je je vinger bij de trekkerbeugel houdt tot je klaar bent om te schieten. Dat vergeet je niet wanneer je je penning inlevert.'

'Ik zit met die voetafdrukken,' zei Sara. 'Waarom heeft ze bebloede voeten tegen de tijd dat ze boven aan de trap is?'

'Geen schoenen aan?' opperde Charlie. 'Beneden ligt een hele vracht glasscherven, en sommige zitten onder het bloed. Trouwens, op de begane grond hebben we ook wat opgedroogd bloed gevonden. Alsof iemand een flinke bloedneus heeft gehad.'

'Dat zou kunnen rijmen met alle drugsattributen, maar laten we toch maar een monster nemen.'

'Sorry dat ik stoor.' Gary, de kattenreddende forensisch rechercheur, dook achter Charlie op. 'Ik heb jullie horen praten en nu heb ik een vraag over die worsteling om het wapen. Als ze zeg maar schuin opzij lag toen ze vochten hier op de trap, zou de loop toch omhoog moeten wijzen, meer naar het plafond?' Met zijn handen in de lucht probeerde hij de pose bij benadering na te doen, als Farrah Fawcett in een tv-serie die jaren voor zijn geboorte uit de lucht was gehaald.

'Eerder zoiets.' Charlie nam een eigen pose aan. 'En dan kan het wapen deze kant op gedraaid zijn...' Hij hield zijn hand schuin. 'Nu lijk ik net een voetbaltrofee, hè?'

Deze keer was Sara's lach al wat oprechter, want ze zagen er allebei belachelijk uit. 'Laten we toch maar de computerjongens hiernaartoe halen.'

Gary raapte een blad met buisjes op. 'Ik heb monsters genomen op alle plekken waar ik bloed zag. Ook heb ik het stroompje bloed op Hardings hals afgenomen. Zou ik mogen kijken als u bloedgroepen bepaalt, dokter Linton? Dat heb ik namelijk nog nooit gezien.'

Opeens voelde Sara zich stokoud. Farrah Fawcett? Gary zat waarschijnlijk nog in de luiers toen de advocaten van O.J. Simpson Amerika het een en ander over DNA hadden bijgebracht. 'Met alle genoegen.'

Gary huppelde bijna de trap af. Sara volgde in een wat rustiger tempo. Ze probeerde het beeld te verdringen van Will die de schaarlift bediende. Idioot zo woest als hij geweest was toen Collier naar haar keek, alsof ze ooit een andere man een blik waardig zou keuren.

'Wat weet je van bloedgroepen?' vroeg ze aan Gary.

'Dat er vier hoofdgroepen zijn,' antwoordde hij. 'A, B, AB en O.'

'Klopt. De meeste mensen horen bij een van die groepen, die gebaseerd zijn op genetisch bepaalde antigenen die zich aan rode bloedlichaampjes hechten. Door middel van een reagens dat agglutineert als het in contact komt met bloed toont de ABO-test aan of het antigen aanwezig is.'

'Eh... juist ja.' Gary was zo te zien de draad al kwijt. 'Bedankt.'

Ze deed een nieuwe poging. 'Het komt erop neer dat je bloed op een geprepareerd kaartje druppelt, er wat in roert en dan ziet wat de bloedgroep is.'

'O.' Hij nam het klembord aan van de agent in de deuropening en tekende voor vertrek. 'Cool.'

Zodra hij de deur opendeed, werd Sara verblind door het plotselinge zonlicht, dus kon ze niet zien of Gary echt geïnteresseerd was of alleen maar beleefd deed alsof. Ze krabbelde haar handtekening onder de zijne. Daarna staken ze het parkeerterrein over, en het duurde even voor haar ogen zich hadden aangepast aan het licht. Gary deed zijn haarnetje af en trok de band om zijn paardenstaart strak. Zijn tyvekpak had hij al opengeritst. De mouwen van zijn marineblauwe GBI-T-shirt waren tot zijn schouders opgerold. Ook zijn armen zaten onder de tattoos. Om zijn hals had hij een dikke gouden ketting met een medaillon dat het zonlicht ving.

Ook al maakte Sara zichzelf wijs dat ze niet op zoek was naar Will of Amanda, ze wierp toch een blik over het parkeerterrein en was teleurgesteld toen ze geen van beiden zag. Ze keek op haar telefoon om te zien of Amanda Angies bloedgroep al had gestuurd. Nog niet, en dat was vreemd. Meestal was Amanda snel. Sara's vinger hing boven het telefoonicoontje. Dit was een goede aanleiding om Amanda te bellen. Dan kon ze naar Angies gegevens informeren en tussen neus en lippen vragen of er verdere ontwikkelingen waren, bijvoorbeeld of Will Angie had gevonden en haar in zijn armen het hele eind naar het ziekenhuis had gedragen.

Sara schoof haar telefoon weer in haar zak.

Ze keek op, maar sloeg gelijk haar blik weer neer. De zon scheen recht in haar ogen. Afgaande op wat ze ooit bij de scouts had geleerd, moest het nu een uur of tien zijn. Het zonlicht was zo genadeloos dat de tranen haar in de ogen sprongen. Met neergeslagen blik liep ze langs Hardings uitgebrande Kia. De auto werd grondig onderzocht door twee technisch rechercheurs, die met vergrootglazen in hun hand op hun knieën zaten. Het verkoolde chassis was nog niet echt afgekoeld, en in het voorbijgaan voelde Sara de hitte die het metaal uitstraalde.

Het mobiele lab van de afdeling forensische wetenschap van het GBI bevond zich in een geconfisqueerde limobus van een man die fraude met de ziekteverzekering had gepleegd. De banken hadden plaatsgemaakt voor een lange werktafel met rijen computers en opbergruimte voor uiteenlopende verzamelkoffers en bewijszakken. Het belangrijkste was dat de airco intact was gebleven. Sara viel bijna op haar knieën van opluchting toen de koele lucht langs haar huid streek.

Gary zette het blad met monsters op de werktafel. Hij trok een stoel naar achteren voor Sara en nam er zelf ook een. Ze probeerde niet naar zijn halsketting te kijken. Op het medaillon stond SLAM.

'Kun je met die set ook sekse of ras bepalen?'

Met een papieren handdoek wiste ze het zweet van haar hals en gezicht. 'Voor seksebepaling heb je een DNA-test nodig om te zien of er een Y-chromosoom aanwezig is.' Ze keek in de vakjes en lades op zoek naar de bekende EldonCard-sets die ze via Amazon had besteld omdat ze daar goedkoper waren dan bij de plaatselijke leverancier. 'Wat ras betreft, kun je op de percentages afgaan, maar die zijn bepaald niet doorslaggevend. Bij blanken komt bloedgroep A relatief veel voor. Latino's hebben vaak O. Bij Aziaten en Afro-Amerikanen zie je weer vaker bloedgroep B.'

'En bij mensen van gemengd ras?'

Ze vroeg zich af of hij dat vanwege Angie wilde weten. Ze had een mediterraan uiterlijk: lichtbruine huid, een dikke bos bruin haar en een weelderig figuur. De enige keer dat Sara naast Angie had gestaan, had ze zich het spreekwoordelijke lelijke eendje gevoeld.

'Gemengd ras is wat gecompliceerder,' zei ze. 'Ouders hebben niet altijd dezelfde bloedgroep als hun kinderen, maar hun allelomorfen bepalen wel de bloedgroep. Twee ouders met bloedgroepen AB en O kunnen een kind krijgen met bloedgroep A of B, maar niet met O of AB. Twee O's krijgen altijd uitsluitend een O.'

'Wauw.' Gary krabde door zijn sikje. 'Het meeste wat ik op de opleiding over bloed heb geleerd, had te maken met DNA. Verzamelen, verwerken. Maar dit is te gek.'

Sara wist niet of hij het meende. Nerds hadden het tegenwoordig zoveel gemakkelijker. Toen zij zo oud was als Gary, was ze altijd het buitenbeentje geweest.

'Ik doe de eerste test,' zei ze. 'Jij de tweede. Als ik zie dat je het onder de knie hebt, laat ik de overige door jou doen.'

'Cool.' Hij schonk haar een lach. 'Bedankt, dokter Linton.'

'Sara.' Ze sneed het aluminiumfolie rond de EldonCard open. 'Dit is de testkaart.' Ze liet hem de witte systeemkaart met zwarte letters zien. Bovenaan waren vier lege rondjes, of putjes, elk met een stipje reagens in het midden. Onder de rondjes stonden naamvakjes: anti-A, anti-B, anti-D en 'control'.

'Anti-D?' zei Gary.

'D test op resusfactor.' Sara bespaarde hem een tweede lange les. 'De aan- of afwezigheid van resus zorgt voor positief of negatief achter de bloedgroep. Dus als je bloed ziet stollen in het rondje met A en ook in het rondje met D, wil dat zeggen dat je met bloedgroep A-positief te maken hebt. Als er in D geen stolsels worden gevormd, is het A-negatief.'

'Resus?'

Ze trok handschoenen aan. 'Genoemd naar resusaapjes, omdat die aanvankelijk werden gebruikt voor de aanmaak van antiserum voor de bloedgroeptest.'

'O,' zei Gary. 'Arme aapjes.'

Sara vouwde een paar schone papieren handdoekjes open en stalde de inhoud van de testset op het werkblad uit. Het alcoholwattenstaafje en het lancet legde ze weg, want ze testten niet op een levend wezen. Ze scheidde de vier Eldonsticks – een soort plastic wattenstaafjes – en het flesje kraanwater dat bij de test hoorde. 'Schrijf op de kaart waar het eerste monster genomen is,' droeg ze Gary op.

Gary haalde een pen uit zijn zak en schreef TWEEDE TREE LINKS IMPACT, gevolgd door het adres, de datum en het tijdstip. Zijn gouden medaillon tikte tegen de tafel. Sara ging ervan uit dat hij Amanda nog niet was tegengekomen. Ooit had zij Will met een liniaal tegen zijn nek geslagen omdat zijn haar langer was dan de voorgeschreven twee centimeter boven de boord.

Sara zette haar bril op en legde de kaart plat op de papieren handdoekjes. In elk van de vier rondjes stipte ze een minuscuul druppeltje water op het reagens. Gary opende een reageerbuisje met een klontje weefsel, waarschijnlijk van de hoofdhuid. Met een glazen pipet verzamelde Sara wat bloed, dat ze onder in het controleputje tikte. Met de Eldonstick mengde ze het bloed en het reagens binnen de rand van de bedrukte cirkel.

'Moet het nu al gaan stollen?' vroeg Gary.

'Niet het controlerondje. Dat moet er altijd glad uitzien.' Sara druppelde nog wat bloed in het eerste rondje, dat met anti-A, en met een nieuw staafje roerde ze erin. Vervolgens deed ze hetzelfde met anti-B en -D. 'Nu draai je de kaart op zijn kant, laat hem zo tien seconden staan, dan tien seconden op de kop, enzovoort, tot je helemaal rond bent geweest en het bloed zich met het reagens heeft vermengd.'

'Zo te zien is de B aan het stollen,' zei Gary.

Dat klopte. Binnen het B-rondje vormden zich groepjes rode klontjes.

'In het D-rondje zie ik geen stolsels. Dat betekent dat het bloedgroep B-negatief is, toch?'

'Inderdaad,' zei Sara. 'Goed gedaan.'

'Weten we de bloedgroep van Mrs. Trent?'

Het was alsof Sara een klap tegen haar keel kreeg. 'Ze wordt Polaski genoemd.'

'O, sorry. Mijn fout.'

'Ik heb haar bloedgroep nog niet doorgekregen.' Sara keek op haar telefoon om te zien of ze al een bericht van Amanda had. Weer vroeg ze zich af of er iets aan de hand was. Will was het doorgaans eerst met Amanda eens en deed vervolgens waar hij zelf zin in had. Sara had dat altijd aantrekkelijk gevonden.

Gary vroeg: 'Hebben we DNA van Mrs. Polaski in het archief uit de tijd dat ze bij de politie werkte?'

In plaats van hem te vertellen dat ze waarschijnlijk een intact monster op Sara's lippenstift zouden aantreffen, zei ze: 'Dat is niet aannemelijk, tenzij ze moest worden uitgesloten van een plaats delict. Ze werkte op de afdeling zeden, dus waarschijnlijk heeft zich dat nooit voorgedaan.' Met enige moeite dwong Sara haar gedachten weer bij de taak die voor haar lag. 'DNA is het ijkmiddel bij uitstek, maar bloedgroepbepaling is ook heel belangrijk. B-negatief wordt bij slechts twee procent van de blanke bevolking aangetroffen, bij één procent van de Afro-Amerikanen en bij nog geen half procent van de resterende etnische groepen.'

'Wauw. Bedankt. Over *mad science* gesproken, dokter Linton.' Gary pakte zijn pen en zonder dat Sara het hoefde te vragen vulde hij de volgende kaart in. Hij schreef in keurige kapitalen die moeiteloos binnen het beschikbare vierkantje pasten. LINKERTREE BLOEDIGE VOETAFDRUK A.

'Dus eerst het water, hè?' zei hij.

'Een minidruppeltje.' Ze zweeg terwijl Gary een nieuwe set gereedmaakte. Hij pikte het inderdaad snel op. Bij het mengen van het bloed bleef hij beter binnen de cirkels dan Sara. Hij draaide de kaart om, hield hem tien seconden lang op zijn plaats en draaide hem toen nog eens om, en nog eens. Weer stolde het bloed op B-negatief.

'Bepaal nu eens de bloedgroep van het monster van Hardings hals,' zei Sara.

Omdat er maar weinig bloed was, had Gary het met een wattenstaafje bemonsterd. Met een mesje sneed hij de punt van het staafje in stukjes, en met water maakte hij het bloed eruit los. Weer nam hij alle stappen op de kaart door. Deze keer stolde alleen het rondje bij de D. 'Heb ik iets fout gedaan?'

'Hij is O-positief, de meest voorkomende bloedgroep onder de blanke bevolking, maar belangrijker nog is dat Harding definitief kan worden uitgesloten wat betreft die voetafdruk en het spatpatroon op de trap.' Ze gaf hem een nieuwe testset. 'Dan doen we nu het bloedmonster uit de kamer waar Harding is gestorven.'

Er werd luid op de deur gebonsd, en Sara en Gary schrokken op.

'Godallejezus.' Charlie hield zijn camera omhoog toen hij de bus in klom en zich op de grond liet zakken. 'Ik dacht dat ik spontaan zou ontbranden daar in die kamer.' Hij sloot zijn ogen en ademde een paar tellen lang de koele lucht in.

Gary begon aan de volgende set. Charlie baadde in het zweet, en Sara reikte hem een papieren handdoekje aan om zijn gezicht af te vegen. Voor ze het onderzoek voortzetten, moesten ze ventilatoren regelen in het gebouw. Het was augustus. Ook na zonsondergang zou de temperatuur slechts een paar graden dalen.

'Oké.' Charlie wierp het handdoekje in de afvalbak. 'Ik heb in de overige kamers de luminol geactiveerd.'

Sara knikte. Luminol werd geactiveerd door blacklight dat de enzymen in het bloed lichtblauw liet oplichten. De reactie was eenmalig en duurde maar een paar seconden, en daarom was het belangrijk om een camera paraat te hebben zodat het proces kon worden vastgelegd.

'Nog iets van belang gevonden?' vroeg Sara.

'Reken maar. Ik heb het hier.' Charlie zette het ledschermpje op zijn camera aan en nam de foto's door. 'Trouwens, ik heb wat bloedspatten op de eenhoorn gevonden, wat zou kunnen betekenen dat de kogel dwars door iemand heen is gegaan.'

'Veel of weinig?'

'Eerder een vleugje.'

'Dat is te weinig om met de EldonCard te testen. Dan moeten we het met DNA doen. Op bloed zit geen tijdslimiet,' zei ze ter verduidelijking tegen Gary. 'Het zou van een raver kunnen zijn die drie maanden geleden wat bloed uit heeft geniesd.'

'Als die eenhoorn kon praten...' Met zijn duim scrolde Charlie door de camerafoto's. Felblauwe spetters en spatten flitsten als rorschachvlekken over het ledscherm.

'Dokter Linton?' Gary hield de kaart omhoog die hij net had verwerkt. 'Nog meer B-negatief.'

'Heb je toevallig ook een monster uit de tweede kamer vanaf de linkertrap genomen?' vroeg Charlie.

'Ja, heb ik.' Gary bekeek de buisjes. 'Ik heb wat bloed op de vloer gevonden, rechtsachter in de hoek. En ik heb het label drie keer gecheckt voor ik naar de volgende ging, zoals u had gezegd.'

'Braaf zo,' zei Charlie. 'Test het even, wil je.'

Gary wachtte tot Sara hem een instemmend knikje had gegeven.

'Wat is er aan de hand?' vroeg ze aan Charlie. 'Heb je iets gevonden?'

'Ja, ik heb zeker iets gevonden.'

Sara was geen fan van cliffhangers, maar ze gunde Charlie zijn plezier. Van al het politiewerk bezat forensisch onderzoek doorgaans het minste sexappeal. Het was heel anders dan op tv, waar onberispelijk geklede, beeldschone forensisch rechercheurs aanwijzingen uit de lucht leken te plukken, met wapens zwaaiden en boeven ondervroegen, die vervolgens naar de gevangenis werden afgevoerd. Vijftig procent van wat Charlie deed was papierwerk en de resterende vijftig procent van zijn tijd zat hij met zijn oog aan een camera of een microscoop vastgeplakt. Waarschijnlijk had hij een ongebruikelijk spatpatroon op een plafond gevonden of de heilige graal van de forensische wetenschap: een bruikbare vingerafdruk in vers bloed.

'Alsjeblieft,' zei Charlie triomfantelijk. Hij stak Sara de camera toe zodat ze het zelf kon zien.

Het scherm vertoonde de vertrouwde chemiluminescentie: fel, gloeiend blauw tegen de donkere, met graffiti bezaaide achtergrond, bijna alsof het een röntgenfoto was. In plaats van een ongebruikelijk bloedpatroon of een duidelijke vingerafdruk, stonden er twee woorden, geschreven met bloed: HELP ME.

'Dokter Linton?' Gary was klaar met de testkaart. 'Het is B-negatief, net als de andere twee.'

Voor alle duidelijkheid vroeg Charlie: 'Gary, weet je zeker dat dat bloed uit de tweede kamer komt, waar ik deze kreet heb gevonden?'

'Ja. Dat weet ik zeker. Driedubbel zeker.'

'Sara?' Charlie wachtte even. 'Heb je Angies bloedgroep al van Amanda doorgekregen?'

Ze was niet tot een antwoord in staat. Haar blik bleef aan het opgloeiende beeld op de camera kleven. Ze staarde naar de twee woorden, zoog het bekende losse schuinschrift als radioactieve straling op in haar brein.

Beide E's leken op omgekeerde drieën.

Amanda opende het achterportier. Ze stak Charlie haar hand toe om in de bus te worden geholpen. Gary stond op en bood haar zijn stoel. Bij het zien van zijn tattoos en gouden ketting fronste Amanda haar voorhoofd. 'Jongeman, wacht jij buiten maar even op me.'

Vlug volgde Gary haar bevel op, en hij klikte het portier zachtjes achter zich dicht.

Amanda ging op de vrijgekomen stoel zitten. Tegen Sara zei ze: 'Will doorzoekt het kantoorgebouw aan de overkant.' Ze klonk verwijtend, alsof Sara hem had kunnen tegenhouden. 'Volgens de bouwkundig ingenieur kan het hele zaakje elk moment in elkaar donderen, maar Will weigerde te luisteren. Ik kan niemand achter hem aan sturen zonder een proces te riskeren als het gebouw instort.'

Sara reikte Amanda de camera aan.

'Wat is dit?' Ze keek op het scherm en staarde langdurig naar de woorden. 'Herken je dat handschrift?'

Sara knikte. Het afgelopen jaar had ze zoveel hatelijke briefjes ontvangen dat ze Angies handschrift bijna beter kende dan dat van haarzelf.

‘Voorlopig moeten we ervoor zorgen dat deze boodschap tussen ons drieën blijft,’ zei Amanda. ‘Dat ontbreekt er nog maar aan om Will te laten exploderen.’

‘Afgesproken,’ zei Charlie.

Sara kreeg er geen woord uit.

‘Het archief heeft eindelijk Angies dossier opgestuurd,’ zei Amanda. De camera rustte op haar schoot en ze liet haar schouders hangen. Opeens leek ze moe en ouder dan vierenzestig. ‘Zeg alsjeblieft dat geen druppel van dat gevonden bloed B-negatief is.’

DRIE

Aan de voorkant van het kantoorgebouw waren de deuren met kettingen afgesloten, maar de junks hadden de planken voor een van de ramen weggetrokken. De deur naar het souterrain en de liftdeuren waren een ander verhaal. Het metaal was aan de deurposten vastgelast. Niet dat dit een domper op de feestvreugde was geweest. De hal lag bezaaid met glasscherven en stukken metaal van kapotgeslagen bureaus en stoelen. Het gebouw was zo oud dat het uit hout in plaats van uit beton was opgetrokken. Het was een wonder dat het nog niet was afgebrand. Op de asbest vloertegels was brand gesticht en de asbest plafondtegels waren zwartgeblakerd van de rook. De muren zaten vol urinevlekken. Alles van waarde was lang geleden vernield of afgevoerd. Zelfs het koperdraad was uit de muren gesloopt.

Het bouwwerk was bijna vierkant en telde negen verdiepingen. Will had begrepen dat elke verdieping in twintig kantoorruimtes was verdeeld, tien aan weerszijden, met een lange open ruimte met werkplekken in het midden en twee wc's aan de achterkant. De indeling had meer weg van een Eschertekening dan van een doolhof. In sommige kamers waren van opgestapelde kisten en bureaus trappen gemaakt naar weggerotte gaten in het plafond. De wiebelige constructies voerden naar afgesloten deuren of naar kleinere kamers op andere verdiepingen, die doorzocht moesten worden als hij klaar was met de verdieping eronder. Will voelde zich net een balletje in een flipperkast dat van de ene kant van het gebouw naar de andere stuiterde, over opgestapelde krakende kisten naar boven en langs wankele opgestapelde bureaus weer naar beneden. Hij wrikte kasten open, hees omgegooide boekenkasten overeind en schopte papiertorens om die al tientallen jaren stonden weg te rotten.

Angie.

Hij moest Angie vinden.

Amanda had bijna een uur van Wills leven verspild door hem op de gang bij de kamer van de gouverneur te laten wachten terwijl zij de man op de hoogte bracht van het weinige dat het onderzoek naar de moord op Dale Harding tot dusver had opgeleverd. Will had de tijd gedood door zichzelf wijs te maken dat ze gelijk had. Hij mocht niet naar Angie zoeken. Ze mocht niet door hem gevonden worden. De pers zou zich op het verhaal storten en dat betekende niet alleen het einde van Wills carrière, maar hij zou er waarschijnlijk ook door in de bak belanden. Ondertussen sleepte hij Amanda mee in zijn val. En Faith. En Sara. De schade zou onherstelbaar zijn.

Tenzij hij Angie levend terugvond. Tenzij ze kon vertellen wat zich werkelijk in Rippy's club had afgespeeld.

Op dat punt in zijn gedachtegang was Will het parlementsgebouw uit gelopen en had een taxi aangehouden.

Sindsdien waren er veertig minuten verstreken. Als Sara gelijk had, als Angie nog maar een paar uur had, was hij misschien te laat.

Maar hij moest doorgaan met zoeken.

Will duwde de deur van het laatste kantoor op de tweede verdieping open. Er zaten geen planken voor de ramen. De kleine kamer baadde in zonlicht. Will duwde een bureau van de muur. Een rat schoot eronder vandaan en Will sprong naar achteren. Zijn voet zakte door een verrotte vloerplank. Het vel van zijn kuit scheurde open. Vlug wrong hij zijn been uit het gat, in de vurige hoop dat hij geen infectie opliep door een losse naald of een glasscherf. Zijn broek was kapot. Bloed stroomde zijn schoen in. Maar op dat moment viel aan geen van beide iets te verhelpen.

Aan het eind van de gang was een trap. De betonnen treden liepen als een ruggengraat langs de muur omhoog, en door de kapotte ramen op elk bordes scheen verblindend licht zijn ogen in. Will greep de leuning en hees zich met een zwaai omhoog, de volgende trap op. Zijn knie begaf het bijna toen hij op het bordes landde. Misschien was zijn been er erger aan toe dan hij aanvankelijk had gedacht. Hij voelde hoe het bloed een plas vormde in de hak van zijn schoen. Terwijl hij naar de volgende verdieping klom, hoorde hij zijn sok zompen.

'Hé!' Collier stond hem op te wachten. Met de gele bouwhelm weer op zijn hoofd en zijn armen over elkaar leunde hij tegen de deurpost. 'Einde oefening, maat. Je moet hier weg.'

'Moven,' zei Will.

'Je bazin kreeg een rolberoerte toen ik zei dat je hier was. Ik zag de bagger tussen haar benen wegdruipen.' Collier grijnsde. 'Als ze ontdekt dat ik ook hier ben, krijgt ze helemaal diarree.'

Collier verroerde zich niet, en daarom schoof Will hem aan de kant.

'Kom op, man. Het is hier niet veilig.' Collier kon Wills lange passen alleen op een drafje bijhouden. 'Ik heb de leiding over de zoekteams. Als je door de vloer zakt en je nek breekt, ben ik verantwoordelijk.'

'Ik ben al door de vloer gezakt.' Will beende de gang door. Hij ging het eerste kantoor binnen. Groezelig tapijt. Kapotte stoelen. Roestig metalen bureau.

Collier volgde hem, maar bleef in de deuropening staan en keek hoe Will de kamer doorzocht. 'Wat is er met je, gast?'

Will zag de rand van een matras. Kranten bedekten de bovenkant. Eronder vermoedde hij een menselijke vorm. Met ingehouden adem schopte hij de kranten weg, maar toen zag hij dat het geen mens was, dat het niet Angie was, maar een deken.

'Dit is volkomen gestoord, man,' zei Collier.

Will keerde zich om. Collier versperde nog steeds de deuropening.

'Waar is je collega?' vroeg Will.

'Ng zit tot aan zijn ballen in de vermistepersonenrapporten, en bovendien wacht hij tot ons geweldsslachtoffer van gisteravond uit de operatiekamer komt. Die ziet voorlopig de zon niet meer schijnen.'

'Waarom ga je hem niet helpen?'

'Omdat ik jou help.'

'Nee, dat doe je niet.' Will torende boven hem uit. 'Opzouten, anders zorg ik dat je opzout.'

'Gaat dit over zonet, met je vriendin? Je maîtresse? Wat dan ook?' vroeg Collier meesmuilend. 'Hoor eens, gast, je had me moeten vertellen dat je haar weleens zag. Wees eens een vent.'

'Wat je zegt.' Will maaide zijn vuist naar achteren en raakte hem tegen de zijkant van zijn hoofd – niet alleen voor Sara, maar omdat hij een klootzak was en in de weg stond.

Colliers handen schoten een seconde te laat omhoog. De klap kwam harder aan dan Wills bedoeling was geweest, of misschien was Collier zo'n type dat een klap niet wist op te vangen. Hij rolde met zijn ogen en hapte naar adem. Hij viel op de grond als een zak stront die werd neergesmeten vanwaar je doorgaans zakken stront neersmijt, en nog voor hij de vloer raakte, was hij al buiten westen.

Na vijf tellen pure gelukzaligheid kreeg Will zijn verstand terug. Geschrokken door zijn geweldsuitbarsting keek hij naar zijn hand. Hij boog en strekte zijn vingers. Op twee knokkels was het vel afgeschaafd. Stroompjes bloed sijpelden langs zijn pols naar beneden. Heel even vroeg hij zich af of zijn hand uit eigen beweging in actie was gekomen, alsof iets wat hij niet onder controle had er bezit van had genomen. Dit was hij niet. Hij haalde niet zomaar naar iemand uit, zelfs niet naar iemand als Collier, die erom gevraagd had.

Dit was Angies macht over hem: ze bracht het allerslechtste in hem naar boven.

Will trok zijn overhemd uit zijn broek. Hij veegde het bloed van zijn hand en stopte het overhemd er weer in. Hij bukte zich, greep Collier bij zijn schouders en zette hem tegen de deurpost. Toen liep hij de gang door en vervolgde zijn zoektocht naar Angie.

Weer een kantoor. Weer een bureau. Weer een omgekieperde boekenplank. Een winkelwagentje met een oude IBM Selectric. Hij draaide zich om. Naast de deur stond een metalen kast. Die was in zo ongeveer elke kamer te vinden. Zo'n één meter tachtig hoog. Negentig centimeter breed. Vijftig centimeter diep. In tegenstelling tot bij de andere kasten zaten de deuren op slot.

Will veegde het zweet van zijn handen, sloeg zijn vingers om de deurknop en probeerde hem van het slot te draaien. Het ding zat vastgeroest. Hij zette zijn schouder ertegenaan en tilde de kast bijna van de vloer. Er klonk een luide knal, en de deur knerpte open.

Leeg.

Misschien had ze zich in een kast verstopt. Angie hield van donkere plekken. Plekken waar ze anderen kon zien zonder zelf gezien te worden. Het souterrain in het kindertehuis was haar favoriete schuilplaats geweest. Iemand had een futon de trap af gesleept en op de koude stenen vloer gelegd. Jongens en meiden kwamen beneden roken. Of deden andere dingen. Mrs. Flannigan, die de leiding had over het tehuis, kon de trap niet af. Haar knieën waren versleten. Ze sleepte heel wat gewicht met zich mee. Ze had geen idee wat er zich beneden allemaal afspeelde. Of misschien toch wel. Misschien begreep ze dat ze elkaar niets anders te bieden hadden dan fysieke troost.

Will haalde zijn zakdoek tevoorschijn en veegde zijn nek af.

Nooit zou hij die keer met Angie in het souterrain vergeten. Zijn eerste keer. Hij had gebeefd, nee, gehuiverd van opwinding, ontzetting en angst dat hij het verkeerd zou doen of te snel of achterstevoren en dat ze hem zou uitlachen en dat hij zich dan van kant moest maken.

Angie was drie jaar ouder dan Will. Ze had heel veel dingen met heel veel jongens gedaan, en bepaalde andere dingen met allerlei mannen, niet altijd uit vrije wil, maar het was een feit dat ze wist wat ze deed en dat hij niet wist wat hij deed.

Alleen al haar handen deden hem huiveren. Hij was onhandig. Hij vergat dingen, bijvoorbeeld hoe hij zijn broek los moest knopen. De enige mensen die Will tot op dat moment hadden aangeraakt, hadden hem pijn gedaan of zijn wonden gehecht. Hij kon het niet helpen, maar hij begon te huilen, keihard te huilen. Niet de hete tranen die over zijn gezicht biggelden als zijn neus was gebroken of als hij zijn eigen arm met een scheermes had opengesneden.

Dit waren grote, overslaande, vernederende snikken.

Angie had hem niet uitgelachen. Ze had hem vastgehouden. Met haar armen om zijn rug. Haar benen verstrengeld met de zijne. Will had niet geweten waar hij zijn handen moest laten. Nooit eerder had iemand hem omhelsd. Nooit eerder was hij fysiek intiem geweest met een ander mens. Urenlang waren ze in het souterrain gebleven, uren waarin Angie hem had vastgehouden, gekust, hem had voorgedaan wat hij moest doen. Ze had Will beloofd dat ze hem nooit zou laten gaan, maar de waarheid was dat alles tussen hen nooit meer hetzelfde zou zijn. Ze kon nooit meer naar hem kijken zonder een geknakte jongen te zien.

De volgende keer dat Will zich zo dicht bij een vrouw had gevoeld, was bijna dertig jaar later.

'Trent!' Collier stond aan het eind van de gang als een tuimelaar heen en weer te zwaaien. Hij kromp ineen toen hij zijn oor aanraakte. Bloed liep in stroompjes langs de zijkant van zijn gezicht en zijn hals.

Will stopte de zakdoek weer in zijn zak en duwde de zoveelste deur open, doorzocht de zoveelste kamer.

Angie, herhaalde hij in gedachten. *Waar heb je je verstopt?*

Het had geen zin haar te roepen, want hij wist dat ze niet gevonden wilde worden. Angie was een wild dier. Ze toonde nooit zwakte. Ze sloop weg om in het verborgene haar wonden te likken. Will had altijd geweten dat ze, als haar tijd erop zat, ergens weg zou kruipen om in eenzaamheid te sterven. Net als de vrouw die haar had grootgebracht.

Of dat althans had geprobeerd.

Angie was nog maar een kind toen Deidre Polaski zich met haar laatste, net niet fatale overdosis heroïne injecteerde. De daaropvolgende vierendertig jaar had de vrouw in vegetatieve toestand doorgebracht in een door de overheid gerund verpleeghuis. Ooit had Angie tegen Will gezegd dat ze niet wist wat erger was: het leven met Deidres pooier of het leven in het kindertehuis.

'Trent!' Collier zette zich schrap tegen de muur. Kwijl droop uit zijn mond. 'Jezus christus. Waar heb je me godverdomme mee geraakt? Een moker?'

Will vocht tegen zijn schuldgevoel omdat hij weigerde sorry te zeggen. Hij duwde de volgende deur open. Zijn maag kneep zich samen toen hij zijn blik door de restanten van het toilet liet gaan. De vloer was weggerot. Kapotte toiletpotten, wastafels en buizen waren naar beneden gedonderd en een verdieping lager terechtgekomen.

Aan de andere kant van het gat stond de zoveelste archiefkast. De deuren waren dicht. Zou Angie daarin zitten? Was ze dicht langs de muur naar de andere kant van de ruimte geschuifeld om zichzelf op te sluiten en op haar dood te wachten?

'Jij gaat daar niet naar binnen,' zei Collier. Hij stond achter Will, met zijn hand over zijn bebloede oor. 'Geen gekke dingen, man. Je valt je dood tegemoet.'

Will pakte zijn zakdoek weer en reikte hem die aan.

Binnensmonds vloekend drukte Collier het doekje tegen zijn oor. 'Die kast is dertig centimeter breed, gast. Hoe dun is die chick?'

'Die past erin.'

'Zittend?'

In zijn verbeelding zag Will Angie in de kast zitten. Ogen dicht. Luisterend.

'Oké,' zei Collier. 'Die chick is gewond, hè? Zwaargewond. Ze kan uit alle kamers hier kiezen, maar uitgerekend deze gaat ze binnen, de kamer met dat gigantische gat. Hoe komt ze daar in godsnaam overheen?'

Ergens had hij gelijk. Angie was niet atletisch. Aan zweten had ze de pest.

Will draaide zich om. Hij ging het toilet aan de andere kant van de gang binnen.

Weer keek Collier vanuit de deuropening toe, met zijn armen over elkaar en leunend tegen de deurpost. 'Ze zeiden al dat je een koppige eikel was.'

Will schopte een cabinedeur open.

'Maar daar weet die lieve dokter zeker wel raad mee, hè?'

'Bek dicht.' Will hoorde de echo van Sara die dezelfde woorden twee uur eerder had uitgesproken. Zo kwaad had hij haar nog nooit meegemaakt.

'Wat is je geheim, man?' vroeg Collier. 'Niet beledigend bedoeld, hoor, maar je bent geen Brad Pitt.'

Will greep Collier bij zijn shirt en werkte hem aan de kant.

Op deze verdieping was Angie niet. Nog vijf te gaan. Will liep naar de trap en klom naar de volgende verdieping. Pakte hij het misschien verkeerd aan? Had hij bovenaan moeten beginnen in plaats van beneden?

Was er een zolder? Een kamer met panoramisch uitzicht voor de president-directeur?

Tactisch gezien was hoger altijd beter. Het kantoorgebouw stond recht tegenover Rippy's club. Misschien had Angie de hele tijd alles in de gaten gehouden. Dan had ze de patrouilleauto, de brandweer, de busjes van de forensische recherche en de rechercheurs allemaal met gierende banden zien arriveren om uit te vogelen wat er in godsnaam gebeurd was, terwijl zij zich op de negende verdieping een ongeluk zat te lachen.

Of ze lag dood te bloeden.

Will passeerde de vierde verdieping, de vijfde. Tegen de tijd dat hij een grote geschilderde 7 boven aan het volgende bordes zag, was hij buiten adem. Met zijn handen op zijn knieën bleef hij staan om uit te blazen. De hitte werd hem te machtig. Zweet droop op de vloer. Zijn longen barstten. Zijn achillespezen deden pijn. Langs de zijkant van zijn schoen sijpelde bloed. De sneetjes op zijn knokkels waren weer opengesprongen.

Was dit een vergissing?

Zelfs als ze een goeie dag had zou Angie deze trap niet beklimmen, laat staan met een levensbedreigende wond. Ze had een hekel aan fysieke inspanning.

Will ging op de trap zitten. Hij wreef over zijn gezicht en schudde het zweet van zijn handen. Zat Angie eigenlijk wel in dit gebouw? Waar was haar auto? Kon Will niet beter uitzoeken waar ze woonde in plaats van met gevaar voor eigen leven een afgekeurd gebouw te doorzoeken?

En wat moest hij met Sara?

'Heilige moeder Maria.' Collier was een paar trappen lager blijven staan. Hij pufte als een stoomlocomotief. 'Mijn oor moet geloof ik gehecht worden.'

Will liet zijn hoofd tegen de muur rusten. Was hij Sara nu kwijt? Was Angie er met deze laatste, gewelddadige actie in geslaagd iets voor elkaar te krijgen wat haar het hele afgelopen jaar niet gelukt was?

Alleen Betty kon alles nog goedmaken. Aan het begin van hun relatie had Sara steeds aangeboden om op Betty te passen als Will moest overwerken. Eerst dacht hij dat ze dat deed omdat ze in zijn zaken geïnteresseerd was, maar langzamerhand was hij gaan beseffen dat ze zijn hond inzette om hem naar haar appartement te lokken. Het had heel lang geduurd voor Will inzag dat een vrouw als Sara met hem samen wilde zijn.

Ze zou Betty echt niet hebben willen oppikken als ze van plan was geweest het uit te maken.

Of wel?

'Trent.' Collier was net een overslaande grammofoonplaat. Slepend over de traptreden bereikte hij het bordes beneden dat van Will. 'Waar slaat dit op, man? Denk je dat ze zich onder een typemachine heeft verstopt?'

Will keek op hem neer. 'Wat doe je hier?'

'Toen ik nog buiten stond, leek het me een goed idee. En wat is jouw excuus?' Collier leek oprecht geïnteresseerd. 'Gast, je weet dat ze hier niet is.'

Will keek op naar het plafond. Graffitiafbeeldingen staarden terug.

Waarom was hij hier?

Waar moest hij anders zijn? Dat was misschien een betere vraag. Elk aanknopingspunt ontbrak. Er waren geen aanwijzingen die nagetrokken konden worden. Hij had geen idee waar Angie woonde. Waar ze werkte. Wat ze in het gebouw van Rippy te zoeken had. Hoe ze verstrikt was geraakt in een verkrachtingszaak die Will verloren had van een man die hij verachtte.

Maar misschien wist hij het antwoord op de laatste vraag. Angie mengde zich altijd in Wills zaken. Dat deed ze heimelijk, als een kat die zijn prooi besloop, om het arme, dode beest vervolgens als een trofee op Wills stoep te leggen zodat hij een manier moest bedenken om van het kadaver af te komen.

In Wills verleden waren zoveel anonieme graven dat hij de tel was kwijtgeraakt.

'Ik heb eens wat rondgebeld en naar je vrouw geïnformeerd.' Collier leunde met zijn schouder tegen de muur en sloeg zijn armen weer over elkaar. Het goede nieuws was dat het bloed rond zijn oor aan het opdrogen was, het slechte nieuws dat Wills zakdoek nu aan zijn huid vastkleefde.

'En?' zei Will, ook al kon hij wel raden wat Collier ontdekt had. Angie dook van het ene bed in het andere. Veelvuldig en lukraak. Je kon je geen slechtere agent voorstellen. Je kon er nooit op vertrouwen dat ze je rugdekking gaf. Ze was een eenling met een doodswens.

Collier was ongewoon diplomatiek. 'Een pittige dame zo te horen.'

Dat was Will met hem eens.

'Dat soort meiden heb ik ook gekend. Daar kun je lol mee beleven.' Collier hield nog steeds afstand. Hij wilde niet nog een klap krijgen. 'Het punt is dat ze altijd mensen hebben op wie ze kunnen terugvallen.'

Will had hetzelfde tegen Sara gezegd, maar uit Colliers mond klonk het lullig.

'Denk je echt dat ze de straat over is gerend naar deze bouwval?' Collier liet zich langs de muur naar beneden glijden tot hij zat. Hij was nog steeds buiten adem. 'Kijk, ik heb die chick nooit ontmoet, maar ik heb wel veel van dat soort types gekend.' Hij keek even op om er zeker van te zijn dat Will de trap niet af kwam. 'Niet beledigend bedoeld, maat, maar ze hebben altijd een noodplan. Snap je wat ik bedoel?'

Will snapte wat hij bedoelde. Angie had altijd ergens een vent bij wie ze haar toevlucht kon zoeken. Dat was niet altijd Will geweest. In verschillende perioden van haar leven had ze verschillende mannen gebruikt. Als Will niet aan de beurt was, ging hij aan het werk, betegelde hij zijn badkamer opnieuw, sleutelde aan zijn auto, en al die tijd maakte hij zichzelf wijs dat hij niet wachtte op het moment dat ze in zijn leven terugkeerde. Dat hij dat moment niet vreesde. Er niet naar uitkeek. Er niet naar smachtte.

Collier zei: 'Zoals ik het zie, is het gisteravond flink uit de klauwen gelopen. Ze is gewond geraakt, heeft haar telefoon gepakt – die we trouwens nergens kunnen vinden – en een kerel gebeld, die als een haas hiernaartoe is gekomen om haar te helpen.'

'Stel dat Harding die kerel was?'

'Denk je echt dat ze er maar één op na hield?'

Will ademde diep in. Hij hield de lucht zo lang mogelijk vast.

'Zullen we gaan?' vroeg Collier.

Will duwde zichzelf overeind. Hij was zo uitgeput van de hitte dat hij sterretjes zag. Even zocht hij steun. Hij knipperde het zweet weg, draaide zich om en klom de trap verder op.

'Jezus christus,' mompelde Collier. Zijn schoenzolen schuurden over de treden. 'Als je het mij vraagt, moet je als de sodemieter naar beneden en tegen die Rooie zeggen dat je godsgruwelijke spijt hebt.'

Collier had gelijk. Will was Sara zijn excuses verschuldigd. Hij was haar wel meer verschuldigd. Maar hij moest verder, want als hij ook maar één stap terugdeed en nadacht over waar hij mee bezig was en waarom, brokkelde alles uiteen.

'Knappe vriendin heb je, trouwens,' zei Collier.

'Bek houden.'

'Ik zeg het alleen maar, man. Gewoon een opmerking.'

Verderop, op het volgende bordes, zag Will een geschilderde 8. Hij bleef klimmen. Met elke stap werd de hitte intenser. Hij steunde met zijn hand tegen de muur. Weer nam hij de lijst door: hij wist niet waar Angie woonde. Hij wist niet waar ze werkte. Hij wist niet wie haar vrienden waren. Of ze vrienden had. Of ze vrienden wilde. Meer dan de helft van zijn leven was zij het middelpunt van zijn bestaan geweest, maar hij wist geen moer over haar.

'Thuis heb je eersteklas biefstuk,' zei Collier. 'Dan ga je toch niet naar McDonald's voor een Happy Meal?' Hij lachte. 'Of in elk geval zonder dat Biefstuk het doorheeft, bedoel ik. Want shit, man, we lusten allemaal wel een vette cheeseburger op zijn tijd, niet dan?'

Bij de 8 ging Will de hoek om. Hij keek op naar het volgende bordes.

Zijn hart stond stil.

Een vrouwenvoet.

Bloot. Vuil.

Bloederige sneden liepen kriskras over de zolen.

'Angie?' Hij fluisterde haar naam, bang dat ze zou verdwijnen als hij die hardop uitsprak.

'Zei je wat?' vroeg Collier.

Will strompelde de trap op. Zijn benen begaven het bijna onder zijn eigen gewicht. Tegen de tijd dat hij het bordes had bereikt, kroop hij op zijn knieën voort.

Angie lag op haar buik op de vloer. Woeste lange bruine haren. Benen wijd uiteen. Eén arm onder haar lichaam, de andere boven haar hoofd. Ze droeg een witte jurk die hij eerder had gezien. Katoen, doorschijnend, en daarom had ze eronder een zwarte bh aangetrokken. De jurk zat opgestroopt rond haar benen, en hij kon haar zwarte bikinislip zien.

Bloed stroomde onder haar roerloze lichaam uit en vormde een halo boven haar hoofd.

Will legde zijn hand op haar enkel. De huid was koud. Hij voelde geen pols.

Zijn hoofd zakte op zijn borst. Hij kneep zijn ogen dicht tegen de opwellende tranen. Collier stond achter hem. 'Ik ga het melden.'

'Niet doen.' Will had even tijd nodig. Hij wilde de melding nog even niet over de politiezender horen. Hij was niet in staat zijn hand van Angies been terug te trekken. Ze was magerder dan de laatste keer dat hij haar gezien had – niet zaterdag, dat was maar een glimp geweest, maar een maand of zestien geleden. Toen waren ze voor het laatst samen geweest. Deidre was eindelijk gestorven, helemaal alleen in het verpleeghuis, want Angie bezocht haar niet meer. Will zat op een zaak toen het gebeurde. Hij was teruggereden naar Atlanta om bij Angie te kunnen zijn. Sara was destijds al in beeld, als een wazige schim aan de rand van de lijst, die alles of niets kon zijn, afhankelijk van hoe dingen zich ontwikkelden.

Will had zichzelf voorgehouden dat Angie nog één kans verdiende, maar zodra ze in zijn ogen keek, had ze geweten dat al het gewicht dat tussen hen in hing – die hele doos van Pandora vol gedeelde verschrikkingen die ze met zich mee torsten – eindelijk van hem was afgegleden.

Hij kuchte. 'Ik wil haar gezicht zien.'

Collier deed zijn mond al open, maar hij zei niet wat hij moest zeggen, namelijk dat het lichaam in situ moest blijven, dat ze de forensische jongens erbij moesten halen, Amanda en alle anderen die zich als aasgieren op Angie Polaski's levenloze lichaam zouden storten.

In plaats daarvan klom Collier de trap op en ging bij Angies hoofd staan. Zonder handschoenen aan te trekken schoof hij zijn handen onder haar magere schouders. 'Op drie?' vroeg hij.

Will dwong zichzelf tot actie. Om overeind te komen. Om zijn handen om Angies enkels te slaan. Ze had een gladde huid. Ze schoor dagelijks haar benen. Ze kon er niet tegen als je haar voeten aanraakte. Ze hield van verse melk in haar koffie. Ze hield van de parfummonstertjes in tijdschriften. Ze danste graag. Ze was gek op conflicten en chaos en alles waar hij niet tegen kon. Maar ze bekommerde zich om Will. Ze hield van hem als van een broer. Als van een minnaar. Als van een gezworen vijand. Ze haatte hem omdat hij haar verlaten had. Ze wilde hem niet meer. Ze kon hem niet laten gaan.

Nooit meer zou ze hem vasthouden zoals toen, in dat souterrain.

Collier begon te tellen. 'Drie.'

Zwijgend tilden ze het lichaam op en draaiden haar op haar rug. Ze was niet stijf. De arm boven haar hoofd maakte een zwiep en sloeg voor haar ogen, alsof ze wilde verdringen dat ze er niet meer was.

Haar opgezwollen lippen waren gebarsten. Op haar kin zaten vegen donker bloed. Haar haren en gezicht waren bestoven met wit poeder.

Met trillende hand reikte Will naar de arm. Hij zag bloed, niet alleen uit haar mond en neus, maar ook van naaldsporen. Op haar hals. Tussen haar groezelige vingers. Op haar armen.

Wills hart ging als een drilboor tekeer. Hij werd zweverig. Zijn vingers raakten haar koele huid aan. Haar gezicht. Hij moest haar gezicht zien.

De arm bewoog.

'Deed jij dat?' vroeg Collier.

Op eigen kracht schoof de arm van de vrouw van haar gezicht en plofte op de grond.

Haar mond kierde open, en daarna haar vochtige ogen.

Ze keek Will aan.

Hij keek terug.

Het was Angie niet.

VIER

Faith zat in haar auto voor Dale Hardings twee-onder-een-kap, heel even verlost van de genadeloze hitte. Ze zweette zich de ballen, om een Facebookpost van haar zoon te citeren, die uiteindelijk potentiële werkgevers onder ogen zou komen.

Misschien moest hij maar bij zijn oma gaan wonen. Nadat Faith de foto van Jeremy met de waterpijp aan Evelyn had gestuurd, kreeg ze als antwoord een smiley met een zonnebril op. Dat week radicaal af van de opvoedingstechnieken die haar moeder vroeger had toegepast en die rechtstreeks afkomstig waren uit het Fascistisch Maandblad. Jeremy zou er trouwens niet geweest zijn als Evelyns strategie om zich tegenover haar eigen kind als privé-Mussolini voor te doen ook maar enig succes had gehad.

Ze keek naar Dale Hardings deel van een goed onderhouden bungalow, in de veilige beschutting van een uitgestrekt, bewaakt wooncomplex.

Er klopte iets niet.

Faith had er een hekel aan als dingen niet klopten.

Nadat ze in haar zoektocht naar contactgegevens van Angie Polaski een aantal keren tegen een muur op was gelopen, had ze de rest van de ochtend en een deel van de middag besteed aan het achterhalen van Dale Hardings verblijfplaats. Twee keer had ze een doodlopend spoor gevolgd en was ze verzeild geraakt in de schimmigere buurten van East Atlanta, waar diverse buren en huisjesmelkers haar hadden verteld dat Dale Harding een eikel was en dat ze nog geld van hem tegoed hadden. Niemand leek verbaasd of aangeslagen door het nieuws over zijn voortijdige dood. Meerdere mensen vonden het jammer dat ze er niet bij waren geweest.

Zoals Amanda al had voorspeld waren er drankwinkels, striptenten, woekerkantoortjes en allerlei verlopen kroegen waar je een smeerlap als Dale Harding kon verwachten, en inderdaad, veel van de mensen die in deze zaken werkten herkenden de dode van zijn foto, hoewel niemand zich kon herinneren Dale het afgelopen halfjaar te hebben gezien. Overal waar Faith kwam, kreeg ze hetzelfde te horen: tot een halfjaar geleden hing Dale dagelijks aan de bar. Tot een halfjaar geleden schoof hij dagelijks dollarbriefjes in g-strings. Tot een halfjaar geleden kocht hij dagelijks losse sigaretten en goedkope whisky.

Niemand kon haar vertellen wat er een halfjaar geleden gebeurd was.

Ze had op het punt gestaan er de brui aan te geven toen ze een stripper tegenkwam die zei dat Harding haar zoon honderd dollar had beloofd als hij hem hielp wat dozen te verhuizen. Faith zou de rustig gelegen bungalow in North Atlanta nooit hebben gevonden als Harding het joch niet belazerd had.

Het klopte allemaal, van de huisjesmelkers tot de strippers tot een jongen van vijftien die zijn beloofde loon niet kreeg. Het enige wat niet klopte was de plek die Harding uiteindelijk zijn thuis had genoemd.

Zijn levensstijl was eerder ongewis dan verfijnd geweest. Volgens de website was de Mesa Arms een vitale gemeenschap voor mensen van vijfenvijftig en ouder. Faith had zitten kwijlen bij de moderne bouwtekeningen op de site. Alles stond in cursieven en met uitroeptekens, alsof het niet opwindend genoeg was om ergens te wonen waar kinderen onder de achttien niet langer dan drie dagen achtereen mochten verblijven.

Badkamers als in een kuuroord!

Hoofdslaapkamer op de benedenverdieping!

Hardhouten vloeren door het hele huis!

Centrale stofafzuiging!

Het was een droom voor babyboomers, als je het je kon veroorloven in bedragen van een half miljoen dollar te dromen. Groene gazons. Zacht glooiende trottoirs. Aardige, in ambachtelijke stijl gebouwde bungalows die waaiervormig rond lommerrijke hofjes stonden. Er was een loungeclub, een sportzaal, een zwembad en een tennisbaan, die op dat moment bezet werd door twee sportieve senioren, ook al naderde de temperatuur de veertig graden.

Met de mouw van Wills colbert veegde Faith over haar nek. Wat haar betrof stond de thermometer op HEL.

Ze vroeg zich af of Harding een rijke vriendin had, maar bedacht dat dit erg onwaarschijnlijk was, tenzij die er buitengewoon lage maatstaven op na hield. Toch was het mogelijk. Voor de voorste ramen hingen suikerspinroze gordijnen. In de voortuin stonden drie kabouters en een stenen konijn, alle gekleed in slecht zittende roze jasjes, wat wel erg uit de toon viel bij Hardings gokbriefjes en de blootfoto's van BackDoorMan.com.

In aanmerking genomen dat Harding alles te gelde had gemaakt voor hij de pijp uit ging, vond Faith het merkwaardig dat hij de Mesa had gekozen om zijn einde af te wachten. Ook merkwaardig was het feit dat de Mesa hem had toegelaten. De vermelde twaalfhonderd dollar per maand aan servicekosten moest onbetaalbaar zijn voor een man die zich voor een schijntje door zijn pensioenfonds had laten uitkopen.

Anderzijds had Harding geweten dat hij niet lang genoeg zou leven om er volledig profijt van te trekken, dus misschien was hij slimmer dan ze dacht. Je kon beter in de Mesa Arms sterven dan in een of ander door de overheid gefinancierd schijthok van een verpleeghuis.

Was het ironie of simpelweg domme pech dat hij het loodje had gelegd in een verlaten nachtclub met een deurpin door zijn hals?

En niet zomaar een nachtclub, maar die van Marcus Rippy.

Hardings geluk had een wending ten goede genomen, en de timing ervan bleef door haar hoofd zeuren. Zeven maanden geleden was Marcus Rippy van verkrachting beschuldigd. Ongeveer een maand later viel Harding met zijn neus in de boter. En opeens dook Angie Polaski midden in het verhaal op. Was ze naar de club gestuurd om Harding uit te schakelen, of had Harding haar moeten uitschakelen?

Faith kreeg het sommetje niet opgeteld, maar ze wist dat de oplossing binnen bereik lag.

Ze tastte rond op de achterbank op zoek naar de fles water die ze die ochtend van haar moeder had moeten meenemen. Vanaf een uur of halfzeven had de zon vol op de auto gestaan. Het warme vocht gleed als bakolie door haar keel, maar er was in de stad code zwart voor smog afgekondigd en ze mocht niet uitdrogen.

Ze had haar tijd niet uitsluitend in stripclubs en drankwinkels verdaan.

Ze had ruim een uur in de Mesa Arms rondgewandeld, op deuren geklopt die niet werden geopend en door ramen gegluurd die haar een inkijkje boden in mooi ingerichte, maar verlaten huizen. Op het mededelingenbord bij het beheerderskantoor stond dat het om twee uur open zou gaan, maar zo laat was het inmiddels al geweest. Tien minuten geleden waren de vuurvaste tennissers verschenen. Op weg naar het tennisveld was Faith door duizeligheid bevangen, en ze was snel naar haar auto teruggekeerd. Met de airco brullend op de hoogste stand had ze in de Mini haar bloedsuikerspiegel getest, want ze had Sara's preek over verwaarloosde diabetes en waartoe dat kon leiden goed in haar oren geknoopt.

Arme Sara.

'Oké,' mompelde Faith, terwijl ze zich mentaal voorbereidde op de hitte buiten de auto. Ze schakelde de motor uit. Nog voor ze het portier had geopend, begon haar telefoon te piepen. Ze zette de motor weer aan om nog even in de airco te kunnen blijven zitten. 'Mitchell.'

Het was Amanda. 'Will heeft in het kantoorpand aan de overkant van de straat een Jane Doe gevonden, een onbekende vrouw. Een junk. Dakloos. Gigantische overdosis cocaïne, zo te zien met opzet. Neus en keel zwaar beschadigd. Ze ligt in het Grady. De operatie gaat zo'n twee uur duren. Doe je best daar bij Harding thuis, en daarna ga je bij haar waken. Ik durf er gif op in te nemen dat ze iets gezien heeft.'

In gedachten herhaalde Faith haar woorden om de informatie te kunnen verwerken. 'Is het bekend waarom ze zich van kant wilde maken?'

'Ze is een junk,' zei Amanda, alsof dat alles verklaarde. 'Ik heb je bericht met Hardings adres ontvangen. Het huiszoekingsbevel wordt naar de beheerder gefaxt.'

'Er is niemand op kantoor. Ik heb het noodnummer gebeld, op deuren geklopt. Zo te zien zijn er niet veel mensen thuis, wat vreemd is, want het is een soort seniorencomplex. Heel mooi trouwens. Mooier dan Harding zich kon veroorloven, vermoed ik.'

'Het is eigendom van een lege vennootschap. We proberen te ontdekken wie erachter zit, maar het is bekend dat Kilpatrick veel peperduur vastgoed bezit dat hij flink onder de marktwaarde verhuurt.'

'Slim,' zei Faith. Dat moest ze Marcus Rippy's regelaar nageven. De man wist hoe hij zich uit wettelijk bindende financiële warnetten moest wurmen. 'Bepaald niet verkeerd om zo wat geld weg te sluizen,' zei ze tegen Amanda. 'Harding woont voor een spotprijsje in een shangri-la voor oudjes, en Kilpatrick hoeft hem niet op de officiële loonlijst te zetten.'

'Trouwens, Harding heeft die auto een halfjaar geleden splinternieuw gekocht. Handje contantje.'

'Harding heeft een halfjaar geleden allerlei nieuwe dingen gedaan met geld.'

'Je bent iets op het spoor.'

'Nog niet.' Om geen valse hoop te wekken hield Faith een slag om de arm. 'Eigenlijk heb ik alleen het gevoel dat er iets niet helemaal klopt.'

Amanda zuchtte, maar het moest haar nagegeven worden dat ze het haar mensen nooit aanrekende dat ze naar hun intuïtie luisterden. 'Collier heeft bericht van de ziekenhuizen. Alle slachtoffers van steekpartijen zijn bekend. Twee gevallen van huiselijk geweld. Eén kroeggevecht. En ook nog een geval van zelfverwonding, ze beweerde dat het mes onder het koken in haar zij glipte.'

Faith verbaasde zich niet meer over het aantal losse steekpartijen. Daarvoor zat ze te lang in dit vak. 'Binnen het uur verwacht ik Hardings bankrekeningen en telefoongegevens. Zodra die in de mail zitten, neem ik alles door. Ondertussen ga ik maar eens een babbeltje met de tennissers maken. Tot nu toe zijn dat de enige mensen die ik gezien heb.'

'De hele plaats delict zit onder Angies bloed.'

Faith beet op haar lip. Het werd er niet beter op. 'Hoe reageerde Will op dat bericht?'

'Hij heeft het nog niet gehoord. En hij krijgt het ook niet te horen. Momentje.' Er klonk een klik toen Amanda een ander telefoontje aannam.

Faith pulkte aan de naad van het stuur. Ze dacht aan Will, aan de ontredderde blik in zijn ogen toen Charlie zei dat het wapen op naam van Angie stond. Alleen Sara's blik was nog erger. Amanda had hen allemaal weggestuurd om Will en Sara wat privacy te gunnen, maar bij de uitgang had een lange rij wachtenden gestaan die zich van de plaats delict wilden afmelden en Faith had het gesprek in hoofdlijnen kunnen volgen.

Sara was een beter mens dan Faith. Als Faith had ontdekt dat de ex van haar geliefde in haar spullen rommelde – er niet alleen in rommelde, maar ze ook stal – zou ze zijn hele huis in de fik hebben gestoken.

'Faith?' Met een klik was Amanda terug op de lijn. 'Heb je nog iets van Will gehoord?'

'Ja, we hebben een lang gesprek over zijn gevoelens gevoerd terwijl hij mijn haar vlocht.'

'Ik ben even niet in de stemming voor je grapjes.' Er klonk bezorgdheid door in Amanda's stem, en dat was niets voor haar. Wills bizarre, deels geheime relatie met Angie verbleekte in vergelijking met de disfunctionele freakshow die tussen hem en Amanda gaande was. Voor hem was ze een soort moederfiguur, maar dan wel een moeder die in staat was je in je slaap te smoren.

'Will is vertrokken nadat hij die vrouw had gevonden,' zei Amanda. 'Simpelweg verdwenen. Ik heb geen idee waar hij is. Niet thuis in elk geval. Ook neemt hij zijn telefoons niet op.'

Faith wist dat hij geen auto op de plaats delict had. 'Heeft hij een lift van Sara gekregen?'

'Die was al weg toen de vrouw werd gevonden.'

'Dat is dan één gelukje.'

'Tja, hij is vast al een nieuwe manier aan het bedenken om ook dat te verkloten.'

Helaas moest Faith dat beamen. 'Denk je dat Angie dood is?'

'Laten we het hopen.' Zo te horen meende Amanda het. 'Ik heb Collier naar je toe gestuurd om je te helpen Hardings huis te doorzoeken.'

'Ik hoef zijn hulp niet.'

'Kan me niet schelen. Momentje.' Met gedempte stem blafte Amanda een ondergeschikte af. 'Ik heb een overleg met het team van Kilpatrick doorgedrukt, vanmiddag om vier uur,' zei ze tegen Faith. 'Jij zet Collier aan het werk in Hardings huis en dan ga je naar het ziekenhuis. Je mag niet te veel tijd met hem doorbrengen.'

Dat was tegen het zere been. 'Wat bedoel je daar nou weer mee?' vroeg Faith.

'Dat hij jouw type is.'

Faith was te verbijsterd om te lachen. 'Rijdt hij in een pick-up van zestigduizend dollar en woont hij in zijn moeders trailer?'

Amanda grinnikte. Weer klonk een klik. Ze had de verbinding verbroken.

Faith staarde naar de telefoon. Je peetmoeder als bazin was bepaald geen pretje. Het had meer nadelen dan voordelen.

Ze zette het alarm op haar telefoon: over een uur ging het af. De ervaring had haar geleerd dat de chirurgen in het Grady altijd sneller waren dan ze aangaven, en als de Jane Doe bijkwam, wilde Faith naast haar bed staan. Je kreeg maar één kans om een getuige te overrompelen, en nu het erom spande, mocht Faith die kans niet verspelen.

Haar hand ging naar het contactsleuteltje, maar ze zette de motor niet af. De airco was te heerlijk om ook maar een seconde te vroeg uit te schakelen. Ze keek naar de tennisbaan, waarvoor je een heuvel en verscheidene traptreden op moest, wat niet strookte met het licht glooiende karakter van het terrein. Ze keek naar Hardings voordeur, die een stuk dichterbij was. In de onderhoudsarme tuin lag een nogal nepperige steen, die waarschijnlijk een reservesleutel bevatte. Het huiszoekingsbevel lag ongetwijfeld in het faxapparaat op het kantoor van de beheerder. Ze zou alvast kunnen beginnen.

Net toen Faith uitstapte, kwam Collier aanrijden in een zwarte Dodge Charger. Aerosmith sijpelde door de gesloten raampjes. Op het dashboard stond een beeldje van een halfnaakt hawaïmeisje in een grasrokje. Hij remde met slippende banden, zette de auto in zijn achteruit en parkeerde naast de Mini van Faith.

Net als die ochtend nam hij haar vluchtig van top tot teen op toen hij uit de Charger stapte. Kennelijk beviel het hem wat hij zag, ook al droeg ze haar GBI-tenue – een donkerblauw shirt, een kakibroek en een beenholster, want het uniform was zonder de vijf centimeter dikke Glock op haar heup al onflatteus genoeg.

'Wat is dat?' Ze wees naar de twee ronde pleisters aan de bovenkant van zijn rechteroor. In de plooien van zijn oorschelp zat opgedroogd bloed.

'Gesneden bij het scheren.'

'Gebruikte je een kapmes of zo?'

'Mijn Epilady ging kapot.' Hij keek even naar de achterbank van Faiths auto en zag het kinderstoeltje en de gemorste cornflakes.

Ze deed er niet geheimzinnig over. 'Ik heb er eentje van een jaar en eentje van twintig.'

'Eh... juist. Na vijftien jaar bij het APD ben je overgestapt. Nooit getrouwd. Afgestudeerd aan Georgia Tech. Je moeder was ook bij de politie. Je vader was verzekeringsagent, dat hij ruste in vrede. Je woont twee straten bij je moeder vandaan, in een huis dat je van je grootmoeder hebt geërfd, wat verklaart waarom je met een overheidssalaris in zo'n fijne buurt kunt wonen.' Hij schoof zijn zonnebril omhoog. 'Kom op, Mitchell. Je weet dat politiemensen net kattige kleine meisjes zijn wat roddelen betreft. Ik weet alles over je.'

Faith stapte het trottoir op.

'Zelf ben ik de tweede van negen.'

'Jezus,' mompelde Faith, die aan zijn arme moeder dacht.

'Mijn vader is gepensioneerd politieman. Twee broers bij het APD, twee andere bij Fulton County PD, en eentje in McDonough. Een zus van mij is brandweerman, maar daar praten we niet over.'

Faith raapte de nepsteen op, die echt bleek te zijn.

'Voor de draad ermee, Mitchell.' Collier was net een puppy die naar haar hakken hapte. 'Ik weet dat je me hebt nagetrokken. Wat heeft je moeder gezegd?'

Ernaar raden kostte Faith geen moeite. 'Dat je eigenwijs bent en de neiging hebt fouten te maken.'

Hij grijnsde. 'Ik wist dat ze zich me nog kon herinneren.'

Faith bedacht opeens iets. 'Waar heb je Will naartoe gebracht?'

De grijns verdween. 'Wat zeg je?'

'Will is verdwenen nadat hij die Jane Doe in het kantoorpand had gevonden. Waar heb je hem naartoe gebracht?'

‘Eersteklas speurwerk, partner. Maar hij heeft haar niet gevonden. Of eigenlijk wel, maar ik was er ook bij. Dus eigenlijk hebben we haar allebei gevonden.’

‘Ik ben je partner niet.’ Faith ging op haar knieën zitten en bekeek de stenen eens goed. Ze leken allemaal nep. ‘Geef je nog antwoord?’

‘Ik heb hem naar zijn huis gebracht.’ Collier schoof zijn handen in zijn zakken. ‘Vraag me niet waarom, want dat weet ik ook niet. Volgens mijn zus had ík bij de brandweer moeten gaan, want ik ben de sukkel die een brandend gebouw in rent in plaats van ervandoor te gaan.’

‘Weet jij waarom die Jane Doe zich van kant wilde maken?’

Hij haalde zijn schouders op. ‘Ze is een junk.’

Faith raapte een verdacht uitziende doffe steen op. Deze was echt nep. Ze schoof het plastic kapje weg in de verwachting de huissleutel aan te zullen treffen.

Leeg.

‘Heeft je moeder ook verteld dat ik op school met worstelen een ongeluk heb gehad?’ Collier leunde met zijn armen over elkaar tegen de deurpost. ‘Teelbaltorsie.’

Faith wierp de lege steen de tuin in.

‘Een vreselijke tragedie.’ Turend in de verte streek hij met zijn vingers door zijn haar. ‘Ik zal nooit kinderen kunnen krijgen.’ Hij gaf haar een knipoog, want dat stond kennelijk in het script. ‘Niet dat ik het niet geprobeerd heb.’

‘Hallo?’ Een hippieachtige vrouw op teenslippers en in een geel hemdjurkje met riem kwam over het trottoir aanlopen. Haar lange grijze haar hing los om haar schouders. In haar hand had ze een stapel papieren en om haar pols droeg ze een slinkyband vol sleutels. ‘Bent u die dame van de politie die gebeld heeft?’

‘Inderdaad.’ Faith haalde haar ID-kaart uit haar zak. ‘Ik ben special agent Faith Mitchell. Dit is…’

‘O, dat hoef ik niet te zien, schat. Jullie hebben allebei POLITIE achter op je shirt staan.’

Faith stopte haar ID-kaart weer weg en besloot de vrouw maar geen preek te geven over het woord POLITIE, dat je tegenwoordig zo ongeveer overal op kon plakken.

'Het verbaast me eerlijk gezegd niet dat er iets met Dale is gebeurd,' zei de vrouw. 'Hij maakte niet zo makkelijk vrienden.' Haar slippers klepperden over het tuinpad. Ze bonsde op Hardings deur. De sleutels rinkelden rond haar pols. 'Hallo?' Weer bonsde ze. 'Hallo?'

'Woonde hij hier met iemand anders?'

'Nee. Sorry. Macht der gewoonte. Ik kijk regelmatig hoe het met de mensen gaat, maar ik ga nooit zonder kloppen naar binnen.' Ze stak haar hand uit. 'Ik ben trouwens Violet Nelson. De beheerder hier. Sorry dat ik zo lang wegbleef, ik werd opgehouden in de bibliotheek.'

'Bent u erbij betrokken geweest toen dit huis aan Harding werd verhuurd?'

'Dat valt onder de verantwoordelijkheid van de eigenaar, en volgens de documenten is dat een onderneming die in Delaware is gevestigd, vanwege het belastingvoordeel, vermoed ik.' Ze doorzocht de sleutels met hun keurige, op kleur gesorteerde labels. 'Eh... ik heb mijn bril niet bij me. Heeft een van u...?'

Faith keek Collier aan, want die was heel wat eerder aan een leesbril toe dan zij.

'Ik ben jonger dan ik eruitzie,' zei hij met zijn bekende scheve lachje.

'Voor u het weet, is het zover. Dat geldt voor u allebei.' Violet lachte, maar grappig was het niet. Ze zocht nog steeds tussen haar sleutels. Het waren er minstens vijftig. Faith bood haar hulp niet aan, want die Violet leek haar een hopeloze kletskous. 'Als ik deze deur heb opengemaakt, kunt u uw gang gaan en uw tijd nemen. Zolang u de sleutel maar door de gleuf in de deur van mijn kantoor schuift voor u vertrekt.'

Faith wisselde weer een blik met Collier, want een dergelijke houding waren ze niet gewend van beheerders. Aan de andere kant: de meeste beheerders met wie ze te maken kregen, zaten in kooien of achter kogelwerend glas.

'Ik heb bij een paar buren aangeklopt,' zei Faith. 'Het lijkt wel of er vandaag niemand thuis is.'

'In het weekend is het drukker.' Violet probeerde een sleutel in het slot te steken. 'Tegenwoordig gaat niemand meer echt met pensioen. Ze hebben allemaal een parttime baan. De geluksvogels doen vaak vrijwilligerswerk. Rond een uur of vier zitten de meesten in het clubhuis voor het cocktailuurtje.'

Faith zou van haar stokje gaan als ze om vier uur 's middags iets moest drinken. 'Hebt u Dale Harding gekend?' vroeg ze.

'In elk geval goed genoeg.' Erg gelukkig leek Violet hier niet mee te zijn. 'Een echte etterbak, kan ik u wel vertellen.'

Faith maakte een draaiende beweging met haar hand om aan te geven dat ze zich niet hoefde in te houden.

'Laten we zeggen dat hij niet de schoonste persoon op aarde was.'

'Vrouwen? Drank?' giste Collier.

'Vuilnis,' zei ze, om er meteen aan toe te voegen: 'En dan bedoel ik echte rotzooi, dingen die eigenlijk weggegooid moeten worden. Niet dat hij een verzamelaar was, maar hij was te lui om naar de vuilnisbak te lopen. Barbara heeft geklaagd over stank. Barbara woont naast hem. Bedorven eten, zei ze, ze kon het door de muur heen ruiken. Ik heb het zelf ook geroken. Walgelijk. Ik heb wel tien brieven naar dat bedrijf in Delaware gestuurd, maar antwoorden ho maar. We hebben maandenlang met de juristen van de vereniging van eigenaren overlegd om te zien wat we eraan konden doen.'

'Vreselijk,' zei Faith, die bedacht dat het nooit bij gewone mensen opkwam dat de stank van bedorven voedsel opmerkelijk identiek was aan de geur van een ontbindend lijk. 'En verder?'

'Ze waren voortdurend aan het kibbelen.' Violet probeerde een nieuwe sleutel. 'Barb en Dale. Eigenlijk Dale en iedereen, maar vooral Barb. Die twee zaten elkaar steeds in de haren.' Ze ramde de zoveelste sleutel in het slot, maar zonder succes. 'Ik moest een paar keer tussenbeide komen om de zaak te sussen. Over de doden niets dan goeds, maar Dale was...' Ze zocht naar het juiste woord.

'Een eikel?' opperde Faith, want dat leek haar het meest toepasselijk.

'Ja, een eikel,' beaamde Violet. 'Als dit Midsomer Murders was en u wilde weten of Dale vijanden had, zou het antwoord zijn dat hij geen kans onbenut liet om vijanden te maken.' Ze wees naar de ramen. 'Neem nou die afgrijselijke gordijnen. De huisregels schrijven voor dat iedereen witte gordijnen voor de ramen hangt. Toen ik hem aanschreef over die roze gordijnen, stuurde hij een brief op nepbriefpapier van een nepadvocatenkantoor, waarin beweerd werd dat ik hem discrimineerde omdat hij homo is.' Ze sloeg haar ogen ten hemel. 'Alsof een homoseksuele man van zijn leeftijd nylon gordijnen zou kopen.'

Faith keek toe terwijl ze een nieuwe sleutel probeerde. Ze werkte de hele verzameling af. 'En hoe zit het met Barb, de buurvrouw? U zei dat het soms hoog opliep.'

'Hij treiterde haar. Zomaar. Haalde haar het bloed onder de nagels vandaan.'

'Geef eens een voorbeeld.'

Violet gebaarde naar de voortuin. 'Dat daar waren haar tuinkabouters, en dat konijn had ze van haar kleinzoon gekregen. Dat wist iedereen. Ze trok ze allemaal identieke jasjes aan, passend bij het seizoen. Rood op Valentijnsdag. Geruit op Armistice Day.' Ze haalde haar schouders op. 'Ieder zijn smaak. Maar op een dag komt Barb naar me toe en zegt dat er iets heel vreemds aan de hand is. Alle tuinkabouters en het konijn zijn uit haar tuin verdwenen. Eerst dachten we dat kinderen het gedaan hadden. Sommige kleinkinderen die hier rondlopen zijn echte boefjes. Bloed verloochent zich niet, wordt er gezegd. Maar twee dagen later zet Dale opeens de kabouters en het konijn in zijn voortuin, en ze hebben allemaal roze jasjes aan. En niet eens passende jasjes.' Ze probeerde een nieuwe sleutel. 'Er waren trouwens vier kabouters, maar eentje had hij een zwart gezicht gegeven, wat uitdrukkelijk verboden is volgens de huisregels.' Op gedempte toon legde ze uit: 'Als we die regel niet hadden, zou het hier stikken van de zwarte tuinbeeldjes.'

En dat moest shangri-la voorstellen. 'Kreeg Harding regelmatig bezoek?'

'Niet dat ik heb gezien.'

'Had hij een vaste routine?' wilde Collier weten.

'Hij was meestal thuis, wat buitengewoon irritant was, kan ik u wel vertellen. Zo had hij tijd om anderen lastig te vallen. Hoewel hij aartslui was, liep hij wel twee straten verderop om een kleinkind uit te schelden dat te veel lawaai maakte in het zwembad.'

'Wanneer is hij hier komen wonen?'

De zoveelste sleutel ging in het slot. 'Een halfjaar geleden ongeveer? Ik heb de papieren nog wel ergens liggen. Geef me uw e-mailadres maar, dan scan ik ze. Hij is ook achter met zijn servicekosten.' Eindelijk had ze de juiste sleutel te pakken. 'Die worden door de bewonersvereniging...'

Ze bracht haar hand naar de deurknop, maar Collier hield haar tegen.

Voor Faith goed en wel doorhad wat er gebeurde, had ze haar Glock al in haar hand.

Binnen klonk een geluid.

Geritsel, alsof iemand geen lawaai wilde maken.

Faith keek naar de nepsteen. Er had geen sleutel in gezeten. Wat had je aan een nepsteen als je er geen sleutel in stopte?

Tenzij iemand de sleutel al had gebruikt om binnen te komen.

Voor Violet om uitleg kon vragen, legde Collier zijn vinger op zijn lippen. Hij gebaarde dat ze naar achteren moest, en nog verder naar achteren, tot ze aan de andere kant van zijn auto stond.

Weer klonk het geluid. Deze keer luider.

Collier pakte zijn telefoon en vroeg fluisterend om versterking, waarna hij naar Faith gebaarde dat ze voorop moest gaan.

Wat betekende dat vijftig jaar feminisme er waarschijnlijk op uitdraaide dat Faith een kogel door haar lijf kreeg.

Ze tikte met haar vinger op de zijkant van de Glock, vlak boven de trekker, want ze waren erop getraind daar hun vinger te laten rusten tot ze besloten te schieten. Ze dacht aan het kogelwerend vest dat in haar auto lag. Aan het kinderzitje voor haar dierbare dochtertje. Aan de fles met water die haar zorgzame moeder haar die ochtend had meegegeven. Aan de foto van haar knappe zoon op haar telefoon.

Toen tilde ze haar voet op en trapte de deur open.

'Politie!' riep Faith. Het woord knalde haar mond uit.

Ze draaide om haar as en tastte met haar blik de ruimte af. Keuken. Tafel. Bank. Stoelen. Rommel. Chaos. Al haar zintuigen lieten het afweten, op één na. Haar blik richtte zich op deuren en ramen, alert op handen met wapens. Collier keek in de garderobe. Leeg. Hij ging met zijn rug tegen haar aan staan. Hij tikte op haar been. In elkaar gedoken bewogen ze zich eendrachtig naar voren, waarbij ze hun hoofden als geschuttorens van links naar rechts lieten gaan.

Ze dacht aan de website van de Mesa Arms. Harding woonde in de Tahoe. Een open plan. Twee slaapkamers. Eén badkamer.

Deuropening.

Een apart toilet voor uw gasten!

Deuropening.

Een welvoorziene wasruimte met optionele opbergkasten!

Hoek.

Faith stelde zich schuin achter de hoek op zodat die als visuele blokkade diende voor iemand die met een wapen in de gang stond. Zij kon de ander niet zien, maar de ander kon haar ook niet zien. Met haar voeten wijd uiteen hield ze haar pistool recht voor zich uit. Zonder zich ervan bewust te zijn, liet ze haar vinger van de zijkant van het wapen naar de trekker glijden. Ze dwong zichzelf haar vinger weer langs de loop te leggen en zo een extra seconde pauze in te bouwen voor het geval er een kind of een dove oudere aan het eind van de gang stond.

Nu of nooit.

Langzaam, centimeter voor centimeter, draaide ze haar bovenlichaam opzij en gluurde om de hoek.

Leeg.

Faith stapte als eerste de gang in.

Deuropening.

Een centrale badkamer met inloopdouche en seniorentoilet!

Dichte deuren.

Lichte slaapkamers op de benedenverdieping voor u en uw gast!

De slaapkamers bevonden zich aan weerszijden van de gang, en elke kamer besloeg één kant van het achterste gedeelte van het huis.

Faith liet de rechterkamer aan Collier over. Weer stelde ze zich schuin op zodat ze hem en de andere dichte deur in de gaten kon houden en hem rugdekking kon geven als hij de kamer in ging. Bijna pijnlijk traag stak hij zijn hand uit en draaide de deurknop om. De deur ging open. Hij ramde ertegenaan voor het geval er iemand achter stond. Roze gordijnen voor een erkerraam dat uitkeek op de achtertuin. Een luchtbed op de vloer. Een geopend gordijn waar een kastdeur had moeten zitten.

Leeg.

Terug op de gang stelde Collier zich tegenover de linkerslaapkamer op en gaf een knikje.

Faith schopte de deur zo hard open dat de deurknop in de gipswand bleef steken. Meer ramen. Meer roze gordijnen. Weer een matras op de grond, deze met een boxspring en vuile lakens. Een kartonnen doos als nachtkastje. Losse elektriciteitsdraden. Een lamp. Hier zat een deur voor de kast en op de deur zat een nachtslot dat met een sleutel openging.

Ze dwong zichzelf uit te ademen, want ze had de lucht zo lang vastgehouden dat ze bijna flauwviel. Haar longen vulden zich maar half. Haar hart was een stopwatch. Zweet droop van haar handen toen ze haar greep op de Glock wilde ontspannen om te voorkomen dat de terugstoot haar pols brak als ze moest schieten.

Collier stond met zijn rug tegen de muur en hield de kast onder schot. Faith dwong zichzelf door te lopen en de film te verdringen die keer op keer in haar hoofd werd afgedraaid: de kastdeur gaat open, een geweer steekt naar buiten, haar borst ligt aan flarden.

Uiterst behoedzaam maakte Faith haar linkerhand los van de Glock. Het was alsof haar vingerkootjes tegen elkaar aan ratelden. Haar schouder voelde afgeknepen toen ze haar arm liet zakken. Ze reikte naar de eivormige deurknop. Haar huid raakte het koude metaal. Haar polsgewricht gaf de aanzet tot de trage draai van haar hand.

Op slot.

Faiths mond ging open. Ze ademde in.

Ruime inloopkast in de hoofdslaapkamer!

De scharnieren zaten aan de buitenkant. De deur kon niet ingetrapt worden.

Ze keek om naar Collier. Hij was nog steeds gespannen, maar hij keek de andere kant op, de gang in. Bij elke oppervlakkige ademtocht ging zijn borstkas op en neer. Zijn Glock had hij op het plafond gericht.

De zolder.

Optionele bergruimte voor uw dierbare aandenkens!

Vanaf een inklapbare zoldertrap op de gang bungelde een koord naar beneden.

Faith schudde haar hoofd. Geen denken aan dat ze de zolder op ging terwijl ze door slechts één persoon gedekt werd.

Een geluid.

Geschraap, deze keer luider, alsof iemand over de zolder schuifelde.

Nog steeds ineengedoken en met gebogen knieën liep Collier de gang op. Faith volgde zijn voorbeeld, maar bleef in de deuropening staan. Hij keek haar aan. Ze knikte, hoewel elke cel in haar lijf zei dat dit slecht zou aflopen. Collier reikte naar boven. Hij greep het koord dat aan de trap hing. De veren piepten zo luid dat Faiths hart bijna ontplofte. Met zijn ene hand klapte Collier de trap open en met de andere hield hij de Glock omhooggericht.

Allebei bleven ze roerloos staan, wachtend tot de ander in actie kwam.

Angst was hier niet aan de orde. Ze waren allebei doodsbenauwd, maar het ging om het vertrouwen dat de ander je rugdekking gaf terwijl je als een prairiehond je hoofd op een open schietbaan omhoogstak.

Binnensmonds vloekend pakte Faith haar telefoon. Ze liet haar hand er liever afschieten dan haar gezicht. Ze swipete naar de videocamera en schakelde de flits in zodat de technische recherche straks een duidelijke opname had die verklaarde waarom er twee dode agenten in de gang lagen.

Ze dwong haar hersenen de spieren in haar been te ontspannen zodat ze de trap op kon. Haar voet was een paar centimeter van de grond toen Collier de telefoon uit haar hand griste. Hij keek haar aan alsof zíj gek was geworden en zette zijn zwarte gymschoen op de eerste tree. De veren kraakten onder zijn gewicht. Hij pakte de tweede tree.

Weer werd de film in Faiths hoofd afgespeeld, deze keer met Collier: een geweer verschijnt, zijn borst wordt aan flarden geschoten.

Op de tweede tree bleef Collier staan. Zijn beide handen hield hij op borsthoogte, in de ene zijn Glock, in de andere haar telefoon. Hij probeerde het geluid weer op te vangen, te peilen uit welke richting het was gekomen, want hij had maar één kans om met het licht van de telefoon de donkere zolder in te schijnen. Faith kon hem niet helpen de richting te bepalen. Het enige wat ze hoorde, was het ruisen van bloed in haar oren. Ze deed haar mond open voor meer lucht. Het was alsof haar tong uit watten bestond. Ze proefde haar eigen angst, wrang als bedorven vlees, als zweet en zuur.

Collier keek weer om, vroeg om een teken. Ze knikte. Ze staarden allebei in de zwarte zolderruimte. Hij liet zijn schouders zakken en trok zijn hoofd in. Met de telefoon als digitale periscoop stak hij zijn hand omhoog. Ze keken allebei op het scherm. Een beeld verscheen.

Faiths maag schoot haar borst in.

Zachtjes fluisterde Collier: 'Fu-u-uck.'

Vanaf het schermpje keek een rat van het formaat huiskat hen aan, met kraalogen die rood opgloeiden in het licht. Hij zat op zijn hurken. Al kauwend bewoog hij zijn kaak. Hij had iets in zijn handen, en dat was het allergruwelijkste, want Faith wilde helemaal niet weten dat een rat handen had waarmee hij iets kon vastgrijpen.

Collier liet de telefooncamera de hele zolder rondgaan voor hij zijn Glock in de holster stak. Met zijn vrije hand zoomde hij in op de rat, en toen erlangs. Tegen de scheidingswand van de huizen stonden twee archiefdozen. Ze balanceerden op een paar dwarsbalken, want zo ver reikte de zoldervloer niet. Dichter bij de trap stond een open bakje met rottend gehakt. Witte maden bewogen eroverheen als brekende golven op zee. Vliegengezoem. Terwijl ze toekeken, stak de rat zijn handjes uit en trok het bakje iets verder bij de trap vandaan. Het maakte een glijdend geluid, dat binnen in Faiths schedel leek te zitten.

Terwijl de rat met zijn dunne, knokige vingertjes een brok vlees lospeuterde nam hij hen aandachtig op. Hij trok het bedorven vlees naar zijn borst, hupte een eindje weg, boog zijn kop en staarde hen al kauwend aan.

'Oké.' Collier daalde de trap weer af. Hij reikte Faith de telefoon aan. 'Nu moet ik kotsen.'

Ze dacht dat hij een grapje maakte, want zo te zien was er niets aan de hand, maar twee tellen later hoorde ze hem in de badkamer zijn maag binnenstebuiten keren.

'Trek die oproep om versterking maar in!' riep Faith.

Collier kokhalsde bevestigend.

Ze streek met haar hand over de stoffige bovenrand van de gesloten kastdeur. Geen sleutel. Met een pen die ze uit een zak van haar cargobroek haalde peurde ze in de doos die Harding als nachtkastje had gebruikt. Ook zocht ze op de vensterbanken en boven de deur van de gang. Geen sleutel.

Zo te horen was Collier klaar in de badkamer, maar toen hoorde ze hem zo luid kokhalzen dat haar oren er pijn van deden. Faith huiverde, niet vanwege het geluid, maar omdat de zoldertrap nog steeds uitgeklapt was. Ze zag de rat al naar beneden hompelen en zich met zijn duimloze handjes aan de leuning vastklampen. Met haar rug tegen de muur glipte ze langs de open trap. Pas toen ze veilig in de woonkamer was, speelde ze het filmpje op haar telefoon af.

De rat was grijzig blauw, met ronde oren en een dikke, grauwwitte staart, die aan het touwtje van een tampon deed denken. Met malende bek keek het monster haar vanaf het scherm aan. Het geluid ontbrak, maar ze durfde te zweren dat ze zijn lippen hoorde smakken. Het bakje had een bloedspoor achtergelaten toen de rat het vlees had weggetrokken van de trap, waar dan ook naartoe. Waarschijnlijk naar een gigantisch nest.

Bij die gedachte trok er een rilling door haar hele lijf.

Faith drukte nogmaals op PLAY. Ze moest aan een pop-upboek denken dat haar dochtertje met kerst had gekregen. Emma was duidelijk doodsbang voor de huisvlieg met zijn miljarden ogen die vanuit de middenpagina omhoogschoot, maar toch sloeg ze het boek telkens weer open en gilde het dan uit. Faith voelde hetzelfde toen ze het filmpje nog eens bekeek. Het was walgelijk, maar ze kon zich er niet van losmaken.

Het toilet werd doorgetrokken. Met de rug van zijn hand veegde Collier zijn mond af toen hij zich bij haar in de woonkamer voegde. 'En?' Hij veegde een klontje kots van zijn shirt. 'Een rat als inbrekersalarm?'

Met enige moeite keek Faith op van haar telefoon. De enige woorden die haar te binnen schoten waren de woorden die ze al de hele dag over Dale Harding had gehoord. 'Wat een eikel.'

'Kon je zien of er etiketten op die archiefdozen zaten?'

Faith stak hem de telefoon toe zodat hij zelf kon kijken.

'Uh-uh.' Hij stak zijn vinger op, alsof hij even moest nadenken. 'Oké, het is weer gezakt.'

'Weet je het zeker?' Zijn gezicht zag grauw als een envelop.

'Nee.' Hij liep naar het aanrecht en draaide de kraan open. Eerst moest hij een stapel borden wegzetten voor hij zijn hoofd onder de straal kon steken. Hij gorgelde en spuugde in de spoelbak. Ranzig was het, maar Faith had de indruk dat Harding ergere dingen had gedaan in die spoelbak.

'Hallo?'

Faith had helemaal niet meer aan Violet gedacht.

'Lieve hemel, het stinkt hier naar ammoniak en afval.' De vrouw was voor de deuropening blijven staan. Ze kneep haar neus dicht. 'Alles in orde?'

'Boven zit een rat,' zei Collier. 'Een kanjer. Misschien wel zwanger.'

'Grijs met witte oren?'

Faith liet haar het gepauzeerde filmpje zien.

'Krijg nou wat.' Violet schudde haar hoofd. 'Vorig weekend had Barbs kleinzoon zijn rat bij zich. Hij beweerde bij hoog en bij laag dat hij het deksel weer op de kooi had gezet. Ze hebben overal naar dat stomme beest gezocht.'

'U maakt mij niet wijs dat dat een tamme rat is.' Collier sloeg een vlieg weg. 'Dat ding is gigantisch. Dat is niet natuurlijk meer.'

'Ik wil u de poster met VERMIST wel laten zien die Barb op het mededelingenbord heeft gehangen.'

Collier klemde zijn kiezen op elkaar en schudde zijn hoofd.

Faith dacht aan het bakje met gehakt dat bij de zoldertrap had gestaan. 'Is de rat in Barbs huis zoekgeraakt?'

'Nee. Het joch heeft de kooi een halfuurtje op de afgeschermde veranda gezet. Blijkbaar houden die beesten van frisse lucht. Toen hij terugkwam, stond het deksel omhoog en was de rat verdwenen.' Fronsend keek Violet om zich heen. 'Ik weet bijna zeker dat Mr. Nimh zich in deze gribus beter op zijn plek voelde.'

'Is Barb veel thuis?' vroeg Faith.

'Nu u het zegt, normaal gesproken wel. Ze vindt het vast vreselijk dat ze alle actie heeft gemist. Best wel een bemoeial.'

Faith was gek op bemoeiallen. Ze gaf Violet haar kaartje. 'Zou u Barb willen vragen me even te bellen? Gewoon om een algemene indruk van Harding te krijgen.'

'Ik betwijfel of ze u veel meer kan vertellen dan dat hij een lastpak was.'

'U zou er versteld van staan wat mensen zich kunnen herinneren.'

Violet schoof het kaartje onder haar bh-bandje. 'Zoals ik al zei, stop de sleutel maar in de gleuf van mijn kantoordeur als u klaar bent.'

Faith hoorde haar over het trottoir wegklepperen.

'Een tamme rat.' Collier sloeg een vlieg weg.

'Dat verklaart waarom hij niet bang voor ons was.'

'Ik wil hem nog steeds dood hebben. En wel meteen. Met vuur.'

'Zoek eens naar een sleutel,' droeg ze hem op. 'We moeten die kledingkast in.'

'We moeten de ongediertebestrijding bellen,' wierp hij tegen. 'Die gast hield een rat op zolder. Weet jij veel wat er in die kast zit?'

Faith was niet van plan op de ongediertebestrijding te wachten. Ze liet haar blik door de smerige woonkamer en keuken gaan en vroeg zich af waar iemand als Harding een sleutel bewaarde. Ze kreeg geen enkele ingeving, voelde alleen diepe walging. Het woord gribus leek speciaal voor Hardings leefomstandigheden te zijn bedacht. De hele woonruimte, inclusief de keuken en het eetgedeelte, lag bezaaid met plastic borden en bekers. De vochtige bruinfluwelen bank en de gehavende salontafel stonden boordevol lege KFC-afhaalbakken. Afgekloven kippenbotjes met groene schimmel, colabekers met dikke vellen erop, bruin uitgeslagen vorklepels met restjes aardappelpuree.

Om nog maar te zwijgen van de lucht, die als een mokerslag haar neus raakte. Het was niet alleen ammoniak, maar bederf, hoogstwaarschijnlijk het resultaat van Dale Hardings slechte gewoonten, als Sara zijn laatste dagen correct had ingeschat. Toen ze de voordeur openbraken, was de stank Faith niet meteen opgevallen. Adrenaline zorgde er doorgaans voor dat je je op je prioriteiten concentreerde, en op dat moment had ze maar één prioriteit gehad: niet te worden neergeschoten. Nu haar angst was gezakt, kwamen al haar zintuigen weer in actie, en ze werd meteen overweldigd door de stank.

En door de vliegen, want er waren er minstens twintig die zich aan al het afval tegoed deden.

'In deze hitte komen maden binnen acht tot twintig uur uit,' zei Faith. 'Het duurt drie tot vijf dagen voor ze zich verpoppen.'

Collier bulderde van het lachen. 'Sorry, maar "verpoppen" is zo'n raar woord.'

'Dat zeg ik omdat je daaruit kunt afleiden dat het gehakt afgelopen weekend op zolder is gezet, waarschijnlijk als voer voor de rat. Of om ervoor te zorgen dat hij boven bleef.' Met moeite zette Faith een raam open om de geur te verdrijven, waarna ze de hor naar buiten duwde voor de vliegen.

Collier liet een luide boer en vroeg: 'Heb je pepermuntjes bij je?'

'Nee.'

Faith keerde zich van Collier af. Ze dacht aan de pepermuntjes in haar auto en hoe heerlijk het zou zijn om even naar buiten te gaan en vijf minuten pauze te nemen van Hardings vettige, walgelijke huis. Haar reukvermogen was onmiskenbaar terug. De ranzige lucht beet zich achter in haar mond en neus vast. Ze durfde haar leven erom te verwedden dat het bedorven vlees op zolder niets voorstelde in vergelijking met wat onder de hopen vochtige kranten en tijdschriften schuilging die over de hele vloer verspreid lagen. Violet had gelijk. De rotzooi was het gevolg van pure luiheid. Als Harding net een bak macaroni met kaas ophad als hij het huis binnenkwam, liet hij de bak ter plekke vallen en liep door.

'Vind je het niet gek?' Collier keek haar aan. 'Dat je reukvermogen verdwijnt als je doodsbang bent?'

'Zoiets als dit móét je toch ruiken?' Faith zette een tweede raam open. Ze ging niet gezellig doen met deze sukkel. 'Waar is de tv?'

Collier streek met zijn vinger over een laag tv-meubel en scheidde het stof als het water van de Rode Zee. 'Er heeft hier een tv gestaan, maar die is weg. Een grote, zo te zien.'

'Geen computer.' Faith trok een la open in de tafel naast de bank. Met haar pen wroette ze tussen de afhaalmenu's. 'Geen iPad. Geen laptop.' Ze trok nog een la open. Meer rommel. Geen sleutel om de kast mee te openen.

'Harding lijkt me typisch iemand die nog alles op papier doet,' zei Collier.

Een nieuwe stankvleug drong zich aan Faith op. Ze hoestte en opende een derde raam. 'Naast het bed in de hoofdslaapkamer heb ik opladers gezien.'

'Mijn speurzin zegt dat die voor zijn telefoons waren.' Collier had zijn armen weer over elkaar geslagen. Hij stond met zijn voeten wijd uiteen, waarschijnlijk omdat hij gewend was aan twintig kilo uitrusting om zijn heupen toen hij nog straatagent was. 'Nog even over jou en Trent,' zei hij. 'Ben je zijn werkpartner of komt er iets meer bij kijken?'

Faith zag dat een patrouillewagen van het APD achter haar Mini werd geparkeerd. Waarschijnlijk waren ze al onderweg geweest toen Collier de oproep om versterking had ingetrokken en hadden ze besloten toch maar even te gaan kijken. Zo te zien waren het twee gretige jongemannen. Reikhalzend keken ze naar het huis. De bestuurder deed zijn raampje naar beneden.

Faith gebaarde dat ze weer konden vertrekken. 'We redden ons wel!' riep ze door het open raam.

Niettemin zette de bestuurder de motor af.

'Elk nadeel heeft zijn voordeel,' zei Collier. 'We sturen een van de mannen de zolder op om de dozen te halen, zeggen niks over de rat, en kijken wat er dan gebeurt.'

'Twee weken lang injecties tegen hondsdolheid is wat er gebeurt.' Want dat was precies waarop Dale Harding gehoopt had toen hij de dozen de zolder op schoof, samen met een bakje gehakt en de rat die hij van een of ander raar joch had gestolen. De zoveelste manier waarop die vent zijn gat afveegde aan het pleepapier van zijn leven. Harding wist dat hij binnen enkele weken dood zou zijn, door toedoen van een ander of door de waardeloze keuzes die hij in zijn leven gemaakt had. Hij wist ook dat iemand zijn huis moest leeghalen en dat diegene er dan waarschijnlijk een portie rat bij kreeg.

Faith liep naar buiten. De zon sneed in haar oogbollen. Ze wist niet wat er over haar wangen stroomde, bloed of tranen. Het kon haar niet schelen. Harding was een politieman geweest. Hij wist wat je riskeerde als je met getrokken wapen een huis binnenstormde. Toch had hij hen erin geluisd.

Ze stak haar hand omhoog tegen de zon. De agenten stonden naast hun wagen en keken met gebogen hoofd op hun telefoons.

'Mag ik je bandenlichter even lenen?' vroeg ze aan de bestuurder.

'Mijn bandenlichter?'

Faith boog zich door het raampje naar binnen en drukte de kofferbak open. De bandenlichter zat in een gereedschapskist die in het rechterachterpaneel was gemonteerd. Ze woog de lange, zware metalen staaf in haar hand. Het ding was L-vormig met een lepel aan het uiteinde om de wielmoeren mee los te draaien.

Perfect.

Vanachter het raam keek Collier toe terwijl Faith het huis weer binnenging. Ze pakte een van de goedkope eettafelstoelen en sleepte die mee de gang op. Collier volgde haar. 'Wat ga je doen?'

'Die klootzak voor zijn kop slaan.' Ze ging op de stoel staan en sloeg de bandenlichter met een zwaai tegen het plafond. De lepel raakte vast in de gipsplaat. Ze duwde de staaf er dieper in, hield hem scheef en trok naar beneden. Een brok plafondplaat viel op de vloer. Weer haalde ze uit met de bandenlichter. Ze dacht aan de website van de Mesa Arms en hoe daarop de energiezuinige verbeteringen werden aangeprezen, zoals het isolatieschuim op zolder, waardoor het mogelijk was het plafond open te breken zonder een lading roze isolatiemateriaal in je gezicht te krijgen.

Faith liet de bandenlichter vallen, blij dat ze goed had gegokt. De twee archiefdozen stonden binnen handbereik. Ze hoefde alleen nog maar de vliegen te verdrijven om ze te kunnen pakken.

'Hé!' riep een van de agenten vanuit de gang. 'Je weet dat er ook een trap is, hè?'

'Er zit een rat,' zei Collier. 'Godzilla's broer, denk ik.'

'Bedoel je Rodan?'

'Chibi, man. Rodan was surrogaat. Chibi was eigen bloed.'

'Goro,' zei Faith, die drie jaar lang elke zaterdag Godzillafilms had gekeken toen Jeremy in die fase zat. 'Collier, help eens met de dozen.'

'Het klopt wat ze zegt,' zei Collier. 'Dat beest leek Gorosaurus wel.' Hij ontblootte zijn tanden en maakte klauwen van zijn handen. 'Bloeddorstig als de pest.'

Faith liet de eerste doos boven zijn hoofd vallen.

Tot haar ergernis wist Collier hem nog net op te vangen. Hij zette de doos op de vloer en wachtte tot ze de tweede aanreikte.

'Heb je ons verder nog ergens voor nodig?' vroeg de agent.

Collier schudde zijn hoofd. 'We redden ons wel, man.'

'De kast,' liet Faith hem weten.

'O, klopt.' Collier wenkte hen mee naar de slaapkamer. Met de zware tweede doos in haar handen zette Faith een wankele stap naar beneden. Ze plaatste hem naast de eerste op de vloer. Vanuit de slaapkamer ving ze een discussie op over de beste manier om pennen uit scharnieren te verwijderen, alsof ze nog nooit van een hamer en een schroevendraaier met platte kop hadden gehoord.

Faith sloeg het stof van haar armen en streek het gruis uit haar haar. De stank van bedorven vlees was zo doordringend dat ze de slaapkamerramen openzette. En de horren naar buiten duwde, want de vliegen begonnen te zwermen. Het plafond naar beneden halen was waarschijnlijk niet haar beste idee geweest, maar als ze pissig was, was de logica vaak ver te zoeken, en op Dale Harding was ze zo pissig als de pest.

Op het GBI had Faith meer dan eens onderzoek gedaan naar foute agenten, en het enige trekje dat ze allemaal gemeen hadden was dat ze zichzelf nog steeds als goed beschouwden. Diefstal, verkrachting, moord, afpersing, fraude, de pooier uithangen... het maakte niet uit. Ze bleven ervan overtuigd dat de wandaden die ze hadden begaan een groter goed dienden. Ze zorgden voor hun gezin. Ze beschermden hun collega's. Ze hadden zich vergist. Ze zouden het nooit meer doen. Het was buitengewoon irritant zoals ze zonder uitzondering volhielden dat ze diep vanbinnen nog altijd goed waren.

Harding was niet alleen slecht tot op het bot geweest. Hij had zijn slechtheid ook aan anderen opgedrongen.

En nu moest ze nog dieper in zijn rotzooi duiken.

Faith sleepte de stoel naar het raam. Nadat ze de dozen ook die kant op had geschopt, ging ze zitten. Ook al weigerde ze na te denken over de vraag waarom het deksel van de eerste doos vochtig aanvoelde, toch kwam haar brein met het nuttige weetje op de proppen dat ratten overal een spoor van urine achterlaten.

Huiverend dook ze in de stapel keurig gelabelde dossiers.

Dale Harding was privédetective geweest, en de eerste doos bevatte het soort glamourwerk dat overal ter wereld door detectives verricht werd: foto's van overspelige echtgenoten in goedkope motels, foto's van overspelige echtgenoten in geparkeerde auto's, foto's van overspelige echtgenoten in steegjes, bij tankstations langs de snelweg en in een kinderspeelhuisje in een achtertuin.

Harding hield zijn administratie nauwgezet bij. Bonnetjes voor benzine, maaltijden en het ontwikkelen van foto's zaten vastgeniet aan onkostenverklaringen. De gangen van zijn doelwitten werden dagelijks in logboeken genoteerd. Hij schreef met kleine blokletters en zijn spelling was wat je kon verwachten van iemand die rechtstreeks van de middelbare school naar de politieopleiding was gegaan. Dat laatste gold ook voor Faith, maar zij wist in elk geval het verschil tussen 'vergrote' en 'vergrootte'.

Collier stond in de deuropening. 'De kast is leeg.'

'Eigenlijk had je daar het explosievenopruimingsteam bij moeten roepen.'

Eindelijk liet hij iets van zijn aanmatigende eigendunk varen, want ze beseften allebei dat haar opmerking bepaald geen grapje was, de persoon Harding in aanmerking genomen.

'Wel heeft er op zeker moment iets in die kast gestaan,' zei hij. 'Er zit een afdruk in het tapijt. Van iets ronds, een vijftienliteremmer, zoiets.'

Faith kwam overeind om het met eigen ogen te zien. De twee agenten waren weer met gebogen hoofd en bedrijvige duimen hun telefoons aan het bedienen. Als ze Collier nu met de bandenlichter vermoordde, zouden ze waarschijnlijk niets merken.

De kastdeur was tegen de muur gezet. Met de zaklampapp op haar telefoon bekeek Faith de binnenkant van de inloopkast van anderhalf bij tweeënhalve meter. Het was precies zoals Collier gezegd had. In de hoek achterin zat een ronde afdruk in het bruine tapijt. Ze inspecteerde de rest van de kast. De stangen waren verwijderd. Waar een lamp had moeten zitten, bungelden draden naar beneden. Aan de onderkant vertoonden de witte wanden slijtsporen. In de benauwde ruimte hing een vage rioollucht.

'Dat zien we veel,' zei Collier. 'Drugskoeriers komen uit Mexico met balletjes of heroïnepoeder in hun maag. Ze schijten het spul uit in een emmer, pakken hun geld en gaan terug naar Mexico voor een nieuw vrachtje.'

'Denk je dat ze op een plek als deze, waar je nog geen zwarte tuinkabouter op het gazon mag zetten, niet meteen 911 bellen als ze een stel Mexicanen Hardings huis in en uit zien gaan?' Tegen de agenten zei ze: 'Draai de deur eens om.'

'We moeten ervandoor. Oproep van de meldkamer.' Zonder van hun telefoon op te kijken liepen ze de kamer uit.

Collier leek onder de indruk. 'Goeie gasten, toch?'

Faith sloeg haar handen om de randen van de deur. Massief hout uiteraard. Ze hield de deur scheef op een hoek en draaide hem om. Op het laatste moment verloor ze haar grip. De bovenrand van de deur sloeg een kloof in de muur. Faith stapte naar achteren om te kijken. Op de onderkant van het hout zaten krassen. Nog eens controleerde ze de scharnieren om er zeker van te zijn dat ze naar de binnenkant van de deur keek.

'De rat?' giste Collier.

Faith nam een foto van de krassen. 'We moeten de technische recherche hierbij halen.'

'Mijn jongens of die van jou?'

'De mijne.' Faith stuurde de foto naar Charlie Reed, die ongetwijfeld aan iets nieuws toe was nadat hij de afgelopen zeven uur Marcus Rippy's nachtclub had afgewerkt. Ze stuurde hem het adres en zei dat hij eerst de kast moest onderzoeken. Een wetenschapper was ze niet, maar een vijftienliteremmer en een afgesloten deur met krassen aan de binnenkant waren duidelijke aanwijzingen dat er in die kast iemand opgesloten had gezeten.

Of misschien was het weer Harding met zijn bullshit waarmee ze hun tijd verdeden.

'De kastdeur zat op slot toen we hier aankwamen,' zei Collier. 'Waarom zou je een deur op slot doen als er niks in de kast zit?'

'Waarom deed Harding überhaupt wat hij deed?' Faith liep de andere slaapkamer in. Ze ging op de stoel zitten en stopte de dossiers met overspelige echtgenoten terug in de eerste doos. Collier stond weer in de deuropening. 'Hier is niks,' zei ze. 'Tenminste geen dingen die je achter een rat wilt verbergen.'

'Wat Violet ook beweert, volgens mij is dat beest zwanger.' Collier ging op de matras zitten. Het maakte een scheetgeluid. De blik waarmee hij Faith aankeek, was precies de blik die ze had verwacht. Hij schoof het deksel van de tweede doos. In plaats van dossiermappen zat er een stapel papieren in, met daarbovenop allemaal naaktfoto's.

Collier nam de foto's voor zijn rekening en gaf de papieren aan Faith.

Snel bladerde ze alles door. Ziekenhuisopnamerapporten. Arrestatiebevelen. Afkickklinieken. Strafblad. Allemaal van een en dezelfde persoon: Delilah Jean Palmer, tweeëntwintig, huidig adres Cheshire Motor Inn, een bekend verzamelpunt van hoeren. Nergens stond familie vermeld. Vanaf haar geboorte was Palmer onder toezicht van de staat gesteld.

Ook was ze momenteel model voor BackDoorMan.com. Op Palmers meest recente arrestatiefoto stond dezelfde vrouw als op de pikante plaatjes die Sara in Dale Hardings portefeuille had aangetroffen. Op elke foto had ze ander haar, soms was ze platinablond, soms had ze haar natuurlijke bruine kleur, en soms was het haar paars of roze.

'Dat is d'r.' Colliers schouder drukte tegen Faiths arm toen hij zich over de foto boog. Hij liet haar een vergroting zien van een van de foto's op portefeuilleformaat: Delilah Palmer die met open mond en haar hoofd naar de camera gericht over een aanrechtblad leunde, in wat seksuele opwinding moest voorstellen. 'Als ik moet raden, is ze niet echt blond,' zei hij. 'Zie je wel dat ik snel leer, Mitchell? Aan mij heb je wat.'

Hoewel Faith wist dat de computerjongens van het GBI zich al op BackDoorMan.com hadden gestort, zei ze tegen Collier: 'Als jij die website nou eens wat beter bekijkt.'

'Goed idee.' Hij pakte zijn telefoon. Met een beetje geluk verdeed hij het komende uur aan porno zodat zij wat werk gedaan kon krijgen.

Zo'n beetje het patroon van elke romantische relatie die Faith ooit had gehad.

Ze richtte zich weer op de documenten, maar nu las ze ze wat aandachtiger. Ze had het hele jeugddossier van Delilah Palmer in handen, besefte ze, wat vreemd was, want jeugddossiers waren doorgaans verzegeld. Op haar tiende was Palmer voor het eerst gearresteerd, wegens het verhandelen van Oxycontin op haar basisschool, de John Wesley Dobbs Elementary in East Atlanta. Faith had nogal wat uren op Dobbs doorgebracht in het kader van een overheidsonderzoek naar fraude in het openbaar onderwijs van Atlanta, waar op grote schaal geknoeid zou zijn met standaardexamens. Tijdens een vismaaltijd die een aantal leden van de onderwijsstaf had georganiseerd, waren multiplechoiceantwoorden van leerlingen uitgewist en verbeterd. Van die leerlingen kwam 99,5% uit achterstandsgezinnen met recht op een gratis of gesubsidieerde lunch.

Faith bekeek Palmers eerste politiefoto, van twaalf jaar geleden. Haar handen waren zo klein, dat ze het bordje met haar arrestatienummer nauwelijks recht kon houden voor de camera. De bovenkant van haar hoofd kwam niet eens tot aan het eerste streepje op de meetlat die op de muur achter haar was geschilderd. Haar gezicht zat onder de korsten. Haar korte bruine haar was ongewassen. Ze had donkere kringen onder haar ogen, van slaapgebrek, van voedselgebrek, of omdat ze nergens thuishoorde.

Op Dobbs moest Delilah uit de toon zijn gevallen, en niet alleen omdat ze zich op zo'n prille leeftijd in de drugshandel had begeven. Toen Faith de vorige maand documenten gereed had gemaakt voor het fraudeproces, had ze aan de officier van justitie moeten uitleggen dat ze geen fout had gemaakt in haar tabellen. In 2012 bestond de schoolpopulatie op Dobbs nog niet eens voor 5% uit blanke leerlingen. Er zaten in totaal maar vijf blanke leerlingen op de school. Als de cijfers omgekeerd waren geweest, had het stadsbestuur een dergelijke mate van corruptie met geen mogelijkheid zo lang kunnen negeren.

Faith bladerde door naar Delilahs volgende arrestatie. Nog meer handel in Oxy op haar twaalfde en vervolgens op haar vijftiende. Op haar zestiende had ze de school vaarwel gezegd en was heroïne gaan verhandelen, de volgende stap als je je geen Oxy meer kon veroorloven. Eén pil van tachtig milligram kon zestig tot honderd dollar opbrengen, afhankelijk van de markt. Als je voor hetzelfde bedrag een zakje heroïne kocht, bleef je dagenlang high.

Ze bladerde door naar de aanklachtdocumentatie. Voorwaardelijk. Re-integratieprogramma. Weer voorwaardelijk. Afkickkliniek.

Ondanks haar criminele verleden had Delilah Palmer nooit meer dan één nacht in de cel doorgebracht.

Haar eerste arrestatie wegens prostitutie vond plaats toen ze bijna zestien was. Er volgden nog vier arrestaties wegens tippelen, en twee voor de handel in respectievelijk wiet en heroïne, en ze gingen allemaal gepaard met een gratis verblijf van één nacht in een politiecel van Fulton County.

Faith nam de namen door van de agenten die haar gearresteerd hadden. Sommigen waren bekend. De meesten kwamen uit Zone 6, wat logisch was, want criminelen verschilden niet van andere mensen. Ze bleven doorgaans in hun eigen buurt.

Dale Harding had ook in Zone 6 gewerkt. Het was duidelijk dat hij gedurende het grootste deel van haar leven een oogje op Delilah Palmer had gehouden. Tussen de regels door lezend, moest Faith concluderen dat hij zich op alle mogelijke wederdiensten had beroepen om te voorkomen dat het meisje voor langere tijd achter de tralies verdween.

'Ga je me nog iets vertellen of moet ik ernaar raden?' vroeg Collier.

'Je stinkt naar kots.'

'Ik heb net overgegeven. Heb je me niet gehoord in de badkamer? Het, eh... weergalmde nogal.'

Ze reikte hem Delilah Palmers strafblad aan. 'Twee slaapkamers, twee bedden. Er heeft iemand hier bij Harding gelogeerd.'

Faith dacht aan de afgesloten kast, de emmer, de rioollucht. Misschien had Harding aan doe-het-zelfafkicken gedaan. Cold turkey in een kleerkast was een stuk goedkoper dan vijftienduizend dollar voor een behandeling met opname. Dat zou weleens een betere verklaring voor deze gore bende kunnen zijn. Het huis zag er in elk geval uit alsof er een junkie woonde.

'Heb je dat gezien?' Met een knik wees Collier naar een beugel op de vloer. 'Die hebben mijn zussen ook allemaal gehad nadat hun slotjes eruit gingen. Niet deze beugel natuurlijk, andere, maar ook klein, net als die daar. Dus op maat gemaakt voor een meisjesmond.'

Faith snapte niet waarom hij zoveel woorden nodig had om iets simpels te zeggen. 'Nog iets op de website gevonden?'

'Geen reet.' Hij lachte. 'Grapje. Zelf ga ik trouwens liever door de voordeur. Een tietenman, zeg maar.'

Faiths ogen rolden zowat in haar achterhoofd.

'Zal ik jou eens wat vertellen, Mitchell? De eerste keer dat ik je zag, dacht ik al dat we ooit nog eens samen in een slaapkamer naar porno zouden kijken.'

Faith wilde gaan staan.

'Wacht even.' Hij nam een stapeltje foto's uit de doos. 'Moet je deze zien. Delilah doet al een tijdje modellenwerk. Bij BackDoorMan.com is ze zo rond haar zestiende begonnen. De oudere foto's komen niet van een website en er zitten verder ook geen aanwijzingen op, maar daar schat ik haar eerder op een jaar of twaalf, dertien.'

Faith legde de foto's naast de politiefoto's van de keren dat Delilah gearresteerd was. Collier zat er een paar jaar naast. Faith kon de leeftijd van het meisje herleiden tot haar eerste arrestatie, op haar tiende. De pikante foto was hartverscheurend. Delilah droeg een kanten slipje en een bh die aan de achterkant moest zijn vastgespeld om te voorkomen dat hij op haar voeten gleed. Ze had nog geen taille of rondingen, alleen babyvet dat de heroïne er uiteindelijk af zou slijten. Faith bekeek haar doffe, levenloze ogen. Het was alsof er met koeienletters VERLATEN op haar voorhoofd stond geschreven.

Waarom was Harding, die naar horen zeggen geen moer gaf om wie of wat dan ook, zo geïnteresseerd in dit verloren meisje? Wat betekende ze voor hem?

'En nu, baas?' vroeg Collier.

'Ik ben zo terug.' Faith stond op. Ze liep naar de keuken. Weer volgde Collier haar. Hij was net een kind dat je steeds voor de voeten liep. Ze verlangde naar de rustige, onafhankelijke Will. 'We kunnen toch wel twee tellen zonder elkaar?'

'Hoe moet ik dan weten wat jij uitspookt?'

Ze opende de deur van de vriezer. De schappen waren gevuld met ijs en alcohol, maar achterin lag ook een afsluitbare zak met een stapel papieren. Door vriesbrand was de zak samengesmolten met een doos vissticks. Om de zak los te maken sloeg Faith de doos tegen de zijkant van de vriezer.

Mensen met chronische of dodelijke ziekten werd aangeraden belangrijke documenten zoals medische instructies in de koelkast of vriezer te bewaren zodat het ambulancepersoneel ze kon vinden. Al was Harding nog zo'n rotzak, hij was er wel in geslaagd het advies op te volgen. Vreemd genoeg vermeldden de instructies expliciet dat alle mogelijke maatregelen genomen moesten worden om zijn leven te behouden.

'Je-zus,' zei Collier, die uiteraard over Faiths schouder meelas. 'Die vent is ter dood veroordeeld, maar wil toch zo lang mogelijk in leven worden gehouden?'

'Dit is twee jaar geleden ingevuld. Misschien is hij het vergeten.' Op het tweede blad vond Faith de contactinformatie.

Naaste familie: Delilah Jean Palmer.

Relatie: dochter.

'Ze was zijn kind,' zei Collier, die blijkbaar vergeten was dat Faith ook ogen in haar hoofd had. 'Op haar jeugdstrafblad staat dat ze wees is.'

Naast Delilahs naam stonden drie telefoonnummers, waarvan twee doorgestreept. Ze hadden elk een andere kleur inkt. Met Hardings vaste telefoon belde Faith naar het meest recente nummer. Ze kreeg een bandje van het telefoonbedrijf met het bericht dat het nummer was afgesloten.

Voor de zekerheid probeerde ze ook de overige twee nummers.

Afgesloten.

Collier pakte zijn mobiel. 'Zal ik nu eens een wonder proberen te verrichten?'

'Ga je gang.'

Collier wilde haar volgen naar de slaapkamer, maar ze stak haar hand op om hem tegen te houden. 'We hoeven niet alles samen te doen.'

'En als de rat terugkomt? Met haar kleintjes?'

'Gil dan maar heel hard.'

Faith liep de gang weer op en keek even langs de zoldertrap naar boven, want de rat zat daar nog steeds, was mogelijk een drieling aan het baren, want zo'n dag was het vandaag. Godzijdank had ze nog meer gaten in het plafond geslagen voor het geval het beest besloot zijn territorium uit te breiden.

Ze ging op de stoel zitten en nam met enige tegenzin de foto's van Delilah opnieuw door.

Hoe walgelijk het ook was dat een vader foto's bezat van zijn naakte twaalfjarige dochter die over een stokpaard zat gebogen, het meisje zelf had ook iets vreemds. Faith kon niet onder woorden brengen wat de foto's anders maakte dan de honderden vergelijkbare foto's die ze in de loop van haar politiecarrière had gezien, maar er was iets.

Alle vormen van uitbuiting hadden één ding gemeen: ellende. Delilahs ogen stonden glazig, waarschijnlijk van de heroïne die haar gegeven of onthouden was om haar voor de camera te laten poseren. Ze was ruw aangepakt, want haar bovenbenen waren rood. Een dun laagje poeder kon de blauwe plekken rond haar hals nauwelijks verhullen. Op haar tanden zat lippenstift. Niets van dit alles was nieuw of buitengewoon verrassend.

Maar er klopte iets niet, en dat gevoel had Faith de hele dag al gehad.

Ze kon er niet tegen als dingen niet klopten.

'Raar dat het foto's zijn, vind je niet?' Collier hing weer in de deuropening.

'Bedoel je dat sommige vaders schoolfoto's van hun kinderen bewaren, maar dat Harding naaktfoto's had?'

'Nee, waarom heeft hij geen filmpjes, bedoel ik. Porno is de enige reden waarom het internet bestaat. Het heeft de blootplaatjesindustrie kapotgemaakt. Zelfs Playboy heeft de geest gegeven.'

'Vraag je je af waarom Harding naar naaktfoto's van zijn dochter keek in plaats van naar naaktfilmpjes?'

'Komt het wel op neer. Shit.' Collier sloeg zijn hand om zijn keel en hoestte. 'Volgens mij heb ik een vlieg doorgeslikt.'

'Hou je mond dan ook dicht.'

'Ha-ha.' Hij ging weer op de matras zitten. Hetzelfde geluid klonk. Weer schonk hij haar die blik. 'Ik heb mijn vriendinnetje van het archief gevraagd met voorrang achtergrondonderzoek naar de kleine Delilah te doen. Benieuwd wat ze de laatste tijd heeft uitgespookt. Nu Harding dood is, zal ze binnenkort wel weer in de cel belanden, maar nu heeft ze niemand meer die haar eruit krijgt.'

'Misschien weet ze iets,' zei Faith. 'We moeten erachter zien te komen wat Harding in zijn schild voerde in zo ongeveer de laatste week van zijn leven. Dan weten we ook waarom hij in Rippy's nachtclub is geëindigd.' Ze nam nog eens door wat haar dwarszat. 'Was hij een pedofiel of een slechte vader?'

'Ik ga voor beide.'

'Die chick heeft hem zijn hele spaarpot gekost.' Een agent beschikte over de juiste contacten en als zo'n contact terugbelde, deed hij wat er van hem verwacht werd, zonder vragen te stellen. 'Dit gaat niet om een politieman die een bekeuring wegens te hard rijden kwijtraakt. Dit zijn wederdiensten op hoog niveau, van inspecteurs, reclasseringsbeambten, zelfs van rechters. Dat kon hij van zijn leven niet terugbetalen. Hij deed witteboordencriminaliteit. Echt veel had hij niet te vertellen. Er was waarschijnlijk niemand meer in het korps die nog opnam als hij belde.'

'Ken je dat verhaal van de vader die niet meer naar zijn werk ging? Hij kon zijn dochtertje niet loslaten.'

Faith schudde haar hoofd en vroeg zich af wanneer Collier zijn bek hield. Wills gevoel voor humor was soms op het randje, maar hij zou nooit grapjes maken over mannen die hun eigen kind molesteerden.

Verbazingwekkend genoeg pikte Collier haar stemming eindelijk op. 'Harding heeft geen computer of printer.'

Faith keek naar de papiersoort van de foto's. 'Deze zijn niet in een fotolab afgedrukt. Dit is privéwerk.'

'Zou iemand ze voor hem geprint hebben?'

'Maar waarom? Chantage?' Ze dacht aan Hardings meevaller van een halfjaar geleden. Hij ging in de Mesa Arms wonen. Hij kocht een nieuwe auto. 'Dan was het eerder omgekeerd. Harding is namelijk degene die opeens poen had. Ik overweeg de loterijraad te bellen en zijn naam na te trekken.'

Colliers telefoon zoemde. Zijn vinger gleed over het scherm. 'Een bijlage.' Hij wachtte tot het downloaden voltooid was. 'O, man. Het wordt steeds mooier.' Hij stak de telefoon omhoog. Op het scherm stond een scan van een officiële huwelijksakte.

Faith tuurde naar de tekst. Die moest ze twee keer lezen voor de betekenis tot haar doordrong.

Vijfeneenhalve maand geleden was Vernon Dale Harding getrouwd met Delilah Jean Palmer. Het was zijn vijfde huwelijk en haar eerste.

Faith sloeg haar hand al bijna voor haar mond, maar bedacht zich.

'Shit,' zei Collier. 'Die gast is met zijn eigen dochter getrouwd.'

'Dat kan niet kloppen.'

'Het staat hier toch? Officieel en al.'

'Twee jaar geleden heeft hij haar als zijn dochter aangemerkt. Je hebt het zelf op de formulieren gezien.'

Collier leek minder beduusd dan zij. 'Die medische formulieren zijn niet officieel, in elk geval niet tot iemand ze vindt en ze meeneemt naar het ziekenhuis.'

Verward schudde Faith haar hoofd. Ze wilde die papieren nog eens bekijken, maar ze wist dat ze ze goed had gelezen. 'Hoe heeft dat kunnen gebeuren? Je mag niet met een bloedverwant trouwen. Je moet een aanvraag indienen. Dan wordt het...'

'Volgens het systeem is ze altijd wees geweest. Waarschijnlijk heeft Harding nooit ouderschapsrechten gehad. Zelfs met al het achtergrondonderzoek dat je kunt verzinnen zou die verwantschap nooit aan het licht zijn gekomen.'

Faith had de pornofoto's uit haar handen laten vallen. Ze keek naar de over de vloer verspreide beelden en weigerde aan de reden te denken waarom Dale Harding ze al die jaren bewaard had. 'Grote god, dat arme kind heeft nooit een kans gehad.'

'Hij ging niet met haar naar bed.' Collier smoorde Faiths protest. 'Niet recent, in elk geval. Er ligt geen viagra in de badkamer, en als je bedenkt wat die man allemaal mankeerde, kreeg hij niet veel meer overeind.' Hij lachte. 'Het motortje liet het afweten, zeg maar.'

'We moeten dat meisje vinden.' Faith begon een bericht aan Amanda te tikken met het verzoek een opsporingsbericht te doen uitgaan. 'Ze is Hardings wettige echtgenote. Harding is dood of vermoord aangetroffen in een kamer vol bloed. Als zijn moordenaar zou ik op zoek gaan naar iedereen die Harding mogelijk in vertrouwen heeft genomen. Of ze nu zijn vrouw of zijn dochter is, ze moet iets weten. Alleen al omdat ze met hem samenwoonde.'

'Is het je opgevallen dat ze hier niet is?' Colliers hele houding was veranderd. Hij kreeg eindelijk vat op de zaak. 'De tv is weg. Er is geen computer. Misschien heeft ze gehoord dat hij dood was, wist ze dat er een prijs op haar hoofd stond, dus heeft ze zijn troep verkocht en is 'm gesmeerd.'

'Violet, de beheerder, heeft Delilah nooit ontmoet. En dan die rare toestand met de kast. Waarom zou je een meisje voor de hele buurt verbergen zonder dat je er een reden voor hebt?'

'Ze is een hoer, dus ze is bekend met de straat,' zei Collier. 'Waarschijnlijk gebruikte ze Harding al even hard als hij haar gebruikte. Misschien komt het door haar dat hij vermoord is. Ik zie het al helemaal gebeuren: zo'n meid belazert de verkeerde vent, Harding komt haar beschermen en krijgt een deurpin voor de moeite.'

'Hoe dan ook, ze is in gevaar. Heeft het archief haar laatste bekende adres gestuurd?' vroeg Faith.

Collier keek weer op zijn telefoon. 'Renaissance Suites, zijstraat van de I-20. Mijn vriendin heeft de beheerder al gebeld en hem een recente arrestatiefoto van Delilah gestuurd. Hij zegt dat hij nergens niks vanaf weet.'

Faiths telefoon piepte. Ze las de boodschap. 'Amanda heeft een opsporingsbericht voor Delilah doen uitgaan. Ga jij eens wat achterdeurtjes van het APD langs om informatie over het meisje los te krijgen. Klop maar aan bij elk gebouw of huis waar ze ooit gewoond heeft. Trek haar jeugdstrafblad na, ga naar haar school, alles om erachter te komen met wie ze bevriend was.'

Collier keek haar wat bevreemd aan. 'Verder nog iets, mevrouw de directrice?'

'Ja, ze is opgepakt wegens tippelen, dus ze heeft vast een pooier. Zoek hem op. Praat met hem. Reken hem in als het moet.' De wekker op Faiths telefoon ging. Ze stopte de dossiers en foto's weer in de dozen. 'We moeten Delilah vinden voor iemand anders haar vindt.'

'Wat ga jij doen terwijl ik de zolen van mijn schoenen slijt?' vroeg Collier.

'Ik moet naar het ziekenhuis, met die Jane Doe praten die Will heeft gevonden. Misschien heeft ze gisteravond iets gezien.'

'Eh... eigenlijk hebben wij haar gevonden, Will en mij samen.'

'Will en ik.' Met moeite tilde ze de stapel dozen op. Ze waren zwaarder dan ze had verwacht. 'Tegen de tijd dat ik in het Grady ben, wil ik Hardings bank- en telefoongegevens hebben. Ik neem deze dossiers door en vergelijk ze met...'

'Wacht even.' Collier liep weer als een hondje achter haar aan door de gang. 'Die Jane Doe... Mij kent ze. Denk je niet dat ze eerder praat tegen een vertrouwd gezicht?'

Faith bleef staan. Collier botste van achteren tegen haar op. 'Charlie Reed, van ons forensisch team, kan hier elk moment zijn. Wacht op hem en ga dan Delilah zoeken. Als ze nog ergens rondloopt, moeten we met haar praten. Als er een reden is voor de moord op Angie en Harding weet zij die misschien, en diezelfde reden kan ook haar dood worden.'

'Denk je echt dat ze gevaar loopt?'

'Jij niet dan?'

'Jij bent ook een feminist van likmevestje.' Collier grijnsde toen hij haar geschokte gezicht zag. 'Misschien is Delilah wel degene die ze allebei te grazen heeft genomen. Angie en Harding. Heb je daar weleens bij stilgestaan? Vrouwen zijn ook tot moorden in staat, partner.'

'Als je me nog één keer partner noemt, zal ik je eens laten voelen waartoe vrouwen in staat zijn.'

Bij wijze van uitzondering nam Collier haar serieus. 'Ik zet Ng vast aan het werk, en dan ga ik naar hem toe zodra die vent van jou hier is. Moet ik je later bellen?'

'Als je Delilah hebt gevonden of waardevolle informatie hebt, dan graag, ja.'

'En als ik samen met jou nog wat porno wil kijken?'

Met haar schouder duwde Faith de deur open. Haar hoofd hield ze gebogen om te voorkomen dat haar netvliezen vlam vatten. Bij haar auto aangekomen zette ze de dozen op haar knie en prutste wat aan de portierhendel tot ze de hele boel bijna liet vallen. Uiteindelijk slaagde ze erin met het topje van haar pink de hendel naar zich toe te trekken. Met de punt van haar schoen wrikte ze het portier open. Ze gooide de dozen op de passagiersstoel en klom achter het stuur. Ondertussen bleef Collier in de deuropening staan en deed geen enkele moeite haar zijn hulp aan te bieden. Als ze hem niet kon gebruiken, was hij niet van haar af te slaan, maar als ze hem nodig had, stak hij geen vinger uit.

'Godverdomme,' mompelde Faith.

Amanda had gelijk.

Hij was helemaal haar type.

VIJF

Will stond in de hal van het glanzende kantoorgebouw Tower Place 100. De wolkenkrabber van achtentwintig verdiepingen maakte deel uit van het Tower Placecomplex, dat de hoek van Piedmont Street en Peachtree Road domineerde, maar toch slechts gedeeltelijk verantwoordelijk was voor de dicht opeengepakte rijen Jaguars en Maserati's waarmee Buckhead van 's morgens vroeg tot 's avonds laat dichtslibde.

Niet dat hij van plan was geweest hiernaartoe te komen, maar hij had de broodkruimels gevolgd die Angie had uitgestrooid. Eerst had hij thuis andere kleren aangetrokken, daarna was hij naar Angies bank gegaan, vandaar naar de zaak waar ze een postbus had en uiteindelijk naar dit kantoorgebouw, waar hij zich een echte boerenlul voelde omdat hij zijn gebruikelijke pak en das had ingewisseld voor iets comfortabelers. Hij kon niet eens voor een techmiljardair doorgaan. Zijn spijkerbroek was van Lucky in plaats van Armani. Zijn polo met lange mouwen had Sara in een winkel gekocht waarvan hij nog nooit had gehoord. Op zijn oude hardloopschoenen zaten Frans blauwe verfspatten van zijn badkamer.

Hij had de muren een lichtere kleur gegeven, want op een ochtend had hij beseft dat het chocoladebruin en de nog donkerdere tinten die hij voor zijn huis had uitgekozen te mannelijk waren voor Sara.

Sara.

Will nam een diepe, kalmerende teug lucht en voelde zijn borst op- en neergaan. Alleen al bij de gedachte aan haar naam vloeide iets van zijn stress weg. Even dacht hij aan hoe heerlijk het was om midden in de nacht wakker te worden met Sara over hem heen gedrapeerd. Ze paste als het laatste stukje van een ingewikkelde puzzel. Ze was uniek. Soms maakte ze hem wakker, alleen om bij hem te zijn. Haar handen op zijn lijf. Hoe ze hem begeerde. Zo had Angie hem nooit begeerd.

Wat deed hij hier eigenlijk?

Will keek naar de dikke grijze envelop in zijn handen. In de hoek stond het veelkleurige logo van Kip Kilpatricks managementbedrijf. Boven een postbusnummer was Angies naam getypt. De postbus bevond zich in een UPS-zaak in Midtown. Er hadden twee enveloppen in gelegen, maar Wills oog was het eerst op die met het gekleurde logo gevallen, en zijn hart was stil blijven staan, als een trein die tegen een stenen muur knalde.

Als aan de grond genageld had hij in de UPS-zaak naar de envelop gestaard, zonder hem aan te raken, vechtend tegen zijn verbijstering. Dit was een tastbare link tussen Angie en Kip Kilpatrick en in het verlengde daarvan tussen Angie en Marcus Rippy. Eigenlijk had hij meteen Amanda moeten bellen, de technische recherche erbij moeten halen voor het afnemen van vingerafdrukken en het bestuderen van de beveiligingsbeelden. Toch had Will niets van dat alles gedaan, want dan zou Amanda allereerst willen weten hoe hij dat postbusnummer op het spoor was gekomen.

Angies bank had Will kopieën gegeven van haar afschriften, met daarop haar postadres. Hij had de filiaalhoudster zijn trouwboekje willen overhandigen om aan te tonen dat hij nog steeds Angies wettige echtgenoot was, maar daar was de vrouw niet in geïnteresseerd. Ze wilde alleen zijn rijbewijs zien. Net als de afgelopen twintig jaar stond Wills naam nog steeds op Angies bankrekening.

Hij had Sara niet over de rekening verteld.

Angies laatste afschrift vermeldde een ongebruikelijk hoog saldo. Ze had altijd van het ene salarisstrookje naar het andere geleefd. Will was degene die spaarde, die doodsbang was om zonder geld te zitten en weer op straat te moeten leven. Angies geld vloog er net zo snel uit als het binnenkwam. Ooit had ze tegen Will gezegd dat ze jong zou sterven en dat ze tot die tijd maar het beste een beetje lol kon maken.

Was ze jong gestorven? Was iemand van drieënveertig tegenwoordig niet meer van middelbare leeftijd?

De drie à vier uur waarbinnen Angie nog levend kon worden aangetroffen waren allang verstreken. Sara was een prima arts. Ze wist hoe ze een plaats delict moest interpreteren en ook wist ze hoeveel bloed er in een lichaam hoorde te zitten. Toch ging het er bij Will niet in dat Angie dood was. Niet dat hij in kosmische tekens geloofde, maar als er iets ergs met haar was gebeurd, zou hij dat tot in zijn kern voelen, dat wist hij zeker.

Hij vouwde de envelop dubbel, stopte hem in zijn achterzak en liep naar de liften. Hij had er al twee laten schieten toen hij de hoop opgaf er een te treffen die niet vol gepakt was met mensen uit de parkeergarage. Hij keek op zijn horloge. Het was halfvier, en eigenlijk hoorden die kantoorlui nu de minuten te tellen tot ze naar huis mochten in plaats van terug te keren van late lunches. De lift waar hij zich eindelijk in wurmde rook vaag naar alcohol en sigaretten. Knoppen werden ingedrukt. Will keek op het bedieningspaneel. Bijna elke verdieping werd aangedaan.

Eén keer eerder was hij in het kantoor van Kip Kilpatrick geweest, voor een kort en bepaald niet opzienbarend onderhoud met Marcus Rippy. Will kon zich de weelderig ingerichte ruimtes nog goed herinneren, want alles was specifiek ontworpen om een onuitwisbare indruk te maken.

110 Sports Management was op de twee bovenste verdiepingen van het gebouw gevestigd, duidelijk met het oogmerk een elegante zwevende glazen trap te bouwen die de twee verdiepingen met elkaar verbond. Op de muren prijkten levensgrote stickers van basketbalspelers die dunks uitvoerden, aanvielen of een touchdown maakten. Ingelijste sporttruien met beroemde namen hingen als foto's van vroegere CEO's in een rechte lijn buiten de vergaderzaal, heel toepasselijk aangezien sport een business was waar miljarden in omgingen. Goddelijk sporttalent was niet genoeg om van rond te komen. Om te bewijzen dat je het echt had gemaakt, kon je niet zonder lifestylemerken, sponsorgeld van sportschoenenfabrikanten en een eigen kledinglijn.

Achter al die miljardendeals zat een team van advocaten, managers, agenten en makelaars, die allemaal een stuk van de taart kregen. Geweldig natuurlijk, maar het bracht ook problemen met zich mee. Coca-Cola was eveneens een industrie waarin miljarden werden omgezet, maar daar ging het om heel veel colablikjes en heel veel bottelaars die nog veel meer blikjes konden produceren. Als een colablikje explodeerde, pakte je een nieuwe uit de koelkast. Als een topsporter werd aangehouden omdat hij met een snelheid van honderdzestig over de I-75 scheurde terwijl hij coke snoof en door een hoer werd gepijpt, was je hele business naar de haaien zodra TMZ Sports zijn arrestatiefoto op de website plaatste.

Er was maar één Serena Williams. Er was maar één Peyton Manning. Er was maar één Marcus Rippy.

Will probeerde het beeld te verdringen dat zich aan hem opdrong toen hij aan Marcus Rippy dacht. Niet het beeld op de vele foto's, van de sporter naast zijn auto van drie ton of aan boord van zijn privé-Gulfstream Jet of met zijn hand op de gigantische kop van zijn raszuivere Alaskan husky. Maar thuis bij zijn gezin, waar hij de gelukkige vader en zorgzame echtgenoot uithing terwijl Keisha Miscavage, de vrouw die Rippy op zeer gewelddadige wijze had verkracht, vierentwintig uur per dag werd beveiligd vanwege doodsbedreigingen door Rippy's fans.

Eén woord van de sporter kon daar een eind aan maken. Eén regeltje in een interview of een post op zijn Twitteraccount en Keisha Miscavage kon naar huis en haar leven weer oppakken.

Maar waarschijnlijk kickte Rippy op de gedachte dat ze nog steeds een gevangene was.

Er klonk een bel. Vierde verdieping. Een handvol mensen stapte uit. Will stond met zijn rug tegen de wand. Zijn hand ging naar zijn hals, en iets te laat bedacht hij dat hij geen stropdas droeg.

Nadat Collier hem thuis had afgezet, was Will ervan uitgegaan dat hij een soort verlof had, als hij al niet regelrecht ontslagen was. Hij had bedacht dat mannen zonder werk geen pak en stropdas hoefden te dragen. Daar was je immers werkloos voor. Nu had hij spijt van zijn kledingkeuze, maar toen hij een paar uur geleden van huis was gegaan, had hij in de veronderstelling verkeerd dat hij sporen ging natrekken die naar Angie moesten leiden, niet dat hij oog in oog met Kip Kilpatrick kwam te staan.

De lift stopte op de elfde verdieping. De helft van de mensen stapte uit. Niemand stapte in. Will stond nog steeds met zijn rug tegen de wand. Twee verdiepingen hoger stopte de lift opnieuw. Eén persoon stapte in en ging mee naar de volgende verdieping. Tegen de tijd dat de lift de veertiende verdieping verlaten had, was Will eindelijk alleen. Hij keek naar het opflitsende scherm terwijl de lift met een vaart waar zijn oren van tuitten naar de bovenste verdieping vloog.

Telkens als het getal versprong dacht Will: *Angie. Angie. Angie.*

Hield hij zichzelf voor de gek? Was ze echt dood?

Ook Will had op deuren geklopt om doodstijdingen te brengen, en hij had zichzelf telkens moed ingesproken voor hij een schouder bood om op te huilen of een gezicht om tegenaan te schreeuwen als hij een vader, moeder, man, vrouw of kind moest vertellen dat hun geliefde nooit meer thuis zou komen.

Hoe was het om aan de andere kant te staan? Zou Will over een uur, een dag of een week een telefoontje krijgen? Zou hij te horen krijgen dat een patrouillewagen op Angies Monte Carlo was gestuit en dat haar levenloze lichaam over het stuur had gehangen?

Will zou haar moeten identificeren. Hij zou haar gezicht moeten zien voor hij geloofde dat ze er niet meer was. Hoe zou ze eruitzien na al die tijd in de genadeloze zomerhitte? Opgezwollen, onherkenbaar. Dat soort lijken had hij vaker gezien. Het DNA zou getest worden, maar zelfs dan zou hij blijven worstelen met de vraag of dat opgezwollen, verkleurde gezicht van zijn vrouw was of dat Angie erin geslaagd was ook de dood te slim af te zijn, zoals ze alles en iedereen altijd te slim af was.

Ze was een vechter. Misschien hield ze zich nog ergens schuil. Collier had gelijk. Angie had altijd een man achter de hand. Misschien was een van die mannen arts. Misschien herstelde ze op dit moment, was ze te zwak om de telefoon te pakken en Will te laten weten dat ze nog leefde.

Niet dat ze hem ooit zou bellen zolang Sara in beeld was.

Will drukte zijn vingers tegen zijn ogen.

De lift stopte op de achtentwintigste verdieping. De deuren schoven open. Vanaf elk oppervlak blonk wit marmer hem tegemoet. Een beeldschone blondine, mager als een model, keek op van haar computer achter de receptiebalie. Will herkende haar van de vorige keer, maar hij was ervan overtuigd dat ze niet meer wist wie hij was.

Hij vergiste zich.

'Agent Trent.' Haar glimlach werd een strakke streep. 'Gaat u zitten. Mr. Kilpatrick is nog in vergadering. Over vijf à tien minuten is hij klaar.'

Kip Kilpatrick was slim, maar helderziend was hij niet. Volgens de laatste berichten had Amanda de volgende ochtend in alle vroegte een afspraak met de agent/advocaat van Marcus Rippy. Tot een halfuur geleden wist Will niet eens dat hij hiernaartoe zou gaan. Of misschien vermoedde Kilpatrick niet zozeer dat Will zou komen, maar wachtte hij hem op. Zo vreemd was dat niet. Marcus Rippy was Kilpatricks grootste cliënt, zijn enige colablikje. De aalgladde agent had al een aanklacht wegens verkrachting laten stranden. Daarmee vergeleken stelde een smoes om een lijk weg te moffelen niets voor.

'Neemt u plaats.' De vrouw wees naar het wachtgedeelte.

Gehoorzaam liep Will de ontvangsthal door, die qua oppervlak even groot was als zijn hele huis. Een matglazen deur voerde naar de kantoorruimtes, een tweede naar het toilet, maar verder was de hal volledig afgesloten van de rest van het bedrijf.

De spaarzame inrichting deed niet vermoeden dat hij zich pal voor een van de meest vooraanstaande sportagentschappen van het land bevond. Will ging ervan uit dat het opzet was. Een toekomstige cliënt wilde tijdens het wachten niet naar het lachende gezicht van zijn sportrivaal kijken. En als je roem tanende was, wilde je al helemaal niet zien dat de foto van een of ander aanstormend jong talent jouw plaats op de muur had ingenomen.

Will liet zich op een leunstoel zakken, naast een wand van ramen die van de vloer tot aan het plafond reikten. Alles in de hal was van chroom en donkerblauw leer. Vanhier keek je helemaal tot aan het centrum van de stad. Met heldere glanslak was het logo 110% in veelvoud als een soort behang op de lichtgrijze muren aangebracht. Will zag een bord dat er de vorige keer nog niet was geweest: reusachtige bladgouden letters op een anderhalve centimeter dik, vernikkeld stuk metaalplaat dat nog groter was dan hijzelf.

Hij bestudeerde de letters. Er waren drie regels tekst, elk wel een halve meter hoog. De letters bewogen als zeeanemonen. Een M kruiste een A. Een E veranderde in een Y.

Will had altijd al moeite met lezen gehad. Analfabeet was hij niet. Hij kon wel lezen, maar het kostte hem tijd, en het hielp als de woorden gedrukt of netjes geschreven waren. Sinds zijn kindertijd had het probleem hem geteisterd. Hij had zijn middelbareschooldiploma amper gehaald. De meeste leraren waren ervan uitgegaan dat hij lui of dom of beide was. Pas tijdens zijn studie had een docent het woord dyslexie laten vallen. Hij deelde deze diagnose verder met niemand, want doorgaans gingen mensen ervan uit dat een langzame lezer een trage geest had.

Sara was de eerste geweest die zijn onvermogen niet als een handicap beschouwde.

MAN.

AGE.

MENT.

Voor de tweede keer las Will in stilte de drie woorden op het bord, en toen voor de derde keer.

Een wc werd doorgetrokken, een kraan werd opengedraaid en vervolgens klonk het geluid van een handendroger. De deur van het toilet ging open. Een oudere, goedgeklede Afro-Amerikaanse dame liep naar buiten. Zwaar leunend op haar stok liep ze naar het wachtgedeelte.

De receptioniste plakte een glimlach op haar gezicht. 'Laslo komt u zo halen, Mrs. Lindsay.'

Will stond op, want hij was grootgebracht door een vrouw die zijn grootmoeder had kunnen zijn en Mrs. Flannigan had hem manieren bijgebracht die hem tachtig jaar geleden zouden hebben gesierd.

Mrs. Lindsay leek het gebaar wel te kunnen waarderen. Met een vriendelijke glimlach ging ze tegenover Will op de bank zitten.

'Is het buiten nog steeds bloedheet?' vroeg ze.

Will nam weer plaats. 'Ja.'

'De Heer sta ons bij.' Opnieuw glimlachte ze, waarna ze een tijdschrift pakte. Sports Illustrated. Marcus Rippy stond op de cover, met een basketbal in zijn handen. Will keek naar buiten, want alleen al bij de aanblik van die kop wilde hij zijn stoel door de hal smijten.

Mrs. Lindsay scheurde een abonnementskaartje uit het tijdschrift en wuifde zichzelf koelte toe.

Will sloeg zijn benen over elkaar en schoof wat naar achteren op de diepe stoel. Zijn kuit klopte. Op de pijp van zijn spijkerbroek zat een bloedvlek. Het was alsof er een heel leven was verstreken sinds zijn voet door de verrotte vloer van het afgeschreven kantoorpand was gezakt. Thuis had hij verbandgaas om zijn bloedende kuit gewikkeld, maar kennelijk had dat het probleem niet opgelost.

Zonder acht te slaan op het geronnen bloed op de rug van zijn hand, keek hij op zijn horloge. Ook checkte hij zijn telefoon, die barstte van de dreigberichten van Amanda. De enige geluiden kwamen van Mrs. Lindsay, die af en toe een bladzij van haar tijdschrift omsloeg, en van de receptioniste die haar lange nagels sporadisch over het toetsenbord liet kletteren. *Tik. Tik. Tik.* Erg bedreven was ze niet. Onwillekeurig herhaalde Will zijn mantra uit de lift.

Angie. Angie. Angie.

Ze verdween voortdurend. Maanden verstreken, soms ging er een heel jaar voorbij, maar dan op een dag, als Will bij het aanrecht stond te eten of op de bank tv lag te kijken, liet ze zichzelf opeens binnen en deed alsof ze hem nog maar een paar minuten geleden voor het laatst had gezien.

'Ik ben het, schat,' zei ze dan. 'Heb je me gemist?'

Nu deed ze het weer. Ze was verdwenen, maar ze kwam terug, omdat ze uiteindelijk altijd terugkwam.

Will plantte beide voeten op de vloer. Met zijn handen samengevouwen tussen zijn knieën leunde hij naar voren. Hij draaide aan de goedkope trouwring om zijn vinger. Hij had het vergulde ding voor vijfentwintig dollar van een pandjesbaas gekocht, want hij wilde er wettig getrouwd uitzien als hij naar de bank ging. Hij had zich het geld kunnen besparen. Met nauwelijks een blik op zijn identificatiebewijs had de filiaalhoudster hem toegang verschaft tot Angies complete financiële leven.

Hij peuterde aan de ring. Het goud bladderde al. Toch was de ring mooier dan die hij van Angie had gekregen.

Will liet zijn handen zakken. Het liefst stond hij op om wat heen en weer te lopen, maar zijn intuïtie zei dat de receptioniste dat niet op prijs zou stellen. En Mrs. Lindsay waarschijnlijk ook niet. Niets erger dan naar het geijsbeer van iemand anders te moeten kijken. Bovendien liet hij zo maar al te duidelijk blijken dat hij nerveus was, en Kip Kilpatrick mocht dat niet weten.

Had hij reden om nerveus te zijn? Will had een troef in handen. Dat dacht hij tenminste, maar Kilpatrick had hem vaker onaangenaam verrast.

Hij pakte een tijdschrift en herkende het logo van Robb Report. Op de cover stond een Bentley Bentayga SUV. Will bladerde naar het betreffende artikel. Getallen waren nooit een probleem voor hem geweest. Toen hij de technische beschrijving van de auto had gevonden, liep hij met zijn vinger de tekst door. De woorden waren gemakkelijker te onderscheiden, want als de autoliefhebber die hij was, herkende hij ze van andere beschrijvingen in andere bladen. Twin-Turbo 6.0 liter W12. 600 pk en 900 Nm koppel. Topsnelheid 300 km per uur. De interieurfoto's toonden handgeborduurde leren stoelen en een subtiel afgewerkte lijst rond het chromen instrumentarium.

Will reed in een zevenendertig jaar oude Porsche 911, maar het was geen klassieker. Zijn eerste vervoermiddel was een Kawasakicrossmotor geweest, een prachtding als je bezweet en doornat van de regen op je werk mocht verschijnen. Op een dag had hij op een terrein in de buurt van zijn huis een achtergelaten, uitgebrand chassis zien liggen. In ruil voor wat geld had een stel daklozen hem geholpen de restanten van de Porsche naar zijn garage te slepen. Na zes maanden kon de auto weer rijden, maar door geldgebrek en een ontmoedigend technisch diagram had het tien jaar geduurd voor Will hem volledig had gerestaureerd.

Met kerst had hij van Sara een testrit mogen maken in een splinternieuwe 911. Het bezoek aan de dealer was een verrassing geweest. Will had zich een oplichter gevoeld toen hij in de showroom stond, maar Sara was er helemaal thuis. Ze was gewend aan geld. Haar appartement was een penthouse dat meer dan een miljoen had gekost. Haar BMW X5 was voorzien van alle toeters en bellen. Sara bezat het soort zelfvertrouwen dat voortkwam uit het besef dat ze zich alles kon veroorloven wat ze wilde hebben. Zoals ze de vorige dag door die open huizen had gelopen, om zich heen had gekeken in de grote ruimtes en er in gedachten al van alles aan had veranderd om ze aan haar smaak aan te passen, zich er totaal niet van bewust dat Will met bevende handen de brochure had vastgehouden en het aantal nullen voor de komma had geteld.

Op zijn zesde had een pleegouder Wills sociale verzekeringsnummer gestolen. Dat ontdekte hij pas op zijn twintigste toen hij zijn eerste bankrekening wilde openen. Naar zijn krediet kon hij fluiten. Tot zijn achtentwintigste had hij alles contant moeten betalen, en daarna kon hij alleen zijn bankpasje als creditcard gebruiken. Zelfs zijn huis had hij contant gekocht, op de stoep voor het gerechtsgebouw tijdens een executieverkoop. De eerste drie jaar had hij met een geweer naast zijn bed geslapen, omdat er voortdurend crackverslaafden opdoken die coke hoopten te scoren bij de bende die het huis vroeger gekraakt had.

Will kreeg nog steeds geen creditcard. Omdat hij alles cash betaalde, was hij van slecht krediet naar geen krediet afgezakt. Bij geen enkel ratingbureau was zijn naam bekend. Als Sara dacht dat ze samen een huis konden kopen, moest ze bereid zijn haar penthouse van een miljoen in te ruilen voor een schoenendoos. En nadat Will Amanda de hele dag had genegeerd, had hij nu waarschijnlijk ook geen baan meer.

'Speelt u basketbal?'

Will keek op van zijn tijdschrift. Mrs. Lindsay had het woord tot hem gericht.

'Nee,' zei hij, en omdat het voor zover hij wist officieel nog altijd waar was, verduidelijkte hij: 'Ik ben special agent bij het Georgia Bureau of Investigation.'

'Wat interessant.' Ze draaide aan de parels om haar hals. 'Dat is toch de staatspolitie, het GBI?'

'Nee, we zijn een staatsinstelling die ondersteuning verleent bij allerlei crimineel onderzoek, forensische laboratoriumdiensten biedt en over geautomatiseerde justitiegegevens beschikt.'

'Een soort FBI dus, maar dan van de staat?'

Ze had het sneller opgepikt dan de meeste mensen. 'Ja, precies.'

'Jullie doen allerlei zaken?'

'Inderdaad. Alle denkbare soorten.'

'Interessant.' Ze rommelde in haar tas. 'Bent u hier in functie? Ik hoop dat er niemand in de problemen zit.'

Will schudde zijn hoofd. 'Nee. Ik wil alleen wat routinevragen stellen.'

'Wat is uw volledige naam?'

'Will Trent.'

'Will Trent. Een man met twee voornamen.' Ze pakte een notitieboekje met op de voorkant een religieuze glas-in-loodafbeelding en peuterde de pen uit de spiraal.

Will boog zich naar voren om zijn portefeuille te pakken. Hij viste er een visitekaartje uit. 'Dit zijn mijn gegevens.'

Ze bekeek het kaartje aandachtig. 'Will Trent, special agent, Georgia Bureau of Investigation.' Met een glimlach stopte ze het kaartje in haar notitieboek en liet dat weer in haar tas verdwijnen. 'Ik vind het altijd prettig te weten met wie ik gesproken heb. Hoelang bent u al getrouwd?'

Will keek even naar de goedkope ring om zijn vinger. Was hij weduwnaar? Wat was je eigenlijk als de vrouw stierf met wie je niet langer getrouwd wilde zijn?

'Neemt u me niet kwalijk,' zei Mrs. Lindsay. 'Ik ben ook zo'n bemoeial. Mijn dochter zegt altijd dat ik nieuwsgieriger ben dan goed voor me is.'

'Helemaal niet erg. Ik steek mijn neus ook overal in.'

'Dat mag ik hopen, gezien het werk dat u doet.' Ze lachte, en Will lachte maar mee.

'Ik ben eenenvijftig jaar met een geweldige man getrouwd geweest,' zei ze.

'Was u dan een kindbruidje?'

Weer lachte ze. 'Heel aardig, agent Trent, maar nee. Mijn man is drie jaar geleden gestorven.'

Will kreeg een brok in zijn keel. 'U hebt dus een dochter?'

'Ja.' Meer zei ze niet. Nog steeds met dat lachje klemde ze de tas op haar schoot stevig vast. Hij lachte terug.

Opeens zag hij dat haar onderlip begon te trillen.

Haar ogen werden vochtig.

Will keek even naar de receptioniste, die nog steeds aan het tikken was.

'Gaat het wel?' vroeg hij zacht.

'O, ja hoor.' Nu lachte ze breeduit, maar haar lip bleef trillen. 'Niks aan de hand.'

De receptioniste had haar getik gestaakt en hield de telefoon tegen haar oor. Mrs. Lindsays lip bleef trillen. Ze was zichtbaar overstuur.

'Woont u hier in de buurt?' vroeg Will op wat luchtiger toon.

'Iets verderop, ja.'

'In Buckhead dus,' zei Will. 'Mijn bazin woont niet ver hiervandaan, in een stadsvilla bij Peachtree Battle.'

'Dat is een mooie wijk. Ik woon in het wat oudere gebouw in de bocht, tegenover de kerken.'

'Jesus Junction,' zei Will.

'De Heer is overal.'

Hoewel Will niet gelovig was, zei hij: 'Het is fijn als iemand voor je zorgt.'

'Daar hebt u helemaal gelijk in. Ik voel me gezegend.'

Het was alsof Will in een plasmalamp gevangen zat en er vonkjes heen en weer schoten tussen hem en Mrs. Lindsay. Ze keken elkaar minstens tien tellen zwijgend aan. Toen ging de deur achter de balie open.

'Miss Lindsay?' In de deuropening stond een maffioso met een ronde kop, gekleed in een strak zwart overhemd en een nog strakkere zwarte broek. Te oordelen naar zijn accent, dat al even vet was als zijn nek, kwam hij uit de buurt van Boston. 'Kom maar mee naar achteren, schat.'

Mrs. Lindsay greep haar stok en stond op, en Will stond ook op. 'Het was me een genoegen.'

'Mij ook.' Will schudde haar toegestoken hand. Die voelde klam. Ze beet op haar lip om het trillen tegen te gaan. Leunend op haar stok zette ze zich in beweging en zonder zich om te draaien, liep ze de open deur door.

Vlak voor hij de deur achter zich sloot, schonk de maffioso Will een honende blik. Will gokte erop dat dit Laslo was en dat Laslo voor Kip Kilpatrick werkte. Achter elke regelaar stond een gluiperd die graag vuile handen maakte. Laslo leek hem het type dat met vuile handen werd geleverd.

'Mr. Kilpatrick heeft over vijf à tien minuten tijd voor u,' zei de receptioniste.

'Of later,' zei Will. Ze keek verward, en daarom verduidelijkte hij: 'Daarnet zei u ook al vijf à tien minuten, dus nu is het...'

Ze begon weer op haar toetsenbord te tikken.

Will stak zijn handen in zijn zakken. Hij keek naar de bank, alsof Mrs. Lindsay iets voor hem had achtergelaten. Mogelijk een broodkruimel.

Niets.

Hij liep naar de deur van het toilet, draaide zich om en liep naar het bordje van de drankautomaat. Wat dat ijsberen betrof, kreeg hij gelijk. Al tikkend schonk de receptioniste hem de ene geërgerde blik na de andere. Hij vroeg zich af of ze haar Facebookpagina aan het bijwerken was. Wat werd er eigenlijk verlangd van een receptioniste als ze de telefoon niet hoefde te beantwoorden? Daar dacht Will onder het ijsberen over na, want de andere dingen waarover hij moest nadenken vielen hem te zwaar. Tijdens zijn zesde rondje werd de stilte verscheurd door een luide bel.

De liftdeuren schoven open. Amanda stapte naar buiten.

In snelle opeenvolging veranderde haar gezichtsuitdrukking van verbazing in woede en uiteindelijk in haar gebruikelijke masker van onverschilligheid. 'Jij bent vroeg,' zei ze, alsof ze zich niet een ongeluk was geschrokken toen ze hem in de ontvangsthal had zien staan.

Ze wendde zich tot de receptioniste: 'Zou u willen navragen hoelang het nog duurt voor Mr. Kilpatrick beschikbaar is?'

Het meisje pakte de telefoon en pikte met haar nagels over het toetsenbord.

'Dank u.' Amanda klonk beleefd, maar haar schoenen verrieden haar. De hakken stootten als messen tegen het marmer. Ze ging op de stoel zitten die Will had vrijgemaakt. Haar voeten reikten niet helemaal tot de vloer, en ze wiebelde een beetje toen ze naar evenwicht zocht. Will had haar nog nooit met haar rug tegen een stoelleuning zien zitten, maar het probleem was dat de stoel in kwestie gemaakt was voor iemand met de lange benen van een basketbalspeler. Geen wonder dat hij zo lekker had gezeten.

'Sorry dat ik te vroeg was,' zei hij.

Ze pakte de Robb Report. 'Ik zie je geloof ik liever zonder teelballen.'

Met een klap legde de receptioniste de telefoon neer. 'Mr. Kilpatrick zei dat hij over vijf à tien minuten beschikbaar is. Of later.' De laatste twee woorden voegde ze er ten behoeve van Will aan toe.

'Dank u.' Amanda bestudeerde het tijdschrift alsof ze opeens buitengewoon geïnteresseerd was in dure horloges.

Hij kon Amanda niet pissiger maken dan ze al was, bedacht Will, en daarom begon hij weer heen en weer te banjeren tussen het toilet en het drankbordje. Hij dacht aan de tweede envelop die hij in Angies postbus had gevonden. Wit, neutraal, en schokkender dan de eerste. Er zat geen postzegel op. Angie had hem voor Will achtergelaten, en Will had hem in zijn afgesloten auto laten liggen. De Kilpatrickenvelop was bewijs. De tweede envelop ging niemand iets aan.

'Heb je nog iets ontdekt?' vroeg hij aan Amanda. Ze keek hem uitdrukkingloos aan. 'Op de plaats delict?'

Amanda richtte zich tot de receptioniste. 'Neem me niet kwalijk?' Ze wachtte tot het meisje opkeek. 'De vorige keer dat ik hier was, kreeg ik een verrukkelijke kop muntthee. Zou u die weer voor me willen zetten? Met honing?'

De receptioniste wrong er een lachje uit. Ze klapte haar handen op het bureaublad, schoof haar stoel naar achteren en ging staan. De deur naar het kantoorgedeelte werd opengetrokken en weer hard dichtgeslagen.

'Ga zitten,' zei Amanda tegen Will.

Hij nam op de bank plaats.

'Tot die meid terugkomt, krijg je de tijd om uit te leggen waarom ik je niet op staande voet moet ontslaan.'

Will kon geen goede reden bedenken en besloot daarom open kaart te spelen. Hij haalde de envelop met het 110%-logo uit zijn achterzak en wierp hem op de glazen salontafel.

Amanda raakte hem niet aan. Ze las het adres van de afzender, dat overeenkwam met dat van het kantoor waarin ze zich bevonden. Net als op de muren van de hal stond de 110% met doorzichtige inkt op de voor-en achterkant. In plaats van te vragen wat er in de envelop zat, zei ze: 'Hoe ben je aan het postbusnummer van Angie gekomen?'

'Ik ben naar de bank gegaan. Op haar lopende rekening staat ook mijn naam. De postbus zit in een UPS-filiaal in een zijstraat van...'

'Spring Street.' Ze schonk hem een vernietigende blik. 'Je telefoon is van het GBI, Will. Als het moet, weet ik je zelfs op de wc te vinden.' Ze gebaarde dat hij zijn verhaal kon vervolgen. 'Je bent dus naar dat filiaal gegaan. En toen?'

Dat van de getraceerde telefoon moest Will even laten bezinken. 'Ik heb de filiaalhoudster het bankafschrift met onze namen en mijn rijbewijs laten zien, waarna ik de postbus mocht openen.' Hij verzweeg de honderd dollar cash die van eigenaar was gewisseld en de verkapte dreigementen aan het adres van de medewerkster over het fraudeopsporingsteam van het GBI, maar aan Amanda's blik te zien wist ze dat alles al.

Weer bestudeerde ze de envelop, nog steeds zonder hem aan te raken. 'Wie heb je een klap verkocht?'

Hij keek naar de schaafwond op zijn hand. 'Iemand die het waarschijnlijk niet verdiende.'

'Krijgen we daar gezeik mee?'

Daar leek Collier hem niet het type voor. 'Nee.'

'Voor je Sara weer ziet, moet je die trouwring afdoen. En ik zou maar niet tegen haar zeggen dat je naam nog op Angies bankrekening staat, want ze zou zich kunnen afvragen hoe je die postbus binnen twee uur hebt opgespoord terwijl je de afgelopen anderhalf jaar geen enkel concreet spoor van Angie zelf hebt ontdekt...'

Will deed er het zwijgen toe.

'Waarom staat je naam nog steeds op haar bankrekening?'

'Omdat ze soms geld nodig heeft.' Hij keek uit het raam. Het punt was dat hij zelf niet wist waarom hij niet eerder had geprobeerd Angie via haar bankafschriften op te sporen. 'Soms stuurt ze een berichtje dat ze hulp nodig heeft.'

'Dus je hebt ook haar telefoonnummer?'

'De laatste keer dat ze een bericht heeft gestuurd was ruim een jaar geleden, toen vroeg ze om een paar honderd dollar.' Om precies te zijn was het vijfhonderd dollar, maar dat vond Will iets te veel informatie. 'Het telefoonnummer dat Charlie heeft gevonden, is hetzelfde nummer als van haar berichtjes. Het is opgeheven. En dat nummer staat ook op haar bankgegevens.'

Eindelijk pakte Amanda de envelop. Ze haalde er de cheque van vijfduizend dollar uit die was afgeschreven van de privérekening van Kip Kilpatrick. Bewijs dat Angie voor Kilpatrick had gewerkt. Amanda liet haar hand op haar schoot vallen. 'Dus daarom hoefde ze geen geld meer te lenen. Als je het lenen kunt noemen. Ik ga ervan uit dat ze je nooit heeft terugbetaald.'

Hij gaf geen antwoord op de niet-gestelde vraag. 'De afgelopen vier maanden is er elke twee weken vijfduizend dollar op Angies rekening gestort, hetzelfde bedrag als op die cheque. Ze werkte voor Kip Kilpatrick.'

'Waarom denk je dat Kilpatrick haar elke maand tienduizend dollar betaalde vanaf zijn privérekening?'

Will haalde zijn schouders op, maar hij kon moeiteloos allerlei illegale dingen bedenken die Angie bereid was te doen. Vanaf haar kindertijd waren er problemen met pillen geweest. Ze had er geen enkele moeite mee illegale dingen te doen of de andere kant op te kijken als anderen iets illegaals voor haar deden. Ook had ze zich met legale zaken ingelaten, en daarom koos Will voor de minst erge van haar zonden. 'Bij de overheid stond ze geregistreerd als privédetective. Misschien deed ze in opdracht van Kilpatrick onderzoek naar mensen, zocht ze achtergrondinformatie over potentiële cliënten. Toen ze nog bij de politie was, werkte ze parttime in de beveiliging. Dat kan ze ook voor hem hebben gedaan. Wat heb je ontdekt op de plaats delict?'

Voor de tweede keer negeerde Amanda zijn vraag. 'Vertel eens waarom je me niet gebeld hebt toen je een halfuur geleden deze cheque vond?'

Will keek naar zijn handen. Hij frunnikte weer aan de trouwring. Waarom hij er opeens zo aan gehecht was, wist hij niet. Het ding stelde ongeveer evenveel voor als de ring die Angie in aanwezigheid van de trouwambtenaar om zijn vinger had geschoven.

Amanda zei: 'Het bloed in de kamer is B-negatief, een zeer zeldzame bloedgroep. Angie is B-negatief. Meer heb ik niet voor je.'

'Was al het bloed B-negatief?'

'Het meeste wel, ja. Het overgrote gedeelte.'

Sara's woorden weergalmden in Wills hoofd.

Het echte gevaar schuilt in het grote bloedverlies.

'De Jane Doe is nog steeds onder het mes,' zei Amanda. 'Er zijn aanwijzingen die naar een zekere Delilah Palmer voeren. Ooit van haar gehoord?'

Will schudde zijn hoofd.

'Blanke vrouw, tweeëntwintig jaar. Met een strafblad voor prostitutie en drugs, maar dan keer acht. Harding was haar beschermengel. Ze zit al een hele tijd in het vak.'

'Angie heeft destijds bij de zedenpolitie gewerkt.'

'Je meent het,' zei Amanda verbaasd, maar toneelspelen kon ze niet. 'We hebben een urgent opsporingsbericht doen uitgaan. Deze Delilah Palmer weet hoogstwaarschijnlijk waarom Dale en Angie vermoord zijn, en dat maakt haar tot onze hoofdverdachte of tot ons volgende slachtoffer.'

Weer draaide Will aan de ring. Hij dwong zichzelf niet op zijn horloge te kijken, niet uit te rekenen hoeveel uren er waren verstreken sinds Sara had gezegd dat Angie niet veel tijd meer had.

Ze kwam terug. Angie kwam altijd terug. Zo zou hij zich erdoorheen slaan. Ook nu zou hij doen wat hij altijd deed als ze verdween, en na een jaar of na twee jaar zou hij zich ermee verzoend hebben dat hij naar Amanda had gekeken die zogenaamd verdiept was in een tijdschrift terwijl Angie in alle eenzaamheid was gestorven. Zoals ze altijd had verkondigd. En zoals Will had gehoopt, omdat het zijn relatie met Sara gemakkelijker zou maken.

Hij keek uit het raam. Hij probeerde te slikken, want hij voelde die maar al te vertrouwde benauwdheid op zijn borst. Het laatste wat hij tegen Angie had gezegd, was dat hij niet meer van haar hield.

Daarna was hij naar Sara teruggekeerd.

Amanda legde het tijdschrift weg. Ze stond op, liep om de salontafel heen en ging op de rand van de bank zitten. Ze streek haar rok glad en keek naar de muur vóór haar. Haar schouder raakte de zijne, en Will moest zijn uiterste best doen niet tegen haar aan te leunen.

'Je weet dat mijn moeder zich in onze achtertuin heeft opgehangen toen ik klein was,' zei ze.

Will keek op. Ze had nuchter geklonken, maar deze informatie was nieuw voor hem.

Ze zei: 'Elke keer als ik de afwas deed, keek ik uit het raam naar die boom en dan dacht ik: jij bent de laatste die me ooit zo'n gevoel zal bezorgen.'

Will vroeg niet wat ze bedoelde.

'En toen verscheen Kenny op het toneel. Faith heeft je vast over haar oom verteld.'

Will knikte. Kenny Mitchell was een gepensioneerde NASA-testpiloot.

'Kenny was een kanjer, zoals we dat vroeger noemden.' Ze lachte heimelijk. 'Ik snapte niet waarom hij op mij was gevallen. Ik was helemaal niet knap, een dwaas kind. Heel naïef ook. Ik deed alles om het mijn vader naar de zin te maken. En een verlegen schaap dat ik was.'

In niets van dit alles herkende Will Amanda.

'Kenny was als een drug. Eerst was het hartstikke spannend, maar toen liep het fout. Fout zoals bij die Jane Doe die vijftig gram coke heeft gesnoven.' Aan Amanda's toon te horen overdreef ze niet. 'Ik vernederde mezelf voor hem. Ik deed dingen die ik nooit van mezelf had verwacht.'

Will wierp een blik op de dichte deur naar de kantoorruimte. Hoelang deed water erover om aan de kook te raken?

'Het ergste was dat ik het diep in mijn hart wist,' zei Amanda. 'Ik wist dat hij nooit met me zou trouwen. Ik wist dat hij nooit kinderen met me zou willen.' Ze zweeg even. 'Als een verdachte loog, zag ik het al op vijftig meter afstand, maar ik koos ervoor alles te geloven wat over Kenny's lippen kwam. Ik had zoveel jaren van mijn leven in hem geïnvesteerd dat ik mijn vergissing niet kon toegeven. Ik was doodsbang om voor gek te staan.'

Will leunde achterover op de bank. Als ze dacht dat dit op zijn relatie met Angie leek, had ze het mis. Vanaf het begin had Will geweten dat Angie niet de geschikte persoon voor hem was. En wat dat voor gek staan betrof, iedereen wist dat ze hem bedonderde.

Dat ze hem bedonderd had.

'Kenny en ik waren bijna acht jaar samen toen ik Roger ontmoette,' vervolgde Amanda. Haar stem werd zachter toen ze die naam uitsprak. 'Ik zal je de details besparen, maar laten we het erop houden dat mijn oog op hem viel. Hij wilde me alles geven wat Kenny me onthield, maar ik zei nee, want ik wist niet wat ik moest met een man die voor mij had gekozen.' De zachte toon was verdwenen. 'Ik was verslaafd aan de onzekerheid met Kenny, die knagende twijfel in mijn hart waardoor ik me afvroeg of ik zonder hem wel kon overleven. Ik dacht dat ik zijn pijn kon wegnemen. Pas na lange tijd besefte ik dat de pijn in mezelf zat.'

Will wreef over zijn kaak. Dit raakte hem al iets meer.

Met haar hand op de rugleuning van de bank keerde Amanda zich naar hem toe. 'Toen ik klein was, hadden we een katje. Buttons. Ze sloeg haar klauwtjes steeds in de bank, waarop mijn vader een waterpistool voor me kocht en zei dat ik op haar moest schieten, telkens als ze in de buurt van de bank kwam. Ik kan me de eerste keer dat ik haar natspoot nog goed herinneren. Ze raakte in paniek en rende naar me toe om getroost te worden. Ze klemde zich aan me vast, en ik aaide haar tot ze weer rustig was. Zo was ik met Kenny. Zo was jij met Angie,' zei ze vol overtuiging. 'Het is de vloek van het moederloze kind. We zoeken troost bij de mensen die ons pijn doen.'

Alsof hij met een scheermes werd opengelegd.

'Ik denk dat je nooit naar Angies bankrekening hebt gekeken omdat je bang was dat ze die had gesloten. Dat ze die laatste band met jou had doorgeknipt.'

Will keek weer naar zijn handen, naar de schaafwond waar hij Collier had geraakt, naar de nepring die symbool stond voor zijn nephuwelijk.

'Heb ik gelijk?'

Hij haalde zijn schouders op, maar hij wist dat ze gelijk had.

Angie had een brief voor hem achtergelaten. Die zat in de tweede envelop in haar postbus. Wills naam stond in hoofdletters op de buitenkant, zodat hij hem gemakkelijk kon lezen. De brief die erin zat was een ander verhaal. Angie had hem opzettelijk een briefje in haar schuine hanenpoten geschreven omdat ze wist dat Will het niet zou kunnen lezen. Hij zou iemand moeten zoeken die het hem kon voorlezen.

Sara?

Hij kuchte. 'Waarom ben je uiteindelijk bij Kenny weggegaan?'

'Denk je echt dat ik het ooit zou opgeven?' Haar lach kwam van diep. 'Nee hoor. Kenny heeft mij verlaten. Voor een man.'

Will schrok op.

'Ik wist dat hij homo was. Zo naïef was ik ook weer niet,' zei ze schouderophalend. 'Het waren de jaren zeventig. Iedereen dacht dat homo's te genezen waren.'

Will probeerde zijn verbijstering te boven te komen. 'En Roger? Was het te laat voor hem?'

'Ongeveer een halve eeuw te laat. Hij wilde een vrouw die thuisbleef, en ik wilde een carrière.' Ze keek op haar horloge en toen naar de dichte deur. 'In elk geval heb ik van hem geleerd wat een orgasme is.'

Will nam zijn hoofd in zijn handen en bad om spontane zelfontbranding.

'O, hou daar eens mee op.' Amanda ging staan, ten teken dat de ontboezemingen ten einde waren. 'Wilbur, ik ken je nu langer dan ik durf toe te geven, en in je persoonlijke leven ben je altijd een volslagen idioot geweest. Verknal het nu niet met Sara. Ze is inderdaad veel te goed voor je, en zorg maar dat je haar houdt voor ze dat zelf ontdekt.'

Ze greep zijn hand en trok de ring van zijn vinger.

Hij keek haar na toen ze naar de balie stiefelde en de ring in de afvalbak dumpte. Het metaal maakte een rinkelend geluid, als de hamer die tegen de bel slaat aan het eind van de eerste ronde. 'En je vertelt niets van dit alles aan Faith. Ze heeft geen idee dat haar oom homo is.'

De deur ging open. 'Mr. Kilpatrick kan u ontvangen,' zei de receptioniste.

'Dank u.' Amanda wachtte tot Will opstond om haar te volgen.

Met zijn handen op zijn knieën duwde hij zich overeind. Amanda's verhaal tolde als een diavoorstelling door zijn hoofd, maar hij dwong zichzelf de mallemolen stil te zetten. Het maakte niet uit wat ze allemaal gezegd had. Angie was niet dood. Ze was ergens, ergens waar ze altijd naartoe ging, en op een dag zou zijn voordeur opengaan en zou hij die vertrouwde woorden weer horen.

Ik ben het schat. Heb je me gemist?

Een luide strijdkreet haalde Will met een schok terug naar het heden. Twee jongemannen in snelle pakken gaven elkaar een high five om een of andere deal te vieren. Opeens was de rust van de hal ver te zoeken. Telefoons rinkelden. Secretaresses mompelden in hun koptelefoons. De zwevende glazen trap was vol mensen die rechtstreeks uit de middenpagina van een tijdschrift leken te zijn gestapt. Boven hun hoofden gaf een gigantisch led-scherm het aantal miljoenen aan dat het bedrijf dit jaar al voor zijn sporters had verdiend.

Afgezien van het verbijsterend hoge bedrag was er niet veel veranderd sinds Will hier vier maanden geleden voor het laatst was geweest. De levensgrote stickers zaten nog steeds op de muren. Naast elke kantoordeur stond nog steeds een bureau met daarachter een beeldschone jonge vrouw. Op foto's stonden agenten nog steeds naast sterspelers die miljoenencontracten ondertekenden, als Tattoo naast Mr. Roarke.

De kribbige receptioniste droeg hen over aan een andere blondine, die een paar jaar ouder was en waarschijnlijk een MBA van Harvard op zak had, want in dit soort kantoren waren sexy blondines er niet meer alleen voor de show.

De nieuwe blondine zei tegen Amanda: 'Ik heb uw muntthee naar de vergaderzaal gebracht, maar Kip wilde eerst met u praten.'

Will bedacht dat hij Amanda had moeten vragen wat ze hier hoopte te bereiken. Als er een lijk in een gebouw was aangetroffen, was het de normale procedure om met de eigenaar van het pand te gaan praten. Maar Kip Kilpatrick had vaker met dit bijltje gehakt, en hij peinsde er niet over hen Marcus Rippy te laten verhoren, zelfs niet off the record.

Inmiddels was het te laat om het Amanda te vragen. De blondine klopte al op de deur en liet hen binnen.

Kip Kilpatrick zat aan een gigantische glazen tafel in het midden van zijn met licht overgoten hoekkantoor. Het plafond was wel zes meter hoog. Her en der op de mat marmeren vloer lagen zware wollen kleden doorregen met strengen zijde. De diepe banken en stoelen in het zitgedeelte waren voor reuzen ontworpen. Zelf was Kilpatrick geen reus. Zijn kleine voeten rustten op de rand van de tafel, wat een aanslag pleegde op de achterkant van zijn maatschoenen. Hij leunde achterover op zijn stoel en wierp met beide handen een basketbal in de lucht terwijl hij in een bluetoothoortelefoon sprak, want een gewone telefoon zou wel te suf voor hem zijn.

Kilpatrick had meer cliënten – een toptennisser, een beroemde voetballer – maar te oordelen naar zijn kantoor was er maar één echte superster. Dat bleek niet alleen uit het officiële NBA-bord met een afbeelding van Marcus Rippy dat aan de muur hing. Dit had evengoed een Marcus Rippymuseum kunnen zijn. Kilpatrick had ingelijste sporttruien, waarvan sommige nog dateerden uit Rippy's tijd als junior. Op de vensterbank lagen gesigneerde basketballen. Twee Rippy*bobblehead*poppen stonden tegenover elkaar op de hoeken van het bureau. Kampioensbekers prijkten op een speciaal daarvoor ontworpen zwevend schap, waarop een spot was gericht die elke vierkante centimeter goud liet baden in licht. Er was zelfs een paar in brons gegoten basketbalschoenen maat 49 waarop Rippy zijn universiteitsteam tijdens de Final Four aan de overwinning had geholpen.

Will was er altijd van uitgegaan dat Kilpatrick een mislukte speler was. Hij was niet heel klein, maar ook niet lang genoeg, zo'n type dat het team als een hondje achternaliep in een poging vriendjes met de spelers te worden, terwijl ze compleet over hem heen walsten. Het enige verschil was dat hij er nu in elk geval voor betaald werd.

'Komt-ie!' zei Kilpatrick. Hij wierp de basketbal naar Will.

Will liet de bal tegen zijn borst knallen en door de kamer stuiteren. Het geluid weergalmde door de kille ruimte. Alle drie keken ze de bal na, die langzaam de hoek in rolde.

'Je speelt zeker niet, hè?' vroeg Kilpatrick.

Will zweeg.

'Kennen we elkaar?'

Tijdens het Rippyonderzoek had Will Kilpatrick en zijn mensen zeven maanden lang op de voet gevolgd. Waarschijnlijk hing er een dartbord in de kantine met zijn gezicht erop. Maar goed, als Kilpatrick liever deed alsof ze elkaar nog nooit hadden ontmoet, vond Will het best.

'Niet dat ik weet,' zei hij.

'Ik ook niet.' Bij het opstaan stootte Kilpatrick tegen de glazen tafel. De bobbleheads knikten. 'Mrs. Wagner. Ik kan niet zeggen dat ik blij ben u weer te zien.'

Amanda zei maar niet dat dat gevoel wederzijds was. 'Fijn dat u onze afspraak naar voren wilde schuiven. Ik twijfel er niet aan dat wij dit allemaal het liefst zo spoedig mogelijk afgehandeld willen zien.'

'Absoluut.' Kilpatrick opende een kleine koelkast die volgepakt was met flesjes Bankshot, een energiedrankje dat naar hoestsiroop smaakte. Hij draaide de dop van een flesje, goot zijn mond vol en liet het spul rondklotsen voor hij het doorslikte. 'Wat bedoelt u ook alweer met "dit"?'

' "Dit" betreft een moordonderzoek dat momenteel plaatsvindt in de nachtclub van Marcus Rippy.' Toen hij niet reageerde, voegde ze eraan toe: 'Zoals ik door de telefoon al heb gezegd, wil ik graag informatie over het bouwproject.'

Kilpatrick klokte het flesje leeg. Will keek even naar Amanda. Ze vertoonde ongewoon veel geduld.

'Aaah.' Kilpatrick wierp het lege flesje in de afvalbak. 'Ik kan u meteen vertellen dat ik nog nooit van die Harding gehoord heb.'

'Dus de naam Triangle-O Holdings, Limited zegt u niets?'

'Nee.' Kilpatrick pakte de basketbal van de vloer. 'Nooit van gehoord.'

Will had geen idee waar Amanda heen wilde met haar vraag, maar om haar van dienst te zijn zei hij: 'De driehoeksaanval is beroemd geworden door de Chicago Bulls met Michael Jordan en coach Phil Jackson.'

'Jordan, hè?' Kilpatrick lachte, de bal tussen zijn handen geklemd. 'Van hem heb ik weleens gehoord, geloof ik. Een soort Marcus Rippy, maar dan stokoud.'

'Dale Harding woonde in een heel mooi huis dat eigendom is van Triangle-O Holdings,' zei Amanda.

Kilpatrick wierp de bal naar de ring. Hij raakte het bord en pakte de rebound om opnieuw te schieten. *'Swish,'* zei hij, alsof hij de onderkant van het net niet simpelweg met zijn vingertoppen kon aanraken.

'Triangle-O Holdings staat ingeschreven in Delaware, als onderdeel van een bedrijf dat staat ingeschreven in St. Martin en vervolgens in St. Lucia, tot we bij een onderneming zijn aangekomen die in Kopenhagen is gevestigd.'

Opeens ging Will een licht op. De bouwborden bij Rippy's nachtclub hadden een logo met de Deense vlag.

Kennelijk was dat detail Amanda ook opgevallen, maar al eerder, toen ze er beter gebruik van kon maken. 'Ik heb Buitenlandse Zaken verzocht een officieel onderzoek in te stellen naar de namen van de bestuursleden en aandeelhouders van de onderneming. U zou dit alles een stuk gemakkelijker kunnen maken door de namen simpelweg aan mij door te geven.'

'Geen flauw idee.' Kilpatrick probeerde de bal te laten ronddraaien op zijn vingertop. 'Ook al zou ik nog zo graag helpen.'

'U kunt ons met Marcus Rippy laten praten.'

Hij liet een blaflach horen. 'Geen schijn van kans, dame.'

Will keek weer even tersluiks naar Amanda, benieuwd naar wat ze in haar schild voerde. Ze wist ongetwijfeld dat ze hun enige kans om Marcus Rippy te pakken verspeeld hadden.

'En de naam Angie Polaski?' vroeg ze.

Eindelijk kreeg Kilpatrick de bal aan het draaien. 'Wat is daarmee?'

'Hebt u weleens van haar gehoord?'

'Zeker.' Hij gaf een tik tegen de bal om hem nog sneller te laten rondtollen.

'In welke hoedanigheid?'

'Eh... laten we het erop houden dat ze een bepaalde dienst verleende.'

'Achtergrondonderzoek? Beveiliging?'

'Wijven.' Toen Will de blik in Kilpatricks ogen zag, had hij hem het liefst het raam uit gebeukt. 'Ze leverde soms meiden voor mijn feestjes. Er werd niets van ze verwacht. Mijn enige voorwaarde was dat ze ervaren moesten zijn.' Hij zweeg even en voegde er toen aan toe: 'Gesprekspartners. Ervaren gesprekspartners. Zoals ik al zei: er werd niets seksueels van ze verwacht. Ze waren allemaal volwassen. Ze werden betaald voor hun conversatie. Al het andere was uit eigen keuze.'

'Keuze,' herhaalde Will, want hij wist heel zeker dat Marcus Rippy de voorkeur gaf aan vrouwen die geen enkele keuze hadden.

Amanda vatte het samen. 'Dus volgens u heeft Angie Polaski escorts geleverd voor uw feestjes?'

Kilpatrick knikte, zonder zijn blik van de rondtollende bal los te maken.

Will moest toegeven dat er misschien een kern van waarheid in zijn woorden school. Angie had het heerlijk gevonden bij de zedenpolitie. Ze voelde zich altijd het prettigst als ze in het schemergebied tussen politieagent en crimineel bewoog. Ook kende ze de nodige prostituees en ze had het nooit een probleem gevonden als vrouwen geld verdienden met iets waar ze goed in waren.

'Mijn cliënten zijn beroemdheden die altijd in de schijnwerpers staan,' zei Kilpatrick. 'Soms hebben ze behoefte aan wat discreet gezelschap. Het is niet gemakkelijk voor hen om vrouwen te ontmoeten.'

'U bedoelt andere vrouwen dan hun echtgenotes?' vroeg Amanda.

Will dacht aan de hoeren die Angie kende. Het waren goedkope tippelaarsters, drugsverslaafden. Sommigen hadden geen tand meer in hun mond, allemaal waren ze wanhopig en geen van hen was langer dan een paar jaar van een gevangeniscel of het graf verwijderd. Ergens kon hij zich nog voorstellen dat Angie de pooier speelde voor bepaalde meiden en zichzelf wijsmaakte dat ze hun daarmee een dienst bewees, maar de meiden die ze kende waren bepaald niet het soort dame dat Kilpatricks cliënten wilden ontmoeten.

'Dus dat wilden jullie weten?' zei Kilpatrick. 'Wat Polaski voor me deed?'

'Hebt u haar huidige adres?'

'Een postbusnummer.' Hij pakte de telefoon, toetste een nummer in en zei: 'Bij mij op kantoor.' Hij verbrak de verbinding. 'Van Laslo, mijn assistent, krijgen jullie de gegevens.'

Weer Laslo. Will was er dus met recht van uitgegaan dat de bajesklant uit Boston met zijn ronde kop ook niet bang was vuile handen te maken.

'Waar kent u Ms. Polaski van?' vroeg Amanda.

Kilpatrick haalde zijn schouders op. 'Tja, zoals dat gaat met die types. Ze zijn er gewoon. Ze weten waar je naar op zoek bent en bieden aan het tegen een bepaalde prijs te regelen. Simpel.'

'Zoals het omkopen van getuigen tijdens een verkrachtingsproces,' zei Will.

Kilpatrick keek hem aan. Uit zijn neus klonk een soort gesnuif. 'Ja, nou weet ik weer wie je bent.'

'En een telefoonnummer?' vroeg Amanda.

'Dat heeft Laslo. Ik bemoei me niet met leveranciers.'

'Juist ja,' zei Will. 'U stuurt ze alleen de cheques vanaf uw privébankrekening.'

Amanda schonk Will een dodelijke blik. Tegen Kilpatrick zei ze: 'We hebben een cheque gevonden die was uitgeschreven aan Angie Polaski, vanaf uw bankrekening.'

'Het kantoor betaalt alleen de drank en de diners. Al het andere is op onze eigen kosten,' legde Kilpatrick uit. 'Bedrijfsontwikkeling, zo noemen we het voor de belasting.'

'Laten we het eens over andere ontwikkelingen hebben,' zei Amanda. 'Bijvoorbeeld dat we vanochtend een lijk hebben gevonden.'

Hij liet de bal weer ronddraaien. 'Daarvoor moet u bij de juiste personen zijn.'

'Dus dan mag ik bij alles wat u ons tot nu toe hebt verteld een vraagteken plaatsen?' zei Amanda.

Daar moest Kilpatrick even over nadenken.

Er werd op de deur geklopt. 'Ze zijn zover, baas,' zei Laslo.

Dribbelend met de bal liep Kilpatrick het kantoor door. 'Haal jij Polaski's gegevens eens op voor deze lui. Ze zijn van de politie. Ze wordt gezocht.'

'Wat een verrassing.' Laslo pakte de bal en schoot hem naar de ring aan de muur.

Kilpatrick wilde de rebound pakken, maar Amanda onderschepte de bal en legde hem op de dichtstbijzijnde stoel. 'Als u zover bent, Mr. Kilpatrick.'

Hij keek even naar de bal, maar bedacht zich. 'Deze kant op.' Hij ging hun voor de gang op. 'Volgens plan gaat de bouw volgende week van start. We noemen het het All-Star Complex.'

'We?' zei Amanda.

'Ja, en dat hebben we aan jullie te danken.' Kilpatrick voerde hen mee langs een aantal gesloten deuren. 'Dat was het grappige aan die verklote verkrachtingszaak tegen Marcus. De andere investeerders waren al op zoek naar iemand om het over te nemen toen we beseften dat we een grote kans lieten liggen.'

'Leg eens uit.'

'We hebben de investering aan enkele van onze exclusieve cliënten voorgelegd. We bedachten dat we het complex konden uitbreiden tot een woon-werkgemeenschap.'

'Dus net als Atlantic Station,' zei Amanda, 'maar dan in een buurt die door de jaren heen nog meer met criminaliteit te kampen heeft gehad.'

Will glimlachte. Ze had gelijk. Atlantic Station was aan het stadsbestuur verkocht als een droomproject dat van een probleemwijk een welvarende belastingbron kon maken. Zoals in de meeste dromen had ook hier de werkelijkheid toegeslagen in de vorm van een enorme toename van het aantal aanrandingen, overvallen, autodiefstallen en gevallen van vandalisme. Op zeker moment had een stel ondernemende bankrovers een ketting om een pinautomaat gespannen en het ding met hun pick-up van de muur gerukt.

Het was duidelijk dat Kilpatrick vaker een opmerking over Atlantic Station had moeten pareren. 'Dat waren groeistuipen. Die dingen gebeuren. Het plaatje is nu heel anders, zoals u ongetwijfeld weet. Bovendien beschikten de projectontwikkelaars destijds niet over de acht geweldigste, meest getalenteerde sporters die de wereld ooit heeft gekend en die bereid zijn het project te promoten zodat het een succes wordt.' Als een kermisklant spreidde hij zijn handen. 'Ga maar na. Alleen Marcus Rippy heeft al ruim twee miljoen fans op Facebook. Zijn tweets en Instagram-posts bereiken het dubbele aantal. Hij hoeft maar één keer te posten over een hippe club of een coole winkel en binnen het uur barst het er van de mensen. Hij is een smaakmaker.'

Kilpatrick ging een hoek om en nu stonden ze voor een reusachtige vergaderzaal met glazen wanden en een tafel waaraan plaats was voor wel vijftig mensen. Het kostte Will moeite om niet van walging ineen te krimpen toen hij de vier advocaten zag die al in de zaal zaten. Zodra Amanda om een onderhoud had verzocht, had Kilpatrick de zwaargewichten opgetrommeld, dat kon niet anders.

Will herkende het hele stel van Rippy's verkrachtingsonderzoek. De onderling inwisselbare Bondschurken: twee oude grijze mannen, allebei met een adembenemende, piekfijn geklede vrouw van ergens in de dertig naast zich. Kilpatrick stelde iedereen aan elkaar voor, maar de vorige keer had Will ze allemaal al een Bondstatus toebedacht. Aan het hoofd van de tafel zat Auric Goldfinger, die die naam verdiende met zijn goudkleurige haar en zijn vette Duitse accent. Zijn blonde ondergeschikte was overduidelijk Pussy Galore. Verder had je Dr. Julius No, die om de een of andere reden altijd zijn handen onder tafel hield. Zijn partner was Rosa Klebb, niet vanwege haar uiterlijk, waar niets op aan te merken viel, maar omdat haar spitse, hooggehakte schoenen buitengewoon geschikt leken om er een paar messen met giftige punten in te verbergen.

'Mrs. Wagner, agent Trent,' zei Goldfinger. 'Fijn dat u gekomen bent. Gaat u zitten.' Hij wees naar een stoel waar een kop thee voor stond, twee plaatsen verwijderd van Rosa Klebb.

Will trok twee stoelen aan het andere eind van de tafel naar achteren, ongeveer een kilometer van het Bondkwartet verwijderd, want hij wist dat Amanda het spel zo wilde spelen. Toen ze ging zitten, keek ze even naar Will op, naar zijn blote hals, en hij meende haar ergernis te voelen omdat hij geen pak en das droeg.

Het stond Will zelf ook niet aan. Hij had op zijn minst zijn wapen kunnen dragen. Tegen deze lieden moest je je pantseren. Voor minder dan drieduizend dollar per persoon per uur kwamen ze hun bed niet uit. De gecombineerde rekening voor deze bijeenkomst bedroeg waarschijnlijk meer dan Wills jaarsalaris.

Hij keek naar Kilpatrick, maar Kilpatrick had het duidelijk niet meer voor het zeggen. Hij hing onderuitgezakt op zijn stoel en liet een ongeopend flesje Bankshot tussen zijn handen rollen.

'Goed.' Amanda ging recht op haar doel af. 'Ik probeer te begrijpen waarom er vier advocaten nodig zijn om één simpele vraag te beantwoorden.'

Goldfinger glimlachte. 'Het is geen simpele vraag. U hebt om nadere bijzonderheden gevraagd over het pand waarin het slachtoffer is aangetroffen. We zijn hier alleen maar om de situatie vanuit een breder perspectief toe te lichten.'

'Naar ik weet is er bij moord altijd sprake van een breder perspectief,' zei Amanda, 'maar er zijn nog nooit zoveel advocaten nodig geweest om het voor me uit te tekenen.'

Will keek aandachtig toe. Niemand zei iets. Niemand verroerde zich. Ondanks haar vraag leek Amanda het niet vervelend te vinden om met de advocaten rond de tafel te zitten. Als Will om zijn mening was gevraagd, zou hij zeggen dat ze er waarschijnlijk zelf voor gezorgd had dat ze met zijn allen in deze vergaderzaal waren samengekomen.

De vraag was waarom.

Amanda verwijderde het zakje en nam een slok thee.

Ten slotte keek Goldfinger Dr. No aan, die op zijn beurt een knikje gaf aan Rosa Klebb.

Klebb stond op. Ze stapelde enkele mappen op elkaar en liep om de vergadertafel heen, die ongeveer de omtrek had van een sequoia. Will hoorde haar panty langs haar strakke rok schuren. Hij keek naar haar abnormaal hoge hakken. De zolen waren rood en konden een man een hartstilstand bezorgen. Sara bezat een paar schoenen van dezelfde ontwerper. Aan Sara's voeten vond hij ze mooier.

'Dit hele pakket gaat over het project,' zei Goldfinger. 'Het is dezelfde presentatie die we vorige maand aan de burgemeester en de gouverneur hebben laten zien.'

Amanda had ongetwijfeld al over het project gehoord. Die ochtend had ze met de burgemeester gepraat, en toen Will ertussenuit was geknepen, was ze de gouverneur aan het bijpraten geweest. Maar daar liet ze niets van blijken. Ze wierp een blik op de map, met in het midden een gigantische ster als logo. Ze schoof hem door naar Will, die hem boven op zijn eigen map legde en het stapeltje naast zijn elleboog plaatste.

Met zijn handen nog steeds onder de tafel boog Dr. No zich naar voren. 'We verzoeken u deze informatie geheim te houden. Tot de officiële aankondiging geldt er een persembargo. U vindt de bijzonderheden over het project in het pakket.'

Amanda zweeg afwachtend.

Goldfinger begon aan zijn uitleg. 'Het All-Star Complex krijgt een multiplexbioscoop met zestien zalen, een hotel van dertig verdiepingen, een appartementencomplex van twintig verdiepingen, een boerenmarkt, een openluchtwinkelcentrum met luxeboetieks en filialen van grootwinkelbedrijven, exclusieve stadswoningen, een besloten nachtclub en uiteraard een officieel basketbalveld naast wat wij de All-Star Experience noemen, een interactief museum waarin alles tentoon wordt gesteld wat het nationale basketbal zo geweldig maakt.'

'Hoe wordt het gefinancierd?' wilde Amanda weten.

'We hebben verschillende particuliere investeerders van wie ik de namen nog niet openbaar mag maken.'

'En buitenlandse investeerders?' drong Amanda aan.

Goldfinger lachte. 'Voor een dergelijk grootschalig project zijn heel veel investeerders nodig, van wie sommige anoniem wensen te blijven.'

'Uzelf inbegrepen?'

Zijn glimlach gaf niets prijs.

'Het bouwbedrijf is LK Totalbyg A/S, gevestigd in Denemarken,' zei ze.

'Dat is juist. Zoals u weet is Atlanta een internationale stad. We hebben internationale investeerders benaderd. Het is voor alle betrokkenen een win-winsituatie.'

Will dacht aan de inwoners van Atlanta, die tegen wil en dank ook in het project zouden investeren. De voordelen die de overheid aan dit soort projecten toekende waren fenomenaal. Door de stad bekostigde project-obligatie-initiatieven, het tientallen jaren lang opschorten van staats- en lokale belastingen, nieuwe wegen, nieuwe infrastructuur, nieuwe verkeerslichten en agenten om het gebied veilig te houden – eigenlijk alle kille, harde cash die dergelijke ondernemingen mogelijk maakte voor de rijken die superlatieven tekortkwamen over de particuliere markt en die beweerden dat ze er zelf keihard voor hadden moeten werken.

De Amerikaanse Droom.

'Mrs. Wagner.' Dr. No boog zich nog verder naar Amanda toe, alsof ze niet door een zee van hardhout van elkaar gescheiden waren. 'Zoals de burgemeester én de gouverneur herhaaldelijk hebben laten weten, zijn het stadsbestuur en de staat zeer ingenomen met het project. Door de nabijheid van de Georgia Dome, Georgia Tech, Centennial Village en SunTrustpark wordt het complex een waar mekka voor toeristen.'

Will kon zich Chattahoochee Avenue niet voorstellen als een mekka voor wat dan ook, maar hij ging ervan uit dat deze lui weleens op de kaart hadden gekeken.

'We hopen dat de All-Star Experience zal kunnen concurreren met de College Football Hall of Fame in het centrum. Ik hoef u niet over de economische kansen te vertellen die het de stad biedt als het nationale basketbalkampioenschap hier vaker wordt gehouden.'

'Klinkt indrukwekkend.' Zonder ook maar iets van sport af te weten snapte Amanda dat het hier om big business ging. Verwachtingsvol keek ze de tafel rond. 'En?'

Nu nam Dr. No het weer over. 'We hoopten dat u zou begrijpen dat dit een zeer delicate onderneming is.'

Pussy Galore viel hem bij: 'Het gaat niet alleen om de praktische kanten van de bouw van een dergelijk indrukwekkend complex. We hebben veel tijd en energie gestoken in de presentatie van het project aan de buitenwereld. Je krijgt maar één kans om de headlines te halen. Alle topsporters die erin geïnvesteerd hebben zullen aanwezig zijn. We laten journalisten uit

New York, Chicago en LA overvliegen. We hebben hotelsuites en restaurants geboekt. We hebben een gigantisch feest van twee dagen gepland, met als hoogtepunt het moment dat op de bouwplaats de eerste spade de grond in gaat. We hebben de pers bloednieuwsgierig gemaakt. Het is heel belangrijk dat niets van dat alles wordt overschaduwd door ook maar de geringste twijfel aan een van de investeerders.'

'Of aan de plek zelf,' vulde Goldfinger haar aan.

'Als dat betekent dat u bang bent dat we uw cliënt weer gaan aanklagen wegens verkrachting, kan ik u geruststellen,' zei Amanda en ze glimlachte. 'Dit is een moordzaak, dus als er een aanklacht komt, is dat wegens moord.'

Alle lucht werd uit de ruimte weggezogen.

Goldfinger glimlachte en begon vervolgens breeduit te lachen.

Dr. No deed met hem mee, nog steeds met zijn handen onder de tafel, zodat hij net een lemming leek die in een blender terecht was gekomen.

'Voor wanneer is dat feestje gepland?' vroeg Amanda.

'Voor dit weekend.'

'Aha,' zei ze, alsof ze het eindelijk snapte, maar Will durfde er zijn leven onder te verwedden dat ze al van de onthulling van het project op de hoogte was geweest nog voor ze een voet over de drempel had gezet. De burgemeester en de gouverneur hadden haar ongetwijfeld nog zwaarder onder druk gezet dan de advocaten om het onderzoek snel af te wikkelen zodat het project doorgang kon vinden. De stad had de banen nodig. De staat had het geld nodig.

'Het feit blijft dat er in de nachtclub een dode is aangetroffen,' zei Amanda. 'We moeten een uitgestrekte plaats delict afwerken. Zelfs met overtime duurt het op zijn minst tot zaterdag voor we al het bewijs hebben gefotografeerd en in kaart hebben gebracht.'

Amanda kon liegen als de beste, stelde Will voor de zoveelste keer vol bewondering vast, want zo lang duurde het echt niet voor de plaats delict kon worden vrijgegeven. Ze probeerde het spel te rekken. Alleen zag hij nog niet waar het zou eindigen.

'En om dat probleem gaat het nu juist,' zei Goldfinger. 'Zaterdag wordt een beetje moeilijk voor ons.'

'En niet zomaar een beetje,' vulde Galore aan. 'We hebben de LA Times beloofd dat ze de club al iets eerder mogen bekijken. Ze staan gepland voor vroeg op de vrijdagochtend. Het moet een soort voor-en-nareportage worden, met Marcus. Er worden foto's van hem gemaakt als hij achter de bar staat, en op de galerij misschien, en later, als de club klaar is, worden die foto's nog eens gemaakt.'

'Kunt u dat niet uitstellen?' vroeg Amanda.

Galore trok haar neus op. 'Journalisten lusten wel pap van het woord "uitstel". Dat zou heel slechte publiciteit kunnen opleveren.'

'Ik ben vanochtend in die club geweest,' zei Amanda. 'Het leek eerder een crackhol dan de basis voor een project van 2,8 miljard dollar.'

Kennelijk viel het niemand op dat ze het prijskaartje al paraat had.

Galore antwoordde: 'Volgens de planning zouden de schoonmakers vanochtend aan de slag gaan om de club wat toonbaarder te maken. Uiteraard was dat nadat uw technische recherche was gearriveerd. Niettemin moet er minstens twee dagen met man en macht gewerkt worden om dat gebouw netjes te krijgen.'

'U bent zich ervan bewust dat de pers al lucht heeft van de moord?' vroeg Amanda. 'Ze weten dat er in de club een lijk is gevonden.'

'Inderdaad, ze weten dat er een lijk is gevonden,' zei Galore. 'Maar dat het geen zwerver was, weten ze niet.'

'Zowel het GBI als de politie van Atlanta was aanwezig. De pers gelooft echt niet dat we zoveel energie in het oplossen van de moord op een zwerver steken.' Ze keek hen glimlachend aan. 'Niet dat niet elke dood een tragedie is, maar gewoonlijk vraagt de plaatselijke politie de staat niet om bijstand in dat soort omstandigheden.'

'Laten we zeggen dat er een drugsdeal uit de hand is gelopen of dat twee daklozen vochten om een fles moutbier,' opperde Galore. 'Dat zou alleen maar een ander positief aspect van het All-Starproject belichten, namelijk dat een wijk met een hoog criminaliteitscijfer wordt veranderd in een veilige, schone, kindvriendelijke buurt.'

'Maar het was geen zwerver. Het was een gepensioneerde rechercheur van het APD.'

Daar wist niemand iets op te zeggen.

'Sorry, mensen,' zei Amanda. 'Ik begrijp het dilemma, maar ik kan er geen moordonderzoek doorheen jassen puur voor jullie grote opening. Ik moet ook aan de familie van het slachtoffer denken. De rechercheur had een vrouw. Ze is nog maar tweeëntwintig.'

Met moeite onderdrukte Will zijn verbazing. Vanwege de leeftijd moest hij er wel van uitgaan dat het Delilah Palmer betrof. Hij had geen idee waarom Amanda dit voor hem had verzwegen. Het maakte nogal wat uit of Harding Delilahs beschermengel of haar echtgenoot was. Vrouwen wisten dingen. Ze hadden toegang tot informatie. Als iemand het op Harding had gemunt omdat hij te veel wist, was Delilah de volgende op de lijst.

'Harding en dat meisje zijn maar een paar maanden getrouwd geweest,' vervolgde Amanda. 'Ik heb haar al moeten vertellen dat ze nu weduwe is. Moet ik soms weer naar haar toe om te zeggen dat de dood van haar man minder belangrijk is dan een persevenement?' Amanda schudde haar hoofd, alsof alleen al de gedachte haar treurig stemde. 'Over de pers gesproken, die Mrs. Harding is ongelooflijk fotogeniek. Blond haar, blauwe ogen, echt een plaatje. De pers stort zich op haar.'

'Nee, nee,' zei Dr. No. 'Dat moeten we niet hebben, Mrs. Wagner. We willen uw onderzoek op geen enkele manier belemmeren.' Hij keek Goldfinger even aan, want natuurlijk wilden ze het onderzoek wel degelijk belemmeren.

Ook dat wist Amanda allang, en weer vroeg Will zich af waar ze op uit was.

'Mrs. Wagner,' zei Goldfinger. 'Het enige wat we van u vragen is dat u uw best doet vaart achter het onderzoek te zetten.' Hij stak zijn vinger op. 'Uiteraard niet overhaast, dat leidt tot ondoordacht handelen. Ik zou u alleen willen verzoeken dit alles met voortvarendheid af te handelen.'

Ze knikte. 'Uiteraard. Ik zal mijn best doen. Maar ik kan mijn mensen er niet zaterdag al uit hebben. Zoveel uren zitten er simpelweg niet in een dag.'

Dr. No vroeg: 'Kunnen we iets doen om het proces te versnellen?'

Nu had Amanda beet, voelde Will. Hier had ze op gewacht, op deze vraag.

'Misschien zou u...' Ze onderbrak zichzelf. 'Nee, laat maar. We zullen ons uiterste best doen.' Ze wilde gaan staan. 'Dank u voor uw tijd.'

'Alstublieft.' Goldfinger gebaarde dat ze weer moest gaan zitten. 'Wat kunnen we doen?'

Ze nam weer plaats en slaakte een diepe zucht. 'Helaas kunnen we niet om Marcus Rippy heen.'

'Jezus, nee!' Nu schrok Kilpatrick wakker. 'Er wordt niet met Marcus gepraat. Om de dooie dood niet.'

Amanda richtte zich tot Goldfinger. 'Bekijk het eens van mijn kant. Een veelvuldig onderscheiden, alom gewaardeerde ex-rechercheur wordt vermoord aangetroffen in een in aanbouw verkerend pand. Het eerste wat ik in de loop van een normaal onderzoek doe, is met de eigenaar van het gebouw praten om hem of haar van elke verdenking te zuiveren en om een lijst met namen op te stellen van mensen die toegang hebben tot het gebouw.'

'Die klotelijst kunt u wel van mij krijgen,' mompelde Kilpatrick. 'Daarvoor hoeft u niet met Marcus te praten.'

'Ik vrees van wel.' Hulpeloos hief ze haar handen. 'Ik vraag maar een paar minuten van zijn tijd, en de belofte dat we een open en eerlijk gesprek met hem kunnen voeren. Hij zou er zijn reputatieschade mee kunnen herstellen als bekend werd dat hij medewerking verleent aan een politieonderzoek. On the record.'

'U houdt me godverdomme voor de gek, hè? On the record?' Kilpatrick was overeind gesprongen. Hij zei tegen Goldfinger: 'Je kunt in deze staat vijf tot tien jaar krijgen als je liegt tegen de politie.'

'Waar zou uw cliënt over willen liegen?' vroeg Amanda.

Zonder op haar vraag in te gaan zei Kilpatrick tegen Goldfinger: 'Deze vuile rat probeert Marcus erin te luizen zodat hij iets zegt wat –'

'Kip,' zei Dr. No, en als een forel klapte Kilpatrick zijn mond dicht.

Goldfinger zei tegen Amanda: 'Mrs. Wagner, zou ik u even onder vier ogen kunnen spreken?'

Eendrachtig gingen de andere drie advocaten staan.

Amanda raakte Wills arm even aan ten teken dat hij mocht gaan. Hij liep naar de deur.

Kilpatrick wierp zijn handen in de lucht. 'Dit is bullshit, man! Bullshit!' Het advocatentrio was al uiteengegaan. Vanaf de gang keek Will naar Kilpatrick. Nadat hij nog een paar keer 'bullshit!' had gezegd, verliet hij de vergaderzaal. Hij probeerde de glazen deur met een klap dicht te slaan, maar er zat een pneumatische dranger op.

Als bij toverslag stond Laslo opeens naast Will. Rood aangelopen van woede priemde Kilpatrick hun allebei met zijn vinger in het gezicht. 'Breng deze eikel naar de hal en kom dan naar mijn kantoor. En snel een beetje.' Kilpatrick sloeg met zijn vuist tegen de muur. De gipsplaat gaf mee, maar er verscheen geen gat. Hij gaf er een trap tegenaan die ook niet veel uitrichtte, en toen beende hij weg.

'Hé, eikel.' Met een knik naar de lange gang commandeerde Laslo hem mee. 'Deze kant op.'

'Laslo.' Gebruikmakend van het lengteverschil van vijftien centimeter keek Will over het hoofd van de man. Hij was niet van plan zonder Amanda te vertrekken, en bovendien was er iets met deze maffioso wat hem totaal niet zinde. 'Heb je ook een achternaam?'

'Ja, Go Fuck Yourself. En nou moven.'

'Laslo Go Fuck Yourself.' Will verroerde zich niet. 'Heb je een visitekaartje?'

'Een trap tegen je reet kun je krijgen als je niet snel in beweging komt, maat.'

Will grinnikte moeizaam. Hij stak zijn handen in zijn zakken, zoals hij de hele dag al had gedaan.

'Wat valt er te lachen, lul?'

Will kon de neiging niet onderdrukken de vent op de kast te jagen. Hij dacht aan de oude dame in de ontvangsthal, aan haar trillende onderlip. Had Laslo dat op zijn geweten? Kip Kilpatrick? Wills intuïtie fluisterde hem in dat er iets speelde.

'Volgens Mrs. Lindsay ben je niet te vertrouwen,' zei hij.

Laslo's gezicht betrok, wat betekende dat Will een gevoelig punt had geraakt. Hij vroeg zich af hoe het strafblad van die gast in Boston eruitzag. Behoorlijk heftig, vermoedde hij. Op de zijkant van zijn hals stond een gevangenistattoo, en hij wekte de indruk dat hij ondanks de klappen die hij opliep altijd als winnaar uit de strijd kwam.

'Je blijft uit de buurt van die oude dame of ik naai je in je hol.'

'Neem je dan wel een trapje mee?'

'Dat je van de politie bent, betekent nog niet dat ik je niet helemaal kapotmaak.' Laslo zette zijn handen in zijn zij, een houding die een man zich alleen kon veroorloven als hij tijdens een wedstrijd aan de zijlijn stond, vond Will. Zijn overhemd zat zo strak dat het openkierde. De stof was door het oprekken zo dun dat Laslo de kosten van de stomerij had kunnen uitsparen door het hemd op zijn lijf te schilderen. Met een woedende blik keek hij Will aan. 'Wat sta je te loeren, homo?'

'Mooi overhemd trouwens. Is dat er ook in een volwassen maat?'

De deur van de vergaderzaal ging open.

'Reuze bedankt!' riep Amanda naar Goldfinger. Ze keek Will glimlachend aan, met een triomfantelijke twinkeling in haar ogen. Marcus Rippy was belangrijk, maar minder belangrijk dan de deal van 2,8 miljard dollar waar iedereen een stukje van wilde.

'Ben je zover?' vroeg Amanda aan Will.

Laslo wees met priemende duim de gang in. 'Deze kant op.'

'Dank u, Mr. Zivcovik.' Amanda ging hun voor naar de ontvangsthal. 'Hebt u het telefoonnummer van Mrs. Polaski nog gevonden?' vroeg ze aan Laslo.

Zonder zijn ogen van Will af te wenden, stak Laslo Amanda een opgevouwen papiertje toe.

Ze keek er even naar en gaf het toen aan Will.

Het was hetzelfde opgeheven nummer dat op alle andere documenten stond.

Met een ruk trok Laslo de deur naar de hal open. 'Ken ik jullie verder nog van dienst wezen?' Boven op zijn Bostonse accent sloeg hij een achterlijk toontje aan waardoor hij klonk alsof hij herstellende was van een beroerte.

'Jongeman,' zei Amanda, 'zo langzamerhand zou je het verschil tussen kennen en kunnen moeten weten.'

Het was als hatelijke afsluiter bedoeld, maar Will had nog een vraag voor Laslo. 'Heb je Angie gekend?'

'Polaski?' Hij grijnsde al zijn tanden bloot. 'Ja, reken maar.' Hij knipoogde veelbetekenend. 'Dat wijf had een kut als een boa constrictor.'

'Had?' vroeg Amanda.

Hij sloeg de deur voor hun neus dicht.

ZES

Faith zat op een oncomfortabele plastic stoel tegenover de verpleegpost op de intensive care van het Grady Hospital. Aan de beide uiteinden van de gang stonden gewapende bewakers. De afdeling was vol. Het Grady was het enige publieke ziekenhuis in Atlanta, met een toptraumacentrum waar de ergste gevallen van de stad werden binnengebracht. Minstens een kwart van de patiënten was met handboeien aan het bed geketend – ongeacht het moment van de dag.

Ze keek op naar het whiteboard achter de balie. Olivia, de hoofdverpleegkundige, werkte de status van een patiënt bij. Het Grady nam veel naamloze vrouwen op, maar Faith was alleen geïnteresseerd in haar potentiële getuige, Jane Doe 2. Ze verkeerde nog steeds in kritieke toestand. De operatie op de junkie had vier uur langer geduurd dan gepland. Haar neus en keel moesten gereconstrueerd worden. Er was zoveel bloed vervangen dat ze in feite in razend tempo was afgekickt van de coke. En nu werd ze vol morfine gepompt. Ze zou nog zeker een uur niet aanspreekbaar zijn.

In elk geval had Faith haar tijd nuttig besteed. Ze had Dale Hardings financiële documenten en telefoongegevens boven water gekregen. Niet dat dit haar dichter bij een oplossing bracht, en het had al helemaal geen aanwijzingen opgeleverd. Hardings telefoontjes betroffen uitsluitend afhaalpizza of -chinees, dus voor zaken had hij waarschijnlijk een wegwerptelefoon gebruikt. Wat zijn bankgegevens betrof, hoefde je geen forensisch accountant te zijn om de cijfers te snappen. Harding had minder dan honderd dollar op zijn lopende rekening, een bedrag dat het afgelopen halfjaar weinig schommelingen had vertoond, want voor de meeste transacties, van zijn gordita's bij Taco Bell tot de steunkousen om de bloedsomloop in zijn benen te stimuleren, had hij een gouden MasterCard gebruikt. Het cumulatief saldo op de creditcard bedroeg de afgelopen zes maanden ruim zesenveertigduizend dollar. Harding was opgehouden met het aflossen van zijn schuld. Faith vermoedde opzet. Hij was gestopt met de dialyse en in feite had hij daarmee zijn eigen doodvonnis getekend. Op weg naar het einde had hij kennelijk zoveel mogelijk mensen willen naaien.

De vraag was of een van die mensen Delilah Palmer was geweest. Faith moest telkens aan de pornofoto's denken, aan de dode blik in de ogen van het meisje. Zelfs toen ze pas tien was leek Delilah erin te berusten dat het haar lot was te worden gebruikt door iedere man die haar pad kruiste. En niet zomaar iedere man, ook Dale Harding. Een politieman. Een vader. De enige die ze had moeten kunnen vertrouwen, maar hij bewaarde ranzige foto's van haar op zijn zolder en trouwde met haar... Waarom?

Delilah moest wel de sleutel zijn tot de moord op zowel Harding als Angie. Colliers feministische theorie dat het meisje achter hun dood zat, ging er bij Faith niet in. Harding had altijd voor Delilah gezorgd. Ze moest hebben geweten dat hij niet lang meer te leven had. Waarom zou ze hem vermoorden als ze alleen maar een paar dagen hoefde te wachten om te kunnen dansen op zijn graf?

Faith kon allerlei mensen bedenken die Angie Polaski het liefst dood zagen, en daarom concentreerde ze zich op Dale Harding. Hij was een gokker. Hij nam risico's. Waarschijnlijk had hij vóór zijn dood een laatste risico genomen, iets waarmee veel geld gemoeid was, wat betekende dat Delilah, zijn wettige echtgenote, het allemaal zou erven. Tenzij er een illegaal randje aan dat geld zat. Dat leek logischer. Het verklaarde ook waarom Delilahs leven gevaar liep.

En Faith had de zoektocht naar haar aan die debiel van een Collier overgelaten.

Ze scrolde door de zestien verschillende berichten die Collier haar gestuurd had sinds ze hem in de Mesa Arms had achtergelaten. Normaal was hij al een kletskous, maar wat het gedrukte woord betrof, deed hij niet voor de Bijbel onder. Hij doorspekte zijn teksten met zoveel nutteloze weetjes over het weer, de liedjes op de radio en zijn eetgewoonten, dat Faith de informatie in punten samenvatte omdat haar hoofd anders explodeerde.

Uit haar cargobroek diepte ze haar spiraalschriftje en een pen op. Ze bladerde naar een lege bladzij. Bovenaan schreef ze: PALMER, HARDING, POLASKI, RIPPY.

Met haar pen tikte ze op de lege kolommen onder de namen. Verbanden. Die moest ze zien te vinden. Delilah was getrouwd met Dale Harding en was mogelijk zijn dochter. Harding werkte voor Rippy. Volgens de briefing die Faith van Amanda had gekregen, werkte Angie voor Kip Kilpatrick, wat betekende dat ze feitelijk voor Rippy werkte.

Weer tikte Faith met haar pen. Angie kende Harding waarschijnlijk nog van vroeger. Foute smerissen zochten elkaar op. Ze maakten zichzelf wijs dat ze niet geaccepteerd werden omdat ze als enigen de klus konden klaren, maar in werkelijkheid wilden rechtschapen agenten niets met hen te maken hebben.

Faith sloeg een nieuw blaadje om, en bovenaan schreef ze VRAGEN.

1. WAAROM HEBBEN ANGIE EN HARDING IN RIPPY'S CLUB AFGESPROKEN?
2. WAT WEET DELILAH?
3. WIE ZOU HARDING WILLEN VERMOORDEN?
4. WIE ZOU ANGIE WILLEN VERMOORDEN?

Als Harding en Angie elkaar nog van vroeger kenden, was het logisch dat de een de ander om een baan bij Kip Kilpatrick vroeg. Harding was een halfjaar geleden naar de Mesa Arms verhuisd, dus redelijkerwijs mocht Faith ervan uitgaan dat hij op dat moment voor Kilpatrick was gaan werken. Op Angies bankrekening waren vanaf vier maanden geleden grote bedragen bijgeschreven, wat betekende dat ze minstens vier maanden voor Kilpatrick had gewerkt.

Faith bladerde terug naar de eerste bladzij.

Alle pijlen wezen naar Marcus Rippy.

Haar telefoon zoemde. Weer een lang bericht van Collier. Faith keek de regels vluchtig door op zoek naar iets van betekenis en negeerde een verslag over zijn spijsverteringsklachten na een hotdog die hij bij een tankstation had gekocht. Op zaterdag, de dag voor de moord, had Delilah Palmer een zwarte Ford Fusion gehuurd bij een Hertzvestiging aan Howell Mill Road. Van de transactie waren geen beveiligingsbeelden. Ze had haar Visa Card gebruikt. Collier had een opsporingsbericht voor de gehuurde auto doen uitgaan. Hij kwam ook weer met zijn heroïnekoeriertheorie op de proppen en wees erop dat dealers huurauto's gebruikten omdat ze wisten dat hun eigen wagens door de politie in beslag werden genomen als ze betrapt werden op handelen vanuit hun auto.

Weer tikte Faith met haar pen tegen het boekje. Ze zag niets in Colliers drugsverhaal. Die man leed aan tunnelvisie.

Delilah had de auto op zaterdag gehuurd, niet op zondag of maandag, wat inhield dat ze de auto had geregeld vóór Harding werd vermoord. Het kon ook betekenen dat ze van tevoren wist dat Harding gevaar liep en dat ze moest kunnen vluchten. Maar bij het huren van de auto had ze haar eigen rijbewijs en creditcard gebruikt. Delilah had jaren op straat doorgebracht. Ze was te snugger om haar eigen naam te gebruiken als ze ervandoor wilde gaan.

Opnieuw trilde Faiths telefoon. Weer een bericht, ditmaal heerlijk kort.

Vlgs meiden heeft Souza 6 mnd geleden od gehad. Doodlopend spoor. Dood, snap je?

Faith scrolde terug door haar berichten om te checken wie Souza ook alweer was. Het betreffende bericht was van twee uur geleden. Volgens sommige bronnen van Collier in Zone 6 was Virginia Souza ook een hoer voor wie Harding een paar gunsten had bedongen. Ze werkte vanaf Delilahs straathoek. Het was een behoorlijk gewelddadig type, te oordelen naar de twee aanklachten wegens geweld tegen een minderjarige. Faith vroeg zich af of die minderjarige Delilah Palmer was geweest.

Weer keek ze naar het bericht. Collier sloot af met de mededeling dat hij met de jongere hoeren ging praten om te zien of die iets wisten of iemand kenden die hem naar de verblijfplaats van Delilah Palmer kon verwijzen. Of hij ging met de jonge hoeren praten omdat hij nu eenmaal Collier was. Aan het eind van zijn bericht stond een reeks emoji's van aubergines, die volgens Jeremy's Facebookpagina symbool stonden voor penissen.

Faith richtte zich weer op haar notitieboekje. Allerlei pijlen die terugwezen naar Rippy. Allerlei vragen. Geen antwoorden. Ze had Collier hier in het ziekenhuis moeten laten wegrotten terwijl ze zelf Delilah Palmer opspoorde. Dat was het probleem met moordzaken. Je wist nooit welke aanwijzing naar de oplossing voerde en welke aanwijzing je in een zwart gat stortte. Faith kreeg het vermoeden dat ze de goede aanwijzing aan Collier had gegeven. Als hij tegen hun dader op liep, wierp ze zich van het dak van dit gebouw af.

Weer trilde haar telefoon. Ze had geen zin in de zoveelste verhandeling over Colliers geweldige speurdersprestaties, maar onwetendheid was een luxe die ze zich niet kon veroorloven. Ze keek op het scherm. OPROEP VAN WANTANABE, B.

Faith stond op en liep naar de gang voor meer privacy. 'Mitchell.'

'Spreek ik met special agent Faith Mitchell?' klonk een vrouwenstem.

'Ja.'

'Ik ben Barbara Wantanabe. Volgens Violet wilde u me spreken?'

Faith had niet meer aan Hardings buurvrouw gedacht. 'Fijn dat u contact hebt opgenomen. Ik vroeg me af of u me iets over Dale Harding kunt vertellen.'

'O, breek me de bek niet open,' zei ze, om dit vervolgens zelf te doen en een klaagzang aan te heffen over de stank die uit zijn huis kwam, over zijn auto die hij soms op het gazon parkeerde, over zijn smerige taal en zijn tv en radio die altijd veel te hard stonden.

Faith probeerde haar zo goed mogelijk te volgen. Barb was nog breedsprakiger dan Collier. Ze had de gewoonte een uitspraak te doen, zichzelf vervolgens tegen te spreken, het eerste wat ze gezegd had te herhalen en eromheen te draaien, en tegen de tijd dat ze het verhaal voor de vijfde keer vertelde en zichzelf helemaal vast had gekletst, snapte Faith waarom Harding zo'n hekel aan haar had gehad.

'En dan heb ik het nog niet eens over de muziek.'

Faith luisterde terwijl ze over Hardings muziek begon. Hetzelfde rapalbum, de godganse dag. Volgens haar kleinzoon was het Jay Z, het heette The Black Album, zoiets. Faith kende de cd, want haar zoon had hem altijd keihard gedraaid achter zijn dichte kamerdeur, de perfecte achtergrondmuziek voor zijn bevoorrechte status van blanke jongeman die al jong was toegelaten tot een van de meest gerenommeerde universiteiten van het land.

Faith pikte de draad van Barbs verhaal weer op en zocht naar een kans om haar te onderbreken. Eindelijk hield het mens even haar mond om adem te halen. 'Kreeg hij weleens bezoek?'

'Nee,' zei Barb, en toen: 'Ja. Ik bedoel, ik geloof het wel. Hij zou weleens een keer iemand op bezoek gehad kunnen hebben.'

Faith sloeg haar hand voor haar ogen. 'Proef ik enige twijfel?'

'Eh... ja. Dat klopt. Ik twijfel inderdaad.'

Nu moest ze toch Colliers drugskoeriertheorie van stal halen. 'Hebt u mensen het huis in en uit zien gaan? Mensen die er niet uitzagen alsof ze in de buurt thuishoorden?'

'Nee, helemaal niet. Dan zou ik de politie gebeld hebben. Alleen dacht ik dat daar op zeker moment misschien nog iemand was, een ander persoon.'

'Op welk moment?'

'Kort geleden. Nee, dat klopt niet. Vorige maand.'

'Dus vorige maand heeft Dale volgens u bezoek gehad?'

'Ja. Een logé misschien? Bezoek zou weleens het verkeerde woord kunnen zijn.'

Faith klemde haar kiezen op elkaar.

'Wat ik eigenlijk bedoel, is dat er misschien iemand in zijn huis heeft gewoond. Misschien, hoor. Als Dale weg was. Toen hij hier pas woonde, was hij overdag meestal weg, maar later was hij altijd thuis. Daar begonnen de problemen mee. Als hij thuis was. Het klinkt gemeen, maar zo is het nu eenmaal.'

Faith deed een poging alle informatie op een rijtje te krijgen. 'Dus toen Dale een halfjaar geleden naast u kwam wonen, was hij nooit thuis, maar vorige maand veranderde dat volgens u?'

'Precies.'

'En toen het veranderde, hoorde u geluiden uit het huis naast u die erop duidden dat er behalve Dale misschien nog iemand woonde?'

'Ja.'

De ontkenning die Faith verwachtte bleef deze keer uit.

'Ik hoorde namelijk geluiden.' Barb wachtte even voor ze de volgende hindernis nam. 'Of eigenlijk geen geluiden. Het had van de tv kunnen zijn, bedoel ik. Maar wie kijkt er nou tv terwijl hij tegelijkertijd naar een rapalbum luistert?' Meteen krabbelde ze weer terug. 'Hoewel, van sommige mensen kun je dat verwachten.'

'Inderdaad,' zei Faith. Vooral als ze lawaai wilden overstemmen, bijvoorbeeld van een junkie die op de kastdeur timmerde omdat ze eruit wilde. 'Hebt u ooit gebons gehoord?'

'Gebons?'

'Iemand die op een muur of op een deur bonkte?'

'Eh...' Ze liet de vraag bezinken.

In gedachten riep Faith de bouwtekening van het Tahoehuis in de Mesa Arms op. De logeerkamer deelde een muur met het buurhuis. De hoofdslaapkamer was aan de buitenkant, waardoor er meer ramen waren, maar het bood ook meer privacy.

Ruime hoofdslaapkamer, ideaal voor het opsluiten van vrouwen!

'Eigenlijk leek het wel een beetje op het geluid van een hamer,' zei Barb.

'Een hamer waarmee tegen iets aan werd getimmerd?'

'Ja, maar dan heel vaak achter elkaar. Misschien hing hij schilderijen op.' Ze zweeg weer even. 'Nee, dan waren het wel erg veel schilderijen. Niet dat het constant was, het geluid, maar het ging wel lang genoeg door. Zou hij meubels in elkaar hebben gezet? Dat doet mijn zoon altijd voor me. Alleen wanneer hij tijd heeft, hoor. Mijn schoondochter, tja... Maar het grote probleem met Dale was de ontlasting.'

Nu werd het Faith even te veel. 'Wat vertelt u me nou?'

'Ontlasting. U weet wel...' Ze dempte haar stem. 'Kaka.'

'Uitwerpselen?'

'Menselijke.'

Voor de goede orde herhaalde Faith haar woorden. 'Menselijke uitwerpselen?'

'Ja. In de achtertuin.' Ze slaakte een zucht. 'Dale spoelde namelijk elke avond een emmer uit, en eerst dacht ik dat hij binnen aan het schilderen was, dat leek me logisch, want onder het schilderen luister je naar muziek, toch?'

'Tuurlijk,' zei Faith met een wanhopig handgebaar.

'Dus ik ging ervan uit dat hij zijn muren aan het schilderen was, niet in een mooie kleur trouwens, maar toen zocht mijn kleinzoon op een dag takjes in de achtertuin, voor Mr. Nimh om op te kauwen. Die tanden groeien namelijk maar door. O!' riep ze uit. 'Bedankt trouwens dat u hem hebt teruggevonden. Ik had het al helemaal verbruid bij mijn schoondochter, die mij de schuld gaf. Echt, ze houdt een lijst bij. Zelf was ik ook geen grote fan van mijn eigen schoonmoeder, maar je past je aan, toch? Zoiets heet respect.'

Faith probeerde Barb weer bij de les te halen. 'Nog even over die ontlasting.' Ze had niet gedacht dat ze ooit een dergelijk zinnetje zou uitspreken. 'U zag Dale elke avond die emmer uitspoelen?'

'Ja.'

'Wanneer is hij daarmee begonnen?'

'Twee weken geleden? Nee.' Ze kwam weer op haar woorden terug. 'Tien dagen. Ik hou het op tien dagen geleden.'

'Was het een grote emmer, groter dan waarmee je de vloer dweilt?'

'Inderdaad. Ja. Voor verf. Of voor oplosmiddelen, maar dat formaat. Groot dus.'

'En op een dag vond uw kleinzoon iets in de achtertuin? Of hij rook iets?'

'Ja. Nee. Allebei. Hij rook iets, en toen is hij eropaf gelopen. Het was slijm, zoiets. Wat het ook was, de hele onderkant van zijn schoen zat onder.'

De rat had het vast geweldig gevonden.

'Ik moest zijn zool met de tuinslang afspuiten. Walgelijk was het. En zijn moeder was woest op me. Ze mag dan mijn schoondochter zijn en ik weet dat ik me aan haar regels moet houden, maar eerlijk...'

'Hebt u Dale naar die ontlasting gevraagd?'

'Nee, zeg. Met Dale viel nergens over te praten. Dat zou zinloos zijn geweest. Hij had me alleen maar uitgescholden en was weggelopen.'

Faith snapte wel waarom. 'Hebt u behalve zijn witte Kia ooit een andere auto bij Dales huis gezien?'

'Niet dat ik weet.' Ze was ongewoon zeker van haar zaak. 'Nee, nooit gezien.'

'Bent u veel thuis?' Faith ging behoedzaam te werk, want ook mensen die het goed bedoelden namen het soms niet zo nauw met de waarheid. 'Dat vraag ik omdat u vanmiddag niet thuis was.'

'Ik doe de laatste tijd meer vrijwilligerswerk voor de YMCA. Ik vouw daar handdoeken, zorg dat de boel aan kant is. Ik ben namelijk heel schoon van mezelf, en daarom lag ik soms ook overhoop met Dale. Ik hou niet van troep. Waarom zou je iets niet oprapen en terugleggen waar het hoort?'

'Inderdaad.' Weer sloeg Faith haar hand voor haar ogen. Het mens sloeg de ene zijstraat na de andere in. 'U bent dus meer vrijwilligerswerk gaan doen om Dale te ontvluchten?'

'Klopt. In het begin was dat vrijwilligerswerk alleen een manier om een paar uur het huis uit te zijn. En om mensen te helpen. Dat zeker. Maar toen werd het de enige plek waar ik aan het lawaai kon ontkomen. En aan de stank. U hebt de stank geroken, hè? Daar kon ik niet de hele dag mee leven. Het was ondraaglijk.'

Faith vroeg zich af of Harding er de hele tijd op uit was geweest Barb het huis uit te jagen. Als hij Delilah in de kast had opgesloten om haar te laten afkicken, wilde hij er vast zeker van zijn dat niemand haar hoorde schreeuwen en de politie belde.

'Wanneer begon dat, dat u langer van huis wegbleef?'

'Vorige week.'

'Dus zeven dagen geleden?'

'Ja.'

Wat betekende dat Dale haar uiteindelijk na drie dagen onophoudelijk getreiter weg had gekregen.

'Ik gaf het gewoonweg op,' zei Barb. 'Het ging van kwaad tot erger. Die stank. De geluiden. Ik hield het niet meer vol, en ik ben geen klagerig type. Dat kan Violet beamen.'

Faith vermoedde dat Violet daar niet over peinsde. 'Tja, ik vind het heel erg dat u dat allemaal heeft moeten doorstaan, Mrs. Wantanabe. Fijn dat u met me wilde praten. Als u nog iets te binnen schiet –'

'Het is treurig,' onderbrak ze Faith. 'Toen hij hier kwam wonen, dacht ik dat hij gewoon een eenzame oude vrijgezel was. Hij had problemen met zijn gezondheid, dat zag je zo. En hij maakte geen gelukkige indruk. Ik dacht nog: dit is een goede plek voor hem. We zijn een hechte gemeenschap, ook al zijn we allemaal anders. Zoals Violet zou zeggen: sommigen van ons staan rechts van Dzjengis Khan, en de rest staat links van Pluto, maar we zorgen voor elkaar, snapt u?'

Faith voelde haar telefoon trillen. 'Ja, het leek me een fijne plek. Maar ik moet nu –'

'Als je een bepaalde leeftijd hebt bereikt, let je niet meer zo op de nukken en eigenaardigheden van anderen.' Ze zuchtte eens diep. 'Maar één ding is zeker, schat. Menselijke poep in je achtertuin valt niet te negeren.'

'Oké, goed.' Weer trilde Faiths telefoon. Ze had een bericht van Will. 'Bedankt. Belt u maar als u nog iets te binnen schiet.'

Faith beëindigde het gesprek voor Barb met een nieuwe spitsvondigheid kwam aanzetten. Ze opende Wills bericht. Hij had een foto gestuurd van de voorkant van het Grady, Wills manier om te zeggen dat hij in het ziekenhuis was en haar zocht. Faith stuurde een emoji terug van een etensbord met een lachende hoop stront erop, om aan te geven dat hij naar het bezoekersrestaurant moest komen.

Toen ze langs de verpleegpost liep, keek ze even op het patiëntenbord. Jane Doe 2 bevond zich nog steeds in kritieke toestand. Faith vroeg de verpleegkundigen maar niet om het laatste nieuws. Ze hadden haar visitekaartje en hadden beloofd haar een bericht te sturen zodra de patiënte aanspreekbaar was.

Faith liep de trap af. Ze klopte op de zakken van haar cargobroek om te voelen of ze haar bloedtestset bij zich had. Er waren nog twee insulinepennen over. Een halfuur geleden had ze de derde gebruikt, dus nu moest ze eten. Het probleem was dat er in het Grady alleen een snelle, niet al te gezonde hap te krijgen was. Dat was fantastisch voor de nieuwe afdeling cardiologie, maar het was vreselijk als je je diabetes onder controle probeerde te houden. Niet dat ze het gevoel had momenteel ook maar iets onder controle te hebben. Faith verlangde naar de tijd dat ze zich helemaal scheel kon eten om haar stress te verdringen.

Will was al in het restaurant. Hij zat aan een rustig tafeltje achterin. Eerst herkende ze hem niet, want hij droeg een spijkerbroek en een prachtige polo met lange mouwen, die Sara vast stiekem in zijn kleerkast had gelegd. Hij zag er goed uit, maar meestal viel hij niet op in een menigte, en daarin verschilde hij van alle andere agenten die ze kende.

'Is deze oké?' vroeg Will.

Hij doelde op de salade die hij voor haar had besteld. Faith keek naar de verlepte sla en de witte reepjes kip, die op de vingers van een dooie leken. Op Wills dienblad lagen twee cheeseburgers en een grote portie patat, en verder had hij een grote beker vruchtensap en een cola.

'Ziet er prima uit.' Faith nam plaats, vechtend tegen de neiging haar kaak uit de scharnieren te lichten en alles op zijn dienblad in één keer naar binnen te schuiven. 'Bedankt.'

'Amanda heeft morgen een on the record-verhoor met Rippy geregeld,' zei Will.

'Weet ik. Ze heeft me over alles bijgepraat.'

'Over alles?'

'Ook over de gezamenlijke bankrekening van jou en Angie. En ik ben het met haar eens dat je dat niet tegen Sara moet zeggen.'

Will reageerde niet. Ongevraagd advies sloeg bij hem nooit aan. 'Ik heb het strafblad van Laslo Zivcovik uit Boston opgevraagd. Er staan een paar lichtere zaken op – openbare dronkenschap, snelheidsovertredingen – en verder geweldpleging tegen een vrouw en doodslag tijdens een kroeggevecht. Hij heeft een man tweeëntwintig steken toegebracht en hem dood laten bloeden. Daarvoor heeft hij tien jaar tussen de zware jongens gezeten.'

'Doodslag?' zei Faith. 'Dan heeft hij een goede advocaat gehad.'

'Ik ga ervan uit dat hij banden met de maffia had of dat hij voor de Bostonse evenknie van Kip Kilpatrick werkte.'

'Vind je het erg wat hij over Angie heeft gezegd?'

'Ik vind het erger dat hij weet hoe de vagina van een slang voelt.'

Faith staarde hem aan.

Hij haalde zijn schouders op. 'Het is net als samenleven met een alcoholist. Je bent niet verbaasd als iemand zegt dat die ergens aan een bar hangt.'

Faith had jarenlang een relatie met een alcoholist gehad. Bang zijn dat je partner in zijn eigen kots zou stikken of dat hij iemand doodreed terwijl hij onder invloed verkeerde, was iets anders dan de wetenschap dat hij alles neukte wat bewoog.

Wat achteraf gezien ook een van de dingen was waarover ze zich zorgen had moeten maken.

Will zei: 'In de wachtkamer van Kilpatrick kwam ik een vrouw tegen, Mrs. Lindsay. Afro-Amerikaans, smaakvol gekleed. Ze had een parelketting om haar hals. Ergens in de zeventig, schat ik. Ze heeft me veel over zichzelf verteld. Ik kreeg de indruk dat ze er slecht aan toe was.'

'Misschien is ze de moeder van een sporter en is ze bang dat het fout gaat met haar zoon.'

'Ze had het over een dochter, maar heel indirect. Niet zoals je over een kind praat als het goed genoeg is om op dat niveau te spelen.'

Wills intuïtie was altijd veel sterker geweest dan die van Faith. 'Wat zit je dwars?'

'Haar lip trilde.' Hij raakte zijn eigen lip aan. 'Ze leek nerveus. Overstuur.'

'Wist ze dat je agent was?'

'Ja.'

'Weet je haar voornaam?'

'Nee, maar ze zei dat ze in dat appartementencomplex bij Jesus Junction woont.'

'Dat is nogal specifiek.'

'Niet specifiek genoeg. Ik heb ernaartoe gebeld. Er woont daar geen Mrs. Lindsay.'

Faith vond het interessant dat hij de moeite had genomen een telefoontje te plegen. 'Een vrouw van die leeftijd is lid van een kerk. Probeer de African Methodist Episcopal Church aan Arden Road eens.'

Hij knikte.

'Met wie had ze een afspraak?'

'Met Kilpatrick, neem ik aan. Laslo haalde haar op. Hij noemde haar Miss Lindsay.'

Dat was al een teken. Een vrouw van die leeftijd met 'Miss' aanspreken was simpelweg respectloos. Of niet. 'Misschien is Lindsay haar voornaam. Een oudere vrouw uit het Zuiden kan Miss genoemd worden als een vorm van respect, denk maar aan Driving Miss Daisy.'

'Daar heb ik niet aan gedacht.' Will haalde zijn schouders op. 'Het heeft waarschijnlijk niets te betekenen.'

'Het is in elk geval een duidelijker aanknopingspunt dan ik heb. Ik zou morgen maar eens wat rondbellen.' Ze was zich ervan bewust dat het klonk alsof ze hem aan het werk wilde zetten om hem van Angies zaak af te halen, en daarom probeerde ze er een positieve draai aan te geven. 'Harding ligt dood in Rippy's club. Angie werkt voor Kilpatrick. Laslo is Kilpatricks waakhond. Een paar uur na de moord duikt Miss Lindsay op. Laslo neemt haar mee naar het kantoor, waarschijnlijk naar Kilpatrick. Je weet waar ik naartoe wil. Toeval bestaat niet.'

'Ze was niet op zijn kantoor,' zei Will. 'Mrs. Lindsay, bedoel ik. Ik heb haar nergens gezien. Misschien was ze beneden en had ze een afspraak met iemand anders.'

'Of ze hielden haar voor jou verborgen.'

'Ja, zou kunnen.' Hij nam weer een slok vruchtensap. 'Vertel eens over jouw dag.'

'Alsof ik zonder hamer een spijker in een muur moest slaan.' Knabbelend aan haar salade somde Faith op wat ze over Hardings leven had ontdekt: de conflicten met Barb Wantanabe, de rat, de stank, de ontlasting, de naaktfoto's van Delilah Palmer en het huwelijkscertificaat.

Bij dat laatste spitste Will zijn oren. 'Hij geeft haar op als zijn dochter, maar twee jaar later is ze zijn vrouw?'

'Yep.'

'En het is dezelfde jonge vrouw als op de naaktfoto in zijn portefeuille?'

'Hij heeft naaktfoto's van toen ze nog op de basisschool zat.'

Hij zette zijn vruchtensap neer. 'Harding was een pedofiel.'

'Ja. Zou kunnen.' Nu klonk ze als Barb Wantanabe. 'Maar waar ik mee zit: over het algemeen kicken pedofielen op een bepaalde leeftijdsgroep. Als je van prepubers houdt, dan is dat je ding. Als je ze liever wat ouder hebt of adolescent, dan is dat je ding. Ook al komt het voor, toch gebeurt het zelden dat ze het bij één slachtoffer houden naarmate dat slachtoffer ouder wordt.'

'Het gebeurt gewoon zelden dat ze het bij één slachtoffer houden. Een vent van Hardings leeftijd heeft vaak honderden slachtoffers. Heb je geen andere foto's gevonden?'

Faith schudde haar hoofd en werkte ondertussen met moeite een taai stuk kip naar binnen. 'Er was nog een meisje voor wie Harding een speciale behandeling regelde. Virginia Souza. Harding had geen foto's van haar, en er zat niets over haar in zijn dossiers. Ze is dood. Ze is een halfjaar geleden aan een overdosis gestorven.'

'Het magische halfjaar,' zei Will. 'Denk je dat Harding Delilah thuis vasthield om haar te laten afkicken?'

'Opgesloten in zijn kast met als het ware alleen een pot om in te pissen.' Opeens bedacht ze iets. 'Zou hij Angie daar vastgehouden hebben?'

'Echt niet. Die had zich dwars door de gipswand geklauwd en had hem vermoord.'

Faith wist dat hij het niet overdrachtelijk bedoelde. 'Collier denkt dat Harding drugskoeriers in dienst had.'

Will keek haar sceptisch aan. 'Mexicaanse kartels gebruiken geen deurknoppen om een boodschap af te geven.'

Ze moest lachen, vooral omdat hij Collier op de hak nam. 'Oké, dus we gaan ervan uit dat Delilah de enige vrouw was die Harding in zijn kast had opgesloten. Waarom sloot hij haar op?'

'Omdat hij om haar gaf.' Will hief zijn handen om haar protest in de kiem te smoren. 'Harding besloot zich niet meer te laten dialyseren. Hij wist dat hij ging sterven, en snel ook. Zo heeft hij de laatste dagen van zijn leven willen doorbrengen: haar laten afkicken.'

'Misschien voelde hij zich verantwoordelijk omdat hij haar leven had verkloot.' Ze dacht weer aan de beugel naast het bed in de logeerkamer. 'Iemand heeft ook de orthodontist betaald. Ze sliep met een losse beugel.'

'Als we Colliers partner daar nou eens op zetten? We laten hem alle orthodontisten in de wijde omtrek bellen om te zien of ze ergens patiënt is.'

Faith pakte haar telefoon en begon al te tikken. 'Dat geef ik aan Amanda door,' zei ze, maar ze stelde voor om Collier en Ng de rotklus samen te laten opknappen.

Will wachtte tot ze het bericht had verstuurd. 'Je zei dat Palmer voor het eerst werd gearresteerd wegens handel in Oxycontin. Hoe kwam ze aan die pillen, denk je?'

Faith dacht even na. 'Ze woonde in het getto en ging daar naar de basisschool. Aderrall, Concerta, Ritalin... het ligt er bij wijze van spreken op straat. ADD/ADHD-medicijnen. Valium en Percocet duiken op in de brugklas. Oxy is meer voor de oudere leerlingen en meer een probleem van de blanke buitenwijken.'

'Dus wie leverde Oxy aan de tienjarige Delilah zodat ze het kon doorverkopen?'

'Harding was van de witteboordencriminaliteit, dus die had er geen toegang toe.' Faith dacht diep na. Haar moeder had aan het hoofd van de drugsbrigade in Zone 6 gestaan. De opslagplaats voor bewijsmateriaal moet net een apotheek zijn geweest. 'Misschien kende Harding iemand die er toegang toe had. Bijvoorbeeld een agent met een pillenprobleem, die hij dwong een deel van de buit aan hem af te staan.'

'Zone 6?'

Ze knikte.

Wills hele houding veranderde.

'Ken je soms iemand met een pillenprobleem die in Zone 6 heeft gewerkt en die misschien banden met Harding had?'

'Ja,' zei hij, en hij hoefde haar niet te vertellen dat het Angie was. 'Zij neemt dat soort jongeren voor haar rekening. Tenminste, dat deed ze.'

'Jongeren zoals Delilah?' Faiths maag draaide zich om. Dat Angie vrouwen regelde voor chique feestjes was één ding, maar dat ze misbruik maakte van verweesde meisjes ging alle perken te buiten.

'Angie zat bij zeden,' zei Will. 'Die jonkies... ze nam ze als het ware onder haar hoede.'

'En ze gaf ze pillen om te verkopen?'

Will wreef over zijn kaak. 'Angie weet als geen ander hoe het is om er hopeloos aan toe te zijn zonder iemand die zich over je ontfermt.'

'Nu volg ik je niet meer,' zei Faith. 'Ik snap niet wat er zo menslievend aan is als je van een tienjarige een drugskoerier maakt.'

'Wat is erger: Oxy verkopen of seks verkopen?'

'Een andere keuze is er niet?'

'Voor dat soort kinderen, die vastzitten in het systeem, die vijf keer per jaar van school en pleeggezin wisselen en nooit weten waar ze 's nachts moeten slapen?' Hij sprak vol overtuiging. 'Nee, dat is hun enige keuze.'

De moeder in Faith wilde ertegenin gaan. Maar de cynische Faith, de Faith die vijftien jaar straatagent was geweest, wist dat het klopte. Dat soort kinderen had niet voor een dergelijk leven gekozen, maar moest zich erdoorheen slaan.

'Over hoeveel kruiwagens moest Harding beschikken om Delilah uit de problemen te houden?'

'Meer dan er in het gemiddelde tuincentrum staan.'

'En wie leverde de tegenprestaties?'

'Zo werkt het niet met tegenprestaties. Je praat er niet over. Daar gaat het min of meer om.' Faith hoorde haar stem weergalmen in het restaurant. Ze klonk kwaad, en misschien was ze dat ook wel. Meiden als Delilah Palmer hadden het moeilijk, dat zeker, maar ze leren hoe ze het pad naar de onderwereld moesten betreden was niet de oplossing. 'Jezus, Will. Denk je echt dat Angie kleine meisjes pillen gaf om te verhandelen?'

Will trommelde met zijn vingers op tafel. Hij keek over haar schouder, een buitengewoon irritante tactiek waartoe hij regelmatig zijn toevlucht nam.

Faith prikte een stuk kip op haar vork. De spanning over Angies mogelijke goedbedoelde wandaden hing tussen hen in. Soms vergat Faith hoe zwaar Wills leven was geweest. Dat had hij volledig aan zichzelf te wijten. Aan de buitenkant leek hij heel normaal. Tot je de littekens op zijn gezicht zag. Of merkte dat hij zijn mouwen nooit oprolde, ook al was het duizend graden. Hij sprak nooit over dat alles. Eigenlijk sprak hij helemaal nooit ergens over. Niet over de open wondjes op zijn hand omdat hij recent iemand een dreun had verkocht. Niet over de waarschijnlijke dood van zijn vrouw. Niet over het gebroken hart van zijn vriendin.

'Faith?' Will zweeg tot ze opkeek. Hij glimlachte flauwtjes. 'Ik wil die rat eigenlijk wel zien.'

Ze zuchtte diep en pas op dat moment besefte ze dat ze haar adem wel heel lang had ingehouden. Ze zocht het filmpje op en schoof de telefoon over de tafel. 'Collier moest kotsen. En niet zo'n beetje ook. Braken 5.0.'

Will kon er wel om lachen. Hij bekeek het filmpje. Twee keer. Via de speaker hoorde Faith Collier panisch ademen. Het werd elke keer leuker. Eindelijk legde Will de telefoon neer. 'Het is een Russische blauwe.'

'Die rat?'

'Ik heb eens een inval gedaan in een dierenwinkel. De eigenaar verkocht exotische dieren via de achterdeur, maar voorin stikte het van de ratten. Van Amanda moest ik ze allemaal beschrijven.' Hij schoof de telefoon weer naar haar toe. 'Misschien had Dale het op Angie voorzien om Delilah te beschermen. Wilde hij schoon schip maken voor hij de pijp uit ging.'

Ze haalde haar schouders op, maar de theorie was niet verkeerd.

'Als er drugs in het spel zijn, wordt het grootschaliger,' zei hij.

'Je bedoelt dat we Amanda dan moeten inlichten.'

Will knikte.

'Verdomme,' mompelde Faith. 'Collier wilde die gang tags in de club natrekken. Als hij gelijk krijgt, maak ik me van kant.'

'Laten we niet op de zaken vooruitlopen,' zei Will. 'Het is een theorie, toch? We weten niet wat Angie in haar schild voerde.'

'Behalve dan dat ze van Kilpatrick tienduizend per maand kreeg.'

'Misschien hielp ze hem aan drugs.'

'Dat zouden dan groeihormonen of steroïden geweest moeten zijn.'

'Daar had hij Angie niet voor nodig. Dokters zat die een recept voor hem willen uitschrijven.' Will leunde achterover. 'Stel dat we Delilah vinden, maar dat ze nog nooit van Angie heeft gehoord. Wat dan?'

'Dan kan ze ons vertellen wat er allemaal aan de hand is.' Faith gaf Will geen kans haar in haar gezicht uit te lachen, want ze wisten allebei dat dit hoogst onwaarschijnlijk was. Meiden als Delilah spraken niet met de politie. Ze zaten hun tijd uit en dan verdwenen ze.

Faith pakte haar notitieboekje. Hij kon haar hanenpoten niet lezen, maar ze wees naar de hoofdpunten. 'Palmer was getrouwd met Harding en mogelijk aan hem verwant. Harding woonde in een huis dat eigendom is van een bedrijf dat waarschijnlijk terugvoert naar Kip Kilpatrick. Angie werkte voor Kip Kilpatrick. Harding won een halfjaar geleden de jackpot. Angie begon vier maanden geleden binnen te lopen.' Ze wees naar de laatste naam. 'Ze hebben allemaal banden met Rippy.'

Will pakte het notitieboekje en bestudeerde de namen. Faith zag zijn ogen bewegen, maar ze wist niet hoe snel hij de tekst in zich opnam. Ze wist dat hij beter was met woorden die hij eerder had gezien, maar er stonden nieuwe namen op de bladzij.

Will legde het boekje neer. 'Stel dat we op dit moment een zaak opbouwen,' zei hij. 'Palmer is om wat voor reden dan ook pleite. Rippy is onschendbaar. De enige twee over wie we zekerheid hebben zijn Harding en Angie. Die waren allebei op dezelfde locatie, de club. Een van hen is daar gestorven. De ander is gestorven vanwege iets wat daar gebeurd is. Waarschijnlijk gestorven.'

Faith liet dat 'waarschijnlijk' passeren.

'Die pijlen naar Rippy zien er op papier goed uit,' zei hij, 'maar in feite hebben we geen rechtstreekse lijn, want ze lopen allemaal hierdoorheen… ' Hij tikte met zijn vinger op Kilpatricks naam. 'Hij is de tussenpersoon, hij staat tussen Rippy en de rest in. Stel dat we door een wonder een stevige aanklacht wegens moord kunnen opbouwen, met bewijs en allemaal andere mooie dingen, en dat de rechter ons een arrestatiebevel geeft. Dan wordt Rippy niet aangeklaagd, maar Kilpatrick. Daar betaalt Rippy hem voor. En als jij denkt dat we een aanklacht wegens samenzwering kunnen opbouwen, droom je maar lekker door. Harding is dood. Angie is waarschijnlijk dood. Rippy ontspringt de dans, zoals hij dat altijd doet.'

Ze kon niet accepteren dat hij gelijk had, ook al was zijn verhaal zo logisch als wat. 'Onze Jane Doe kan iets gezien hebben,' zei ze. 'Ze was in het kantoorgebouw aan de overkant van de straat. Daarvandaan kon ze alles overzien.' Faith keek op het klokje van haar mobiel. 'Ze kan elk moment uit haar morfineroes ontwaken. Dan gaan we met haar praten.'

Erg hoopvol keek Will niet.

Faith sloeg haar notitieboekje dicht. Ze kon er niet meer naar kijken. 'Waarom denk je dat ze zich van kant wilde maken?'

'Misschien was ze eenzaam?' Hij legde zijn arm over de rugleuning van de lege stoel naast hem. 'Het is zwaar om dakloos te zijn. Je weet niet wie je kunt vertrouwen. Je slaapt nooit écht. Er is niemand om mee te praten.'

Will was de eerste die de vraag echt probeerde te beantwoorden, besefte Faith. 'Hoeveel coke heeft ze gebruikt?'

'Vijftig gram, schat ik.'

'Jezus christus. Dat is bijna drieduizend dollar aan coke. Hoe kwam ze daar in godsnaam aan?'

'Dat kunnen we haar vragen als ze wakker wordt.' Hij legde zijn hand op zijn borst en zijn gezicht vertrok van de pijn. 'Het lijkt wel of ik een hartaanval krijg.'

In paniek wilde Faith overeind komen, maar hij hield haar tegen.

'Niet echt. Het is een soort benauwdheid.' Hij wreef met zijn vingers over zijn borst. 'Alsof het schudt vanbinnen. Heb jij dat nooit, dat je hart schudt in je borst?'

Daar had Faith voortdurend last van. 'Klinkt als stress.'

Will bleef over zijn borst wrijven. 'Sara heeft me een foto van Betty gestuurd. Ze lag in haar mandje bij Sara thuis. Dat is toch goed?'

Faith knikte, maar ze had geen idee. Will had zo zijn eigen manier om met mensen te communiceren.

'Ik heb online gezocht,' zei hij. 'Die lippenstift kost zestig dollar.'

Faith stikte bijna in een blaadje sla. Het duurste wat ze ooit op haar gezicht had aangebracht was een rauwe biefstuk nadat een verdachte haar een blauw oog had geslagen.

'Voor mij zien alle kleuren er hetzelfde uit,' zei Will. 'Zou jij het productnummer willen opzoeken in het recherchelogboek?'

'Will.' Faith legde haar vork neer. 'Die lippenstift interesseert Sara niet.'

Hij schudde zijn hoofd, alsof ze niet wist waarover ze het had. 'Ze was woest, des duivels.'

'Will, luister nou. Het gaat niet om het geld. Dat Angie het gestolen heeft, daar gaat het om.'

'Zo is Angie nou eenmaal.' Dat leek hem een toereikend excuus. 'In onze jeugd hadden we helemaal niks. Als je iets zag wat je graag wilde hebben, pakte je het. Anders had je nooit iets. En al helemaal niks moois.'

Faith zocht naar een manier om het uit te leggen. 'Stel dat een ex-vriend van Sara in haar flat inbrak en het T-shirt stal waarin je altijd slaapt?'

'Dan zou hij toch Sara's shirt stelen?'

Faith kreunde. Wat hadden mannen het toch makkelijk. Als ze kwaad op elkaar waren, vochten ze het uit. Vrouwen sneden zichzelf en bezorgden elkaar eetstoornissen.

'Weet je nog van die zelfmoord vorig jaar in dat detentiecentrum voor vrouwen?' vroeg ze.

'Alexis Rodriguez. Ze had haar polsen doorgesneden.'

'Precies. En toen we de andere gevangenen vroegen waarom ze het gedaan had, zeiden ze dat meiden haar spullen hadden gestolen. Niet alleen de spullen die ze in de gevangeniswinkel kocht. Als ze een pen even neerlegde, was hij het volgende moment weg. Als ze haar sokken had uitgetrokken, waren ze opeens foetsie. Zelfs haar afval werd gestolen. Waarom denk je dat ze dat deden?'

'Uit valsheid,' zei hij schouderophalend.

'Om haar duidelijk te maken dat ze helemaal niets had. Hoe belangrijk of onbenullig het ook was, het kon elk moment afgepakt worden, en ze kon er niets tegen doen.'

Hij keek bedenkelijk.

'Waarom zou Angie anders die briefjes op Sara's auto hebben achtergelaten?'

'Omdat ze kwaad was.'

'Natuurlijk, ze was kwaad, maar ze was ook met Sara aan het kloten.'

Will ging verzitten. Hij begreep het nog steeds niet.

'Angie was een pestkop, Will. En ze wilde Sara laten weten dat ze je op elk willekeurig moment kon opeisen. Daarom stal ze de lippenstift. Daarom schreef ze die briefjes. Ze markeerde haar territorium.' Faith kon er niet omheen: 'En jij liet haar ermee wegkomen.'

Weer leunde Will achterover. Hij stond niet op, hij vertrok niet. Hij zei niet dat ze zich met haar eigen zaken moest bemoeien. Hij wreef over zijn kaak en staarde naar de afvalbak naast de deur.

Faith wachtte. En wachtte. Ze probeerde haar salade op te eten. Ze keek op haar telefoon om te zien of ze nieuwe berichten had.

'Ze heeft een briefje voor me achtergelaten,' zei Will. 'Angie.'

Faith zweeg, nog steeds afwachtend.

'Amanda weet het niet. Tenminste, dat denk ik. Het zat in die postbus.' Hij staarde naar zijn handen. 'Ze heeft mijn naam met blokletters op de buitenkant geschreven, maar de brief zelf is in schuinschrift.'

Faith wist dat het Will moeite kostte schuinschrift te lezen. Angie wist dat ongetwijfeld ook, waardoor Faith haar een nog grotere bitch vond dan ze al deed.

'Ik kan Sara niet vragen het voor te lezen,' zei hij. 'Dat briefje.'

'Nee, natuurlijk niet.'

'Dat wilde ze namelijk. Dat Sara het voorlas. Hardop. Aan mij.'

'Reken maar.'

'Dus, eh...'

Faith slikte. Will had haar nog nooit gevraagd hem iets voor te lezen. Dat was altijd zijn eer te na geweest. Als het zijn beurt was, schreef hij hun rapporten. Hij was de enige man met wie ze ooit had samengewerkt die geen poging deed haar tot zijn privésecretaresse te maken.

'Oké,' zei ze.

Uit zijn broekzak haalde hij een opgevouwen blaadje uit een schrift. De rand was rafelig omdat hij van de spiraal was losgescheurd. Hij vouwde de brief open en streek hem glad op de tafel. Het blaadje stond vol woedende woorden, die de kantlijnen doorkruisten en aan de achterkant verdergingen. Bepaalde stukken waren onderstreept. De pen was zelfs dwars door het papier gegaan.

Faith kromp ineen toen haar oog op de naam Sara viel. 'Weet je het zeker?'

Will zweeg. Hij wachtte.

Er zat voor Faith niets anders op dan de brief om te draaien en te beginnen met lezen. 'Hé, schat. Als iemand dit aan je voorleest, ben ik dood.'

Will nam zijn hoofd in zijn handen.

'Ik hoop dat het Sara is, want die ku...' Inwendig vervloekte Faith Angie. '...want die kut moet weten dat je nooit van je leven zoveel van haar zult houden als van mij.' Angie keek op naar Will. Hij hield zijn hoofd nog steeds in zijn handen.

Faith richtte zich weer op de brief.

'Herinner je je het souterrain nog? Vertel je dierbare Sara maar over het souterrain, want dat verklaart alles. Dan snapt ze dat je haar alleen neukt omdat ze een slecht surrogaat voor mij is. Je hebt haar over alles voorgelogen.' Turend naar het gekrabbel probeerde Faith de volgende paar woorden te ontcijferen. 'Je vindt haar aardig omdat ze je veiligheid biedt en omdat ze...' Faith stopte. Haar ogen waren sneller dan haar mond. 'Ik denk niet...' zei ze.

'Alsjeblieft.' Zijn stem klonk gedempt achter zijn handen. 'Als jij het niet voorleest, zal ik het nooit weten.'

Faith schraapte haar keel. Haar gezicht brandde van gêne. Om zichzelf. Om Sara. 'Je vindt haar aardig omdat ze je veiligheid biedt en omdat ze je pijpt en je ziet haar het nooit uitspugen, want dat hoort bij haar bedrog. Ze is niet voor niets je schoothondje.' In stilte liet Faith haar blik over de volgende zinnen gaan, in de vurige hoop dat ze het ergste had gehad.

Dat moest nog komen.

'Behoeftige bitches zoals Sara willen huisje-boompje-beestje en de kindjes in de tuin. Wat dacht je daarvan: een stel monstertjes met jouw vernachelde genen? Achterlijke losertjes die te stom zijn om hun eigen naam te lezen?'

Weer moest Faith even stoppen, deze keer om haar eigen woede te bedwingen.

Ze ging weer door. 'Ga eens bij jezelf na: zou je ooit voor haar je leven op het spel zetten? Sara Linton is een saaie trut. Daarom kun je me niet loslaten. Daarom heb je deze brief gevonden. Ze zal je nooit opgeilen zoals ik dat doe. Je zult nooit naar haar verlangen zoals je naar mij verlangt. Ze zal nooit snappen wie je echt bent. De enige persoon op aarde die je ooit heeft begrepen, was ik, en nu ben ik dood terwijl jij geen reet hebt gedaan om dat te voorkomen.' Faiths opluchting was bijna tastbaar toen ze bij de laatste regel aankwam. 'Liefs, Angie.'

Will zat nog steeds met zijn hoofd in zijn handen.

Faith vouwde het briefje weer tot een vierkantje op. Dit was bewijs. Angie had geweten dat ze ging sterven, wat betekende dat het moord met voorbedachten rade was. In gedachten liet Faith alles de revue passeren. Als en wanneer de moordenaar gepakt werd, kwam er een rechtszaak. De brief aan Will zou openbaar worden. Dat was de laatste klap die Angie aan Sara uitdeelde. En Sara zou knock-out gaan.

'Je moet dit vernietigen,' zei Faith.

Will keek op. Zijn ogen glinsterden in het licht van de plafondlampen.

Faith scheurde de brief doormidden. Toen scheurde ze hem nog eens doormidden en nog eens, tot Angies kwaadaardige woorden in duizend stukken waren gereten.

'Denk je dat ze dood is?' vroeg Will.

'Ja. Je hebt het bloed gezien. Je hebt gehoord wat Angie heeft geschreven, dat ze wist dat ze binnenkort dood zou zijn.' Faith veegde de snippertjes op een hoop. 'Niets over die brief tegen Sara zeggen. Dat zou alles kapotmaken. Precies wat Angie wilde.'

Opnieuw wreef hij over zijn borst. Hij zag bleek.

Faith probeerde zich te herinneren wat de symptomen van een hartaanval waren. 'Doet je arm pijn?'

'Ik voel me verdoofd,' zei hij, en hij leek al even verbaasd als Faith omdat hij het toegaf. 'Hoe slaan mensen zich door iets dergelijks heen?'

'Ik weet het niet.' Faith trok haar vinger door de papiersnippertjes en maakte er weer een hoopje van. 'Toen mijn vader stierf, stond mijn hele wereld op zijn kop.' Ze voelde tranen opkomen, want zelfs vijftien jaar was niet lang genoeg om het verlies te verwerken. 'Op de dag van de begrafenis dacht ik dat ik het niet zou redden. Jeremy was er kapot van. Mijn vader werkte altijd thuis en ze waren heel hecht.' Faith ademde diep in. 'We zijn dus op de begrafenis, en Jeremy stort finaal in. Hij huilde zoals ik hem sinds hij een baby was niet meer had zien huilen. Hij wilde me niet loslaten. Ik moest hem de hele tijd vasthouden.'

Ze keek op naar Will. 'Ik weet nog dat ik op de trap naar de kapel stond en dat ik een soort klik voelde, zo van *Oké, jij bent de moeder. Je moet sterk zijn voor je kind en pas als je alleen bent en het aankunt, mag je aan je eigen verdriet denken.* Faith glimlachte, maar het punt was dat ze nooit alleen was. Als ze geluk had, had ze 's morgens een halfuur voor Emma wakker werd, en dan kwamen de telefoontjes en moest ze zich klaarmaken voor haar werk en raasde de hele wereld weer over haar heen. 'Mensen redden het omdat ze geen keuze hebben. Je staat op. Je trekt je kleren aan. Je gaat naar je werk en je doet het gewoon.'

'Ontkenning,' zei Will. 'Dat heb ik weleens gehoord.'

'Zo ben ik de vrouw geworden die ik vandaag de dag ben.'

Hij trommelde met zijn vingers op het tafelblad en keek haar aan zoals hij dat altijd deed als hij erachter probeerde te komen wat er mis was. 'Delilah Palmer. Je maakt je zorgen omdat je de goede aanwijzing aan Collier hebt gegeven.'

Pas toen ze hem hoorde raden wat er mis was, besefte ze zelf wat er mis was. 'Het is niet omdat ik met de eer wil gaan strijken. Ik bedoel, natuurlijk wil ik met de eer gaan strijken, maar er is iets met die Collier wat...'

'Ik vertrouw hem ook niet.'

Haar telefoon piepte. De verpleegkundige had haar eindelijk een bericht gestuurd. 'O, kut.' Faith moest het twee keer lezen voor ze het geloofde. 'Onze Jane Doe is weer naar de operatiezaal gebracht. Als ze het redt, kunnen we morgenochtend pas met haar praten.'

Will moest lachen, maar niet omdat het grappig was. 'En wat nu?'

'Ik ga naar huis.' Faith veegde Angies verscheurde brief op haar open hand. Ze gaf het hoopje aan Will. 'Doorspoelen, en dan met Sara praten.'

ZEVEN

Sara lag op de bank met Betty naast zich op het kussen. Het hondje was erin geslaagd haar hele lijfje rond Sara's hoofd te plooien. Haar twee windhonden, Bob en Billy, lagen over haar benen gedrapeerd.

Aan het begin van de avond had ze met een kop kruidenthee aan de eettafel gezeten en zich in uremische vorst verdiept. Vervolgens was ze met een glas wijn naar de keukenbar verkast om een artikel voor een tijdschrift na te kijken. Daarna had ze eens rondgekeken in het appartement en was tot de conclusie gekomen dat het aan een schoonmaakbeurt toe was. Als Sara ergens mee zat, ging ze altijd schoonmaken, maar dit was een van de zeldzame keren dat ze zelfs daar te aangeslagen voor was. En daarom lag ze nu onder een knoedel honden en met een glas whisky op de bank.

Nippend van haar glas keek ze op haar laptop, die ze op een kussen op haar buik had gezet. De hele avond al had ze zich aan onschuldige verleidingen overgegeven. Ze was begonnen met een documentaire over Peggy Guggenheim, maar was blijven hangen in Buffy the Vampire Slayer. Tenminste, ze had het proberen te volgen. Niet dat het verhaal zo ingewikkeld was – Buffy ging een vampier doden, dat was duidelijk – maar door de alcohol en haar andere problemen kon Sara zich niet concentreren.

Will had niet gebeld. Hij had geen berichtje geschreven, ook niet toen ze hem een foto van Betty had gestuurd. De hele dag had hij naar Angie gezocht, en zelfs nu Angie naar alle waarschijnlijkheid dood was, had hij nog steeds niet de moeite genomen contact op te nemen.

Als het in Sara's aard had gelegen om een beslissing te forceren, had ze Wills radiostilte als antwoord opgevat.

Ze zette de film op pauze, nam haar bril af en sloot haar ogen.

In gedachten ging ze terug naar zaterdagochtend, waarbij ze het gedeelte waar Angie Will had opgewacht wegliet. Vrijdagavond hadden ze besloten in Wills huis te blijven slapen, want hij had een omheinde achtertuin en een hondenluik in de keuken, wat betekende dat de dieren zichzelf konden redden terwijl de mensen uitsliepen.

Om halfvijf was Sara wakker geworden. De vloek van elke dienstdoende arts. Het lukte haar niet haar gedachten uit te schakelen en weer in slaap te vallen. Eerst overwoog ze wat te werken of haar zus te bellen, maar in plaats daarvan had ze naar de slapende Will gekeken, het soort dwaasheid dat je alleen in films zag.

Hij lag op zijn rug, met zijn hoofd opzij gedraaid. Een streepje licht vanonder het rolgordijn speelde over zijn gezicht. Ze had zijn wang gestreeld. Zijn ruwe huid had haar tot verder onderzoek verleid. Ze had met haar vingers over zijn borst gestreken. In plaats van verder af te dalen had ze haar hand op zijn hart gelegd en het gestage kloppen gevoeld.

Wat ze zich vooral herinnerde van die ochtend was de overweldigende vreugde om wat ze het hare mocht noemen. Zijn hart was van haar. Zijn geest. Zijn lijf. Zijn ziel. Ze waren nog maar anderhalf jaar samen, maar met elke dag die verstreek, hield ze meer van hem. Haar relatie met Will was een van de belangrijkste banden die ze ooit was aangegaan.

Niet dat Sara zoveel relaties had gehad. Steve Mann, haar eerste vriendje, had alle opwinding bij haar opgewekt waartoe de derde trombone in de schoolband in staat was. Mason James, die ze tijdens haar studie medicijnen had leren kennen, was zo verliefd op zichzelf geweest dat geen enkele vrouw eraan kon tippen. Nadat Sara hem aan haar familie had voorgesteld, had haar moeder geschamperd: 'Die man heeft een trap nodig om over zijn eigen ego heen te kijken.'

En dan was er Jeffrey Tolliver, haar man.

Sara deed haar ogen open.

Ze nam weer een slok van haar glas, dat op dat moment meer water dan whisky bevatte, en keek op de klok. Het was te laat om haar zus te bellen. Sara wilde met iemand praten, de enorme explosie verwerken die haar leven aan gruzelementen had geblazen, en Tessa was haar enige veilige haven. Faith moest Wills kant wel kiezen, want ze waren partners en hun veiligheid was nauw verbonden met hun onvoorwaardelijke wederzijdse loyaliteit. Haar moeder bellen was niet aan de orde. Het eerste wat er over

Cathy Lintons lippen zou komen was een overduidelijk: 'Heb ik het niet gezegd?'

En inderdaad: haar moeder had het gezegd. Heel vaak. Ontelbare keren. Begin niet aan een getrouwde man. Word niet verliefd op een getrouwde man. Denk niet dat je een getrouwde man ooit kunt vertrouwen. Sara had gedacht dat hun geschiedenis genuanceerder was dan haar moeder meekreeg, maar nu begon ze eraan te twijfelen. Nog erger dan 'Heb ik het niet gezegd?' waren de woorden: 'Ja, mam, je had gelijk.'

Weer keek Sara op de klok. Er was nog geen minuut verstreken. Ze woog de voor- en nadelen van haar zus wakker bellen tegen elkaar af. Tessa woonde in Zuid-Afrika. Aan haar kant van de wereld was het twee uur 's nachts. Ze zou in paniek raken als de telefoon ging. Bovendien wist Sara precies hoe het gesprek zou verlopen. Het eerste wat Tessa zou zeggen was: 'Laat hem merken hoe je je voelt.'

Wat ze bedoelde was dat Sara zich helemaal moest laten gaan, dat ze Will moest laten zien hoe verschrikkelijk ze eraan toe was en dat ze niet kon leven zonder hem. Dat was een leugen, want Sara kon wel leven zonder Will. Ze zou zich ellendig voelen, ze zou er kapot van zijn, maar ze zou het redden. Dat had het verlies van haar man haar in elk geval geleerd.

Maar Tessa zou het niet goedvinden dat Sara zich achter Jeffreys dood verschool. Waarschijnlijk zou ze zeggen dat ze zich niet sterker hoefde voor te doen dan ze was, waarop Sara zou antwoorden dat een van de dingen die Will in haar bewonderde haar kracht was. Dan zou Tessa weer zeggen dat ze kracht met koppigheid verwarde en vervolgens zou ze doen wat ze altijd deed: verwijzen naar wat in hun gezin het Bambivoorval werd genoemd. De eerste keer dat ze de film hadden gezien, had Tessa wanhopig moeten huilen. Sara had gemompeld dat ze een dictee moest voorbereiden, want ze wilde niet dat anderen haar tranen zagen.

Tessa zou eindigen op een toon die sterk aan hun moeder deed denken: 'Alleen een gek denkt dat hij anderen voor de gek kan houden.'

Niets was minder waar: Sara had er haar beroep van gemaakt anderen voor de gek te houden. Een ouder met een ziek kind zat niet op een jankende arts te wachten. Een doodsbange patiënt had niets aan een dokter die naast zijn bed instortte. Dat soort vaardigheden waren multi-inzetbaar. Ze schoot er niets mee op als ze voor Wills ogen in de vernieling ging. Het was een goedkope manier om een ruzie te beslechten. Dan zou hij haar troosten, en zij zou zich rot voelen omdat ze hem gemanipuleerd had, en de volgende ochtend zou alles weer bij het oude zijn.

Dan zou hij nog steeds verliefd zijn op zijn vrouw.

Sara nam een slok whisky, maar slikte die nog even niet door.

Was dat de waarheid? Hield Will echt van Angie zoals een man van zijn echtgenote hield? Hij had tegen Sara gelogen, voor haar verzwegen dat hij Angie zaterdag had gezien. Waarschijnlijk loog hij ook over andere dingen. De dood was bij uitstek een katalysator voor je gevoelens. Door het verlies van Angie was Will misschien gaan beseffen dat hij Sara toch niet wilde.

Hij hoefde niet te bellen of een bericht te sturen als er niets meer te zeggen viel.

De honden roerden zich. Bob sprong van de bank en Billy volgde. Er werd zachtjes aangeklopt. Sara keek naar de deur, alsof die kon uitleggen hoe iemand het gebouw was binnengekomen zonder de intercom te gebruiken. Sara woonde in een penthouse. Ze had maar één buur, Abel Conford, die de hele maand op vakantie was.

Weer werd er zachtjes geklopt. De honden trippelden naar de deur. Betty bleef op het kussen liggen en gaapte.

Sara zette haar laptop op de salontafel en dwong zichzelf op te staan. En om niet kwaad te worden, want de enige reden waarom de honden niet blaften, was dat ze de man kenden die had aangeklopt.

Vorig jaar had ze Will een sleutel gegeven. De eerste week had ze het aandoenlijk gevonden dat hij nog steeds aanklopte. Nu was het irritant.

Ze deed open. Daar stond Will, met zijn handen in zijn zakken. Hij had een spijkerbroek aan en de grijze polo van Ermenegildo Zegna die ze tussen zijn Gap-T-shirts had geschoven.

'Ben je zonder mij Buffy aan het kijken?' vroeg hij toen hij de laptop zag.

Sara liet de deur openstaan en liep terug om haar glas te pakken. Haar appartement was een loft, met de keuken en het woon- en eetgedeelte in één grote, open ruimte. Sara was blij dat ze wat afstand van Will kon nemen. Ze ging op de bank zitten. Betty stond op van het kussen, rekte zich uit en gaapte weer, maar ze liep niet naar Will.

Hij liep ook niet naar de hond. Of naar Sara. In plaats daarvan ging hij met zijn rug tegen de keukenbar staan en vroeg: 'Is het goed gegaan? Bij de dierenarts?'

'Ja hoor.'

Hij sloeg zijn handen ineen zoals hij dat vroeger altijd deed als hij zijn trouwring rond zijn vinger draaide. Het vel op de knokkels van zijn wijs- en middelvinger was opengeschaafd.

Sara vroeg niet hoe hij aan de wondjes kwam. Ze nam weer een slok.

'Er is een meisje,' zei hij. 'Ze weet misschien iets wat Harding ook wist. Wat tot zijn dood heeft geleid. Wat ook tot haar dood kan leiden.'

'Gaat het om die Jane Doe die je in het kantoorgebouw hebt gevonden?' vroeg Sara, alsof het haar ook maar iets interesseerde.

'Nee, een ander meisje. Hardings vrouw. Dochter. Zeg het maar. We weten het niet.'

Sara sloeg haar whisky achterover.

'Ik heb een wond.' In plaats van zijn hand op te steken, draaide hij zich om en liet haar de achterkant van zijn rechterbeen zien. Op zijn broekspijp zat een donkere bloedvlek. 'Ik ben door een vloer gezakt.' Hij zweeg even. 'Er zitten wat splinters in.'

'Als het langer dan zes uur geleden is gebeurd, is het te laat om te hechten.'

Will zweeg nog steeds.

Nu zweeg Sara ook. Hij moest niet denken dat ze het hem gemakkelijk ging maken. Als hij een punt achter hun relatie wilde zetten, moest hij laten zien dat hij een kerel was.

'Heb je veel op?' vroeg hij. 'Drank, bedoel ik.'

'Nog lang niet genoeg.' Sara stond op van de bank. Op weg naar de keuken moest ze langs Will. Haar maag zou zeker in opstand komen tegen een tweede glas sterkedrank na de wijn die ze eerder had gedronken, maar toch schonk ze zichzelf weer in.

Vanaf de andere kant van de bar keek Will toe terwijl ze het glas volschonk. Hij had een fysieke weerzin tegen alcohol. Hij rechtte zijn schouders, hief zijn kin. Ze vroeg zich af of hij dat zelf doorhad. Waarschijnlijk was het in zijn spiergeheugen opgeslagen na alle zuiplappen die hem mishandeld hadden toen hij klein was. Zoals met zoveel dingen het geval was, sprak Will ook hier niet over.

'Wil je er ook een?' vroeg ze.

Hij knikte. 'Oké.'

Eén keer eerder had Sara hem zien drinken, maar dat was onder dwang geweest. Ze had een scheutje whisky in zijn keel gegoten omdat hij aan één stuk door had gehoest.

'Heb je gin?' vroeg hij.

Ze bukte zich om in de drankkast te kijken, die ze tot vanavond maandenlang niet had geopend. Op de folie rond de wijnkurken zat een laagje stof. Achterin stond een volle fles gin, maar een stemmetje zei haar dat gin typisch een drank voor Angie was, en ze was niet van plan om in haar eigen keuken op de dode vrouw van haar vriend te toosten.

'Geen gin,' zei ze. 'In de koelkast staat wijn, of wil je whisky?'

'Heb ik dat eerder ook gehad?'

Sara pakte een glas en schonk hem een dubbele whisky in. Toen hij geen aanstalten maakte het glas te pakken, schoof ze het over de bar. Nog steeds raakte hij het niet aan.

'Van Amanda mocht ik het niet tegen je zeggen, maar er was een briefje van Angie.'

Will trok wit weg. 'Hoe is ze...'

'Wist je dat al?'

Weer deed hij zijn mond open, maar er kwam geen geluid uit.

'Ik ben blij dat het geen geheim meer is. Ik wilde niet liegen of doen alsof ik van niets wist. Dat zou wel erg hypocriet zijn.'

'Hoe...' Hij aarzelde. 'Hoe heeft Amanda het ontdekt?'

'Zij leidt het onderzoek, Will. Het is haar taak om alles te weten.'

Hij legde zijn handen gespreid op de bar en weigerde haar aan te kijken. In gedachten keerde Sara terug naar het busje van de technische recherche, en weer zag ze Charlies opgetogen gezicht toen hij haar het oplichtende HELP ME liet zien dat op de muur had gestaan. Angie was zwaargewond geweest, haar leven hing aan een draadje, maar ze had de tijd genomen om met haar eigen bloed die woorden op te schrijven, in de wetenschap dat Will ze zou zien. Dat Sara ze zou zien. Dat iedereen zou weten dat Angie Will altijd in haar klauwen hield. Ze had evengoed FUCK YOU, SARA LINTON kunnen schrijven.

'Heb je het gelezen? Dat briefje?' vroeg Will.

'Ja. Ik was degene die haar handschrift herkende.'

Will keek nog steeds naar zijn handen. 'Sorry daarvoor.'

'Hoezo? Je hebt zelf gezegd dat je haar niet in de hand hebt.'

'Wat ze schreef…' Zijn stem stierf weg. Hij klonk radeloos. 'Het is niet belangrijk. Niet voor mij.'

Sara geloofde hem niet. Angies dood was nog niet tot hem doorgedrongen. 'Voor haar was het wel belangrijk. Het is waarschijnlijk het laatste wat ze voor haar dood heeft geschreven.'

Hij hief het glas, sloeg de whisky achterover en hoestte zo ongeveer alles weer uit.

Sara trok een stuk papier van de keukenrol en reikte het hem aan.

De tranen stonden in zijn ogen. Hij veegde de troep van de bar. Hij zweette en maakte een aangeslagen indruk. Daar had hij alle reden toe. Angie was dood. Ze had hem om hulp gesmeekt. Hij had haar niet kunnen redden, niet nu het er echt op aankwam. Dertig jaren van zijn leven waren verdwenen. Waarschijnlijk verkeerde hij in shock. Alcohol was wel het laatste waar hij behoefte aan had.

Sara nam het glas weg en zette het in de spoelbak. 'Ga maar naar je badkamer, dan kom ik zo bij je.' Zonder hem de kans te geven te reageren nam ze haar bril van de bank en liep door de gang naar haar werkkamer. Ze pakte haar dokterstas van het schap en draaide zich om.

Ze wilde de kamer niet uit.

Met de tas in haar handen bleef ze bij haar bureau staan en dwong zichzelf kalm te worden.

Dit viel niet te repareren. Zijn been kon ze hechten, hun relatie niet.

Om het probleem heen praten was alleen maar uitstel van executie. Toch kon ze het niet opbrengen hem erop aan te spreken. Ze was verstijfd, doodsbang voor de gevolgen als ze echt het gesprek aangingen over wat er gebeurd was en wat er nog ging gebeuren. Ze kon niet in de toekomst kijken. Er was alleen een uitgestrekte, onbekende leegte. Ze stond in de donkere kamer en luisterde naar het bloed dat door haar oren suisde. Ze telde tot vijftig, tot honderd, en toen zette ze zichzelf in beweging.

De gang had nog nooit zo lang geleken. Het waren maar een paar stappen, maar ze voelden als een zware tocht. Wills badkamer was in de voormalige logeerkamer. In het belang van hun relatie had Sara Will een eigen plek gegeven. Toen ze eindelijk de hoek om liep, wachtte hij haar op in de deuropening.

'Trek je broek uit,' zei ze.

Will staarde haar aan.

'Dat is makkelijker dan je pijp oprollen.' Ze leegde de inhoud van haar dokterstas in de wasbak en zocht de instrumenten uit die ze nodig had. 'Trek je broek uit. En je sokken. En ga dan in de badkuip staan. Ik moet de wond schoonmaken.'

Will deed wat ze vroeg, en even kromp hij ineen toen hij de spijkerbroek lostrok van zijn been. Het bloed was door het verband heen gedrongen, maar het verband was dan ook niet veel meer dan een grote pleister. Hij stapte in de badkuip.

'Haal dat verband eraf.' Sara zocht naar een paar handschoenen, maar bedacht zich. Als Angie Will een ziekte had bezorgd, had zij die ook al. Ze zette haar bril op. 'Draai je opzij.'

Will draaide zich een kwartslag. Het been zag er erger uit dan ze had verwacht. Dit ging om meer dan een paar splinters. Op de zijkant van zijn kuit zat een diepe rijtwond van zo'n zeven centimeter. Vuil had zich met het bloed tot een korst vermengd. Het was te laat voor hechtingen, want dan zou ze een infectie insluiten.

'Heb je de wond gewassen?' vroeg ze.

'Dat heb ik geprobeerd onder de douche, maar het deed pijn.'

'Dit gaat nog meer pijn doen.' Sara schroefde de dop van een flesje Betadine. Ze deed het deksel van de wc omlaag zodat ze kon zitten. Zonder te waarschuwen goot ze een koude stroom ontsmettingsmiddel rechtstreeks in de wond.

Will greep de gordijnstang vast en rukte het ding bijna van de muur. Sissend blies hij de lucht tussen zijn tanden door.

'Gaat het?' vroeg ze.

'Yep.'

Sara wipte een brokje vuil uit de wond. Hij had de boel slecht schoongemaakt. Bloedkorstjes vielen in de witte porseleinen badkuip. Will ging op zijn tenen staan. Met zijn handen aan de douchekop en de stang van het douchegordijn zette hij zich schrap. Hij had zijn kaken op elkaar geklemd. Daar ging de eed van Hippocrates. Sara was van een zorgzame arts in een agressieve bitch veranderd. Ze zette het flesje weg. Wills been trilde. 'Zal ik je verdoven?'

Hij schudde zijn hoofd. Zijn shirt was omhooggekropen. Hij hield zijn adem in. Ze kon elke gespannen spier in zijn onderbuik zien.

Ze was te ver gegaan en voelde zich schuldig. 'Sorry. Ik wil je geen pijn doen. Dat heb ik natuurlijk wel gedaan, maar ik –'

'Het geeft niet.'

'Nee, het geeft wel, Will. Het is niet goed.'

Haar woorden weergalmden door de badkamer. Ze klonk kwaad. Ze wás kwaad. Ze wisten allebei dat ze het niet over zijn been had.

'Ik weet waarom Angie je lippenstift heeft gestolen,' zei Will.

Sara zweeg afwachtend.

'Ze wilde je treiteren. Ik had haar moeten tegenhouden.'

'Hoe dan?' Sara was oprecht nieuwsgierig. 'Het is net zoiets als die kreet die ze voor je op de muur van de club heeft geschreven. Ze wist dat Charlie of iemand anders het hele gebied met luminol zou bewerken. Dat ik het zou zien. Dat het openbaar zou worden. Ze doet gewoon wat ze wil.'

'De muur.' Will knikte, alsof dat alles verklaarde. 'Ja.'

'Ja,' beaamde Sara, en zo waren ze weer terug bij af.

Met een gaasje dat ze onder de badkraan bevochtigde, veegde ze de Betadine af. Uiteindelijk liet Will zijn hiel weer zakken. Ze schepte warm water over zijn been en zijn voet en wreef de jodiumvlek weg. Ze had er een bende van gemaakt. Zelfs op de handdoek waarmee ze hem droog had gedept, zaten geelbruine vegen van het ontsmettingsmiddel.

'Dat was het zwaarste gedeelte,' zei ze. 'Ik kan je nog altijd verdoven. Sommige splinters zitten heel diep.'

'Het gaat wel.'

Sara nam een zaklamp uit de la. Ze pakte de pincet uit haar tas. Vlak onder het huidoppervlak zaten allemaal zwarte splintertjes. Ze telde er drie die dieper zaten en die eerder aan stukjes hout deden denken. Bij elke stap hadden ze waarschijnlijk in zijn vlees gestoken.

Ze vouwde de handdoek dubbel en knielde op de tegelvloer om goed bij de splinters te kunnen.

Nog voor ze hem aanraakte, kromp Will al ineen.

'Probeer je spieren te ontspannen.'

'Ik doe mijn best.'

Weer deed ze haar aanbod. 'Ik heb hier wat lidocaïne. Het is maar een klein naaldje.'

'Het gaat echt wel.' De wurggreep waarmee hij de gordijnstang omklemde, vertelde een ander verhaal.

Deze keer probeerde Sara voorzichtig te doen. Als coassistent op kindergeneeskunde had ze urenlang hechtingen op perziken aangebracht om een zachtere hand te ontwikkelen. Maar sommige soorten pijn waren niet te vermijden. Will bleef stoïcijns, ook toen ze een stuk hout ter grootte van een tandenstoker uit de open jaap peuterde.

'Sorry,' zei ze nog een keer, want ze vond het vreselijk om hem pijn te doen. Op dit moment, tenminste. 'Deze zit echt diep.'

'Geeft niet.' Even haalde hij adem, maar alleen om te kunnen praten. 'Schiet nou maar op.'

Dat probeerde Sara, maar Wills kuit was een blok beton en dat hielp niet echt. Ze dacht aan de eerste keer dat ze hem in hardloopshort had gezien. Bij de aanblik van zijn magere, gespierde benen was het bloed naar haar wangen gestegen. Hij rende acht kilometer per dag, vijf dagen per week. Meestal liep hij een eindje om naar de plaatselijke middelbare school, waar hij de trap van het stadion op en neer rende. In Florence stonden beelden die minder gespierd waren.

'Sara?'

Ze keek naar hem op.

'Ik had sterkere sloten op de deuren moeten zetten. Een bijzetslot. Een alarm. Het spijt me dat ik dat niet gedaan heb. Het was weinig respectvol naar jou toe.'

Voorzichtig peuterde Sara de laatste splinter eruit. Nu hij eindelijk zijn mond opendeed, wilde zij er niet meer over praten. Ze ging op haar hurken zitten en legde de pincet weg. Haar bril haakte ze aan haar boord. Will stond in zijn boxershort voor haar. Hij hield zijn armen nog steeds boven zijn hoofd. Door alle drank in haar lijf bedacht ze dat er een gemakkelijke manier was om hem de nacht door te helpen.

'Iedereen vertelt me hoe het is om iemand te verliezen,' zei Will.

Sara pakte een rol verband en schoon gaas uit de wasbak.

'Faith heeft me over de dood van haar vader verteld. Amanda over die van haar moeder. Wist je dat die zich heeft opgehangen?'

Sara schudde haar hoofd terwijl ze het verband om Wills been wikkelde.

'Ik maak mezelf gewoon wijs dat Angie is waar ze altijd naartoe gaat als ze me verlaat. Waar dat ook is.'

Sara stond op en waste haar handen.

Will trok zijn spijkerbroek aan. 'Als me dat lukt, red ik het geloof ik wel. Ik zeg gewoon tegen mezelf dat ze niet echt weg is. Als ze dan niet terugkomt, is het niet zo erg. Dan is het net als alle vorige keren.'

Sara draaide de kraan dicht. Haar hand trilde, of eigenlijk was het een soort vibratie die door haar hele lichaam trok, alsof haar zenuwen met een stemvork waren aangeraakt.

'Wil je weten hoe het was toen mijn man overleed?' vroeg ze.

Hij knoopte zijn broek dicht, maar nu keek hij op. Sara had het hem wel verteld, maar niet in detail.

'Het was alsof er een hand in mijn borst werd gestoken om mijn hart eruit te rukken,' zei ze.

Hij trok zijn rits omhoog. Zijn gezicht stond uitdrukkingloos. Hij had geen idee wat Angies dood voor uitwerking op hem zou hebben.

'Ik voelde me hol,' zei Sara. 'Alsof ik leeg was vanbinnen. Ik wilde mezelf van kant maken. Ik heb ook geprobeerd mezelf van kant te maken. Wist je dat?'

Will keek verbijsterd. Ze had hem inderdaad over de pillen verteld, maar niet over haar bedoelingen. 'Je zei dat het per ongeluk was gegaan.'

'Ik ben arts, Will. Ik wist heus wel wat ik deed. Ambien. Hydrocodon. Tylenol.' De tranen begonnen te stromen. Nu de woorden over haar lippen kwamen, kon ze niet meer ophouden. 'Mijn moeder heeft me gevonden. Ze heeft een ambulance gebeld, en daarmee werd ik naar het ziekenhuis gebracht. Mensen met wie ik werkte, die ik mijn hele leven had gekend, moesten mijn maag leegpompen omdat ik het anders niet zou redden.' Ze had haar vuisten gebald. Het liefst had ze hem vastgegrepen en heen en weer geschud om hem aan zijn verstand te brengen dat je niet kon doen alsof de dood niet bestond. 'Ik smeekte ze me te laten gaan. Ik wilde dood. Ik hield van hem. Hij was mijn leven. Hij was het middelpunt van mijn wereld, en toen hij er niet meer was, was het voorbij. Er was niets meer over.'

Will schoot in zijn gympen. Hij luisterde, zonder te horen wat ze zei.

'Angie is dood. Op een gruwelijke manier vermoord.' Hij deinsde niet terug voor haar woorden. Als iemand vier jaar geleden hetzelfde over Jeffrey had gezegd, zou ze zijn ingestort. 'Dertig jaar lang is ze de belangrijkste persoon in je leven geweest. Je kunt jezelf niet simpelweg wijsmaken dat ze er even tussenuit is, dat ze lekker bruin van een strandvakantie terugkomt. Zo werkt het niet als je iemand verliest. Ik zag hem op de hoek van de straat. Ik hoorde zijn stem in de kamer. Ik wilde alleen maar slapen zodat ik over hem kon dromen. Ik wilde zijn kleren en zijn lakens niet wassen zodat ik hem nog steeds kon ruiken. Dat alles heb ik drie jaar lang gedaan, Will. Dag in dag uit, drie jaar lang. Ik leefde niet. Ik deed alleen maar alsof. Ik wilde net zo dood zijn als hij, tot...'

Op het laatste moment hield Sara zich in.

'Tot wat?'

Haar hand ging naar haar keel. Het voelde alsof ze over de rand van een rots hing.

'Tot wat?' herhaalde hij.

'Tot er genoeg tijd was verstreken.' Onder haar vingers voelde ze haar bonkende hartslag. Ze was kwaad. Ze was doodsbang. Ze was buiten adem, zo rauw waren haar woorden, en ze was laf omdat ze niet zei wat het geweest was dat haar leven had veranderd.

Ze kon het gewoonweg niet.

Ze zei: 'Je hebt tijd nodig om te rouwen.' Maar eigenlijk bedoelde ze: *Je kunt me beter een tijdlang niet zien, maar ik ben bang dat mijn hart dat niet aankan.*

Keurig netjes legde Will zijn sokken naast elkaar en vouwde ze dubbel. 'Ik weet dat je nooit van mij kunt houden zoals je van hem hebt gehouden.'

Alsof ze een klap in haar gezicht kreeg. 'Dat is niet eerlijk.'

'Kan zijn.' Hij stopte zijn sokken in zijn achterzak. 'Ik ga maar eens.'

'Ja, doe dat.' De woorden kwamen ongefilterd over haar lippen. Sara herkende haar stem. Ze wist alleen niet waarom ze het gezegd had.

Will wachtte tot ze een stap opzijzette zodat hij erlangs kon.

Ze volgde hem naar de woonkamer. Ze was totaal uit balans. Alles was veranderd, maar ze begreep niet hoe.

'Ik weet niet of ik nog werk heb.' Hij sprak tegen haar alsof er niets veranderd was. 'En als ik nog wel werk heb, houdt Amanda me weg van deze zaak. Faith zit samen met Collier op het onderzoek naar Palmer.' Hij pakte Betty op. 'Ik zal wel aan mijn bureau worden gezet met papierwerk.'

Het kostte Sara moeite kalm te blijven. 'De uitslag van de drugstest op Harding krijg ik pas over een week.'

'Doet er waarschijnlijk niet toe.' Hij nam Betty's riem van de haak en klikte die aan haar halsband. 'Oké. Tot ziens maar weer.'

Hij trok de deur achter zich dicht.

Sara zocht steun bij de muur. Haar hart beukte tegen haar ribben. Ze voelde zich duizelig.

Wat was er zojuist in godsnaam gebeurd?

Waarom was hij weggegaan?

Waarom had ze hem laten gaan?

Met haar rug tegen de muur liet Sara zich op de vloer glijden. Ze keek op haar horloge. Het was nog steeds te laat om Tessa te bellen. Sara wist niet eens wat ze moest zeggen, zo snel was het tot een escalatie gekomen. Had Will een zenuwinzinking?

Of zijzelf?

Ze had te veel over Jeffrey verteld. Ze was altijd heel voorzichtig geweest met haar herinneringen aan haar man. Ze wilde hun tijd samen niet verloochenen, maar ze wilde Will er ook niet al te zeer mee confronteren. Dacht Will echt dat ze niet over het verlies van haar man heen was? Vier jaar geleden zou ze het zelf ook geloofd hebben.

Totdat ze Will had ontmoet.

Dat had ze daarnet in de badkamer ingeslikt: dat Will alles had veranderd. Dat ze dankzij hem weer wilde leven. Dat hij haar leven was en dat ze in paniek raakte bij de gedachte hem te zullen verliezen. Schaamte en spijt om haar lafheid vochten om voorrang. Ze was bang geweest, want het had geen zin tegen hem te zeggen dat ze van hem hield als hij van plan was weg te gaan.

Sara legde haar hoofd tegen de muur. Ze staarde naar de donkere lucht aan de andere kant van de ramen. Ze had de dood te vaak gezien om nog in het bestaan van engelen te kunnen geloven, maar als er in het hiernamaals demonen waren, was Angie Polaski daar ergens, kakelend als een heks.

Het was een openbaring die Sara uiteindelijk tot actie deed overgaan: niet uit liefde of verlangen of zelfs wanhoop, maar uit het stellige voornemen om Angie niet te laten winnen.

Ze stond op. Ze pakte haar tas. In de hoop te worden uitgelaten kwamen de honden in actie, maar ze duwde ze opzij en verliet het appartement. Ze deed geen moeite de deur op slot te draaien. Ze drukte op de liftknop. En nog eens. Ze keek op naar het verlichte paneel. De lift was nog bij de hal. Ze draaide zich om en wilde de trap nemen.

Will stond bij haar deur.

Betty stond naast hem.

'Is er iets?' vroeg hij.

Een idiotere vraag kon ze niet bedenken. 'Ik dacht dat je was weggegaan.'

'Dat wilde je toch?'

'Dat zei ik alleen omdat jij het zei.' Ze schudde haar hoofd. 'Ik weet hoe stom het klinkt. Het ís ook stom. Het was stom.' Ze wilde haar armen naar hem uitstrekken. Hem vasthouden. De afgelopen tien minuten doen verdwijnen. 'Waarom ben je hier nog?'

'We leven in een vrij land.'

'Alsjeblieft, Will.'

Hij haalde zijn schouders op en keek naar zijn hond. 'Weglopen ligt niet in mijn aard, Sara. Dat zou je nu wel moeten weten.'

'Was je van plan hier de hele nacht te blijven wachten?'

'Ik wist dat je de honden moest uitlaten voor je naar bed ging.'

Er klonk een bel. De liftdeuren schoven open.

Sara stond roerloos. Weer voelde ze dat getintel in haar zenuwen. Weer stond ze op die rots, met haar tenen over de rand. Ze ademde diep in. 'Ik hou niet minder van jou dan van hem, Will. Ik hou anders van jou. Ik hou van je...' Ze kon het niet beschrijven. Er waren geen woorden voor. 'Ik hou van je.'

Hij knikte, maar ze wist niet of hij het begreep.

'We moeten hierover praten,' zei ze.

'Nee, dat hoeft niet.' Hij strekte zijn arm naar haar uit en legde zijn hand tegen haar gezicht. Het voelde als balsem. Hij streek haar voorhoofd glad. Hij wiste haar tranen weg. Hij streelde haar wang. Haar adem stokte toen zijn duim langs haar lippen veegde.

'Moet ik stoppen?' vroeg hij.

'Je moet verdergaan, met je mond.'

Zachtjes drukte hij zijn lippen op de hare. Sara beantwoordde zijn kus. Het was geen hartstocht, maar de overweldigende behoefte om weer samen te zijn. Will trok haar dichter naar zich toe. Ze begroef haar gezicht in de holte van zijn hals. Ze sloeg haar armen om zijn middel. Hij leunde tegen haar aan, en ze voelde hem ontspannen. Ze klampten zich aan elkaar vast, daar in de deuropening van haar appartement, tot haar mobiel trilde.

En nog eens.

En nog eens.

Will was de eerste die zich losmaakte.

Aarzelend pakte Sara haar tas van de vloer.

Ze wisten allebei dat Amanda berichten als een mitrailleursalvo stuurde, zoals ze ook wisten dat er maar één reden was waarom ze 's avonds na acht uur contact opnam met Sara.

Ze had haar telefoon te pakken. Met haar vinger swipete ze over het scherm.

AMANDA: NU KOMEN ANGIES AUTO GEVONDEN SOMMERSET 1885

AMANDA: KADAVERHOND HEEFT GEUR OPGEPIKT IN KOFFERBAK

AMANDA: NIET TEGEN WILL ZEGGEN

Sara zei het toch.

ACHT

Will zat naast Sara in haar BMW. Ze hield zich sterk voor hem. Ze zweeg, maar ze hield zich sterk. Sinds ze Amanda's berichten had gelezen, hadden ze het alleen nog over de logistiek gehad.

Weet jij waar dit is? Zal ik rijden?

Sara sloeg af naar Spring Street. Het was inmiddels donker. Het dashboardlicht wierp wittinten op haar gezicht. Will klemde haar hand zo stevig mogelijk vast zonder iets te breken. Hij voelde zich nog steeds verdoofd, op sommige plekken na. Op zijn borst stond een olifant. Het was een fysieke, verstikkende pijn. Ook zijn arm deed pijn. Of misschien voelde hij het alleen omdat Faith hem eerder die dag had gevraagd of zijn arm pijn deed. Of misschien was dit het begin van een zenuwinzinking, want dat werd hem voortdurend door iedereen voorspeld.

Kadaverhonden werden getraind op het opsporen van ontbindingsgeur. Ze hadden aangeslagen op Angies kofferbak. Daardoor dacht iedereen dat Angie dood was.

Was dat ook zo? Was Angie dood?

Dertig jaar lang was ze de belangrijkste persoon in zijn leven geweest.

Dertig jaar lang was ze de énige persoon in zijn leven geweest.

Dat was het enige feit waaraan niet viel te tornen.

Will probeerde dat moment van jaren geleden in het souterrain weer terug te halen, toen Angie hem had vastgehouden, hem had getroost. Niets. Hij probeerde zich de enige keer te herinneren dat ze samen op vakantie waren geweest. Ze hadden geruzied over de route. Ze hadden geruzied over waar ze gingen eten. Ze hadden geruzied over wie van hen tweeën de grootste ruziemaker was.

Sukkel was het laatste geweest wat ze die avond tegen hem gezegd had, en de volgende ochtend was ze verdwenen.

Met Angie viel niet samen te leven. Altijd maakte ze dingen stuk, ze leende van alles en legde zijn spullen nooit op de goede plek terug. Will pijnigde zijn hersens op zoek naar ook maar één goede herinnering, maar het enige wat hij zag was ruis, de wazige zwarte en witte vlekken die vroeger op de tv verschenen als de zender uit de lucht ging.

Sara kneep in zijn hand. Hij keek naar hun verstrengelde vingers. Een van de eerste dingen die hem aan Sara was opgevallen, waren haar lange, sierlijke vingers. Hij wist niet of ze het gevolg waren van haar werk als arts of dat het kwam doordat alles aan haar mooi was.

Hij bestudeerde haar gezicht. Haar scherpe kin. Haar wipneus. Haar lange roodbruine haar, dat ze in een losse wrong had opgestoken.

Na het werk droeg ze het meestal los. Will wist dat ze dat voor hem deed, dat ze gek werd als het voor haar ogen viel. Ze schoof het voortdurend naar achteren, maar egoïstisch als hij was, zei hij nooit dat ze het maar weer moest opsteken.

Elke relatie, romantisch of van andere aard, ging gepaard met een zeker egoïsme. Het wisselde, afhankelijk van wie het sterkst was of er het meest behoefte aan had. Amanda zoog egoïsme op als een spons. Faith deed er te gemakkelijk afstand van. Angie stak haar hand in je keel om het vast te grijpen, en dan kreeg je een trap in je ballen na omdat je er recht op dacht te hebben.

Will had altijd gemeend dat er tussen Sara en hem een emotioneel evenwicht was, maar had hij zich al het egoïsme toegeëigend? Hij had tegen haar gelogen over zijn ontmoeting met Angie van afgelopen zaterdag. Hij had gelogen over de brief die Angie voor hem in de postbus had achtergelaten. Hij had gezwegen over hun gezamenlijke bankrekening. Hij had gelogen toen hij zei dat hij alles deed om haar te vinden.

Angie. Angie. Angie.

Nu was ze dood. Misschien. Hoogstwaarschijnlijk. Hij kon met een schone lei verdergaan. Voor het eerst in dertig jaar moest hij het doen zonder zijn vertrouwelinge, zijn kwelgeest, zijn bron van steun en bron van smart.

Hij huiverde.

Sara zette de airco wat lager. 'Gaat het wel?'

'Ja.' Hij keek uit het raam om haar zijn gezicht niet te laten zien. De olifant verplaatste zijn gewicht. Will voelde zijn ribben bijna buigen onder de druk. Hij zag lichtflitsen. Hij opende zijn mond en probeerde zijn longen vol te zuigen.

Ze waren nu in Midtown. De felle lichten buiten deden pijn aan zijn ogen. Zijn oren gonsden van de koude luchtstroom uit de dashboardventilator. Vaag hoorde hij muziek, zachte vrouwenstemmen, begeleid door een steelguitar. Sara zette de radio nooit uit, alleen soms wat zachter.

Ze liet zijn hand los om richting aan te geven. Ze waren bij Sommerset 1885 aangekomen. Het was geen flatgebouw, maar een groot huis in tudorstijl dat een half blok besloeg. Het gazon liep af naar de straat, de stenen traptreden werden omzoomd door nette grasranden en keurig onderhouden bloembedden.

Angies auto was bij een uitvaartcentrum aangetroffen.

Sara reed het parkeerterrein op. Een oude pick-up met een gele labrador op de passagiersstoel reed net weg. Op het gazon stond een patrouillewagen geparkeerd. De agent zat achter het stuur op een laptop te tikken die op het dashboard was bevestigd. Will zag Amanda's Suburban en de rode Mini van Faith. Charlie Reed was er met zijn witte bus van de technische recherche, maar om de een of andere reden zat hij achter het stuur in plaats van dat hij Angies auto onderzocht. De zwarte Dodge Charger was van Collier en Ng. Het GBI had de leiding, maar Angies auto was binnen de stadsgrenzen van Atlanta aangetroffen en het moordonderzoek was nog in volle gang.

Net als die ochtend zaten de twee rechercheurs op de motorkap van hun auto. Ng droeg nog steeds zijn zonnebril. Weer gaf hij dat kinknikje toen Will uitstapte. Collier zwaaide, maar Amanda had de mannen waarschijnlijk opgedragen afstand te bewaren, want ze bleven allebei zitten.

Angies Monte Carlo SS stond voor het gebouw, op een gehandicaptenparkeerplaats. Het was typisch iets voor haar om een plek voor gehandicapten bezet te houden. Het stuk terrein was afgezet met geel politielint. De kofferbak stond open. Het linkerportier stond open. Al op twintig meter afstand rook Will de ziekelijk zoete geur van de dood. Of misschien was het net zoiets als die pijn in zijn arm. Hij rook de dood omdat de gedachte zich in zijn hoofd had genesteld.

Amanda kwam uit een zijingang, deze keer zonder haar BlackBerry in haar hand. Ze had reden te over om Will de huid vol te schelden, maar dat deed ze niet. 'Een uur geleden heeft een patrouillewagen Angies auto gesignaleerd. Om zes uur sloot het uitvaartcentrum, maar er is een stagiair die hier blijft slapen voor het geval er 's nachts een oproep komt.'

'Een stagiair?' vroeg Will in zijn rol van politieman.

'Van de plaatselijke uitvaartopleiding.' Amanda sloeg haar armen over elkaar. 'Hij haalde een dode op uit een verzorgingshuis toen de agent Angies wagen vond. Faith praat nu met hem in de rouwkapel.'

Will bekeek het huis. Hij vermoedde dat de grote aanbouw van twee verdiepingen aan de achterkant de kapel was.

'De agent rook iets,' zei Amanda. 'Met de hendel in de auto maakte hij de kofferbak open. Daarna heeft hij de kadaverhond laten komen, en die pikte de geur onmiddellijk op.'

Will keek weer naar de auto. Scheef geparkeerd. In allerijl achtergelaten. De raampjes waren naar beneden gedraaid. Voor zijn geestesoog verscheen het beeld van Angie, hangend over het stuur. Hij knipperde even, en het was weer weg.

'Will?' zei Sara.

Hij keek haar aan.

'Waarom wrijf je steeds over je borst?'

Will had helemaal niet door dat hij over zijn borst wreef. Hij hield ermee op en zei tegen Amanda: 'Er zijn kentekenscanners op Spring Street en Peachtree.'

Ze knikte. Overal in de stad waren scanners die de verkeersstromen registreerden en zochten naar de kentekenplaten van gestolen of verdachte voertuigen. 'De gegevens zijn voor analyse naar de computerafdeling gestuurd.'

Will keek naar de straat. Het was altijd druk op de hoek van Sommerset en Spring Street. Het verkeer in Midtown stond onder zwaar toezicht. Op elk groot kruispunt waren camera's opgesteld.

'We hebben filmbeelden opgevraagd van de afdeling vervoer en van het APD. Zodra we die binnen hebben, worden ze bekeken. Er zijn zoekteams onderweg.'

'Iemand heeft de auto hier achtergelaten,' zei Will ten overvloede. 'Die is weggereden of...'

'In de hele staat wordt momenteel naar Delilah Palmer uitgekeken.'

Will had helemaal niet meer aan Dale Hardings vrouw of dochter of allebei gedacht. Palmer was een jonge prostituee met een drugsprobleem. Ze was in tehuizen opgegroeid. De enige ouder die ze ooit had gekend, had haar misbruikt. Ze had Angie van twintig jaar geleden kunnen zijn, alleen had Angie zich eraan kunnen ontworstelen. Of in elk geval de schijn gewekt. Will betwijfelde of ze aan wat dan ook ontsnapt was.

Hij voelde Sara's hand onder op zijn rug. 'Gaat het echt wel?'

Will liep naar de auto, en de geur werd sterker. Er was geen bloedhond voor nodig om te weten dat hier iets ergs was gebeurd. Bij het politielint bleef hij staan. De kofferbak van Angies auto was bekleed met een ruw stuk antracietgrijze vloerbedekking dat hij in een auto-onderdelenzaak van een rol had laten snijden. Urenlang had hij met zijn hoofd in de kofferbak gehangen om de naden sluitend te krijgen en het ding vast te lijmen.

Met een Maglite uit de standaarduitrusting scheen Amanda in de kofferbak. Iets uit het midden zat een donkere vlek op het stuk tapijt. Verder lag er alleen een rode plastic fles met transmissievloeistof.

Will knielde neer. Hij onderzocht het wegdek onder de auto. De versnellingsbak lekte. Waarschijnlijk was het nu zijn auto. Voor hij hem verkocht, moest hij het lek repareren.

'Will?' Sara legde haar hand op zijn schouder en knielde naast hem neer. 'Kijk me eens aan.'

Hij keek haar aan.

'Laten we maar gaan. Er is hier verder niets.'

Will kwam overeind, maar ging nog niet weg. Hij liep naar de bestuurderskant van de auto. Het portier stond wijd open. In de beenruimte lag een halflege fles tequila. In de asbak zag hij een joint. Snoepwikkels. Kauwgom. Angie was een zoetekauw.

'Heeft die agent het zo aangetroffen?' vroeg hij aan Amanda.

Ze knikte.

Dat open portier zou de aandacht van iedere voorbijganger hebben getrokken, wat betekende dat het de bedoeling was geweest dat de auto zo snel mogelijk werd gevonden. Will nam de zaklamp van Amanda over en scheen in de auto. Het interieur was lichtgrijs. Tussen de twee stoelen stak de versnellingspook omhoog. Hij zag bloed op het stuur. Bloed op de bestuurdersstoel. Bloed op de witte cirkel boven op de zwarte knop van de pook. Het was een *8-ball.* Die had Angie in een tijdschrift opgesnord. Het was nog voor het internettijdperk geweest en Will had drie verschillende winkels bezocht voor hij een verbindingsstuk had gevonden waarmee de bal op de pook kon worden gemonteerd.

Nu richtte hij de lamp op de achterbank. Meer bloed, bijna zwartgeblakerd doordat de auto de hele dag in de zon had gestaan. Bij de portierknop zat een veeg. Te klein voor een handafdruk. Misschien van een maaiende vuist. Misschien van een laatste wanhopige poging om te ontsnappen. Iemand had bloedend op de achterbank gelegen. Iemand had bloedend in de kofferbak gelegen. Iemand had gebloed of had onder het bloed gezeten toen de auto was weggereden.

'Twee lijken en de bestuurder?' vroeg hij.

Blijkbaar had Amanda daar ook over nagedacht. 'Ze kan van de achterbank naar de kofferbak zijn verplaatst.'

'Nog steeds bloedend?' Nog steeds levend, bedoelde hij.

'De zwaartekracht,' zei Sara. 'Als er sprake was van een borstwond en ze lag op haar zij, dan kun je afhankelijk van haar positie verwachten dat een dergelijke hoeveelheid bloed na de dood naar buiten sijpelt.'

'Een vrouw,' zei Will. 'En Delilah Palmer?'

'Iemand in het Grady heeft haar bloedgroep voor me uitgezocht. Ze is vorig jaar met een overdosis opgenomen. Ze is O-positief. Angie was B-negatief.' Amanda's hand lag op zijn arm. Ze had hem de kans gegeven het zelf uit te dokteren en daarom had ze Charlie in zijn busje laten zitten en Collier en Ng nog even weggehouden, maar nu moest hij de waarheid horen. 'Wilbur, ik weet hoe moeilijk het voor je is, maar alles wijst naar

Angie.' Ze tekende het voor hem uit. 'De hele plaats delict zat onder Angies bloed. We hebben haar tas gevonden, haar pistool. Dit is haar auto. Charlie heeft de bloedgroep al voor me getest. De achterbank, de kofferbak en de bestuurdersstoel, alles is B-negatief. We hebben haast achter de DNA-test laten zetten, maar gezien de zeldzaamheid van de bloedgroep is de kans verwaarloosbaar dat het Angie niet is. En het is heel veel bloed, Will. Met zoveel bloedverlies komt ze niet ver.'

Will liet haar woorden bezinken. De vlek in de kofferbak zat op een plek waar je bloed uit een borstwond kon verwachten. Op de muren van de kamer waar Dale Harding was gestorven, was het spuitpatroon van een slagaderlijke bloeding aangetroffen. In het hart zaten slagaderen. Het hart zat in de borst.

Hij probeerde zich een aannemelijk scenario voor te stellen. Angie die op de achterbank dood lag te bloeden. De chauffeur was een of andere vent die ze had gebeld, want ze had altijd wel een vent achter de hand die ze kon bellen. Hij had vast een wanhopige poging gedaan om hulp voor haar te zoeken, maar had algauw beseft dat het te laat was. Toen had hij haar in de kofferbak gelegd omdat hij niet door de stad kon rijden met een dode vrouw op de achterbank. Vervolgens had hij tot na zonsondergang gewacht en de auto hiernaartoe gereden.

'De directeur is onderweg.' Faith kwam over een verlicht pad aanlopen, met een opengeslagen spiraalschrift in haar hand. Ze keek naar Will, en toen keek ze nog eens.

'En?' vroeg Amanda.

Faith wierp een blik op haar aantekeningen. 'Binnen is ene Ray Belcamino, blanke man, twintig jaar, geen strafblad. Doet de uitvaartopleiding aan Gupton-Jones. Hij heeft rond kwart over vijf ingeklokt voor een dienst tot halfzes. Volgens zijn werklog heeft hij het pand drie keer verlaten. Een keer om zes uur drieënveertig op weg naar het Piedmont Hospital, een keer om zeven uur twee naar het Sunrise Nursing Home, en er was een vals alarm om acht uur tweeëntwintig.' Ze keek op. 'Blijkbaar doen stagiairs dat vaker, dan melden ze een nepdode om elkaar voor de gek te houden.'

'Juist ja,' zei Amanda.

'Alle drie de keren heeft Belcamino de dienstingang bij de kapel gebruikt, achter het hek. Er is daar een dienstlift die naar het souterrain gaat. Hij kan niet over het hek naar het parkeerterrein kijken. Hij kwam elke keer uit westelijke richting aanrijden, dus hij is niet langs het parkeerterrein gekomen en heeft de auto niet gezien.'

'Is er camerabewaking?' vroeg Amanda.

'Er zijn zes camera's, maar die zijn allemaal op de deuren en ramen gericht, niet op het parkeerterrein.'

'Heb je in de vuilcontainer gekeken?' vroeg Will.

'Meteen. Niks.'

'Is er met de deuren geknoeid?' vroeg hij.

'Nee, en er is een alarmsysteem. Elke deur en ieder raam is erop aangesloten.'

'Hoe kom je in de lift?'

'Er is een toetsenpaneel.'

'Kun je dat paneel vanaf de andere kant van het hek zien?'

'Ja. En daarmee wordt het alarm ook uitgeschakeld.'

'Waar wil je naartoe met die vragen?' vroeg Amanda aan Will.

'Waarom rij je een auto met een lijk in de kofferbak naar een uitvaartcentrum?'

Ze keken allemaal weer naar het gebouw.

'Ik ga wel. Wacht hier maar,' zei Faith.

Dat was Will niet van plan. Niet dat hij rende, maar zijn stappen waren twee keer zo groot als die van Faith. Hij was eerder bij de kapel dan zij en was haar voor bij de deur. Hij liep voor haar uit langs de banken en het podium op, en hij was als eerste bij de deur die naar het achterste gedeelte van het uitvaartcentrum voerde.

Achter de schermen was de zaak sleets en vooral praktisch ingericht. Een systeemplafond, afbladderend linoleum. Een lange gang liep langs de hele achterkant van het gebouw. Aan de ene kant hielden twee zware liftdeuren de wacht. Will vermoedde dat er een identiek stel deuren buiten uitkwam en dat via deze lift de doden naar het souterrain werden getransporteerd. Hij stapte op de lift af, in de veronderstelling dat er ook een trap was. Faith volgde hem op de voet. Ze liep op een drafje om hem bij te houden, waarop Will ook versnelde en zij achterbleef.

De metalen trap was oud en krakkemikkig. Zijn voetstappen trilden door in de leuning. Onder aan de trap was een portaal met een zwaaideur. Will duwde hem open en stond in een kantoortje, dat meer weg had van een halletje. Een tweede stel dubbele deuren bevond zich achter een houten bureau, en aan dat bureau zat een jongeman die niemand anders kon zijn dan Ray Belcamino.

De jongen schrok op. Zijn iPad kletterde op de vloer.

Will voelde aan de dubbele deuren. Op slot. Geen ramen. 'Hoeveel lijken heb je hierbinnen?'

Belcamino's blik schoot naar Faith, die op dat moment de zwaaideuren door kwam. Ze was buiten adem. 'Ik wil je logboek inzien. We moeten elk lijk aan een naam koppelen.'

De jongen keek panisch. 'Wordt er iemand vermist?'

Het liefst had Will hem bij zijn kraag gegrepen. 'We moeten weten hoeveel lijken er zijn.'

'Zeven,' zei hij. 'Nee, acht. Acht.' Hij raapte de iPad op en begon op het scherm te tikken. 'De twee van vanavond, nog drie van deze week, een die nu behandeld wordt, twee die op crematie wachten.'

Faith griste de iPad uit zijn handen. Ze wierp een blik op de lijst en zei tegen Will: 'Geen bekende namen.'

'Hoezo namen?' Het zweet brak Belcamino uit. Hij wist iets of hij vermoedde iets. 'Wat is er aan de hand?'

Will duwde hem met zijn rug tegen de muur. 'Met wie werk je samen?'

'Met niemand!' Zijn stem sloeg over van paniek. 'Hier! Ik werk hier!'

Met een klap zwaaide de deur open. Het was Amanda, toen kwam Sara, en uiteindelijk Charlie, en nu stonden ze allemaal op een kluitje in het halletje.

'Waar worden de lijken bewaard?' vroeg Amanda aan Belcamino.

'Er is een zoemer.' Zijn blik schoot naar het bureau. Will liet hem los. De jongen reikte onder het bureaublad naar de knop. De achterste deuren schoven opzij.

Lichtgroene tegelwanden. Donkergroene linoleumvloer. Chemische luchtjes. Felle lampen. Laag plafond. Ongeveer zo groot als een klaslokaal. Voor in de ruimte lag een lichaam. Een oudere man. Gerimpelde huid. Plukken grijs haar. Een doek over zijn geslacht. Uit zijn hals staken slangen waarmee hij aan een apparaat met een kolf was gekoppeld.

De inloopvriezer bevond zich achterin. Een grote, roestvrijstalen deur. Een raam van gewapend glas. Amanda was er al. Haar hand hing boven de groene, verlichte knop waarmee de deur werd geopend.

Will liep het vertrek door. Dit was de tweede keer vandaag dat hij op iets onbekends afstapte in de veronderstelling dat hij Angies lijk zou vinden. Zijn blik werd scherper. Zijn oren vingen elk geluid op.

De deur van de vriezer gaf een zware klik. Rond de randen ontsnapte koude lucht. Uiterst traag opende een automatische arm de deur. Ooit had Will in een supermarkt gewerkt. Dit verschilde niet veel van de inloopvriezer waarin het diepvriesvoedsel werd bewaard. Aan weerszijden planken. Zes lagen op regelmatige afstand van elkaar, van de vloer tot aan het plafond. Ongeveer vijf meter diep en zo'n drie meter hoog. In plaats van zakken met erwten lagen er zwarte bodybags.

Vier aan de ene kant. Vier aan de andere.

'Krijg nou wat.' Belcamino rukte een klembord van de muur en stormde de vriezer binnen. Hij vergeleek de labels aan de zakken met de namen op de lijst. Bij het laatste lijk bleef hij staan. 'Er is geen naamkaartje.'

Will maakte aanstalten naar binnen te gaan. Sara pakte hem bij zijn pols. 'Je weet dat jij haar niet mag vinden.'

Hij hád haar gevonden. Hij had uitgedokterd waarom de auto bij het uitvaartcentrum stond. Hij was hun voorgegaan naar het souterrain. Nu kon hij niet stoppen. De zak lag op nog geen drie meter afstand. De schappen zaten dicht op elkaar. Angies neus was minder dan vijftien centimeter verwijderd van het lijk boven haar. Ze leed aan claustrofobie. Ze was doodsbang voor krappe ruimtes.

'Will.' Sara bracht haar hand naar zijn arm. 'Je moet haar aan hen overlaten, oké? Laat Charlie zijn werk doen. Hij moet foto's maken. De zak moet worden veiliggesteld voor vingerafdrukken. Op de vloer kan sporenbewijs liggen. We moeten dit op de juiste manier aanpakken, anders ontdekken we nooit waarom ze hier is achtergelaten.'

Hij wist dat het allemaal waar was, maar hij kon zich niet verroeren.

'Kom.' Ze trok aan zijn arm.

Hij deed een stap naar achteren, toen nog een stap.

Charlie opende zijn plunjezak. Hij schoof schoenbeschermers aan zijn voeten en trok handschoenen aan. Hij stopte een nieuwe geheugenkaart in zijn camera. Hij controleerde de batterijen en bevestigde de datum en het tijdstip.

Hij begon aan de buitenkant van de vriezer en werkte langzaam naar binnen. Knielend en leunend over de andere lijken fotografeerde hij de zak vanuit elke hoek. Met zijn liniaal gaf hij de schaal aan. Op voorwerpen die van belang konden zijn, legde hij markeringskaartjes. Het voelde alsof er een uur was verstreken toen hij uiteindelijk tegen Ray Belcamino zei: 'Haal een brancard. Het is hier te krap. We moeten haar verplaatsen zodat we de zak kunnen openen.'

Belcamino verdween een andere kamer in en kwam even later terug met een brancard. In het midden lag een opgevouwen wit laken. Hij schopte de wieltjes recht en duwde de brancard over de korte hellingbaan naar de vriezer.

Charlie reikte hem een paar handschoenen aan.

Het was duidelijk dat Belcamino wel vaker in zijn eentje lijken had verplaatst. Alsof het een opgerold tapijt was, hees hij de bodybag op de brancard. Will wendde zijn blik af, want als hij dit een seconde langer moest aanzien, zou hij die jongen nog een klap verkopen.

Hij hoorde hoe de brancard uit de vriezer werd weggereden en hoe de deur met een *doink* werd dichtgeslagen.

'Dank u, Mr. Belcamino,' zei Amanda. 'Wacht u boven maar.'

Zonder te protesteren verliet Belcamino de ruimte.

Charlie bleef fotograferen. Hij sleepte er een keukentrapje bij dat tegen de muur stond. Over de zak gebogen nam hij meer foto's. Met behulp van de liniaal legde hij de schaal weer vast.

Will staarde naar de contouren van de zwarte zak. Hij kon er eerst niet goed wijs uit worden. Maar toen besefte hij dat het lichaam op de zij lag, dat degene die het uit de kofferbak had gehaald het slachtoffer in dezelfde positie had achtergelaten als waarin het was gestorven.

Angie sliep altijd op haar zij, dicht tegen hem aan, maar zonder hem aan te raken. Soms kriebelde haar adem 's nachts langs zijn oor en dan moest hij zich omdraaien om de slaap weer te kunnen vatten.

'Faith?' Charlie hield een extra paar handschoenen omhoog. De vingers bungelden een tel in de lucht voor Faith ze uiteindelijk pakte.

Haar handen zweetten, zodat het haar moeite kostte de handschoenen aan te trekken. Ze had haar kaken op elkaar geklemd. Ze haatte lijken. Ze haatte het in het mortuarium. Ze haatte lijkschouwingen.

Ze greep de rits en begon te trekken.

Er klonk een scheurend geluid. Alsof er iets uiteen werd gereten. Alsof er iets werd gebroken. Het lijk lag met de rug naar hen toe. Will zag donker haar. Bruin, dezelfde kleur als dat van Angie. De blote schouder van de vrouw kwam tevoorschijn. De boog van haar ruggengraat. De welving van haar heup. Haar benen waren gebogen. Haar handen zaten tussen haar knieën. Haar tenen stonden krom, haar voeten waren sikkelvormig.

Faith kokhalsde van de giftige rottingsstank. Het lijk had urenlang in de brandende zon in de kofferbak gelegen. De hitte had het ontbindingsproces versneld. De huid was uitgedroogd. Het menselijk lichaam bestond uit dezelfde vezels en weefsels als het lijf van ieder ander zoogdier. Ze reageerden beide op dezelfde manier op hitte, namelijk door vocht uit te scheiden.

Charlie spreidde de zak open. Een stroompje bloed dat door cholesterol roze was gekleurd spatte op de vloer.

Weer kokhalsde Faith. Ze hield de rug van haar hand onder haar neus en kneep haar ogen dicht. Omdat ze aan de andere kant van de brancard stond, had ze het gezicht gezien. Ze schudde haar hoofd. 'Ik kan niet zien of zij het is. Ze is helemaal...'

'Toegetakeld,' zei Charlie.

Will keek naar haar rug, bedekt met roetachtige vlekken. Haar benen vertoonden hetzelfde patroon, evenals haar voetzolen.

‘Bleekmiddel,’ zei Sara. De stank dampte van de zak.

‘Maar ze is niet schoongeboend. Zo te zien is het bleekmiddel over haar heen gegoten. Gemorst, zou ik bijna zeggen.’

‘Haar kleren zijn weg,’ merkte Amanda op. ‘Iemand wilde geen sporen achterlaten.’

‘Ze is nog ergens anders geweest dan in de auto,’ zei Faith.

‘Haar gezicht lijkt wel met een honkbalknuppel bewerkt.’ Charlie voerde een vluchtig onderzoek uit. ‘Kneuzingen en rijtwonden op gezicht en hals. Krassen van nagels. Zo te zien zijn er botten gebroken.’ Hij knielde met zijn camera neer en zoomde in op het hoofd, de hals, de borst en de romp. ‘Een veelvoud aan steekwonden.’ Aan Will vroeg hij: ‘Heeft ze kenmerkende tekens? Tattoos?’

Will schudde zijn hoofd.

Opeens wist hij het.

De tijd schokte voorbij, alsof iemand de vooruitspoelknop van zijn leven had ingedrukt. Will maakte zich los van Sara. Hij liep om de brancard heen. Hij duwde Charlie opzij. Nu keek hij naar het lichaam, naar de diepzwarte kneuzingen, de snijwonden, de vlekkerige huid, en daar zag hij het: die ene moedervlek op haar borst. Zat hij op dezelfde plek? Waarom wist hij niet meer waar de moedervlek hoorde te zitten?

Opeens zat hij op zijn knieën. Hij keek naar haar gezicht.

Opgezwollen. Onherkenbaar.

Haar hoofd was tot twee keer de normale grootte opgeblazen. Kriskras over haar gezicht liepen zwarte en rode striemen. Uit haar lippen lekte vocht. Haar neus was opzij gewrongen. Het leek eerder een Halloweenmasker dan een gezicht.

Was dat Angie?

Vóélde het als Angie?

De verdoofdheid in zijn binnenste was nog steeds niet weggetrokken. Hij voelde niets nu hij naar deze vrouw keek. Er vielen hem dingen op die hem bij elke zaak zouden zijn opgevallen. Moord door huiselijk geweld. Mishandeling. Verkrachting. Open mond. Kapotte tanden. Lippen gebarsten en opgezwollen als overrijp fruit. Haar oogleden waren dik, met de textuur van vochtig brood. Blauwe aderen en rode slagaderen vormden een netwerk onder de bijna doorzichtige huid. Haar wang was met een vlijmscherp mes of een scheermes opengesneden. De huid was naar achteren geflapt en hing open als een pagina van een boek. Hij zag weefsel, zenuwen, het grimmige wit van bot.

Hij keek naar haar handen. Die lagen samengebald tussen haar gebogen knieën. Door de hitte waren haar vingers kromgetrokken. Door ontbinding was de huid opengebarsten. Helder vocht sijpelde uit de gewrichten van haar knokkels. De ring om haar vinger was kapotgesprongen.

Angies trouwring.

Groen plastic met een felgele zonnebloem. Will had drie munten geofferd voor de kauwgomautomaat de ring had uitgebraakt. Ze hadden gewed dat Angie met hem zou trouwen als het hem minder dan vier munten zou kosten. Ze kwam nooit op een weddenschap terug. Ze was met hem getrouwd. Ze had het tien dagen volgehouden, toen was hij thuisgekomen van zijn werk en had hij ontdekt dat al haar kleren waren verdwenen.

Will deed zijn mond open. Hij ademde in en uit.

'Will?' vroeg Amanda.

Hij schudde zijn hoofd. Dit kon niet kloppen. Iemand had die ring aan haar vinger geschoven. Als het Angie was, zou hij het intuïtief weten. Hij stond op. 'Ze is het niet,' zei hij.

'Maar die ring dan?' vroeg Faith.

Will bleef zijn hoofd schudden. Er werden blikken gewisseld. Ze dachten zeker dat hij het ontkende, maar ze vergisten zich. Toen hij buiten naar de met bloed besmeurde auto had gekeken en Amanda het bewijs had horen doornemen, had hij zichzelf wijsgemaakt dat het misschien Angie was, maar nu hij zich in dezelfde ruimte bevond met dit lijk, met deze onbekende, wist hij zeker dat ze nog leefde.

Het klopte wat Sara zei. Hij voelde de leegte niet. Hij voelde de afwezigheid van een hart niet.

Charlie zei: 'Ik heb een mobiele vingerafdrukscanner.'

'De vingertoppen zijn opengebarsten. Dan wordt het moeilijk om een afdruk te maken.'

'Toch kunnen we het proberen, maar dan moeten we naar boven voor een signaal.'

'Volledige lijkstijfheid is ingetreden.'

Will keek weer naar het gezicht van de vrouw. Alsof hij een boek probeerde te lezen, daar leek het op. Hij zag de stukken, maar niet het geheel. De wimpers waren samengeklonterd. De lip was gescheurd. De kaak was verstard, strak als een kabel van een hangbrug. Lijkstijfheid. De stolling van spiereiwitten. Het begon in de oogleden, de hals en de kaak. Alle spieren van het lichaam verstijfden, en het lijk verstarde.

'Wil dat zeggen dat ze drie tot vier uur dood is?' vroeg Faith.

'Langer,' antwoordde Sara, maar ze zei niet hoeveel langer.

'Hoe krijgen we vingerafdrukken als haar handen gekromd zijn?' wilde Amanda weten.

'Door de vingers te breken.'

'Gaat dat gemakkelijker als ze op haar rug ligt?'

'Ik kan haar niet zonder hulp omdraaien.'

Will liep weg, naar de andere kant van het vertrek, waar de oude man op de brancard lag. Hij probeerde de apparaten te doorgronden. In de kolf klotste gele vloeistof rond. Een oranje slang stak uit de onderkant. Er was een pomp aan het werk. Hij hoorde de motor draaien, het *ssssj* van een blaasbalg die lucht verplaatste. De ene vloeistof werd weggezogen en de andere werd erin gepompt. Met zijn blik volgde hij de slang naar de halsslagader van de man. De vloeistof ging door een dikke naald. Een tweede slang hing over de rand van de brancard en lag met het uiteinde op de roestige rand van een vloerafvoerput.

Knak.

Alsof er een tak werd gebroken.

Knak.

Will bleef met zijn rug naar hen toe staan. Hij wilde niet weten wie de vingers brak.

Knak.

'Oké,' zei Charlie. 'Zo lukt het wel.'

'Haar vingers zijn er slecht aan toe,' zei Sara. 'Ik denk niet dat de scanner de lijnen oppikt.'

'Toch maar proberen,' zei Amanda.

Er klonk geruis, een klik en drie snelle piepjes. De mobiele vingerafdrukscanner. Biometrie. Er was een thermoplastisch docking station met een 30-pens adapter voor de iPhone. Het docking station had een zilverkleurig kussentje waarmee de vingerafdruk werd gescand. Een app op de telefoon verwerkte de scan tot een 256-bits grayscale, 508 dpi-afbeelding en stuurde de gegevens naar de Live Scanservers van het GBI, waar de afdruk werd vergeleken met de honderdduizenden vingerafdrukken die in het systeem waren opgeslagen.

Je had er alleen een docking station en een telefoon met signaal voor nodig.

Met beide apparaten in zijn handen liep Charlie naar het halletje. 'Het blijft twijfelachtig vanwege de schade, maar misschien krijgen we een treffer,' zei hij tegen Will.

Will snapte niet waarom hij deze informatie specifiek tot hem richtte. Hij keek op zijn horloge. Geweldsdelicten bereikten rond tien uur 's avonds een piek. De servers verwerkten nu duizenden aanvragen. Zelfs op een rustige dag kon het vijf minuten tot vierentwintig uur duren voor de uitslag bekend werd, waarna het GBI een peerreview door een groep mensen verlangde, die overeenstemming moesten bereiken over de vraag of de computermatch de ondergrens van rechtsgeldige zekerheid haalde.

'Sara?' zei Faith.

Er was iets in haar toon waardoor Will zich omdraaide.

Faith stond aan het voeteneind van de brancard. Ze keek naar beneden. Door de lijkstijfheid zweefden de voeten van de dode vrouw een stukje boven de brancard. Doordat de handen tussen haar knieën waren gestoken, stonden haar benen iets uiteen en boden onbelemmerd zicht op wat zich ertussen bevond.

Verkracht, dacht Will. De vrouw die niet Angie kon zijn was niet alleen geslagen, gewurgd en met een mes bewerkt. Nu ging Sara hem vertellen dat ze verkracht was.

'Will?' Sara zweeg tot hij opkeek. 'Heeft Angie ooit een kind gehad?'

Hij begreep de vraag niet.

'Ze heeft een litteken van een episiotomie.'

Will had het woord nog nooit gehoord. 'Door geweld?'

'Doordat ze van een kind beviel.'

Hij schudde zijn hoofd. Angie was weleens zwanger geweest, maar niet van Will. 'Acht jaar geleden heeft ze abortus laten plegen.'

'Daar krijg je dat litteken niet van,' zei Faith.

Sara legde het uit: 'Het is een chirurgische incisie in het perineum tijdens een vaginale geboorte.'

Faith vertaalde het: 'Je wordt van onderen opengeknipt zodat de baby eruit kan.'

Nog steeds begreep Will het niet. Het was net als toen hij naar het gezicht van de dode vrouw keek. Hij herkende de woorden, maar de betekenis ontging hem.

'Heb je het benauwd?' vroeg Sara.

Will sloeg zijn blik neer. Hij wreef weer over zijn borst.

'Eerder voelde hij zich ook al niet lekker,' zei Faith.

'Je vergist je,' zei Will. 'Volgens mij is ze het niet.'

Sara duwde hem naar achteren. De dubbele deuren gingen open en schokten weer dicht. Ze waren in het halletje. Will zat aan een metalen bureau. Als in zijn ergste nachtmerrie bogen ze zich met zijn drieën over hem heen.

'Adem eens een paar keer diep in,' zei Sara.

'Ik heb wat Xanax,' zei Amanda. Ze had een geëmailleerd pillendoosje in haar hand. Roze onderkant, rozen op het deksel. Zo'n oudedamesding voor reukzout.

'Stop dit onder je tong,' zei Sara.

Zonder nadenken deed Will wat ze zei. De pil smaakte bitter. Hij voelde hem smelten onder zijn tong. Zijn mond vulde zich met speeksel, en hij kreeg slikneigingen.

'Het duurt een paar minuten voor het gaat werken.' Sara begon over zijn rug te wrijven, alsof hij een klein kind in het ziekenhuis was. Will vond het niet prettig. Hij haatte het om betutteld te worden.

Hij deed alsof hij duizelig was, boog zich voorover en stak zijn hoofd tussen zijn knieën. Sara wreef nog steeds over zijn rug. Stiekem spuugde hij de pil in zijn hand.

'Gewoon door blijven ademen.' Sara's vingers zochten zijn pols om zijn hartslag te meten. 'Je hebt niks ernstigs.'

Will ging rechtop zitten.

Sara hield hem nauwlettend in de gaten. Amanda had het geopende pillendoosje nog steeds in haar hand. Faith was verdwenen.

'Gaat het weer?' vroeg Sara.

'Volgens mij is ze het niet,' herhaalde Will, maar nu hij de woorden voor de tweede keer uitsprak, ging hij er zelf aan twijfelen. 'Ze heeft nooit een kind gehad.'

'Dat heeft ze wel,' zei Amanda. Will zag haar mond bewegen. Haar lippenstift was uitgesmeerd. 'Zevenentwintig jaar geleden is Angie bij haar pleeggezin weggelopen. Drie maanden later dook ze in het ziekenhuis op. Ze had weeën. Ze beviel van een meisje. Nog vóór maatschappelijk werk iets kon uitrichten, was ze vertrokken.'

Het nieuws had hem als een bliksemschicht moeten treffen, maar er was niets wat hem nog verbaasde over Angie.

'Hoe oud was ze toen?' vroeg Sara.

'Zestien.'

1989.

Will zat nog in het kindertehuis. Niemand wilde een puberjongen in huis nemen, vooral geen jongen die boven al zijn leraren uittorende. Angie woonde bij een echtpaar dat de kost verdiende door pleegkinderen op te nemen. Ze hadden altijd acht tot vijftien kinderen in huis, die met zijn vieren in één kamer in stapelbedden sliepen.

'Hoe ben je daarachter gekomen?' vroeg Will aan Amanda.

'Zoals ik altijd overal achter kom.' Amanda klonk hard. Ze hadden het er nooit over dat ze Will vanaf zijn vroegste jeugd had gevolgd, dat zij zijn hele leven de onzichtbare hand was geweest die hem weer de goede kant op stuurde als hij uit koers dreigde te raken. Had ze Angie ook bijgestuurd, weg van Will?

'Wat heb je gedaan?' vroeg hij.

'Ik heb niks gedaan.' Amanda stopte het pillendoosje weer in haar zak. 'Angie verdween. Ze liet haar kind in de steek. Dat zou je toch niet moeten verbazen.'

'Heeft de baby het overleefd?' vroeg Sara.

'Ja. Ik heb nooit kunnen ontdekken wat er van haar geworden is. Ze is door het systeem opgeslokt.'

Hun huwelijksaanvraag.

Angie had het formulier ingevuld. Ze zaten bij het bureau burgerlijke stand. Ze had de zonnebloemring al aan haar vinger. Angie had de vragen hardop voorgelezen: *'Ouder dan zestien? Dat zeker. Eerder gehuwd geweest? Niet dat jij weet. Naam van de vader? Jezus, hoe moet ik dat nou weten? Naam van de moeder? Doet er niet toe. Verwant aan de aanstaande echtgenoot – uhuh.'* Haar pen kraste over het papier toen ze de antwoorden invulde. *'Kinderen? Dan ken je me niet, schat.'* Ze had haar diepe, hese lach gelachen. *'Niet dat ik weet tenminste...'*

'Haar dochter is in januari geboren,' zei Amanda. 'Ze zou nu zevenentwintig moeten zijn. Delilah Palmer is tweeëntwintig.'

Sara kuchte. 'Weet je wie de vader is?'

'Niet Will,' zei Amanda.

Hij betwijfelde of dat waar was. Die keer in het souterrain. Ze hadden geen condoom gebruikt. Angie was niet aan de pil. Anderzijds was Will niet de enige jongen die ze meenam naar het souterrain.

Sara legde haar vingers weer op zijn pols. 'Je hartslag is nog steeds aan de zwakke kant.'

Will trok zijn hand weg en stond op. Hij keek naar de dichte dubbele deuren. Hij hoefde het lijk niet meer te zien om de waarheid te weten.

De zonnebloemring. De auto. Het bloed.

Haar ring. Haar auto. Haar bloed.

Haar baby.

Het was typisch Angie om een baby in de steek te laten. Om de een of andere onverklaarbare reden accepteerde Will dat als het ultieme bewijs. Angie miste het vermogen of het verlangen om voor de rest van haar leven elke dag voor iets te zorgen. Zelfbehoud was wat haar altijd had gedreven, niet medeleven. Dat had Will afgelopen zaterdag weer gezien, en het verbaasde hem niet dat het zevenentwintig jaar geleden ook al was gebeurd. Angie was naar het ziekenhuis gegaan. Ze had de baby gebaard. Ze was zo snel mogelijk weer vertrokken.

En nu was ze dood.

'Zullen we naar huis gaan?' vroeg hij aan Sara.

'Ja.' Ze stopte hem haar sleutels toe. 'Ga maar vast in de auto zitten. Ik kom er zo aan.'

Amanda was met haar BlackBerry bezig. 'Ik zeg wel tegen Faith dat ze hem gezelschap moet houden.'

Will begreep dat Sara en Amanda in gesprek gingen en dat hij het onderwerp van dat gesprek zou zijn, maar hij bracht het niet op zich ertegen te verzetten. Er zat nog steeds een bankschroef om zijn borst. Hij had een steen in zijn maag.

Terwijl hij de trap op klom, schoof hij zijn hand in zijn zak om hem schoon te vegen. Het restje van de pil was tot kalk gesmolten. Een deel van de Xanax was in zijn bloedsomloop terechtgekomen. Tegen de tijd dat hij het einde van de gang had bereikt, was hij duizelig. Hij had een korrelige smaak in zijn mond. Pas nadat hij drie deuren had geprobeerd, vond hij de kapel. De lampen waren uit, maar door de grote ramen en de lichtgloed van de binnenstad kon hij de rijen banken goed zien.

Hij keek op naar het gewelfde plafond. Enorme kroonluchters hingen als juwelen naar beneden. Het middenpad tussen de banken was bekleed met grijs tapijt. Het podium was vlak, met een lessenaar aan de zijkant. Neutraler kon een kapel bijna niet zijn. Will was twee keer met Sara naar de kerk geweest, één keer met Pasen en één keer op kerstavond. Gelovig was ze niet, maar ze hield van het vertoon. Will wist nog hoe verbaasd hij was geweest toen ze met de gemeente had meegezongen. Ze kende alle teksten uit haar hoofd.

Angie verachtte godsdienst. Ze was zo'n arrogant type dat vond dat gelovigen allemaal geestelijk gestoord waren. Ze was hier in de kofferbak van haar auto naartoe vervoerd. Ze was naar de vriezer gedragen. Haar trouwring zat nog om haar vinger. Was ze nog in leven geweest toen de ring om haar vinger werd geschoven? Had ze de persoon die bij haar was gevraagd ervoor te zorgen dat ze hem zelfs dood nog droeg?

Will voelde het branden in zijn borst. Hij wreef zijn huid rauw. Wat waren de symptomen van een paniekaanval? Aan Sara wilde hij het niet vragen, want die zou hem waarschijnlijk weer een pil in zijn mond duwen.

Waarom had ze dat gedaan? Ze wist dat hij niets moest hebben van alles wat sterker was dan een aspirientje. Nog erger vond hij het dat ze hem zo uit het lood geslagen had meegemaakt. Ze zou vast nooit meer seks met hem willen.

Will ging op het trapje naar het podium zitten. Hij viste zijn telefoon uit zijn achterzak. In plaats van 'paniekaanvallen' te googelen, ging hij met zijn rug op het tapijt liggen. Hij keek op naar de kristallen die fonkelden in de kroonluchter. De druk op zijn borst verminderde. Het werk van de Xanax. Hij vond het niet prettig. De controle verliezen had hem nog nooit iets goeds opgeleverd.

Delilah Palmer. Misschien was zij in Rippy's club geweest toen Harding stierf. Misschien had zij Angie proberen te redden. Misschien had zij Angies lichaam hiernaartoe gereden. Misschien had zij een valse oproep gedaan om Belcamino weg te krijgen en vervolgens toegekeken toen hij het beveiligingspaneel bij de lift bediende. Eén tochtje naar beneden, naar het souterrain. En één tochtje weer naar boven. Ze laat Angies auto hier staan. Ze loopt naar haar huurauto en kijkt niet meer om.

Wills ogen weigerden open te blijven. Hij besefte dat zijn hoofd op de plek lag waar de kist stond tijdens een uitvaartdienst. Hij zou Angies uitvaart moeten regelen. Het makkelijkst zou zijn om die hier te houden. Ze wilde vast gecremeerd worden. Daar mocht Belcamino voor zorgen, die kon het op zijn formulier invullen en haar gereedmaken voor het crematorium.

Wie zouden er naar de uitvaart komen? Amanda en Faith, uit plichtsgevoel. Sara? Hij kon het haar niet vragen, maar waarschijnlijk zou ze het zelf aanbieden. En Sara's vader en moeder? Het waren brave plattelandsmensen. Cathy maakte vast een stoofschotel. Hoewel? Will wist dat Sara's moeder hem niet vertrouwde. En ze had gelijk. Hij had Sara niet over zaterdag verteld. Over heel veel dingen had hij haar niet verteld.

Er zou politie naar de plechtigheid komen. Dat deed je nou eenmaal als een collega stierf, ongeacht of die goed, slecht of gepensioneerd was. Minnaars zouden hun gezicht laten zien, bij bosjes. Oude vrienden, maar niet veel. Vijanden misschien. De vader van haar kind. Misschien haar kind. Ze was zevenentwintig. Kwaad. In de steek gelaten. Op antwoorden uit die Will haar niet kon geven.

Hij voelde zijn oogleden ontspannen. Zijn gezicht. Zijn schouders. Een mysterieuze stilte daalde op hem neer.

Hij lag in een stille kapel. Het was midden in de nacht. Angie was dood. Nu zou hij het moeten voelen: het overweldigende verlies, de leegte die Sara had beschreven. Ze was woedend op hem geweest omdat het hem amper raakte. Misschien was er iets kapotgegaan in zijn binnenste. Misschien was dat Angies laatste wraakoefening: ze had iets uitgeschakeld bij hem. Zijn gevoel.

Zijn telefoon trilde in zijn hand. Waarschijnlijk Faith, die naar hem op zoek was. Hij nam op en zei: 'Ik ben in de kapel.'

'Echt?' Het was Faith niet. Het was een andere vrouw, met een lage, diepe stem.

Will keek op het schermpje. De nummerweergave was geblokkeerd. 'Met wie spreek ik?'

'Ik ben het, schat.' Hij hoorde Angies diepe, hese lach. 'Heb je me gemist?'

EEN WEEK EERDER

Maandag, 19.22 uur

Angie Polaski stond op van haar bureau en sloot de deur van haar kantoor. Vaag drongen gedempte stemmen tot haar door, een of andere klojo van een agent die tegen een andere klojo van een agent over geld stond op te scheppen. Ze hield haar hand in een wurggreep om de deurknop. Wat haatte ze dit gebouw met al zijn stomme rijke eikels. Ze haatte de volmaakte secretaresses. Ze haatte de schilderijen aan de muur. Ze haatte de sporters die dit alles hadden opgebouwd.

Als ze alles wat ze haatte moest opsommen, kreeg ze een beroerte van woede.

Ze ging weer aan haar bureau zitten. Het was alsof de vlammen uit haar ogen sloegen toen ze naar het scherm van haar laptop keek. Als dat klote-ding niet zo duur was geweest, had ze het op de vloer gegooid en met haar hak finaal aan gort gestampt.

Zij heeft zijn verleden. Ik heb hem.

Angie keek naar de datum van de mail die Sara aan haar zus had geschreven. Acht maanden geleden. Volgens Angies berekening neukte Sara nog maar vier maanden met Will toen ze die woorden had opgeschreven. Behoorlijk arrogant van het mens om te denken dat ze Will in haar zak had.

Met de pijltjestoets ging ze naar boven om de alinea opnieuw te lezen.

Ik had nooit gedacht dat ik dit nog eens zou voelen voor een andere man.

Sara leek eerder een stomme puber dan een arts. Niet eens zo gek. Sara Linton kon moeiteloos voor zo'n onnozele, debiele trut uit een meidenroman doorgaan – zo'n type dat somber uit het beregende raam keek en niet wist wie ze moest kiezen: de vampier of de weerwolf. Ondertussen werd het slechte meisje, het feestbeest dat je de lekkerste beurt van je leven kon bezorgen, in de hoek weggezet, om uiteindelijk de gevolgen van haar streken in te zien en haar hart met een staak te laten doorboren.

Ik heb hem.

Met een klap sloeg Angie de laptop dicht.

Eigenlijk had ze Sara's laptop niet moeten klonen. Niet omdat het verkeerd was – dat boeide haar geen reet – maar omdat het een marteling was om te lezen hoe Sara geleidelijk aan verliefd werd op Will.

Het afgelopen anderhalf jaar waren er letterlijk honderden mails uitgewisseld. Sara schreef haar jongere zus wel vier of vijf keer per week. Tessa schreef al even vaak terug. Slaapverwekkend gedetailleerd beschreven ze hun levens. Ze klaagden over hun moeder. Ze maakten grapjes over hun verstrooide vader. Tessa roddelde over de inwoners van Stinkgat, of waar ze haar zendingswerk ook deed. Sara had het over haar patiënten in het ziekenhuis, over de nieuwe kleren die ze voor Will had gekocht, dat ze voor Will een nieuw parfum had uitgeprobeerd en een bevriende arts had gevraagd een recept voor haar uit te schrijven, ook vanwege Will.

Alleen al daarom verachtte Angie Sara, want nu had ze 'cystitis' moeten googelen.

Angie was algauw doodziek geworden van al die kleffe, zwijmelende bullshit. Ze had de mails vluchtig doorgekeken, op zoek naar bewijs dat de liefde tekenen van slijtage begon te vertonen. Will was verre van volmaakt. Hij raapte altijd alles op wat je had neergelegd en borg het op voor je er klaar mee was. Als er iets kapotging, moest hij het meteen repareren, ongeacht hoe laat het was. Hij floste zijn tanden veel te vaak. Hij liet altijd één velletje op de wc-rol zitten omdat hij te zuinig was om het weg te gooien.

Alles was perfect vannacht, had Sara de vorige maand geschreven. Jezus, wat een man.

Angie stond op van haar stoel en liep naar het raam. Ze keek uit over Peachtree Street. Het was avondspits. Auto's kropen over de dichtgeslibde straat. Haar handen deden pijn. Toen ze ernaar keek, zag ze dat ze haar nagels in haar handpalmen had geslagen.

Voelde jaloers zijn zo?

Angie had niet verwacht dat Sara het zo lang zou uithouden. Dat soort vrouwen hield niet van rommel, en Angie had bij herhaling duidelijk gemaakt dat Wills leven een rommeltje was. Evenmin had ze voorzien dat Will voor Sara zou vechten. Angie was ervan uitgegaan dat de andere vrouw een tussendoortje was, iets wat Will tegen zijn zin had geprobeerd zonder er ook maar het geringste plezier aan te beleven, net als toen Angie hem had overgehaald sandalen te kopen.

Maar toen had ze hen samen bij de bouwmarkt gezien.

Het was vroeg in het voorjaar geweest, dus een maand of vijf geleden. Angie was naar de winkel gegaan om gloeilampen te kopen. Will en Sara waren de ingang door gelopen, zo in elkaar verdiept dat ze Angie niet hadden zien staan op nog geen twee meter afstand. Ze hadden hand in hand gelopen, waarbij ze hun armen in een wijde boog heen en weer hadden laten zwaaien. Angie was hen gevolgd naar de tuinafdeling. Vanuit het aangrenzende gangpad had ze hen over mulch horen praten, zo saai was hun leven.

Sara had aangeboden een winkelwagentje te halen, maar Will had de zak opgepakt en over zijn schouder gegooid.

'Liefje,' had Sara gezegd. 'Wat ben je sterk.'

Angie had verwacht dat Will 'rot op' of iets dergelijks zou zeggen, maar nee. Hij had gelachen. Hij had zijn arm om haar middel geslagen en Sara had als een hondje met haar neus langs zijn hals gewreven. Daarna waren ze weggeschuifeld, naar de bloemen, en Angie had alle gloeilampen in haar mandje stuk voor stuk kapotgedrukt.

'Polaski?' Dale Harding stond in de deuropening. Zijn pak zat vol kreukels. De knopen sprongen bijna van zijn overhemd, zo strak spande het om zijn pens. Zoals altijd bij het zien van Dale werd Angie door weerzin overmand – niet vanwege zijn omvang of zijn slonzigheid of omdat hij zijn eigen dochter had verhandeld om zijn gokverslaving te voeden, maar omdat ze hem nooit zo diep haatte als ze eigenlijk wilde.

'Het feest begint zo,' zei hij.

'Je oogwit is geel.'

Hij haalde zijn schouders op. 'Dat krijg je.'

Dales tijd zat erop. Dat wisten ze allebei. Ze spraken er niet over. 'Hoe is het met Dee?'

'Goed, hoor. Ze is uit de kast.'

Ze grinnikten allebei om de woordspeling. Delilah was ontsnapt uit haar laatste afkickkliniek en Dale had besloten haar in zijn kledingkast op te sluiten, als de snelste manier om haar van de drugs af te helpen.

'Ik heb een lijntje met een dokter die een recept voor Suboxone voor haar uitschrijft,' zei hij.

'Mooi,' zei Angie. Het afkickmiddel was het enige wat Delilah van de heroïne afhield. Door allerlei overheidsregels was het moeilijk om eraan te komen. Angie had het gescoord via een dealer die ze niet helemaal vertrouwde, en ze rekende erop dat Dale binnenkort de pijp uit ging zodat ze haar handen af kon trekken van zijn waardeloze junk van een dochter. Vrouw. Wat dan ook. 'Heb je met die advocaat gepraat?'

'Ja, maar ik –'

Zijn antwoord werd onderbroken door luid gejuich. Champagnekurken knalden. Rapmuziek bonkte door alle speakers in het kantoor. Het feest was begonnen.

Ze wisten dat Kip Kilpatrick hen zocht. Dale deed een stap opzij om Angie voor te laten gaan. Onder het lopen streek ze haar rok glad. Haar hoge hakken waren een marteling voor haar voeten, maar ze verdomde het om onder te doen voor al die jonge trutjes op kantoor. Onnozel als ze waren, trokken ze hun rimpelloze gezichten en pruilmondjes scheef van verbazing als Angie over de wasbak op het damestoilet hing om vlak voor de spiegel haar eyeliner te verversen. Er was geen lol aan ze te waarschuwen dat ze op een dag ook drieënveertig zouden zijn, want als die dag aanbrak, zat zij allang in een verzorgingshuis.

Of was ze dood.

Misschien had Dale het beter voor elkaar. Het was veel gemakkelijker om er op je eigen voorwaarden tussenuit te knijpen. Als hij die niksnut van een dochter niet had gehad, had hij het vast veel eerder gedaan. Er viel iets te zeggen voor een kinderloos bestaan.

'Hé schat.' Kip Kilpatrick stond boven aan de zwevende glazen trap. Zoals gewoonlijk had hij een basketbal in zijn handen. Die man kon geen minuut zonder dat stomme ding. 'Ik wil je hierna even spreken,' zei hij. 'Op mijn kamer.'

'We zien wel.' Angie stapte hem voorbij. Op zoek naar een bekend gezicht liet ze haar blik door de ruimte gaan. Geen van de grote namen was al gearriveerd. Het waren vooral twintigers in slim-fit pakken, die Cristal dronken alsof het water was.

Onder het ledbord zag ze een groot schaalmodel. Hierom werd het feest gehouden. De laatste puzzelstukken van de All-Stardeal waren eindelijk op hun plaats gevallen. Over een kleine twee weken ging de eerste spade de grond in. Angie bekeek het model in zijn glazen vitrine. Verbouwde pakhuizen. Openluchtwinkelcentrum. Supermarkt. Bioscoop. Boerenmarkt. Chique restaurants. De half afgebouwde nachtclub van Marcus Rippy.

Aan dat laatste werd gewerkt. Over een week ging een team aan de slag om de tent toonbaar te maken. De club vormde de basis voor het All-Star Complex, een onderneming waar bijna drie miljard dollar mee gemoeid was en waarin alle grote sterren van het agentschap hadden geïnvesteerd. En sommige kleinere sterren. Kilpatrick zat er voor tien miljoen in. Twee andere agenten hadden de helft van dat bedrag ingezet. En dan had je nog het advocatenteam, een internationale stoet bloedzuigers, die voor zover Angie kon zien elke stuiver van hun geld waard waren.

Een maand geleden had Will de advocaten onderuit proberen te halen, maar hij was als verliezer uit de strijd gekomen. Angie had gehoopt dat hij zou winnen. Echt waar. Hij had tegenover de hele club aan die absurd grote vergadertafel gezeten en had zijn stinkende best gedaan om antwoorden uit ze te krijgen. Marcus en LaDonna Rippy waren bijna van ondergeschikt belang geweest. Telkens als Will zijn mond had opengedaan, had Marcus naar de advocaten gekeken, en de advocaten hadden het antwoord tot het schitterend soort koeterwaals gesponnen dat alleen een marsmannetje of een politicus nog kon volgen.

Vanuit haar kamer een verdieping lager had Angie de hele voorstelling gevolgd. Will had geen idee gehad dat alles wat in de vergaderzaal gebeurde werd opgenomen. En hij had ook geen flauw vermoeden gehad dat zij in de buurt was. Op haar scherm had ze hem steeds geïrriteerder zien raken naarmate de advocaten meer hindernissen hadden opgeworpen.

Angie had haar hoofd geschud. Arme man. De vragen die hij aan Marcus had gesteld, had hij beter tot LaDonna kunnen richten.

'Hé, mop.' Laslo leunde tegen een bureau, met een champagneglas in zijn hand. Zoals altijd droeg hij een strakke zwarte broek en dito overhemd. Hij zag er niet verkeerd uit. Hij had een fantastisch lijf en een eersteklas neus voor mode. Nu keek hij naar haar schoenen. 'Kosten die?'

'Vijftig dollar,' zei ze geërgerd, want hij had gezien dat het namaak was. Dankzij haar baan had ze eindelijk genoeg geld om het echte merk te kunnen kopen, maar die zaten niet zo lekker als de neppers, en als ze te lang stond, kreeg ze kramp in haar rug.

'We hebben straks een dingetje,' zei hij.

'Kip heeft me al ingeseind.'

Laslo nam een slokje champagne. Ze keken allebei naar Kip, die de basketbal opgooide en ondertussen de deur naar de hal scherp in de gaten hield. Net een hopeloos verliefd schoolmeisje. Net Sara Linton die wachtte tot Will thuiskwam.

Mijn hart maakt een sprongetje telkens als ik zijn sleutel in de deur hoor.

'Yo.' Laslo knipte met zijn vingers. 'Ben je er nog?'

Ze pakte zijn glas en sloeg de champagne achterover. 'Wat wil Kip?'

Laslo legde zijn vinger op zijn lippen en liep weg.

'Mevrouw?' Een knappe ober hield haar een dienblad met champagneglazen voor.

Angie was goddomme nog niet oud genoeg om voor een mevrouw door te gaan. Ze griste een glas van het blad en liep naar de andere kant van de ruimte, langs de Snotmeijers en Van der Blagen die het team vormden van 110 Sports Management.

Vijf maanden geleden had ze Dale Harding om werk gevraagd. Hij had zich weer eens gigantisch hufterig opgesteld, maar daar wist Angie wel raad mee. Ze had gezegd dat ze geld nodig had om haar dealer te betalen. Hij had haar geloofd, want Dales hele leven zat vol dealers en bookies die de rente met hun vuisten inden. Angie had nooit problemen met dealers gehad. Ze had problemen met Kip Kilpatrick. Ze zocht naar een manier om tot de kring van vertrouwelingen rond de agent door te dringen, en

Dale wist als geen ander wat Angie aan expertise kon bijdragen.

Veel van Kips cliënten waren rechtstreeks van de straat geplukt. Ze misten de meiden met wie ze vroeger omgingen. Angie kende die meiden. Ze snapte hoe ze door hun verslaving te gronde werden gericht. Het pijpje of de naald wat vaker laten liggen, een beetje afkicken en zich door een rijke basketbalspeler laten verwennen was stukken makkelijker dan elke dag op de achterbank van twintig verschillende auto's met de benen wijd gaan. En als Angie er ook wat aan overhield, was dat mooi meegenomen.

Dat bleek het simpele gedeelte te zijn. Kips kringetje was een ander verhaal. De agent had Angie op armlengte afstand gehouden. Hij had Laslo. Hij had Harding. Hij had geen behoefte aan een of ander wijf dat koppen voor hem insloeg. Dat alles was veranderd op de dag dat Angie oog in oog met LaDonna Rippy kwam te staan.

Hun ontmoeting was een toevallige samenloop van omstandigheden geweest. Angie zat tegenover Kip aan de glazen tafel die hij als bureau gebruikte. Ze onderhandelden over compensatie voor een meid die nogal ruw was behandeld door een van Kips spelers. Het gesprek liep al ten einde toen LaDonna de deur met een klap had opengesmeten. Rippy's vrouw deinsde nergens voor terug, zo'n type dat niet aarzelde het geladen pistool te trekken dat ze in haar tas bewaarde. Ze was woedend geweest om iets wat Angie zich niet meer kon herinneren. LaDonna was snel woedend. Angie had een oplossing voorgesteld. LaDonna was een stuk rustiger vertrokken dan ze was verschenen, en Kip had Angie ter plekke gevraagd of ze een baan met meer vastigheid wilde.

Angie wilde geen vastigheid, maar ze wist dat Marcus Rippy was aangeklaagd wegens verkrachting en ze wist ook dat Will op de andere kant van de zaak zat.

Over romantisch gesproken. Sara prees hem omdat hij een stomme zak met grond over zijn schouder wierp, maar hem op een presenteerblaadje doorslaggevend bewijs leveren, dat kon ze niet.

Tenminste, dat was aanvankelijk Angies plan geweest. Het was haar oprechte bedoeling geweest Will te helpen. Vervolgens had ze ingezien dat het een stuk lucratiever was als ze hielp de zaak van tafel te krijgen.

Voor Will zorgen bracht geen brood op de plank. Een paar getuigen omkopen, daar draaide ze haar hand niet voor om. Als Angie het niet wilde doen, deed Harding het wel, en als Harding het niet deed, schoot Laslo te hulp. Zo bekeken was het Angies patriottische plicht om te zorgen dat de klus naar een vrouw ging.

Opeens werd het stil in de zaal. Marcus Rippy was gearriveerd, met LaDonna aan zijn zijde. Haar lange blonde haar viel in strakke krullen over haar schouders. Ze was die ochtend vast nog even gebotoxt. Onder het bijna witte poeder waarmee ze haar acnelittekens bedekte waren rode vlekjes zichtbaar. Ze keek pissig, maar dat kon het resultaat van een recente plastische ingreep zijn. Of misschien was het gewoon haar aard. Ze had alle reden om kwaad te zijn. Marcus was haar schoolliefje geweest. Op hun achttiende waren ze getrouwd. Ze was negentien toen ze zwanger raakte. Tegen die tijd bedroog hij haar al, viel hij voor vrouwen die vielen voor zijn roem.

Uiteraard had LaDonna niets door, niet in het begin. Terwijl Marcus met een volledige beurs aan Duke University studeerde, werkte zij als kamermeisje. Vanwege de strenge regels voor sportbeursstudenten leefde het gezin van het geld dat zij binnenbracht. Vooral in de beginjaren hadden ze met veel ups en downs te maken, zoals een blessure die bijna het einde van zijn carrière betekende en hem zijn beurs en zijn plaats in de selectie kostte.

LaDonna had haar man door dik en dun gesteund. Ze had er een tweede baantje bij genomen, en een derde. Marcus had zich rot getraind en was in zijn tweede studiejaar weer gaan spelen, maar dat werd als een van de meest waardeloze seizoenen uit de geschiedenis beschouwd. Bijna werd hij uit het team gezet, maar toen gebeurde er iets. Opeens vond hij zijn draai. Hij werd volwassen. Tegen die tijd had hij een tweede kind, een zieke moeder die verzorging nodig had en een vader die iets wilde goedmaken. Marcus was een superster geworden, en eindelijk plukte LaDonna de vruchten van al haar gezwoeg.

Haar overwinningsronde had één seizoen geduurd. Precies zo lang als het Marcus had gekost om de top weer te bereiken. Er volgden tijdschriftcovers en sponsoren, en ook de andere shit begon weer. Al die tijd bleef

LaDonna in haar Tammy Wynetterol en steunde haar man. Ze bleef aan zijn zijde toen de roddelpers foto's van hem met diverse jonge actrices publiceerde. Ze bleef aan zijn zijde toen hij van verkrachting werd beschuldigd, die waar Will van wist en die andere keer, waar hij niets van wist. En nu stond ze weer aan zijn zijde terwijl de blonde receptioniste als een kleffe toffeesliert aan zijn arm hing.

Angie zette haar glas neer en drong door het publiek. Nog voor LaDonna ook maar iets doorhad, sloeg ze haar arm om het middel van het blondje en drukte haar nagels in haar blote arm.

'Als je nog één keer naar hem kijkt, sta je op straat,' zei Angie. 'Begrepen?'

Ze begreep het.

'Mag ik uw aandacht?' Ditmar Wittich tikte met zijn pinkring op zijn champagneglas. In afwachting van stilte keek hij de zaal rond. En het werd stil. De advocaat had Marcus Rippy van een zware aanklacht wegens verkrachting afgeholpen. Zijn bedrijf had de All-Stardeal rondgekregen. Hij verdiende meer dollars dan er op het ledbord pasten, en door goddelijke voorzienigheid geholpen zou hij de aanwezigen laten delen in het vergaren van nog meer rijkdom.

'Ik wil graag een toost uitbrengen,' zei hij.

Alle glazen werden geheven. Angie sloeg haar armen over elkaar.

'Laat ik allereerst zeggen dat we heel blij zijn dat de problemen van Marcus tot het verleden behoren.' Hij glimlachte naar Marcus. Marcus glimlachte terug. LaDonna keek naar Angie en sloeg haar ogen ten hemel. 'Maar vandaag vieren we de nieuwe samenwerking tussen 110, onze internationale partners, en een aantal van de grootste sporters die de wereld ooit heeft gekend.'

Hij praatte door, maar zijn woorden boeiden Angie niet. Ze keek de zaal rond. Harding dronk champagne alsof hij nog niet geel genoeg zag. Laslo had zich in een hoek teruggetrokken. Kip speelde met zijn bal. Inmiddels waren er nog twee grote sterren gearriveerd. Ze stonden achterin, met hun beeldschone vrouwen naast hen, en torenden boven de aanwezige stervelingen uit.

Op dat moment zag Angie hen.

Reuben en Jo Figaroa. Fig was niet de grootste ster, maar wel de enige in wie Angie geïnteresseerd was. Met zijn twee meter sprong hij meteen in het oog. Zijn vrouw was wat moeilijker te vinden, vooral omdat ze het liefst zo onopvallend mogelijk bleef. Vergeleken met de overige spelersvrouwen was Jo tenger, want ze had de bouw van een ballerina. Geen Misty Copeland, eerder een ballerina van de oude stempel, zo'n flinterdun ding dat met één kwartslag in het niets oploste.

Dat probeerde Jo nu ook weer te doen. Zonder hem aan te raken en iets van hem afgekeerd stond ze naast haar man en keek naar de vloer.

Angie greep deze unieke kans om haar wat beter te bekijken. Haar bruine krullen. Haar volmaakte gezicht. Haar sierlijke hals en elegante schouders. Haar gracieuze houding. Daardoor viel ze op. Jo probeerde te verdwijnen, maar ze begreep niet dat ze het soort vrouw was van wie je je blik niet los kon maken.

'Jezus, Polaski.' Harding gaf Angie een por in haar ribben. 'Waarom vraag je haar telefoonnummer niet?'

Het bloed steeg haar naar de wangen.

'Zieke bitch.' Weer gaf hij haar een por. 'Die is wat te jong voor jou.'

'Lazer op.' Angie beende de zaal door, zo ver mogelijk bij hem vandaan. Zelfs met vijftig mensen tussen hen in kon ze zijn vieze oudemannenlach nog horen.

Ze leunde tegen de muur en keek toe terwijl Ditmar zijn toost afrondde. Op zijn Duits keek hij daarbij iedereen even aan. Dat deed hij bij Marcus. Bij LaDonna. Bij Reuben Figaroa. Bij Jo lukte het niet. Zonder van de champagne te drinken staarde ze naar haar glas. Ze had haar hand naar haar hals gebracht en speelde met een simpele gouden ketting. Haar schoonheid had iets tragisch wat Angie hartverscheurend vond.

Dale Harding mocht zijn dochter dan willen neuken, Angie wilde alleen zeker weten dat het goed ging met de hare.

Maandag, 20.00 uur

Angie zat in haar eentje op de gigantische bank in Kips kamer. Het licht was uit. Boven liep het feest ten einde, en de gasten vertrokken om ergens te gaan eten. Ze had haar schoenen uitgeschopt. In haar hand had ze een glas whisky. Ze hoorde het gestage geronk van verkeer dat over Peachtree kroop. Maandagavond. Toch waren er mensen die uitgingen. Er waren clubs, winkelcentra, restaurants. De *rich and famous*, die wilden zien en gezien worden.

110 Sports Management was gevestigd in het centrum van Buckhead. Een kleine kilometer naar het noorden lag een van de duurste postcodegebieden van het land. Enorme villa's met gastenverblijven en zwembaden van olympisch formaat. Privébeveiliging. Zware ijzeren hekken. Sportgiganten. Rapgrootheden. Mensen uit de muziekindustrie. Drugsbaronnen naast cardiologen en managers van beleggingsfondsen.

Sinds de jaren zeventig was Atlanta een mekka voor welvarende Afro-Amerikanen. Artsen en advocaten die aan de van oorsprong zwarte universiteiten afstudeerden besloten in de stad te blijven. Veel profsporters uit andere steden hadden een huis in de stad. Ze stuurden hun kinderen naar particuliere scholen waar groen de enige kleur was die telde. Dat was het mooie van Atlanta. Zolang je geld had, kon je doen wat je wilde.

Angie had inmiddels veel geld, in elk geval vergeleken met wat er doorgaans op haar bankrekening stond. Ze had de cheques die Kip haar om de twee weken stuurde en het zakgeld dat ze met de meiden verdiende.

Gelukkig werd ze er niet van.

Zolang ze zich kon herinneren had ze alleen naar de toekomst gekeken. Aan het verleden viel niets te veranderen, en het heden was meestal te ellendig voor woorden. Zat ze vast aan haar moeders pooier? Alleen tijdelijk. Werd ze naar het zoveelste pleeggezin doorgeschoven? Dat was maar voor even. Bivakkeerde ze op de achterbank van haar auto? Niet lang. Het was de tijd die haar voortstuwde. Volgende week, volgende maand, volgend jaar. Als ze maar bleef rennen, vooruit bleef kijken, zou ze uiteindelijk de overkant bereiken.

Maar eenmaal op de overkant aangekomen, kwam ze erachter dat er niets was.

Wat wilden andere vrouwen wat Angie nog niet had?

Een thuis. Een man. Een dochter.

Ze had al een dochter, die ze net als de rest had weggedaan. Josephine Figaroa was inmiddels zevenentwintig. Net als Angie kon ze voor blank, zwart of latino doorgaan, zelfs voor iemand uit het Midden-Oosten als ze vliegtuigpassagiers de stuipen op het lijf wilde jagen. Ze was slank. Te slank, maar misschien hoorde dat bij haar biotoop. De andere vrouwen van het team waren eeuwig aan het ontgiften of diëten, en anders zaten ze op spinning of bezochten hun plastisch chirurg om dingen te laten leegzuigen en vullen en oplappen zodat ze konden concurreren met de groupies die om hun mannen heen zwermden. Ze hadden zich de moeite kunnen besparen. Hun mannen voelden zich niet tot de groupies aangetrokken omdat die aantrekkelijker waren dan hun vrouwen. Ze voelden zich simpelweg tot hen aangetrokken omdat het groupies waren.

Het was veel leuker om bij iemand te zijn die dacht dat je volmaakt was dan bij een vrouw die weigerde je shit te slikken.

Angie had geen idee wat voor soort echtgenote Jo was. Ze was nog maar twee keer met haar dochter in één ruimte geweest, beide keren op het kantoor van 110 en op enige afstand, want Reuben was er telkens bij geweest. Rustig en zelfverzekerd torende hij boven zijn vrouw uit. Jo leek het prettig te vinden. Ze kroop weg in zijn schaduw. Ze hield haar blik neergeslagen, was ingetogen en bijna doorschijnend. Het woord dat meteen opkwam was 'onderdanig', en dat zat Angie niet lekker, want haar bloed stroomde door Jo's aderen, en dat bloed had zich nog nooit iets laten vertellen, door wie dan ook.

Kate.

Zo had Angie haar dochter willen noemen. Naar Katharine Hepburn. Naar een vrouw die haar hoofd hoog wist te houden. Naar een vrouw die pakte wat ze hebben wilde.

Wat wilde Jo? Naar haar houding te oordelen wilde ze niets meer dan wat ze al had. Een rijke man. Een kind. Een comfortabel leven. Het was pijnlijk maar waar: Jo was heel gewoontjes. Ze had op een kleine middelbare school in de buurt van Griffin gezeten. Ze was intelligent genoeg geweest om op de University of Georgia te worden toegelaten, maar niet intelligent genoeg om af te studeren. Het liefst geloofde Angie dat Jo met haar studie gestopt was omdat ze een vrije geest was, maar een simpel rekensommetje weersprak dit. Ze was met haar studie gestopt voor een man. Acht jaar geleden was ze met Reuben Figaroa getrouwd. Hij was twee jaar ouder en speelde al in de National Basketball Association. Als speler had hij de reputatie gefocust als een laser te zijn. Buiten het veld werd hij vaak als gereserveerd en rationeel beschreven. Van opzichtigheid moest hij niets hebben. Het enige wat voor hem telde was de klus klaren en dan naar huis gaan, naar zijn gezin. Blijkbaar had Jo daar behoefte aan. Ze was hem gevolgd naar Los Angeles en Chicago, en nu was ze met hem teruggekeerd naar haar thuisstaat. Ze hadden één kind, een jongetje van zes dat Anthony heette.

Hier hield de openbaar toegankelijke informatie over Jo Figaroa op. Ondanks haar leeftijd deed ze niet aan social media. Ze was geen sociaal dier. Ze zat bij geen enkele groep. Ze ging niet naar feestjes, tenzij ze met het werk van haar man te maken hadden. Ze mengde zich niet onder de andere spelersvrouwen. Ze ging nooit buiten de deur lunchen. In het winkelcentrum zag je haar niet zomaar, en ook niet in de sportschool. Alleen via haar man was Angie in staat haar gangen na te gaan.

Een jaar geleden was er een Googlealert in Angies nieuwsfeed opgedoken. Reuben 'Fig' Figaroa ging voor Atlanta spelen. Volgens het artikel was de stap geen promotie geweest, maar kon Reuben er zijn sportcarrière nog een paar jaar mee verlengen.

Hoe had Angie op het nieuws gereageerd? Eerst was ze geïrriteerd geweest. Op dat soort verleiding zat ze niet te wachten. Alleen een volslagen gestoord wijf zou zevenentwintig jaar nadat ze Jo had afgestoten weer in haar leven opduiken. Angie had dan ook gezworen dat ze het zou laten rusten. Het zou nergens goed voor zijn als ze zich in de vredige wereld van haar dochter probeerde te manoeuvreren.

Maar toen was er een tweede Googlealert gevolgd: de Figaroa's waren naar Buckhead verhuisd.

En een derde: Reuben Figaroa tekende een contract bij 110 Sports Management.

Op dat moment had Angie via Dale Harding een baan geregeld, in ruil voor bepaalde gunsten, want gunsten waren het enige wat telde bij Dale.

Waarom had ze het gedaan?

Aan zelfbeschouwing deed Angie niet. Reactie, dat was meer haar ding.

En nieuwsgierigheid.

Bijna twintig jaar lang had ze Jo's spoor van tijd tot tijd weer opgepakt. Achtergrondonderzoek, internetspeurtochten en zelfs een paar privédetectives. Eerst had Angie willen weten wie haar dochter had geadopteerd. Dat was natuurlijke nieuwsgierigheid. Wie zou dat niet willen weten? Maar zoals alles in Angies leven, was het niet genoeg. Ze wilde zichzelf er ook van verzekeren dat Jo's ouders goede mensen waren. Vervolgens wilde ze meer over Jo's man weten. Ze wilde weten met wie Jo bevriend was, hoe ze haar tijd doorbracht, wat ze van uur tot uur deed.

Gretig. Dat was een beter woord. Angie deed dat alles omdat ze gretig was. Om dezelfde reden nam ze nooit genoegen met één pil, één glas, één man.

Niet dat ze Jo's leven op zijn kop wilde zetten. Dat had ze gezworen. Voorlopig, op dit moment, wilde ze alleen de stem van haar dochter horen. Ze wilde weten of het timbre hetzelfde was. Of Jo Angies duistere gevoel voor humor bezat. Of ze gelukkig was, want dat hoorde ze te zijn nadat ze op de dag dat Angie haar ziekenhuisbed was ontvlucht, was ontsnapt aan het grootste gevaar van haar leven.

Twee keer had ze met haar in deze zelfde ruimte doorgebracht. Twee keer had Jo stilletjes naast haar man gestaan.

De jonge vrouw keek nauwelijks naar Reuben Figaroa, en dat zat Angie dwars. Na acht jaar huwelijk was het normaal dat het gedaan was met de zwijmelende blikken, maar hier klopte iets niet. Angie voelde het tot in haar merg. Ze werkte nog niet lang voor Kip, maar er was geen powerpointpresentatie voor nodig om te snappen wat de sportersvrouwen dreef. Het enige wat ze hadden, was wat hun man met een basketbal voor elkaar kreeg. De dag nadat Marcus iets uitzonderlijks had gepresteerd, blies LaDonna altijd hoog van de toren. Anderzijds was ze een getergde tijgerin als Marcus een belangrijk shot miste.

Datzelfde gold niet voor Jo en Reuben. Hoe meer aandacht haar man kreeg, hoe liever Jo leek te willen verdwijnen.

En Reuben Figaroa kreeg merkwaardig genoeg heel veel aandacht. De terminologie ging Angie boven de pet, maar kennelijk was Reubens positie in het team niet bepaald glorieus, was hij eerder een werkpaard dan een uitblinker. Toch had hij zich op de een of andere manier onmisbaar gemaakt op het veld als de man die bereid was een overtreding te begaan, een paar koppen tegen elkaar te slaan of wat er verder voor nodig was om te zorgen dat Marcus Rippy kon scoren.

Iedereen won als Marcus Rippy scoorde.

Reuben was een puzzel die Angie moest zien te doorgronden. Het was een puzzel met weinig stukken. In tegenstelling tot de anderen zocht hij de aandacht niet op. Hij ging niet naar clubs en opende geen restaurants. Hij deed zijn best de pers te mijden. Interviewers schreven zijn verlegen gereserveerdheid toe aan het feit dat hij als kind had gestotterd. Zijn achtergrond was al even weinig opzienbarend als die van Jo. Middelbare school in een kleine stad in Missouri, een volledige beurs voor Kentucky University, late selectie voor de NBA, een middelmatige carrière tot hij in de Rippymagie begon te delen. Niet dat dit alles veel inzichten opleverde. Het enige waardoor Reuben opviel, was dat hij blank was in een sport die gedomineerd werd door zwarten.

Het zat Angie helemaal niet lekker dat Jo getrouwd was met een man die op haar vader leek.

Ze zette haar glas op tafel en keek door het raam naar de donkere lucht. Op de vensterbank lagen tien basketballen op een rij. Overwinningsballen, vermoedde ze, maar Angie gaf geen moer om wat voor sport dan ook. Het hele idee van een stel mannen die achter een balletje aan renden was wat haar betrof tranentrekkend saai. De spelers vond ze ook al niet knap.

Als ze een lange, slungelige vent met volmaakte buikspieren wilde neuken, kon ze naar huis gaan, naar haar man.

Tenminste, dat had ze altijd gedacht. Will had op haar gewacht. Zo was hij nu eenmaal. Angie ging altijd weg. Dan had ze lol, en nog wat lol, en ten slotte iets te veel lol waardoor ze weer terug moest naar Will om zich opnieuw op te laden. Of om te schuilen. Of wat er ook voor nodig was om zichzelf te resetten. Daar had ze Will voor. Hij was haar veilige haven.

Ze had nooit verwacht dat een roodharig kutbootje voor anker zou gaan in haar kalme wateren.

Angie snapte het wel. Ze zag wat er zo aantrekkelijk was aan Sara. Ze was een goeie meid. Ze was slim, als dat soort slimheid telde. Ze was een plattelandskind, uit een degelijk gezin. Als een dergelijke vrouw van je hield, betekende het dat je zelf ook normaal was. Angie snapte dat Will zich tot het heilzame in Sara voelde aangetrokken. Zelf was hij altijd een absurde braverik geweest. In het kindertehuis hielp hij Mrs. Flannigan. Hij maaide het gras van de buren. Op school wilde hij zijn best doen. Hij studeerde zich het apelazarus. Hij was altijd op extra punten uit. Als hij niet zo achterlijk was, zou hij een topstudent zijn geweest.

Ik vind het hartverscheurend dat hij zich zo schaamt voor zijn dyslexie, had Sara aan Tessa geschreven. Het ironische is dat hij een van de intelligentste mensen is die ik ooit heb gekend.

Angie vroeg zich af of Will wist dat Sara met haar zus over zijn geheim sprak. Dat vond hij vast niet fijn. Hij had er alle reden toe zich te schamen.

Het plafondlicht flikkerde. Angie keek omhoog. Ze zag de neonlampen aanschieten. Harding slenterde op de drankenkoelkast af en nam er een flesje Bankshot uit. Hij plofte neer aan de andere kant van de bank. Het wit in zijn ogen was bijna helemaal geel. Zijn huid had de structuur en kleur van een wasdrogerdoekje.

'Jezus,' zei Angie. 'Hoeveel langer heb je nog?'

'Te lang.' Hij pakte haar whisky en schonk er het radioactief ogende energiedrankje bij.

'Dat spul wordt nog eens je dood,' zei ze.

'Laten we het hopen.'

Ze hoorden een basketbal over marmeren tegels stuiteren en trokken allebei een scheef gezicht.

'Waar is Laslo?' vroeg Kip.

'Hier.' Laslo stond vlak achter hem. Hij keek chagrijnig. In ruil voor een gunst had Angie zijn strafblad mogen inzien. Laslo Zivcovik was klein en stevig, maar hij was goed met een mes en niet bang om het te gebruiken. Hij had een tijd in de bak gezeten omdat hij het gezicht van een meisje had opengesneden, maar zijn zwaarste straf was het gevolg van een steekpartij buiten een bar, waardoor één man in het ziekenhuis was beland en een ander in het mortuarium.

En nu waren Laslo en zijn mes in Atlanta.

'Oké, heren.' Kip klemde de bal onder zijn arm en pakte een zwarte map van zijn bureau. 'We hebben een probleem.'

Dale leunde voorover en pakte een schaaltje pinda's. 'Heeft Rippy weer eens een klikspaan geneukt?'

Kip keek geërgerd, maar hij hapte niet. 'Ik weet niet of het jullie is opgevallen, maar LaDonna was vanavond nog pissiger dan anders.'

Laslo kreunde. Hij nam een stoel tegenover Angie. 'Waar heeft ze nu weer last van?'

'Dat haar man haar bedriegt?' giste Angie.

'Wie de jackpot krijgt, moet bloeden,' zei Harding.

Iedereen behalve Angie lachte. Ze snapten het ook nooit, die kerels. Ze dachten dat vrouwen alleen op geld uit waren.

'Zou jij Marcus Rippy neuken voor LaDonna's bankrekening?' vroeg ze aan Harding.

'Dat is toch Kips taak?'

'Bek dicht, klootzak.' Kip zat zo diep in de kast, dat hij praktisch in Narnia woonde. 'Vergeet niet waar we zijn.'

Harding knikte. 'Oké. Begrepen.'

Ze begrepen het allemaal. De sporters van 110 waren multimiljonairs die tot de jetset behoorden, maar tegelijkertijd waren het dorpsjongens die elke zondag door hun moeder waren meegesleept naar de kerk. Hun geloof kneep een oogje dicht waar het overspel en wiet roken betrof, maar twee mannen die het met elkaar deden kon niet door de beugel.

'Wat voert ze in haar schild?' vroeg Laslo. Hij doelde op LaDonna en probeerde het gesprek weer op gang te krijgen. 'Heeft ze het ontdekt van die meid?'

'Welke meid?' Nu was Harding wakker.

'Marcus heeft een vriendinnetje in Vegas. Maar daar gaat het niet om.' Kip smeet de zwarte map naast Angie op de bank.

Ze pakte hem niet.

'Het gaat om Jo Figaroa,' zei Kip.

Er ging een merkwaardige rilling door Angie heen. Ze had Jo's naam nog nooit hardop horen uitspreken. Het had iets melodieus.

'Polaski?' zei Kip.

Ze probeerde onbewogen te kijken toen ze de map pakte. Op de eerste pagina stond een foto van Jo. Haar haar was korter. Ze hield een jongetje in haar armen. Ze lachte. Angie had haar dochter nog nooit zien lachen.

Harding sloeg pindakruimels van zijn das. 'Slikt ze weer pillen?'

'Is ze verslaafd?' Alsof er een scheermes door Angies hart sneed. 'Hoelang al?'

'Op de middelbare school is ze aangehouden wegens rijden onder invloed. In haar dashboardkastje zat een stapel recepten. Valium, Percocet, codeïne.'

Angie bladerde Jo's achtergrondinfo door. Ze stuitte op een arrestatierapport van toen ze minderjarig was. Over illegale recepten werd niet gerept.

'Haar vader had connecties bij het plaatselijke politiekorps,' legde Harding uit. 'Hij zorgde dat de boel geseponeerd werd. Ze kreeg een taakstraf. Iedereen werd betaald.'

'Hoe weet je dat?'

'Babbeltje gemaakt met de agent die haar gearresteerd heeft.'

Angie keek naar het adres op het rapport. Thomaston. Een agent in een kleine stad kon bewijs wegmaken, maar dan moest er wel meer dan één keer uitbetaald worden.

'Hoe dan ook, het gaat nu niet om drugs.' Kip had zijn basketbal voor een Bankshot verruild. Hij draaide de dop eraf en gooide die in de prullenmand. 'Het gaat om Marcus.'

'Marcus?' Angie keek op van het dossier. Ze probeerde haar toon te matigen, maar bij de gedachte dat Marcus Rippy haar dochter besnuffelde wilde ze het liefst zijn kop van zijn romp trekken. 'Wat wil hij van haar?'

'Ze zijn samen opgegroeid. Via hem heeft ze haar man leren kennen.' Kip vertelde het alsof iedereen dat al wist. 'Jezus, Polaski, lees jij nooit iets?'

'Niet als het over sport gaat.'

'Rippy is in Griffin opgegroeid,' legde Harding uit. 'Hij en Jo hadden als jonge pubers een soort zomerkalverliefde toen ze op Bijbelkamp waren. We spoelen even door naar zijn eindexamenjaar. Hij werd van alle kanten gescout. Sommige teams stuurden spelers op hem af om hem in te palmen. Allemaal heel informeel, niets wat niet door de inspectie zou komen. En zo is Jo toen het hoofd op hol gemaakt.'

'Reuben Figaroa was een van de spelers die Marcus moesten inpalmen,' vermoedde Angie. Ze had zich altijd al afgevraagd hoe Jo haar toekomstige echtgenoot had ontmoet. Nu begreep ze het. En ze begreep ook dat Harding veel meer over haar dochter wist dan zijzelf. Het klopte allemaal. Kip had Jo's achtergrond natuurlijk laten natrekken voor hij Reuben Figaroa als cliënt aannam. Vrouwen en vriendinnen vormden altijd de zwakste schakel.

'Heb je Marcus gevraagd of er iets speelt tussen hem en Jo?' vroeg ze.

Ze barstten alle drie in een bulderlach uit. Niemand vroeg iets aan Marcus Rippy. 110 had een paternalistische band met al zijn sporters, met als voorwaarde dat de lefgozers op elk moment hun speeltjes konden pakken en opstappen.

'Laat ik het eens op een rij zetten,' zei Angie. 'In de onderbouw worden Marcus en Jo verliefd op elkaar. De zomer is voorbij. Ze maken het uit. Een paar jaar later begint LaDonna iets met Marcus. Hoogstwaarschijnlijk wist ze van zijn vorige vriendinnetjes af. Ze heeft het hele verhaal los weten te krijgen, ook al was ze een puber. Waarom is dat nu een probleem?'

'Omdat Jo hier is, pal onder haar neus,' antwoordde Laslo. 'Eerst leek

La D er geen punt van te maken. Ze haalde Jo binnen in de groep. Organiseerde een feestje voor haar. Nam haar mee uit lunchen. Maar de laatste tijd kan ze Jo wel doodkijken.'

Angie wist dat dit weinig goeds voorspelde voor Jo. Wanneer het om haar man ging, was LaDonna totaal gestoord. Op kantoor ging het gerucht dat ze een cheerleader had beschoten die tijdens een feestje iets te dicht bij Marcus was gekomen. 'En Reuben? Heeft hij iets door?'

'Weet ik veel. Die vent is net een sfinx. Zolang ik hem ken, heeft hij misschien tien woorden tegen me gezegd. En nooit eens een keer "goed gedaan" of "bedankt".' Kip klokte de rest van zijn energiedrank naar binnen. Zijn keel bewoog als die van een gans die werd vetgemest voor de paté. Angie wist niet wat erger was, hem met zijn bal zien spelen of hem Bankshot met kersensmaak horen gorgelen. Negentig procent van de tijd deed hij het een of het ander. Als het werk erop zat, was zijn bovenlip zo rood als een strandbal.

'Hé.' Harding tikte Angie op haar schouder. 'Niemand noemt hem Reuben. Het is Fig. Heb je zijn bio niet gelezen?'

'Waarom zou ik zijn bio lezen?'

Kip liet een boer. 'Omdat hij Marcus' maat is. Omdat hij miljoenen binnenbrengt voor het bedrijf. Omdat hij hopelijk nog meer binnenbrengt zodra zijn knie weer in orde is.'

'Wat is er met zijn knie?' wilde Harding weten.

Kip keek Laslo even schuins aan. 'Er is niks met zijn knie.'

Angie sloeg het dossier dicht. 'Oké, wat is het probleem dat we moeten oplossen?'

'Het probleem is dat Marcus weer naar Jo toe trekt en dat LaDonna dat niet prettig vindt, en als LaDonna niet blij is, is niemand blij.'

Angie begreep het nog steeds niet. Reuben leek haar nogal bezitterig, en Jo scheen dat prima te vinden. 'Waarom denk je dat ze weer naar elkaar toe trekken?'

'Omdat ik ogen in mijn kop heb.' Kip opende een tweede Bankshot. Het felrode vocht droop op de vloer. 'Dat voel je als ze samen zijn. Waar was je vanavond?'

‘Ik was niet aan het snuffelen naar wat er zich tussen twee volwassenen afspeelde.’

‘Ik heb het ook gezien.’ Laslo begon door de kamer te ijsberen. Kennelijk nam hij het serieus op. ‘Marcus raakte haar elleboog aan toen hij haar een glas gaf. Intiem, zeg maar.’

‘Kunnen we Tiger Woodstoestanden verwachten?’ vroeg Harding.

‘Wat bedoel je daarmee?’ wilde Angie weten.

‘Zeg alsjeblieft dat je weet dat Tiger Woods een golfer is.’

‘Ja, natuurlijk weet ik dat,’ zei Angie, hoewel ze geen idee had hoe ze aan die kennis kwam.

Laslo legde het uit. ‘Tiger stond aan de absolute top, toen ging zijn gezinsleven naar de knoppen en nu is hij nergens meer. Hij weet niet eens meer hoe hij een golfclub moet vasthouden.’

‘Waarom ging zijn gezinsleven naar de knoppen?’

‘Doet er niet toe,’ zei Kip. ‘Waar het om gaat, is dat Marcus net zo in elkaar steekt. Als er thuis stront aan de knikker is, gaat het slecht op het veld. Zijn hele spel is afhankelijk van LaDonna.’

Angie zag het nog steeds niet. LaDonna was zo grillig als een pingpongbal, maar Marcus had nog nooit zo’n goed seizoen gedraaid. ‘Hoezo?’

‘Ze hoeft het woord scheiding maar in de mond te nemen, of er gaan minstens vijf punten van het scorebord,’ zei Kip. ‘En als ze een advocaat belt nog meer.’

Angie wilde lachen, maar het was de anderen blijkbaar dodelijke ernst.

‘Vijf punten.’ Harding knikte, en hij was waarschijnlijk al aan het plannen hoe hij deze informatie kon gebruiken bij zijn bookie. ‘Zonder haar kan Marcus niet spelen.’

‘Weet LaDonna hoeveel macht ze heeft?’ vroeg Angie.

‘Wat dacht je zelf?’ Vol ongeloof keek Kip Laslo even aan. ‘Of LaDonna dat weet?’ Hij greep zijn basketbal. ‘Tering, ze heeft het als een guillotine boven onze hoofden gehangen.’

Harding zette het lege pindabakje weg en sloeg zijn handen schoon. ‘Zullen we Figs vrouw stiekem wat Oxycontin toestoppen en dan de politie bellen zodat ze een nachtje in de cel mag slapen?’

Angies hart roffelde in haar keel. 'Dat klinkt nogal extreem.'

Harding was het niet met haar eens. 'Waarom zou je een hamer gebruiken als je ook een bijl kunt pakken?'

Uit alle macht probeerde ze tegenargumenten te verzinnen. 'Omdat Reuben – Fig – met deze vrouw getrouwd is. Omdat ze een kind heeft, zijn kind. Omdat ze Marcus misschien helemaal niet neukt.'

'Iedereen neukt Marcus.' Uit Kips mond klonk het als het evangelie.

'Moet je horen.' Angie ging overeind zitten. Ze richtte zich tot Kip, omdat het besluit van hem moest komen. 'Ik moet van jou LaDonna in de gaten houden, maar dat betekent dat ik ook alle andere vrouwen in de gaten moet houden.' Ze sloeg de map open alsof ze iets wilde opzoeken, maar in werkelijkheid probeerde ze wanhopig een uitweg te bedenken. 'Als je al die vrouwen tevreden wilt houden, moet je geen opschudding veroorzaken. Maar als je...' En nu deed ze alsof ze naar de naam van de jonge vrouw zocht. '... als je Josephine naar een afkickkliniek stuurt, creëer je een schokgolf. Daar smullen de media van. Dan is alle aandacht op haar gericht. Er komen interviews, paparazzi. Je weet wat er gebeurt als er camera's in de buurt zijn. De vrouwen werken zich uit de naad om voor de lens te komen. Nog afgezien van de vraag of Jo aan de drugs is of niet.' Ze keek Harding vragend aan. Hij haalde zijn schouders op. 'Ga maar na. Je stopt haar stiekem drugs toe, dan bel je de politie, ze verschijnt voor de rechter en die stuurt haar naar de afkickkliniek. Wat gebeurt er als ontdekt wordt dat ze niet gebruikt? Aan haar bloed kunnen ze zien dat ze schoon is. Ze krijgt geen afkickverschijnselen. Stel dat dat het verhaal is dat ze vertelt, dat ze erin is geluisd?'

'En het rassenaspect?' vroeg Laslo. 'Ik kan niet zien wat ze is. Zwart? Blank? Latino?'

'Ze is mooi,' zei Kip. 'Alleen dat telt. Niemand die het een reet interesseert als een lelijk wijf ergens over klaagt.'

'Jo's moeder,' opperde Harding.

'Wat is daarmee?' vroeg Kip.

'Die is hier na de dood van de vader naartoe gehaald. Ze heeft iets aan haar hart, en ze wilden een goed ziekenhuis in de buurt hebben. Die moeder leeft van Figs geld.'

‘Makkie,’ zei Laslo. ‘We zetten Jo onder druk met haar moeder. We zeggen dat haar moeder kattenvoer zal moeten eten als ze niet kapt met Marcus.’

Angie kwam met een ander idee. ‘Als Jo iets met Marcus heeft, maakt haar moeder kans op een nog grotere jackpot. Hij heeft veel meer geld dan Reuben. Hij kan die moeder in een penthouse boven op het Ritz installeren. Een nieuw hart voor haar kopen. Wat ze maar wil.’

‘Ze heeft geen ongelijk,’ zei Harding.

Angie wierp hem een blik toe. Dat ze gelijk had, zei hij niet.

‘Oké,’ zei Kip. ‘Hoe gaan we dit oplossen, stelletje zakkenwassers?’

Angie gaf de anderen geen kans om te antwoorden. ‘Ik schaduw Jo en zie wel wat er dan gebeurt.’ Ze bedacht nog iets. ‘Als ze Marcus niet neukt, wat speelt er dan tussen die twee?’

Kip liet de bal stuiteren. ‘Wat zou ze anders van hem willen als ze niet hogerop wil komen in de voedselketen?’

‘Misschien levert ze hem pillen. Misschien chanteert ze hem met iets uit zijn verleden. Het kan van alles zijn.’ Angie zweeg even om te slikken. Dit mocht haar niet ontglippen. ‘Zolang we niet weten wat het echte probleem is, kunnen we niet naar een oplossing zoeken.’

‘Ik voel nog het meest voor mijn idee,’ zei Harding. ‘Jo is het probleem. Als Jo verdwijnt, verdwijnt het probleem.’

Angie deed een nieuwe poging. ‘Stel dat Jo niet het enige probleem is. Stel dat ze met iemand praat. Stel dat ze met iemand samenwerkt.’

Harding haalde zijn schouders op, maar ze zag dat hij het in gedachten niet afwees.

‘Doe geen stomme dingen.’ Angie stond op. Ze wist dat Kip het beste op agressie reageerde. ‘Ik zoek uit wat er aan de hand is. Het enige wat ik nodig heb is tijd.’

‘En tijd hebben we juist niet,’ bracht Kip hiertegen in. ‘De trainingen worden zwaarder. Over twee weken gaat de spade in de grond voor het All-Star Complex. Ik heb mijn kloten uit mijn lijf geluld bij Ditmar om Marcus voor het project te behouden. Dit heeft prioriteit.’

Weer zwegen ze alle vier.

Angie stapelde de papieren uit de map. Ze moest hier weg voor Harding weer van gedachten veranderde. 'Laat me nog iets dieper graven voor we met de bijl gaan hakken.'

'Je krijgt twee dagen,' zei Kip.

'Die heb ik alleen al nodig om op gang te komen.' Angie somde de dingen op die ze allang had gedaan. 'Ik moet haar volgen, haar digitale voetafdruk nagaan, erachter komen waar ze haar tijd doorbrengt.'

'Kloon haar telefoon, lees haar berichten, haal haar mails van haar computer.' Harding gaf Angie een knipoog. Eindelijk was hij overtuigd. 'Ze heeft gelijk, Kip. Ik kan mijn elektronicaman hier gelijk op zetten, maar om uit te vinden hoe het precies zit, heeft ze minstens twee weken nodig.'

'Zoveel tijd hebben we niet.' Kip wierp de bal in de lucht. 'Je krijgt één week, Polaski. Je weet hoe het werkt. Of het probleem verdwijnt, of de vrouw.'

Woensdag, 07.35 uur

'U moet doorrijden,' liet een bazige vrouw in een yogabroek Angie weten. In haar ene hand had ze een fluorescerende stok en in de andere een plastic beker met groene slush. 'Dit is de haal-en-brengplek.'

Angie keek op naar de basisschool. Ze stond langs de stoeprand geparkeerd. Geen bord dat aangaf dat dit de haal-en-brengplek was.

'Doorrijden, alstublieft,' herhaalde de vrouw.

Achter Angie werd getoeterd. Ze keek in de spiegel. Een zwarte Mercedes SUV, het vierkante type van zestigduizend dollar. Zo'n ding waar je als moeder niet zonder kon om je kind naar school te brengen.

'Habla inglés?'

Angie slikte de messen in die uit haar mond dreigden te vliegen. Dat ze in een kutauto met een lekkende versnellingsbak zat, wilde nog niet zeggen dat ze het fucking dienstmeisje was.

'Habla fuck off,' mompelde ze, en ze scheurde weg. De koffie in de beker tussen haar benen klotste over haar spijkerbroek. 'Verdomme.' Met een ruk aan het stuur reed ze bij de school vandaan. Ze sloeg links af, ook al was dat verboden. Nog meer getoeter. Fantastisch zoals ze undercover wist te blijven.

Peachtree Battle Avenue was in tweeën gesplitst, met een grasstrook tussen de noordelijke en zuidelijke rijbanen. Angie had geen idee hoe ze moest keren. Ze reed over het gras en parkeerde haar auto op de brede inrit van een geplaveide oprijlaan die naar een villa voerde. Niet de allerbeste plek om je in het zicht van de hele wereld verdekt op te stellen, maar beter dan haar uitkijkpost van de vorige dag, waardoor ze te ver van de school verwijderd was geweest om Jo haar kind te zien afzetten.

Kip werd ongeduldig. Twee avonden geleden had hij Angie een week gegeven om uit te vinden wat Jo in haar schild voerde. Nadat ze haar een hele dag had geobserveerd zonder iets te ontdekken, dreigde hij Dale op de klus te zetten.

Geen denken aan dat Angie dit aan Dale overliet.

Ze bekeek de rij auto's aan de overkant van de straat. Nog meer zwarte SUV's, een paar BMW's en een enkele Lexus. E. Rivers Elementary was de Taj Mahal vergeleken met de openbare afvalputten waar Angie les had gehad. De leerlingen waren zo blinkend blank, dat ze bijna gloeiden.

Ze had al vaak bij de school gepost, maar nog nooit zo vroeg. Gewoonlijk parkeerde ze bij het winkelcentrum aan de overkant van de hoofdstraat en keek dan vanaf het trottoir naar de kinderen op het omheinde speelplein. Ze had Jo's zoontje willen zien. Ze wist naar wie ze moest zoeken, want er stonden hele ladingen foto's van hem op de Facebookpagina van Reuben Figaroa. Op geen van de foto's stond Jo, maar dat was niet het punt waar Angie zich aan stoorde. Ook al was Reuben nog zo wars van roem, hij was wel een bekend persoon. Hij hoorde zijn kind niet aan Jan en alleman te laten zien. Overal liepen gekken rond, en iedere gek kon erachter komen waar de jongen op school zat en hoe laat hij op het speelplein was, net zoals Angie dat had ontdekt.

Hij was zoiets als haar kleinzoon. Technisch gezien dan, niet in het echt. Alsof ze al oud genoeg was om oma te zijn. En nog wel van een kind als Anthony Figaroa.

Voor een zesjarige was het een onhandige naam, maar wel passend. Anthony was net een minivolwassene. Op zijn voorhoofd zat een permanente frons, hij had zijn schouders opgetrokken en liet zijn hoofdje hangen, alsof hij zich in zichzelf wilde opvouwen. In plaats van met de andere kinderen te spelen in de pauze zat hij met zijn rug tegen de schoolmuur treurig voor zich uit te staren. Hij deed Angie aan Will denken. Die eenzame uitstraling, dat verlangen vermengd met dat wat hem altijd tegenhield.

Will was goed in sport, maar er was geen ouder geweest die hem naar wedstrijden bracht of geld neertelde voor sportspullen. Om nog maar te zwijgen van de wegenkaart aan littekens op zijn lijf. In de kleedkamer zouden de tekenen van mishandeling niemand zijn ontgaan. Een leraar zou zich ermee hebben bemoeid, de directeur en maatschappelijk werk, en opeens zou hij onder een vergrootglas zijn gelegd, zo ongeveer het ergste wat Will zich kon voorstellen.

Het was duidelijk dat Anthony Figaroa al even weinig van aandacht moest hebben. Dat gold trouwens ook voor zijn moeder. Angie zag Jo's antracietgrijze Range Rover de haal-en-brengstrook op schuiven. Meestal speelde zich hetzelfde tafereel af. Jo zwaaide niet naar de andere moeders op de parkeerplek. Ze zei niets tegen de nazi met de stok, die Angie had weggejaagd. Ze gedroeg zich al net als Anthony. Ze liet haar hoofd hangen, stapte niet uit, maar zette haar kind af en reed weg. Afgaand op de vorige dag, of op elke willekeurige dag waarop Angie haar dochter had geobserveerd, ging Jo nu naar huis en kwam pas weer buiten als het tijd was om Anthony op te halen.

Tenzij het donderdag of vrijdag was, want dan ging ze respectievelijk naar de supermarkt en de stomerij. Angie had talloze scenario's bedacht voor haar dochter, maar niet dat ze een kluizenares zou worden.

Ze kon Jo niet direct volgen, want haar auto stond met de neus in de verkeerde richting. Nadat ze nog eens over de grasstrook was gescheurd, kwam ze twee auto's achter de Range Rover terecht, die moest stoppen voor rood. Jo's knipperlicht stond niet aan, wat erop kon duiden dat ze op weg was naar het winkelcentrum aan Peachtree Battle. Angie liet haar blik langs de winkels onder aan de heuvel gaan. Het was niet Jo's boodschappendag, en ze ging trouwens altijd naar Kroger aan Peachtree. Haar stomerij was aan Carriage Drive. De enige zaak in het winkelcentrum die al zo vroeg open was, was de Starbucks.

Het licht versprong. Jo nam de kruising en reed het parkeerterrein van de Starbucks op.

Angie volgde op enige afstand en zorgde ervoor dat er één auto tussen hen in bleef. Het parkeerterrein was vol. Angie verwachtte dat Jo zich in de rij voor de drive-in zou opstellen, maar ze reed een paar rondjes tot ze een plek vond.

'Kom op!' Angie moest wachten op een voortschuifelende vrouw met haar neus in haar telefoon voor ze het parkeerterrein kon afrijden naar een plek voor het bankgebouw aan de overkant van de straat.

Ze stapte uit en snelde naar de Starbucks. Pas toen ze Jo de glazen deur zag openen besefte ze wat er gebeurde. Ze ging de koffietent binnen. Aan het buffet zou ze haar bestelling plaatsen en vervolgens de caissière bedanken. Er zou een soort gesprekje plaatsvinden, en Angie zou eindelijk Jo's stem horen. Vooral daarom had ze die baan bij Kip willen hebben: om het hier en nu. Ze zou haar dochter horen praten en haar lang geleden uitgedoofde moederinstinct zou haar vertellen of het al dan niet goed ging met Jo, waarna Angie de draad van haar leven weer kon oppakken en nooit meer aan haar verloren dochter hoefde te denken.

Angie deed de deur open.

Ze was te laat.

Jo had haar bestelling al geplaatst. Ze stond tussen de schare koffieklanten te wachten tot de vrouw achter het buffet haar naam riep.

Binnensmonds vloekend ging Angie in de rij voor de kassa staan. De man voor haar was duidelijk nog nooit in een Starbucks geweest. Hij stelde allerlei vragen over de grootte van de bekers. Angie pakte een veel te duur flesje appelsap uit de koeling. Ze wierp een blik op Jo en staarde haar vervolgens openlijk aan.

Ze was niet de enige die haar dochter bewonderde. Geen man onder de aanwezigen die haar niet had gezien. Jo was beeldschoon. Je moest wel naar haar kijken. Het verontrustende was dat ze het niet doorhad, of dat het haar niet interesseerde. Toen Angie zevenentwintig was, had ze haar uiterlijk als een stormram gebruikt. Er was geen deur geweest die ze niet openkreeg.

'Josephine?' riep de barista. 'Soja latte tall.'

Josephine, niet Jo.

Zonder iets te zeggen en met een gespannen, zichtbaar geforceerd lachje pakte ze haar beker. Ze liep met de latte naar de achterkant van de zaak en ging aan de lange bar zitten die uitkeek over het parkeerterrein. Twee plaatsen verderop was een lege kruk. Angie keek even of de caissière haar zag, dook uit de rij en pakte de lege kruk voor iemand anders hem kon innemen.

Het was een smalle bar, hooguit dertig centimeter breed. Aan de andere kant van het raam kroop een rij wagens naar het drive-inloket. De man die tussen Angie en haar dochter in zat, tikte op zijn computer. Ze wierp een blik op het scherm en bedacht dat hij vast de Grote Amerikaanse Roman aan het schrijven was. In een Starbucks. Net Hemingway.

Angie maakte haar flesje sap open. Jarenlang had ze af en toe als privédetective gewerkt. In haar kofferbak lag een weekendtas met alle benodigdheden. Ducttape, een zeiltje voor het geval het regende, een goede camera, een richtmicrofoon, vier minicamera's die in plantenpotten en ventilatiekanalen verstopt konden worden. Maar het was te laat om ook maar iets van dat alles in te zetten. Een paar plaatsen verderop zag ze een krant. Ze stootte de vrouw die aan de andere kant zat aan en knikte naar de krant, die haar zwijgend werd aangereikt.

Hemingway, mag ik je Sam Spade voorstellen?

Angie nam vluchtig de kop op de voorpagina door. Ze waagde weer een blik op haar dochter. Opeens trok de beker haar aandacht. Met zwarte viltstift was er JOSEPHINE op geschreven. Angie wist dat een naam veel kon betekenen. De pooier van haar moeder had haar Angela genoemd. Bij het horen van die naam steeg zelfs nu nog de gal naar haar mond.

Angie ademde diep in en keek voorzichtig omhoog.

Jo staarde uit het raam. Angie volgde haar blik naar de witgepleisterde muur van het winkelcentrum. De jonge vrouw wachtte ergens op. Ze dacht over iets na. Ze was overstuur. Haar blik bleef strak op de muur gericht. Ze zat op haar handen. Damp steeg op van de koffie, die ze niet aanraakte. Haar telefoon lag met het scherm naar boven voor haar op de bar. Ze was een en al spanning. Angie had het gevoel dat ze haar hand maar langs Hemingway hoefde uit te strekken om haar onrust te kunnen voelen.

Maar dat was niet de reden waarom ze hier zat.

Angie sloeg de krant open. Ze deed alsof ze in het wereldnieuws geïnteresseerd was. En toen raakte ze warempel in het wereldnieuws geïnteresseerd, want er gebeurde verder niets. De vrouw naast haar stond op en liep weg. De rij bij het buffet werd korter en loste op. Ook het parkeerterrein werd steeds leger. Ten slotte verkaste Hemingway naar een leunstoel een paar tafels verderop.

Angie sloeg een bladzij om. FINANCIËN.

Ze keek weer naar Jo.

Haar dochter had zich nog niet verroerd. Ze zat nog steeds op haar handen. Ze staarde nog steeds naar de lege muur. Nog steeds trilde ze bijna van de spanning.

Nu waren ze als enigen aan de bar overgebleven. Angie stond op en ging een paar krukken verderop zitten, want dat deed je in zo'n geval. Ze spreidde de krant voor zich uit. Aangezien ze Meryl Streep niet was, kon ze niet doen alsof ze in financiën geïnteresseerd was. Ze bladerde door naar het LEVEN-katern en pakte haar sap, maar inmiddels voelde het flesje lauw aan.

Angies ogen werden wazig van het staren naar de kleine lettertjes. Knipperend keek ze uit het raam. Een auto reed de straat in. Ze luisterde naar Hemingway, die op zijn laptop ramde.

Vanuit haar ooghoek zag ze Jo opschrikken. Het was een bijna onmerkbare beweging. Een halve tel later ging Jo's telefoon. Geen beltoon, eerder een geluid als uit een sciencefictionfilm van de jaren vijftig.

FaceTime.

Met trillende handen nam Jo de oproep aan. Ze hield de telefoon laag voor haar gezicht. Angie kon de beller zelf niet zien, en ook zijn stem hoorde ze niet. Jo had nu oordopjes in. Ze hield het microfoontje voor haar mond en zei: 'Met mij.'

Angie haalde haar eigen telefoon uit haar zak. Ze tikte op een paar knoppen, waarna ze deed alsof ze het apparaat weer achteloos in haar tas gooide, maar het gebaar was geoefend. De telefoon landde in een schuine hoek, met de camera op Jo gericht. Angie kon niet rechtstreeks kijken naar wat er gebeurde, maar later kon ze het filmpje afspelen.

'Ja,' zei Jo. 'Zie je?'

Angie focuste zich op de krantenletters. Haar oor deed pijn, zo hard spande ze zich in om Jo's stem op te vangen, die niet boven gefluister uitsteeg.

'Ja, ik snap het,' zei Jo.

Angie sloeg de pagina om. Ze bewoog haar vinger langs een regel tekst die ze niet kon lezen. Jo sprak nog steeds heel zacht, maar ze klonk bang, panisch.

'Ik snap het.'

Voor wie was Jo zo bang? De eerste aan wie Angie dacht, was Marcus Rippy. Hij had graag de touwtjes in handen. Jo was zijn type. Net als Angie, maar toen zij zevenentwintig was, wist ze hoe ze dat soort kerels moest aanpakken. Ze dacht niet dat de kleine Josephine uit Thomaston ook maar iets wist aan te pakken.

'Doe ik,' zei Jo. 'Bedankt.'

Er veranderde iets in de atmosfeer. Wegstromende stress. Het gesprek was beëindigd. Jo legde de telefoon neer en zette haar ellebogen op de bar. Ze liet haar hoofd in haar handen zakken. Heel haar magere lijf straalde opluchting uit.

Haar stem. Angie had zich te zeer door het gedempte gefluister in beslag laten nemen om het geluid te analyseren.

Jo begon te huilen. Angie had nooit goed met emoties overweg gekund. Ze wachtte meestal tot de uitbarsting voorbij was, en anders stapte ze op. Nu brak ze zich het hoofd over de vraag hoe een normaal mens zich in de Starbucks gedroeg als iemand een paar plaatsen verderop zat te huilen. Angie kon haar in alle redelijkheid vragen of het wel ging. Dat leek haar een passende reactie. Jo's schouders schokten. Ze was duidelijk van streek. *Gaat het?* Meer zou Angie niet hoeven zeggen. Het was een simpele vraag, die voortdurend op alle mogelijke manieren aan onbekenden werd gesteld. In liften. Op toiletten. In de rij voor koffie.

Alles in orde?

Angie deed haar mond al open, maar het was te laat.

Jo stond op. Ze hees haar tas van de rugleuning van haar kruk. Dat probeerde ze tenminste. De riem bleef haken. De kruk viel om. In de kleine ruimte klonk het als een explosie. Hemingway snelde op haar af om te helpen.

'Het lukt wel,' zei Jo.

'Ik kan –'

'Jezus, ik weet nog wel hoe ik een kruk op moet rapen!' Ze trok de kruk uit zijn handen en zette hem met een klap weer op zijn plek. Het geluid weergalmde als een pistoolschot door de ruimte. Hoofden werden omgedraaid om te zien wat er aan de hand was. De barista liep al om het buffet heen.

'Sorry,' zei Hemingway. 'Ik wilde alleen maar helpen.'

'Helpen,' snoof Jo. 'Bemoei je lekker met je eigen zaken. Dat is helpen.'

Jo rukte de glazen deur open en beende weg over het parkeerterrein. Ze wierp haar tas in haar auto. De banden brandden over het asfalt toen ze het terrein af scheurde.

'Jeeezus,' zei Hemingway. 'Wat was dat?'

Angie glimlachte.

Dat was haar dochter.

Woensdag, 10.27 uur

Angie reed met een slakkengangetje over Chattahoochee Avenue. De koppeling slipte. Ze had geen tijd om de vloeistof bij te vullen. Ze had geen tijd om haar spijkerbroek vol koffievlekken voor iets anders te verwisselen. Ze had een afspraak met Dale en zijn elektronicamannetje, en ze was al laat. Meestal vond ze het geen enkel probleem om te laat te komen, maar een halfuur geleden in de Starbucks was alles opeens veranderd.

'Verdomme!' Met moeite duwde Angie de versnelling in zijn vier. Er klonk een schurend geluid dat tot in de pook door ratelde.

Misschien wilde die jongen van Dale haar koppelingsvloeistof wel even bijvullen. Of misschien moest ze de auto maar in de hens steken en hem laten uitbranden voor het appartement van Sara Linton. Het was namelijk haar schuld dat Angie dozen vol koppelingsvloeistof moest kopen. Normaal zou Angie een paar weken bij Will bivakkeren, haar auto door hem laten repareren en dan weer verder trekken, maar dat was geen optie meer nu Roodkapje in háár bed sliep.

Zijn naam is mijn lievelingswoord, had Sara aan haar zus geschreven.

'Shit.' Angie siste een van haar eigen lievelingswoorden tussen haar opeengeklemde tanden door. Maar de woede die ze normaal voor Sara Linton voelde, liet het deze keer afweten. Ze was te bezorgd om Jo.

Weer moest ze het Starbucksfilmpje bekijken. Ze had het zo vaak afgespeeld dat de batterij van haar telefoon bijna leeg was. Met haar handpalmen op het stuur balanceerde ze het toestel tussen haar vingers. Ze tikte op het pijltje voor PLAY. 'Zie je?' fluisterde Jo, die haar iPhone omhooghield om de beller te laten zien dat ze in de Starbucks was. 'Ik snap het… Doe ik… bedankt…'

Voor Angie rechercheur werd, had ze als straatagent gewerkt. Ze draaide veel avond- en nachtdiensten omdat dat beter betaalde. Elke dienst bestond in feite uit tien seconden adrenaline, ingeklemd tussen acht uur maatschappelijk werk. De oudgedienden noemden het 'kippenbotjes', want soms werd je naar iemands uitgewoonde flat gestuurd om twee randdebielen aan te treffen die vochten om iets stoms, zoals een kippenbotje. Niet dat zo'n oproep ooit een makkie was. Je wist nooit of een ruzie tussen twee buren om een barbecuegrill niet uitdraaide op een patstelling waarbij een zuiplap een geladen geweer op je borstkas richtte.

Bij huiselijk geweld was het hetzelfde verhaal, maar dan anders. Je ging altijd naar binnen in de verwachting dat er iets ergs zou gebeuren. Zelfs Angie, die confrontaties niet uit de weg ging, had de pest aan oproepen wegens huiselijk geweld. De mannen probeerden haar altijd klein te krijgen. De vrouwen logen altijd. De kinderen huilden altijd, en uiteindelijk zat er niets anders op dan zo'n vent te arresteren, het rapport te schrijven en te wachten tot ze weer naar datzelfde huis werd opgeroepen, en nog eens, en nog eens.

Jo had geen zichtbare blauwe plekken of littekens. Haar gezicht was volmaakt. Ze liep met regelmatige pas, niet voorovergebogen, zoals je zag bij vrouwen die helemaal verrot werden geslagen.

Toch zag Angie dat haar dochter werd mishandeld.

Ze keek haar man nooit aan. Ze week niet van zijn zijde, praatte met niemand, durfde haar blik niet op te slaan. Ze kwam het huis amper uit, behalve om naar de school, de supermarkt of de stomerij te gaan. En dan haar onderdanigheid als haar man in de buurt was, alsof ze geen mens was, maar een aanhangsel.

Twee avonden geleden, toen Kip de vergadering over het probleem Jo had belegd, werd Reuben Figaroa met een privévliegtuig naar een onbekende locatie gevlogen, waar de beste orthopeed ter wereld een microchirurgische ingreep aan zijn knie ging uitvoeren. Meer informatie had Angie niet aan Laslo kunnen ontlokken. Een geblesseerde speler was het soort nieuws dat het hele aanstaande basketbalseizoen op zijn kop kon zetten. Jo was thuisgebleven omdat alles normaal moest lijken. Ze moest hun zoon naar school brengen. Ze moest iedereen in de waan laten dat er niets met haar man aan de hand was.

Die chirurgische ingreep zou Angie een rotzorg zijn. Het enige wat haar interesseerde was wat Reubens afwezigheid voor haar dochter betekende.

Jo was doodsbang. Dat was duidelijk. Angie had het bewijs in handen.

Toen Jo 'Zie je?' zei, bedoelde ze: 'Zie je waar ik ben? Op de plek waar ik van jou moest zijn.'

Toen ze 'Ik snap het' zei, bedoelde ze: 'Ik snap dat jij het voor het zeggen hebt en dat ik daar niets aan kan veranderen.'

Toen ze 'Doe ik' zei, bedoelde ze: 'Ik zal precies doen wat je gezegd hebt en ook precies zoals je wilt dat ik het doe.'

Het ergste kwam aan het eind van het filmpje. Tranen biggelden over Jo's kaken en hals. Haar vingers trilden rond het microfoontje. Toch zei ze: 'Bedankt'.

Reuben Figaroa. Angie had hem duidelijk herkend op het scherm van Jo's iPhone toen ze de camera draaide om hem de bijna verlaten koffietent te laten zien.

Kip had gezegd dat Jo te close werd met Marcus. Misschien was dat opzet. Jo kende Marcus nog van school. Kennelijk waren ze nog steeds bevriend. Hij was rijk. Zij was wanhopig. Als Marcus Jo's redding was, was dat geen slecht plan. De meest levensbedreigende periode voor een mishandelde vrouw was als ze haar beul probeerde te verlaten. Het enige wat de kansen kon doen keren, was als er een andere man in het spel was die haar kon beschermen. Als Jo hechter werd met Marcus, was dat alleen omdat ze weg wilde bij Reuben. Dat had Angie haar dochter dus nagelaten: een leven waarin ze niets meer was dan een geketende vrouw.

Angie gooide haar telefoon weer in haar tas. Ze veegde over haar ogen. Er was vast iets mis met dat sapje van de Starbucks. Het zweet stond in haar handen. Haar maag verkrampte.

Toen Angie begin twintig was, had ze een vent gehad die zijn handen niet thuis kon houden. Na het slaan kwam het stompen. En daarna andere dingen waarvan ze dacht dat hij ze deed omdat hij wanhopig verliefd op haar was. Het geweld werkte als een magneet. Dat, en de aanblik van een beer van een vent die huilde als een kind omdat het hem zo godvergeten speet dat hij je pijn had gedaan en die jammerde dat hij het nooit, maar dan ook nooit meer zou doen.

Tot hij het weer deed.

'Jezus,' fluisterde Angie. Waarom zou ze zich niet met Jo's leven bemoeien? Eerst de pillen en nu dit. Ze had al Angies slechte beslissingen geërfd. 'Kut!' Ze sloeg met haar hand op het stuur, maar niet vanwege Jo. Ze had de afslag naar het parkeerterrein gemist.

Worstelend met de versnellingspook probeerde ze de auto in zijn achteruit te zetten. De koppeling bleef steken. Ze hoorde de versnellingsbak kraken. Haar maag verkeerde nog steeds in kramptoestand.

'Kut!' schreeuwde ze weer. 'Kut! Kut! Kut!' Ze timmerde met haar vuisten op het stuur tot de pijn in haar rug en schouders schoot.

Ze hield op. Dit was krankzinnig. Ze ging door het lint, alleen omdat ze een stomme afslag had gemist.

Vinger voor vinger sloeg ze haar handen om het stuur. Ze haalde diep adem en hield de lucht zo lang mogelijk vast.

Voorzichtig zette ze de auto in de eerste versnelling. Ze reed naar het eind van de straat en maakte een grote U-bocht. Tegen de tijd dat ze het verlaten parkeerterrein op rolde, had ze de wagen in de derde versnelling. Ze zette hem in zijn achteruit, alleen om te bewijzen dat ze het kon, en reed een van de belijnde parkeervakken in.

Ze spande en strekte haar hand. Het was niet slim geweest om op het stuur te beuken. De zijkant van haar vuist voelde gekneusd.

Maar daar kon ze nu niets aan doen.

Ze keek op naar het gigantische blok beton waarin de nachtclub van Marcus Rippy zou worden gevestigd. Het gebouw leek net de gemummificeerde kop van een robot. Volgende week moest een schoonmaakploeg de boel toonbaar maken, maar Angie betwijfelde of dat zou lukken. Uit het gebroken asfalt schoot onkruid op. Overal waar ze keek, zag ze graffiti. Ze had geen idee waarom Dale altijd hier wilde afspreken. Hij was vast een waardeloze agent geweest. Die man dreef op routine. Misschien hoorde dat bij het ouder worden. Of misschien maakte het niet meer uit dat Dale altijd op dezelfde plek opdook. Een week geleden was hij met de dialyse gestopt. Als het klopte wat Angie op internet had gelezen, had hij een week, hooguit twee weken, wat betekende dat hij dood was voor iemand het patroon had uitgedokterd.

Misschien was hij al dood. Angie keek op het klokje van haar telefoon. Dale was een kwartier te laat. Sam Vera, zijn elektronicamannetje, was er ook nog niet. Hoe was het mogelijk dat zij tegenwoordig de enige was die nog op tijd kwam?

Ze klapte de zonneklep naar beneden en controleerde haar make-up in het spiegeltje. Haar eyeliner liep uit. Haar lippen konden wel een bijwerkbeurt gebruiken. Ze zocht in haar tas naar Sara's lippenstift en draaide aan de goudkleurige houder. Er liep een kras overheen. Voor zestig dollar zou je verwachten dat het ding met echt goud geplateerd was.

Angie keek naar de afgevlakte stift. Ze had het topje afgesneden. Ze mocht dan een gevaarlijke stalker zijn, onhygiënisch was ze niet.

Was ze echt gevaarlijk?

Een paar briefjes op een autoruit konden geen kwaad. Dat ze in Sara's spullen snuffelde, was raar, maar dat had ze niet opzettelijk gedaan. Of in elk geval niet met voorbedachten rade. Angie was naar Wills huis gegaan omdat ze hem wilde zien. Ze hoefde niet met hem te praten, ze wilde hem alleen zien. Zoals gewoonlijk was hij bij Sara. Dat was steeds vaker het geval. Met de sleutel die Will op de rand van het achterdeurkozijn bewaarde, was ze naar binnen gegaan. Het eerste wat ze had gezien was dat stomme hondje van hem. Betty kefte aan één stuk door. Met haar voet had ze het beest in de logeerkamer geschoven en daarna had ze de deur dichtgedaan. Toen ze langs de badkamer was gelopen, had ze Sara's make-up gezien, die over de hele wastafel verspreid lag.

Dat zal Will niet leuk vinden, was Angies eerste gedachte geweest.

Haar tweede gedachte was: hoe durft Sara Linton haar rotzooi hier te laten rondslingeren?

Hiér.

In Wills badkamer. In Wills slaapkamer. In Wills huis.

In het huis van Angies man.

Angie klapte de zonneklep weer dicht. Ook zonder spiegel kon ze lippenstift aanbrengen. Ze gebruikte het al sinds haar twaalfde. Haar hand kende de beweging. Toch leunde ze schuin naar boven en bekeek zichzelf in de achteruitkijkspiegel. Het spul was het geld waard, dat moest ze toegeven. De kleur liep niet uit. Het bleef de hele dag zitten. Niet dat zachtroze goed bij haar paste, maar het stond Sara al evenmin.

Angie liet zich weer op haar stoel zakken. Ze wreef haar lippen over elkaar en dacht aan alle andere dingen die Sara bij Will had laten staan. Echte Manolo Blahniks. Ze waren Angie te groot, het was een maat die je bij een dragqueen zou verwachten. Zwart kanten ondergoed, wat zonde van het geld was, want Will raakte al opgewonden van een papieren zak. Haarspelden, die Angie goed kon gebruiken, maar ze had ze weggegooid want Sara Linton kon de tering krijgen. Parfum. Weer zonde van het geld. Will wist het verschil niet tussen Chanel No. 5 en goedkope handzeep.

En dan alle spullen in de la van het nachtkastje.

In de la van háár nachtkastje.

Ze zocht in haar tas naar een papieren zakdoekje om de lippenstift mee af te vegen. Ze draaide het raampje naar beneden en gooide het zakdoekje naar buiten. Tegenwoordig kon ze zich haar eigen Sisley veroorloven. Ze kon haar auto laten repareren. Ze kon haar eigen Manolo's kopen, en haar eigen parfum.

Hoe was het toch mogelijk dat ze altijd dingen wilde die ze niet kon krijgen?

In haar achteruitkijkspiegel blonk iets wits op. Dale Harding reed in zijn witte Kia om de hoek van het gebouw. Vier parkeerplaatsen verderop stopte de auto. Dale zat een hamburger van McDonald's te eten. Het portier ging open. Hij propte de rest van de burger in zijn mond en gooide het papier op de grond. Met zijn vlezige hand klemde hij het dak vast. De auto schudde toen hij zich naar buiten wrong.

'Waar is hij?' vroeg hij.

Angie wilde al met een overdreven gebaar haar schouders ophalen toen Dale zich naar de straat toe keerde.

Sam Vera draaide met zijn busje een lome acht over het parkeerterrein. Die idioot dacht zeker dat hij surveillancewerk deed, maar hij vestigde juist de aandacht op zichzelf. Zijn busje was dofgrijs geverfd, met op de achterkant een FEEL THE BERN-bumpersticker. Het grijs was grondverf, en hier en daar zag je wat stukken vergeeld autoplamuur. Angie wist dit alles dankzij Will.

Ze stapte uit.

'Heb je nog iets gevonden?' vroeg Dale.

'Fig slaat zijn vrouw.'

'Je meent het.' Blijkbaar wist hij dat al. 'Ik heb met de teamadvocaat in Chicago gepraat. Er moesten wat 911-meldingen weggewerkt worden.'

'En dat heb je me niet verteld?'

'Ach, stelt niks voor. Zolang hij haar niet probeert te wurgen.'

'Een echte heer.' Als agent leerde je dat iemand die een wurgpoging had gedaan statistisch eerder geneigd was zijn slachtoffer te vermoorden. 'Hou je nog meer achter?' vroeg ze.

'Misschien. En jij?'

Angie rommelde in haar tas zodat hij haar gezicht niet kon zien. Het was duidelijk dat Dale zijn huiswerk had gedaan toen hij Jo Figaroa natrok, maar haar geboorteakte had hem niet veel wijzer gemaakt. Angie had in het ziekenhuis een valse naam opgegeven.

Eindelijk kwam het busje met piepende remmen tot stilstand. Ze rook wiet. Uit de radio schalde Josh Groban.

Dale sloeg met zijn vuist op de zijkant van het busje. 'Doe eens open, eikel.'

Met een luide *pop* trok Sam Vera de grendel van het portier. Zijn grote ronde brillenglazen vingen het zonlicht. Hij was hooguit twintig, met een sikje dat aan de schurftige vacht van een eekhoorn deed denken. Achter zijn bril kneep hij zijn ogen samen. 'Snel. Ik haat de zon.'

Angie klom achterin. De airco draaide op volle toeren, maar de bus was en bleef een gigantische metalen doos die stond te bakken in de zon. Sams scherpe zweetlucht vermengde zich met de zoete geur van wiet. Het leek alsof ze in een corpsballenhuis was.

Ze ging op een omgekeerde plastic krat zitten en hield haar tas op schoot, want de vloer lag bezaaid met vettige rotzooi. Dale installeerde zich voorin, op de passagiersstoel, en draaide zich een kwartslag zodat hij hen kon zien. Hij overhandigde Sam een envelop met geld. Sam telde de bankbiljetten na.

Angie bekeek de krappe ruimte. De bus was een elektronicawinkel op wielen. Draden, metalen dozen en allerlei rommel waar ze geen hout van begreep barstten uit het opbergsysteem dat hij achterin had opgebouwd. Hij was gespecialiseerd in surveillance op afstand, maar dan van het illegale soort. Elke grote Amerikaanse stad had zijn eigen Sam Vera. Hij was zo paranoïde als de pest. Dat hij de wet overtrad, deed hem niets. Hij sloeg stoere taal uit, maar zou zijn eigen moeder erbij lappen als de politie hem ook maar even onder druk zette. Vroeger had Angie haar eigen Sam Vera gehad, maar die was door de NSA opgepakt omdat hij ergens had ingebroken waar niet ingebroken mocht worden.

'Dame.' Sam reikte Angie een lichtgroene telefoon aan die met zwart elektriciteitstape bijeen werd gehouden. 'Dit is een kloon van de iPhone van Jo Figaroa.'

'Dat heb je snel gedaan.'

'Daar word ik voor betaald. Heb je de bugs geïnstalleerd?' vroeg hij aan Dale.

'Ja, terwijl het vrouwtje haar kind naar school bracht.' Dale haalde zwoegend adem. Hij zag er nog slechter uit dan normaal. 'Ik heb ook dat dingetje ingeplugd dat ik van jou in haar laptop moest stoppen. Die lag in de keuken. Andere computers heb ik niet gevonden. Geen iPads. Niks. Raar, hè?'

'Heel raar.' Tegen Angie zei Sam: 'Het programma dat Dale op de laptop heeft gezet wordt een shadow tracker genoemd, net zoiets als spyware, maar dan beter. Ik heb elk bestand op de harde schijf al op deze tablet gedownload.' Hij stak zijn hand in een grote bak en haalde er een bekraste iPad uit. Aan de achterkant staken twee ouderwetse antennes uit die Angie deden denken aan de konijnenoren op een televisie. 'Ik heb een app gebruikt om de gps-tracker in haar auto te pingen. Werkt precies zoals het politiemodel. Ben je daar bekend mee?'

'Ja.'

'Je kunt haar overal volgen zolang het niet ondergronds is.' Hij begon over het glas te swipen en te tikken. 'De spyware op haar laptop werkt in realtime. Alles wat ze vanaf nu op haar computer invoert verschijnt op deze iPad, maar aangezien ik alle data al heb gedownload, kun je ook teruggaan en haar harde schijf doorzoeken. Eigenlijk is het haar laptop. Niet alleen maar een kopie vanaf een bepaald tijdstip.'

'Dus niet zoals dat ding dat je Polaski eerder hebt gegeven,' zei Dale.

Sams ogen knalden bijna uit zijn kop. 'Ik heb niet –'

'Ik heb het hem verteld,' onderbrak Angie hem. Dale had geweigerd haar Sams contactgegevens te verstrekken tenzij ze hem vertelde waarvoor ze die nodig had. Ze had enigszins creatief geantwoord op de vraag in wiens laptop ze wilde inbreken. 'Rustig maar,' zei ze tegen Sam. 'Gewoon doorgaan met wat je aan het doen bent.'

'Oké.' Sam tikte nog een paar keer op het scherm en gaf de iPad aan Angie. 'Zolang je maar weet dat hackers hun klanten niet verlinken. Van mij kun je op aan.'

'Tuurlijk, jongen.' Dale viste een gesmolten Snickers uit zijn zak.

Angie keek de andere kant op om hem niet te hoeven zien kauwen. Ze snapte nog steeds niet helemaal waarom ze Sara's laptop had laten kopiëren. Omdat haar patiëntendossiers erop stonden, had het Grady Hospital een of andere encryptiesoftware geïnstalleerd die Angies pet te boven ging. Sam had haar een zogenoemde dongel gegeven die Sara's wachtwoorden ontcijferde en alle bestanden downloadde. Angie wist dat ze hiermee een grens overschreed, niet wat Sara betrof, maar voor zichzelf. Op dat moment was haar ergernis overgegaan in obsessie en was ze een fulltime stalker geworden.

Was ze gevaarlijk?

Daar was Angie nog niet helemaal uit.

'Ga eens naar buiten,' zei Dale tegen Sam. 'Ik moet Polaski even onder vier ogen spreken.'

'De zon in?' protesteerde Sam.

'Je smelt echt niet, Elphaba.'

Angie moest lachen. 'Hoezo ken jij de echte naam van de Wicked Witch?'

'Hoor eens,' probeerde Sam hen te overtuigen. 'Ik heb hier allerlei gevoelig materiaal liggen. Voor andere klanten. Ik kan niet zeggen wat het is, maar het is topgeheim.'

'Denk je echt dat een van ons tweeën ook maar een reet snapt van al die shit?' Dale reikte naar achteren en duwde het portier open. 'Naar buiten.'

Met een verongelijkt gezicht sprong Sam uit het busje. Dale trok het portier met een klap dicht. Angies ogen prikten door de snelle lichtwisselingen.

Dale viste een joint uit de asbak en stak hem met een wegwerpaansteker aan. Hij nam een diepe hijs en hield die even binnen. Rook walmde uit zijn mond toen hij zei: 'Ik ben met Delilah naar Wicked geweest.'

'Vader van het jaar.'

Dale bood haar de joint aan.

Angie schudde haar hoofd. Ze had al drie Vicodinpillen achter de kiezen.

Dale nam weer een hijs. Hij staarde naar alle elektronische attributen. 'Als ik wist hoe de helft van deze shit werkte, was ik nu miljardair.'

Angie wist dat het hem geen meter verder zou brengen, en niet alleen vanwege zijn vette pech op de racebaan. Mannen als Dale Harding hadden maar één ding waaraan ze zich konden vastklampen: wanhoop.

'Hoor eens,' zei hij. 'Ik wil je om een gunst vragen.'

Angie kende Dales gunsten. Ze hadden allemaal hetzelfde thema. 'Is Delilah weer aan de drugs?'

'Nee, iets heel anders. Niks aan de hand met haar.' Hij keek haar strak aan. 'Die blijft clean, toch?'

'Tuurlijk,' zei ze, ook al leed de man aan wanen.

'Het gaat om iets anders. Mijn bookie.'

Dat had Angie kunnen verwachten. Zelfs de dreiging van de dood hield een verslaafde niet van zijn shot af. Delilah had haar horse en Dale had zijn pony's.

'Ik heb vijftienduizend bij Iceberg Shady uitstaan.'

'Ik weet dat je het geld hebt.' Angie wist dat Dale stapels bankbiljetten bewaarde onder de reserveband in de kofferbak van zijn auto. 'Dan haal je het bovenste laagje er toch af?'

Hij schudde zijn hoofd. 'Dat gaat allemaal naar Delilah. Die heeft cash nodig om van te leven zolang de papierwinkel nog niet is afgehandeld. Je hebt me beloofd dat je voor haar zou zorgen.'

Angie leunde tegen de bakken. Draden prikten in haar rug, maar ze voelde zich te claustrofobisch om te gaan verzitten. Dales behoeftigheid zoog alle lucht op. Hij had een of ander dealtje gesloten met Kip Kilpatrick, zijn laatste wanhoopspoging om Delilah goed achter te laten. Het ging om een onderpand van tweehonderdvijftigduizend dollar. Over twee weken, als de eerste spade in de grond ging voor het All-Star Complex, werd het geld automatisch doorgesluisd naar een trustfonds dat Dale voor Delilah in het leven had geroepen. Hij klampte zich aan de belofte van dat fonds vast als aan zijn laatste kans op verlossing. Alsof een grote pot geld opwoog tegen de duizenden keren dat Delilah Dales gokgeld tussen haar benen had verdiend.

Dales verlossing zou Angie een rotzorg zijn, en ze had geen zin om zich om een verslaafde hoer te bekommeren. De enige reden waarom ze had toegestemd was dat Dale haar die baan bij 110 had voorgehouden. Als ze naar de verantwoordelijkheid voor een kind had verlangd, had ze Jo wel gehouden.

Dale liet de joint weer in de asbak vallen. 'Dit heb ik van die advocaat, weet je wel?' Uit de binnenzak van zijn jasje haalde hij wat dubbelgevouwen papieren. Een gokbriefje dwarrelde naar de vloer van het busje. 'Ik heb alleen jouw krabbel nodig.'

Angie schudde haar hoofd. 'Je klopt bij de verkeerde aan, Dale.'

'Ik heb dat baantje bij Kip voor je geregeld. Zonder vragen te stellen. Jij hebt beloofd dat je dit voor me zou doen, nu ga je het doen ook.'

Ze probeerde tijd te rekken. 'Ik moet het eerst lezen voor ik teken, en misschien moet ik even met een jurist gaan praten.'

'Nee, dat moet je niet.' Hij had een pen in zijn hand. 'Kom op. Twee exemplaren. Eén voor jou, één voor het archief van de advocaat.' Ze nam de pen nog steeds niet aan. 'Zal ik eens vragen gaan stellen, wil je dat?

Over je man bijvoorbeeld? Waarom je zo nodig de encryptie op medische software moest kraken?'

'Die zakkenwasser,' zei Angie. Sam had haar toch verlinkt. Weer probeerde ze tijd te rekken. 'Hoe werkt het eigenlijk? Dat trustfonds?'

'De executeur, jij dus, is gemachtigd er geld uit te halen voor basisdingen, zoals een appartement, gas, water en licht, medische kosten. Ik wil zeker weten dat ze altijd een dak boven haar hoofd heeft.' Hij voegde eraan toe: 'Ik heb ook laten vastleggen dat jij duizend dollar per maand krijgt voor het beheer.'

Dat was geen kattenpis, maar ook niet genoeg om er de rest van haar leven mee te kunnen uitzingen. Het grotere probleem was dat Angie Delilah Palmer kende. Het was een egoïstisch, verwend kreng, nog afgezien van haar verslaving. De eerste stuiver die die meid kreeg, zou op een lepel worden gesmolten en in de eerste de beste ader worden gespoten die ze vinden kon.

Daarom pakte Angie de pen en tekende de overeenkomst.

Dale moest lachen toen hij haar handtekening zag. 'Angie Trent, hè?'

'En je andere probleem?' Ze stopte haar kopie in haar tas. 'Laat eens raden: je bookie, Iceberg Shady, is ook pooier?'

'Hij heeft een stel hoeren bij Cheshire Bridge. Dat is toch jouw oude stek?'

Toen Angie nog bij de recherche werkte, had ze vanuit de Cheshire Motor Inn lokhoeren aangestuurd. 'Dat is jaren geleden. Die meiden zijn allemaal dood.'

'Je hoeft geen namen te weten. Je zorgt alleen dat ze worden opgesloten.'

'Dus ik moet het APD vragen om een undercoveroperatie bij Cheshire Bridge op te zetten?' vroeg ze hoofdschuddend. Dan kon ze ze evengoed vragen al het zand op Daytona Beach in te rekenen. 'Dat betekent bergen papierwerk. Die meiden staan na een paar uur weer op straat en moeten een week later voorkomen. Vergeet het maar, dat doen ze nooit.'

'Denny doet het als je het lief vraagt.'

Angie had er de pest over in dat Dale op haar hele leven zijn vette vingerafdrukken had achtergelaten.

'Kom op, Polaski. Bezorg een stervende man wat rust. Denny zou een ezel nog neuken als jij het hem vraagt.'

'Denny zou een ezel neuken, punt.' Met tegenzin haalde ze haar telefoon tevoorschijn. Angie gebruikte uitsluitend wegwerptelefoons zodat ze zelf kon bepalen wie contact met haar opnam. Ze viste Denny's nummer uit de kaartenbak in haar hoofd en begon te tikken. 'Het moet zeker nu gebeuren?' vroeg ze.

'Vandaag zou mooi zijn. Iceberg heeft de helft van zijn geld in Cheshire zitten. Als Denny zorgt dat hij al die meiden moet vrijkopen, geeft mij dat minstens een week.'

Ze keek naar zijn waterige ogen. Het gelige wit was rood dooraderd. 'Een week maar? Meer heb je niet?'

'Ik heb het helemaal geregeld. Als mijn nieren me niet klein krijgen, doet dit het wel.' Hij haalde een zakje wit poeder uit zijn jaszak. 'Honderd procent zuiver.'

'Elke dealer op aarde beweert dat zijn cocaïne honderd procent zuiver is.' Ze was bijna klaar met haar bericht. 'Het is vast een laxeermiddel.'

'Het is het echte spul,' zei Dale, die het uiteraard had uitgeprobeerd. 'Met zoveel coke na al die jaren kunnen ze mijn hart straks van het plafond pellen.'

'Klinkt fantastisch.' Angie stuurde het bericht naar Denny en stopte haar telefoon weer in haar tas. 'Als je maar zorgt dat ik je lijk niet hoef te vinden.'

'Erewoord,' bezwoer hij. 'Maar je moet het me nog één keer beloven, Polaski. Jij krijgt jouw deel van het geld, maar dan zorg je dat het Delilah aan niks ontbreekt, oké? Geen luxe, maar wel een goeie woning, met goeie buren, niet zoals die spleetoog waar ik mee te kampen heb. Gezond eten, biologische shampoo, dat soort shit.'

'Komt voor elkaar.' De zoveelste belofte waarvan het nog maar de vraag was of Angie die na kon komen. 'Maar waarom ben je het op deze manier aan het timen? Misschien kun je er nog een week uit peuren, kijken of alles goed komt.'

Hij schudde zijn hoofd. 'Nog een paar weken red ik niet. Ik ben het zat. Ik ben het leven zat. Ik heb het wel gezien.'

Ze ging ervan uit dat hij het meende, maar aan de andere kant wist Dale dat Delilah laaiend zou zijn als ze vernam dat ze niet het hele bedrag ineens kreeg. Eén woedeaanval en Dale zou overstag gaan, wat betekende dat Angie het na zijn dood voor haar kiezen zou krijgen. 'Waarom moet ik het eigenlijk doen? Je bent toch met Delilah getrouwd om te voorkomen dat al je exen je fortuintje in hun klauwen krijgen? Probleem opgelost. Je kunt ook een advocaat inhuren om haar in het gareel te houden. Waarom moet ik haar bankier spelen?'

'Omdat een advocaat de helft van de poen al kwijt is voor hij doorkrijgt dat hij door haar gepiepeld wordt. Jij geeft geen reet om wie dan ook, en al helemaal niet om haar. Hoe ze ook jankt en smeekt om geld, van jou kan ze oprotten.'

Daar had Angie niets tegen in te brengen.

'En omdat ze het anders allemaal verbrast,' zei hij. 'Ze is te stom om toekomstplannen te maken. Ze wil alles nu meteen, zo veel en zo snel mogelijk.'

'Van wie zou ze dat nou hebben?'

Dale deed alsof hij dat laatste niet hoorde. 'Jongelui zoals zij, die weten niet hoeveel een dollar waard is. Haar hele leven is één grote worsteling geweest, en dat mag ik mezelf aanrekenen. De pillen. De heroïne. En dan Virginia met al haar shit...' Dale haalde zijn zakdoek tevoorschijn en snoot zijn neus. De tranen die uit zijn ogen drupten leken troebel. 'Jezus,' zei hij. 'Dat komt er nou van.' Hij doelde op zijn naderende dood en het uitvallen van zijn geestelijke vermogens. Gezondheidswijzers op internet noemden dit als een van de bijwerkingen. Heftige dromen. Hallucinaties. Geheugenverlies. Gebrek aan coördinatie.

Weer snoot Dale zijn neus, en hij veegde zijn tranen af.

Angie zag hem vechten tegen zijn emoties. Ze had het koud, ook al was het stikheet in het busje. Pijn was soms besmettelijk. Maar ze mocht er niet aan toegeven.

'Ik wil gewoon zeker weten dat het goed gebeurt,' zei Dale.

Dingen goed doen was nooit een van Angies sterke kanten geweest. 'En als ik er nu eens met al het geld vandoor ga en Delilah laat stikken?'

'Het advocatenkantoor houdt toezicht. Je mag alleen cheques uitschrijven aan huurbazen, het elektriciteitsbedrijf en dat soort dingen, maar niet aan Macy's of McDonald's, zeg maar.'

Angie knikte, maar ze kon wel duizend manieren bedenken om een dergelijke beperking te omzeilen. Stap één: zelf huurbaas worden.

'Je hebt het me beloofd, Angie,' zei Dale. 'Je hebt me je woord gegeven. Niet dat dat veel voorstelt, maar ik kan je verzekeren dat ik een stuk sneller beneden zit dan jij, en als jij met mijn dochter kloot, wacht ik je op in de hel.'

Ze wilde niet laten merken hoe beangstigend ze dat vooruitzicht vond. 'Je denkt niet dat ik een kansje op de hemel maak?'

Hij smeet de gebruikte zakdoek op de vloer. 'Vertel op, waarom ben je zo in Figs vrouw geïnteresseerd?'

'Omdat ik daarvoor betaald word.'

'Maar die belangstelling is niet nieuw.'

Angie lachte. 'Waarom heb je die hersencellen nooit gebruikt toen je nog bij de politie werkte?'

'Omdat ik niet genoeg betaald kreeg.' Met de rug van zijn hand veegde hij zijn neus af. 'Voor stalken kun je tien jaar in de grotemeidenbajes krijgen.'

Angie vroeg zich af wie ze volgens hem stalkte. Sara, die zeker, maar ze ging Jo's gangen ook na. 'Waarom denk je dat ik iemand aan het stalken ben?'

'Ik ben niet zo stom als ik eruitzie, Polaski. Je hebt me om een baantje gesmeekt. Je echtgenoot probeerde een zaak op te bouwen tegen Marcus Rippy. Ik ben eens gaan graven.'

Angies nekharen gingen overeind staan. Als het om Will ging, was ze altijd alert. Toch had ze buiten Dale gerekend. 'Wat denk je over mij te weten?'

'Dat je in staat bent de enige man op de wereld te verneuken die jou geen waardeloze, ijskoude bitch vindt.'

'Waardeloos,' herhaalde Angie, want dat was de enige klap die haar raakte. Wills zaak tegen Rippy laten crashen was alleen maar een kwestie van geld geweest. 'Nog meer parels van wijsheid?'

'Zorg dat die zaak met Figs vrouw goed afloopt. Rippy moet nog twee weken brandschoon blijven. Volgens mijn advocaat is dat trustfonds volkomen legaal. Over precies twee weken, als de eerste schop de grond in gaat, vloeit er tweehonderdvijftigduizend in Delilahs trustfonds en dan hoeft ze zich de rest van haar leven geen zorgen te maken. Als die schop niet de grond in gaat, of één dag later, is er niks en is mijn hele leven voor nop geweest.' Dale duwde het portier open. De zon sneed het busje in tweeën. 'Ik wil niet het graf in terwijl ik me nog zorgen maak over mijn deal die stukloopt omdat die klootzak van een Rippy zijn pik niet in zijn broek kan houden.'

'Ik zal ervoor zorgen,' zei Angie, maar zeker wist ze het niet.

'Mooi.' Het busje schudde toen Dale zich moeizaam naar buiten wrong. Hij was duizelig. Angie wist niet of het door de hitte kwam of door zijn naderende dood. Ze bracht het niet op zich er druk om te maken. Eén ding wist ze wel: hoe eerder Dale stierf, hoe eerder ze bevrijd was van zijn bemoeizucht, zijn ziekte en alle andere walgelijkheid waaronder ze gebukt ging.

'Ben ik weer.' Sam ging op de andere krat zitten. 'Verder nog iets?'

Angie hield de groene telefoon omhoog die hij aan elkaar had geplakt. 'Wanneer gaat dit ding werken?'

'Eerst moet ze via wifi of haar netwerk een bericht binnenkrijgen. Zodra ze dat beantwoordt, wordt de telefoon geactiveerd.'

'Waarom sturen we haar niet gewoon een bericht?'

'Omdat ze eerst moet antwoorden voor het programma kan worden gedownload. Gebruikersinterface, weet je wel? Het ligt ingewikkeld.'

'Kan ik haar telefoontjes afluisteren?'

'Wordt er dan nog gebeld met een telefoon?' Hij keek verbaasd. 'Ik heb er nooit echt bij stilgestaan dat ik daar een code voor moest invoeren. Je hebt tekst en dat soort shit. Is dat niet genoeg?'

Angie was het zat om zich oud te voelen. 'En FaceTime dan? Skype?'

'Ja, dat is lastiger. Met VOIP kun je trouwens –'

'Ik ram dit hele ding in je reet als je geen woorden gebruikt die ik snap.'

'Ik dacht dat ik dat al deed.' Weer trok hij een verongelijkt gezicht. 'Met

FaceTime en Skype wordt het vertraagd. Er is een programma dat ik op afstand via een app op haar telefoon heb gezet. Het registreert alle binnenkomende video-oproepen, maar je moet wachten tot de verbinding verbroken is voor je het kunt bekijken.'

'Hoe kom ik daarin?'

Voorzichtig nam hij de telefoon van haar over. Hij activeerde het scherm en wees naar het icoontje van een ouderwetse grammofoon. 'Als je hierop drukt, krijg je een lijst. Dan druk je op de video-oproep die je wilt bekijken en die wordt geladen. Maar pas nadat de oproep is beëindigd.'

'En als ik een oproep van vanochtend wil zien?'

'Daarmee kan ik je niet helpen. Die is niet op haar telefoon bewaard. Ik kan alleen bij de dingen die al zijn opgeslagen en bij wat er hierna komt, net als met de laptop. Als het nodig is, wil ik je wel wat functies van de tablet laten zien.'

Jezus, hij praatte tegen haar alsof ze zijn oma was. 'Werkt hij net als een gewone iPad?'

'Ja hoor.'

'Dan red ik me wel.' Angie wilde uit het busje stappen.

'Ik heb het tegen niemand gezegd,' zei Sam. 'Die andere dingen die ik voor je gedaan heb.'

Angie keek hem aan. 'Dus toen Dale zei dat hij wist van de software waarmee de medische encryptie is gekraakt, blufte hij maar wat?'

Sams sikje trilde.

Angie keek om zich heen in het busje. Losse draden. Dozen met elektronica. Computermonitoren. Tablets. Laptops.

'Zoek je ergens naar?' vroeg Sam.

'Ik vroeg me alleen af hoe de binnenkant van deze bus eruitziet als ik je voor je kop schiet.'

Sam liet een ongemakkelijk stotterlachje horen.

Angie haalde haar pistool uit haar tas. Ze legde het boven op de iPad, met haar hand om de greep. Haar vinger drukte tegen de zijkant van de trekkerbeugel, zoals ze het geleerd had. Of misschien niet. Ze sloeg haar blik neer. Haar vinger lag om de trekker.

'Alsjeblieft.' Sam lachte niet meer. Hij had zijn handen opgestoken. 'Het spijt me, oké? Schiet me niet dood, alsjeblieft. Alsjeblieft.'

'De volgende keer dat je mijn zaken aan de grote klok hangt, denk je maar terug aan hoe je je nu voelt.'

'Zal ik doen. Ik beloof het.'

Angie stopte haar pistool weer in haar tas. Ze had zich laten gaan. 'Geef alles maar wat je bij je hebt.'

Hij rommelde in een van de bakken en haalde een zakje wiet tevoorschijn. 'Dat is alles wat ik heb.'

Angie pakte het zakje. Ze verzamelde de elektronica en klom het busje uit. Sam deed geen moeite het portier te sluiten, maar scheurde het parkeerterrein af voor ze van gedachten kon veranderen.

Ze stapte in haar auto en legde de iPad en de groene telefoon voorzichtig op de stoel naast zich. Ze stak haar sleutel in het contact. De motor kwam grommend tot leven. De koppeling slipte.

Sam was Dales contact. Ze had het joch bijna neergeschoten. Misschien. Wat had haar bezield? Angie haalde de Glock uit haar tas. Ze verwijderde het magazijn. Ze wierp de kogel uit de kamer. Hij schoot als een zaaddoos naar buiten en verdween onder haar stoel. Ze keek alles goed na om er zeker van te zijn dat het wapen ongeladen was. Zo won ze in elk geval wat tijd als ze haar pistool nog eens trok.

Maar nu moest ze maken dat ze wegkwam.

Angie worstelde met de koppeling en de versnellingspook. Ze zette de auto in de eerste versnelling en reed het parkeerterrein af. Ze wist niet goed welke kant ze op moest rijden. De groene telefoon werd pas geactiveerd nadat Jo een bericht had beantwoord. Angie ging ervan uit dat Reuben de enige was die haar ooit iets stuurde. Volgens Laslo lag hij de hele dag op de operatietafel. Onmogelijk te zeggen wanneer hij bijkwam uit zijn narcose, maar Angie wist dat hij allereerst contact met Jo zou opnemen. Of zou zorgen dat zij contact met hem opnam.

Wat overbleef was Sams iPad met de twee antennes die er aan de achterkant uit staken. Angie vermoedde dat het schaduwprogramma dat Laslo op Jo's computer had gezet weinig zou opleveren. Van Reuben mocht

Jo niet eens ergens een kop koffie drinken zonder dat hij om bewijs vroeg. Je kon er gif op innemen dat hij ook haar e-mailberichten en zoekopdrachten controleerde.

Het enige wat ze kon bedenken was dat Jo een plan had. Ze voerde iets in haar schild waar Marcus Rippy bij betrokken was. Angie twijfelde er niet aan. De vrouw die in de Starbucks Hemingway op zijn nummer had gezet, was een vrouw met geheimen.

Josephine, niet Jo.

Dat was de naam die ze aan de barista had opgegeven.

Angie herkende de signalen als een vrouw zichzelf opnieuw wilde uitvinden. Een eeuwigheid geleden, toen Angie in het kindertehuis werd gedumpt, had ze de eerste de beste die haar Angela noemde een klap verkocht.

Angela, zo had haar pooier haar genoemd. Angie, zo noemde ze zichzelf.

Reuben noemde zijn vrouw Jo. Als Jo alleen was, als ze een flintertje vrijheid wist los te peuteren, noemde ze zichzelf Josephine.

Ze wilde ervandoor gaan, en al heel binnenkort. Reuben kwam zondag terug. Dat gaf Angie minder dan vijf dagen om uit te vogelen wat haar dochter van plan was. Ze keek op haar horloge. Twaalf uur 's middags.

Eén bron had ze nog niet aangeboord: LaDonna Rippy.

Als je iets over een vrouw aan de weet wilde komen, hoefde je alleen maar bij een zogenaamde vriendin aan te kloppen.

Woensdag, 12.13 uur

Het was stoppen en optrekken op Piedmont Road, en Angie stond voortdurend op de rem. Vanwege de ligging en de uit de hand gelopen stadsontwikkeling was er geen moment van de dag meer waarop de smalle straat niet potdicht zat. Ze zette de auto in de eerste versnelling. Na een omweg langs een benzinestation liep de koppeling weer gesmeerd.

Ze keek op de groene telefoon om te zien of Jo al op een bericht had gereageerd. Nog niet, helaas. Verder was er de iPad met de konijnenoren, maar Angie nam aan dat Reuben al even streng toezicht hield op de laptop als op de rest van Jo's leven. Ze was vast niet zo stom om er iets verdachts op te laten staan.

Bovendien had Angie haar lesje geleerd wat het snuffelen in andermans bestanden betrof. Sara had duizenden foto's op haar harde schijf, allemaal uiterst nauwgezet gerangschikt naar datum en locatie. Will en Sara op het strand. Will en Sara aan het kamperen. Will en Sara die Stone Mountain beklommen. Sara keek altijd misselijkmakend gelukkig, niet alleen op de foto's met Will, maar ook op de veel oudere, met haar overleden man.

Angie vroeg zich af of Will ooit een foto van Jeffrey Tolliver had gezien. Zijn ballen zouden weer naar binnen zijn geschoten. Tolliver was godsgruwelijk knap. Groot, met donker golvend haar en een lijf waar je tong nooit genoeg van kreeg. Hij had football gespeeld voor Auburn University. Hij was commissaris van politie geweest. Je hoefde maar naar zijn foto te kijken om te zien dat hij met vrouwen wist om te gaan.

Wat politiemannen betrof, had Sara Linton een goede smaak, dat moest Angie haar nageven.

Jammer dat ze niet met haar grijpgrage handen van ze kon afblijven.

Angie reed door rood, en onder een ware kakofonie van getoeter stak ze Tuxedo Road over. Ze liet de auto uitlopen. De villa van LaDonna en Marcus Rippy stond boven aan een glooiende helling. De meeste huizen onttrokken zich door struiken of bomen aan het zicht, maar LaDonna had ervoor gezorgd dat haar huis opviel. Op de gesloten hekken prijkte een afgrijselijk grote vergulde R. Het logo was een eigen ontwerp van LaDonna. Ze liet het overal op zetten, zelfs op de handdoekjes.

Angie bleef voor de poort staan. Ze drukte op de intercom, noemde haar naam en wachtte op het langgerekte gezoem. Ze was hier al een paar keer eerder geweest om LaDonna documenten voor Kips kantoor te laten ondertekenen. Marcus had zijn vrouw aandeelhouder gemaakt van al zijn zaken, wat slim of dom was, afhankelijk van hoe je heette: LaDonna of Marcus.

Met pruttelende motor reed ze over de kronkelende oprit. Ergens blafte een hond. Waarschijnlijk de huishusky die alles onderscheet omdat niemand de moeite nam hem uit te laten. De parkeerplaats boven aan de oprit stond vol auto's. Twee Jaguars, een Bentley en een felgele Maserati.

'Shit,' mompelde Angie. LaDonna hield audiëntie.

Zo-even bij het hek was Angies naam al genoteerd, dus terug was geen optie meer. Ze liep onder het zuilenportiek door en langs de controlekamer, waar een verveelde ex-agent een dutje deed in plaats van de beelden van de camera's die rond het huis waren opgesteld in de gaten te houden. Ze klopte op de keukendeur en wachtte.

Het huis was in een reusachtige U-vorm rond een olympisch zwembad gebouwd. Alles wat het gezin nodig had, bevond zich op het terrein, wat heel leuk klonk tot je besefte dat je je hele leven in en om je eigen huis kon doorbrengen zonder ooit iemand anders te zien. Behalve de dienstmeisjes. Daarvan waren er tientallen, allen gekleed in een grijs uniform met een wit schort, ook al had LaDonna waarschijnlijk gloeiend de pest gehad aan haar eigen uniform toen ze nog hotelkamers schoonmaakte. Dat reageerde ze nu op anderen af.

Angie had geen idee of de bedienden geen Engels spraken of te bang waren om hun mond open te doen. Net als de vorige keren dat ze een bezoekje aan LaDonna had gebracht, zei het meisje dat opendeed geen woord. Met een hoofdbeweging gaf ze aan dat Angie haar moest volgen, een lange gang door.

De inrichting was een verwijzing naar LaDonna's Griekse afkomst: beelden, fonteinen en langs de muren heel veel Griekse sleutelmotieven. Zo ongeveer alles was verguld. De kranen boven de wastafels hadden de vorm van gigantische zwanen, met vleugels voor warm en koud water. De kroonluchters op de gang waren van goud. Angie keek op naar de armaturen. De armen waren gevormd naar Rippy's logo, steeds een krullende R druipend van kristallen waar de zon als een laser op scheen. Snel wendde ze haar blik af omdat haar netvliezen dreigden te ontvlammen. Tegen de tijd dat het meisje haar de nagelstudio binnenvoerde, zag ze vlekken.

'Ben jij dat, pop?' LaDonna wenkte Angie. Haar vingernagels werden door een slanke Aziatische vrouw felrood gelakt. Vier basketbalvrouwen lieten hun voeten weken in badzout, en nog eens vier Aziatische vrouwen deden hun nagels. Uit de radio klonk Usher. De tv stond op een sportzender, met het geluid uit.

'Neem ook een badje,' bood LaDonna aan. 'Je weet niet half wat een goede pedicure ik heb.'

'Nee, bedankt.' Angie rukte nog eerder haar nagels uit dan dat een vreemde aan haar voeten mocht komen. Ze snapte niets van het leven van deze vrouwen. LaDonna was geen intellectueel, maar ze was slim genoeg om te weten dat ze tot meer in staat was dan om één uur 's middags haar nagels te laten polijsten. Chantal Gordon was proftennister geweest voor ze haar racket aan de wilgen had gehangen om baby's te baren. Angelique Jones had als arts gewerkt. Santee Chadwick was de privébankier van haar man geweest en vicepresident van Wells Fargo. Tisha Dupree was debiel. Meer dan dit zat er voor haar niet in.

'Moet ik iets ondertekenen?' vroeg LaDonna.

'Ik wil je een paar vragen stellen.'

'Gaat het over die bitch in Vegas? Dat is al afgehandeld.'

Angie wachtte tot het gelach was weggestorven. 'Nee, het gaat om iets anders.'

'Ga zitten, pop. Je ziet er afgepeigerd uit.'

Angie ging zitten en liet haar tas op de vloer vallen. Ze vóélde zich ook afgepeigerd, al wist ze niet waarom. In feite had ze die dag niet veel meer gedaan dan hier en daar wat rondhangen.

'Waarom is Figs vrouw er niet?' vroeg ze.

Chantal snoof. 'Die meid voelt zich te goed om met ons soort om te gaan.'

Tisha zei: 'Die struikelt nog als ze niet gauw naar beneden kijkt.'

De stilte die hierop volgde was even pijnlijk als onvermijdelijk.

'Zit Jo in de problemen?' vroeg Angelique.

'Ik weet het niet.' Angie keek eens goed naar LaDonna. Ze wachtte ergens op. Als ze een kat was geweest, zou haar staart hebben gezwiept. 'Jo is nogal op zichzelf. Kip is bang dat er iets mis is. Hij wil haar gelukkig zien.'

'Ik heb nooit meer dan twee woorden met haar gewisseld,' zei Santee. 'Ze is mij te bekakt.'

'Verlegenheid is moeilijk te doorgronden bij anderen,' zei Angelique. 'Vaak komt dat soort mensen afstandelijk over.'

'Ze ís ook afstandelijk,' ging Chantal ertegenin. 'Ik heb haar op de koffie gevraagd. Ik heb haar gevraagd of ze mee ging shoppen. Telkens zei ze: "Moet ik eerst met Fig overleggen, je hoort nog van me."' Ze schudde haar hoofd. 'Dat was een halfjaar geleden. Ik wacht nog steeds.'

'Ik wil wel met je gaan shoppen,' zei Tisha.

Chantal was opeens zeer geïnteresseerd in wat er met haar nagels werd gedaan.

'Ze is te mager,' zei Angelique, de arts. Die zag dat soort dingen. 'Ik ging ervan uit dat het door de stress van de verhuizing kwam en doordat Anthony naar een nieuwe school moest. Het is me nogal een verantwoordelijkheid om zo'n groot huishouden te verplaatsen.'

'Vooral als je man geen vinger uitsteekt,' zei Chantal. 'Toen Jameel en ik hier kwamen wonen, heeft die vent één koffer gepakt, en het enige wat hij erin stopte, was zijn eigen rotzooi. Ik vroeg wat ik doen moest met de kleren en het speelgoed van zíjn kind en met de keuken en de badkamers, en weet je wat hij zei? "Ik ben al klaar, schat. Regel jij de rest maar."'

Er klonken meelevende geluiden. Angie zag Chantal zelf trouwens geen dozen in een gehuurde verhuisbus laden. Waarschijnlijk had ze

Jameel teruggepakt door de duurste verhuizers in te huren die ze kon vinden.

'Jo was heel jong toen ze met Fig trouwde,' zei Santee.

'Wij allemaal toch?' merkte Chantal op. 'Ik was negentien. La D was achttien. Eigenlijk was ze al aan de late kant.'

Angie keek weer naar LaDonna. Ze hield alles nog steeds in de gaten, maar ze bleef zwijgen.

'Jo zal wel blij zijn dat Fig het zo goed doet,' zei Santee. 'Marcus heeft hem echt goed begeleid.'

'Jo geeft niet veel om basketbal,' zei Chantal.

Er trok een collectieve huivering door de kamer, en die was niet gespeeld.

'Waar geeft ze eigenlijk wel om?' wilde Angie weten.

'Ze is dol op Anthony,' zei Tisha. 'Haar hele leven draait om hem.'

'En om haar moeder,' vulde Angelique aan. 'Helaas vertoont die de eerste tekenen van congestief hartfalen.'

'Misschien is ze daarom zo op zichzelf,' meende Tisha. 'Een paar jaar geleden heb ik mijn eigen moeder verloren. Daar kom je niet zo makkelijk overheen. Het blijft je bij.'

'Jo en Fig komen zondagavond hier,' zei Angelique tegen Angie. 'La D en Marcus geven een megafeest voor het seizoen van start gaat. Als je wilt, kan ik dan wel even met haar praten.'

'Dat zou fijn zijn.' Angie keek naar LaDonna. Haar zwijgen voorspelde nooit veel goeds. Ze zei: 'Ik heb gehoord dat je een leuk feestje voor Jo hebt georganiseerd toen ze hier kwam wonen.'

LaDonna blies op haar pasgeverfde nagels. Haar ogen vonkten.

'Kende je Jo nog van vroeger?' vroeg Angie behoedzaam. 'Van school?'

Met een handgebaar stuurde LaDonna de manicure weg. 'We hebben niet op dezelfde school gezeten. Ze woonde een dorp verderop.'

'Dat wist ik niet,' zei Tisha.

'En de kerk?'

'Ja, ze ging geloof ik wel naar mijn kerk.'

Tisha deed haar mond al open, maar sloot hem weer.

Angie wachtte. LaDonna maakte het je nooit makkelijk. Ze had niet door dat Angie geen fluit gaf om haar toekomst bij 110 Sports Management. Ze gaf alleen om Jo. Ze zei: 'Gaan we er een beetje omheen draaien dat Marcus iets met Jo Figaroa heeft gehad, of speel je open kaart en vertel je me wat er aan de hand is?'

LaDonna had haar lippen nog getuit van al dat blazen op haar nagels. 'Handjes vasthouden en over Bijbelles praten noem ik niet echt iets met elkaar hebben.'

'Hoe noem je het dan?'

'Gaat je geen reet aan.'

'Wil je dat we 'm smeren?' vroeg Santee.

'Nee, wij lopen wel even naar het zwembad.' LaDonna stond op. Ze schoof haar voeten in een paar lichtpaarse naaldhakken. 'Struisvogelleer,' zei ze tegen Angie. 'M'n huisschoenen. Op maat gemaakt in Milaan.'

'Je moet zonnecrème opdoen,' zei Tisha. 'Straks verbrand je nog.'

LaDonna doorboorde haar met haar ijzige blik. 'Deze kant op,' zei ze tegen Angie.

Angie was niet het volgzame type. Schouder aan schouder met LaDonna liep ze de gang door. Ze keek naar de Italiaanse schoenen van de vrouw. Op de punten waren gouden letters R geborduurd. Een paar draden waren losgeraakt. Op een van de punten zat een vlekje. Deze gebrekjes waren het enige waar Angie die dag plezier aan beleefde. LaDonna deed haar altijd denken aan wat door pooiers de *bottom girl* of de Mama werd genoemd, een wat oudere prostituee die de meiden met geweld of door manipulatie in het gareel hield. Ze kon je troosten of negeren, afhankelijk van wat ervoor nodig was om te zorgen dat je geld bleef binnenhalen.

LaDonna zette een zonnebril op en duwde de deur open. Het was buiten nog warmer en het licht was nog feller dan Angie zich herinnerde. Ze ademde vochtige lucht in. De nagellakgeur hing nog steeds in haar neus.

'Waar ben je eigenlijk op uit, bitch?' vroeg LaDonna.

Angie glimlachte, maar alleen om haar op stang te jagen. 'Dat heb ik je verteld. Kip maakt zich zorgen om Jo.'

'Dat is helemaal mijn vent z'n type niet, als je dat soms bedoelt.' LaDonna schudde nadrukkelijk haar hoofd. 'Marcus houdt van wijven met pit. Jo is zo bleu als een konijn.'

'Ze zit bij Fig onder de plak.'

'Bang dat ze op haar flikker krijgt.' LaDonna snoof toen ze Angies verbaasde blik zag. 'Dacht je dat ik niet weet hoe zoiets eruitziet?' Ze lachte. 'Marcus raakt me nog met geen pink aan, maar mijn pa, die pakte zijn riem en stroopte het vel zowat van mijn kont.' Ze wees naar Angie. 'Jo kijkt al net zoals mijn ma als die weer eens in elkaar was geslagen. Jezus, ook als ze niet in elkaar was geslagen. Hij hoefde maar naar haar te kijken en ze…' LaDonna dook ineen en wierp haar handen in de lucht, maar bang kijken ging haar niet goed af.

'Heb je daar met Jo over gepraat?' vroeg Angie.

'Wat zou ik moeten zeggen? "Ik weet dat je man je slaat. Waarom smeer je 'm niet en neem je de helft van zijn geld mee?" Tering, alsof ze dat niet weet. Dat weet ze verdomme al tien jaar. En wat heeft ze eraan gedaan?' Ze liep naar een overdekte barbecuehoek en nam een flesje water uit de koelkast. 'Het is anders dan vroeger. Eén foto, één filmpje uit een lift en ze heeft de hele wereld aan haar kant.' LaDonna lachte. 'En je weet natuurlijk al waar dat op uitdraait. Ze komt op tv en al die andere shit en iedereen heeft met haar te doen, maar een week later geven ze haar allemaal de schuld en zeggen ze: "Moet je dat filmpje zien, ze schreeuwt helemaal niet." En: "Moet je zien hoe ze hem tegen zijn borst stompt." Of: "Waarom heeft ze hem zo op de kast gejaagd?" En: "Ze is alleen maar op zijn geld uit." '

Angie schudde haar hoofd. 'Nou weet ik nog niet of je bedoelt dat ze weg moet gaan of dat ze beter af is als ze blijft.'

'Het enige wat ik zeg is dat die meid geen ruggengraat heeft.'

'Aan ruggengraat hangt een prijskaartje,' zei Angie. 'Fig raakt zijn contract kwijt als Jo rondbazuint wat hij doet. Dan komt er helemaal geen geld meer binnen.'

'Rot op met je geld.' Ze wierp Angie een flesje water toe. 'Als Marcus mij zoiets flikte, hield al het goud in Fort Knox me niet tegen. Ik weet nog steeds hoe ik een hotelkamer moet schoonmaken. Ik ga nog eerder met mijn kinderen in een doos wonen dan dat ze moeten aanzien hoe ik als een hond in elkaar word getrapt.'

Angie betwijfelde of dat waar was. 'Waarom help je haar niet?'

'Shit zeg, ik ga me de vingers niet branden aan háár problemen.' LaDonna nam een slok water. 'Bovendien heb ik kinderen om voor te zorgen. Ik moet een huishouden runnen. Ik heb een man die me nodig heeft. Ik ga echt mijn kostbare tijd niet verdoen aan iemand die niet eens geholpen wil worden.'

Angie maakte een geluid dat veel weg had van 'huh'. LaDonna was dan geen bottom girl, ze wist precies hoe zo'n Mama te werk ging.

'Kijk me eens aan, pop.' LaDonna nam haar zonnebril af. 'Opletten. Goed luisteren. Zeg maar tegen Kip: Jo Figaroa vindt het gewoon lekker.'

'Wil ze geslagen worden?'

'Waarom blijft ze anders bij Fig? Moet je die twee zien als het bij hem begint te koken. Ze doet geen fuck om hem te kalmeren. Shit hé, ze zit hem zelfs op te naaien. Begint te zeiken. Slaat hem.' Ze richtte haar vinger op Angie. 'Hier, bij dit zwembad, ik heb het met eigen ogen gezien. Op een teamfeestje, een paar maanden geleden. We chillen hier allemaal wat, drinken cocktails. Fig zegt iets tegen haar, heel zachtjes, bijvoorbeeld dat ze iets te drinken voor hem moet halen. Jo heeft er geen zin in. "Doe het godverdomme zelf," zegt ze. Dat staat Fig dus helemaal niet aan. Die wordt me toch nijdig, we zien het allemaal. Hij duwt Jo van haar stoel. Nog steeds gaat ze niks voor hem halen. Ze geeft hem een grote bek, stompt hem tegen zijn borst, niet bang of wat dan ook. We wisten allemaal wat er toen ging komen. Fig trok haar haren zowat uit haar kop toen hij haar naar binnen sleepte. Ik weet niet wat hij gedaan heeft, maar ze heeft nooit meer een grote bek tegen hem opgezet.'

En kennelijk was er niemand tussen die tonnen aan basketbalspierbundels die ook maar een vinger uitstak om te voorkomen dat een vrouw van nog geen vijftig kilo ongenadig in elkaar werd geslagen. 'Fig was vast doodsbang toen Jo hem stompte.'

'Niet dan?' zei LaDonna. 'Dat wou ik maar zeggen, pop. Wil je weg? Dan neem je een foto van al die ellende, van de blauwe plekken en de dikke lip en het blauwe oog. Daar ga je mee naar de roddelpers en je belt een advocaat.'

'Dan kun je beter meteen een patholoog-anatoom bellen,' zei Angie.

'Misschien.' LaDonna dronk het laatste restje water op en smeet het flesje in de recyclebak. 'Hoe dan ook, hij jaagt een kogel door haar reet als ze bij hem weg probeert te lopen. En vraag me niet wat Fig doet als ze zijn zoon mee wil nemen. Die man is gek op zijn jongen. Hij blaast de hele wereld naar zijn mallemoer als Jo er ook maar over piekert hem mee te nemen.'

'Ik dacht dat het makkelijk zou zijn. Je maakt een paar foto's en schakelt een advocaat in.'

Ze keek neer op Angie. 'Waarom maakte je je ook alweer zo druk om Jo?'

'Omdat het mijn werk is.'

'Waarom val je mij er dan mee lastig?' LaDonna keek haar nog steeds strak aan. 'Waarom help jíj haar niet?'

Angie haalde haar schouders op. 'Zeg maar wat ik doen moet.'

'Niks tegen Kip zeggen, want die stuurt Laslo op je af als je aan het team komt.'

Angie kaatste de bal weer terug. 'En, wat dan? Wachten tot Jo begraven wordt?'

LaDonna dacht even na. Ze pakte een tweede flesje water en draaide de dop eraf. Uiteindelijk schudde ze haar hoofd. 'Maakt niet uit wat we doen. Zelfs als Jo bij Fig weggaat, komt ze wel weer een andere klootzak tegen die hetzelfde doet. Deed mijn ma ook altijd. Is ze eindelijk weg bij mijn vader, komt ze een man tegen die helemaal gek op d'r is en voor d'r wil zorgen, maar ze zijn nog niet thuis van de huwelijksreis of hij laat haar zijn vuisten zien. Zo gaat het al sinds het begin van de mensheid. Sommige kerels worden geboren om te slaan en sommige vrouwen worden geboren om de klappen te vangen, en ze hebben van die magneetjes vanbinnen waardoor ze altijd naar elkaar toe worden getrokken. Altijd hetzelfde liedje.' Ze boog zich naar Angie toe. 'Sommige mensen worden geboren met een gat vanbinnen. Hun hele leven proberen ze dat gat te vullen. Soms met pillen, soms met Jezus, en soms met een vuist.' Ze wierp ook de flessendop in de vuilnisbak. 'Zijn we klaar?'

Wat Angie betrof wel, maar ze was niet van plan LaDonna het laatste woord te gunnen. 'Die meid in Vegas. Moet ik Laslo vragen dat zaakje op te knappen?'

'Is al geregeld.' Ze klonk als een maffiabaas.

'Heb je haar een aanbod gedaan dat ze niet kon weigeren?'

'Ik heb haar tanden uit haar bek geramd.'

Angie bleef LaDonna aankijken. Ze weigerde als eerste haar blik neer te slaan. 'Ik laat je verder met rust.'

LaDonna keek uit over het zwembad. 'Moet je vooral doen.'

Angie wist wanneer ze niet meer gewenst was. Ze liep de gang door en draaide het flesje gekoeld water open. De vrouwen zaten te giechelen in de salon, maar Angie pakte haar tas en stapte op. Ze hoefde niet naar haar auto geëscorteerd te worden. Pas toen ze achteruit de parkeerplaats af reed, dacht ze weer aan de groene telefoon.

'Verdomme,' vloekte ze, want natuurlijk moest het zo lopen.

Terwijl zij haar tijd had verdaan aan handjeklap met LaDonna, had Jo een bericht ontvangen. En belangrijker nog: ze had het bericht beantwoord en zo het kloonprogramma op haar telefoon gedownload.

MR: 1town suites1uur

JOSEPHINE: oké

Volgens de tijdsaanduiding was het bericht tien minuten geleden verstuurd.

Angie zette de iPad aan. Ze activeerde de gps-tracking software. Op de kaart piepte een blauw stipje dat zich langzaam over Cherokee Drive verplaatste.

Jo was onderweg.

Woensdag, 13.08 uur

Angie stond achter de manager van OneTown Suites. Op het bureau voor hem stond een monitor. Het scherm was in vieren verdeeld en liet beelden zien van de verschillende camera's die rond het motel waren opgesteld. De lobby. De lift. Een lange gang. Het parkeerterrein.

Het was puur toeval dat het motel zich op nog geen kwartier rijden van de villa van Rippy bevond. Of misschien was het opzet. Angie twijfelde er niet aan of Marcus was hier vaker geweest. De kamers werden per week verhuurd, en als je voor een paar uur wat meer geld neertelde, werden er geen vragen gesteld. Het rook er naar discretie op een koopje. Alles was schoon en goed onderhouden, maar wel tweederangs. Het was zo'n plek waar een steenrijke vent een meid mee naartoe nam die hij in een van de nabijgelegen striptenten had ontmoet. Iets verderop had je het St. Regis en het Ritz voor wat permanentere arrangementen.

Angie keek naar het kwartscherm dat zicht bood op het parkeerterrein. Jo zat al twintig minuten in haar geparkeerde Range Rover. Ze zat op haar handen, net als in de Starbucks, en staarde recht voor zich uit. Ze verroerde zich niet, stapte niet één keer uit. Angie keek hoe laat het was. Het bericht van Marcus was vijftig minuten geleden verstuurd. Over een uur ging Anthony's school uit. Als Marcus Rippy een rendez-vous had gepland, werd het een vluggertje.

De manager tikte op het toetsenbord en scrolde langs de overige beelden van het parkeerterrein en het hotel. 'Hoelang nog?' vroeg hij.

'Zolang als nodig is.'

'Nou ja, je hebt me genoeg betaald,' zei de man, wat een geweldig understatement was gezien de vijfduizend dollar die Angie hem had toegestopt. Voor duizend had hij het waarschijnlijk ook gedaan, maar Angie had haast en tijd om te onderhandelen was er niet.

Aan de achterkant van het motel waren twee aangrenzende kamers, van elkaar gescheiden door een afgesloten binnendeur. Alles wat Angie nodig had, zat in haar weekendtas. De richtmicrofoon was dun genoeg om onder de deur te passen. De zendontvanger kon in de muur worden geplugd. De koptelefoon ging in de contactbus. Omdat Angie zo snel bij het motel was, had ze tijd genoeg gehad om de camera's te installeren, maar het was alweer maanden geleden dat ze dit soort werk had gedaan. De batterijen waren leeg.

De telefoon op het bureau ging en de manager nam op. Een gast die problemen met de tv had of iets dergelijks, vermoedde Angie.

Ze begon te ijsberen en verdrong elke gedachte aan hoe dit mis kon gaan. Een afspraak bij een motel betekende nog niet een afspraak in een motelkamer. Marcus reed in een Cadillac Escalade. Achterin was ruimte zat voor twee mensen.

De manager hing op. 'Is dat de man op wie je wacht?' vroeg hij.

Ze keek op het scherm. De zwarte Escalade van Marcus Rippy stond nu naast de auto van Jo. Angie hield haar adem in en verwachtte dat haar hele plan elk moment in duigen kon vallen. Jo bleef in de auto zitten. Marcus stapte uit. Angie zag hem het parkeerterrein oversteken. Hij liep met langzame, ontspannen pas, maar zijn blik schoot van links naar rechts, alsof hij zeker wilde weten dat niemand hem zag. Voor hij de deur naar de lobby opende, keek hij nog één keer om zich heen.

Er klonk een bel.

'De show kan beginnen.' De manager stond op en liep de kamer uit.

Angie schakelde van de ene beveiligingscamera naar de andere tot ze de camera had gevonden die op de balie was gericht. De manager was er al en stopte net zijn polohemd in zijn short. Marcus droeg zijn honkbalpet laag over zijn voorhoofd. Zijn ogen gingen schuil achter een zonnebril. Zijn kleren waren onopvallend en het lompe horloge van driehonderdduizend dollar ontbrak om zijn pols. Blijkbaar wist hij waar de camera's hingen, want zijn hoofd was gebogen en hij keek niet op. Hij overhandigde de manager een stapel bankbiljetten. LaDonna hield namelijk elke stuiver die op hun bankrekeningen werd bij- of afgeschreven nauwlettend in de gaten.

Angie hoorde de manager iets zeggen, maar Marcus hoorde ze niet. Er werd een sleutel over de balie geschoven. Een stadsplattegrond en het wifiwachtwoord werden aangeboden. Marcus schudde twee keer zijn hoofd. Hij liep naar de deur en verdween uit beeld.

Weer klonk de bel.

Angie schakelde terug naar het parkeerterrein. Marcus stond nu bij de ingang en wenkte Jo.

Aanvankelijk reageerde ze niet. Het was alsof ze iets aan het afwegen was. Ging ze dit echt doen? Moest ze met Rippy die kamer binnengaan? Of wegrijden?

Uiteindelijk nam Jo een besluit. Haar portier zwaaide open, en ze stapte uit. Met haar handen in de zakken van haar spijkerbroek liep ze op een drafje het parkeerterrein over.

De manager klopte op de deur en Angie deed open.

'Is dat wie ik denk dat het is?'

'Niet voor vijfduizend dollar.' Angie begon in het wilde weg stekkers uit apparaten te trekken. Ze had de CD-R al uit de videorecorder verwijderd.

'Hé!' Hij stak zijn handen omhoog. 'Ik weet heus wel wat smeergeld inhoudt. Ik werk in een motel aan de snelweg.'

Angie dacht aan het pistool in haar tas. Niet geladen. Waarschijnlijk maar goed ook. Ze deed de deur van het kantoor op een kier open. Jo en Marcus stapten in de lift. Ze dook achter de balie tot de liftdeuren dicht waren.

Pas toen ze de lift naar boven hoorde gaan, kwam ze overeind. Langzaam liep ze de achterste trap op, want ze mocht niet vóór hen op de eerste verdieping aankomen. Bijna boven hoorde ze hen praten. Een sleutel werd in een slot gestoken. Een deur ging open. En weer dicht.

Angie stapte de gang op. Kordaat liep ze naar de aangrenzende kamer. Met een busje WD-40 had ze het slot geolied. De sleutel gleed er geruisloos in. De klavieren deden hun werk. Ze duwde de deur met zijn geoliede scharnieren open en hield de kruk vast om te voorkomen dat de automatische arm hem met een klap dichtsloeg.

De deur tussen de twee kamers was niet dik. In de aangrenzende kamer hoorde ze Marcus en Jo al praten. De lucht trilde, zo diep was zijn bariton. Jo's stem was veel zachter, eerder een soort geneurie.

Angie ging op de vloer zitten, naast de zendontvanger. Ze drukte een oordopje in haar oor.

'…niet meer,' zei Jo. 'Ik meen het.'

Marcus zweeg, maar Angie hoorde hem ademen, een gestaag in en uit. Ze stelde het geluid bij en vervloekte zichzelf omdat ze de batterijen in de camera's niet had opgeladen.

'Wat wil je dat ik doe, Jo?' vroeg Marcus.

'Kijk hier eens naar.'

Er klonk geruis en toen een blikkerig gejengel, waarvan Angie eerst dacht dat het audiofeedback was. Ze stelde de knoppen op de zendontvanger bij. Het was geen audiofeedback. Het was een vrouwenstem, die hetzelfde woord eindeloos herhaalde.

'Nee-nee-nee-nee-nee…'

Angie draaide het volume op. De kreet klonk zwak, van veraf, alsof hij werd gefilterd door een goedkope speaker. Had Jo de tv aangezet?

'Jezus, Jo,' zei Marcus. 'Hoe kom je daaraan?'

'Kijk nou maar.'

Kijk nou maar.

Het was de tv niet. Misschien een filmpje. Angie sloot haar ogen en concentreerde zich op de omgevingsgeluiden. Een geruis als van de wind, iemand die ademde, een ritmisch getik.

Weer die vrouwenstem.

'Nee-nee-nee-nee-nee…'

'Fuck.' Een zware mannenstem, buiten adem.

'Nee-nee-nee…'

'Fuck.' Weer diezelfde man, nu opgewonden.

Een tweede man, met een nog diepere stem, zei: 'Zorg dat ze d'r bek houdt.'

'Ik doe mijn best,' zei de eerste man.

Opeens besefte Angie waar ze naar luisterde, en ze ging op haar hurken zitten.

Jo had een filmpje van twee mannen die een vrouw neukten die de hele tijd 'nee' zei.

'Uitzetten,' zei Marcus.

De eerste man. Marcus Rippy was de eerste man.

'Alsjeblieft,' zei Marcus. 'Zet uit.'

Met haar maag als een gebalde vuist luisterde Angie naar de stilte. Wat was Jo in godsnaam aan het doen? Ze was helemaal alleen. Niemand wist dat ze hier was. Ze had zojuist een spierbundel van honderd kilo een filmpje laten zien waarop hij een vrouw verkrachtte die steeds 'nee' zei.

'Heeft LaDonna dit gezien?' vroeg Marcus. Jo schudde vast haar hoofd, want hij zei: 'Mag jij even blij zijn.'

'Ik wil je geen pijn doen,' zei Jo.

Angie hoorde voetstappen in de kamer. Een gordijn werd over een roede gerukt. Stilte. Nog meer stilte. Zachtjes zette ze haar tas op de grond. Ze moest haar pistool laden. Ze moest op alles voorbereid zijn.

'Wat ga je daarmee doen?' vroeg Marcus.

Verstijfd wachtte Angie het antwoord af.

'Ik wil weg.' Jo's stem klonk breekbaar. 'Dat is alles wat ik wil. Ik wil je geen pijn doen. Ik wil niemand pijn doen.'

'Jo-jo.' Marcus zuchtte. Hij zei verder niets meer, maar bezon zich op een manier om zich hieruit te redden.

Angie probeerde zich in de positie van Marcus Rippy te verplaatsen. Hij was slim. Waarschijnlijk was hij vaker gechanteerd. Ook het motel had hij vaker gebruikt. Hij wist de beveiligingscamera's te vinden. Hij wist dat Jo op de filmbeelden stond en ook dat de manager hem herkend had.

Angie haalde haar hand van het pistool. Ze wachtte.

'Fig geeft je zijn zoon nooit mee,' zei Marcus.

'Wel als hij weet dat ik een filmpje heb waarop hij een meisje verkracht.'

Nee, sprak Angie geluidloos door de gesloten deur. Marcus stond ook op dat filmpje. Zo dom was Jo toch niet? Als je een man een filmpje liet zien waarop hij samen met je echtgenoot een vrouw aan het gangbangen was, moest je niet verwachten dat je ermee wegkwam.

'Als Fig dat ziet…' Marcus kreunde luid. 'Hij maakt je af, Jo.'

Jo antwoordde niet. Ze wist zelf maar al te goed dat haar man haar zou vermoorden.

'Wil je geld?' Marcus klonk kwaad. 'Gaat het daarom? Probeer je me te chanteren?'

'Nee.'

'Je laat me een filmpje zien waarop Fig en ik een beetje aan het geinen zijn en –'

'Dat meisje is verkracht. Ze is bijna doodgeslagen. Ze heeft het GBI een onderzoek laten –'

'Je weet dat ik daar niks kwaads mee in de zin had.' Het kostte hem hoorbaar moeite zich in te houden. 'Kom op, schat. We hadden alleen maar wat lol. Dat is alles.'

'Ze lijkt wel stoned.'

'Het is een junkie. Ze wist wat ze deed.'

Weer zweeg Jo. Angies oren deden pijn van inspanning. Het enige wat ze hoorde was haar eigen hart. Het sloeg over van angst. Het meisje op het filmpje moest Keisha Miscavage zijn. Dit ging over Wills zaak, die Angie had laten stuklopen. Ze had honderdduizenden dollars aan smeergeld betaald. Als er een filmpje van was, zat Jo op een goudmijn.

Als ze hier levend uit kwam.

'Ik wil je wel geld geven,' zei Marcus.

'Ik wil geen geld.'

'Jezus, wat wil je dan?'

'Mijn zoon.' Jo's stem haperde. 'Ik wil dat mijn moeder veilig is. Ik wil ergens een baan en op een eerlijke manier mijn eigen brood verdienen.'

'Hoe wou je dat doen zonder geld?'

Jo begon te huilen, maar Angie kon niet horen of het echte tranen waren.

'Kom op,' zei Marcus.

'Als jij nou met Reuben gaat praten. Zeg maar dat hij uit het team wordt gezet als hij me niet laat gaan.' Bij het laatste woord brak Jo's stem. 'Alsjeblieft, Marcus. We hebben een verleden samen. Wat wij hebben is liefde. Dat weet ik. Ik probeer echt geen misbruik van je te maken of van je te profiteren. Ik vraag het je uit vriendschap. Ik heb je vriendschap nodig.'

Stilte.

'Marcus...'

'Je weet dat ik daar niet over ga.'

Angie wachtte tot de jonge vrouw uit de Starbucks zich liet horen, zou zeggen dat hij een zak was, dat hij Marcus Fucking Rippy was en dat hij kon doen wat hij wilde.

Jo zei niets.

'Kom nou,' zei Marcus. 'Ga eens zitten, schat. Dan kunnen we erover praten.'

Angie hoorde de beddenveren doorbuigen.

Shit. Straks verkrachtte hij haar nog. Op de beveiligingsbeelden ging Jo uit vrije wil het motel binnen. Marcus kon het op bedrog gooien. Hij kon dreigen dat hij het aan Reuben Figaroa ging vertellen en dat Jo dan alleen maar dieper in de ellende kwam te zitten.

'Het enige wat je op dat filmpje ziet, is dat ik wat aan het geinen ben,' zei Marcus.

'Ik heb het eind gezien. Ze smeekte om haar moeder.'

Marcus reageerde niet.

'Ik heb het haar horen zeggen, Marcus. Mama.'

'Het is niet wat je denkt.' Zijn stem had nu iets scherps, en Angie hoopte vurig dat haar dochter het ook had opgepikt.

'Marcus...'

'Ik kwam niet eens klaar, weet je dat? Ik had te veel drank op. Het was een gekkenhuis die avond. Ik ben gewoon weggegaan. Wat er daarna is gebeurd, daar heb ik niks mee te maken.'

Jo reageerde niet.

'Is dit de enige kopie?' wilde hij weten.

Angie verstrakte. In gedachten dwong ze de woorden in Jo's mond: *Ik heb meer kopieën gemaakt. Eentje heb ik naar een vriendin gestuurd. Als er iets met me gebeurt, gaat die naar de politie.*

'De enige andere kopie staat op de laptop bij ons thuis,' zei Jo.

Kut.

‘Op Reubens laptop,’ zei Jo. ‘Die laat hij altijd in de keuken staan. Hij wilde dat ik het zag.’

Marcus mompelde iets wat Angie niet verstond. Of misschien werd ze even afgeleid. In haar auto lag de iPad met de konijnenoren, waarop een kopie stond van elk bestand op de keukenlaptop. Waarom had ze daar niet eerder naar gekeken?

‘Het boeit Reuben niet wat ik zie, want hij weet dat ik te bang ben om er iets mee te doen.’ Jo liet een treurig lachje horen. ‘En ik bén ook te bang. Ik stond doodsangsten uit telkens als ik hiernaartoe ging. Beide keren dat wij samen waren, dacht ik de hele tijd dat hij de kamer binnen zou komen en ons allebei door onze kop zou schieten.’

Marcus zei niets.

‘Ik kan nog geen kop koffie drinken zonder dat ik hem op mijn telefoon moet laten zien waar ik ben. Ik kan ’s avonds geen water drinken, want ik mag niet uit bed om naar de wc te gaan. Zonder zijn toestemming mag ik het huis niet uit. Ik mag niets eten wat hij niet eerst heeft goedgekeurd. Hij houdt de stand op de loopband bij om te zien of ik elke dag wel vijf kilometer hardloop. Hij heeft overal in huis camera’s hangen: in de slaapkamers, in de badkamers. Laatst had ik me gesneden toen ik mijn benen schoor en hij wist het al nog voor ik onder de douche vandaan kwam.’ Haar stem klonk rauw, wanhopig. ‘Ik zit vast als een dier in een kooi, Marcus.’

‘Kom op. Zo erg kan het toch niet zijn, Jo-jo. Hij houdt van je.’

‘Hij houdt zoveel van me dat het nog eens mijn dood wordt.’

‘Zo moet je niet praten.’

‘Ik ben al halfdood.’ Aan Jo’s toon te horen meende ze wat ze zei. ‘Dit filmpje is mijn enige kans om er met Anthony vandoor te gaan. Als ik niet gauw wegga, vermoordt Reuben me of maak ik er zelf een eind aan.’

‘Ah, schat, zeg dat nou niet. Zelfmoord is een zonde.’

Angie beet op haar tong om het niet uit te schreeuwen.

‘Je hebt dit alles zeker ook aan je moeder verteld?’ vroeg Marcus.

Jo antwoordde niet. Schudde ze haar hoofd?

‘Hoelang draag je dit alles al met je mee?’

‘Te lang.’

'Jo...'

Nu begon ze pas echt te huilen. Angie legde haar hand tegen de deur. Ze kon de druk van Jo's verdriet bijna voelen.

'Het begon toen ik nog studeerde,' zei ze. 'Hij sloeg me zo hard dat ik met mijn studie moest stoppen. Wist je dat?'

Van Marcus geen woord.

'Mijn kamergenote maakte er melding van en de politie werd erbij geroepen. Er was maar één manier om Reuben uit de gevangenis te houden, en dat was door met hem te trouwen. Die ring zat nog niet om mijn vinger of het was voorbij.' Ze liet hetzelfde dorre lachje van even daarvoor horen. 'Ik ben al acht jaar op weg naar mijn graf. Het enige wat ik zelf in de hand heb, is hoe snel ik erin spring.'

'Jo-jo, laten we erover praten,' zei Marcus. 'We vinden wel een oplossing.'

'Ik moet Anthony van school halen. Van Reuben moet ik bellen zodra hij in de auto zit.'

'Niet weggaan. Zo mag je niet weggaan.'

'Als ik te laat ben –'

'Je komt op tijd,' zei Marcus. 'Laten we bespreken wat je het beste kunt doen.'

'Ik weet het niet.' Jo klonk verscheurd. 'Ik kan dat filmpje aan niemand laten zien zonder jou erbij te betrekken, en dat wil ik niet, hoe afschuwelijk je je ook gedragen hebt.'

'Ik zweer het, Jo, ik zweer het op mijn kinderen, het is niet wat je denkt.'

Jo reageerde niet meteen. Ze verkeerde duidelijk in tweestrijd. Wat haar ook aan Marcus Rippy bond, het ging dieper dan LaDonna besefte.

'Ik wou dat het me raakte, dat van dat meisje. Ik wou dat ik haar recht kon doen, maar het enige wat ik zie is een uitweg voor mezelf.' Ze lachte schel. 'Wat zegt dat over mij? Wat ben ik voor iemand dat ik bereid ben het leven van een vrouw voor dat van mezelf op te offeren?'

'Je kent me, Josephine,' zei Marcus. 'Je kent me beter dan wie ook. We hebben een verleden samen, van toen ik nog een jongen was en jij mijn meisje. Zo ruig ben ik nooit geweest. Niet met jou. Niet met een ander. Je kent me toch?'

'Dat dacht ik anders niet toen ik dat filmpje zag.'

'Zo heb ik jou nooit behandeld. Toen niet en vorige maand niet. En nu ook niet, als je me wilt hebben.'

'Marcus.'

Ze zoenden. Angie herkende de geluiden. Ze schudde haar hoofd. Wat voor soort Russisch roulette was haar dochter in godsnaam aan het spelen?

'Nee.' Jo had zich kennelijk teruggetrokken. 'Ik kan het niet.'

'Speel dat filmpje nog maar eens af,' daagde hij haar uit. 'Laat maar eens zien wanneer ik die meid pijn heb gedaan.'

Angie verwachtte dat haar dochter hem erop zou wijzen dat de junkie op het filmpje zelfs in gedrogeerde toestand nee had gezegd. Maar in plaats daarvan zei Jo: 'Pak mijn telefoon maar. Trap die kapot. Ik kan je geen pijn doen. Niet op deze manier.'

Angie beet zo hard op haar tong dat ze bloed proefde.

'Wat gebeurt er als Fig belt en je niet opneemt?'

Jo antwoordde niet. Angie hoopte vurig dat haar dochter het doorzag. Marcus wist dat Fig via haar telefoon haar gangen naging. Hij wist ook dat er een kopie van het filmpje op Figs laptop stond. Als hij tegen Jo zei dat ze haar telefoon moest houden, creëerde dat vertrouwen, en er was maar één reden waarom Marcus Jo's vertrouwen wilde winnen: zodat hij haar kapot kon maken.

'Wat ben je van plan, Jo?' vroeg hij. 'Ik wil je helpen.'

'Niemand kan me helpen. Ik heb alleen mijn hart gelucht.' Angie hoorde voetstappen en concludeerde dat Jo over het tapijt liep. 'Ik moet Anthony ophalen.'

'Laat mij het probleem maar oplossen,' zei Marcus. 'Ik heb altijd voor je klaargestaan. Ik heb die leraar te grazen genomen die zijn handjes niet van je af kon houden. Gezorgd dat je ma niet over je hoefde in te zitten.' Hij zweeg even en Angie hoopte met heel haar hart dat Jo niet knikte.

'Laat mij maar een manier bedenken om Fig zo aan te pakken dat jij krijgt wat je nodig hebt.'

'Zo'n manier bestaat niet, Marcus. Niet zonder jou pijn te doen, en dat wil ik niet.'

'Dat waardeer ik, maar je verdient beter.' Weer zweeg hij even. 'La D geeft zondag een feestje. Fig heeft al gezegd dat jullie ook komen.'

'God, nee, geen feestje, dat kan ik niet aan.'

'Je moet wel je gezicht laten zien, schat. Zodat hij denkt dat alles prima in orde is.'

'En wat dan?'

'Geef me de tijd om een plan uit te werken. Ik vind wel een oplossing, en ik zal voor je zorgen, zelfs als dat betekent dat ik Anthony en jou in een van mijn huizen laat wonen en een bewaker voor de deur zet zodat jij hier in alle rust over na kunt denken.'

'O, Marcus.' Het klonk hartverscheurend hoopvol. 'Wil je dat echt doen? Kun je dat?'

'Geef me de tijd,' zei hij. 'Ik moet er eens over gaan nadenken, uitvinden wat het beste is.'

'Dank je!' Het klonk bijna euforisch. 'Marcus, dank je!'

Weer werd er gezoend.

En weer was Jo degene die zich er het eerst uit losmaakte. 'Nu moet ik echt Anthony halen. Bedankt, Marcus. Bedankt.'

De deur klikte open en weer dicht toen Jo de kamer uit liep.

Angie hoorde haar zachte voetstappen op de gang.

'Shiiiit,' fluisterde Marcus in de aangrenzende kamer. De matras kraakte. Er klonken tien piepjes toen hij een nummer intoetste.

Marcus Rippy mocht dan over de situatie nadenken, Angie wist precies wie hij ging bellen om de zaak te fiksen.

'Kip,' zei Marcus. 'We hebben een allejezus groot probleem.'

Woensdag, 15.18 uur

Angie steeg met de lift naar de zesentwintigste verdieping van het kantoorcomplex Tower Place. Niet naar de zevenentwintigste of achtentwintigste verdieping, waar 110 was gevestigd, maar één verdieping lager, waar ze nog nooit was geweest. Dale had haar een berichtje gestuurd met het verzoek hem daar te ontmoeten. Ze moest zo snel mogelijk komen.

Van paranoia gingen haar nekharen overeind staan toen ze de verlichte nummers van de verdiepingen zag verspringen. Was Dale erachter gekomen dat Angie aan Jo's kant stond? Hij bezat een bizar zesde zintuig, vooral waar het Angie betrof. Van verrassingen hield ze niet. Ze klemde haar tas tegen zich aan. Eigenlijk had ze haar pistool moeten laden. Dit voelde niet goed. Ze kon geen enkele reden bedenken waarom Dale op een andere verdieping met haar wilde afspreken.

Geen goede reden in elk geval.

De liftdeuren schoven open. Even aarzelde Angie voor ze uitstapte. De verdieping was nog in aanbouw. Lampen bungelden aan kabels. Door de stapels bouwmaterialen en verfemmers leek het net een doolhof. De lucht aan de andere kant van de ramen was blauw. Binnen was het dreigend en vol schaduw.

Als Angie iemand wilde vermoorden, kon ze zich geen betere plek voorstellen.

Ze liep wat rond, zich een weg banend tussen stapels verfbussen en verrijdbare steigers. Ze dacht aan de iPad met de konijnenoren, waarop de hele inhoud van Reuben Figaroa's keukenlaptop was gedownload. Angie had geen tijd gehad het filmpje op te zoeken dat Jo aan Marcus Rippy had laten zien. Marcus had Kip ongetwijfeld over de back-up verteld, en ze vermoedde dat Kip wel een manier bedacht om het apparaat leeg te maken. Of de inhoud van de iPad dan ook verdween, wist ze niet. Ze kon Sam Vera niet om hulp vragen. Hij hoorde bij Dale, net als zo ongeveer iedereen die ze kende. Het enige wat ze uiteindelijk kon verzinnen was de antennes eraf rukken, het ding uitzetten en het in een kluis in OneTown Suites achterlaten.

Voor die vijfduizend dollar hoopte ze vurig dat de manager inderdaad wist hoe hij met smeergeld moest omgaan.

'Vooruitgang,' zei Dale.

Angies hart stond bijna stil. 'Ik schrik me dood.'

Kennelijk vond Dale dat wel leuk. 'Kip is boven, met Rippy.'

'Waarom zijn wij dan hier beneden?'

'Omdat hier geen bewakingscamera's zijn.'

Angie slikte het stof in haar keel weg. Ze dwong zichzelf ontspannen op hem af te stappen, alsof ze niets te verbergen had. 'Waarom moet het zo geheimzinnig?'

'Er is iets met Rippy. Meer weet ik niet.'

Angie haalde al iets rustiger adem. Natuurlijk, daarom waren ze hier. Ze had Marcus gehoord toen hij Kip belde over het probleem. Ze had kunnen weten dat Kip Dale zou inschakelen en dat die op zijn beurt haar erbij zou halen.

Ze keek de ruimte rond en deed alsof ze niet allang alle uitgangen en schuilplekken in kaart had gebracht. 'Wat gebeurt hier?'

'Vooruitgang,' herhaalde Dale. '110 breidt uit. Nu die All-Stardeal doorgaat, komt er een heel team om het project te promoten en te zorgen dat de spelers in de schijnwerpers staan, zonder een smet op hun blazoen. Laslo krijgt de leiding.'

Angie knikte, want dat leek logisch. Sportmanagement was niet alleen onderhandelen over contracten. Elk aspect van het leven van de spelers werd geregisseerd.

'Heb je nog iets van Denny gehoord?'

Angie had helemaal niet meer aan Dales problemen met zijn bookie gedacht. Ze keek op haar telefoon. Drie uur geleden had Denny haar bericht beantwoord. Ze scrolde door een lange uiteenzetting over alle problemen die hij kreeg als hij elke hoer op Cheshire Bridge liet inrekenen, tot ze bij het gedeelte aankwam dat er echt toe deed. 'Hij schrijft dat het vanavond gaat gebeuren.'

'Mooi,' zei Dale. 'Ik heb alle documenten voor het trustfonds aan de advocaat gegeven. Nu is het officieel.'

'Heb je het al aan Delilah verteld?'

Hij schudde zijn hoofd. 'Dat moet jij maar doen.'

Het laatste waar Angie op zat te wachten was een junk vertellen dat ze op een goudmijn was gestuit. Maar misschien loog hij wel, gewoon omdat hij dat leuk vond. Dale deed niets liever dan fucken met anderen. 'Hoe kan ik contact met haar opnemen?' vroeg ze. 'Woont ze bij jou?'

'Ze zit nu in het oude huis van haar moeder. Zodra ik er niet meer ben, haalt Kip mijn huis in de Mesa leeg, wedden?' Hij hoestte in zijn hand. 'Als jij die klus moet klaren, ga dan niet de zolder op. Daar liggen alleen wat oude papieren. Wat oude zaken en zo.'

Angie was niet van plan ook maar in de buurt van Dales huis te komen. 'Oké.'

'En blijf ook maar weg uit de badkamer. Om andere redenen.'

De liftbel klonk. Kip en Marcus spraken op gedempte toon met elkaar, maar zwegen toen ze Angie en Dale zagen. Ze probeerde de gedachte aan Jo te verdringen, aan hoe hoopvol ze had geklonken toen Marcus zei dat hij haar en Anthony in een van zijn huizen zou laten wonen, met een gewapende bewaker als bescherming tegen Reuben Figaroa, mocht het nodig zijn.

De enige die Marcus Rippy wilde beschermen, was zichzelf.

'Waar is Laslo?' vroeg Dale.

'Niet hier,' zei Kip. Tegen Marcus zei hij: 'Ga maar weer naar boven, maat. Ik handel dit wel af.'

Marcus schudde zijn hoofd. 'Dit is anders dan de vorige keren, man. Ik wil niet dat je haar iets aandoet.'

Angie bestudeerde het gezicht van Marcus Rippy. Hij leek in tweestrijd te verkeren, wat ergens begrijpelijk was als je niet wist hoe dit ging aflopen. Het grootste deel van haar werkende leven had Angie mensen ertoe overgehaald dingen te doen waarvan ze wisten dat ze fout waren, of het nu om een verdachte ging die zijn maat erbij lapte of om het omkopen van een getuige voorafgaand aan een proces. Zonder uitzondering bleek iedereen een zwakke plek te hebben, die bestond uit een combinatie van zelfbehoud en geld.

'En wie mogen we niks aandoen?' vroeg Dale.

Weer bood Kip Marcus de kans om te vertrekken. Toen hij dat niet deed, zei Kip: 'Jo Figaroa heeft een filmpje.'

'Waarvan?' wilde Dale weten.

'Gaat je geen reet aan,' zei Marcus.

Dale wierp een blik op Angie, die zo onbewogen mogelijk probeerde te kijken.

'Het doet er niet toe wat er op dat filmpje staat.' Kip sloeg zijn armen over elkaar. Angie besefte dat dit een van de zeldzame keren was dat ze hem zonder een flesje Bankshot of een basketbal zag. 'Jo heeft dat filmpje op haar telefoon,' zei hij. 'Meer hoef je niet te weten.'

'Zijn er kopieën?' vroeg Angie.

'Daar wordt al aan gewerkt.'

Dat verklaarde Laslo's afwezigheid. Kip had hem op de laptop afgestuurd voor Jo met Anthony van school thuiskwam.

'Ik weet van een computer...' zei Dale.

Kip onderbrak hem. 'De kopie staat niet op een computer. Dat heeft Laslo al geregeld. Einde discussie.'

Angie liet de leugen bezinken. Marcus had Kip vast al verteld dat het belastende filmpje van Reubens laptop kwam. Het eerste wat de agent ongetwijfeld had gevraagd was of er kopieën waren. Kip hield zoveel mogelijk informatie voor Dale en Angie achter, wat in Angies voordeel was. Dale wist dat de laptop gekloond was op de iPad. Kennelijk wist Kip dit niet.

'Ik wil wel een junk inhuren die de iPhone rechtstreeks uit haar hand jat,' zei Angie. 'Probleem opgelost.'

'Jullie mogen haar telefoon niet afpakken.' Marcus' stem klonk schril. Hij dacht aan Jo, dat ze Reuben steeds moest laten weten waar ze was. Op het eerste gezicht was dat te prijzen, maar als hij zich echt zorgen maakte om Jo, zouden ze hier geen van allen zijn.

'Het gaat niet alleen om dat filmpje,' zei Kip. 'Het gaat erom dat Jo het gezien heeft. We kunnen er niet van op aan dat ze haar mond niet voorbijpraat. Ze zal zich moeten leren gedragen.'

'Tijd om de bijl te pakken?' vroeg Dale.

Angie voelde haar maag samenkrimpen.

'Nee!' Marcus klonk geschrokken. 'Jullie mogen haar geen pijn doen. Geen fysieke pijn.'

'Het is maar bij wijze van spreken. We doen haar echt geen pijn,' zei Kip. 'We hebben een alternatief plan.'

'Een alternatief plan?' herhaalde Marcus. 'Hoe hebben jullie dat zo snel bedacht? Met wie heb je over mijn zaken gepraat?'

'Wij zijn je team, Marcus,' legde Kip uit. 'We weten al een tijdje dat Jo weleens een probleem zou kunnen worden.'

Angie verwachtte dat iemand zou zeggen dat Reuben Figaroa het probleem was. Toen dat niet gebeurde, vroeg ze: 'Hoe zit het met haar man?'

'Fig mag hier niks van weten. Wanneer komt hij thuis?' vroeg Marcus aan Kip.

'Hij mag morgenavond pas vliegen.' Kip stak beide handen omhoog, als een verkeersagent die een naderende bus probeert tegen te houden. 'En ik snap het: Fig mag niets van dat filmpje weten en ook niet dat Jo weleens met je afspreekt. Echt, Marcus, ik weet hoe opvliegend Fig is. We willen niet dat hij voor moord wordt aangeklaagd nu we over minder dan twee weken de grootste jackpot van ons leven binnenhalen.'

Marcus knikte bedachtzaam, ogenschijnlijk somber omdat geld boven alles ging. Angie was de enige van de aanwezigen die de ruilhandel niet accepteerde. Jo's leven was meer waard dan een basketbalwedstrijd of het zoveelste opgehemelde winkelcentrum.

'Hoe ziet jullie alternatieve plan eruit?' wilde Marcus weten.

'Jo is ooit gearresteerd met een stapeltje recepten in haar auto,' zei Dale.

'Toen ze nog op school zat?' Marcus schudde zijn hoofd. Hij speelde weer eens voor Jo's redder. 'Nee, man, die waren voor mij. Ik had een rugblessure, maar ik moest blijven spelen. Jo heeft toen de schuld op zich genomen. Ze wist dat ze niet hard zou worden aangepakt.'

Angie dacht aan Jo, die zich opofferde voor Rippy. Was dat haar dochter, iemand die altijd voor een vent door de knieën ging?

'De arrestatiegegevens zijn er nog,' zei Kip. 'Daar kunnen we gebruik van maken.'

'Hoe dan?'

'Ik leg wel wat Oxy in haar auto,' zei Dale. 'Dan bel ik een maat van me en dan gaat ze een paar dagen de cel in. Heeft ze even de tijd om over haar problemen na te denken.'

'Hm, nee.' Marcus schudde zijn hoofd. 'Jullie mogen Jo niet laten opsluiten. Dat vind ik niet goed. Je werkt voor mij, man. Jullie allemaal, jullie werken voor mij, en ik zeg nee.'

In elke andere situatie zou Angie Rippy in zijn gezicht hebben uitgelachen. Hij had zichzelf wijsgemaakt dat hij een goed mens was, maar toevallig in het nauw zat. Het liefst keek ze nu even op haar horloge om te timen hoelang het duurde voor hij overstag ging. In het gunstigste geval drie minuten.

'Marcus.' Kip slaakte een diepe zucht en deed alsof hij het ook een vreselijk dilemma vond waar hij evenmin zin in had. 'Ik wil Jo ook niet in de cel zien. Maar dit is een ernstige zaak. We moeten een manier bedenken om Jo op haar nummer te zetten zonder dat Fig iets doorheeft. En daarvoor is een bijl nodig, geen hamer.'

'Jezus, wat bedoel je daar nou weer mee?'

Dale zei: 'Daar bedoelt-ie mee dat ze moet snappen dat dit een bedrijf is.'

Kip nam het weer over. 'De komende tien dagen spant het erom, voor ons allemaal. Jullie hebben gezien wat de investeerders deden toen die ellende rond Keisha Miscavage speelde. Wat denk je dat er gaat gebeuren als Fig en jij in een nieuw schandaal verwikkeld raken? Het gaat niet alleen om Jo die jouw carrière, je privéleven en je gezin naar de klote helpt. Dit kan het hele project naar de klote helpen.' Hulpeloos haalde hij zijn schouders op. 'Als iemand zoveel macht heeft, snoer je haar niet alleen de mond. Je schakelt haar uit.'

Marcus schudde zijn hoofd, maar Angie zag dat hij bijna om was. 'Dat klopt van geen kant, man. Ze kwam me om hulp vragen.'

Kip schonk Dale een vertwijfelde blik. Omdat Angie geen zin had dezelfde blik toegeworpen te krijgen, keek ze de andere kant op. Als Jo een paar dagen in de bak doorbracht, was dat helemaal niet zo slecht. Dan was ze veilig voor Fig. Binnen twee dagen kon Angie een plan bedenken. Als ze de juiste ballen in de lucht hield, zat Jo zondagochtend in een vliegtuig naar de Bahama's in plaats van te worden weggesluisd naar een afkickkliniek.

'Marcus, vertel eens wat onze andere opties zijn,' zei Kip. 'We zijn hier niet in Chicago. We kunnen niet een paar armen uit de kom draaien en wat geld rondstrooien. Als het Jo één keer lukt jou te chanteren, probeert ze het nog eens. En reken maar dat er naar haar geluisterd wordt, vriend. Wil je dat die shit voor op de de Rolling Stone komt? Of erger nog, dat ze naar LaDonna gaat met een of ander bullshitverhaal over filmpje dit en filmpje dat?'

Marcus deinsde terug toen de naam van zijn vrouw viel. 'Die gaat LaDonna er echt niet bijslepen.'

'Zeker weten?'

Marcus leek niets meer zeker te weten.

Kip zag een opening. 'Niemand weet wat Jo verder nog van plan is. We moeten haar aan haar verstand brengen dat de macht niet bij haar ligt. Niet dat ik het een prettig vooruitzicht vind om haar op haar nummer te zetten.' Weer dat hulpeloze schoudergebaar. 'Maar als we haar gewoon even de stuipen op het lijf jagen, haar een paar dagen in een cel van anderhalf bij drie opsluiten waar ze hondenvoer te eten krijgt en de klok ziet tikken zonder te weten wanneer die stopt?' Weer haalde Kip zijn schouders op. 'Zo kunnen we het het beste aanpakken, Marcus. Dat weet jij ook.'

'Wat denk je dat Fig gaat doen als hij morgenavond thuiskomt en ontdekt dat zijn vrouw in de cel zit?' vroeg Marcus.

'Ik weet hoe ik Fig moet aanpakken.'

'Bull. Shit.' Marcus spuugde de woorden uit. 'Niemand weet hoe hij Fig moet aanpakken. Als die gast kwaad wordt, is hij compleet gestoord. Wat dacht je: Jo in de bak? Hij slaat haar het ziekenhuis niet in. Hij mept haar rechtstreeks d'r graf in.'

‘Hij krijgt een kniebrace,’ zei Kip. ‘Volgens de dokter kan hij de eerste week zijn knie niet buigen.’

Angie kon zien dat Marcus een sprookje probeerde te verzinnen waarin Jo veilig was. ‘Wat heeft de dokter nog meer over Fig gezegd?’ vroeg hij.

‘Een maand met die brace en dan een maand fysiotherapie. Hij heeft nog minstens vijf speeljaren voor de boeg. Maar waar het om gaat: dit weekend hoef je je nergens druk om te maken. Als Jo bij Fig weg wil wanneer hij terugkomt uit Texas, hoeft ze alleen maar wat harder te lopen.’

Angie betwijfelde of Jo überhaupt tot lopen in staat was zonder Anthony aan haar zij. Ze klampte zich aan een strohalm vast. ‘Stuur haar naar een afkickkliniek. Dat maakt een goede indruk op de rechter, en ze is een maand bij Fig weg. Tegen die tijd hebben wij de start van de bouw achter de rug. Bovendien is Jo ermee geholpen.’

‘Hoe is Jo daarmee geholpen?’ vroeg Marcus.

Angie was niet van plan het hem al te gemakkelijk te maken. ‘In de kliniek wordt ze niet in elkaar geslagen. Dat gebeurt pas als ze er weer uit komt.’

‘Afkicken betekent therapie,’ zei Dale. ‘Stel dat zo’n psych haar tegen Fig opzet?’

‘Met “stel dat” schieten we niks op,’ zei Kip, ook al berustte hun hele plan daarop. ‘Hoor eens,’ zei hij tegen Marcus. ‘Ik mag Jo ook graag, maar met zo’n arrestatie wordt ze een stuk minder geloofwaardig, toch? Niemand luistert naar een junk. Vraag maar aan Keisha Miscavage. Bovendien weet jij ook dat Jo niet bij Fig weggaat. Dat heeft ze al minstens vijf keer geprobeerd, en dat zijn alleen nog maar de keren waarvan wij weten.’

‘Ik weet het niet, hoor.’ Marcus was overtuigd, dat was duidelijk, maar hij deed alsof hij nog iets verder over de streep moest worden getrokken.

‘Het is nog maar de vraag of ik genoeg krediet heb om haar tot na zondag in de bak te houden,’ zei Dale. ‘Zaterdag wordt al moeilijk.’

‘La D geeft zondagavond een feestje voor het team,’ zei Marcus. ‘Zelfs al kon Fig normaal lopen, dan slaat hij haar echt niet vóór het feest bont en blauw. Moet hij veel te veel vragen beantwoorden.’

Dale zei. ‘Dus we laten haar twee dagen in de cel zitten, dan zorgen we dat ze zondag dat feest goed doorkomt, en de volgende ochtend brengen we haar naar de kliniek.'

Marcus krabde over zijn kin. Hij ging het ze niet al te gemakkelijk maken.

'Reken maar dat de roddelpers zich erop stort,' zei Kip. 'Je weet dat Fig de pest heeft aan de pers. Die gaat zich voorbeeldig gedragen. Hij is zo gestoord als de neten, maar dom is hij niet. Het is nu anders dan vijf jaar geleden. Als je gefilmd wordt terwijl je een vrouw in elkaar slaat, is je carrière voorbij.'

Daar had Marcus niets tegen in te brengen. 'Maar de cel... ik weet het niet. Jo is gevoelig. Daar is ze het type niet voor.'

'Zoveel stelt het echt niet voor. Zie het maar als een soort kuuroord.' Opeens kreeg Kip een idee, en zijn ogen schitterden. 'Het zou weleens in Jo's voordeel kunnen werken. Wij zorgen dat het in de publiciteit komt. De pers maakt er een mooi verhaal van: Jo die afkickt, die clean wordt voor haar zoontje, zeg het maar. Ze krijgt een fotoshoot, haar haar wordt gedaan, ze wordt mooi opgemaakt. Vindt ze vast geweldig.'

'Nee, echt niet,' zei Marcus. 'Jo vindt het vreselijk om gefotografeerd te worden. Ze wil nooit in het middelpunt staan.'

'Nog beter,' zei Kip. 'Dan doet ze het omdat ze geen keuze heeft. Goeie pers voor Reuben. Goeie pers voor het team.'

Nu keek Marcus pas echt bezorgd. 'Ik zie Fig nog wel een paar dagen wachten vanwege zijn knie, maar daarna? Die gast is zwaarbewapend. Hij heeft een AK achter zijn voordeur staan.'

'Hij heeft al jaren wapens, maar die heeft hij nog niet één keer gebruikt.' Kennelijk dacht Kip dat dit garandeerde dat hij er nooit wat mee deed. 'Jo overkomt niks.'

'Ik zorg dat ze in de bak goed behandeld wordt,' zei Dale. 'Ze krijgt een eigen cel. Ze gaat de isoleer in. Geen van de andere bajesklanten komt met haar in contact. Ik ken een meid die daar al een eeuwigheid werkt. Die weet hoe ze vrouwen moet beschermen.'

Marcus staarde hem aan. 'En wie ben jij in godsnaam?'

'Hij is onze tussenpersoon,' zei Kip. 'Hij regelt dingen.'

'Hij lijkt godverdomme wel een lijk.' Marcus snoof. 'Jezus, man, trek eens een schone slip aan. Je stinkt naar pis.'

'Hij heeft vijfentwintig jaar bij de politie gewerkt,' zei Angie. 'Hij weet hoe het systeem werkt. Als hij zegt dat hij voor Jo's veiligheid instaat wanneer ze in de bak zit, dan kun je daarvan op aan.'

Marcus keek naar Angie alsof hij haar nu pas opmerkte. Zijn blik ging langs haar benen omhoog, volgde de welving van haar taille tot aan haar borsten. Ondanks haar leeftijd wist ze dat ze zijn type was.

Dat probeerde ze uit te spelen. In haar hoofd begon zich een plan af te tekenen, al was het alleen maar om wat tijd voor Jo te winnen. 'Op donderdag gaat Jo altijd naar de supermarkt. Morgen dus. Dan kunnen we de pillen in haar auto leggen en ervoor zorgen dat haar zoontje niet bij haar is. Ze gaat de cel in en is twee dagen veilig. Marcus, jij zorgt ervoor dat haar tijdens dat feestje niks overkomt. Maandagochtend gaat ze naar de kliniek, en zo winnen wij een hele maand. Ondertussen start de bouw van het All-Star Complex. De pers gedraagt zich. Win-win voor iedereen.'

Marcus kauwde op de zijkant van zijn lip. Eindelijk draaide hij bij. 'En haar zoontje?'

'Jo mag één telefoontje plegen,' zei Angie. 'Dan vraagt ze haar moeder of die Anthony uit school haalt en op hem past tot Fig thuiskomt.' Haar mond was zo droog, dat ze nauwelijks voldoende speeksel aanmaakte om te kunnen praten. In theorie zag het plan er goed uit, maar het was zo riskant als de hel, vooral omdat alles afhing van de vraag of een man die aan explosieve driftbuien leed zichzelf in de hand kon houden. Tegen Kip en Marcus zei ze: 'Jullie moeten Fig aan zijn verstand brengen dat Jo er goed uit moet zien voor de camera's. Eén blauwe plek of ze loopt een beetje mank, en een of andere gek met een blog maakt het wereldkundig. Als Fig inderdaad zo de pest aan de persjongens heeft, zeg dan dat ze Jo scherp in de gaten zullen houden, vooral nadat ze uit de cel komt.'

'Dat gaat werken,' zei Kip. 'Twee dagen in de cel. Een maand in de kliniek. Jo ziet hoe makkelijk wij haar leven op zijn kop kunnen zetten. Tegen de tijd dat ze weer buiten staat, is Fig afgekoeld. Jullie weten dat hij snel weer uitgeraasd is als je hem de tijd geeft.'

Nu knikte Marcus. 'Wordt die gast misschien eens wakker, gaat hij beseffen dat ze misschien pillen slikt omdat ze zijn gedrag niet meer aankan.'

Angie beet op haar lip om hem niet op zijn bullshit te pakken.

'Oké, mooi.' Kip wendde zich tot Dale. 'Dat filmpje op haar telefoon kan gewist worden wanneer Jo in de cel zit, toch? Foutje van het bevoegd gezag, blablabla.'

'Ik heb een mannetje dat dat op afstand doet,' zei Dale.

'Mooi,' herhaalde Kip. 'Dus Dale doet de Oxy. Ik laat een van Ditmars mensen Jo door de aanklacht loodsen, en dan zeg ik erbij dat ze geen herrie moeten schoppen als ze tot zaterdag wordt vastgehouden.'

'Nee, man, laat haar de Oxy doen.' Marcus knikte naar Angie. 'Die gast ziet eruit alsof hij dood neervalt voor ik hier de kamer uit ben.'

Dale vertrok zijn lippen tot een strakke witte streep. Hij mocht dan doodgaan, zijn trots was nog intact.

'Oké. Afgesproken. Wegwezen.' Tegen Marcus zei Kip: 'Kom, we gaan naar boven. Ik moet nog wat laatste details met je doorspreken over die eerste spade.'

Na een laatste blik op Angie liet Marcus zich meevoeren naar de lift.

Dale wachtte tot ze verdwenen waren. 'Vieze vuile klootzak.' Hij schopte een ladder omver. 'Wie heeft ervoor gezorgd dat die verkrachtingszaak stukliep, nou? En die twee andere keren, toen hij niet eens aangeklaagd werd?' Weer schopte hij tegen de ladder. 'Ik heb godverdomme bloed aan mijn handen zodat die eikel met een basketbal kan blijven dribbelen.'

Angie dacht eindelijk te weten hoe Dale aan het geld voor het trustfonds was gekomen.

'Zie ik er echt uit als een lijk?' vroeg hij.

'Je ziet er wat grieperig uit,' loog ze. 'Je kunt altijd weer aan de dialyse gaan.'

Dale zocht steun bij de muur. Die paar schoppen tegen de ladder hadden hem uitgeput. 'Zeker weer vier uur per dag, drie dagen per week in die gore ziekenhuiszaal zitten waar iedereen het over de nieuwe nier heeft die ze binnenkort krijgen.'

Angie kon zijn jankverhaal niet langer aanhoren. Ze moest een manier bedenken om Jo te helpen. 'Ik moet ervandoor.'

'Wacht even. Waar is de iPad? Dat gekloonde ding? Ik vertrouw die shit niet, dat er geen kopie op de laptop zou staan.'

'Ik heb geen filmpjes gezien. Alleen wat foto's, mailtjes van en naar haar moeder.'

Dale keek haar onderzoekend aan, alsof hij het niet vertrouwde.

Angie sloeg haar blik ten hemel. 'Ik sla dat ding wel met een hamer aan diggelen. Probleem opgelost.'

'Prima. Zolang je de stukken maar aan mij geeft.'

Shit, nu moest ze dus een nieuwe iPad kopen en die kapotslaan. 'Verder nog iets, majesteit?'

'Je weet dat de cel en dat afkicken maar tijdelijk zijn.' Dale trok zijn wenkbrauwen op. 'Kip is paranoïde, Marcus is als de dood voor LaDonna. Denk je dat ze daarvan genezen zijn als Jo over een maand uit het Junkiehotel komt?'

'Wat wil je daarmee zeggen?'

'Ik heb dit baantje voor je geregeld. Als je het wilt houden, moet je het van me overnemen.'

'En zeker ook bloed aan mijn handen krijgen?'

'Laat dat toneelstukje maar zitten, Lady Macbeth.' Dale liet zijn gele tanden zien. 'Ik zweer het: ook al houdt Jo haar mond, die gasten worden paranoïde. Die gaan wakker liggen. Die gaan zich zorgen maken over wat Jo allemaal gaat vertellen. Uiteindelijk komen ze naar jou toe om een permanente oplossing voor het probleem te bedenken.'

'Wat bedoel je daar nou weer mee?'

'Dat weet je best.'

Angie wist het inderdaad. Hij verwachtte dat Kip haar zou inhuren om Jo te vermoorden, wat voor haar het bewijs was dat Kip Dale in het verleden als huurmoordenaar had ingeschakeld. Ze hoopte met heel haar hart dat hij daar meer geld voor had gekregen dan die luizige tweeënhalve ton die hij Delilah naliet.

'Goed naar oom Dale luisteren,' zei hij. 'Zorg dat het er als zelfmoord uitziet. Ze heeft een drugsprobleem. Van de cel en de afkickkliniek wordt iedereen depressief. Wat pillen, wat drank, een bad met de kraan open, ze zakt erin weg en verzuipt vredig in haar slaap.'

Angie wilde haar hoofd al schudden toen ze bedacht dat Dale nooit achter de waarheid zou komen. 'Bedankt voor het advies, oom Dale.'

'Wacht.' Hij hield haar tegen. 'Toch vreemd dat je weet dat Jo op donderdag naar de supermarkt gaat. En helemaal omdat je haar pas sinds deze week volgt.'

'Ik heb eens wat rondgevraagd. Jij bent niet de enige die rechercheurtje kan spelen.'

'Da's waar.'

'Is dat alles?' Weer wilde Angie weglopen, maar nu greep hij haar arm.

'Hier, die heb je morgen nodig.' Dale stak zijn hand in zijn zak. Hij haalde een ziplockzakje tevoorschijn met een stuk of tien groene pillen. Oxycontin, 80 milligram. Genoeg om Jo de cel in te krijgen, maar te weinig voor een aanklacht wegens dealen.

'Ik weet dat jij liever Vicodin hebt,' voegde hij eraan toe. Weer die gele tanden onder zijn vochtige lippen. 'Misschien iets te graag.'

'En hoe heb jij je nieren naar de klote geholpen? Met regenbogen en zonnestralen?' zei Angie. Hij moest niet denken dat hij haar verslaving tegen haar kon gebruiken. Dale had er in de loop der jaren genoeg coke doorheen gejast om de Alpen mee te bestuiven. 'Ik weet tenminste nog wanneer ik moet stoppen.'

'Hebben de dokters dat gat in je maag nog dicht gekregen?' vroeg Dale met een zelfingenomen kop. 'Kwam toch van dat laagje om de pillen? Vreet dat niet dwars door je maagwand?'

Angie griste het zakje Oxy uit zijn hand. 'Ga douchen, Dale. Marcus had gelijk. Je stinkt naar pis.'

'Waarom lik je het niet af?'

Angie liep weg, maar ze hoorde hem nog lachen.

Donderdag, 10.22 uur

Op zoek naar Jo duwde Angie een lege winkelkar door de Kroger. Het was te schoon in de supermarkt. Het neonlicht deed pijn aan haar ogen. Alles was genadeloos netjes. De laatste keer dat ze in een echte supermarkt was geweest, was met Will. Het huishouden was zijn enige fetisj. Hij kocht groot in, altijd dezelfde merken met dezelfde logo's, omdat hij te dom was om te lezen over nieuwere of betere producten. Angie haatte huishoudelijke aangelegenheden. Het hele gedoe had haar al snel verveeld, dus had ze stiekem rotzooi in zijn kar gestopt: limonade, perziksorbet, een ander merk boter, en meer dan eens was hij vijf minuten later ontploft alsof hij de robot uit Lost in Space was.

Waarschijnlijk deed Sara nu al zijn boodschappen. Ze streek zijn overhemden. Kookte zijn eten. Stopte hem 's avonds in bed. Verschoonde zijn luier.

Angie duwde haar kar langs de delicatessen, en opeens zag ze haar dochter op de versafdeling. Jo had een perzik in haar hand en voelde of hij al zacht was. Ze had een afwezige blik in haar ogen. Misschien dacht ze na over haar plannen om aan haar man te ontsnappen. Daarom had Jo dat filmpje aan Marcus laten zien. Ze dacht dat hij voor haar zou zorgen, dat hij alle ellende zou laten verdwijnen. Maar ze begreep niet dat Marcus Rippy geen enkel onderdeel van zijn leven op het spel zou zetten om Jo te helpen.

En als hij het al wilde, zou Kip het niet toestaan.

Het filmpje was hun enige pressiemiddel. Vóór de politie Jo oppakte, moest Angie het bestand op haar telefoon kopiëren. Ze vertrouwde de back-up-iPad niet, ook al was die uitgeschakeld en veilig opgeborgen in een motelkluis. Sam Vera verstond zijn vak veel te goed, en Angie was niet bereid met Jo's leven te gokken.

Dale kon de toekomst niet voorspellen, maar hij begreep hoe dit soort dingen in hun werk gingen. Jo was een onzekere factor. Mensen hadden een hekel aan onzekerheid, vooral als het om geld ging. Het was slechts een kwestie van tijd voor Marcus paranoïde werd en Kip wanhopig. Laslo had in Boston een man doodgestoken. Ze wist van andere smerige klussen hier in Atlanta. Het was zijn taak de treinen op tijd te laten rijden. Angie zag hem zonder enige scrupules Jo uit de weg ruimen. Wat betekende dat de tijd drong als haar dochter moest kunnen ontsnappen.

'Laat me mijn moeder bellen.'

Angies maag draaide zich om. Jo sprak tegen haar. Ze stond op drie meter afstand. Ze had een perzik in haar hand. Haar stem was nauwelijks verstaanbaar.

'Mijn zoontje zit nog op school,' zei Jo. 'Laat me mijn moeder bellen voor je me meeneemt.'

Angie keek om zich heen. Niemand kon hen horen. 'Wat ben je –'

'Ik weet dat Reuben me door jou laat volgen.' Jo legde de perzik weg. 'Ik heb je bij de Starbucks gezien. Vorige maand was je bij de school van mijn zoontje.'

'Het is niet wat je denkt.'

Jo probeerde de angst uit haar stem te bannen, maar haar nekspieren stonden strak van de spanning. 'Ik kom niet vrijwillig mee tenzij je me iets voor mijn zoontje laat regelen.' Haar zelfbeheersing liet het afweten. Ze was doodsbang. 'Alsjeblieft. Het is ook Reubens zoontje.'

Er ging een steek door Angies borst, een fysieke reactie op de hulpeloosheid waaraan haar dochter ten prooi was gevallen. 'Ik ben niet door je man gestuurd. Ik ben hier om je te helpen ontsnappen.'

Jo lachte.

'Ik meen het.'

'Rot op, mens. Verdoe mijn tijd niet.' Ze duwde haar kar naar het volgende schap, scheurde een lege zak van de rol en vulde die met sinaasappels.

'Je loopt gevaar,' zei Angie.

'Vertel me eens iets nieuws.'

'Marcus heeft Kip over dat filmpje verteld.'

Weer lachte Jo. 'Dacht je dat ik dat zelf niet allang had bedacht? Vanmorgen is de laptop gecrasht. Ik krijg hem niet eens meer opgestart. Mijn hele telefoon is gewist.' Ze opende haar tas, pakte het apparaat en reikte het Angie aan. 'Wil je hem hebben? Neem maar. Ik ben zelfs alle foto's van mijn zoontje kwijt.'

Angie sloeg haar hand weg. 'Luister nou. Ik probeer je te helpen.'

'Je kunt me niet helpen.' Jo draaide zich om. Ze duwde haar kar naar het schap met vruchtensap.

Angie volgde haar. 'Je wordt straks gearresteerd.'

Jo keek verward en daarna kwaad. 'Waarvoor?'

'Er is Oxy in je auto gelegd.' Angie verzweeg dat zij dat had gedaan. 'Als je naar buiten loopt, staat de politie je op te wachten. Je gaat voor twee dagen de cel in.'

'Maar...' Jo had een blik in haar ogen die Angie eerder had gezien, bij rijke, bevoorrechte mensen wanneer ze ontdekten dat ze zich aan de wet moesten onderwerpen. 'Ik heb niks gedaan.'

'Dat doet er niet toe,' zei Angie. 'Het plan is tot in detail uitgewerkt. Ze willen je een lesje leren.' Angie gaf haar even de tijd om de realiteit tot zich door te laten dringen. 'Zaterdagavond kom je vrij, zondagavond ga je met Fig naar dat feestje van LaDonna en maandagochtend word je naar de afkickkliniek gebracht.'

'Maandagochtend kan ik niet eens lopen.'

'Reuben krijgt een brace om zijn knie.' De woorden leken als water Angies mond binnen te stromen. Ze moest Jo ervan overtuigen dat ze haar veiligheid kon waarborgen. 'Dan is hij zo goed als gehandicapt.'

'Denk je dat dat iets uitmaakt?' Weer schudde ze haar hoofd. 'Een kogel in je rug kun je niet ontlopen.'

'Straks stikt het overal van de pers. Als hij je slaat, wordt dat gezien.'

'Als hij een litteken achterlaat.'

Angie haalde alles uit de kast om haar te overtuigen. 'Zeg maar tegen hem dat je de tuin in loopt als hij je aanraakt, en dat je je kleren uittrekt zodat de fotografen precies kunnen vastleggen wat hij gedaan heeft.'

'Welke fotografen?' Ze keek zo mogelijk nog panischer. 'Reuben houdt niet van de pers.'

'Die volgt je zodra je de cel uit komt.'

'O god.' Jo bracht haar hand naar haar hals. Ze hijgde. 'Marcus heeft tegen Reuben gezegd dat ik met hem heb afgesproken. Alleen.'

'Nee. Reuben weet niks van het motel, van het filmpje of wat dan ook.' Opluchting vloeide als een spierverslapper door Jo's lijf. 'Marcus is met het probleem naar Kip gegaan. En zo lost Kip het op.'

Haar ogen vulden zich met tranen. Ze was doodsbang. 'Weet je wat mijn man met me gaat doen als hij door mij al die aandacht op zich gevestigd krijgt?'

Angie kon haar leed niet langer aanzien. 'Ik ga je helpen ontsnappen.'

'Wat?' zei Jo smalend. 'Ben je gek of zo?'

'Ik ga je helpen,' herhaalde Angie, die besefte dat ze nog nooit zo oprecht was geweest. Ooit had ze Jo in de steek gelaten, maar nu, vandaag, ging ze alles op alles zetten om haar dochter in veiligheid te brengen.

'Laat me je helpen,' zei ze.

'Sodemieter op, mens.' Jo werd razend, als een in de val gelopen dier. 'Je zet me klem hier in de supermarkt en zegt dat je me gaat redden, en dan verwacht je dat ik je geloof, dat ik mijn leven voor je riskeer, en ook het leven van mijn zoontje? Waar kick jij op, bitch? Wie denk je wel dat je bent?'

Het ontbrak Angie aan woorden om het te zeggen. *Ik ben je moeder. Ik ben de tiener die je niet wilde grootbrengen. Ik ben de vrouw die je in de steek heeft gelaten.*

'Ik ben een vriendin,' zei Angie.

'Weet je wat er is gebeurd met de laatste vriend die me wilde helpen? Die belandde in het ziekenhuis. Waarschijnlijk kan hij nooit meer lopen.'

'Weet je wat er is gebeurd met de laatste vrouw die Marcus Rippy heeft bedreigd?'

Jo wendde haar blik af. Als ze het niet al wist, had ze vast een idee. De wanhoop was terug, de hulpeloosheid. 'Waarom zet je je leven op het spel om een onbekende te helpen?'

'Ik heb een dochter gehad die in dezelfde situatie verkeerde.'

'Gehad,' herhaalde Jo. 'Is ze vermoord?'

'Ja,' zei Angie, want ze wist dat dit soort verhalen meestal zo afliep. 'Ze is vermoord omdat ik haar niet geholpen heb. Dat laat ik geen tweede keer gebeuren.'

'Jezus.' Jo doorzag haar leugen. 'Denk je echt dat je me kunt overhalen, dat ik je vertrouw? Ik heb je gezien bij 110. Als je niet voor Reuben werkt, werk je voor Kip Kilpatrick.'

'Dat klopt. Ik werk voor Kip,' gaf Angie toe. 'En ik knap heel veel vuile zaakjes voor hem op, maar dit doe ik niet.'

'Gewetensnood?' Jo's lach was hard. Ze wist wat een tussenpersoon deed. Haar hele volwassen leven had zich in de wereld van de topsport afgespeeld. 'Reuben heeft een mes naast ons bed liggen. Als hij zich doucht, heeft hij zijn pistool binnen handbereik. Hij slaat me.' Ze kreeg door dat ze te luid sprak. Mensen begonnen te kijken. 'Hij slaat me,' herhaalde ze, maar nu zachter. 'Hij verkracht me. Ik moet hem smeken ermee door te gaan. Na afloop moet ik sorry zeggen omdat het mijn schuld was dat hij door het lint ging. Ik moet hem godverdomme bedanken als ik ergens koffie mag drinken of mijn zoon naar een vriendje mag brengen.'

'Ga dan weg.'

'Denk je dat ik dat niet geprobeerd heb?' Hoofdschuddend wendde ze zich weer af. 'De eerste keer ben ik naar mijn ouderlijk huis teruggegaan en heb ik bij mijn moeder gelogeerd. Drie dagen weg van hem. Drie dagen vrijheid. Weet je wat hij gedaan heeft?' Ze keek Angie woedend aan. 'Hij heeft me aan mijn haren uit het huis van mijn moeder gesleept. Hij heeft me zowat doodgeslagen. Hij heeft me in een kist in zijn garage opgesloten, en weet je wat de smerissen tegen mijn moeder zeiden toen ze belde en zei dat haar dochter door een gek was ontvoerd? "Privéproblemen." Dat is alles wat ik ben, een privéprobleem.'

Het verbaasde Angie niet. De dorpsagenten die Jo met die doktersrecepten hadden gearresteerd, waren waarschijnlijk dezelfde agenten die de andere kant op keken toen ze ontvoerd was. Als je je één keer liet omkopen, was het slechts een kwestie van tijd voor je een tweede keer voor de bijl ging.

'Die mannen hebben een muur van geld achter zich. Die raken niks kwijt. Die raken hun vrouw niet kwijt. Die raken hun kinderen niet kwijt. Ik heb het in Californië geprobeerd,' zei ze. 'Ik heb het in Chicago geprobeerd. Telkens wist Reuben me te vinden en sleepte me weer terug. Hij heeft mijn moeder tegen me gebruikt. Hij heeft Anthony gebruikt.' Jo's toon veranderde toen ze de naam van haar zoontje uitsprak. 'Mijn biologische moeder heeft me in de steek gelaten. Ik weet hoe het voelt. Dat ga ik mijn kind niet aandoen.'

Angies maag balde zich samen. 'Wat weet je over haar?'

'Doet dat ertoe?' vroeg Jo. 'Ik kan haar niet om hulp vragen, als je dat soms bedoelt. Ze is vast al dood. Destijds was ze prostituee. Een junkie. Het soort uitschot waarvan je kunt verwachten dat ze een baby weggeven.'

Angie ademde diep in.

'Ik laat mijn zoon niet in de steek. Ook al was Reuben vader van het jaar, dan zou ik Anthony nog niet in de steek laten. Zo beschadigd worden, dat vreet aan je ziel.'

Angie voelde dat ze snel van onderwerp moest veranderen. 'Wat was je van plan toen je Marcus dat filmpje liet zien? Wat dacht je van hem gedaan te krijgen?'

'Geld. Bescherming.' Ze zuchtte. 'Zonder dat filmpje heb ik niets.'

'Dat geeft niet. Het gaat om wat je gezien hebt. Het gaat erom of je je mond kunt opendoen.'

'Alsof ook maar iemand wil horen wat ik te vertellen heb.'

'Je weet te veel,' zei Angie. 'Wat Kip en Marcus betreft, is je mond een geladen pistool.'

Ook Jo ademde diep in, net als Angie had gedaan. 'Daar gaan we weer, ik zit nog net zo diep in de val als eerst.'

De berusting in haar stem werd Angie te veel. 'Ik heb een plan waarmee we wat tijd kunnen winnen en ervoor kunnen zorgen dat je bij je man wegkomt.'

'Wat ga je dan doen?' Misprijzend vertrok Jo haar mond. 'Denk je dat je het tegen Reuben Figaroa kunt opnemen? Shit. Je krijgt een pistool tegen je kop. Die man geeft geen millimeter toe en hij staat zijn macht echt niet af.' Ze telde het na op haar vingers. 'Mijn naam staat niet op de bankrekeningen. Ik deel niet in de investeringen. Ik deel niet in zijn pensioenfondsen. Het huis staat niet op mijn naam. Voor we trouwden, heb ik een huwelijkscontract getekend.' Ze lachte, maar deze keer om zichzelf. 'Ik was verliefd, schat. Ik hoefde geen geld. Ik heb vrijwillig voor slavernij getekend.'

'Ik kan je hier weghalen,' zei Angie. 'Ik kan zorgen dat je veilig bent.' Ze had dit alles al voor een deel uitgevogeld. Dales trustfonds voor Delilah. Angie was gemachtigd voor een flat en levensonderhoud te betalen. In plaats van voor Delilah kon ze het geld voor Jo gebruiken. 'Ik kan een valse naam voor je regelen. Ik help je aan een schuilplaats. Zodra je in veiligheid bent, zoek ik een advocaat die met Reuben onderhandelt.'

'En hoe wou je me hier weghalen?' vroeg Jo. 'Want dat is het moeilijkste gedeelte. Je kunt evengoed zeggen dat je me op Mars gaat verstoppen en dat we later wel bedenken hoe ik daar kom.'

Ze had gelijk. Reuben zou Jo opwachten als ze uit de cel kwam. Hij zou haar niet uit het oog verliezen tot ze naar de kliniek afreisde. Als hij haar al naar de kliniek liet afreizen.

'Je snapt het niet, hè?' Jo leek oprecht verbijsterd. 'Reuben geeft niet om basketbal. Hij geeft niet om Anthony. Hij geeft eigenlijk ook niet om mij. Het enige wat hij wil is macht.' Ze ging vlak voor Angie staan. 'Ik doe alles wat die man wil. Alles, hoor je? Hij hoeft maar een kik te geven. Met zijn vingers te knippen. En nog steeds houdt hij een mes voor mijn gezicht. Dan slaat hij toch nog zijn hand om mijn hals. Alleen als ik doodsbang ben, komt hij klaar.'

Angie weigerde te denken aan alle manieren waarop haar dochter was vernederd. 'Hoe denk je dat het gaat als Anthony ouder is? Hoe wil je hem beschermen?'

'Reuben zou zijn zoon nooit iets aandoen.'

Angie vroeg zich af of ze zichzelf kon horen. 'Dan ziet Anthony hoe zijn vader jou behandelt. Uiteindelijk groeit hij uit tot hetzelfde soort man.'

'Nee,' zei ze met klem. 'Hij is heel lief. Hij heeft niets van zijn vader.'

'Was Reuben niet lief toen je hem pas kende?'

Jo perste haar lippen op elkaar. Ze keek naar haar handen. Angie dacht dat ze met de zoveelste smoes aan zou komen, maar ze vroeg: 'Hoe ziet je plan eruit?'

'Zaterdag kom je op borgtocht vrij. Ik weet dat Reuben je dan opwacht. Net als de fotografen. Daar zorg ik wel voor. In plaats van met Reuben ga je met mij mee.'

'Is dat je plan?' Ze keek zo mogelijk nog verslagener. 'Stap twee is dat Reuben zijn pistool trekt en me door het hoofd schiet of dat ik een telefoontje van zijn advocaat krijg die zegt dat ik een junk met een strafblad ben en dat ik mijn zoon nooit meer zal zien.' Ze lachte. 'En dan schiet hij me alsnog door mijn kop.'

Ze had gelijk, maar Jo had dan ook jaren op ontsnappingsmogelijkheden gebroed. Angie was nog maar twee dagen bezig. 'En als je naar dat feest gaat zondag?'

Jo wilde haar hoofd al schudden, maar hield zich in. 'Anthony logeert dan bij mijn moeder. Zij is de enige aan wie Reuben hem toevertrouwt.'

'Als je nou eens probeert om tijdens het feest bij Reuben weg te komen. Omdat je naar het toilet moet of iets dergelijks.'

'Hij is dan bij de jongens. Bij Marcus. Zo is dat filmpje ook gemaakt,' legde ze uit. 'Dat was dat meisje, degene die Marcus van verkrachting heeft beschuldigd.'

'Keisha Miscavage?'

'Ja.' Ze veegde langs haar ogen. Haar angst kon ze niet wegvegen. 'Je moet wel weten tegen wie je het opneemt. Wat ze uitspoken met vrouwen die niets voor ze betekenen. Dat meisje was gedrogeerd. Ik weet dat ze iets in haar drankje hebben gestopt. Een uur later ligt ze flapperend met haar armen in die slaapkamer, totaal buiten zinnen, en ze zegt nee. En die kerels maar lachen terwijl ze om beurten over haar heen gaan.'

Angie wist hoe een groepsverkrachting eruitzag. Ze schrok niet van de details. 'Zodra je zondagavond even alleen bent, glip je naar buiten. Je loopt de oprit af. Dan ga je links. Daar is een afslag naar een laantje dat de hoveniers gebruiken. Ik sta daar met mijn auto op je te wachten.'

Jo antwoordde niet. Het ging te snel. 'Waarom?'

'Ik heb je over mijn dochter verteld.'

Jo schudde haar hoofd, maar ze was wanhopig genoeg om naar een volslagen onbekende te luisteren. 'Dus ik zie je bij die afslag. En wat dan?'

‘Ik ga naar je moeder om Anthony op te halen.’ Angie praatte verder voordat Jo kon protesteren. ‘Daar gaan ze het eerst naar je zoeken. Ik kan ze beter aan dan jij.’

‘Waarom haal je niet eerst Anthony op en pik je mij bij het feest op?’

Angie zag dat ze nog een klein duwtje nodig had om over de streep te gaan, om die eerste stap te zetten. ‘Wat gebeurt er als jij niet weg kunt en ik jouw kind in mijn auto heb? Hoe leg ik dat uit? Hoe leg jij dat uit?’

Jo keek naar de vloer. Haar ogen schoten heen en weer. Ze beet op haar lip. Angie zag hoe ze alles afwoog. Zodra Jo van het feest was weggeglipt, trad het plan in werking. Dat was het punt waarop ze niet meer terug kon. Als ze niet wegglipte, als ze op het laatste moment van gedachten veranderde, bleef Anthony bij haar moeder, kreeg Jo klappen en bleef alles bij het oude.

‘Wat moet ik doen terwijl jij mijn zoon ontvoert?’ vroeg Jo.

‘Ik huur een auto onder een andere naam.’ Ze moest het rijbewijs van Delilah te pakken zien te krijgen, maar daar was niet meer voor nodig dan tien dollar aan heroïne. ‘Op zondagavond parkeer ik die auto iets verderop in de straat van de Rippy’s. Zodra jij bij het feest weg bent, rij ik je naar de auto. Je gaat naar het OneTown Motel en wacht daar op me. Ik ga naar je moeder en pik Anthony op. Wanneer ik hem naar het motel heb gebracht, ga jij de snelweg op en rij naar het westen. Ik blijf hier en wis al je sporen.’

‘En wat dan?’

‘We zoeken een advocaat die met Kip onderhandelt en je uit de nesten haalt.’ Voor Jo met bezwaren kon komen, legde ze haar het zwijgen op. ‘Niet vergeten dat je kunt getuigen dat je ook Marcus op dat filmpje hebt gezien.’

‘Getuigen?’ Ze werd weer schichtig. ‘Ik ga niet –’

‘Zover komt het niet. Ermee dreigen is al genoeg.’

Jo perste haar lippen weer op elkaar. ‘Waarom zou ik je eigenlijk vertrouwen?’

‘Wie wou je anders vertrouwen?’ Angie wachtte op een antwoord waarvan ze wist dat het uitbleef. ‘Wat schiet ik ermee op als ik je erin luis?’

'Dat probeer ik te bedenken.' Jo frunnikte aan de gouden ketting om haar hals. 'Ik dacht dat Reuben je gestuurd had om me op te halen. Dat doet hij meestal. Maar zo iemand bemoeit zich verder niet met me. De rest knapt hij zelf op.'

'Wie stuurt hij om je op te halen?'

'Een man,' zei ze. 'Het is altijd een man.'

Angie gaf haar tijd om na te denken.

'Wil je geld?' vroeg Jo. 'Ben je daarop uit, op een deel van wat ik van Reuben krijg?'

'Zou je het prettiger vinden als ik om geld vroeg?'

'Ik weet het niet.' Ze dacht nog steeds na en probeerde de zwakke plekken te vinden. 'Mijn moeder kan niet reizen. Ze heeft het aan haar hart. Ze moet in de buurt van het ziekenhuis blijven.'

'Kijk me eens aan.' Angie wachtte tot haar dochter haar in de ogen keek. Dezelfde bruine irissen. Dezelfde amandelvorm. Dezelfde teint. Hetzelfde haar. Zelfs dezelfde stem.

'Als ik je moeder was,' zei ze, 'zou ik tegen je zeggen dat je Anthony mee moest nemen en nooit meer achterom moest kijken.'

Jo slikte. Haar volmaakte hals. Haar rechte schouders. Haar woede. Haar angst. 'Oké,' zei ze. 'Ik doe het.'

Zaterdag, 04.39 uur

Gapend reed Angie over Ponce de Leon Road. In het stervende maanlicht was alles krijtwit. Ze was uitgeput, maar slapen kon ze niet. Jo's arrestatie van twee dagen geleden was nog steeds groot nieuws. Zoals voorspeld had de persmeute zich voor het huis van bewaring opgesteld in afwachting van haar vrijlating later op de dag. Kip had Reuben gewaarschuwd dat hij zich gedeisd moest houden. Voor maandag was er een plek in een afkickkliniek geregeld. Marcus had de vorige avond een persconferentie gegeven waarop hij had verklaard dat het huwelijk van Jo en Reuben stabiel was, dat ze dit zouden overwinnen zolang iedereen de twee in hun gedachten hield en voor hen bad. De enige afbeelding die van Jo was opgedoken, was een vage foto waarop ze met gebogen hoofd in het stadion zat tijdens een wedstrijd van Figaroa.

Voorlopig was ze veilig. Dat hield Angie zichzelf telkens voor. Jo hoefde nog maar anderhalve dag te overbruggen.

Zo op het oog leek de kans groot dat Jo kon ontsnappen. Het plan was niet al te ingewikkeld. Er waren alleen heel veel losse delen. De afgelopen twee dagen had Angie alles gedaan wat ze moest doen. Ze had Delilahs ID gestolen. De auto gehuurd. De vluchtroutes in beide richtingen gereden. Van een straathandelaar een tweedehands iPad gekocht. Die met een hamer aan barrels geslagen. De stukken bij Dale afgeleverd. Gedaan alsof er niets aan de hand was zodat hij niet te dicht op haar huid ging zitten of te nieuwsgierig werd.

Zoals altijd was geld het grootste probleem. Angie had dertigduizend dollar op haar lopende rekening, maar die kon ze niet opnemen om Jo te helpen. In elk geval niet zolang Dale nog leefde. Hij had inzage in haar rekening. Ze kon er niet opeens grote bedragen afhalen. Haar enige andere optie was wat geld te pakken van de voorraad cash die Dale in zijn kofferbak bewaarde, en dan maar hopen dat hij het niet merkte. Hij stopte het smeergeld dat hij kreeg onder zijn reserveband, voor het geval zijn bookies hem op de huid zaten. Angie was van plan het geld morgen te pakken, vlak voor het feest. Ze zou niet al te inhalig zijn. Jo hoefde tijdens haar vlucht niet in vijfsterrenhotels te overnachten. Met een paar duizend dollar kon ze naar het westen rijden en een vlooienmotel opzoeken met kinderfilmpjes op de tv om haar zoontje bezig te houden.

Het stelen van Delilahs ID was betrekkelijk gemakkelijk geweest. Vlak bij het huis waar Delilah woonde, had Angie bij een buurtwinkel gepost. Ze wist dat de jonge vrouw uiteindelijk zou opduiken. Zelfs met de Suboxone was het zwaar om van de heroïne af te blijven. Je werd er onrustig van. Je had steeds honger. Angie had een jongen geld gegeven om bij de winkel rond te hangen. Toen Delilah zich ten slotte had laten zien, had hij haar portefeuille uit haar tas gepikt. Hij had haar rijbewijs eruit gehaald en een van haar creditcards gekloond, en nog voor Delilah bij de kassa had gestaan, was hij 'm weer gesmeerd.

Angie was in de winkel geweest toen het gebeurde. Ze had zich achter een Coca-Colaschap verscholen. Riskant, maar ze kon het niet helpen. Ze was altijd al gefascineerd geweest door Delilah. Nou ja, zo gefascineerd als je kon zijn door iemand die je verachtte. Wat maakte haar zo bijzonder voor Dale? Het moest meer dan bloedverwantschap zijn. Dale had andere familieleden, maar om hen gaf hij geen reet. Waarom had hij Delilah al die jaren beschermd, en waarom was het zijn laatste wens dat ze goed verzorgd achterbleef? Er moest meer achter zitten dan seks. Dat laatste kon Dale overal kopen.

Angie moest toegeven dat ze beslist niet lelijk was, als je van goedkoop en ordinair hield. Ze was wat aangekomen en leek geen wandelend skelet meer. Ook verfde ze haar haar niet meer. Kennelijk waste ze het nog steeds niet. Zelfs op vijf meter afstand zag Angie dat het bruin eerder vettig zwart was. De gespleten punten zwiepten over haar schouders toen ze haar boodschappen bij de kassa neerzette. Een flesje moutbier. Twee zakken Cheetos. Een koker Pringles. Een Snickers. Skittles. Ze vroeg om twee pakjes Camel; je vader zien sterven aan nierfalen en diabetes type 2 was kennelijk niet afschrikwekkend genoeg.

Delilah keek nooit naar gevolgen. Haar blik reikte niet eens tot de volgende week. Het enige wat telde was vandaag, dit moment, de vraag waar ze haar hand op kon leggen, van wie ze gebruik kon maken en hoe ze er beter van kon worden.

Was ze op de hoogte van Dales trustfonds? Zeker wist Angie het niet, maar ze twijfelde er niet aan of Dale had een back-up. Er was vast nog iemand die van het fonds af wist. Iemand die ervoor zorgde dat het meisje wist dat Angie er het beheer over had.

Er was maar één andere persoon die Dale vertrouwde, en Angie hoopte bij God dat ze nooit meer oog in oog met die valse teringlijer zou komen te staan.

Ze stopte voor rood. Weer moest ze gapen. Ze wreef over haar gezicht. Haar huid voelde rubberachtig. Niet genoeg Vicodin. Ze probeerde te minderen voor morgenavond. De komende paar uur zouden een hel worden, maar ze moest scherp blijven. Ze nam het plan nog eens door, zocht naar de zwakke plekken en probeerde de hobbels weg te nemen voor die zich aandienden.

De iPad vormde de sleutel. Hij zat nu in Angies speurderstas, en die stond in haar afgesloten kofferbak. Het ding leek wel radioactief. Ook dat was een open vraag. Jo had gezegd dat Reubens laptop was schoongeveegd. Ook Jo's iPhone was op afstand gewist. Wilde dat zeggen dat de iPad gewist zou worden zodra Angie hem aanzette? Die technologie ging haar boven de pet. Maar niet de waarde ervan.

Tegen Jo had ze niets over de iPad gezegd, want ze vertrouwde haar niet. In de supermarkt had ze haar zien weifelen. Jo had alleen met Angies plan ingestemd omdat ze wist dat ze er op het laatste moment onderuit kon door op het feest bij Reuben te blijven.

Wat zou Jo besluiten?

Weer een open vraag. Angie was er niet van overtuigd dat haar dochter weg zou gaan. En zelfs als ze wegging, bleef ze dan weg? Jo was vaker bij Reuben weggelopen. Vijf keer eerder, voor zover Kip Kilpatrick wist. Angie voelde de waarheid aan haar knagen. Zelfs als Jo wegging, zou ze naar Reuben teruggaan, dat was zo zeker als het feit dat Angie hier in haar auto zat. De enige manier om zo'n scenario te voorkomen was door ervoor te zorgen dat er geen Reuben meer was naar wie ze terug kon keren.

Will werkte voor het GBI. Daar hadden ze computermensen. Als er een filmpje op de iPad stond, vond hij wel een manier om erbij te kunnen. Hij zou Marcus en Reuben laten opsluiten en Jo kon een advocaat inschakelen om het huwelijkscontract open te breken. Of niet. Reubens carrière zou voorbij zijn. Zijn leven zou voorbij zijn. Jo kon verdwijnen. Ze kreeg haar maandelijkse toelage uit Delilahs trustfonds en kon weer gaan studeren. Een aardige kerel tegenkomen. Nog een kind baren.

Angie lachte hardop. Het geluid weergalmde door haar auto. Wie hield ze voor de gek? Jo had al even weinig op met aardige kerels als Angie zelf. Het was niet voor niets dat Angie haar leven niet met haar man kon delen.

Ze vroeg zich trouwens af of ze de volgende dag nog in leven zou zijn.

Dale Harding had bloed aan zijn handen. Laslo had vaker gedood. Kip zag er geen been in de trekker over te halen vanachter de beschutting van zijn grote glazen bureau. Als ook maar een van hen ontdekte dat Angie Jo had geholpen, betekende dat haar doodvonnis, hoe hard ze ook rende.

Misschien dat ze Will daarom nog één keer wilde zien. En als ze hem niet te zien kreeg, dan in elk geval zijn spullen. Ze wilde zijn schone, gesteven overhemden in de kast aanraken. Zijn keurig gepaarde sokken in de la door elkaar halen. Zijn tandpasta in de verkeerde opening in de porseleinen houder zetten. Een A in zijn zeep krassen zodat hij de volgende keer dat hij zich douchte, dat hij zijn lijf aanraakte, aan haar dacht.

Angie schakelde terug naar de eerste versnelling. Ze was Wills huis bijna voorbijgereden. Ze reed naar de stoep en parkeerde aan de overkant van de straat, voor een brandkraan.

De bungalow waarin Will woonde, was vroeger een drugspand geweest, maar was tegenwoordig wel een half miljoen waard, al was het alleen maar vanwege de grond. Vanbinnen was het huis tot in de puntjes gerestaureerd en in neutrale tinten ingericht. Zijn bureau stond tegen een muur in de woonkamer. Een flipperkast domineerde de eetkamer. De logeerkamer stond vol met alle boeken die hij langzaam en vol ijver had doorgeworsteld, vastbesloten om de klassiekers te lezen, want hij dacht dat normale mensen dat deden.

’s Zomers maaide hij om het weekend het gazon. Twee keer per jaar maakte hij de goten schoon. Om de vijf jaar verfde hij de kozijnen. Met de hogedrukspuit spoot hij de veranda’s schoon. In het tuintje bij de voordeur plantte hij bloemen. Hij was zo’n typische vader uit de buitenwijken, met dit verschil dat hij niet in een buitenwijk woonde en geen kind had.

In elk geval niet voor zover hij wist.

Zoals gewoonlijk stond er geen auto op de oprit. Will bracht het grootste deel van zijn vrije tijd bij Sara door. Zonder een kapitaal uit te geven kwam Angie niet langs de beveiliging in Sara’s gebouw, maar in het archief van een makelaarssite had ze oude foto’s van het appartement gevonden. Een professionele keuken. Twee slaapkamers. Een werkkamer. Een grote badkamer met een ligbad en een douchekop met tien massagestralen.

Blijkbaar hield ze de massagestralen het liefst voor zichzelf.

Ik heb mama’s voorbeeld gevolgd, had Sara drie weken geleden geschreven. Terwijl wij aan het werk waren, heb ik de gastenbadkamer door de schilders onder handen laten nemen. Ik heb bijpassende handdoeken gekocht. Will vond het fantastisch om zijn eigen badkamer te hebben in mijn appartement, maar eerlijk gezegd had ik hem vermoord als ik nog langer een badkamer met hem had moeten delen.

Angie vroeg zich af of Will dom genoeg was om erin te stinken. Waarschijnlijk wel. Hij stonk er telkens weer in waar het Sara’s bullshit betrof. Hij had vast een T-shirt met de tekst HAPPY WIFE, HAPPY LIFE.

Ze glimlachte, want Sara kon alleen met hem trouwen als ze hem los pelde uit Angies koude, dode handen.

Alleen al om die reden zou Angie de volgende dag overleven.

Ze keek of ze nieuwsgierige buren zag en liep toen om het huis heen. Bij elke andere bewoner zou het hek van de achtertuin gepiept hebben, maar Will hield de boel goed in de olie. Boven de deurlijst vond Angie de reservesleutel. Ze schoof hem in het slot, opende de deur en zag twee windhonden die haar aankeken.

Ze lagen opgerold in een slaperige knoedel. Knipperend in het zwakke licht keken ze eerder verbaasd dan geschrokken. Angie was niet bang. De honden kenden haar.

‘Kom maar,’ fluisterde ze, en ze klakte met haar tong. ‘Brave jongens,’ paaide ze, toen ze opstonden en zich uitrekten. Ze aaide ze even, voor ze de deur openhield, zodat ze naar buiten konden lopen.

Betty blafte.

Vanuit de deuropening van de keuken stond Wills hondje haar territorium te verdedigen.

Met één hand pakte Angie het mormel op, met de andere klemde ze haar bekje dicht, en zo smeet ze haar naar buiten. Nog voor Betty wist wat haar overkwam, had Angie de deur al dichtgetrokken. Nu probeerde dat kutbeest door het hondenluik binnen te komen, maar dat blokkeerde Angie met haar voet tot ze er een stoel voor had geschoven.

Weer blafte Betty. En nog eens. Toen werd het stil.

Angie keek om zich heen.

Waar honden waren, waren mensen.

Will en Sara waren hier. Ze waren vast vanaf haar appartement hiernaartoe gelopen. Die deden alles lopend, zelfs in de zomerse hitte, alsof er geen auto’s waren uitgevonden.

Angie liet even bezinken wat ze had gedaan. Wat ze aan het doen was. Dit was het werk van een gestoorde stalker, iets gevaarlijker dan gewoonlijk.

Was ze gevaarlijk?

Ze had haar tas in de afgesloten auto achtergelaten. Het pistool was nog ongeladen. Een stem had haar ingefluisterd dat ze het magazijn eruit moest laten zodat ze de extra stappen zou moeten afwerken – plaats het magazijn, trek de slede naar achteren zodat de kogel in de kamer wordt geladen, sla je vinger om de trekker – voor ze iets onherroepelijks deed.

Angie keek naar haar voet. De tenen stonden omhoog, de hak was naar beneden, klaar voor een stap. Ze schommelde heen en weer. Weggaan? Doorlopen? Hier blijven tot er iemand wakker werd?

’s Morgens drinkt hij warme chocolademelk, had Sara aan Tessa geschreven. Alsof ik een chocoladereep kus wanneer ik wakker word.

Ook de iPad zat in Angies kofferbak. Tijdens de rit hiernaartoe had ze zich voorgenomen het filmpje aan Will te geven. Zijn gouden ticket naar de heropening van de verkrachtingszaak rond Marcus Rippy. Hij zou in de wolken zijn. Waarom had Angie de iPad in de kofferbak laten liggen als ze van plan was hem aan Will te geven?

Weer keek ze naar haar voet. De tenen stonden nog steeds besluiteloos omhoog.

Eerlijk gezegd wist Angie nooit goed wat ze Will wilde geven. Plezier. Problemen. Of gedonder als Sara de keuken binnenkwam in de verwachting chocola van zijn lippen te mogen zuigen en dan Angie aantrof.

Ze glimlachte bij de gedachte.

Het ovenklokje gaf vijf uur aan. Over een halfuur stond Will op om te gaan hardlopen. Hij had een ingebouwde wekker die je niet kon uitzetten, hoe je hem ook probeerde te verleiden in bed te blijven.

Angies tenen drukten tegen de vloer. Haar hak ging omhoog. Haar tenen wezen weer naar boven. Ze liep. Nu was ze in de eetkamer. Ze was in de woonkamer. Ze was in de badkamer. Ze was in de gang. Ze was bij Wills slaapkamer.

De deur stond op een kier.

Will lag op zijn rug. Zijn ogen waren dicht. Een strookje licht speelde over zijn gezicht. Hij droeg geen hemd. Hij sliep anders nooit zonder hemd. Hij schaamde zich voor zijn littekens, de brandwonden, het letsel. Blijkbaar was er iets veranderd. De oorzaak lag tussen zijn benen. Lang, roodbruin haar. Melkwitte huid. Sara leunde op haar elleboog. Ze gebruikte haar hand en haar mond. Maar Angies blik werd naar haar andere hand gezogen. Wills vingers waren verstrengeld met die van Sara. Hij klemde niet haar achterhoofd vast. Hij dwong haar niet nog dieper te gaan.

Hij hield godverdomme haar hand vast.

Angie duwde haar vuist tegen haar mond. Ze kon wel schreeuwen. Ze ging ook schreeuwen. Ze draaide zich om, dwong zichzelf tot een stilte die tegen haar natuur in ging. Ze was in de woonkamer, de keuken, de achtertuin, op de oprit, in haar auto. Pas toen ze het portier achter zich had dichtgetrokken, liet ze zich gaan. Angie opende haar mond en schreeuwde het uit, zo hard ze kon. Ze gilde tot ze bloed proefde. Ze ramde met haar vuisten op het stuur. Ze huilde, en de pijn was zo hevig dat elk bot in haar lijf aanvoelde alsof het verkoold was van woede.

Ze stapte uit en maakte de kofferbak open. Ze greep haar tas en pakte haar pistool. Het magazijn was eruit. Ze duwde het er weer in. Ze wilde de slede naar achteren trekken om een kogel in de kamer te laden, maar haar handen waren te glibberig van het zweet.

Ze keek naar het pistool. Toen ze die baan bij Kip had gekregen, had ze zichzelf de Glock cadeau gedaan. Ze had hem beter schoon moeten houden. Het metaal zag er droog uit. Vroeger had Will haar wapen altijd geolied. Hij had er altijd voor gezorgd dat er voldoende benzine in haar tank zat, dat haar versnellingsbak niet zo lek als een mandje was, dat er genoeg geld op haar bankrekening stond, dat ze niet alleen op de wereld was.

Nu deed hij dat alles voor Sara.

Angie stapte weer in haar auto. Met een klap legde ze het pistool op het dashboard. Dit klopte niet. Ze probeerde goed te doen, ze wilde Jo helpen, ze wilde Will helpen met zijn zaak tegen Marcus Rippy, ze riskeerde goddverdomme haar leven om haar dochter te redden. En dit was wat ze ervoor terugkreeg? Misschien stond er al een schietschijf op haar rug. Dale vertrouwde haar niet, dat was duidelijk. Hij wist meer dan hij losliet. Angie dacht dat ze hen tuk had, maar misschien hadden ze haar tuk. Of Jo was de zwakke schakel. Stel dat die trut morgenavond Rippy's huis niet uit kwam. Misschien had Jo al aan Reuben verteld wat er speelde. Een kettingreactie. Reuben vertelde het aan Kip, Kip seinde Laslo in, en tegen de tijd dat Jo op borgtocht vrijkwam, stak er een mes uit Angies borst.

Will mocht haar lijk identificeren. Hij mocht het mes in haar hart zien. Hij mocht de afschuw voelen als hij besefte dat hij haar in de steek had gelaten, net als al die andere keren dat hij haar in de steek had gelaten. Hij mocht al jankend haar levenloze, bloederige hand vasthouden.

En die kut van een Sara mocht toekijken.

Angie pakte een notitieboekje uit haar tas en klikte haar pen open. Met grote hoofdletters begon ze te schrijven:

JIJ GORE VUILE...

Angie staarde naar de woorden. De pen was dwars door het papier gegaan. Haar hart bonkte zo hevig, dat ze het voelde kloppen in haar keel. Ze scheurde het blaadje uit het boekje. Ze probeerde haar ademhaling onder controle te krijgen, het beven van haar hand tegen te gaan, ze probeerde rustig te worden. Dit moest goed gebeuren. Ze kon Will pas pijn doen met haar woorden als ze haar tong had gescherpt aan een scheermes.

Angie drukte de pen op het blanco vel. Schuinschrift. Scheve, aflopende regels. Niet voor Will, maar voor Sara.

Hé schat. Als iemand dit aan je voorleest, ben ik dood...

Ze schreef de voor- en achterkant helemaal vol. Het was alsof er in haar binnenste een dam was doorgebroken. Dertig jaar had ze hem rugdekking gegeven. Had ze zijn problemen opgelost. Hem getroost. Zich door hem laten neuken. Hem teruggeneukt. Misschien vond Will de brief niet meteen, maar uiteindelijk zou hij hem vinden. Angie was dan dood of Sara zou net zo lang zeuren tot hij ten slotte toegaf. Will zou naar de bank gaan. Hij zou Angies postbus vinden. In plaats van een manier te vinden om haar op te sporen, zou hij op deze brief stuiten.

'Krijg de tering,' mompelde Angie. 'Krijg de tering, net als je vriendin en haar zus en haar hele klotefamilie en haar klote...'

Er werd een deur dichtgetrokken.

Will stond op de voorste veranda. Hij had zijn hardlooptenue aan. Hij strekte zijn armen boven zijn hoofd, leunde naar de ene kant en toen naar de andere. Zijn hardlooprondje van halfzes. Eén ding dat nooit zou veranderen. Angie wachtte tot hij haar auto zag, maar in plaats van de straat in te kijken, knielde hij op het pad neer en plukte een bloem uit de tuin. Hij liep het huis weer in. Bijna een volle minuut verstreek voor hij opnieuw op de veranda verscheen, met lege handen maar met een glimlach op zijn gezicht.

Met die glimlach wist Angie wel raad. Ze stapte uit en staarde naar hem tot hij haar zag.

Eerst had hij niets door. Hij strekte zijn benen. Hij voelde aan het waterflesje dat precies in de holte van zijn rug paste. Voor de tweede keer strikte hij zijn veters. Ten slotte keek hij op.

Zijn mond viel open.

Angie keek hem woedend aan. Haar nagels jeukten, zo graag wilde ze zijn ogen uitkrabben. Ze wilde hem in zijn gezicht schoppen.

'Angie?' zei hij.

Ze stapte in haar auto en sloeg het portier dicht. Ze startte en reed weg van de stoeprand.

'Wacht!' riep Will. Met pompende armen en al zijn spieren gespannen rende hij achter haar aan. 'Angie!'

Ze zag hem in haar achteruitkijkspiegel. Hij kwam dichterbij. Nog steeds riep hij haar naam. Angie ging vol op de rem. Ze griste het pistool van het dashboard, stapte uit en richtte het wapen op zijn hoofd.

Wills handen vlogen de lucht in. Hij had haar bijna ingehaald, was nog een meter of vijf van haar verwijderd. Zo dichtbij dat ze een kogel door zijn hart kon jagen.

'Ik wil alleen met je praten,' zei hij.

Angies vinger rustte boven de trekker. En toen niet meer. Onder het kussentje van haar vinger voelde ze de veiligheidspal, toen de trekker, die ze met een ruk overhaalde.

Klik.

Will kromp ineen.

Er kwam geen kogel.

Droog vuur. De kamer was leeg. Angies handen waren te glibberig geweest om de slede naar achteren te trekken.

'Laten we ergens naartoe gaan om te praten,' zei Will.

Ze staarde haar man aan. Alles was zo vertrouwd en zo anders. Zijn pezige benen. Zijn strakke buik onder zijn T-shirt. De lange mouwen die de littekens op zijn armen verborgen. Zijn mond waarmee hij haar had gekust. Zijn handen waarmee hij haar had aangeraakt. Waarmee hij Sara nu aanraakte. Waarmee hij godverdomme haar hand vasthield.

'Je bent veranderd,' zei ze.

Will ontkende het niet. 'Ik moet met je praten.'

'Er valt niets te zeggen,' zei ze. 'Ik herken je niet eens meer.'

Hij spreidde zijn armen. 'Zo zie ik eruit als ik verliefd ben.'

Angie voelde het koude metaal van het pistool tegen haar been. Alle lucht had haar lichaam verlaten. Het zuur reet haar maag aan flarden.

Trek de slede naar achteren. Laad de kogel in de kamer. Haal de trekker over. Los het probleem op. Maak Sara voor de tweede keer weduwe. Wis de afgelopen dertig jaar uit, want die betekenen niets. Die hebben nooit iets betekend. In elk geval niet voor Will.

Angie stapte weer in de auto. Ze legde het pistool weer op het dashboard. Ze gaf plankgas. Haar lijf deed zeer. Haar ziel deed pijn. Het voelde alsof Will haar geslagen had. Had hij dat maar gedaan. Zodat het bloed uit haar mond stroomde. Zodat haar ogen niet meer open wilden. Had hij haar botten maar tot pulp gestampt. Was hij maar tegen haar tekeergegaan, had hij maar geschreeuwd, ziedend van woede…

Had hij maar alles gedaan wat bewees dat hij nog steeds van haar hield.

Zondag, 23.49 uur

Angie stak een joint op. De maan stond vol aan de hemel, bijna als een spotlight. Ze wierp een blik in haar achteruitkijkspiegel. Niets. Het was nog te vroeg voor Jo om het feest te verlaten. Ze hadden vrij willekeurig middernacht afgesproken als geschikt moment. LaDonna's feest was om negen uur begonnen. Niemand die ook maar iets betekende, liet zich voor tien uur zien. Twee uur om zich onder de gasten te begeven. Twee uur waarin Jo zich van Reuben los kon maken. Of misschien koos ze voor de laffe uitweg en bleef ze bij haar man.

Middernacht.

Jo zou in een pompoen veranderen of in Angies dochter.

Angie blies op de punt van de joint. Ze had echt geen idee wat Jo ging doen. De harde waarheid was dat ze Jo Figaroa niet kende. Angie was hier omdat ze zichzelf had beloofd dit te zullen afmaken. Wat er hierna gebeurde, hing van Jo af. Eén ding was zeker: wat de uitkomst ook was, Angie zou de stad uit gaan.

Ze keek naar de gele plastic ring aan haar vinger. De zonnebloemblaadjes waren geplet in haar tas. In al haar tassen. Angie wisselde om de twee dagen van tas, maar de ring ging altijd mee, want... waarom eigenlijk?

Omdat hij iets betekende?

Een speeltje uit een kauwgomautomaat als symbool van een relatie die bijna dertig jaar geleden was begonnen. Angie deed altijd alsof ze zich die eerste keer met Will niet kon herinneren. Het bedompte souterrain van Mrs. Flannigan. Muizenkeutels op de vloer. De smerige futon. De spermalucht. Wat was hij kwetsbaar geweest.

Te kwetsbaar.

Net als angst was kwetsbaarheid besmettelijk. Die dag was Will van slag geweest, maar Angie had zich ontroostbaar gevoeld. Ze had hem een kant van zichzelf getoond die niemand ooit had gezien of nog zou zien. Ze had hem over de pooier van haar moeder verteld. Ze had hem verteld wat er daarna was gebeurd. Will had nooit meer met dezelfde blik naar Angie gekeken. Hij nam de rol van redder op zich. Van superheld. Hij zette zijn leven op het spel om haar te beschermen. Als ze zich in de nesten had gewerkt, haalde hij haar er weer uit. Hij gaf haar geld. Hij bood haar beschutting.

Wat wilde hij ervoor terug?

Niets, voor zover ze wist. Dat was niet het soort deal waarmee Angie kon leven. In allerlei opzichten was het beter geweest als Will het haar had aangerekend of haar had gestraft. Medelijden was zijn enige beloning. Will vroeg nooit om de dingen waarvan hij wist dat andere mannen ervoor betaald hadden. Niet dat hij niet wilde. Hij was geen heilige. Maar hij wist te veel, hij zag de pijn te scherp die hen ooit had verbonden, daar in dat bedompte, eenzame souterrain.

Angie was tien toen Deidre Polaski een naald in haar arm stak en voor dertig jaar onder zeil ging. Wekenlang had Angie naast haar comateuze lichaam gezeten, naar soaps gekeken en geslapen. Ze had Deidre gewassen en haar haren gekamd. In een glazen pot achter de verwarming zat een bundel bankbiljetten. Van dat geld kocht Angie pizza en junkfood. Het geld raakte op voor ze de benen kon nemen. Deidres pooier klopte aan om zijn deel op te eisen. Angie zei dat er niks over was en toen eiste hij haar op.

Haar mond. Haar handen.

Niet haar lichaam.

Dale Harding keek wel uit voor hij van zijn eigen koopwaar snoepte.

Er werd altijd gezegd dat Dale een slechte agent was, maar niemand kwam er ooit achter hoe slecht. Ze dachten dat het door de drank en het gokken kwam. Ze wisten niet dat hij er een stal aan minderjarige meiden op na hield die het salaris dat de stad hem betaalde nog wat vetter maakten. Dat hij foto's nam. Dat hij die foto's doorverkocht. Dat hij de meiden doorverkocht. Dat hij de meiden zelf gebruikte.

Hij had Delilah, zijn eigen dochter, de straat op gestuurd. Hij had Deidre, zijn eigen zus, de straat op gestuurd. Hij had Angie, zijn eigen nicht, de straat op gestuurd.

Vierendertig jaar geleden had Dale bij haar aangeklopt. Angies oom. Haar redder in de nood. Haar pooier.

Zo ontdekte Angie dat Dale stapels bankbiljetten onder de reserveband in zijn kofferbak verborg. Vluchtgeld, zo noemde hij het, voor het geval de rechercheurs met wie hij samenwerkte lucht kregen van zijn bijverdiensten. Ze kwamen er nooit achter, en ondertussen had Dale bakken met geld verdiend en weer vergokt. Er waren altijd wel nieuwe in de steek gelaten meiden die hij kon misbruiken. Er was altijd wel geld te verdienen. En er was Angie, die vanaf de zijlijn toekeek en wachtte tot hij haar zag.

Voor haar was hij de vader die ze nooit had gehad.

Ongeacht hoe goed of slecht het was, uit elk tehuis waarin de overheid haar plaatste wist Angie te ontsnappen en dan zocht ze Dale weer op. Voor hem ging ze bij de politie. Ze loste zijn problemen op. Ze zorgde voor Delilah, ook al zou ze het liefst een plastic zak over haar hoofd trekken om haar te zien stikken.

Will had geen flauw vermoeden dat een politieman Angies pooier was geweest. Zo slecht als Dale Harding was, zo goed was Will. Hij deed alles zoals het hoorde. Hij volgde de regels. Maar tegelijkertijd had hij dezelfde woeste en dierlijke kant als Angie. Ook al droeg Will een pak en hield hij zijn haar kort, Angie keek erdoorheen. Ze wist welke knop ze moest indrukken om het beest in hem los te laten. Al die jaren had Angie met de gedachte gespeeld hem over Dale te vertellen. Ooit zou Will jacht op Dale hebben gemaakt en een kogel door zijn pens hebben geschoten als hij had ontdekt wat de man Angie had aangedaan.

Ze vroeg zich af wat hij nu zou doen als hij het hoorde. Waarschijnlijk overlegde hij met Sara en dan bespraken ze Angies tragische leven. Vervolgens gingen ze uit eten, om uiteindelijk naar huis terug te keren en het bed in te duiken.

Dat zat Angie nog het meest dwars. Niet die pijpbeurt, zelfs niet de verstrengelde handen, maar hun ongedwongenheid. De hele kamer was ervan doortrokken geweest.

Geluk. Voldoening. Liefde.

Angie kon zich niet herinneren dat Will en zij dat ooit hadden gekend.

Eigenlijk moest ze hem loslaten. Eigenlijk moest ze hem het normale leven gunnen waar hij zijn hele leven naar gehunkerd had. Helaas koos Angie nooit voor het goede als ze zich gekwetst voelde. Haar eerste reactie was om haar klauwen uit te slaan. Om Will net zo lang pijn te doen tot hij uiteindelijk terugsloeg.

Angie drukte de joint uit in de asbak. Alles wat ze haatte aan Jo herkende ze in zichzelf.

Ze keek op haar horloge. 23.52 uur. Het was alsof de klok terugliep.

Ze stapte uit. De broeierige warmte duwde haar bijna de auto weer in. De temperatuur was na zonsondergang amper gedaald. Haar dunne katoenen jurkje was nauwelijks groter dan een zakdoek, maar toch zweette ze. Ze leunde tegen de kofferbak, maar het metaal was te heet. Angie liep langs de straat, hoewel ze niet te ver ging. Ze was op van de zenuwen. Ze had de Vicodin niet zo snel moeten afbouwen. Ze maakte zich zorgen om Jo. Ze kneep hem voor Laslo. Ze was als de dood voor Dale. Ze was bang dat haar plan om Kip Kilpatrick onschadelijk te maken zich als een boemerang tegen haar zou keren.

Dale zei altijd dat je een bijl moest gebruiken, geen hamer. Dan kon ze daar maar het beste de kop van een slang mee afhakken, bedacht Angie.

Ze hoorde een vrouw gillen.

Met een ruk draaide Angie haar hoofd naar de straat. Naar de oprit van de Rippy's. Naar het geluid van een vrouw die om hulp smeekte.

'Alsjeblieft!' gilde Jo. 'Nee!'

Angie klikte haar kofferbak open. Ze pakte niet haar pistool, maar de bandenlichter. Ze schopte haar naaldhakken uit en rende de straat door, met pompende armen en haar hals strak gespannen, net als Will toen hij de vorige ochtend achter haar auto aan had gerend.

'Help!' gilde Jo. 'Alsjeblieft!'

Angie rende de oprit op. Het hek stond open. Het huis straalde van al het licht. Stampende muziek. Geen bewaking. Niemand hield de camera's in de gaten.

'Alsjeblieft!' smeekte Jo. 'Help me!'

Reuben Figaroa sleurde zijn vrouw aan haar haren mee. Jo's blote voeten sleepten over het gras. Hij nam haar mee naar het bos, weg van het huis. Hij zocht privacy.

'Help!'

Angie waarschuwde hem niet. Ze beval hem niet te stoppen. Met de bandenlichter hoog boven haar hoofd stormde ze op hem af. Tegen de tijd dat Reuben haar zag, liet Angie de zware metalen staaf op zijn hoofd neerdalen. Ze voelde het ijzer schudden in haar hand en doortrillen in haar arm en schouder.

Reuben liet Jo los. Zijn mond hing open. Zijn ogen rolden naar achteren. Bewusteloos viel hij op de grond. Weer hief Angie het stuk ijzer, en nu mikte ze op zijn knie. De knie met de brace, waaraan hij geopereerd was. De tijd vertraagde, en ze besefte dat ze hem met één zwaai van haar arm zou beroven van de vijf extra jaren op het basketveld die de beste orthopeed van de wereld hem had geschonken.

'Nee!' Jo hield Angies hand tegen. 'Niet zijn knie! Niet zijn knie!'

Angie probeerde haar arm los te wringen om die laatste klap uit te delen.

'Alsjeblieft!' smeekte Jo. 'Niet doen! Alsjeblieft!'

Angie keek naar de bandenlichter. Ze zag de hand van haar dochter die haar eigen hand omklemde. De eerste keer dat Jo haar aanraakte.

'Laat los,' zei Jo. 'Laat los nou!' Ze smeekte. Haar blik was wild. Bloed stroomde uit haar neus en mond. Ze keek alsof ze niet wist van wie ze het meest te vrezen had: van Angie of van haar man.

Met moeite ontspande Angie haar armspieren. Op een drafje liep ze de oprit af en toen rende ze de straat over. Haar schoenen lagen nog op het wegdek. Al rennend raapte Angie ze op. Ze wierp de bandenlichter in de kofferbak toen Jo naast haar opdook.

'Hij moet blijven spelen,' zei ze. 'Zijn volgende contract –'

'Instappen.' Angie smeet haar schoenen op de achterbank. Smoezen wilde ze niet horen. Zelfs nu Jo ervandoor ging, was ze haar terugkeer al aan het plannen.

De motor draaide. Angie maakte haar veiligheidsgordel vast. Jo stapte in en Angie reed weg nog voor ze het portier had dichtgetrokken.

'Hij heeft me gezien,' zei Jo. 'Ik probeerde –'

'Maakt niet uit.' Reuben had Angie herkend. Ze had het gezien in zijn blik. Hij wist dat ze voor Kip werkte. Hij wist dat ze dingen voor hem regelde. En nu wist hij dat ze zijn vrouw had meegenomen.

Jo greep haar veiligheidsgordel en klikte de gesp vast. Ze staarde voor zich uit naar de weg. 'Denk je dat hij dood is?'

'Hij is buiten bewustzijn.' Angie keek op haar horloge. Hoelang zou het duren voor Reuben bijkwam? Hoelang zou het duren voor hij Kip, Laslo en Dale belde?

'Wat heb ik gedaan?' mompelde Jo. Nu begon het tot haar door te dringen, de prijs die ze moest betalen voor haar ongehoorzaamheid, wat het haar ging kosten om naar haar oude leven terug te keren. 'We moeten stoppen. We kunnen hier niet mee doorgaan.'

'Ik heb het filmpje,' zei Angie.

'Wat?'

'Ik heb het filmpje van Marcus en Reuben die dat meisje verkrachten.'

'Hoe kom je daaraan?' Jo wachtte niet op uitleg. 'Dat kun je niet gebruiken. Dan gaan ze de bak in. LaDonna –'

'Ik ben niet bang voor LaDonna.'

'Dat kun je beter wel zijn.'

Angie zwenkte een parkeerterrein op. Ze zette de auto naast een zwarte Ford Fusion. 'Hier heb je de sleutel.' Ze draaide de zonneklep omlaag en liet de sleutel op Jo's schoot vallen. 'Ga naar het motel. Wacht daar op me.'

'We kunnen hier niet mee doorgaan,' zei Jo. 'Dat filmpje. Ze vermoorden me. Ze vermoorden jou.'

'Dacht je dat ik dat niet wist?' Angie had haar vuisten gebald. De aandrang was groot om wat gezond verstand in haar dochter te rammen. 'Het is voorbij, schat. Dit is het eindpunt. Je kunt niet terug naar Reuben. Je kunt nergens naar terug.'

'Ik kan niet –'

'Uitstappen.' Angie boog zich voor haar langs en duwde het portier open. Ze worstelde met de gesp van de veiligheidsgordel. 'Mijn auto uit.'

'Nee!' Jo klauwde naar Angies handen. 'Wedden dat hij me vindt? Je snapt het niet!' Ze keek Angie doordringend aan, speurend naar enig medeleven. Toen ze dat niet vond, verwrong ze haar gezicht van ellende. Ze sloeg haar handen voor haar ogen en snikte het uit. 'Alsjeblieft, dwing me niet.'

Angie keek naar haar huilende dochter. Haar magere schouders schokten. Haar handen trilden. Het was een hartverscheurend tafereel, als je een hart bezat.

'Kappen met die bullshit,' zei Angie. 'Daar trap ik niet in.'

Jo keek op. In plaats van tranen had ze haat in haar ogen. 'Je kunt me nergens toe dwingen.'

'En was hij lief voor je?' vroeg Angie, want dat was het enige wat ergens op sloeg. 'Toen je uit de cel kwam, werd je toen geslagen of zei hij dat alles goed ging komen? Dat het van nu af aan anders werd?'

Jo's neusvleugels trilden. Angie had in de roos geschoten.

'Heeft hij je zo weer naar zich toe getrokken? "O, liefje, ik hou van je. Ik zal voor je zorgen. Ik laat je nooit gaan. Ik zal je nooit in de steek laten zoals je mammie heeft gedaan." '

'Laat mijn moeder erbuiten.'

Angie klemde Jo's kin vast en gaf een ruk aan haar hoofd. 'Goed luisteren, stomme teef. Reuben heeft me gezien. Hij weet dat ik je help. Denk je dat je moeder ook maar een reet om je heeft gegeven? Nou, ik geef nog geen halve reet om je.'

Nu kwamen de echte tranen.

Angie klemde haar kin nog steviger vast. 'Je stapt in die auto, je rijdt naar het motel, ik haal je zoontje op, en we zorgen dat we hier als de sodemieter wegkomen. Begrepen?'

Jo knikte.

Angie duwde haar hoofd weg. 'Geef me je telefoon.'

'Die heb ik laten vallen toen…'

Angie beklopte haar. De iPhone zat in Jo's bh. 'Heb je tegen je moeder gezegd dat ik Anthony kom halen?'

Weer knikte Jo.

'Als je tegen me liegt...' Angie zweeg, want er viel niets meer te doen als ze loog. 'Uitstappen.'

Jo durfde zich niet te verroeren. 'Hij vindt me. Hij vindt ons.'

Angie greep haar bij de voorkant van haar jurk en sloeg haar tegen de rugleuning van haar stoel. 'Je doet nu wat ik zeg of ik hak je zoon in moot-jes en stuur hem aan je op.'

'Reuben geeft je alles wat je hebben wilt.' Jo's stem klonk schril. 'Hij be-taalt alles wat –'

'Anthony is degene die betaalt.'

De tranen stroomden over Jo's gezicht. Ze besefte dat ze geen opties meer overhad. Langzaam begon ze te knikken, precies zoals Angie had verwacht. Dat soort vrouwen was alleen gevoelig voor dreigementen.

'En niet onderweg naar een telefooncel gaan,' zei Angie. 'Niet terug-rijden naar Rippy's huis. Stap in de auto en rij naar het motel. Daar wacht je op me.'

Jo stapte uit. Ze opende het portier van de huurauto. Angie wachtte tot ze wegreed om er zeker van te zijn dat ze Piedmont pakte in plaats van terug te rijden naar Tuxedo Road.

Ze draaide het raampje naar beneden en wierp Jo's iPhone naar buiten. Ze bedwong de neiging uit te stappen om het ding de grond in te stampen.

'Ik wist het,' mompelde ze binnensmonds.

Al die tijd had ze geweten dat haar dochter zwak was. Ze had geweten dat Jo eronderuit probeerde te komen.

Ze reed de auto drie keer over de telefoon voor ze bij de uitgang van het parkeerterrein links afsloeg. Ze zette koers naar Peachtree. Jo's moeder woonde in een door Reuben Figaroa betaald luxueus koopappartement in de buurt van Jesus Junction. Angie moest kalm zijn wanneer de oude dame de deur opende. En ze moest opschieten, want ze had geen idee of Reuben weer bij bewustzijn was.

Het appartement van Jo's moeder was de eerste plek waar hij zou gaan zoeken.

Angie keek in de spiegel. Haar haar was een warboel. Haar eyeliner was uitgelopen. Met haar vinger maakte ze er weer een keurige lijn van. Ze mocht geen gevaarlijke indruk wekken als Jo's moeder opendeed.

Was ze gevaarlijk?

Reken maar dat ze gevaarlijk was.

Haar telefoon ging. Het geluid vulde de auto. Ze strekte haar arm uit naar de achterbank. Op de tast viste ze haar telefoon uit haar tas. Te laat. Het gerinkel was opgehouden. Ze keek op het scherm.

GEMISTE OPROEP VAN HARDING, DALE

'Shit.' Ze had te veel tijd verspild daarnet in de auto met Jo. Tien minuten? Een kwartier? Reuben was wakker. Kip was op de hoogte. Laslo had de achtervolging ingezet. Dale dacht dat hij haar meekreeg, dat ze nog steeds het meisje van tien was dat hij met snoep kon omkopen terwijl hij zijn pik in haar kont ramde.

Angies telefoon trilde. Een bericht van Dale.

Ze veegde met haar duim over het scherm. Een foto werd geladen.

Anthony.

Zijn ogen wijd opengesperd. Met zijn rug tegen een lege muur. Tegen zijn hals het lange, scherpe lemmet van een jachtmes.

Eronder het woord KLEINZOON.

Angie hapte naar adem. Snel zette ze de auto aan de kant. Haar hart stond stil. Haar bloed verkilde. Jo's kind. Haar kleinkind. Wat had ze gedaan? Waarom gebeurde dit?

Weer een trilling. Weer een bericht. Weer een foto.

Angies handen beefden zo hevig dat ze de telefoon nauwelijks vast kon houden.

Jo.

Een hand om haar hals. Met haar rug tegen het raampje van een autoportier. Schreeuwend, met haar mond wijd open.

Dale had geschreven: DOCHTER.

Het zuur steeg naar Angies keel en schoot achter in haar neusholte. Ze gaf een duw tegen het portier. Haar mond ging open en een stroom gal spatte op het wegdek. Haar maag keerde zich om. Ze proefde bloed en iets giftigs.

Wat had ze gedaan? Wat kon ze doen om dit tegen te houden?

Ze ging rechtop zitten. Met de rug van haar hand veegde ze haar mond af.

'Nadenken,' zei ze tegen zichzelf. 'Goed nadenken.'

Dale had Jo te pakken gekregen. Hij had Anthony te pakken gekregen of het door iemand anders laten doen. Hij had Angie twee foto's gestuurd, bewijs dat ze nog leefden. De achtergronden verschilden van elkaar. Jo zat in een auto, Anthony tegen een geverfde muur. Dit was gecoördineerd, gepland, want Dale was Angie altijd twee stappen voor. Hij had Jo bestudeerd. Hij had Angie bestudeerd. Blijkbaar had hij er ruim de tijd voor genomen om het web te spinnen waarin ze nu gevangenzat.

Ze tikte een bericht in.

Ze kon het antwoord wel raden, maar toch schreef ze:

Wat wil je?

Dale reageerde onmiddellijk: iPad.

Dale had Angie nooit vertrouwd. Zelfs niet met de kleine dingen. Ongetwijfeld had hij de brokstukken van de vernielde iPad naar Sam Vera gebracht om ze te laten onderzoeken. Sam had ontdekt dat het niet het gekloonde toestel was. Dale had zich afgevraagd waarom Angie de moeite had genomen ze om te wisselen. En toen had hij beseft dat een filmpje dat Marcus Rippy wilde laten verdwijnen godsgruwelijk veel meer waard was dan een kwart miljoen dollar in een trustfonds.

Sinds Angies jeugd was er niets veranderd. Ze dacht dat ze alle touwtjes in handen had, maar ondertussen was Dale degene die eraan trok.

Weer dat getril.

Dale had geschreven: Nachtclub. Nu.

Maandag, 01.08 uur

De Kia van Dale stond al voor de club geparkeerd. Delilah leunde tegen de motorkap en rookte een sigaret.

Nog voor de auto helemaal tot stilstand was gekomen, stapte Angie uit. Het asfalt voelde heet aan haar blote voeten. Ze hief haar arm. Ze had haar pistool in haar hand. Ze richtte het op Delilah en haalde de trekker over.

Deze keer zat er wél een kogel in de kamer.

'Kut!' Delilah klapte dubbel en greep naar haar been. Bloed sijpelde tussen haar vingers door. 'Smerig kutwijf!'

Met moeite bedwong Angie de neiging de trekker een tweede keer over te halen. 'Waar is Jo?'

'Rot op, mens!' schreeuwde Delilah. 'Ze gaat eraan als je niet heel snel doet wat je moet doen!'

'Waar is ze?' herhaalde Angie.

'Bedoel je je dochter?' Dale worstelde zich de auto uit. In het maanlicht was zijn gezicht bijna wit. Rond zijn mond zaten schilfers droge huid. Zijn ogen waren goudgeel. Hij leunde met zijn hele gewicht op de auto en richtte over het dak een revolver op haar.

'Maak haar dood!' schreeuwde Delilah. 'Jaag godverdomme een kogel door haar kop.'

'Het is maar een vleeswond,' zei Dale. Hij was buiten adem, alleen van het uitstappen. Zijn huid glansde, maar niet van het zweet. 'Pak haar pistool.'

Angie richtte de Glock op Delilahs hoofd. 'Je doet je best maar.'

Dale zei: 'Als jij haar neerschiet, schiet ik jou neer, en dan krijg ik nog steeds wat ik wil, want ik heb je dochter en je weet wat ik met je kleinzoon kan doen.'

Angie begon te weifelen. Jo. Ze moest aan Jo denken. Als ze bedacht wat Dale met Anthony kon doen, haalde ze het einde van de nacht niet.

'Dee, pak dat pistool af,' zei Dale.

Delilah kwam hinkend op haar af. Ze stak haar hand al uit, maar Angie smeet de Glock het parkeerterrein over.

'Shit,' zei Dale. 'Ga het pistool halen.'

'Ik hoef geen pistool.' Delilah klikte een stiletto open en richtte die op Angies wang. 'Kijk eens hoe scherp, hoer. Ik snij zo je wang open, als een watermeloen.'

'Doe het dan.' Angie keek haar nicht in de ogen. Dezelfde kleur iris. Dezelfde amandelvorm. Hetzelfde explosieve lef, alleen had Angie de ballen om ernaar te handelen. 'Als je me nu niet opensnijdt, dan snij ik de volgende keer dat je dat mes ziet je ogen uit je kop.'

'Jullie doen allebei helemaal niks. Doe dat klotemes weg.' Dales toon had een waarschuwing moeten zijn, maar Delilah wist dat hij haar nooit iets zou doen. 'Doorzoek de auto,' zei hij. Toen ze zich niet verroerde, zei hij: 'Alsjeblieft, Dee. Doorzoek de auto.'

Delilah klapte het heft tegen de rug van haar hand en sloot het lemmet.

'Hé!' Dale beukte op het dak om Angies aandacht te trekken.

Ze keek hem aan. Haar hart stond stil. Heel even vergat ze waarom ze hier waren. Dale ging dood. Niet uiteindelijk. Niet binnenkort. Hij ging nu dood. Zijn organen gaven er zichtbaar de brui aan. Zijn lippen waren blauw. Zijn ogen knipperden niet. Hij zweette niet meer. De kleur van zijn huid deed haar denken aan de dikke, gele was die ze van de salontafel moest schrapen als ze de kaars te lang had laten branden. De vonk in zijn ogen was gedoofd; er was alleen nog doffe, vermoeide berusting. De dood wierp zijn schaduw over elke kloof in zijn doorgroefde gezicht.

Angie keek weg zodat hij de tranen in haar ogen niet kon zien.

'Deidre Will?' zei hij.

Dat was de naam die Angie onder het kopje MOEDER op Jo's geboorteakte had geschreven.

'Dacht je nou echt dat ik niet ging rondsnuffelen toen je om dat baantje bij 110 vroeg?'

Met de rug van haar hand veegde Angie haar ogen droog. Wills ring zat nog om haar vinger. Ze draaide hem om zodat Dale hem niet zag. 'Waar is Jo?'

'Zo goed als dood.' Delilah rommelde in Angies tas. 'Ik steek straks mijn mes in die hoer d'r borst.'

Angie griste de tas weg. 'Waar is Jo?' vroeg ze aan Dale. 'Wat heb je met haar gedaan?'

'Voorlopig is ze veilig.' Zijn oogleden waren zwaar. In zijn mondhoeken verzamelde zich speeksel. Het wapen hing scheef in zijn hand. 'Of ze veilig blijft, hangt van jou af.'

'Waar is ze?' herhaalde Angie.

Dale gaf een knik in de richting van de club. De ketting op de deur was doorgeknipt. Het enige wat Angie ervan weerhield weg te rennen, was Dales revolver. Hij ging hem gebruiken. Hij zou haar niet doden, maar wel tegenhouden.

'Godverdomme!' riep Delilah. Ze haalde de kofferbak overhoop en vond de weekendtas en het blik met versnellingsbakvloeistof. 'Hij is hier niet, papa.'

'Noem je je man zo?' vroeg Angie.

'Bek houden, hoer.'

'Jullie moeten allebei je bek houden. Waar is de iPad?' vroeg Dale aan Angie.

'Ergens waar jij hem nooit kunt vinden.' Met een deel van het geld uit Dales kofferbak had Angie de motelmanager opnieuw omgekocht. Als de boel in de soep liep, zo had ze bedacht, moest ze er zeker van zijn dat Will het filmpje niet vond.

'Ben je vergeten dat ik je dochter als een varken heb vastgebonden?'

Angie liet zich niet bang maken. 'Je doet haar niets. Daarvoor is ze te waardevol.'

'Fig hoeft haar niet meer. Bedorven waar. Ze heeft haar keuze gemaakt.'

Angie wist dat het niet waar was. Jo had het zelf gezegd. Reuben Figaroa verloor nooit.

'Wat staat er op dat filmpje?' wilde Dale weten.

'Meer geld dan jij je kunt voorstellen,' antwoordde Angie. 'We komen hier samen wel uit, Dale. Daar hoeft niemand pijn voor te lijden.'

Hij glimlachte. 'Jij wilt jouw deel van de buit.'

'Rot op,' zei Delilah. 'Dat wijf krijgt geen cent van mijn geld.'

'Schat, hou je mond.' Dale hoefde zijn stem niet te verheffen. Delilah wist dat er bepaalde dingen waren waar ze niet mee wegkwam.

'Haal de iPad,' zei hij tegen Angie. 'Breng die naar mij. Daarna praten we.'

Angie probeerde te onderhandelen. 'Het is bijna gedaan met je. Ik kan het zien, Dale. Je hebt straks mijn hulp nodig.'

Hij haalde zijn schouders op, ook al wist hij ongetwijfeld dat hem slechts uren, en misschien slechts minuten restten tot het einde.

'Delilah kan niet met Kip onderhandelen,' zei ze. 'Dat heb je zelf gezegd. Ze gaat al akkoord met een handvol pillen.'

Delilah wilde protesteren, maar Dale legde haar met zijn blik het zwijgen op.

'Ze kan Kip Kilpatrick niet aan. Hij maakt gehakt van d'r.'

'Denk je dat ik het aan haar overlaat?'

Angie proefde gal. 'Wie heeft Anthony?'

'Je kleinzoon?' Delilah lachte. 'Uitgewoonde ouwe teef. Heeft een kleinkind van twaalf.'

'Hij is zes,' zei Angie. 'Waar is hij?' vroeg ze aan Dale.

'Maak je geen zorgen om dat kind,' zei Dale. 'Denk eerst maar aan jezelf.'

'Je hebt toch niet...' Angies hart klopte in haar keel, bonkte in haar hoofd. Er was maar één persoon voor wie ze nog banger was dan voor Dale. 'Aan wie heb je hem gegeven?'

'Aan wie denk je?' Delilah lachte weer. Angie schopte tegen haar knie. Gillend liet Dales dochter zich op de grond vallen.

'Angela,' zei Dale, maar het was te laat.

Het interesseerde haar niet dat hij een wapen op haar hoofd gericht hield. Angie stormde op het gebouw af, maar ze was niet snel genoeg. Elke stap leek haar verder van haar doel te verwijderen. Ze rukte de deur open. Binnen slokte het duister haar op. Ze kon zich niet oriënteren. Uit de vloer doken schaduwen op.

'Jo!' riep ze. 'Jo, waar ben je?'

Niets.

Ze keek over haar schouder. Delilah was weer overeind gekrabbeld. Gehinderd door haar gewonde been zette ze strompelend de achtervolging in.

Angie liep verder het gebouw in. Overal lag rotzooi. Scherven sneden in haar voeten. Haar tas bleef ergens achter haken, en het leer scheurde open. Haar ogen begonnen te wennen. Dansvloer. Bar achterin. Boven een galerij. Twee verduisterde ramen filterden het maanlicht. Boven waren kamers.

De voordeur vloog met een knal tegen de muur. Delilah. Haar silhouet tekende zich tegen de schaduwen af. Ze had de stiletto in haar hand.

'Dee!' Achter haar klonk Dales stem, maar zwak. 'Ze moet in leven blijven.'

'Krijg de tering,' fluisterde Delilah, niet tegen Dale, maar tegen Angie.

Angie dook ineen. Vergeefs zocht ze naar iets om tegen de jonge vrouw te gebruiken. Dat ze haar handen openhaalde, voelde ze niet. Crackpijpen. Spenen. Condooms. Nutteloze rommel.

Delilahs schoenen knerpten over de vloer.

Angie keek op. De galerij. De kamers. Allemaal met deuren. Eentje zat dicht.

Angie rende naar de trap. Ze struikelde. Haar knie sloeg tegen de betonnen rand van de tree, maar ze rende door. Ze moest naar Jo. Ze moest haar dochter redden. Ze moest tegen haar zeggen dat ze Anthony nooit in gevaar zou brengen, dat hij haar zo dierbaar was, dat ze alles zou doen om hem te beschermen, dat ze haar kleinzoon niet aan hetzelfde lot zou overlaten dat Angie zelf had getroffen.

Ze was bijna boven aan de trap toen haar voet weggleed. Ze smakte keihard op het beton. Delilah had haar enkel beet en sleurde haar weer naar beneden. Schoppend en schreeuwend draaide Angie zich om en probeerde haar af te schudden.

'Hoer!' gilde Delilah. Ze dook boven op Angie. De stiletto fonkelde in een streep maanlicht. Angie greep Delilahs polsen. Het lange, dunne lemmet, scherp als een ontleedmes, was centimeters van haar hart verwijderd. Delilah drukte met haar hele gewicht op het heft. Angie voelde de punt van het lemmet tegen haar huid. Haar armen begonnen te beven. Ze baadden allebei in het zweet.

'Ophouden!' zei Dale, weer met die zwakke stem.

Ze konden niet ophouden. Deze strijd had te lang geduurd. Een van hen moest sterven. Angie niet, ze peinsde er niet over. Delilah was jonger en sneller, maar Angie had twintig jaar woede op haar voor. Ze duwde Delilahs handen omlaag en boog het lemmet weg van haar hart.

Het was niet genoeg.

Met haar laatste krachten stootte Delilah het mes in Angies buik.

Angie kreunde. Ze had zich op het nippertje kunnen omdraaien zodat het lemmet alleen in haar zij drong. Ze voelde het koude heft, toen wrikte Delilah het mes los en hief het boven haar hoofd, op Angies hart gericht.

'Stop!' beval Dale. 'Ze moet blijven leven!'

Delilah stopte, maar ze was nog niet klaar. Ze ramde Angies achterhoofd tegen het beton en rende het laatste stuk trap op.

Angie kon haar niet volgen. Ze zag sterren. Ze explodeerden achter haar oogleden. Braaksel steeg op naar haar mond en gleed terug door haar keel. Nog even en ze verloor het bewustzijn. Ze kon er niet tegen vechten. Dus zo eindigde haar leven. Delilah zou Jo vermoorden. Anthony was in handen gevallen van een monster. En zij stikte in haar eigen braaksel.

Will. Will moest haar vinden. De gepijnigde blik in zijn ogen. Het besef dat ze in eenzaamheid was gestorven, zonder hem.

Opeens klonk er een snerpende kreet, en Angie schrok wakker uit haar verdoving.

'Nee!' gilde Jo. 'Niet doen!'

Het geluid kwam uit het diepst van haar wezen en was anders dan toen Reuben haar sloeg. Het was de kreet van iemand die wist dat ze ging sterven.

Angie rolde zich om. Ze zette zich tegen de traptreden af en krabbelde overeind, niet tegengehouden door de scherpe pijn in haar zij of door Dales wankele voetstappen beneden haar op de trap. Ze stormde de laatste treden op en rende de galerij over.

Er werd een schot gelost. Het geluid kwam een fractie van een seconde later. Angie voelde de kogel langs haar hoofd fluiten. Een brok beton viel op de vloer. Ze draaide zich om.

Dale zat op de trap, met zijn revolver op schoot. Zelfs op twintig meter afstand hoorde Angie hem naar lucht happen. 'Doe het niet,' zei hij, maar Angie was niet meer bang voor hem. Je vreesde alleen voor je leven als je iets te verliezen had.

Delilah kwam de kamer uit. Ze zat onder het bloed. Ze lachte.

'Wat heb je gedaan?' vroeg Angie, ook al wist ze het maar al te goed.

Delilah klapte haar handen tegen elkaar als om ze schoon te maken. 'Ze is dood, bitch. En wat wou je nu?'

Angie keek naar Delilahs lege handen. Ze had het mes in Jo's lichaam achtergelaten. Haar enige wapen. Haar enige verdedigingsmiddel. 'Stomme kut.' Ze greep Delilah bij haar arm en slingerde haar naar de opening in de galerij.

Het ging geluidloos.

Delilah was te bang om te gillen. Ze wankelde, probeerde overeind te blijven, maar verloor haar evenwicht. Haar handen schoten naar voren. Ze klauwde naar de lucht. Uiteindelijk schreeuwde ze, toen ze naar beneden stortte.

Met een misselijkmakend gekraak raakte haar lichaam de grond.

Angie keek naar Dale. Hij zat nog steeds. Met beide handen klemde hij zijn revolver vast en richtte in alle rust, want deze keer waarschuwde hij haar niet. Hij ging haar doden. Ze stoof de kamer in en trok de deur achter zich dicht. De kruk schoot los in haar hand. Ze duwde tegen de deur, maar hij was in het slot gevallen.

'Angie?' zei Dale. Hij had zich weer overeind gehesen. Ze hoorde zijn voeten over de traptreden schuiven. 'Probeer het niet te rekken.'

Ze sloot haar ogen en luisterde. Hij was buiten adem, maar hij slofte niet. Ze had zichzelf in deze kamer opgesloten. Hij had nog vier kogels in zijn revolver. Vier kansen om van dichtbij een doel te treffen dat een blinde in zijn slaap nog kon raken.

Er stond haar maar één ding te doen.

Blindelings en wadend door het bloed doorzocht Angie de kamer. Ze vond Jo in een hoek. Haar lichaam hing tegen de muur. Voorzichtig tastte Angie naar het mes. Ze stuitte op het heft, dat uit Jo's borst stak.

'Angie,' zei Dale. Hij was nu dichterbij. Hij wist dat hij zich niet hoefde te haasten.

Ze ging naast haar dochter zitten. De kou van het beton kroop door de met bloed besmeurde vloer naar boven. Sinds haar tiende had Dale haar elke dag stukje bij beetje vermoord. De genadeklap gunde ze hem niet. Het mes dat haar dochter had gedood, werd het mes dat Angie zou doden. Ze zou het in haar eigen hart stoten. Dan bloedde ze leeg in deze donkere, lege kamer. Als Dale de deur opendeed, zou ze dood zijn.

Langzaam reikte Angie naar de stiletto. Ze sloeg haar vingers om het heft en begon te trekken.

Jo kreunde.

'Jo?' Nu zat Angie op haar knieën. Ze raakte Jo's gezicht aan, streek haar haar naar achteren. 'Zeg iets tegen me.'

'Anthony,' zei Jo.

'Hij is veilig. In mijn auto.'

Jo hijgde. Haar kleren plakten van het bloed. Keer op keer had Delilah haar gestoken, maar toch ademde ze nog, toch praatte ze nog, toch vocht ze nog om in leven te blijven.

Mijn dochter, dacht Angie. *Mijn meisje.*

'Ik kan staan,' zei Jo. 'Heel even wachten.'

'Rustig maar.' Angie wilde Jo's hand pakken.

Die was er niet.

Ze voelde glad bot, een open gewricht. 'O god,' fluisterde Angie.

Jo's hand was bijna volledig van de pols losgesneden. Hij zat alleen met wat pees- en spierweefsel vast. Angie voelde het bloed gestaag uit de open slagader spuiten.

'Ik voel ze nog,' zei Jo. 'Mijn vingers. Ik kan ze bewegen.'

'Dat weet ik,' loog Angie. Een tourniquet. Ze had een tourniquet nodig. Haar tas was van haar schouder gerukt. Er lag niets in de kamer. Als ze niets deed, bloedde Jo dood.

'Niet weggaan,' zei Jo.

'Dat doe ik ook niet.' Angie trok haar slip uit. Ze wikkelde de string om Jo's pols en trok hem zo strak mogelijk aan.

Jo kreunde, maar het spuitende bloed vertraagde tot een dun straaltje.

Angie legde een knoop in de string. Ze luisterde of ze Dale hoorde. Ze probeerde zijn voetstappen op te vangen. Er klonk zacht gejammer. Angie wist niet of het van Jo kwam of uit haar eigen mond.

'Alsjeblieft.' Jo boog zich naar haar toe. 'Heel even wachten. Ik ben sterk.'

'Dat weet ik.' Angie hield haar vast, klemde haar zo dicht mogelijk tegen zich aan. 'Ik weet dat je sterk bent.'

Voor het eerst in haar leven hield Angie haar dochter in haar armen.

Jaren geleden, toen de verpleegkundige in het ziekenhuis haar had gevraagd of ze haar baby wilde vasthouden, had Angie geweigerd. Ze had geweigerd het meisje een naam te geven. Ze had geweigerd de formulieren te ondertekenen waarmee ze afstand deed van haar kind. Zo had ze alle opties opengehouden, want dat deed ze altijd. Ze herinnerde zich dat ze voor ze het ziekenhuis verliet haar spijkerbroek omhoog had gesjord. Die was vochtig van het vruchtwater. Eerst had hij strak om haar middel gezeten, maar nu slobberde hij om haar heen, en met de losse stof in haar vuist geklemd was ze de trap aan de achterkant van het gebouw afgedaald en naar buiten gerend, naar de jongen die om de hoek in zijn auto zat te wachten.

Denny, maar dat het Denny was, maakte niet uit, want het had iedereen kunnen zijn.

Er was altijd een jongen die op haar wachtte, die iets van haar verlangde, die naar haar smachtte, die haar haatte. Zolang Angie zich kon herinneren, was het al zo geweest. Op haar tiende bood Dale Harding haar een maaltijd aan in ruil voor haar mond. Op haar vijftiende was er een pleegvader die niet vies was van een wip. Op haar drieëntwintigste een soldaat die een slagveld maakte van haar lichaam. Op haar vierendertigste een politieman die haar wijsmaakte dat het geen verkrachting was. Op haar zevenendertigste een andere politieman die haar bezwoer eeuwig van haar te zullen blijven houden.

Will.

Hij had 'eeuwig' gezegd in het souterrain van Mrs. Flannigan. Hij had 'eeuwig' gezegd toen hij de zonnebloemring aan haar vinger schoof.

Eeuwig duurde altijd minder lang dan je dacht.

Angie raakte Jo's lippen aan. Koud. Haar dochter verloor te veel bloed. Het heft van het mes dat uit haar borst stak klopte mee met haar hart, soms als een metronoom en dan weer als de vastgelopen secondewijzer van een klok die bijna stilstond.

Al die verloren jaren.

Angie had haar dochter in het ziekenhuis in haar armen moeten houden. Al was het maar voor één keer. Ze had haar dochter een vage herinnering aan haar streling moeten meegeven zodat ze niet ineenkromp zoals nu, zodat ze haar hand niet ontweek alsof het de hand van een vreemde was.

Ze wáren vreemden voor elkaar.

Angie schudde haar hoofd. Die kwelling kon ze niet aan: stilstaan bij alles wat ze had verloren en waarom. Ze was sterk, ze kwam altijd weer boven, daar moest ze nu aan denken. Haar hele leven had ze op het scherp van de snede gebalanceerd, vluchtend voor de dingen waar mensen doorgaans op afrennen: een kind, een man, een thuis, een leven.

Geluk. Voldoening. Liefde.

Al die dingen waar Will naar verlangde. Al die dingen waarvan zij had gedacht dat ze ze nooit nodig zou hebben.

Nu besefte ze dat al dat vluchten haar rechtstreeks naar deze donkere kamer had gevoerd, dat ze vastzat in dit donkere oord, waar ze haar dochter voor de eerste en de laatste keer vasthield terwijl ze doodbloedde in haar armen.

Achter de gesloten deur klonk geschuifel. In het spleetje licht boven de drempel waren de schaduwen te zien van twee voeten die over de vloer gleden.

Weer sloot Angie haar ogen. Toen ze tien was, had Dale hetzelfde gedaan. Hij had voor de dichte deur van Deidres flat staan wachten tot Angie opendeed. Deidre deed altijd open. Het maakte haar niet uit wie er aan de andere kant stond, zolang hij maar een naald vol heroïne dichter bij haar arm kon brengen.

De vermoedelijke moordenaar van haar dochter?

Haar eigen moordenaar?

Doe open en laat hem binnen.

'Angela,' zei Dale, net als toen.

De houten deur rammelde in het kozijn. Er klonk geschraap. Metaal tegen metaal. Het vierkantje licht versmalde en verdween toen een schroevendraaier in de opening werd geramd.

Klik-klik-klik, als bij het droogschieten met een ongeladen wapen.

Voorzichtig legde Angie Jo's hoofd op de vloer. De jonge vrouw kreunde van de pijn. Ze leefde nog. Ze gaf nog niet op.

Angie kroop de donkere kamer door, zonder acht te slaan op het krijtachtige gruis van zaagsel en metaalschaafsel dat in haar knieën beet, of op de stekende pijn onder haar ribben, op de gestage stroom bloed die een spoor achter haar vormde. Ze stuitte op schroeven en spijkers tot haar hand langs iets kouds streek, iets ronds van metaal. Ze raapte het voorwerp op. In het donker herkenden haar vingers wat ze vasthield: de kapotte deurknop. Massief. Zwaar. De tien centimeter lange pin stak als een ijspriem uit.

Een laatste klik, en hij had het slot te pakken. De schroevendraaier kletterde op de betonnen vloer. De deur kierde open.

Angie stond op. Ze drukte haar rug tegen de muur naast de deur. Ze dacht aan alle manieren waarop ze de mannen in haar leven pijn had gedaan. Eén keer met een pistool. Eén keer met een naald. Ontelbare keren met haar vuisten. Met haar mond. Met haar tanden. Met haar hart.

Voorzichtig werd de deur een paar centimeter verder opengeduwd. De loop van een pistool kroop om de hoek.

Ze pakte de deurknop zo vast, dat de pin tussen haar vingers stak, en wachtte tot Dale binnenkwam.

'Angela?' zei hij. 'Ik ga je geen pijn doen.'

De allerlaatste keer dat hij met die leugen aankwam.

Ze greep Dales pols en trok hem de kamer in. Hij struikelde, wrong zich opzij. Maanlicht speelde over zijn gezicht. Hij keek verbaasd. En terecht. Veertig jaar lang had hij kleine meisjes de straat op gestuurd en niet één van hen had zich ooit tegen hem gekeerd.

Tot nu.

Angie stootte de deurknop in de zijkant van zijn hals. Ze voelde weerstand toen de roestige pin kraakbeen en pees uiteenreet.

Dales adem siste naar buiten. Ze proefde de verrotting van zijn ontbindende lichaam.

Hij smakte ruggelings op de vloer.

Bloed spatte tegen haar benen.

Zijn armen flapten open. Zijn lippen weken uiteen. Zijn ogen waren gesloten. Een laatste ademtocht lekte naar buiten, niet als het gesis van een slang, maar als een band die langzaam leegloopt. Aan de andere kant van het raam had de maan zich verplaatst. Een lange schaduw kroop de kamer in en streelde Dales lichaam in het donker. De hel had een dienaar gestuurd om zijn ellendige ziel op te eisen.

'Angela.'

Angie schoot wakker uit haar verdoving. Ze had die naam nooit tegenover Jo uitgesproken. Jo noemde haar bij de naam die Dale altijd gebruikte.

'Angela,' herhaalde Jo. Ze zat recht overeind. Met haar hand hield ze het mes op zijn plaats. 'Ik wil mijn zoontje zien.'

Anthony. Jezus, hoe kon ze Anthony helpen?

'Help me overeind.' Jo probeerde omhoog te komen.

Angie snelde haar te hulp. Ongelooflijk hoeveel kracht haar dochter nog in zich had.

'Ik moet mijn zoontje zien,' zei Jo. 'Ik moet tegen hem zeggen –'

'Komt in orde.' Zonder op haar eigen pijn te letten hielp Angie Jo op de been. Nadat ze samen een paar wankele stappen hadden gezet, liep Jo zelfstandig verder. Angie keek naar het mes, dat tot aan het heft in haar lichaam stak. Jo's hand bungelde aan haar arm. De tourniquet was weggegleden. Bloed spoot naar buiten, zwiepte over Dales lijk. Steeds meer bloed bedekte de vloer. Jo hing tegen de muur.

'Heel even,' zei ze. 'Ik kan het.' Ze kon het niet. Ze gleed naar beneden. Angie wilde haar opvangen, maar ze was te laat. Jo zakte in elkaar. Haar ogen gingen dicht. Haar gezicht verslapte. Haar lippen bewogen nog steeds. 'Ik kan het.'

Nu nam de politievrouw in Angie het over. Basistriage. Geen tijd voor een ambulance. Ze moest een manier verzinnen om het bloeden te stelpen, anders kwam Jo de trap niet meer af. In haar auto lag zeil. Ducttape. Ze zette een stap en bleef weer staan. Dit was een plaats delict. Twee paar voetstappen, twee verdachten. Haar politielaarzen stonden in de auto. Reuben Figaroa was vast op zoek naar zijn vrouw. Naar zijn zoon. Angie moest Jo's sporen wissen. Dales auto. De stapels bankbiljetten in de kofferbak. Delilahs creditcards. Het APD. Het GBI.

Will.

Rippy was zijn zaak. Hij zou hierbij worden geroepen. Hij zou Dale vinden. Hij zou een poel van bloed aantreffen. Angie kende hem. Ze wist hoe hij in elkaar stak. Hij hield pas op met spitten als hij hen allemaal in een graf had gelegd.

'Angela,' fluisterde Jo. 'Is dat Anthony?'

Zzzz. Zzzz.

Dales telefoon trilde in zijn zak.

'Is dat mijn zoontje?' vroeg Jo. 'Belt hij?'

Jo's zoontje werd vastgehouden door iemand die hem met een jachtmes op zijn keel tegen een muur had gezet.

Angie klapte Dales telefoon open en drukte het ding tegen haar oor. Er klonken geluiden: een huilend kind en een tekenfilm die te hard stond.

'Hé, klootzak,' zei een vrouwenstem. 'Mijn geduld raakt op. Wil je dit ventje nog of zal ik hem verkopen voor wat zijn organen waard zijn?'

Vuur brandde zich een weg door Angies maag. Ze was weer tien. Bang, alleen, bereid alles te doen om de pijn te laten verdwijnen.

'Dale?' De vrouw wachtte even. 'Ben je daar?'

'Mama?' Opeens klonk Angie weer als een meisje van tien. 'Ben jij dat?'

Ze hoorde haar lage, hese lach. 'Ja, ik ben het, schat. Heb je me gemist?'

HEDEN

NEGEN

Will drukte zijn telefoon tegen zijn oor. Angies stem weergalmde door zijn hoofd.

Ik ben het, schat. Heb je me gemist?

Kwam het door de Xanax? Will keek naar het scherm. Anoniem nummer. Hij ging rechtop zitten en liet zijn blik door de kapel gaan, alsof Angie hier was. Naar hem keek. Hem uitlachte. Zijn lippen bewogen, maar er kwamen geen woorden.

'Will?' Haar plagerige toon was verdwenen. 'Gaat het wel, schat? Adem eens diep in.'

Adem eens diep in.

Hetzelfde als wat Sara beneden tegen hem had gezegd. Alleen had hij nu geen paniekaanval. Hij was vervuld van blinde, tomeloze woede. 'Kutwijf.'

Ze lachte. 'Dat lijkt er meer op.'

Rippy's club. Angies tas. Haar pistool. Haar auto. Haar bloed. En nu het lijk in het uitvaartcentrum met haar trouwring om de vinger.

Ze had hem erin geluisd. Ze was in de problemen geraakt, en hoe ze zich er ook uit had geklauwd, het had haar opnieuw een kans geboden om hem te grazen te nemen.

'Kutwijf,' zei hij nog een keer.

Weer lachte ze hem uit.

Als ze voor hem had gestaan, had Will haar keel dichtgeslagen. Hij ging haar zoeken. Hij ging zijn uiterste best doen haar op te sporen en dan wurgde hij al het leven uit haar waardeloze lijf.

De kapeldeur werd geopend. Faith liep naar binnen.

Happend naar lucht probeerde Will zijn woede weg te slikken. Zijn razernij. Zijn wrok.

Faith deed haar mond al open om te vragen wat er aan de hand was, maar hij legde haar het zwijgen op en sprak in de telefoon: 'Angie, waarom heb je me dit aangedaan?'

Faiths mond viel open, en ze bleef stokstijf staan.

'Waarom?' vroeg Will. 'Die hele toestand in Rippy's club, die heb je in scène gezet. Ik moest denken dat je dood was. Ik moest denken dat het jouw lijk was, hier in het souterrain. Waarom?'

Angie zweeg, ook al had ze de hele dag over haar antwoord na kunnen denken.

'Angie...' Wills stem sloeg over. Hij voelde zich rauw vanbinnen, verlangde wanhopig naar een verklaring. 'Zeg het, godverdomme. Waarom heb je me dat aangedaan? Waarom?'

Ze slaakte een diepe, geïrriteerde zucht. 'Waarom doe ik dingen?' Ze dreunde het bekende rijtje op. 'Ik ben nou eenmaal een kutwijf. Ik wil je leven kapotmaken. Ik wil jou kapotmaken. Ik weet niet hoe je eruitziet als je verliefd bent, want je bent nooit verliefd op mij geweest.'

Will draaide zijn gezicht weg van Faith, bang dat ze zag hoe diep zijn haat ging. 'Dat is geen antwoord.'

'Daar zul je het voorlopig mee moeten doen.'

Dit trok hij niet. Als hij zichzelf alles liet voelen wat kookte in zijn binnenste, stortte hij in, lag hij straks dood op de vloer. Hij probeerde te denken als een politieman, niet als een man die zich zojuist door een psychopaat had laten mangelen. 'Van wie is dat lijk in het souterrain?'

'Zover zijn we nog niet,' zei Angie. 'Vertel eerst maar hoe het voelde toen je dacht dat ik dood was.'

Het kostte Will moeite de telefoon niet tussen zijn vingers te vermorzelen. 'Hoe denk je dat het voelde?'

'Ik wil het van jou horen.' Even zweeg ze afwachtend. 'Als jij zegt hoe het voelde, vertel ik wie er in het souterrain ligt.'

'Daar kom ik zelf wel achter,' zei hij. 'Op dit moment worden haar vingerafdrukken nagetrokken.'

'Jammer dan dat haar vingertoppen zijn opengebarsten.'

'Dan hebben we nog altijd DNA.'

'Ze zit niet in het systeem,' zei Angie. 'Jij doet deze zaak. Je hebt ook andere zaken gedaan. Wat nu als ik zeg dat ik de hele boel hier en nu kan openbreken, met als enige voorwaarde dat je me vertelt hoe je je voelt?'

'Ik hoef jouw hulp niet.'

'Echt wel. Weet je nog hoe ik je de vorige keer heb geholpen? Reken maar dat je me toen dankbaar was.'

Hij wilde dit gesprek niet voeren met Faith erbij. 'Heb jij Dale Harding vermoord?'

'Waarom zou ik nu opeens een moord bekennen?'

Will werd bijna misselijk van uitputting. 'Bedoel je nu, in tegenstelling tot al die andere keren?'

'Oppassen, schat.'

Hij sloeg zijn hand voor zijn gezicht. Dit was onmogelijk. Ze had andere mensen op een vergelijkbare manier verwond, maar hem nooit. Hij moest het weer vragen: 'Waarom? Waarom heb je dit gedaan?'

'Ik wilde je laten voelen hoe het zou zijn als je me echt kwijtraakte.' Ze zweeg een paar tellen. 'Ik heb je vandaag gezien. Vraag me niet waar. De blik in je ogen toen je dacht dat ik echt dood was. Wedden dat je Sara nooit zo zou missen?'

'Spreek haar naam niet uit.'

'Sara,' herhaalde Angie, die zich nooit iets liet zeggen. 'Ik heb je gezien, Will. Ik ken die blik. Die heb ik gezien toen je nog een jongetje was. Die heb ik vorig jaar gezien. Ik weet wie je bent. Ik ken je beter dan wie ook op deze wereld.'

De brief. Ze citeerde uit haar eigen brief. 'Wie ligt er in het souterrain?'

'Doet dat ertoe?'

Will wist niet wat ertoe deed. Niets deed ertoe. Waarom had ze hem dit aangedaan? Hij had altijd alleen maar van haar gehouden. Voor haar gezorgd. Haar in bescherming genomen. Niets van dat alles had ze ooit voor hem gedaan. Nu niet. Nooit niet.

'Heeft Faith me al gepingd?' vroeg ze.

Will draaide zich om. Faith was aan het bellen, waarschijnlijk om Angies mobiel te laten traceren.

'Josephine Figaroa,' zei Angie.

'Wat?'

'Die jonge vrouw in de kelder. Josephine Figaroa. Mijn dochter. Jouw dochter. Ons kind.' Even zweeg ze. 'Dood.'

Wills mond viel open. Zijn hart ging zo tekeer dat hij moest gaan zitten. Een kind. Hun kind. Hun baby. 'Angie,' zei hij. 'Angie.'

Er kwam geen antwoord. Ze had de verbinding verbroken.

Hij bracht zijn hand naar zijn mond. Zijn adem voelde koud. Angie had hem van binnenuit gedood, met chirurgische precisie zijn hart opengesneden. Een kind. Een dochter. Met zijn verneukte genen.

En nu was ze dood.

Faith knielde naast hem neer. 'Will?'

Hij kreeg er geen woord uit. Het enige wat hij voor zich zag was een klein meisje achter in een klaslokaal, dat met moeite volgde wat de leraar zei, omdat haar vader te dom was om haar te leren lezen.

Ze zou uiteindelijk in tehuizen zijn beland, net als Will. In de steek zijn gelaten, net als Will.

Hoe kon Angie zo wreed zijn?

'Will?' herhaalde Faith. 'Wat heeft ze gezegd?'

'Josephine Figaroa.' Hij wrong de naam eruit. 'In het souterrain. Angies dochter. Josephine Figaroa. Zo heet ze.'

'De vrouw van die basketballer?' Faith wreef over zijn rug. 'Daar hebben we het straks wel over. Zal ik Sara halen?'

'Nee,' zei hij, maar achter hen kwam Sara de deur al door. Amanda was bij haar. Allebei keken ze bezorgd.

Toen Faith over Angies telefoontje vertelde, sloeg hun zorg om in woede.

'Wat?' zei Sara. 'Wat?' Ze bleef het woord maar herhalen.

Amanda greep de rand van het podium. Met opeengeklemde kiezen zei ze: 'Heb je haar laten traceren?'

'We kwamen er niet in,' zei Faith. 'Ze heeft het vast getimed.'

'Godverdomme.' Amanda keek naar de vloer en zuchtte zachtjes. Toen ze weer opkeek, was haar blik vastberaden. 'Hebben we een telefoonnummer?'

'Dat is geblokkeerd, maar we kunnen het wel...'

‘Regel ik.’ Amanda stortte zich op haar BlackBerry. ‘Heeft Charlie een match voor de vingerafdrukken kunnen vinden?’

‘Nee,’ zei Faith. ‘De vingertoppen waren –’

‘Gebarsten,’ vulde Will aan. ‘Angie wist dat. Ze zei dat het DNA niet in het systeem zat.’

‘Het was Angies bloedgroep daar op de plaats delict,’ zei Sara. Verbijsterd bleef ze haar hoofd schudden. ‘Haar tas. Haar wapen. Ik snap het niet. Waarom doet ze zoiets?’

‘Kan Angies dochter dezelfde bloedgroep hebben?’

Sara antwoordde niet. Net als die ochtend verkeerde ze in shock.

‘Dochter?’ vroeg Amanda.

Will kreeg er geen woord uit.

‘Ook al is het allemaal even zinloos,’ zei Amanda, ‘heeft Angie toevallig gezegd waarom ze dit alles heeft gedaan?’

‘Ze is een monster.’ Will sprak uit wat al ruim dertig jaar over Angie gezegd werd. In het kindertehuis. In pleeggezinnen. Op het politiebureau. Will ging er nooit tegenin, maar hij geloofde het ook niet. Ze kenden Angie niet. Ze wisten niet door wat voor hel ze was gegaan. Ze wisten niet dat de pijn soms zo erg was dat ze die alleen kon bestrijden door naar anderen uit te halen.

Nog nooit had ze naar Will uitgehaald. Niet op deze manier.

‘Als het echt Josephine Figaroa is, hebben we verse vingerafdrukken in het systeem,’ zei Faith. ‘Afgelopen donderdag is ze gearresteerd. Ze had Oxy in haar auto. Ik heb het op het nieuws gezien.’

‘Dus volgens Angie is die vrouw haar dochter?’ vroeg Amanda.

‘Ja.’ Will verzweeg dat Josephine ook zijn dochter was. Eerst moest hij meer duidelijkheid hebben. Hij had tijd nodig om na te denken. Angie had over zoveel dingen gelogen. Waarom zou hij haar nu opeens geloven?

‘Figaroa,’ zei Amanda. ‘Waarom klinkt die naam bekend?’

‘Ze is getrouwd met Reuben Figaroa. De basketballer.’

‘Marcus Rippy.’ Amanda spuugde de naam uit, alsof er een smerige smaak aan zat. ‘Deze hele dag is één grote cirkel, met hem als middelpunt.’

Will stond op. 'De patrouillewagen heeft toegang tot beeldmateriaal van de straatcamera's.'

Zonder op een reactie te wachten rende hij het middenpad af. Tegen de tijd dat de anderen het gebouw verlieten, was hij al op het parkeerterrein. Will rukte het portier van de patrouillewagen open en stapte in. De agent slaakte een kreet van schrik.

Will wees naar de laptop op het dashboard. 'Ik wil het beeldmateriaal van elke camera hier in de omgeving.'

'Daar was ik net mee bezig, in opdracht van je baas.' De agent drukte een paar toetsen in. 'Deze moet je hebben. Ik heb hier twee verschillende invalshoeken, een vanaf de straat aan de voorkant van het uitvaartcentrum en een vanaf de straat aan de achterkant.'

Faith trok het achterportier open en schoof ook in de auto.

Amanda knielde naast Will neer. 'Dunlop,' zei ze tegen de agent, 'zeg alsjeblieft dat je iets gevonden hebt.'

'Jazeker.' Dunlop wees naar het scherm. 'Dit is vlak na het vertrek van het bedrijfsbusje, om 20.22 uur.'

De valse oproep voor het ophalen van een nepdode. Geen grap van een andere uitvaartstudent, maar een truc om Belcamino het gebouw uit te krijgen.

'En dan komt nu de eerste auto.' Dunlop draaide de laptop. Will zag de straathoek en de achteringang naar het dienststeegje. Het nachtzicht was wazig en de straatlantaarns hielpen ook al niet. Om 20.24.32 uur draaide Angies zwarte Monte Carlo ss de laan in die achter het uitvaartcentrum langs liep. Het gezicht van de bestuurder was een vlek. Een veeg blond haar onder een zwarte hoody. De auto reed het verharde straatje in en verdween uit het zicht van de camera.

Met de pijltjestoets spoelde Will het filmpje door tot hij de auto weer te pakken had. Zes minuten verstreken voor de Monte Carlo terugkeerde door dezelfde dienststeeg en de straat op reed.

'Ze is naar de achterdeur gegaan, waar de lift is,' zei Faith. 'Daarna is ze weer naar buiten gegaan. Zes minuten is genoeg om een lijk in de koeling te leggen.'

Dunlop reikte voor Will langs en drukte een paar toetsen in. 'Hier gaat het weer verder, op de straat aan de voorkant.'

Via de ingang op vijf meter afstand vanwaar zij zich bevonden, reed de Monte Carlo het parkeerterrein op. Angies auto kwam tot stilstand op een parkeerplek voor gehandicapten. De bestuurder stapte uit. Het dak van de auto bevond zich op anderhalve meter van het wegdek. De vrouw was zo'n één meter zeventig, ongeveer even lang als Angie. In tegenstelling tot Angie was ze dik, of misschien had ze lagen kleren over elkaar aangetrokken. Ze moest het stikheet hebben gehad in de hoody met lange mouwen, maar ze hield de capuchon op, en met gebogen hoofd en haar handen diep in haar zakken liep ze de straat in.

'Is dat Angie?' vroeg Faith.

Will schudde zijn hoofd. Hij deed niet meer aan Angie-identificatie.

'Het zou Delilah Palmer kunnen zijn,' giste Faith. 'Blond haar, maar Delilah wisselde nogal eens van haarkleur.'

'Dunlop,' zei Amanda, 'waar pik je haar hierna weer op?'

'Nergens. Of ze heeft mazzel gehad, of ze weet waar de camera's zijn.' Weer roffelde hij op een paar toetsen. Nadat hij een aantal keren had door- en teruggespoeld en de straat vanuit verschillende invalshoeken had bekeken, gaf hij het op. 'Ze kan onder de brug door zijn gelopen en op de autoweg in een wagen zijn gestapt. Richting Georgia Tech. Of naar Downtown. Er zijn ik weet niet hoeveel plekken waar ze uit het zicht een andere auto had kunnen parkeren of waar iemand haar kon opwachten.' Hij haalde zijn schouders op. 'Weet ik het, ze heeft misschien een bus gepakt.'

'Controleer de bussen,' zei Will, want dat leek hem typisch iets voor Angie. Of misschien ook niet. Hij was zo ongeveer de allerlaatste die haar gedrag kon voorspellen.

Amanda's knieën kraakten toen ze opstond. 'Vertel eens over Josephine Figaroa.'

'Een basketbalvrouw.' Faith stapte uit. 'Oxy. Meer weet ik niet.'

Will zei: 'Haar man is Reuben Figaroa, een getuige van Marcus Rippy voor de avond van die verkrachting. Buitengewoon sterke forward. Heel fysiek. Mooie rebounds in de verdediging. Cliënt van Kip Kilpatrick.'

'Dat gat wordt almaar dieper,' zei Amanda.

'Hier, haar rijbewijs.' Faith hield hun haar telefoon voor. Ze had het document gedownload.

Will bestudeerde de foto. Donker haar. Dun en lang. Amandelvormige ogen. Lichtbruine huid. Ze had de Angie van twintig jaar geleden kunnen zijn.

Leek ze op hem? Had ze zijn lengte geërfd? Zijn problemen?

'Voor zover er ook maar iets over te zeggen valt, lijkt de foto op de vrouw in het souterrain,' zei Amanda.

'Ze is Angies evenbeeld,' zei Faith.

Will zweeg.

'Jullie tweeën.' Amanda wenkte Collier en zijn partner. Ze hadden zich zo rustig gehouden dat Will hun aanwezigheid helemaal was vergeten. 'Ng. Zet die stomme zonnebril af. Ik heb je op meldingen van vermiste personen gezet. Josephine Figaroa. Zat ze erbij?'

'Figs vrouw?' Zonder bril had hij een klein gezicht. 'Nee, niet in mijn zoekresultaten. Dan had ik haar naam herkend.'

Tegen Faith zei Amanda: 'Jij gaat met mij mee naar de echtgenoot. Eens kijken of we een ID kunnen krijgen, en allereerst moeten we uitvogelen of zijn vrouw inderdaad wordt vermist. Ik vertrouw Angie voor geen cent, en echt, als ze hier was, kreeg ze een flinke knal voor haar kop.'

'Zijn vrouw slikt pillen,' zei Collier. 'Ze heeft twee dagen in Fulton in de cel gezeten. Is zaterdag ontslagen. Ze zou vanochtend naar de afkick gaan.'

'En nu ligt ze in een uitvaartcentrum met steekwonden in haar borst.' Amanda plantte haar handen in haar zij. 'Ik vertrouw het voor geen meter. Angie moet er een reden voor hebben om ons op een dwaalspoor te brengen. Ze is tijd aan het rekken zodat ze haar spel kan uitspelen.'

'Wat voor spel?' wilde Collier weten. 'Best veel lijken voor een spelletje.'

'Alleen voor háár is het een spel,' zei Amanda.

'Josephine heeft een kind.' Faith hield haar telefoon weer omhoog. 'Ik heb de Facebookpagina van haar man gevonden. Anthony, zo heet hij. Zes jaar.'

Anthony. De zoon van Jo Figaroa. Angies dochter. Zijn kleinzoon?

Op de foto stond een jongetje met een verlegen lachje.

'Moet je de vorm van zijn ogen zien,' zei Faith. 'Over sterke genen gesproken.'

Waren het ook zijn genen?

1989. Angie zat in een groepstehuis met meer dan tien andere kinderen en kon geen kant op.

Behalve die keer dat ze dat wel kon.

'Er is geen melding van een vermist zesjarig jongetje,' zei Faith. 'Anders zouden we het onmiddellijk weten.'

'Reken maar,' zei Ng.

'Collier,' zei Amanda. 'Hoe staat je zoektocht naar Delilah Palmer ervoor?'

'Dat wilde ik net zeggen. We hebben haar huurauto leeg in Lakewood aangetroffen. Helemaal schoongeveegd.'

'Verdomme, Collier!' Faith sloeg met haar hand op de kofferbak van de wagen. 'Heb je haar auto gevonden? Je vertelt me een heel verhaal over die stomme hotdogs van het tankstation, maar je kunt me nog geen berichtje sturen als je –'

Opeens zag Will dat Sara was verdwenen.

Hij liet zijn blik over de voorkant van het gebouw gaan, over het gazon en het parkeerterrein. Hij liep naar de straat. Ze stond achter haar BMW. Leunend tegen de bumper staarde ze voor zich uit. Het licht van de lantaarnpaal wierp een halo om haar heen. Haar gezicht was uitdrukkingloos. Hij wist niet of ze van streek, bezorgd, bang of woedend was.

Hun dag eindigde op dezelfde manier als hij was begonnen.

Will liep weg van het lawaai, het geschreeuw en wellicht van zijn baan, want niets van dat alles interesseerde hem nog.

'Kom, we gaan naar huis,' zei hij tegen Sara.

Ze gaf hem de sleutels. Hij maakte het rechterportier voor haar open, liep om de auto heen en nam achter het stuur plaats. Toen hij achteruit van de parkeerplaats reed, pakte ze zijn hand. Will voelde zijn hart een sprongetje maken. Het kwam niet van de Xanax. Sara's aanwezigheid had een kalmerende invloed. Eerder die avond was ze bereid geweest bij hem weg te gaan, niet om hem te kwetsen, maar omdat ze alleen wilde wat goed voor hem was.

'Ik kan er geloof ik niet over praten,' zei hij.

Ze kneep in zijn hand. 'Dan doen we dat niet.'

DINSDAG

TIEN

Faith bladerde haar aantekenboekje door terwijl Amanda hen naar het huis van Reuben Figaroa reed. Haar notities waren de moeite van het bekijken amper waard. Will had gelijk gehad toen hij zei dat er geen zaak viel op te bouwen. Ze zag nu wat hij had gezien: een stel pijltjes, een stel onbeantwoorde vragen. Niets rijmde met elkaar, zelfs niet als je er de naam van Josephine Figaroa aan toevoegde. De dode vrouw was het zoveelste pijltje dat indirect terugvoerde naar Marcus Rippy.

Misschien moest ze ze aan Angie proberen te koppelen.

Er trok een waas voor haar ogen. Ze keek op en knipperde om weer helder te kunnen zien. De straten van Buckhead waren verlaten. Het was bijna één uur 's nachts. Faith had diep in slaap voor de tv gehangen toen Amanda haar naar het uitvaartcentrum had laten komen. Ze kon zich nauwelijks herinneren dat ze Emma bij haar moeder had afgeleverd. Ze was zo uitgeput dat haar hersens er zeer van deden, maar dat hoorde nu eenmaal bij het vak. Een redelijk tijdstip om een man te vertellen dat zijn vrouw dood was, bestond niet.

Overigens was Faith er niet volledig van overtuigd dat de vrouw in het uitvaartcentrum Jo Figaroa was. Het was best mogelijk dat ze dezelfde vrouw was als die op de rijbewijsfoto, maar Angies betrokkenheid trok alles in het ongewisse. Faiths beleid ten opzichte van leugenaars was om altijd alles wat ze zeiden met een korrel zout te nemen, ongeacht hoe logisch hun verhaal klonk. Gemakkelijk was dat niet. Het menselijk brein had de irritante neiging anderen het voordeel van de twijfel te gunnen. Vooral degenen om wie je gaf.

Zo geloofde Faith Will als hij zei dat Angie hem verder niets belangrijks had verteld, al had hij wel erg lang met haar aan de telefoon gezeten als ze hem alleen de naam van het slachtoffer had gegeven.

Amanda zei: 'Je moeder prikte haar aantekeningen altijd aan de muur, zodat we alle verschuivende onderdelen konden zien.'

Faith glimlachte. De speldenprikken waren er nog steeds. 'Geloof jij dat Jo Figaroa Angies dochter is?'

'Ja.'

'Wie is de vader?' Omdat ze geen antwoord kreeg, noemde ze de meest voor de hand liggende naam. 'Will?'

'Dat weet ik niet zo zeker.' Amanda minderde vaart en reed naar de kant van de weg. Ze zette de auto in de parkeerstand en keerde zich naar Faith toe. 'Vertel eens wat je over Denny weet.'

'Denny?' Faith schudde haar hoofd. 'Wie is Denny?'

'Holden, maar dan wat korter,' zei Amanda. 'Hoewel, Denny is twee lettergrepen en Holden is twee lettergrepen. Dus het is niet korter, alleen wat minder pretentieus.'

Faith was te moe voor woordspelletjes. 'Laten we het maar gewoon op Collier houden.'

'Bij het begin beginnen. Hoe gedroeg hij zich? Hoe deed hij zich voor?'

Faith zweeg even om haar dag te kunnen overzien. Er leek een eeuwigheid te zijn verstreken sinds ze Will die ochtend bij de dierenkliniek had opgepikt, of eigenlijk de vorige ochtend, want het was al na middernacht.

Ze vertelde Amanda over haar eerste ontmoeting met Collier en Ng bij Rippy's club, over de eindeloze hoeveelheid tijd die ze met hem in het huis van Dale Harding had doorgebracht, de berichtjes waar ze niets wijzer van was geworden, de saaie verhandelingen over zijn privéleven, de voortdurende seksuele toespelingen, de moeite die het hem kostte om een volwassen gesprek over de zaak te voeren.

'Ik vertrouw hem niet,' bekende Faith. 'Hij blijft maar doorzeuren over een mogelijk Mexicaans heroïnekartel. Hij heeft verzwegen dat hij Delilahs auto heeft gevonden, maar hij heeft me wel over elke stoephoer verteld met wie hij in Lakewood heeft gesproken.'

'Klopt het wat Ng zei, dat ze een oproep wegens huiselijk geweld aan het afhandelen waren voordat ze besloten de oproep voor de nachtclub aan te nemen?' vroeg Amanda.

Met moeite probeerde Faith zich zijn woorden te herinneren. 'Hij zei dat het er behoorlijk gewelddadig aan toe was gegaan, wat waarschijnlijk betekent dat ze in het ziekenhuis waren. Het Grady is niet ver van Rippy's club, zo'n tien minuten rijden op dat vroege tijdstip. Het lijkt me logisch dat zij die oproep aannamen.'

'Alleen werd 911 om vijf uur gebeld,' benadrukte Amanda. 'Zou jij vrijwillig aanbieden om aan het eind van je dienst bij een lijk te gaan kijken dat ergens in een pakhuis ligt?'

Faith haalde haar schouders op. 'Een dode politieman. De agenten hadden Harding herkend. Voor een collega ga je geen uren tellen.'

'Klopt,' beaamde Amanda. 'Wat stoort je nog meer aan hem?'

Faith vond het niet gemakkelijk om haar intuïtie onder woorden te brengen. 'Hij duikt voortdurend op. Toen Will die Jane Doe in het kantoorpand vond, was hij erbij. Hij heeft Will naar huis gebracht. Vanavond was hij er weer, bij het uitvaartcentrum. Wat deed hij daar eigenlijk?'

'Collier en Ng zijn onze contacten namens het APD. Ze zijn belast met delen van deze zaak. Het lijkt me logisch dat hij dat telefoontje over die auto heeft gekregen.'

'Ja, inderdaad.' Faith zocht naar de meest voor de hand liggende verklaring. 'Misschien is Collier gewoon een omhooggevallen idioot. Zijn vader was ook bij de politie. Die heeft blijkbaar nog wat krediet.'

'Milton Collier heeft twee jaar bij de politie gewerkt,' zei Amanda. 'Hij kreeg een eenenvijftig van een vierentwintig en raakte twee vingers kwijt voor hij een drieënzestig kon bellen.'

Faith diepte haar esoterische kennis van tiencodes op, die nog stamden uit de tijd dat Amanda met een blik-en-touwtelefoon werkte. Colliers vader was door een gek neergestoken en was al een paar vingers kwijt voor er versterking arriveerde. 'En?' vroeg ze.

'Milton ging de ziektewet in. Zijn vrouw was lerares. Ze knoopten de eindjes aan elkaar door pleegkinderen op te nemen. Bij tientallen tegelijk. Collier was er een van. Uiteindelijk hebben ze hem geadopteerd.'

'Huh,' zei Faith, want Collier had zo ongeveer alles met haar gedeeld, tot aan zijn verdraaide teelbal op school, maar hij had niet verteld dat hij ook in instellingen had gezeten, net als Delilah Palmer.

En net als Angie.

'Hebben Collier en Angie ooit samen in hetzelfde tehuis gezeten?' vroeg Faith. 'Bijvoorbeeld toen ze zeventien was en zwanger?'

'Dat is een interessante vraag, hè?' Het antwoord gaf Amanda niet, maar Faith wist dat ze er wel achter zou komen. Amanda vroeg: 'Wat heeft Angie nog meer gezegd tijdens dat telefoongesprek met Will?'

'Het was maar kort,' loog ze, want in werkelijkheid had het gesprek bijna drie minuten geduurd. 'Ik weet zeker dat ze hem ook nog een tijdje getreiterd heeft.'

'Waarom, denk je?'

'Omdat ze een verschrikkelijk mens is.'

Amanda keek haar scherp aan. 'Ze is geslepen, dat zeker. Kijk maar naar onze dag. Angie heeft ons in cirkeltjes laten rondrennen. East Atlanta. Lakewood. North Atlanta. Will is heel Midtown afgegaan. Jij zat vast in Hardings huis. Ik was bij Kilpatrick. Bovendien heeft Angie Will weten uit te schakelen, en dat is een briljant staaltje strategie. Will kent haar als geen ander. Hij zou onze beste bondgenoot kunnen zijn als we willen uitdokteren wat Angie werkelijk in haar schild voert, maar ze heeft hem volkomen onbruikbaar gemaakt. Je hebt gezien hoe hij er in het souterrain aan toe was.'

Faith had gezien hoe kapot Will was geweest, en ze had het niet aangekund. Hij had een raar hoesterig geluid gemaakt, alsof hij geen lucht kreeg. Faith was weggerend, zodat hij haar niet zag huilen.

'Denk je dat Angie hem gek aan het maken is om te voorkomen dat hij ontdekt wat ze in werkelijkheid uitspookt?' vroeg ze.

'Als ik lesgaf in psychologische spelletjes, zou dat onderdeel van mijn leerplan zijn.'

En iedereen wist dat Amanda zelf tot dergelijke spelletjes in staat was. 'Oké, Angie is hem gek aan het maken. Met welke bedoeling?'

'Ze wil tijd rekken.'

'Waarom?'

'Dat is de hamvraag, toch?' zei Amanda. 'Wat voert Angie Polaski in haar schild?'

Faith was bang dat ze het antwoord nooit te weten zou komen. Ze was zo moe en zo gestrest dat ze betwijfelde of ze op dit moment haar eigen veters kon strikken, laat staan dat ze erachter kwam waarom Angie Polaski al die vreselijke dingen deed.

‘Neem het nog eens met me door,’ zei Amanda.

Met enige aarzeling keek Faith weer naar haar aantekeningen. ‘Zondagnacht wordt Harding vermoord. Angie laat het eruitzien alsof zij, Angie, is vermoord, maar in werkelijkheid is het Jo Figaroa, die waarschijnlijk dezelfde zeldzame bloedgroep heeft als haar moeder, namelijk B-negatief.’

‘Hm.’ Bij wijze van uitzondering was Amanda haar niet een paar stappen voor. ‘Denk je dat Angie Jo vermoord heeft?’

Faith wist het niet. ‘Ze is een monster, maar ik zie haar nog niet haar eigen dochter vermoorden.’

‘Ik ook niet, maar Harding kan Jo wel vermoord hebben, waarna Angie Harding heeft vermoord. Of een poging daartoe heeft gedaan met de deurpin. Wat is er daarna gebeurd?’ vroeg Amanda.

‘Angie haalt het lijk weg uit de club. Ze steekt Dales auto in brand, wat me echt iets voor Angie lijkt als ze woedend is, en reken maar dat ze woedend is geweest als Dale inderdaad haar dochter heeft vermoord.’ Faith kon zich een dergelijk scenario met haar eigen kinderen met geen mogelijkheid voorstellen. In dat geval zou het nog duizend jaar oorlog zijn. ‘Maandagochtend om vijf uur komt die 911-oproep binnen. Maandagavond presenteert Angie ons Jo’s lijk in het uitvaartcentrum en belt Will om hem te folteren.’

‘Sara schat dat Josephine tussen twaalf en één uur ’s middags gestorven is.’

‘Dat is specifieker dan we van Sara gewend zijn.’ Faith krabbelde het tijdstip in de kantlijn. ‘Als Josephine tussen twaalf en één uur is gestorven, betekent dat dat Angie haar de hele tijd in de kofferbak van haar auto heeft gehad, tot ze het lichaam vlak voor halfnegen ’s avonds in het uitvaartcentrum dumpte.’

‘Er zat heel veel bloed op de achterbank, allemaal B-negatief, en een klein beetje bloed in de kofferbak, dat volgens Sara na haar dood uit de borstwond kan zijn gesijpeld.’

Faith huiverde bij de gedachte, want je moest wel een heel koele kikker zijn om rond te rijden terwijl je eigen kind achter in je auto doodbloedde.

'Het is een kwestie van timing,' zei Amanda. 'Angie probeert tijd te rekken. Daarom heeft ze zo lang gewacht voor ze zich van het lijk ontdeed.'

'Of er is iets veranderd aan haar plan,' giste Faith, maar eigenlijk had ze geen idee. Ze begreep Amanda's eerdere redenering, want Will was waarschijnlijk de enige die Angies gedachtegang kon doorzien. Hij wist wat haar motieven waren. Hij wist waartoe ze in staat was. Maar ze maakte niet alleen Will gek. 'Angie heeft vroeger ook moordzaken gedaan. Ze weet hoe het gaat. Al dat bloed en geweld grijpt je aan, ook al heb je het nog zo vaak meegemaakt. Je raakt in paniek bij de gedachte dat je iets over het hoofd ziet. Je kunt je brein niet uitschakelen. Je kunt niet slapen, ook al zou je er tijd voor hebben. Voeg er het emotionele aspect aan toe, en een strafkamp is er niks bij.'

'Ik herhaal nog maar eens wat ik vanmorgen heb gezegd,' zei Amanda. 'We zien iets groots over het hoofd.'

'Misschien heeft Reuben Figaroa een verklaring.' Faith klapte haar notitieboekje dicht. Ze kon er geen wijs meer uit worden. Haar aantekeningen deden aan een kleurplaat van Emma denken. 'Nu slaap ik vast helemaal niet meer. Ik kan wel zo'n Xanax van jou gebruiken.' Ze keek op naar Amanda. 'Waarom heb je trouwens Xanax bij je?'

'Een trucje van vroeger.' Amanda ging weer recht achter het stuur zitten. 'Als je een verdachte hebt die te gestrest is om te kunnen praten, verkruimel je een halve pil in zijn koffie. Hij raakt een beetje van de wijs, en voor je het weet, zet hij zijn handtekening.'

'Ik kan wel zestien verschillende redenen opnoemen waarom dat tegen de wet is.'

'Zestien maar?' Grinnikend reed Amanda de weg weer op. 'Ga maar eens met je moeder praten. Zij heeft het bedacht.'

Faith zag haar moeder wel iets dergelijks doen in de jaren zeventig, maar dat Amanda het nog steeds deed, geloofde ze niet, wat betekende dat ze weer een vraag had ontweken. Haar onder druk zetten ging Faith te ver. 'Hoe gaan we Reuben benaderen? Is dit een doodstijding of een verhoor?

Zijn vrouw wordt vermist, in elk geval sinds zondagavond. Hij heeft het niet gemeld.'

'We pakken dit aan zoals we elk verdacht overlijden van een partner aanpakken,' benadrukte Amanda. 'De echtgenoot is de belangrijkste verdachte. Vrouwen worden vaker door hun partner vermoord dan door wie ook.'

'Waarom denk je dat ik met daten ben gestopt?'

De opmerking was grappig bedoeld, maar Amanda wierp haar een schuinse blik toe. 'Door dit werk mag je geen hekel aan mannen krijgen, Faith.'

Faith keek Amanda aandachtig aan. Dit was al de tweede keer in even zoveel dagen dat ze haar datingadvies probeerde te geven. 'Hoe kom je daar nou bij?'

'Ervaring,' zei Amanda. 'Neem dat maar aan van een vrouw die dit werk al heel lang doet. Het is simpelweg een kwestie van cijfers. De meeste gewelddadige misdrijven worden door mannen gepleegd. Dat weet iedereen, maar niet iedereen ziet het elke dag in het echt gebeuren, zoals jij en ik. Bedenk maar dat Will een goede kerel is. In elk geval zolang hij niet koppig is. Charlie Reed is uitzonderlijk, niet dat je dat ooit tegen hem mag zeggen. Dat met Emma's vader werd geen succes, maar hij is wel een goede kerel. Je vader was een heilige. Je broer kan soms een sukkel zijn, maar hij heeft alles voor je over. Jeremy is in alle opzichten volmaakt. Je oom Kenny is –'

'Een oplichter en een vrouwengek?'

'Blijf door de bomen het bos zien, Faith. Kenny aanbidt je. Hij is ondanks alles een goed mens. Het ging gewoon niet tussen ons. Voor jou is er vast wel iemand die bij je past. Laat je door je werk niet op andere gedachten brengen.' Ze ging op de rem staan. 'Wat was het huisnummer ook alweer?'

Faith had nu pas door dat ze al op Cherokee Drive waren. Ze wees naar een grote stenen brievenbus, een paar huizen van de countryclub verwijderd. 'Daar.'

Amanda reed de oprit in. De doorgang werd versperd door een gigantisch zwart hek. Ze drukte op de knop op het beveiligingspaneel en zwaaide naar de bewakingscamera die discreet stond opgesteld in de hoge struiken die het huis vanaf de weg aan het oog onttrokken.

De Figaroa's waren duidelijk op hun privacy gesteld. Faith schatte dat de voortuin ruim genoeg was voor een voetbalveld. Op de begane grond van het huis zag ze trouwens een zwak lichtschijnsel. 'Ze zijn wakker. Denk je dat de pers er lucht van heeft gekregen?'

'Als dat zo is, hebben we een klein groepje verdachten die het nieuws gelekt kunnen hebben.'

Weer Collier. Hij was de spreekwoordelijke rotte appel. Als hij Angie kende, kende hij Dale Harding dan ook? En als Harding en Angie het soort politiemensen waren met wie Holden Collier optrok, wat zei dat dan over Collier?

Faith geloofde heilig in schuld door associatie.

'Heb je weleens van ene Virginia Souza gehoord?' vroeg ze.

Amanda schudde haar hoofd.

'Collier had het over haar.' Faith diepte haar telefoon op uit haar zak en las zijn berichten weer door op zoek naar de naam van de vrouw. 'Virginia Souza. Collier kwam haar op het spoor omdat ze op Delilahs straathoek werkte, dus waarschijnlijk hadden ze dezelfde pooier. Volgens de familie is ze een halfjaar geleden aan een overdosis overleden, maar dat heb ik van Collier, en die Collier vertrouw ik niet, dat is een gore leugenaar.'

'Soms klink je net als je moeder.'

'Wist ik maar of dat een compliment is.' Faith doorzocht de staatsdatabank op zoek naar het strafblad van Virginia Souza. 'Komt-ie. Zevenenvijftig, dan ben je als hoer wel op je retour. Prostitutie keer duizend, vanaf eind jaren zeventig. Het in gevaar brengen van kinderen. Het verwaarlozen van kinderen. Medeplichtigheid aan kinderexploitatie. Hier had Collier het niet over.' Met kramp in haar duim scrolde Faith door de weerzinwekkende criminele geschiedenis van de vrouw. 'Diverse keren opgepakt wegens dronkenschap en verstoring van de openbare orde. Winkeldiefstal. Geen drugsdelicten, wat vreemd is aangezien de familie heeft gezegd dat ze een halfjaar geleden aan een overdosis is overleden. Of

Collier heeft gezegd dat de familie dat gezegd heeft. Twee geweldplegingen, allebei tegen minderjarigen, daar heeft Collier over verteld. Verdacht van ontvoering van een minderjarige. Verdacht van een ander geval van exploitatie. Ze heeft echt iets met minderjarigen. Schuilnamen voor zover bekend: Souz, Souzie, Ginny, Gin, Mama.'

'Mama is de bazin.' Amanda gebruikte de naam waarmee een pooier doorgaans zijn rechterhand aanduidde. 'Ze is een bottom girl.'

'Dat kan wel kloppen, als je kijkt naar haar leeftijd en strafblad. Al dat geweld tegen minderjarigen, dat deed ze misschien voor de pooier. Zo hield ze de stal in het gareel.'

'Waar blijven die mensen?' Voor de tweede keer drukte Amanda op de zoemer aan het hek, en nu hield ze hem lang genoeg vast om duidelijk te maken dat ze niet van plan was te vertrekken. 'Heb je een telefoonnummer?'

Faith wilde het net zoeken toen het hek openging.

'Dat werd tijd,' zei Amanda.

De oprit liep met een boog naar links en voerde hen de hoek achter het huis om, naar een vrijstaande garage met plaats voor zes auto's. Amanda reed het parkeerterrein ernaast op en zette de auto naast een Tesla SUV. Het wegdek was met lijnen in een minibasketbalveld veranderd, en naar de lage basket te oordelen had Reuben Figaroa dat voor zijn zesjarige zoontje gedaan.

'Kip Kilpatrick,' zei Amanda.

Faith zag de man in een deuropening staan. Zijn pak glansde zo, dat het het licht van de bewakingslampen weerkaatste. Terwijl hij naar hun auto keek, wierp hij een flesje met felrode sportdrank tussen zijn handen heen en weer. Will had onderschat wat voor loser die man werkelijk was. Faith rook het gewoon, als vocht in een kelder.

'Kom op,' zei Amanda.

Beiden stapten uit. Amanda liep op Kilpatrick af. Faith wierp een blik door de ramen in de garagedeuren. Twee Ferrari's, een Porsche en in het laatste vak een antracietgrijze Range Rover, van hetzelfde type dat op naam van Jo Figaroa stond.

'Mr. Kilpatrick,' zei Amanda. 'Wat een genoegen om u twee keer op één dag te treffen.'

Hij keek op zijn horloge. 'Eigenlijk zijn het twee dagen. Hebt u er een bepaalde reden voor om zo laat nog een cliënt van mij te bezoeken?'

'Als we dat nu eens binnen bespreken, met Mr. Figaroa?'

'Als we dat nu eens buiten bespreken, met mij?'

'Ik vind het trouwens merkwaardig dat u hier bent, Mr. Kilpatrick. Zo laat nog op huisbezoek?'

'U krijgt vijf seconden om uit te leggen wat u hier komt doen en anders wordt u verzocht het terrein van de heer Figaroa te verlaten.'

Amanda zweeg even om het machtsevenwicht te herstellen. 'Ik ben op zoek naar Josephine Figaroa. Kennelijk wordt ze vermist.'

'Ze zit in een afkickkliniek,' zei hij. 'Vanochtend is ze vertrokken. Ik heb haar zelf in de auto gezet.'

'Kunt u me de naam van die kliniek geven?'

'Nee.'

'Kunt u me vertellen wanneer ze terugkomt?'

'Nee.'

Amanda knalde zelden tegen een muur op, maar Faith zag dat ze nu stukliep op Kilpatrick. Ten slotte zei ze de waarheid maar. 'Twee uur geleden is er een lijk gevonden dat is geïdentificeerd als dat van Josephine Figaroa.'

Kilpatrick liet het flesje vallen, dat op de stoep uiteenbarstte. Rood vocht spatte alle kanten op, ook tegen zijn voeten en zijn broek. Hij stond als aan de grond genageld, zonder de troep op te merken. Zijn verbazing was ongeveinsd.

'De heer Figaroa zal het lichaam moeten identificeren,' zei Amanda.

'Wat?' Kilpatrick schudde zijn hoofd. 'Hoe is... wat?'

'Moet u het even laten bezinken?'

Hij keek naar de grond en zag de gemorste drank. 'Weet u het zeker?' Nog steeds schudde hij zijn hoofd, en Faith hoorde hem zichzelf bijna influisteren dat hij zijn advocatengezicht weer op moest zetten. 'Laat mij de identificatie maar doen. Waar zullen we afspreken?'

'We hebben een foto, maar die is –'

'Laat zien.'

Amanda had haar BlackBerry al paraat. Ze toonde hem de foto die ze van het gezicht van de vrouw had gemaakt.

Kilpatrick deinsde terug. 'Jezus christus. Wat is er met haar gebeurd?'

'Daarom zijn we hier, om daar antwoord op te krijgen.'

'Christus.' Met zijn mouw veegde hij zijn mond af. 'Christus.'

Een schaduw viel over de deuropening, absurd dreigend, als van een monster uit een sprookjesboek.

Voorzichtig, om geen natte schoenen te krijgen, stapte Reuben Figaroa naar buiten. Hij had een zwaar gekreukeld grijs pak aan, een blauw overhemd en een zwarte stropdas. Kaalgeschoren hoofd. Een donkere snor en sik. Hij was schrikbarend lang; zijn hoofd raakte bijna de deurpost. Ook droeg hij aan zijn zwarte leren riem een holster waarin een Sig Sauer P320 zat met een *striker-fired* trekkersysteem. Hij droeg het wapen aan de voorkant en wist er zo te zien mee om te gaan.

'Mr. Figaroa,' zei Amanda, 'kunnen we u even spreken?'

Reuben stak zijn hand uit, die drie keer zo groot was als die van Amanda. 'Laat me die foto zien.'

'Nee, man,' waarschuwde Kilpatrick. 'Die wil je echt niet zien. Geloof me nou maar.'

Amanda reikte Reuben haar BlackBerry aan. In zijn gigantische hand leek de telefoon net een pakje kauwgom. Met zijn hoofd schuin en het scherm vlak bij zijn ogen bestudeerde hij de afbeelding. Faith was Wills lengte gewend, maar Reuben was een echte reus. Alles aan hem was groter, sterker, dreigender. Hoewel hij maar vijf woorden had gesproken, voelde ze met elke vezel in haar lichaam dat de man niet te vertrouwen was. Hij keek naar een foto van zijn dode vrouw, maar zijn gezicht vertoonde geen enkele emotie.

'Is dat uw vrouw, Josephine Figaroa?' vroeg Amanda.

'Jo. Ja, dat is Jo.' Hij gaf de telefoon terug. De identiteit van de dode leek voor hem vast te staan, toch was zijn houding al even onaangedaan als zijn stem. 'Komt u binnen.'

Amanda kon haar verbazing niet onderdrukken nu ze binnen werden uitgenodigd. Voor ze het huis binnenging, keek ze even achterom naar Faith. Kip Kilpatrick gebaarde dat hij achteraan zou lopen. Niet omdat hij een heer was, maar omdat hij hen in het oog wilde houden. Faith vond het prima, want nu zag hij dat ze de Ruger AR-556 in de smiezen had die tegen de deur stond. Het geweer was van alle toeters en bellen voorzien. Magazijngrip. Vlamdemper. Verstelbaar vizier. Laser. Dertigschots magazijn.

Reuben ging hun voor door een lange betegelde gang. Hij liep mank. Om zijn been zat een metalen brace. Faith vond het trage tempo wel prettig, want nu kon ze goed om zich heen kijken. Niet dat er veel te zien viel. Het huis was werkelijk smetteloos. Geen foto's aan de kale, witte muren. Geen gympen bij de deur. Geen berg vuile kleren in de waskamer. Je struikelde niet over speelgoed.

Dat vond Faith opmerkelijk. Want of iemand nu in een megavilla of in een kartonnen doos woonde, als je je huis deelde met een zesjarig kind, kon je niet om zijn troep heen. Ze zag geen vette vingers, geen plinten vol vegen of de rondslingerende kleffe cornflakes die ieder kind op onverklaarbare wijze als een broodkruimelspoor in zijn kielzog achterliet.

De woonkamer was al even kaal. Het was geen open plan. Je kon er niet vanuit de keuken recht doorheen kijken. Er was alleen een reeks gesloten deuren die overal naartoe konden voeren. Geen gordijnen om de ramen te verzachten, die van de vloer tot het plafond reikten. De ruimte miste de warmte van kunstwerken of planten. Al het meubilair bestond uit ruw staal en wit leer, op maat gemaakt voor een basketballer. Het hoogpolige kleed was wit. De vloer was wit. Als hier een kind woonde, was het ergens verstopt, hermetisch afgesloten.

'Gaat u zitten.' Reuben wees naar de bank. Hij wachtte niet tot de vrouwen plaats hadden genomen, maar nam de stoel die met de rug naar de muur stond. Zittend was hij ongeveer even groot als Faith. Zijn ogen hadden een vreemde, bijna legergrijze kleur. Op de zijkant van zijn kaalgeschoren hoofd zat een lange pleister. De buil eronder was van het formaat golfbal.

'Wat is er met uw hoofd gebeurd?' vroeg Faith.

Hij gaf geen antwoord, maar schonk haar een blik vol milde onverschilligheid, zoals een leeuw naar een mier zou kijken.

'Fijn dat u ons te woord wilt staan, Mr. Figaroa,' zei Amanda. 'Gecondoleerd met uw verlies.' Ze ging op de bank naast zijn stoel zitten, op de uiterste rand, omdat anders haar voeten de vloer niet raakten. Kilpatrick hing onderuitgezakt op een andere stoel, met bungelende voeten, als een kind in een grotemannenpak. Hij maakte een aangeslagener indruk dan Jo's echtgenoot. De schok was nog steeds van zijn gezicht af te lezen.

Reuben keek naar Faith en wachtte tot ze plaatsnam.

'Ik blijf staan, dank u.' Ze wilde niet overeind hoeven krabbelen als er iets misging.

En er was veel wat mis kon gaan.

Bij de voordeur had ze nog een aanvalsgeweer gezien, een AK-47 die zo te zien was uitgerust met een terugstootversterker, waardoor het wapen in feite een legaal machinegeweer was geworden. Op de salontafel stond een zware glazen doos met scharnierdeksel, waarin een tweede handwapen lag, ook een Sig Sauer, maar nu een Mosquito met een tweekleurige afwerking.

Amanda had een vijfschots revolver in een Crown Royalzak in haar tas. Faith had haar Glock in haar beenholster. Maar ze waren geen partij voor Reuben Figaroa. Hij zat half omgedraaid op zijn stoel, met zijn elleboog op de hoek van de rugleuning, zodat zijn hand nog geen tien centimeter verwijderd was van de Sig op zijn heup.

'Wat is er met Jo gebeurd?' vroeg hij.

'Dat weten we nog niet,' moest Amanda toegeven. 'Er is nog geen autopsie verricht.'

'Wanneer gebeurt dat?'

'Morgenochtend.'

'Waar?'

'In het mortuarium van het Grady Hospital.'

Hij zweeg, in afwachting van nadere details.

'De patholoog-anatoom van het Atlanta Police Department voert de autopsie uit, maar er is ook iemand van het GBI bij aanwezig om assistentie te verlenen.'

'Ik wil er ook bij zijn.'

Kilpatrick schoot overeind. 'Hij is in shock,' zei hij tegen Amanda. 'Natuurlijk wil hij niet bij de autopsie op zijn vrouw zijn.' Hij keek Reuben waarschuwend aan. 'Wanneer is ze gestorven?'

'Misschien kan de heer Figaroa ons eerst vertellen hoe hij gisteren, maandag dus, de dag heeft doorgebracht?'

'Niet –' zei Kilpatrick, maar Reuben legde hem met opgestoken hand het zwijgen op.

'Maandagochtend ben ik allereerst naar mijn arts gegaan. Zoals u ziet, ben ik onlangs aan mijn knie geopereerd. Ik had een controleafspraak. Daarna had ik een zakelijke bespreking met Kip, gevolgd door een bespreking met mijn advocaat, Ditmar Wittich. De rest van de dag had ik voor mijn bankiers gereserveerd. City Trust. Bank of America. Wells Fargo. Kip kan u hun telefoonnummers geven.'

Kilpatrick nam het over. 'Uiteraard kan geen van de mensen met wie Fig gesproken heeft uitspraken doen over wat er gezegd is, maar ik kan de tijdstippen voor u laten verifiëren. De banken hebben beveiligingsbeelden. Daarvoor hebt u waarschijnlijk een gerechtelijk bevel nodig.'

'Dan zitten we nog met maandagavond tot nu. Neem me niet kwalijk,' zei Amanda tegen Reuben, 'maar is het niet vreemd dat u om half drie 's nachts nog een pak draagt?'

'Daarom duurde het even voor u het hek door kon,' zei hij. 'Ik vond het niet gepast om in mijn pyjama open te doen.'

Amanda knikte, maar ze wees hem er niet op dat zijn pak eruitzag alsof hij het de hele dag al had gedragen.

'Waar is ze gevonden?' vroeg Reuben.

Daar gaf Amanda geen antwoord op. 'Ik hoopte dat u ons met het tijdpad kunt helpen.' Ze richtte zich tot Kilpatrick. 'Zei u niet dat u Jo gisterochtend in haar auto hebt gezet?'

'Bij wijze van spreken.' Kilpatrick kreeg door dat hij zichzelf vast had geluld. 'Ik heb haar bagage zondagavond voor haar in de auto gezet. Ik weet niet hoe laat ze maandagochtend is vertrokken.' Telkens wierp Kilpatrick een nerveuze blik op Reuben. 'Dus ik heb haar zondagavond voor het laatst gezien. We waren op een feest.'

'Is ze zelf in haar eigen auto naar de afkickkliniek gereden?' vroeg Faith.

Kilpatrick had Faith in de garage zien kijken, naar de Range Rover van Jo Figaroa. 'Dat kan ik me niet herinneren.'

'En u?' vroeg Amanda aan Reuben.

'Zondagavond was Reuben ook op dat feest,' zei Kilpatrick snel. 'Net als Jo. Ze is vroeg weggegaan. Ze had hoofdpijn, wilde haar koffers pakken, weet ik het. Reuben heeft toen hij thuiskwam een paar pijnstillers ingenomen. Nu heb ik het over zondagavond, na het feest. Toen hij maandagochtend wakker werd, ging hij ervan uit dat Jo naar de afkickkliniek was vertrokken. In een Town Car, want haar Rover stond nog hier.' Hij verzon het allemaal ter plekke. 'U weet hoe dat gaat in een afkickkliniek, de eerste twee weken mogen de patiënten niet naar huis bellen, dus we konden niet weten of ze veilig was aangekomen.'

Amanda had het hele verhaal aan flarden kunnen schieten, maar ze knikte slechts.

'Wie heeft haar vermoord?' vroeg Reuben.

'We weten nog niet zeker of ze vermoord is.'

'Die foto,' zei Reuben. 'Iemand heeft haar in haar gezicht gemept. Geslagen.' Hij wendde zijn blik af. Zijn gebalde vuisten waren van het formaat football. Voor het eerst gaf hij blijk van emotie over de dood van zijn vrouw. 'Wie heeft haar vermoord?'

Kilpatrick mengde zich weer in het gesprek. 'Mrs. Wagner, u moet weten dat Jo verslaafd was aan Oxy. En niet zo'n beetje ook. Fig wist van niets, tot ze gearresteerd werd. Daarom zit ze nu in die afkickkliniek. Of daar zou ze nu zitten.' Even zweeg hij om zijn zenuwen weg te slikken. 'U zou haar dealer eens moeten opzoeken. Onderwereldfiguren.'

Faith dacht aan wat Will over Angie had gezegd, dat ze jonge meiden van drugs voorzag. Haar manier om ze van de straat te houden. Had ze ook drugs aan Jo Figaroa geleverd?

'U houdt er een indrukwekkende wapenverzameling op na.' Amanda keek de kamer rond en deed alsof ze het arsenaal nu pas zag. 'Is het een hobby, of maakt u zich zorgen om uw gezin?'

Reuben richtte zijn staalgrijze ogen op haar. 'Ik zorg uitstekend voor mijn gezin.'

'Mrs. Wagner,' zei Kilpatrick, 'u bent ongetwijfeld op de hoogte van de vuurwapenwet hier in Georgia, te weten HB60, artikel één tot en met tien. De politie mag gezagsgetrouwe burgers niet naar vuurwapens of vuurwapenvergunningen vragen, of naar overige wapens, al dan niet zichtbaar. En al helemaal niet in een privéwoning.'

'Heeft Jo nog afscheid van Anthony genomen?' vroeg Faith.

Reuben kneep zijn ogen tot spleetjes. 'Ja.'

Faith wachtte even, maar kennelijk bleef het daarbij. 'Is Anthony thuis?'

'Ja.'

'Mogen we met hem praten? Misschien heeft zijn moeder –'

Een telefoon ging, een doordringend gerinkel, en onwillekeurig bracht Faith haar hand naar haar pistool. Ook Reuben bewoog zijn hand. Heel langzaam stak hij hem in zijn zak, waaruit hij een iPhone tevoorschijn haalde. Faith keek naar Kilpatrick. Vol gespannen verwachting was hij naar de rand van zijn stoel geschoven. De stalen blik was uit Reubens ogen verdwenen. Zijn bijna staalharde houding begon barstjes te vertonen.

Alle ogen waren op hem gericht toen hij de telefoon tegen zijn oor drukte.

'Nee,' mompelde hij. Hij zweeg. 'Nee,' klonk het weer. Hij verbrak de verbinding en keek Kilpatrick even hoofdschuddend aan. De telefoon bleef in zijn hand, wat Faith geen enkel probleem vond, want zo was zijn dominante hand bezet. 'Sorry,' zei hij. 'Privézaken.'

'Reuben?' Een oudere dame had een deur opengeduwd. Ze was Afro-Amerikaans, onberispelijk gekleed, met om haar hals een nauwsluitend parelcollier. 'Zal ik thee of koffie voor je gasten zetten?'

'Nee, niet nodig.' Reuben streek zijn das glad. 'Bedankt. Echt niet nodig.'

Na enige aarzeling trok ze zich weer terug.

Het gesprekje had maar enkele seconden geduurd, maar Faith had een glimp opgevangen van het gezicht van de vrouw. Haar onderlip trilde.

'Dat is Jo's moeder,' legde Kilpatrick uit. 'Ze heeft het aan haar hart. We wachten nog even met het nieuws tot ze het aankan.'

'Neem me niet kwalijk,' zei Amanda, 'maar is Jo soms geadopteerd?'

Reuben had zijn kalmte hervonden. Hij was weer even onbewogen als eerst. 'Ja. Ze was nog een baby. Ze heeft haar moeder nooit gekend.'

'Wat verdrietig.' Amanda hoestte in haar hand. Ze klopte op haar borst en hoestte nog eens. 'Sorry dat ik zo lastig ben, maar kan ik wat water drinken?'

'Ik haal het wel.' Faith liep al naar de keuken.

Reuben wilde opstaan, maar Kilpatrick hield hem tegen. 'Rustig maar.'

Zodra Faith de keuken binnenliep, zag ze waarom Reuben zich niet druk hoefde te maken. Kogelrond hoofd. Strakke zwarte kleren. Laslo Zivcovik zat aan het kookeiland ijs te eten, rechtstreeks uit de bak. De dame die niemand anders dan Miss Lindsay kon zijn, stond aan de andere kant. Ze wrong een witte handdoek samen, zichtbaar uit het lood geslagen door wat zich in de woonkamer afspeelde. Het waren niet alleen de parels die Faith op het goede spoor hadden gebracht. De lip van de oudere dame trilde, precies zoals Will had beschreven.

'Wat een prachtige keuken,' zei Faith, ook al leek die nog het meest op een isoleercel in een krankzinnigengesticht. De kasten waren wit. De apparatuur zat verscholen achter witte panelen. Het marmeren werkblad liep als een waterval over in de marmeren vloer. Zelfs de open trap achterin was zo helwit dat het pijn deed aan je ogen.

'Dank u.' Miss Lindsay vouwde de handdoek op. 'Die heeft mijn schoonzoon ontworpen.'

Dat verklaarde veel. Reuben leek zelf wel een marmeren plaat. 'Het lijkt me een hele klus om de boel schoon te houden, vooral met een kleine jongen in huis. Uw dochter zal wel veel hulp hebben.'

'Nee, ze doet alles in haar eentje. Ze houdt het huis schoon. Ze kookt. Doet de was.'

'Wat een werk,' zei Faith. 'Vooral met een klein kind.'

Laslo's lepel kletterde op het blad. 'Zoek je soms iets?' vroeg hij aan Faith. Door zijn accent klonk het alsof hij wattenproppen in zijn wangen had.

Een glas met water vullen duurde niet lang genoeg, en daarom zei ze: 'Ik heb aangeboden om met de thee te helpen.'

'Ik pak de ketel wel.' Miss Lindsay deed verschillende kastdeurtjes open en dicht, waaruit Faith concludeerde dat ze niet vaak op bezoek kwam.

'Yo.' Laslo tikte met zijn lepel op het keukenblad om aandacht te vragen. Hij wees naar een heetwaterdispenser, en het was duidelijk dat hij hier wel kind aan huis was.

'Al die nieuwerwetse apparaten ook.' Nu pakte Miss Lindsay een aantal mokken. Wit. Gigantisch. Gemaakt voor Reuben Figaroa, zoals alles in dit huis.

Faith vulde de mokken met heet water. Het keukenblad was zo hoog, dat ze op haar tenen moest staan. 'Past u op uw kleinzoon?' vroeg ze aan Miss Lindsay.

Ze knikte zwijgend.

'Hij is zes, dan zit hij zeker in groep drie?' Faith vulde een tweede mok. 'Wat een heerlijke leeftijd is dat. Alles is spannend. Ze zijn zo grappig en vrolijk. Je zou ze altijd wel bij je willen houden.'

Miss Lindsay miste het blad, en de mok spatte als een brok ijs op de marmeren vloer uiteen. Witte flinters vlogen alle kanten op.

Aanvankelijk verroerde niemand zich. Als een stel Mexicaanse revolverhelden staarden ze elkaar aan, maar toen zei Laslo tegen de oude dame: 'Ga maar naar boven, schat. Ik ruim dit wel op.'

Miss Lindsay keek Faith aan. Haar lip trilde weer.

'Volgens mij hebt u gisteren mijn partner ontmoet,' zei Faith. 'Will Trent.'

Laslo stond op. Zijn schoenen knerpten over het kapotte aardewerk op de vloer. 'Ga boven maar bij Anthony kijken. Al dat lawaai hier beneden. Stel dat hij wakker schrikt en bang wordt.'

'Ja, zal ik doen.' Miss Lindsay beet op haar lip om het trillen tegen te gaan. 'Goedenavond,' zei ze tegen Faith.

Haar stok tikte over de vloer terwijl ze naar de trap achter in de keuken liep. Ze keek nog één keer om naar Faith voor ze aan de moeizame klimpartij begon. Na wat een eeuwigheid leek, verdwenen haar voeten uit het zicht.

De kapotte mok verpulverde onder Laslo's schoenen toen hij weer aan de keukenbar plaatsnam. Hij klemde de lepel in zijn hand, schoof een hap ijs in zijn mond en smakte met zijn lippen. Zijn ogen waren op Faiths borsten gericht. 'Lekkere tieten,' zei hij.

'Die van jou mogen er ook zijn,' zei Faith.

In het volle besef dat ze een veeg van haar schoen achterliet, schopte ze de zwaaideur open. Amanda was al van de bank opgestaan en had haar tas in haar handen. 'Bedankt, Mr. Figaroa,' zei ze. 'We houden contact. Nogmaals, ik leef zeer met u mee.'

Kilpatrick bracht hen naar de deur. Hij liet hun voorgaan door de gang, alsof hij bang was dat ze ervandoor gingen en iets vonden wat hij niet zo gemakkelijk kon wegredeneren.

Bij de achterdeur aangekomen zei hij tegen Amanda: 'Als u nog meer vragen hebt voor Fig, belt u me maar op mijn mobiel. Het nummer staat op mijn kaartje.'

'Hij zal het lichaam moeten identificeren. Een DNA-monster zou ook fijn zijn.'

Kilpatrick lachte smalend. Geen advocaat die uit vrije wil het DNA van zijn cliënt afstond. 'Neem nog maar een foto als u haar wat opgeknapt hebt. Van daaruit pakken we het weer op.'

'Geweldig,' zei Amanda. 'Ik verheug me erop u over een paar uur weer te zien.'

Het smalende lachje week niet van zijn gezicht. 'Ja, en trouwens, dat on the recordgesprek met Marcus dat u gisteren van Ditmar hebt losgekregen, dat gaat niet door. Bel Ditmar maar als u me niet gelooft.'

Hij sloeg de deur niet dicht, dat hoefde niet.

Met haar tas in een wurggreep stapte Amanda op de auto af.

Achteruitlopend keek Faith naar de ramen op de eerste verdieping. Nergens brandde licht. Geen Miss Lindsay die vanachter de gordijnen naar buiten gluurde. Faith had hetzelfde gevoel dat Will had beschreven: er klopte iets niet.

Ze stapten in en zwegen tot de auto Cherokee Drive op reed.

'Nog iets uit de moeder gekregen?' vroeg Amanda.

'Laslo zat in de keuken. Wat was dat trouwens met dat telefoontje?' vroeg Faith. 'Kilpatrick kreeg bijna een rolberoerte.'

'Vreemder en vreemder,' zei Amanda. 'Die Reuben Figaroa is een kwaaie.'

'Duh,' zou Faith tegen ieder ander hebben gezegd. De wapens die overal rondslingerden. Het klinische gevoel voor schoonheid. Als je het over een dominante echtgenoot had, was Reuben Figaroa een wandelende checklist. Of zo'n houding tot geweld leidde, was een open vraag. In elk geval was het begrijpelijk dat zijn vrouw pillen snoepte als ze boodschappen ging doen.

Maar wat niet te begrijpen viel, was het feit dat ze was vermoord.

'Zijn alibi blijft overeind,' zei Amanda. 'Dat weet jij ook. En het komt wel erg goed uit dat zijn hele dag was volgepland met mensen die door een of andere wettelijke beroepscode aan zwijgplicht zijn gebonden.'

'Angie heeft haar dood op haar geweten,' giste Faith. 'Daar gaat het hier om. Niet om Marcus Rippy of Kilpatrick of Reuben of wie dan ook. Angie heeft een Jerry Springeract opgevoerd, zo van "Verrassing, ik ben je moeder!", en Jo tot iets gedwongen wat tot haar dood heeft geleid.'

'Staar je niet blind op details,' waarschuwde Amanda. 'Ik maak me zorgen om haar zoontje, om Anthony. Zelfs ik weet dat er speelgoed had moeten rondslingeren of dat er in elk geval een paar vegen op die glazen salontafel hadden moeten zitten.'

'Rugzakje, schoenen, kleurboeken, krijtjes, autootjes, vuil.' Faith was al bijna vergeten hoeveel vuil jongens mee naar binnen sleepten. Ze trokken elk stofdeeltje aan dat in de atmosfeer zweefde. 'Als er in dat huis een zesjarig jongetje woont, loopt zijn moeder de godganse dag schoon te maken. En dat doet ze trouwens allemaal zelf. Miss Lindsay, haar moeder, zei dat Jo geen hulp heeft. Ze kookt, ze maakt schoon, ze doet de was, net een echte huisvrouw.'

'Jo is zondagavond verdwenen. Welbeschouwd is het nu dinsdagochtend. We gaan ervan uit dat haar man geen wc's boent. Heeft Miss Lindsay het schoonmaakwerk overgenomen?'

'Dat zie ik haar nog niet doen,' zei Faith. 'Ze kon nauwelijks bukken met die stok. Maar je hebt gelijk dat er wat Anthony betreft iets niet in de haak is. Ik bleef maar doordrammen over het jongetje, en als Laslo er niet was geweest, was ze gaan praten. We kunnen de school bellen. Die geeft informatie over leerlingen die absent zijn. Ik neem aan dat hij op de E. Rivers Elementary School zit. Dat is in feite een met publiek geld gefinancierde particuliere school voor rijke blanke kinderen.'

'Het is nog te vroeg. Vóór zes uur is daar niemand.'

Toen ze besefte hoe laat het al was, begon Faith automatisch te gapen.

Amanda zei: 'Ik wil met die Jane Doe praten die Will in dat gebouw heeft gevonden. Ze moet iets gezien hebben. Hoe kwam ze aan al die coke?'

Faith gaapte nog steeds. Ze moest te snel te veel informatie verwerken. Haar brein was net een rondrazende tol. 'Figaroa leek niet te twijfelen toen hij die foto zag. Hoe wist hij zo zeker dat zij het was? Haar hoofd is zo groot als een watermeloen. Iemand heeft haar helemaal verrot geslagen.'

'Het volgende probleem.' Amanda wees naar het klokje op de radio. 'We kwamen daar iets voor halfdrie 's nachts aan. Ze waren allemaal wakker en in de kleren. Kilpatrick droeg een pak. Reuben droeg een pak. Laslo was er. De schoonmoeder had haar parelketting nog om. Alle lampen brandden. Er was een reden waarom ze zo laat nog op waren.'

'Kilpatrick wist niet dat Jo dood was,' zei Faith.

'Nee. Hij was finaal van de kaart toen ik het vertelde. Zoiets fake je niet.'

'Figaroa had zijn knie in een brace. Maar hij had ook een buil op zijn hoofd. Iemand heeft hem een flinke klap verkocht.'

'Jo?'

Faith lachte vertwijfeld. 'Angie? Delilah? Virginia Souza?'

'De AK bij de voordeur ziet eruit alsof hij tot automatisch is geretrofit.'

'De AR bij de achterdeur heeft ook een *slidefire*. Dat is honderd kogels in zeven seconden.' In een poging haar gedachten helder te krijgen schudde Faith haar hoofd. 'Wat is er in godsnaam aan de hand in dat huis?'

'Concentreer je. Kilpatrick is een regelaar. Laslo is een regelaar. Welk probleem waren ze precies aan het regelen?'

'Als we ervan uitgaan dat Kilpatrick niet wist dat Jo dood was, was dat niet het probleem dat geregeld moest worden,' benadrukte Faith. 'Maandagmiddag was Miss Lindsay bij Kilpatrick. Daar heeft ze Will gezien. Ze was overstuur.'

'Haar dochter was opgepakt wegens drugsbezit.'

'Ja, dat was afgelopen donderdag. Zaterdag was Jo weer op vrije voeten. Haar moeder was bij Kilpatrick vanwege een nieuw probleem. Een maandagprobleem. Een nadat-Harding-was-vermoord-probleem. Een nadat-haar-dochter-is-verdwenen-maar-we-zeggen-dat-ze-in-de-kliniek-zit-probleem.' Er schoot Faith nog iets te binnen. 'Zij is naar Kilpatrick gegaan, niet Reuben.'

'Dat telefoontje dat Reuben zonet kreeg. Dat was vreemd.'

'Het leek wel of ze allemaal op een telefoontje zaten te wachten, zelfs Miss Lindsay. Zodra de telefoon ging, stak ze haar hoofd om de keukendeur om te zien wat er aan de hand was.' Faith keerde zich naar Amanda toe. 'Als dat telefoontje niet over Jo ging, kan ik maar één ding bedenken waar Miss Lindsay zo overstuur van was, en dat is Anthony.'

'Leg de puzzel eens in elkaar, Faith. Maandagochtend is Reuben Figaroa bij Kilpatrick op kantoor geweest. Vervolgens gaan ze samen naar zijn advocaat. De rest van de dag gaat Reuben drie verschillende banken af, en nu zitten ze met zijn allen in zijn huis, in het holst van de nacht, aangekleed en al, en wachten op een telefoontje. Wat maak je daaruit op?'

'Losgeld,' zei Faith. 'Angie heeft haar kleinzoon gekidnapt.'

ELF

Terwijl haar artsen hun ochtendronde afwerkten, liep Will met zijn handen in zijn zakken voor de kamer van de Jane Doe op en neer. Hij voelde zich merkwaardig, bijna lichtzinnig opgetogen, ook al had hij de hele nacht niet geslapen. Op dat moment dacht hij helderder na dan in de afgelopen zesendertig uur. Blijkbaar dacht Angie dat ze hem op de kast kon jagen met haar psychologische spelletjes, maar ze had alleen bereikt dat zijn verlangen om haar ten val te brengen scherp als een laser werd.

En reken maar dat hij haar keihard ten val ging brengen, want hij wist precies wat ze gedaan had.

'Will?' hoorde hij Faith zeggen. 'Wat doe jij hier?'

Al ijsberend legde hij het uit. Alles wat de afgelopen zeven uur door zijn hoofd had geraasd spoot zijn mond uit. 'Ik heb mijn aantekeningen over die verkrachtingszaak rond Rippy nog eens doorgenomen. Reuben Figaroa was Rippy's belangrijkste alibi tijdens dat feest, en Jo Figaroa was het belangrijkste alibi van haar man. Angie wist dat. Ook was ze er al snel achter dat Jo een junkie was, en junkies zijn nu eenmaal makkelijk naar je hand te zetten. Ze manipuleerde Jo, en die ging haar man chanteren. Als Jo Reubens alibi onderuithaalde, werd Rippy's alibi onderuitgehaald, en dan stortte de hele zaak in. Maar in plaats van toe te geven en ze af te kopen, stapte Reuben naar Kilpatrick. Kilpatrick gaf Harding opdracht het probleem op te lossen. Harding liet Jo door de politie inrekenen, en toen ze nog steeds haar mond niet hield, loste hij het op door haar te vermoorden.' Hij betrapte zichzelf op een glimlach, want alle tekenen hadden er vanaf het begin op gewezen. 'Angie belde mij om de rotzooi op te ruimen, want dat is typisch iets voor haar.'

Na even te hebben gezwegen, vroeg Faith: 'Hoe weet Angie van de getuigenverklaringen af?'

'Die stonden thuis in mijn dossiers. Ze moet ze gezien hebben. Ik weet dat ze ze gezien heeft.' Hij besefte dat hij te snel en te luid sprak, en hij maande zichzelf tot kalmte. 'Ze heeft de getuigenverklaringen overhoop gegooid. Ze kent mijn systeem, weet dat ik met kleurencodes werk, en ze heeft de hele zaak overhoop gegooid om mij te laten weten dat ze ze gezien heeft.'

'Waar is Sara?'

'Beneden, bij de autopsie.' Hij greep Faith bij haar armen. 'Luister. Toen Jo stierf, raakte Angie haar pressiemiddel kwijt. Nu probeert ze ons –'

'We denken dat Angie haar kleinzoon heeft ontvoerd.'

Will liet zijn greep verslappen.

'Hij is gisteren niet op school verschenen. Vanochtend is hij ook niet komen opdagen.'

Will keek haar onderzoekend aan in een poging vat op haar woorden te krijgen. 'Misschien was hij verkouden of –'

'Kom eens.' Ze voerde hem mee naar de stoelen tegenover de verpleegpost. Ze liet hem plaatsnemen, maar zelf bleef ze voor hem staan, of eigenlijk stond ze over hem heen gebogen, en zo vertelde ze hem wat Amanda en zij hadden ontdekt.

Wills vreugde over het openbreken van de zaak vervloog zodra ze Miss Lindsay ter sprake bracht, die haar hoofd om de deur had gestoken toen de telefoon ging. Tegen de tijd dat ze de afgelopen paar uur voor hem had samengevat, zat hij voorovergebogen op zijn stoel, met zijn handen ineengeklemd tussen zijn knieën, volkomen verslagen.

Alles wat ze zei klonk logisch. De advocaten en bankiers. De gespannen verwachting rond dat telefoontje. Angie die haar dochter liet vermoorden en nog steeds probeerde er munt uit te slaan, ook dat klonk logisch.

Wat was er mis met hem? Hoe had hij van zo'n verachtelijk schepsel kunnen houden?

'Misschien klopt jouw theorie over dat chantageplan dat misliep,' zei Faith. 'Alleen toen Harding Jo uitschakelde –'

'Angie heeft in Anthony de perfecte vervanger gevonden.' Will wreef over zijn gezicht. Het recht van de sterkste. Angie bleef altijd doorgaan. Ze maakte zich niet druk om eventuele gevolgen, want ze bleef nooit lang genoeg hangen om ermee geconfronteerd te worden.

'Ik heb Collier geslagen,' zei hij.

'Dat dacht ik al. Had je hem maar harder geraakt.' Ze gaapte lang en diep achter de rug van haar hand. 'We moeten Colliers kant van de zaak nog eens grondig bekijken. Hij loog toen hij zei dat Virginia Souza aan een overdosis is gestorven. Vorige week was ze nog springlevend. We hebben camerabeelden waarop ze op het politiebureau met cash de borg betaalt voor een achttienjarige die wegens tippelen was opgepakt. Delilah Palmer is nog steeds ons enige concrete aanknopingspunt. Ze kan slachtoffer zijn. Ze kan ook dader zijn. Hoe dan ook, de eerste die ze om hulp zal vragen is haar pooier. We moeten Souza opsporen. Als ze inderdaad de Mama is die de leiding heeft, dan weet ze wie Delilahs pooier is. Als we de pooier hebben, hebben we Delilah.'

'Agent Trent,' zei een arts. 'U kunt nu met de patiënte praten, maar houd het kort en probeer haar niet nog opgewondener te maken dan ze al is.'

'Waar is ze zo opgewonden over?' vroeg Faith.

De arts haalde zijn schouders op. 'Gratis eten, schone lakens, verpleegkundigen die haar op haar wenken bedienen, kabel-tv. We hebben al haar bloed vervangen, dus ze is waarschijnlijk voor het eerst in tientallen jaren clean. Ze leeft al twintig jaar op straat. Voor haar is dit het Ritz.'

'Dank u,' zei Faith. 'Ben je zover?' vroeg ze aan Will.

Moeizaam, alsof hij met lood was beladen, kwam Will overeind. Het verdoofde gevoel van de vorige dag was terug. Elke gemiste minuut slaap sloeg als een heimachine op hem in. 'We kunnen niets doen, hè? Wat Anthony betreft. Zijn vader heeft hem niet als vermist opgegeven. We kunnen niet eisen hem te zien, want we hebben geen enkel bewijs dat er iets mis is. Reuben heeft een heel leger aan advocaten die hem op zijn rechten wijzen, en als hij net zo'n controlfreak is als je zegt, wil hij dit met alle geweld in zijn eentje afhandelen.'

'Amanda probeert een gerechtelijk bevel los te krijgen om zijn telefoons te mogen aftappen. Ze heeft vier auto's bij zijn huis opgesteld. Als er iemand weggaat, wordt hij gevolgd. Maar je hebt gelijk, jij en ik kunnen op dit moment niets anders doen dan op onze kant van de zaak blijven zitten.'

Will voelde de olifant van de vorige avond een aarzelende stap op zijn borst zetten. Hij schudde hem af. Hij ging zich niet weer belachelijk maken zoals hij dat in het uitvaartcentrum had gedaan. 'Angie zei dat Jo mijn dochter was. Volgens Sara sluit mijn bloedgroep me niet uit.'

'Geloof je Angie?'

Hij zei het enige wat hij met zekerheid wist. 'Ik zou het liefst net zo lang op haar keel rammen tot haar luchtpijp het begeeft en ik de paniek in haar ogen zie terwijl ze stikt.'

'Dat is akelig specifiek.' Faith had die blik weer in haar ogen waaraan hij kon zien dat ze hem wilde bemoederen. 'Waarom ga je niet naar huis, een beetje uitrusten? Je hebt een paar zware dagen achter de rug. Ik verhoor die Jane Doe wel. Amanda kan hier ook elk moment zijn. Bovendien kun jij beter niet met een mogelijke getuige praten.'

'De zaak is toch al besmet. Per slot van rekening heb ik haar gevonden.' Will stond op en trok zijn das recht. Hij moest een voorbeeld aan Angie nemen en blijven doorgaan. Als hij de spanning toeliet, als hij weer zo'n stomme paniekaanval kreeg, was hij zijn waardigheid voor altijd kwijt. 'Kom, aan de slag.'

Hij liet Faith voorgaan. Jane Doe 2 was een van drie Jane Does op de afdeling. Jane Doe 1 lag op een rustige kamer aan het eind van de gang. Jane Doe 3 had een agent bij de deur staan. Als enig openbaar ziekenhuis in Atlanta herbergde het Grady heel veel Jane Does.

Hun Jane Doe lag in een kamer die werd afgescheiden door een glazen raam en een zware houten deur die niet helemaal sloot. Apparaten pompten en sisten. Een monitor hield hartslagen bij. Alle lampen brandden. Jane Doe had twee blauwe ogen, want dat gebeurde als je neus het begaf. Haar hoofd zat voor tweederde in dik verband, en alleen haar mond en kin waren zichtbaar. Vettig bruin haar piekte tussen het verbandgaas door. Twee drains, eigenlijk doorzichtige zakken die overtollig vocht en bloed afvoerden, bungelden aan weerszijden van haar gezicht. Ze deed Will denken aan de Colo Claw Fish uit Star Wars.

Jane stopte halverwege een hap pudding met eten toen Faith en Will de kamer binnenkwamen. 'Laat die deur maar openstaan. Ik wil niet de zoveelste zwarte vrouw zijn die op onverklaarbare wijze het loodje legt in hechtenis.'

'Ten eerste ben je niet in hechtenis,' zei Faith, 'en ten tweede ben je niet zwart.'

'Shit.' Jane wreef over haar blanke armen. 'Hoe kan het dan dat ik mijn leven zo heb verkloot?'

'Zouden je eigen keuzes er iets mee te maken hebben?'

Ze zette het lege bakje weg en leunde achterover. Haar stem was schor. Ze was ouder dan Will aanvankelijk had gedacht, dichter bij de vijftig. Hij had geen idee waarom hij haar voor Angie had aangezien.

'Wat moeten jullie?' vroeg Jane. 'Over een paar minuten krijg ik een sponsbad en daarna is Judge Mathis op tv.'

'We willen het met je over zondagnacht hebben.'

'Wat voor dag is het vandaag?'

'Dinsdag.'

'Tering, dat was me de snuif wel, dan.' De drainagezakken klapten tegen haar wangen toen ze lachte. 'Verdomme, bitch. Zondag was ik in de hemel.'

Met een blik maakte Faith Will duidelijk dat ze hier geen geduld voor had.

'Laten we het nog even overdoen,' zei hij tegen Jane. 'Ik ben special agent Trent van het GBI. Dit is mijn collega, Faith Mitchell.'

'En ik ben dokter Doe, want ik ben nu in een ziekenhuis.'

Will betwijfelde of de vrouw een identiteitsbewijs bij zich had, en zonder haar te arresteren kon hij haar vingerafdrukken niet afnemen, en haar arresteren bracht weer heel andere problemen met zich mee. 'Oké, dokter Doe,' zei hij. 'Zondagnacht is er iemand vermoord in het gebouw tegenover het kantoorpand waar we jou maandagochtend hebben gevonden.'

'Neergeschoten?' vroeg ze.

'Dat weten we niet. Heb je een schot gehoord?'

Jane keek hem onbewogen aan. 'Weet je dat er minstens één keer per jaar iemand door een hond wordt doodgeschoten?' Kennelijk vond ze dat nuttige informatie. 'Als je het mij vraagt, moeten mensen echt voorzichtig zijn met honden in huis. Aha.' Nu keek ze langs Will. Amanda stond in de deuropening. 'De kapitein geeft altijd orders vanaf het achterschip,' zei ze.

Met een knikje nam Amanda het compliment in ontvangst. 'Agent Mitchell, waarom is deze verdachte niet overgebracht naar de gevangenenafdeling beneden?'

'Je bedoelt waar ze geen tv of sponsbaden hebben?' vroeg Faith.

'Shit zeg, wijffies, jullie hoeven niet meteen in alarmfase 5 te schieten.' Jane hees zich moeizaam overeind. 'Oké, ik weet dus iets. Wat schuift het voor mij?'

'Je mag nog één dag op de intensive care blijven,' zei Amanda. 'Daarna ga je naar beneden, naar de gewone afdeling. Ik kan zorgen dat je daar een paar dagen langer mag blijven. Vervolgens ga je een behandelingstraject in.'

'Nee, ik hoef geen traject. Zo gauw ik hieruit ben, ga ik weer aan de coke. Maar die paar dagen extra, die zie ik wel zitten. En die krijg ik ook, want ik was in het gebouw toen het gebeurde.'

'In het kantoorgebouw?' vroeg Will.

'Nee, in het hoe-heet-het, met die galerij.' Onder het verband lachte ze haar bruine tanden bloot. 'Nu luisteren jullie, hè?'

Faith sloeg haar armen over elkaar. 'Hoe laat was je daar?'

'Ah, shit. Laat m'n Rolex nou net gejat zijn.' Ze klopte op haar pols. 'Hoe laat? Hoe moet ik dat weten, wijffie? Het was buiten donker. Het was volle maan. Het was zondag. Meer weet ik niet.'

Faith wist het maar al te goed wanneer een getuige zich tegen haar had gekeerd, en ze deed een stap terug zodat Amanda het kon overnemen.

'Begin maar met dat schot,' zei Amanda.

'Ik was in dat kantoorgebouw aan de overkant van de straat en maakte me klaar voor de nacht, snap je? Opeens hoor ik een schot en ik denk: *what the fuck?* Kon een knallende uitlaat zijn, maar evengoed was het een bende, en dat is niet echt mijn ding.' Ze hoestte wat slijm op. 'Goed, ik lig daar dus na te denken over wat ik moet doen. Dan besluit ik toch maar te gaan kijken, want als er een bende bezig is, moet ik als de bliksem weg, weet je wel?'

Amanda knikte.

'Ik lig lekker ingestopt op de tweede verdieping, dus het duurt even voor ik beneden ben. Jezus, je kunt je nek wel breken in dat gebouw. Voor ik de deur uit ben, hoor ik een auto wegscheuren, met gierende banden.'

Will verbeet een vloek. Jane Doe was te laat gearriveerd.

'Dus je hoorde een auto het terrein verlaten?' vroeg Amanda voor alle duidelijkheid.

'Klopt.'

'Heb je de auto gezien?'

'Vaag. Zwart, met wat rood langs de onderkant.'

Angies auto was zwart met rode strepen.

'Maar er stond nog een auto op het parkeerterrein,' zei Jane. 'Een witte, leek me een buitenlands merk.'

De Kia van Dale Harding.

'Dus ik kruip weer in m'n nest. Ik heb geen zin in toestanden met auto's die er als een gek vandoor gaan. Daarvoor heb ik te lang op straat geleefd, ik ruik een mislukte deal op een kilometer afstand.'

Even was Will teleurgesteld, maar toen begon Jane weer te praten.

'Dus ik lig in mijn nest en begin eens na te denken, ah, shit, je weet wel wat ik denk. Misschien heb ik het mis. In dat soort buurten wordt veel handel gepleegd. Ik heb nog wat centen op zak. Er staat een auto voor dat gebouw, een andere auto is net weggescheurd, dus er zou binnen weleens een dealer kunnen zitten, weet je wel? Simpel rekensommetje.' Ze hees zichzelf overeind. 'Dus ik kuier het parkeerterrein over en ga het gebouw binnen. Het is daar zo donker als de hel. Getinte ramen, zoiets. Ik loop op de tast rond, maar dan floepen mijn ogen weer aan en zie ik een vrouw op de vloer liggen. Eerst dacht ik dat ze dood was. Ik begon haar zakken al te doorzoeken, maar toen bewoog ze en ik had zoiets van "Hola!"'

'Nu heb je het over de begane grond, niet de eerste verdieping?' vroeg Amanda.

'Juistem.'

'Waar lag ze precies op de vloer?'

'Shit, weet ik het? Dan zou ik een plattegrond moeten hebben, toch? Niet dat ik oplette trouwens. Ik liep alleen het gebouw in en *doing*, daar lag ze.'

'Hoe zag ze eruit?'

'Donker haar. Blanke meid. Ze ligt op d'r zij. Ze kan d'r armen en benen niet bewegen, ze kan d'r hoofd amper bewegen, maar ze kreunt en ik denk gelijk: oké, ik heb het wel gezien, als de sodemieter wegwezen. Maar dat lukt dus niet, want er rijdt weer een auto het parkeerterrein op.'

'Dezelfde auto?'

'Ja, maar deze keer kan ik hem goed zien. Rechthoekige neus, zoals bij een oudere wagen. Maar ik ben geen kenner, oké?'

Angies Monte Carlo was zwart, met een rechthoekige neus. Waarom was ze naar de plaats delict teruggekeerd? Waarom was ze trouwens weggegaan?

'Hoeveel tijd was er verstreken sinds die eerste auto wegracete?'

'Halfuurtje misschien? Weet ik het. In mijn tak van sport hoef je niet te klokken,' zei Jane. 'Die auto staat aan de voorkant, dus ik peerde 'm naar achteren. Ik verstopte me achter dat barachtige ding en gluur eromheen...' Ze strekte haar hals. 'Dan zie ik die tweede chick binnenkomen. Lang. Lichtgetint. Lang haar, net als de eerste. Magerder. Vraag me niet hoe haar gezicht eruitzag, want wat kun je nou helemaal zien in die tent? Kut, het lijkt wel een graf.' Ze wees naar de waterkan op haar nachtkastje. 'Geef me daar eens wat van, schat.'

Will stond het dichtstbij en schonk wat water in een piepschuimen bekertje.

Jane dronk met luide slokken en voerde zo de spanning nog wat op. 'Oké, dus die tweede chick komt binnen, en jezusmina, die is me toch razend. Ze schopt overal tegenaan. Vloekt. Motherfucking dit en motherfucking dat.'

Angie, dat kon niet missen. Maar waarom was ze kwaad? Wat had ze verkloot?

'Ze loopt naar boven alsof ze tegen Hitler oprukt, weet je wel? Met van die stampende voeten.' Ze zette haar bekertje weg. 'Ik hoor haar boven, geen idee waar ze mee bezig is. Gooit met dingen. Gaat kamers in en uit. Laat rotzooi achter. Verplaatst dingen.'

Bezig de plaats delict te herinrichten.

'Ze heeft een zaklantaarn bij zich. Had ik dat al gezegd?'

'Nee,' zei Amanda.

'Zo'n klein lampje, met heel sterk licht. Daarom kom ik ook niet uit m'n schuilplek, snap je? Ik hoefde niet beschenen te worden. Weet jij veel wat die chick gedaan zou hebben?'

Ze zweeg.

'En?' herhaalde Amanda.

'Nou, uiteindelijk komt ze weer naar beneden. Ze motherfuckt nog een paar keer en schopt die meid op de vloer. Keihard. En die meid, die begint heel hard te kreunen, zo van: "Ehhhhhh." En toen werd het interessant.'

Weer zweeg Jane.

'Schiet nou eens op met je verhaal,' zei Amanda dreigend.

'Gun me ook eens een lolletje zeg. Zo vaak praat ik nou ook weer niet met mensen.' Jane nam weer een slok. 'Dus dat wijf staat een paar minuten naar dat gekreun te luisteren. Kijkt naar d'r alsof ze een stuk stront is. En dan, *bam!* grijpt ze die griet bij d'r been en sleept d'r het gebouw uit. En o, man...' Ze schudde haar hoofd. 'Eerst kreunde dat grietje alleen, maar toen die bitch een ruk aan d'r been gaf, begon ze me toch te krijsen.'

Een pijnscheut trok door Wills kaak. Had Angie haar eigen dodelijk gewonde, verlamde dochter het gebouw uit gesleurd?

'Even later komt die bitch weer binnen en begint opnieuw tegen dingen aan te schoppen.'

Om te verhullen dat ze iemand over de vloer had versleept.

'Deze keer gaat ze serieus weg. Het volgende wat ik hoor, is een autoportier dat wordt dichtgeslagen. Meer autoportieren die worden dichtgeslagen.'

'Kan het een kofferbak zijn geweest?' vroeg Faith.

'Ik heb geen radaroren, mens. D'r werden gewoon allemaal autodingen dichtgeslagen.' Ze keek geërgerd. Ze moest duidelijk niets van Faith hebben. 'Goed, opeens gaat het van *woesj!*, en ik weet niet wat me overkomt.

Een ontiegelijke *woesj*. Ik kijk op naar de ramen, die zijn verduisterd, weet je wel, maar ik zie allemaal vlammen omhoogschieten, alsof de hel in de fik staat. Het was gewoon...' Ze zwaaide met haar arm. 'Het was overal.' Ze liet haar hand zakken. 'Dat was het. De auto reed weg.'

'Heb je verder nog iemand gezien?' vroeg Amanda.

'Nee, verder niks. Alleen die chick en die andere griet en dat vuur.'

'Geen kinderen?'

'Jezus, wat heeft een kind daar te zoeken? Het was midden in de nacht. Dan moeten ze in bed liggen.'

'Ben je nog boven geweest om te kijken wat die eerste vrouw daar had uitgespookt?' wilde Amanda weten.

Jane likte over haar lippen. 'Eh... zou kunnen. Gewoon uit nieuwsgierigheid.'

Met een handgebaar gaf Amanda aan dat ze door moest gaan.

'Er lag daar een vent. Niet dood, maar het scheelde niet veel. Het licht was daar beter, omdat de ramen direct aan de andere kant van de galerij zitten.'

'En?'

'Het was een enorme vetzak, die gast. Heel diep in slaap, maar zoals ik al zei, dood was-ie niet. Nog net niet. Dat kon je zien. Tenminste, ik zag het. Ik heb heel wat mensen zien doodgaan in m'n leven. Hij had zich al ondergepist. Er stak een deurknop uit zijn hals. Zoals bij die vent op tv. Ken je die serie?' Ze knipte twee keer in haar vingers, zoals in The Addams Family.

'Lurch,' zei Will, 'maar volgens mij bedoel je Frankenstein.'

'Die bedoel ik.' Ze knipoogde naar hem. 'Ik wist wel dat jij de slimste hier was.'

'Nu wil ik graag weten waar de coke vandaan kwam,' zei Amanda.

'Uit de jaszak van de dooie.' Ze klopte op haar borst. 'Als ik op m'n hurken ging en m'n arm helemaal uitstrekte, kon ik het pakken zonder dat ik onder het bloed kwam te zitten. Twee gram, tering hé! Zo'n snuif heb ik niet meer gezien sinds ik jong was.'

'Dus toen ben je naar de overkant gegaan om –'

'Ik kon daar toch niet blijven terwijl die vent dood lag te gaan? Dat is toch raar? En wist ik veel of die bitch terugkwam? Ze was godverdomme al een keer vertrokken en weer teruggekomen.' Jane begon stukjes piepschuim van het bekertje te breken. 'Dus ik wandel de straat weer over en heb een feestje met mezelf tot de zon opkomt. Dan komt de politie, en ik heb zoiets van, shit, ik moet als de bliksem de trap op. Toen ik eenmaal aan het klimmen was, kon ik niet stoppen voor ik boven was. Dat was nog eens een zuivere snuif, man. Honderd procent.'

Will zag Faith haar ogen ten hemel slaan. Geen dealer die niet beweerde dat zijn coke zuiver was.

'En dat is alles?' vroeg Amanda. 'Je hebt niets weggelaten?'

'Ik dacht het niet, nee, maar je weet het nooit, toch?'

Amanda tikte alweer op haar BlackBerry. 'Een andere agent zal je verklaring afnemen. Hij neemt een politietekenaar mee die de nacht met je doorneemt en je geheugen wat probeert op te frissen.'

'Dan wordt er wel heel veel werk van gemaakt, lijkt me.'

'Beschouw het maar als onderdeel van je verlaat-de-gevangeniszonder-te-betalenkaartje.' Amanda wenkte Will en Faith mee de kamer uit. Ze liep een eindje bij Janes kamer vandaan en bleef voor de verpleegpost staan.

'Geloven we haar?' vroeg Faith.

'Charlie heeft op de begane grond een bloedvlek gevonden,' zei Amanda. 'Volgens hem was die van een bloedneus afkomstig.'

'Angie weet als geen ander hoe ze een plaats delict moet inrichten,' merkte Will op.

'Ik probeer alles op een rijtje te krijgen.' Faith sprak het verhaal nog eens door. 'Jo is dus in die kamer boven zo ongeveer leeggebloed, toen heeft ze zich naar de begane grond gesleept, en daar is ze in elkaar gezakt. Om de een of andere reden gaat Angie weg. Om de een of andere reden komt ze weer terug. Ze sleurt Jo mee naar haar Monte Carlo, blaast Dales Kia op en rijdt weg, oké? En dan laat ze haar eigen dochter zes uur lang in haar kofferbak gaarstoven?'

Will slikte net op tijd de opmerking in dat Angie zoiets niet deed.

'Ik krijg behoorlijk veel tegenwerking op dat gerechtelijk bevel voor Figaroa's telefoontaps,' zei Amanda. 'De straatsurveillance is erdoor, maar daar is alles mee gezegd. Behalve Laslo heeft niemand het huis verlaten. Hij is naar McDonald's gestuurd om ontbijt te halen. Hij kwam terug met drie bekers koffie en drie papieren zakken.'

'Drie, niet vier, wat betekent dat hij niets voor Anthony heeft gehaald,' zei Faith. 'Ik pak mijn aantekeningen erbij. Ik moet dit weer even doorspreken.'

Will had geen zin om naar de zoveelste samenvatting te luisteren.

Hij deed alsof hij luisterde, maar keek over Faiths schouder. De verpleegkundige tikte iets in op een tablet. Alle patiëntendossiers in het Grady waren gedigitaliseerd. Het whiteboard achter de verpleegpost was minder geavanceerd. De namen van patiënten werden nog met de hand genoteerd en hun status werd bijgewerkt om overzicht op de afdeling te houden. Terwijl Will toekeek, liep de verpleegkundige naar het bord en wiste Jane Doe 1 uit. Met rode stift schreef ze een nieuwe naam op. Alles in hoofdletters, waardoor hij het gemakkelijk kon lezen. En bovendien had hij de naam al verschillende keren gezien.

'Delilah Palmer,' zei hij.

'Wat is er met haar?' vroeg Amanda.

Hij wees naar het bord.

De verpleegkundige had hem gehoord. 'Huiselijk geweld,' legde ze uit. 'Het vriendje is onvindbaar. Ze kwam de spoed op lopen met een mes in haar borst.'

'Wanneer?' vroeg Faith.

'Maandagochtend vroeg, vlak voor mijn dienst begon.'

'Ik dacht dat we bij alle ziekenhuizen navraag hadden gedaan over slachtoffers met steekwonden.'

'Dat hebben *wij* niet gedaan.' Faith klonk woedend. 'Olivia,' zei ze tegen de zuster, 'sinds ik hier gisteravond kwam, heet de patiënte Jane Doe 1. Wat is er veranderd?'

'De verpleeghulp heeft haar kleren nagekeken voor hij ze naar de verbrandingsoven bracht. Daarin vond hij haar rijbewijs.' Olivia schoof de dop op de viltstift. 'Ze wordt nog steeds in coma gehouden, dus u kunt haar niet verhoren. Ik dacht trouwens dat dit door het APD werd afgehandeld.'

'Wie ging over deze zaak?' vroeg Amanda.

'Dat kan ik wel even opzoeken.' Olivia keek op de tablet. Ze glimlachte. 'O, dat was Denny. Denny Collier.'

TWAALF

‘Subarachnoïdale bloeding,’ zei Gary Quintana. ‘Dat klinkt als spinnen.’

‘Het zit dan ook onder het spinnenwebvlies,’ zei Sara. ‘Maar waar het op neerkomt, is dat ze in dat hersengedeelte een bloeding heeft gehad.’

‘O, wauw. Bizar.’ Gary las verder in het voorlopige autopsierapport van Josephine Figaroa. Wat Amanda de vorige dag ook tegen de jongeman had gezegd, het had duidelijk effect gehad. Hij had zijn mouwen afgerold. In plaats van zijn zware gouden halsketting droeg hij een gebreide stropdas. Zelfs zijn paardenstaart was getemd. In plaats van fier uit zijn achterhoofd te steken, zat zijn haar nu in een keurige knot.

Sara vond het jammer van de paardenstaart.

‘Oké.’ Gary las de conclusie hardop voor. ‘“De doodsoorzaak is een epidurale bloeding.” Wat is dat?’

‘Het is een ander soort intracraniële bloeding.’ Sara zag dat hij er meer over wilde weten. ‘Ze heeft een extern hoofdtrauma opgelopen. De schedel is gebroken, waardoor haar middelste meningeale slagader is gescheurd. Dat is een aftakking van de buitenste halsslagader en verzorgt een deel van de bloedtoevoer naar de hersenen. De ruimte tussen het harde hersenvlies en de schedel raakte gevuld met bloed. De schedel kan maar een bepaald volume bevatten, kan dus niet uitzetten. Al dat bloed heeft te veel druk op haar hersenen uitgeoefend.’

‘Wat gebeurt er in zo’n geval?’

‘Over het algemeen verliest de patiënt tijdelijk het bewustzijn. Nadat het letsel is toegebracht is hij doorgaans enkele minuten buiten westen. Dan wordt hij wakker en vertoont een normaal bewustzijnsniveau. Daarom is dit soort bloedingen ook zo gevaarlijk. Er ontstaat hevige hoofdpijn, maar de patiënt is helder tot de bloeding zo ver is gevorderd dat het brein wordt uitgeschakeld. Zonder behandeling raakt de patiënt in coma en sterft.’

‘Wauw.’ Hij keek naar de brancard met het lichaam van Jo Figaroa. Ze stonden op de gang buiten het mortuarium van het APD, dat zich in de kelderverdieping van het Grady Hospital bevond. In afwachting van transport was de brancard tegen de muur gezet. Door een partij slechte meth was de patholoog helemaal volgeboekt.

'Die is echt door de hel gegaan,' zei Gary.

'Reken maar.'

Hij richtte zich weer op het rapport. 'En hoe zit het met "fractuur van de cervicale vertebrae"? Dat is toch de nek? Klinkt ook niet lekker.'

'Nee, bepaald niet. Daardoor zou ze verlamd zijn geraakt.'

'En ze had een gekneusd hart.' Aangeslagen door de bevindingen fronste hij zijn wenkbrauwen. 'Iemand heeft haar helemaal verrot geslagen.'

'Dat hoeft niet het geval te zijn.' Ze legde het uit: 'De schedelfracturen zijn gelijkmatig verdeeld. De ribben en de halswervels zijn gebroken, zoals je al opmerkte, maar de borstwervels en de langere beenderen niet. Ze heeft geen zware kneuzingen, en ook maar aan één kant. Is je dat opgevallen?'

'Ja, maar wat wil dat zeggen?'

'Dat ze hoogstwaarschijnlijk van grote hoogte naar beneden is gevallen of geduwd. Dat kun je afleiden uit de nekfracturen. Die krijg je niet van een pak slaag. Ze is minstens zes meter gevallen en op haar zij neergekomen. Haar schedel is gebroken, de slagader is gescheurd en een paar uur later is ze aan een hersenbloeding bezweken.'

'Die galerij in de club was zo'n acht meter hoog.' Vol ontzag keek Gary Sara aan. 'Wauw, dokter Linton. Cool zoals u dat uitgevogeld hebt.' Hij overhandigde haar het verslag. 'Bedankt dat u dit alles met me hebt gedeeld. Ik wil heel graag leren.'

'Ik ben blij dat Amanda je aan mijn team heeft toegewezen.'

'Ja, ik moest mezelf wel wat fatsoeneren.' Hij klopte op zijn das. 'Ik moet er presentabel uitzien, snapt u? Alle aandacht moet naar de slachtoffers gaan, niet naar mij.'

Verstandig advies, vond Sara. 'Ik ga de anderen zoeken om ze van de uitslag op de hoogte te brengen. Heb je nog meer vragen?'

'Ja, eh… ze ligt hier maar op de gang. Denkt u dat ik haar weer in de koeling kan zetten?'

'Dat zou heel aardig van je zijn.' Sara gaf hem een schouderklopje en liep naar de trap. De intensive care was zes verdiepingen hoger, maar de liften in het Grady hielden er hun eigen tempo op na en ze moest Amanda zo snel mogelijk zien te vinden.

En dat betekende dat ze ook Will zou zien. Sara constateerde een zekere aarzeling bij zichzelf, en daar schrok ze van. Ze wist nog steeds niet wat ze van de afgelopen nacht moest denken. In de auto had Will geen woord gezegd, maar eenmaal thuis had hij geen moment zijn mond gehouden. Hij had niet geslapen. Bijna manisch had hij allerlei theorieën gespuid, als een slang die zijn eigen staart opvrat. Hij was woedend op Angie. Hij was diep gekwetst, of hij het wilde toegeven of niet. Alles wat over zijn lippen kwam draaide om Angie of ging over haar. Als Sara met de ogen van een arts naar hem keek, wilde ze hem het liefst iets toedienen en dan zorgen dat hij het niet stiekem uitspuugde. Maar als zijn geliefde wilde ze haar armen om hem heen slaan en zorgen dat alles goed kwam. Uiteindelijk had ze naar hem gekeken als een vrouw die een huwelijk achter de rug had en wist hoe een gezonde relatie eruitzag, en ze had zich afgevraagd waar ze zich in godsnaam mee had ingelaten.

Net op het moment dat Sara de deur van de intensive care opentrok, schreeuwde een man: 'En wat dan nog, godverdomme?'

Holden Collier wierp zijn handen in de lucht. Heel zijn jongensachtige innemendheid was verdwenen. Geen wonder ook. Amanda, Faith en Will verdrongen zich om hem heen. Twee beveiligers van het Grady stonden vlakbij, met hun hand aan hun wapen.

'Waarom zou ik melding maken van een geval van huiselijk geweld als we met een onopgehelderde steekpartij te maken hebben?' Weer wierp Collier zijn handen in de lucht. 'Het is allemaal uitgelegd. Het vriendje heeft het gedaan. Ze wil niet zeggen hoe hij heet. Wat moet ik dan?'

'Vertel het nog eens.' Amanda's stem was hard als staal. 'Vanaf het begin.'

'Ongelooflijk.' Voor de derde keer gingen zijn handen de lucht in.

Sara had geen idee waarvan hij werd beschuldigd, maar zijn rol als vermoorde onschuld ging hem slecht af.

'Ik was toch al met een dader op de spoed en heb toen dat gevalletje huiselijk geweld aangenomen. Ze bloedde als een rund, maar ik heb haar verhaal wel genoteerd. Haar vriendje kwam met een mes op d'r af. Ze wil niet zeggen hoe hij heet, waar ze woont, helemaal niks. Je kent dat soort bullshit wel. Ze werd naar de operatiezaal gebracht. Ik schreef het verslag en zei dat ze me moesten bellen als er iets aan haar status veranderde. Dat is mijn werk.' Hij was nog niet klaar. 'Jullie willen me er zo allejezus graag bij lappen dat jullie niet eens zien waar het in deze zaak echt over gaat.'

'Leg maar eens uit.'

'Rippy's club is een drugspand. Het stikt er van de gang tags. Harding heeft een schijtemmer in zijn kast. Hij hield er een koeriersdienst vanuit Mexico op na en dat heeft hem de kop gekost, einde verhaal.'

'Wat is je relatie met Angie Polaski?' vroeg Amanda.

Sara beet op haar lip. Angie. Ze had er haar ziel en zaligheid voor over om die naam nooit meer te hoeven horen.

'In de nacht van zondag op maandag ben je drie keer gebeld vanaf een wegwerptelefoon,' zei Amanda. 'Een van die gesprekken duurde twaalf minuten.'

'Ik sprak met een informant. Hij gebruikt een wegwerptelefoon. Dat doen ze allemaal.'

'Wie is die informant? Ik wil een naam horen.'

'Dat ga ik hier niet doen.' Eindelijk drong het tot Collier door dat hij zich niet onder het probleem uit kon lullen. 'Als u me wilt ondervragen, moet mijn bondsvertegenwoordiger erbij zijn, dat is mijn recht.'

'Bel hem maar, Denny. Dat verhoor gaat door.'

'Mag ik nu gaan?'

'We houden contact.'

Hij beende weg, met nauwelijks een knikje voor Sara toen hij de deur naar de trap openstootte.

Faith stond met haar handen in de zij. Ze was laaiend. Amanda was laaiend. Will had al vierentwintig uur dezelfde blik in zijn ogen, als van een hert gevangen in de koplampen.

'Dokter Linton,' zei Amanda. 'Wat heb jij ontdekt?'

'Je gaat het niet leuk vinden,' zei Sara, die het vervelend vond om andermaal de brenger van slecht nieuws te zijn. 'Volgens het voorlopige autopsierapport is Josephine Figaroa overleden aan een hersenbloeding. De steekwonden in haar borst waren zeer oppervlakkig en post mortem aangebracht, dus die hebben geen bloedingen veroorzaakt. De snee op haar wang was ook post mortem, dus ook geen bloeding. Haar vingertoppen zijn niet gebarsten door de hitte. Iemand heeft ze met een scheermes opengesneden, waarschijnlijk om haar identiteit te verhullen, wat nergens op slaat, maar dat is jullie terrein. Vanuit mijn eigen vakgebied kan ik stellen dat de sneetjes in de vingers ook post mortem zijn aangebracht, want ze hebben niet gebloed.'

'Je wilt daarmee dus zeggen dat het bloed op de plaats delict niet afkomstig was van de vrouw op wie beneden autopsie is verricht,' zei Amanda voor alle duidelijkheid.

'Precies. Alle bloedingen waren intern. Ik vermoed dat ze is gevallen, waarschijnlijk van de galerij. Volgens Charlie lag er bloed op de begane grond. Ik ga ervan uit dat dat uit haar neus afkomstig was. Ze heeft nog een paar uur geleefd en was waarschijnlijk verlamd, tot ze aan de hersenbloeding is gestorven.'

Amanda leek totaal niet verbaasd, wat niet ongebruikelijk was, want ze kon een fantastische pokerface trekken. Het merkwaardige was dat Faith en Will evenmin verbaasd keken.

'Is het mogelijk dat er een tweede slachtoffer op de plaats delict is geweest?' vroeg Amanda.

'Zeker. Het is de afgelopen paar maanden een komen en gaan geweest daar in die club. Iemand met niet meer dan een oppervlakkige kennis van forensisch onderzoek zou ons tijdelijk een rad voor ogen kunnen draaien. In elk geval tot we de laboratoriumuitslagen, de vingerafdrukken en de analyse hebben, en dat kan weken en soms wel maanden duren.'

'Waren er tekenen die op de aanwezigheid van een kind wezen?'

'Een kind?' Sara keek verward. 'Een peuter, bedoel je? Een baby?'

'Een jongetje van zes,' zei Faith. 'Er wordt een kind vermist. We vermoeden dat Angie hem heeft ontvoerd.'

Sara sloeg haar hand voor haar borst. Ze keek naar Will in de verwachting dat hij zijn blik had neergeslagen, maar hij keek haar aan. De harde uitdrukking op zijn gezicht was nieuw voor haar. Het manische was verdwenen. Woede omhulde zijn lichaam en geest.

'Volgens ons was Angie met chantage bezig, samen met Jo,' zei hij. 'Dat heeft Jo het leven gekost, en toen bedacht Angie dat ze met haar kleinzoon een pressiemiddel in handen had.'

'Maar ze heeft jou verteld dat Jo dood was. Je wist niet eens van het bestaan van Jo af, laat staan dat ze Angies dochter was. Waarom zou ze jou iets vertellen?'

'Het plan liep mis.' Will moest ernaar gissen, maar zo te horen was hij overtuigd dat Angie weer eens het leven van iemand anders op het spel had gezet om er zelf beter van te worden.

'Kom mee,' zei Amanda tegen Sara. Ze ging haar voor naar een kamer met een agent voor de deur. Het licht was gedimd. Sara liet haar blik over de apparatuur bij het bed gaan: hartmonitor, infuus, katheter, intubatiebuis, reageerbuis. De rechterarm van de patiënte lag wat hoger, ondersteund door kussens, niet zo laag dat het bloed naar haar vingers stroomde en niet zo hoog dat er niet voldoende bloed werd rondgepompt. De hand was één grote bol chirurgisch verband en drains. Op de vingertoppen zaten zuurstofmeters.

'Haar hand is weer aangenaaid,' zei Sara.

'Ja.'

Sara bekeek het gezicht van de vrouw. Bruin haar. Lichtbruine huid. De ogen waren opgezwollen, maar hadden nog steeds hun karakteristieke vorm.

Amanda zei: 'Ze is als een Jane Doe opgenomen, maar vanochtend is haar ID gevonden. Delilah Palmer.'

De naam klonk bekend. In plaats van Amanda nog meer vragen te stellen, liep Sara naar de verpleegpost en vroeg of ze een tablet mocht lenen. Ze beschikte nog steeds over toegangsprivileges in het Grady. Olivia, de verpleegkundige, kende haar.

'De wachtkamer is nu leeg,' zei Olivia.

Sara snapte de hint. Vier mensen die de gang van de intensive care blokkeerden was niet zo handig.

Ze liepen met zijn allen naar de lege wachtkamer, Will naast Sara. Hij stootte haar aan met zijn schouder, want hij wilde er zeker van zijn dat er nog iets was tussen hen, maar ze bracht het niet op hem een bevestigend teken te geven.

Sara ging op een stoel zitten. Ze logde in op een tablet met het ziekenhuissysteem en bekeek de CT-scan, de röntgenfoto's, de MRI-scan en de aantekeningen die de chirurg over de vrouw had gemaakt.

Eindelijk begon haar iets te dagen.

'En?' vroeg Faith.

Sara las de informatie van de patiëntenstatus op. 'Ze heeft zestien messteken, de meeste in de romp, twee in het hoofd. De punt van het mes is afgebroken op het sleutelbeen, waardoor het bereik van het lemmet tot een minimum werd beperkt en het mes het hart en de lever heeft geschampt. De darm is doorboord. Haar linkerlong is ingeklapt. De rest van het mes is in haar borstbeen blijven steken. De eerste steek is waarschijnlijk in haar arm geweest.' Net als de vorige ochtend hield Sara haar eigen arm omhoog. 'Haar belager is recht op haar afgekomen. Ze heeft een afwerende houding aangenomen. Het mes is door haar pols gegaan en heeft het gewricht bijna volledig doorgesneden. Ze heeft met haar armen gezwaaid in een poging de aanval te stoppen, en daardoor is het bloed alle kanten op gespoten, als uit een tuinslang. Gelukkig voor het slachtoffer is het lemmet ook door de radiale en de ulnaire slagader gegaan. Gelukkig, omdat de slagaderen samentrekken wanneer ze doormidden worden gesneden. Daardoor mislukt een zelfmoordpoging ook zo vaak. Je snijdt de slagader door, hij rolt zich op in je arm en het bloeden stopt, net als wanneer je het uiteinde van een tuinslang dichtknijpt.'

'Dus daar kwam al dat bloed vandaan?' vroeg Will.

'Een dergelijke hoeveelheid bloed kan inderdaad van zo'n soort verwonding afkomstig zijn.' Opnieuw bestudeerde Sara de röntgenfoto's. 'Dit is niet de eerste keer dat ze is aangevallen. Haar gezicht en hoofd vertonen diverse oudere, genezen fracturen. Ze heeft twee keer haar arm gebroken, waarschijnlijk met een tussenpoos van een paar jaar. Dit zijn klassieke tekenen van mishandeling.'

'Staat Palmers bloedgroep op de status?' vroeg Amanda.

'Die is bepaald toen ze op de spoedafdeling arriveerde. Het is B-negatief. De bloedgroep is geërfd. Daarvoor moet je moeder of je vader bloedgroep B-negatief hebben.'

'Net als bij Angie,' zei Faith.

'Kun je eerdere opnamen van Delilah Palmer natrekken?' vroeg Amanda.

Sara keerde terug naar het homescherm. Ze zocht Delilah Palmers medische geschiedenis op, die nog niet was overgezet naar haar IC-status. 'Palmer is hier tweeëntwintig jaar geleden geboren. Onder voogdij geplaatst. Diverse overdoses. Meermalen bekkenontsteking. Bronchitis. Huidinfecties. Naaldabcessen. Heroïneverslaafd. Twee jaar geleden van een baby bevallen. Wacht eens even.' Sara bekeek de buikscans van twee dagen daarvoor nog eens goed. 'Oké, volgens de meest recente status, die zondagnacht is aangemaakt, heeft de Palmer in het bed aan het eind van de gang een litteken van een keizersnede.' Ze scrolde terug door de schermen. 'Maar volgens de oudere status is Palmer twee jaar geleden op natuurlijke wijze bevallen, waarbij je eerder een episiotomielitteken zou verwachten. Dat heeft het lijk beneden, dat Angie in het uitvaartcentrum heeft achtergelaten.' Ze keek op. 'Het lichaam beneden vertoonde tekenen van langdurig intraveneus drugsgebruik, maar niets wijst erop dat de vrouw aan het eind van de gang, de zogenaamde Delilah Palmer, drugs gebruikte.' Langzaam drong het tot Sara door. 'Het lichaam beneden is van Delilah Palmer. Jo Figaroa is hier, op de intensive care. Angie heeft hun identiteit verwisseld.'

'Dat denken we.' Faith liet haar twee foto's op haar iPhone zien. 'Rechts is Jo Figaroa. Links is Delilah Palmer.'

Sara bekeek de twee vrouwen. Ze leken griezelig veel op elkaar. 'Zijn ze familie?'

'Wie zal het zeggen?' zei Faith. 'Ze zijn allebei godsgruwelijk in elkaar getrimd. Zelfs Figaroa's man heeft het verschil niet gezien.'

Sara wees er maar niet op dat Will het ook niet had gezien.

'We hebben een getuige die heeft gehoord dat Angie Palmer in haar kofferbak stopte,' zei Faith. 'Ik ga ervan uit dat Angie het lijk heeft toegetakeld zodat we geen positieve identificatie via de vingertoppen konden krijgen.'

'Waarom zou Angie ons willen wijsmaken dat Jo Figaroa dood is?' vroeg Sara zich af.

'Ze is de boel grandioos aan het oplichten,' meende Will. 'Dat is de enige verklaring. Onze Jane Doe heeft de nacht van de aanval voor ons uit de doeken gedaan. Harding is stervende. Josephine bloedt dood. Angie brengt Josephine met een noodvaart naar het ziekenhuis, maar in plaats van de stad uit te gaan of zich gedeisd te houden, rijdt ze terug naar de club om Delilah daar weg te halen en de plaats delict te herinrichten. Dat is heel veel werk voor iemand die vies van werk is. Ik garandeer jullie dat er voor haar iets te halen valt als dit alles voorbij is.'

Sara werd door walging bevangen. Ze legde de tablet op de stoel naast zich. Ze had meer dan genoeg van Angies spelletjes, en zij was de enige in het gezelschap die het zich kon veroorloven erbij weg te lopen.

Blijkbaar voelde Will dat ze het niet meer trok. 'Het spijt me.'

Ze wilde de schuld niet op hem schuiven. Als iemand het slachtoffer was van Angies intriges, was het Will. 'Heb je enig idee waar ze uithangt? Waar ze een kind verborgen zou kunnen houden?'

Hij schudde zijn hoofd, en ze zag in hoe dwaas haar vraag was. Als ze wisten waar Angie was, zouden ze nu haar deur openbreken.

Faith zei: 'Het enige wat we kunnen hopen, is dat ze haar eigen kleinkind niet... Krijg nou wat...' Faiths stem stierf weg. 'Daar zul je haar hebben.'

Ze draaiden zich allemaal om.

Angie stapte net uit de lift. Ze keek op. Haar mond vormde een O, en daarin zagen ze hun eigen ontzetting weerspiegeld. Ze wilde de lift weer in, maar de deuren gingen dicht, waarop ze naar de trap rende.

Ze was niet snel genoeg.

Zodra hij haar zag, stormde Will op haar af.

Binnen enkele seconden had hij de afstand tussen hen overbrugd. Zijn arm schoot uit. Hij haakte zijn vingers om de achterkant van haar boord en trok haar met een ruk terug. Haar voeten vlogen onder haar uit, en ze smakte op de vloer. Hij raapte haar op en smeet haar de wachtkamer in. Stoelen knalden kletterend tegen elkaar en tuimelden om. Weer greep hij haar en deze keer zwaaide zijn vuist naar achteren. Het enige wat Will ervan weerhield haar tot moes te slaan waren de twee bewakers, die hem in zijn nek sprongen alsof ze een dolle stier moesten bedwingen.

'Will!' Nu mengde Faith zich in het gewoel. Ze duwde hem tegen de muur. 'Ophouden!' bracht ze hijgend uit. En nog eens: 'Ophouden!' Deze keer zachter, maar het was duidelijk dat ze hem niet zijn gang zou laten gaan. 'Doe eens rustig! Ze is het niet waard.'

Will schudde zijn hoofd. Sara wist wat hij dacht. Haar doden was het wel degelijk waard. Haar pijn doen was het waard.

'Will,' zei ze.

Met vlammende ogen keek hij haar aan.

'Niet doen,' zei ze, hoewel ze zelf niets liever wilde.

Het vuur in zijn blik doofde. Bij het horen van haar stem leek iets van de spanning uit zijn lijf weg te stromen. Berustend hief hij zijn handen. 'Het gaat wel weer,' zei hij tegen Faith.

Ze deed een stap terug, maar bleef tussen hem en Angie in staan voor het geval hij van gedachten veranderde.

'Shit, liefje.' Angie zat ineengezakt op de vloer te gniffelen alsof het één grote grap was. Ze veegde bloed van haar mond en neus. Ook op haar shirt zat bloed, maar dat kwam niet van haar gezicht. 'De laatste keer dat je zo op me afkwam, waren we allebei naakt.'

'Arresteer haar,' zei Amanda.

'Waarvoor?' vroeg Angie. 'Omdat een politieman me in elkaar heeft geslagen met allemaal getuigen eromheen?' Angie hees de achterkant van haar shirt omhoog om de schade te overzien. Een wond in haar zij was met grove hechtingen dichtgenaaid. Will had de wondnaad weer opengeslagen. 'Is er toevallig een dokter in de zaal?'

'Ik raak haar niet aan,' zei Sara.

Weer lachte Angie. Ze schudde haar hoofd. 'Jezus.'

'Waar is Anthony?' vroeg Will. 'Wie is er bij hem?'

Angie zette haar handen op de vloer en duwde zich overeind, waarbij haar tas van haar schouder gleed. Het was weer een goedkope nepper. 'Wie is Anthony?'

Will rukte de tas van haar arm.

'Hé...'

Met één hand hield hij haar tegen en met de andere wierp hij de tas naar Faith.

Angie wilde zijn hand pakken, maar Will trok hem terug alsof ze er zuur overheen had gegoten. Met moeite bedwong hij zijn woede. En in alle eerlijkheid moest Sara bekennen dat ze dat nog steeds jammer vond.

'iPhone. iPad.' Faith stalde de inhoud van Angies tas op twee stoelen uit. 'Klaptelefoon. Vijfschots revolver, één keer afgevuurd. Medicijn.' Ze wierp Sara het potje toe. 'Tissues. Lippenbalsem. Munten. Visitekaartjes. Pluis.'

Sara keek naar het potje. Het etiket was van een dierenkliniek aan een zijstraat van Cascade Road en bestemd voor een huisdier genaamd Mooch McGhee. Keflex, wat prima was als je een hond was en niet gevoelig voor MRSA. Sara zette het potje weer op de stoel. Dat mocht Angie zelf uitvogelen.

'Openen.' Faith stak Angie de iPhone toe. 'Nu.'

'Rot op.'

Will pakte de telefoon. Na twee pogingen had hij de pincode gekraakt. Hij gaf hem terug aan Faith, die onmiddellijk naar de oproepen ging.

'Ik zie hier Colliers nummer,' zei ze. 'Vorige week twee keer. Drie keer in de nacht van zondag op maandag, wat overeenkomt met de tijdstippen op zijn telefoon.'

Dat zei genoeg over Collier. De zoveelste man wiens leven Angie kapot had gemaakt.

'Er zijn nogal wat gesprekken met een 770-nummer.' Faith drukte op de terugbelknop. Nadat de telefoon een volle minuut was overgegaan, verbrak ze de verbinding. 'Wordt niet opgenomen. Geen voicemail.' Weer nam ze de lijst met oproepen door. 'Deze zijn allemaal van of naar dat 770-nummer: ontvangen om 01.40 uur in de nacht van zondag op maandag. Uitgaand tweeëndertig seconden later. Dan uitgaand een halfuur later. Ontvangen om 04.00 uur, dan weer een ontvangen telefoontje gistermiddag om 13.15 uur. Vervolgens zeventien uitgaande telefoontjes verspreid over gisteren en vandaag.'

'Wie probeer je te bereiken?' vroeg Will aan Angie.

'Mijn moeder.'

Amanda had haar eigen telefoon al gepakt. 'Ik laat het traceren.'

Faith ging naar de berichten. 'Dit is tussen de klaptelefoon en Angies telefoon. Zondagnacht 00.20 uur. Ze schrijft: Wat wil je? De klaptelefoon schrijft terug: iPad. En een paar seconden later. Nachtclub. Nu.' Ze scrolde naar boven en wachtte tot een foto was gedownload.

Faiths mond viel open. Verbluft liet ze hun de telefoon zien.

Zondagnacht om 00.16 uur had Angie een foto ontvangen van Josephine Figaroa, die met haar rug tegen een autoraam zat. Een mannenhand omklemde haar hals. Het leek alsof ze schreeuwde. Eronder stond DOCHTER.

Faith scrolde weer naar boven. Weer een foto, deze keer verstuurd om 00.15 uur. Er stond een jongetje op met het lemmet van een groot jachtmes tegen zijn keel. Eronder het woord KLEINZOON.

Sara's hand ging naar haar hart. De angst van het kind sneed door haar ziel, alsof ze hem zelf in haar armen hield. 'Waar is hij?'

Angie trok een wenkbrauw op, alsof dit het zoveelste mysterie was.

'Waar...' Sara zweeg. Angie kickte op pijn.

Faith nam de berichten door die vanaf de klaptelefoon waren verstuurd. 'De eerste foto die ik heb laten zien, die van Jo Figaroa, is gemaakt met deze klaptelefoon. De tweede foto, van Anthony, is doorgestuurd naar de klaptelefoon vanaf hetzelfde 770-nummer dat Angie probeerde te bellen.'

'Het 770-nummer is van een wegwerptelefoon.' Inmiddels had Amanda de traceerinformatie binnengekregen. 'We proberen samen met de telefoonmaatschappij te achterhalen vanaf welke zendmast is gepingd.'

‘Wie heeft die foto van Anthony gestuurd?’ vroeg Will. ‘Delilah Palmer? Of Harding?’

Angie deed alsof ze hem niet hoorde.

Faith pakte de iPad. Ze ging met haar vinger naar de homeknop.

‘Niet doen,’ zei Angie, en voor het eerst klonk er bezorgdheid door in haar stem. ‘Die moet je niet aanzetten.’

‘Hoezo niet? Daarom is je kleinzoon zeker ontvoerd, hè? Om wat er op deze iPad staat.’

Angie perste haar lippen op elkaar. Ze keek naar Faiths vinger, die boven de knop zweefde.

‘Zet aan,’ zei Will.

‘Nee.’ Angie stak haar hand uit om Faith tegen te houden, maar Will duwde haar weg. ‘Als je hem aanzet, worden alle bestanden gewist.’

‘Welke bestanden?’

Angie zweeg.

‘Ze liegt,’ zei Will. ‘Zet maar aan.’

‘Ja, moet je vooral doen,’ zei Angie tartend. ‘Dan zijn de bestanden weg en zien we Anthony nooit meer terug.’

‘Zullen we het riskeren?’ vroeg Faith.

Amanda zuchtte. ‘Met het huidige verkeer duurt het een uur voor we bij het computerlab zijn. We weten niet waar die jongen is. We weten niet of ze de waarheid spreekt. Misschien zijn de bestanden al gewist. Of we zetten het ding aan en wissen de hele boel.’

‘Schrödingers kat,’ zei Will.

Het was duidelijk dat Angie de verwijzing niet begreep, wat Sara een gevoel van triomf bezorgde.

‘Het enige wat je nodig hebt is een kooi van Faraday,’ zei Sara. ‘Dat is een geaard, metalen scherm dat elektrische velden buitensluit. Daarom doet je telefoon het niet in een lift. Als je naar de kelder gaat en in de lift blijft, kun je de iPad aanzetten zonder dat het signaal verstoord wordt.’

Angie snoof. ‘Word je daar opgewonden van?’ vroeg ze aan Will.

‘Ja,’ zei hij. ‘Daar word ik opgewonden van.’

Angie sloeg haar ogen ten hemel. Haar hand drukte nog steeds tegen haar zij. Bloed sijpelde tussen haar vingers door. 'Wat sta je nou te kijken?'

Sara kreeg er geen woord uit, want ze verkeerde in de greep van een onderhuidse woede die haar niet had losgelaten sinds Charlie had verteld dat de Glock op naam van Angie stond. Elk mooi moment dat ze met Will deelde, zou altijd door Angie overschaduwd worden.

'Aah.' Angie schoof haar onderlip naar voren. 'Saraatje is van streek. Krijgen we weer een Bambivoorval?'

Sara mepte haar keihard in haar gezicht.

Angie wilde terugslaan, maar Faith pakte haar pols, draaide haar arm achter haar rug en dwong haar tegen de muur. 'Denk maar aan al die mensen die blij waren toen ze hoorden dat je dood was.'

'Denk maar aan al die mensen die niet blij waren.' Angie wrong haar arm los en wreef over haar pols. 'Geef me m'n spullen terug. Ik ga ervandoor.'

'Jij gaat nergens naartoe,' zei Will. 'Wie heeft Anthony? Ik weet dat jij hem niet hebt.'

Ze schudde haar hoofd en lachte, alsof hij te dom was om het te begrijpen.

'Je hebt nog nooit zeventien keer achter elkaar naar iemand gebeld. Je hebt het verkloot, hè? Je bent Anthony kwijt en nu probeer je hem terug te krijgen. Daarom zei je dat het Jo was, daar in het uitvaartcentrum, in plaats van Delilah. Je wilde dat ik naar Reuben Figaroa ging zodat hij een Amber Alert liet uitgaan.' Hij ging zo dicht bij haar staan dat ze geen kant op kon, zoals hij dat altijd deed bij een verdachte. 'Je plan ging de mist in en ik moest ontdekken dat zijn zoontje weg was.' Hij ging nog dichter bij haar staan. 'We zijn nu hier. We weten dat Anthony verdwenen is. We weten dat Reuben gechanteerd wordt, want hij wil hem terug. Vertel op, wat weet je? Dan zorg ik dat het goed komt.'

'Alsof het jou ook maar íéts kan schelen, Will.' Ze sloeg met haar handen tegen zijn borst en duwde hem weg. 'Ik handel dit alleen af, oké? Ik kan heel goed voor mezelf en voor mijn familie zorgen, want dat heb ik mijn hele leven al gedaan zonder dat jij daarbij een poot hebt uitgestoken.'

Wills kaak stak als een glasscherf naar voren. 'Het leven van je kleinzoon staat op het spel.'

‘En jij houdt me tegen, zodat ik niet kan doen wat ik moet doen.’

‘Alsjeblieft, Angie. Laat me helpen. Ik wil je helpen.’ Hij klonk wanhopig. ‘Als hij ook mijn kleinzoon is, verdien ik een kans om hem te leren kennen.’

‘Leuk geprobeerd.’ Ze maakte zich van hem los. ‘Jo is niet van jou. Tenzij je mijn hand zwanger hebt gemaakt.’ Ze keek Sara veelbetekenend aan. ‘En als zoiets mogelijk was, zou er nu een hele lading foetussen uit de mond van je vriendin stromen.’

Sara spande elke spier in haar lichaam om niet weer naar haar uit te halen.

‘Heb je het briefje gelezen dat ik voor Will heb achtergelaten?’ vroeg Angie.

‘Ja,’ zei Sara.

Even was Angie zichtbaar van haar stuk omdat Sara het daarbij liet.

‘Alsjeblieft,’ herhaalde Will. ‘Angie, het gaat om een klein jongetje. Familie van je. Misschien je enige familie. Zeg hoe we hem kunnen helpen.’

‘Sinds wanneer wil jij zo graag familie helpen?’ Ze snoof honend. ‘Ik ben je familie. Ik sta hier godverdomme te bloeden zonder dat het jou iets kan schelen.’

Will haalde zijn zakdoek tevoorschijn en drukte die tegen Angies zij.

Sara voelde haar hart verdorren toen ze zag met hoeveel zorg hij haar aanraakte.

‘Het spijt me,’ zei hij tegen Angie. ‘Dit heb ik niet gewild. Je hebt gelijk. Het is mijn schuld.’

Angie keek even naar Sara. Of Wills onderdanigheid oprecht was of niet, ze wilde zichzelf er wel van verzekeren dat ze publiek had.

‘Ik weet dat ik je gekwetst heb,’ zei Will. ‘Dat spijt me. Alsjeblieft, Angie. Het spijt me.’

Angie wendde haar blik van Sara af, al was het alleen maar om te genieten van Wills miserabele toestand.

‘Alsjeblieft,’ herhaalde Will. Het liefst had Sara het woord uit zijn mond gerukt. Ze haatte zijn gesmeek. ‘Alsjeblieft.’

'Weet je hoe erg ik eraan toe ben geweest?' zei Angie met een zucht. Ze legde haar hand op die van Will. Het was Sara niet duidelijk of ze instortte of haar gebruikelijke spelletje met Will speelde. 'Weet je wat ik allemaal heb moeten doen? Niet alleen deze week, maar ook daarvoor?'

'Sorry dat ik er niet voor je was.'

'Het was Harding, Will. Toen Deidre ertussenuit piepte, stond Harding aan de andere kant van de deur.'

Haar woorden waren een klap in Wills gezicht. Dit was geen toneel. 'Je zei dat hij dood was.'

'Dat is hij inmiddels ook.'

Van ontzetting kreeg Will er amper een woord uit. 'Angie...'

'Wat hij me heeft aangedaan...' Angies stem was zacht en vol leed. Ze zag de uitwerking die haar woorden op Will hadden. 'Hij heeft het ook met Delilah gedaan. Hij heeft het met zoveel meiden gedaan. Jarenlang. Ik kon hem niet tegenhouden.'

'Waarom heb je het me niet verteld?' Hij strekte zijn hand naar haar uit. Hij streek haar haar naar achteren. 'Ik had iets kunnen doen. Ik had je kunnen beschermen.'

'Ik heb het zo gigantisch verkloot, liefje.' Angie zoog lucht naar binnen. Nu huilde ze. 'Ik weet dat ik je verneukt heb, maar dat was alleen om Jo te beschermen. Ik moest tijd voor haar winnen in het ziekenhuis, tijd om te herstellen, terwijl ik Anthony probeerde terug te krijgen.'

'Ik snap het nu,' zei hij. 'Ik begrijp het.'

'Ik snap niet hoe het zo mis heeft kunnen lopen...' Ze slikte. 'Dale is altijd slimmer geweest dan ik. Hij was altijd sterker. Hij zat me weer gek te maken. Hij en Mama, zoals ze dat altijd hebben gedaan. En ik was er nooit op verdacht.'

'We kunnen nog steeds proberen Anthony terug te krijgen,' zei Will. 'Laat me je helpen.'

'Ik had nog maar zes dagen nodig. Dan kreeg ik Anthony terug en kon ik voor Jo zorgen, kon ik haar voor altijd gelukkig maken.' Angie snifte. 'Zo iemand verdient een lang en gelukkig leven, vind je niet? Zo iemand moet...' Haar stem begaf het. 'Ik mag hem niet verliezen, liefje. Ik heb haar al eens in de steek gelaten. Ik mag haar zoontje niet verliezen.'

'We gaan hem ook niet verliezen.' Hij bracht zijn handen naar haar schouders en keek in haar ogen. 'Toen je zei dat je moeder die foto van Anthony had gestuurd, bedoelde je Virginia Souza, toch?'

Angie verstijfde.

'Toch?' herhaalde hij.

Met een ruk trok Angie zich los. 'Gore klootzak.'

De tevredenheid was van Wills gezicht af te lezen. Nu was hij degene die manipuleerde.

'Dale Harding was Angies pooier,' zei hij tegen Amanda. 'Virginia Souza was zijn bottom girl.' Hij veegde zijn handen af aan zijn shirt, alsof ze smerig waren. 'Virginia heeft Anthony. Zij heeft die foto genomen. Zij heeft hem.'

Witheet van woede keek Angie hem aan. 'Ik haat je.'

Met een blik vol diepe verachting keek hij terug. 'Mooi.'

'Waar is Virginia Souza?' vroeg Amanda.

'Rot toch op, opgedroogde ouwe teef.'

'Oké. We hebben wel weer genoeg van je gezien.' Tegen Faith zei Amanda: 'Neem haar mee naar beneden, naar het cellenblok. En laat een arts naar haar kijken.'

'Nee!' Angie raakte in paniek. 'Laat me hier blijven. Als het moet, maak je mijn boeien maar aan Jo's bed vast.'

Amanda deed een nieuwe poging: 'Waar is Virginia Souza?'

'Die doet hem niets. De vader biedt het meest.' Ze hield haar armen gekruist voor haar buik en drukte op de wond, zodat het bloed eruit stroomde. Weer deed ze een beroep op Will. 'Op die iPad staat een filmpje. Dat is heel veel geld waard. Virginia wist dat ik het had. Ze wilde Anthony ruilen voor de iPad. Ik had gisterochtend met haar afgesproken, maar ze heeft me belazerd.'

Hij liet zich niet vermurwen. 'Virginia heeft Reuben Figaroa rechtstreeks gebeld. Daarom wilde je dat ik tussenbeide kwam. Ik zorg dat je Anthony terugkrijgt, en wat dan? Dan verkoop je wat er op die iPad staat?'

'Dat geld kan me geen reet schelen. Dat weet je, liefje.'

Voor de derde keer vroeg Amanda: 'Waar is Virginia Souza?'

'Denk je dat ik niet naar haar gezocht heb?' zei Angie. 'Die houdt zich schuil. Ze is niet waar ze altijd te vinden is. Niemand wil me vertellen waar ze is. Ze zijn bang voor haar. En gelijk hebben ze.' Weer veegde Angie over haar ogen. Ze bewaarde haar tranen altijd voor zichzelf. 'Ze is niet te vertrouwen. Het is een ijskoude bitch. Het kan haar niet schelen wie er pijn lijdt, en al helemaal niet als het om een kind gaat.'

De ironie ontging Sara niet.

'En nog iets,' zei Faith. 'Waarom ben je hiernaartoe gekomen?'

'Om afscheid te nemen van Jo, voor het geval...' Angie blikte de gang op. 'Ik zat maar te wachten op dat Amber Alert, maar het kwam niet.'

'Reuben geeft hem niet als vermist op,' zei Faith. 'Hij probeert het zelf af te handelen.'

'Dat dacht ik al.' Angie pakte een tissue uit haar tas. 'Ik was van plan naar zijn huis te gaan en hem door zijn kop te schieten.'

De achteloze toon waarop ze uit de doeken deed iemand te willen vermoorden, joeg een huivering door Sara's bloed.

Angie snoot haar neus en kromp ineen van de pijn in haar zij. 'Zonder Reuben krijgt die iPad weer waarde. Dan kon ik doen wat ik aldoor al van plan was. De iPad inruilen voor Anthony.'

'Bij Kip Kilpatrick?' raadde Faith.

Angie probeerde nog steeds Wills aandacht te trekken. Hij keek opzettelijk de andere kant op. 'Ik weet dat ik het verkloot heb, liefje. Ik wilde alleen mijn dochter helpen. Ze weet niet eens wie ik ben.'

Wills gezicht was van steen. Angie had geen idee wat ze hem had aangedaan. Sara kon alleen maar hopen dat dit nieuwe inzicht langer duurde dan de huidige crisis.

Amanda's telefoon ging. Ze luisterde en zei toen: 'Reuben Figaroa heeft zijn huis verlaten. Laslo Zivcovik zit bij hem in de auto. Ze rijden in westelijke richting over Peachtree. Zijn net Piedmont gepasseerd. Drie auto's volgen hem. De vierde is bij het huis gebleven.'

'Hij rijdt weg van het centrum, naar het winkelcentrum. Openbare ruimte. Veel mensen. Daar zou ik ook een uitwisseling plannen.'

Amanda keek op haar horloge. 'Het winkelcentrum is net open. Zoveel mensen zijn er nog niet.'

'Hij verkent de zaak,' zei Angie. 'Daarom heeft hij Laslo meegenomen. Reuben is een controlfreak. Hij denkt dat zijn vrouw is vermoord. Iemand heeft zijn zoon ontvoerd en vraagt losgeld. Daarom wilde ik het via Kip spelen. Ik heb tegen Virginia gezegd dat Reuben haar een kogel door d'r kop jaagt als hij de kans krijgt.'

'Ik weet niet hoe snel ik daar een SWAT-team krijg,' zei Amanda. 'De politie van Buckhead kan de back-up doen. We hebben drie agenten in drie auto's. Het is bijna het eind van de spits. We doen er een uur over om Buckhead te bereiken. Een deel van de route kunnen we met zwaailicht en sirene werken, maar –'

'Op het dak staat een helikopter,' zei Sara. Ze was weleens met de luchtambulance meegevlogen tijdens een noodvervoer. 'Het Shepherd Spinal Center heeft een heliport. Dan kort je de reistijd in tot een kwartier.'

'Perfect,' zei Amanda. 'Faith, jij ketent Angie aan het bed vast en haalt er iemand van het APD bij om haar te bewaken. Zorg dat die geen banden heeft met Collier. Will gaat met mij mee in de helikopter. Hij is een betere schutter en Reuben heeft zijn gezicht nooit gezien.' Ze wierp Will haar sleutelbos toe. 'Mijn geweer ligt achter in de auto. De magazijnen zitten in de kluis. Haal mijn snellader en een pak munitie.'

Onwillekeurig greep Sara Wills arm. Dit ging te snel. Amanda had het over het neerschieten van mensen. Over mensen die terugschoten. Sara wilde niet dat hij wegging. Ze wilde hem niet verliezen.

Will legde zijn hand tegen Sara's gezicht. 'Ik zie je thuis zodra dit achter de rug is.'

DERTIEN

Will bestudeerde de plattegrond op de muur van het beveiligingskantoor in Phipps Plaza. Er waren wel duizend manieren waarop de uitruil tussen Reuben Figaroa en Virginia Souza fout kon gaan. Deshawn Watkins, het hoofd beveiliging, schetste er een paar voor Amanda.

'Er zijn vier plekken die toegang bieden tot de derde galerij.' Deshawn wees drie verschillende roltrappen aan en de lift die de drie galerijen binnen het hoofdatrium bediende. 'Als je via het warenhuis Belk binnenkomt, is er nog een stel roltrappen. Eén omhoog, één naar beneden. Dan is er een lift in Belk en nog een lift bij de straatingang. Van de belangrijkste liften gaan alleen deze en deze naar de parkeergarage.'

'Dus in feite zitten we in een zeef,' zei Amanda. Ze keek op haar horloge. Ze gingen ervan uit dat de uitwisseling op het hele of op het halve uur zou plaatsvinden. 'Het is zestien minuten over elf,' zei ze tegen Will. 'Als het later dan twaalf uur wordt, moeten we de zaak opnieuw bezien. Geen idee hoeveel mensen hier komen lunchen.'

'Veel winkelpersoneel, en heel veel jongeren,' zei Deshawn. 'Tegen halfeen is het hier stampvol.'

Wrijvend over zijn kaak keek Will weer naar de plattegrond aan de muur. De lay-out was bekend. Vaker dan hem lief was had hij met Sara Phipps bezocht. Het winkelcentrum bestond uit drie galerijen, die als een bruidstaart op elkaar waren gestapeld, met de kleinste bovenaan en naar voren geschoven. Er was een rond, open atrium dat door alle verdiepingen heen liep. De balustrades waren van glas, met glanzend hout en gouden relingen. De lift had een glazen achterwand. Will moest aan de nachtclub van Marcus Rippy denken, al was de sfeer heel anders. Hier waren de vloeren blinkend schoon. Door de dakramen stroomde zonlicht naar binnen.

Reuben Figaroa zat in het food court op de derde galerij – al de hele tijd. Hij had een goede plek uitgekozen voor de uitwisseling van zijn zoontje.

Of misschien had Virginia Souza de plek uitgekozen. Zelfs op woensdag was de bovenste galerij een paradijs voor kleintjes. Elke woensdagochtend was het Peuteruur in het Legoland Discovery Center. De bioscoop hield een tekenfilmmarathon. Kinderen waren niet het enige probleem. Er was een groot, open food court met verschillende fastfoodtentjes. Oudere bezoekers en winkelpubliek dat de ruim honderd winkels afstruinde, hadden zich verspreid over de rest van het winkelcentrum.

Als Will een kind ging uitwisselen voor geld, zou hij het hier doen.

Aan de andere kant wisten ze niet of Reuben Figaroa inderdaad van plan was de afspraak na te komen.

Een openbare plek. Een dominante man in het bezit van veel wapens. Een doodsbang jongetje. Een vrouw die het misbruik van kinderen tot levenstaak had gemaakt.

Of dit liep gesmeerd, of het draaide op een complete ramp uit.

In gedachten nam Will het gunstigste scenario nog eens door: Souza wandelt samen met Anthony het winkelcentrum binnen; de politie pakt het kind en geeft het terug aan zijn vader. Het op één na gunstigste scenario: op weg naar het food court weet Souza de politie te ontduiken; ze ruilt Anthony voor het geld, en op de tweede galerij wordt ze klemgezet en gearresteerd.

Will weigerde aan het minst gunstige scenario te denken, waarin Reuben, die er geen enkel probleem mee had om vrouwen te slaan, zijn gram wilde halen. Of het scenario waarin Virginia Souza een pistool of een mes en een kind in haar handen had. Of waarin ze naar een tweede locatie gingen waar ieder overzicht ontbrak.

Dan was Laslo er nog.

En de mogelijkheid dat Souza een medeplichtige had.

Als de Mama die de touwtjes in handen had, had ze de jonge meiden die haar blindelings gehoorzaamden voor het uitkiezen. Een van hen – of twee of drie – kon zich voordoen als een jonge moeder in het food court.

Souza's meiden waren gehaaid. Ze pikten een smeris er zo uit. Ze konden Souza waarschuwen. Als de uitruil mislukte, zouden ze haar rugdekking geven. Ze waren stuk voor stuk even ongetemd als Angie, gehard en vals, en ze deden alles wat nodig was om hun familie te beschermen.

'Ze pakt vast niet de lift,' zei Amanda. 'Daar komt ze niet snel genoeg mee weg.'

'Het heeft voor haar geen zin om naar de parkeergarage te gaan.' Deshawn wees weer naar de plattegrond, naar de glazen lift in het atrium. 'Dan moet ze twee verdiepingen naar beneden en dan is dit de dichtstbijzijnde uitgang. Maar als jullie willen, kunnen we zorgen dat de liften niet naar de parkeergarage gaan.'

'Doe dat.' Tegen Amanda zei Will: 'Reuben heeft een kniebrace. Hij is dus niet snel.'

'Laten we hopen dat we Reuben niet naar buiten hoeven te volgen. Hoe kom je hier weg?' vroeg Amanda aan Deshawn. 'De roltrap af naar de tweede galerij, en dan?'

'Alleen via de begane grond kun je naar buiten.' Deshawn stond nog steeds bij de plattegrond. 'Als we de parkeergarage buiten beschouwing laten, zijn er twaalf straatingangen. Drie bij Belk, drie bij Saks en drie bij Nordstrom. Dan hebben we twee uitgangen bij Monarch Court en nog een bij Avenue of the South. Elke uitgang voert naar Peachtree of de snelweg. Ik zou deze uitgang nemen, bij de valet parking.'

'Lijkt me logisch,' zei Amanda. 'Reubens auto staat voor Saks geparkeerd. Hij gaat rechtsaf, stapt in zijn auto en rijdt naar de snelweg.'

'Of naar huis,' zei Will, maar naar Amanda's gezicht te oordelen leek haar dat niet waarschijnlijk.

Haar portofoon klikte. Ze liep naar de andere kant van het vertrek en maakte contact met het team. Twaalf geüniformeerde agenten van het APD-bureau in Buckhead hadden zich over het winkelcentrum verspreid. De SWAT zat op het dak en postte op de gebouwen bij de hoek. Om geen argwaan te wekken hield de beveiliging van het winkelcentrum de vaste routine aan. Drie GBI-agenten uit de volgauto's hadden zich verspreid bij de roltrappen opgesteld. De vierde hield Laslo in de gaten, die de afgelopen anderhalf uur het winkelcentrum had verkend.

Angie had het bij het rechte eind wat Reuben Figaroa betrof. Vanwege het tactische voordeel was hij al vroeg ter plekke. Dat was gunstig, want nu had Amanda ook alle tijd om haar mensen op te stellen.

Wills grootste zorg was of Virginia Souza hetzelfde had gedaan.

Het enige identificatiemiddel dat ze hadden, was de arrestatiefoto van de vrouw, en die was vier jaar geleden genomen. Met haar lange, sliertige bruine haar en haar uitgelopen make-up leek ze net een oude prostituee van een castingbureau. Als Souza zo slim was als Angie beweerde, wist ze dat ze Phipps Plaza niet kon binnenlopen zoals ze er altijd uitzag. Het was er te chic, en ze zou zeker opvallen.

Deshawn zei: 'We kunnen het onderhoudspersoneel bellen. Dan zetten we de roltrap stil, zodat het lijkt alsof hij kapot is.'

'Ik ben bang dat hij dan iets doorkrijgt,' meende Will.

'Hij ziet er niet gestrest uit.'

'Nee,' moest Will toegeven, hoewel dat niet gunstig hoefde te zijn. Een kalme man was een man die wist wat hij deed.

Ze konden Reuben aanhouden. Daar hoefden ze geen gegronde reden voor te hebben. Maar misschien had Souza een spion die haar waarschuwde, en de kans was groot dat ze Anthony dan in een goot of op internet terugvonden.

Will keek naar de batterij HD-monitoren aan de muur. Het waren kleurenschermen. Het was niet nodig om de verschillende beveiligingscamera's langs te lopen. Er waren zestien schermen. Op de grootste monitor, in het midden, was Reuben Figaroa te zien.

Hij zat achter in het food court, één galerij boven Will, met zijn schouder naar het open atrium. Hij kon onmogelijk over de zijkant ontsnappen. Zelfs een basketbalprof overleefde een val van de derde verdieping niet. Gelukkig waren de tafeltjes in zijn directe omgeving onbezet. Het winkelpubliek liep met een boog om hem heen. Vooral de moeders leken niets op te hebben met een man die in zijn eentje op een plek zat waar zij hun kinderen mee naartoe hadden genomen.

Reuben was incognito gekomen, met een Falconspet strak over zijn kale kop getrokken. Voor hem op tafel stond een laptop. Om zijn lengte te verhullen zat hij onderuitgezakt op zijn stoel. Zijn snor en sik waren tot een volle baard uitgegroeid, want hij was het type man dat zich om de vier uur moest scheren. Met zijn zwarte T-shirt en zwarte spijkerbroek was hij nog net niet in gevechtstenue, maar veel scheelde het niet. Naast zijn voeten lag een grote plunjezak. Vanwege het T-shirt wisten ze dat hij geen wapen droeg, maar de plunjezak was groot genoeg voor een geweer, een machinegeweer of een handwapen, of alle drie.

Amanda had de portofoon uitgezet. 'Laslo heeft zojuist het winkelcentrum verlaten,' zei ze tegen Will. 'Hij heeft de auto naar het Ritz-Carlton verplaatst en staat in de laan bij de valet parking. Het gaat nu elk moment gebeuren.'

'Dan neemt hij de uitgang bij Nordstrom om bij het Ritz te komen,' zei Deshawn.

'Ik geef het aan de SWAT door.' Amanda gaf de portofoon aan Will en liep naar de deur. 'Faith is op weg naar boven. Ik neem mijn plaats in. Will, zodra het nodig is, kom jij in actie. Neem geen enkel risico.'

Deshawn pakte een vaste telefoon. 'Ik geef aan de beveiliging bij Nordstrom door dat ze actie kunnen verwachten,' zei hij tegen Will.

Will hield de monitoren in de gaten. Het kantoor van de beveiliging was pal naast een enkele roltrap die naar de bovenste verdieping voerde. Met haar hand aan de leuning ging Amanda naar boven. Evenals Reuben was ze in vermomming. Ze droeg een pastelblauw trainingspak en een wit T-shirt, kleren die ze in een van de winkels had aangeschaft. In haar grote tas zaten alleen haar revolver en drie snelladers. Ze had een bril op. Op haar hoofd droeg ze een witte oudedameshoed met een slappe rand. Net als de rest van het team had ze een oortje in dat als zender-ontvanger fungeerde en via een trilling in haar kaak haar woorden opving.

Ze liep niet in de richting van Reuben, maar nam plaats aan een tafeltje in de buurt van Belk, op zo'n twintig meter afstand. Ze ging met haar rug naar hem toe zitten. Phil Brauer, een van de volgautoagenten, zat al aan het tafeltje, met twee koppen koffie. Ze konden moeiteloos doorgaan voor een gepensioneerd echtpaar met zeeën van tijd, en vielen totaal niet op.

'Iedereen is op zijn plek,' zei Amanda.

'Weet je zeker dat we niet beter kunnen ontruimen?' vroeg Deshawn aan Will.

'Dan heeft ze het door.'

'Dat is inderdaad een groot risico.'

'We hebben iemand in Legoland en ook iemand in de bioscoop. Zodra het mis dreigt te lopen, gaat de boel dicht.'

'En het publiek?' Hij wees naar het scherm dat zicht bood op het food court. 'Daar zijn al minstens tien mensen.'

Will had er negen geteld, waaronder vier jonge moeders die met baby's in wandelwagentjes aan een tafel zaten. Amanda had zich tussen de vrouwen en Reuben Figaroa geïnstalleerd. 'Als we dat kind vandaag niet te pakken krijgen, verkoopt de vrouw die hem bij zich heeft hem aan de eerste de beste pedo.'

'Jezus.' Deshawn liet het even tot zich doordringen. 'En wat als ze er met het kind vandoor wil gaan, hem gijzelt of zo?'

Will tikte op het geweer op zijn schouder.

'Jezus.'

Faith kwam binnen. In plaats van haar gebruikelijke blauwe GBI-shirt en kakibroek droeg ze het zwarte pak dat ze altijd in de kofferbak van haar auto had liggen. Haar wapen had ze op haar heup. Met een knikje naar Deshawn vroeg ze aan Will: 'Hoe staat het ervoor?'

'Amanda is er, met Brauer. Ze is tussen Reuben en die tafel daar in gaan zitten.' Hij wees naar de vier jonge moeders. Ze lachten. Een van hen voedde haar baby. Een tweede was aan het bellen.

'Die kunnen in Belk dekking zoeken als het nodig is,' zei Faith.

'Een van onze mensen is in Legoland,' zei Will. 'De beveiliging laat het hek zakken zodra er problemen zijn. De kinderen worden achterin gehouden. Er is daar een verjaardagspartijtje. De cadeauwinkel is voorin, daar verwacht ik niet veel problemen. Hetzelfde verhaal met de bioscoop. De tekenfilm daar is om twaalf uur afgelopen, maar het APD zit binnen, achter het buffet en bij de uitgang naar het winkelcentrum, klaar om de boel af te sluiten.' Hij liet haar de plattegrond aan de muur zien. 'We hebben de roltrappen onder schot, hier, hier, hier en hier.' Hij wees naar de verschillende locaties. 'Laslo staat aan de overkant van de straat geparkeerd, hier. De SWAT is buiten.'

'Goed werk. Ik heb ze niet gezien.'

'We hebben Souza's arrestatiefoto aan alle winkelmanagers gegeven. Ze weten dat ze haar niet mogen benaderen. We wilden de foto niet onder het personeel verspreiden, dat leidt alleen maar tot geklets.'

'Ze lijkt vast niet op haar arrestatiefoto.'

'Dat is alles wat we hebben.'

Faith keek naar Reuben Figaroa. 'Die plunjezak staat me niet aan. Al zou er een miljoen aan cash in zitten, dan is hij nog te groot.'

Will volgde haar blik naar de monitoren. Reuben zat nog steeds aan het tafeltje naar zijn laptop te staren. 'Een van onze jongens ging bij hem in de buurt zitten, maar dat werkte Reuben op zijn zenuwen, en die hebben we maar weer teruggetrokken.'

'Hij kon niet zien wat er in de zak zat?'

'Nee, maar Reuben zit de hele tijd op de laptop naar foto's van zijn vrouw en kind te kijken en heen en weer te scrollen.'

'Wie is dat?'

Will keek op de grote monitor. Een jonge vrouw liep in de richting van Reuben. Ze ging drie tafels van hem af zitten, met haar hoofd over haar telefoon gebogen. Witte snoertjes verdwenen onder haar haar. Ze droeg hetzelfde soort kleren als de meeste jonge moeders, die zich in uiteenlopende sportoutfits hadden gestoken.

Reuben bestudeerde de vrouw langdurig voor hij zich weer op zijn laptop richtte.

'Er klopt iets niet aan haar schoenen,' zei Faith.

Will keek naar de rode schoenen. Het waren instappers. 'Ze heeft geen sneakers aan, bedoel je?'

'Een vrouw die het zich kan veroorloven op woensdagochtend in haar sportoutfit in een winkelcentrum te zitten, koopt geen schoenen bij de Walmart,' zei Faith. 'En bovendien, wat heeft ze hier te zoeken als ze geen kind bij zich heeft?'

Will bekeek de overige vrouwen langs de rand van het food court. Zonder uitzondering hadden ze een kind bij zich, of het nu een baby op de arm was of een peuter die ze bij Legoland vandaan moesten slepen.

'Het is twee minuten voor halftwaalf,' zei Deshawn.

'Groen jasje.' Faith ging wat dichter bij de monitoren staan. 'Dat is toch een vrouw?'

Bij de lift op de begane grond stond een androgyn type te wachten. Ze had een zonnebril op en een honkbalpet van de Braves, waarvan ze de klep over haar ogen had getrokken. Haar spijkerbroek was donkerblauw. Het donkergroene jasje was bijna tot aan haar hals dichtgeritst. Ze had haar handen in haar zakken gestoken.

'Ze werkt hier niet,' zei Deshawn. 'Niet voor zover ik weet tenminste.'

'Is dat Souza?' vroeg Faith. 'Misschien heeft ze het kind ergens anders, beneden in een auto bijvoorbeeld.'

Een tweede locatie. Het allerongunstigste van de ongunstige scenario's.

Will schakelde de portofoon in. 'Doorzoek de parkeergarage, maar zonder op te vallen. Kijk of Anthony in een geparkeerde auto zit.'

De vrouw drukte nogmaals op de liftknop, waarna haar hand weer in haar zak verdween. Haar gebaren hadden iets heimelijks, en ze was zichtbaar nerveus.

Weer klikte Will de portofoon aan. 'We hebben misschien iemand bij de lift,' liet hij Amanda weten. 'Groen jasje. Stand-by.'

'Oké, bericht ontvangen,' zei Amanda.

'Erg jong lijkt ze niet, hè?' Faith stond bijna met haar neus tegen het scherm. 'Haar hele houding, bedoel ik. Ze is niet aan het bellen, ze luistert niet naar muziek. En het is veel te warm voor dat jasje.'

'Zodra ze in de lift stapt, kunnen we haar gezicht zien,' zei Deshawn.

De deuren schoven open. Groen Jasje keek niet op toen ze de lift in liep. Ze hield haar hoofd gebogen, en ze had haar handen nog steeds diep in haar zakken. De deuren gingen al dicht, maar opeens stak ze haar arm uit om de lift tegen te houden.

'Shit,' zei Faith. Een tweede vrouw stapte in. Lang, met een blonde paardenstaart, gekleed in een hardloopshort en een T-shirt met v-hals. Ze probeerde een tweezitswandelwagen de lift in te wurmen. Voorin zat een baby. Achterin lag een meisje te slapen, gekleed als een figuurtje uit de Legofilm.

'Niet fijn,' zei Faith. 'Nu hebben we twee kinderen. Twee gegijzelden.'

Terwijl ze toekeken, boog Groen Jasje zich voorover, pakte de voorkant van de wandelwagen en trok hem de lift in. Er werden wat beleefdheden uitgewisseld; de deuren schoven dicht, en ze stegen zwijgend op naar de tweede verdieping.

'Ze kijkt nog steeds niet in de camera,' zei Faith. 'Niemand blijft de hele tijd met gebogen hoofd staan.'

Will bracht de portofoon naar zijn mond. 'Groen Jasje, stapt zo meteen uit de lift.'

Phil Brauer stond op. Hij wierp zijn koffiebeker in de afvalbak. Groen Jasje hielp de blondine de wandelwagen uit de lift te manoeuvreren, waarna ze in de richting van de bioscoop liep. Brauer ging aan een ander tafeltje zitten. Hij drukte zijn telefoon tegen zijn oor. Will hoorde hem over de portofoon: 'Moeilijk te zeggen met die hoed. Ze heeft donker haar. Lijkt me van de juiste leeftijd.'

Ze bogen zich allemaal dichter naar het scherm toe. Groen Jasje stond nu voor de kassa en keek naar het bord met aanvangstijden.

'Is zij het?' vroeg Faith. 'Ik kan het niet –'

'Contact,' zei Amanda.

Reuben Figaroa kwam overeind.

De blondine met de tandemwandelwagen stond aan de andere kant van zijn tafeltje.

Virginia Souza.

De bottom girl had haar best gedaan. In plaats van haar haar te bleken, had ze het blond geverfd. Ze had zich bescheiden opgemaakt. Haar kleren accentueerden haar lichaam, zonder te veel te laten zien. Door de paardenstaart zag ze er jonger uit. Ze was hier eerder geweest en had de andere vrouwen goed bestudeerd om te zorgen dat ze niet opviel.

'Dat is Anthony,' zei Faith.

Ze had gelijk. Anthony zat achter in de wandelwagen, in roze kleren en met zijn benen onder hem opgevouwen. Hij was te groot voor het zitje. Zijn ogen waren gesloten. Ze hadden dezelfde vorm als die van Angie. Ook zijn teint was die van Angie. En net als Angie was hij omgeven door gevaar.

Will klikte de portofoon aan. 'Ze is het. Ze heeft Anthony en een baby in de wandelwagen. Drie tafels verderop zit een tweede vrouw, waarschijnlijk een back-up, met rode schoenen.'

'Team Alfa, team Delta, *lockdown*,' zei Amanda.

Ze liet Legoland en de bioscoop afsluiten.

'Wat zeggen ze?' vroeg Faith. 'Ze staan daar maar.'

Tussen Reuben en Souza vond een korte woordenwisseling plaats. Will zag dat de man zijn vuisten had gebald. Hij keek afwisselend naar zijn zoon en naar Souza, alsof hij niet kon besluiten of het genot waarmee hij haar zou doden opwoog tegen het verlies van Anthony.

'Ze heeft hem over haar back-up verteld,' vermoedde Faith. 'Dat is de enige reden waarom hij zich nog niet op haar heeft gestort. Rode Schoentjes moet gewapend zijn.'

'De iPad,' zei Will, want hij wist hoe deze vrouwen te werk gingen. 'Souza wil Reuben aan het lijntje houden voor nog meer geld. Ze denkt dat Angie haar de iPad wel zal geven.'

Amanda onderbrak hen. 'Brauer heeft een bericht gestuurd. Hij kan ze niet verstaan. Hij kan niet zien wat Rode Schoentjes doet. Ziet iemand haar handen?'

'Ze heeft haar telefoon op schoot,' zei Will.

'De tas,' zei Faith, want net als de meeste aanwezige vrouwen had Rode Schoentjes een tas waar makkelijk een handwapen in paste.

Phil Brauer verschoof zijn stoel en draaide zich opzij. Hij stak zijn mobiel voor zich uit, alsof hij eigenlijk een leesbril nodig had, en hield vanuit zijn ooghoek Groen Jasje in de gaten.

Nog steeds bestudeerde ze de aanvangstijden. Nog steeds had ze haar handen in haar zakken.

'Ze gaan zitten,' zei Faith.

Reuben zat weer op zijn stoel, maar niet onderuitgezakt zoals eerst. Hij had zijn schouders gerecht. Zijn benen waren zo lang dat zijn knieën tot aan de andere kant van het tafeltje reikten. Souza had haar stoel een eindje teruggetrokken zodat ze hem aan kon kijken. Haar mond bewoog de hele tijd. Ze leek blind te zijn voor het effect dat haar woorden op hem hadden.

'Dit duurt te lang,' zei Faith. 'Ze heeft meer dan haar halve leven kerels afgewerkt. Ziet ze niet dat hij op ontploffen staat?'

'Ga er dan op af!' Deshawn klonk wanhopig. 'Waarom doen jullie niks? Niemand is gewapend.'

'Je hebt geen wapen nodig om een baby over de balustrade te gooien.'

'Jezus.'

Will tuurde naar het kleintje dat voor in de wandelwagen zat. 'Kunnen jullie zien of die baby beweegt?'

Faith schudde haar hoofd. 'Waar is de luiertas, waar zijn de drinkbekertjes, de extra dekentjes, de billendoekjes?'

'Denk je dat het nep is?'

'Waarom zou ze een baby meenemen? Dat is veel te lastig. Dit duurt te lang.'

Reuben Figaroa leek er net zo over te denken. Hij had zijn handen samengevouwen op zijn schoot. Hij reikte niet naar zijn plunjezak. Hij zei niets. Hij keek alleen woedend naar Souza terwijl zij hem de les las. Zijn woede was als een derde tafelgenoot. Will zag bijna hoe de slinger op zijn rug steeds strakker werd aangedraaid. Souza had geen idee wat ze aan het doen was, of ze ging ervan uit dat zij het hier voor het zeggen had.

Reuben Figaroa hield niet van vrouwen met macht.

'Rode Schoentjes staat op.'

De jonge vrouw kwam overeind en liep naar de roltrap. Ze had haar telefoon tegen haar oor gedrukt.

Will hield zijn blik op Virginia Souza gericht. Ze waarschuwde Reuben ergens voor, stelde hem een ultimatum. Haar vinger priemde in de lucht. Blijkbaar had ze niet door dat haar stoel bewoog, dat ze steeds dichter naar de tafel schoof.

'Hij heeft zijn voeten om de stoelpoten gehaakt,' zei Will.

'Wat doet hij daar onder de tafel?'

Reuben deed iets met zijn handen, alsof hij iets afpelde.

Will bracht de portofoon naar zijn mond.

Het gebeurde zo snel, dat hij geen tijd had om de knop in te drukken.

Souza's stoel schoot met een ruk naar voren zodat ze klem kwam te zitten tegen de rugleuning. Reuben stootte een groot mes recht in haar keel. Haar handen vlogen omhoog. Hij greep haar polsen en klemde ze met één hand vast terwijl hij haar met zijn andere hand onder tafel telkens weer in haar buik stak.

'Shit!' fluisterde Faith.

Bloed stroomde langs Souza's stoel naar beneden. Ze zakte voorover.

Reuben stond op, met de plunjezak in zijn hand. Hij reikte naar Anthony.

'Kijk uit!' riep Deshawn.

Groen Jasje kwam op Reuben af, met een dubbelloops, roestvrijstalen Snake Slayer. Twee schoten uit het zakwapen zouden genoeg zijn om tien .38 specials af te vuren.

Phil Brauer rende naar de vrouw toe, maar het hoefde al niet meer.

Reuben trok een Sig Sauer uit zijn plunjezak en schoot haar door het hoofd.

'Lockdown!' riep Amanda. 'Nu!'

Wills geweer sloeg tegen zijn rug toen hij met Faith het kantoor uit rende. Ze waren vijftig meter van het atrium verwijderd en bevonden zich één verdieping lager dan het food court. Hij had het gevoel op een tredmolen te rennen terwijl hij om de grote opening heen spurtte. Elke stap vooruit bracht hem twee stappen terug. Faith stormde de roltrap op naar de derde galerij. Will bereikte het uiteinde van het atrium. Met een zwaai haalde hij zijn geweer van zijn schouder, schoof op zijn knieën over de vloer en koos positie recht tegenover de plek waar Reuben Figaroa stond.

De loop van Wills geweer rustte op de balustrade. Hij had zijn oog aan het vizier. De veiligheidspal was eraf. Zijn vinger lag gestrekt langs de trekkerbeugel.

Hij ademde in.

Veertig meter.

Hij kon het schot slapend lossen, maar Reuben klemde Anthony tegen zijn borst. Met zijn gigantische arm plette hij de ribben van zijn zoontje. De mond van de Sig Sauer drukte tegen Anthony's slaap.

'Laat vallen!' riep Amanda.

Ze stond wijdbeens, met haar revolver in de aanslag, op vijf meter van haar doel. Faith had de roltrap stilgezet. Ze lag plat op de treden. Phil Brauer knielde achter een tafel neer. Zo vormden ze een driehoek, met Reuben gevangen in het midden. Net als Will wachtten ze allemaal op de kans een schot te kunnen lossen. Net als Will moesten ze het allemaal laten afweten. Anthony schermde het hart van zijn vader af, zijn longen, zijn buik, elke plek waar hij door een kogel uitgeschakeld kon worden.

'Terug, godverdomme!' schreeuwde Reuben.

Will tuurde door de richtkijker. Reuben had zijn vinger om de trekker geslagen. Eén verkeerde beweging en Anthony's leven was voorbij. Will wist dat Amanda dezelfde checklist afwerkte als hij. Als ze Reubens been raakte, kon hij nog steeds de trekker overhalen. Als ze op zijn hoofd richtte en miste, kon hij nog steeds de trekker overhalen. Als ze zijn hoofd raakte, kon hij nog steeds de trekker overhalen. Als ze zich ook maar een millimeter verrekende, had ze wellicht de dood van een zesjarig jongetje op haar geweten.

'Je bent omsingeld,' zei Amanda. 'Je kunt nergens heen.'

'Aan de kant, godverdomme!'

Will spande zijn spieren. Reuben had de reflexen van een atleet. In een paar seconden kon hij met een simpele draai van zijn pols Amanda neerschieten, en dan stond Will voor dezelfde slechte keuzes.

Reuben stapte op Amanda af, strompelend vanwege zijn kniebrace. 'Ga terug, bitch.'

'Dit wil je niet.' Amanda week terug. Wills zicht werd geblokkeerd toen ze voor de lift langs liep. 'Leg dat wapen neer, dan kunnen we praten.'

Reuben liep door, met Anthony tegen zijn borst geklemd. Will bewoog in tegengestelde richting, met zijn geweer in de aanslag, en hoopte vurig op een onbelemmerd schot.

Reuben drukte de liftknop in. 'Ik ben weg hier.'

'Zet die jongen neer,' zei Amanda. 'Zet hem neer, dan kunnen we praten.'

'Bek houden, godverdomme!'

Door het geschreeuw van zijn vader ontwaakte Anthony uit zijn verdoving. Hij sperde zijn ogen open toen hij besefte wat er aan de hand was, en begon te krijsen, een schel geluid, als van een dier dat in een val zat.

De liftdeuren schoven open. Reuben stapte naar binnen. Dankzij de glazen wand van de lift kon Will hem goed onder schot houden. Toch schoot hij niet. Zelfs op deze afstand was hij er niet zeker van dat de kogel niet dwars door Reuben heen Anthony zou doden.

De deuren schoven dicht.

Will rende terug door het atrium. De liftcabine passeerde de tweede galerij. Hij rende naar de eerstvolgende roltrap. Die ging omhoog. Will schuifelde naar beneden, struikelend over de metalen treden. Hij greep de leuningen vast, hees zijn benen omhoog en wierp zich omlaag.

Net toen de liftdeuren opengingen, raakten zijn voeten de vloer.

Anthony huilde. Hij probeerde zich uit zijn vaders armen te wurmen. Met moeite hield Reuben zowel het kind als het pistool vast. Hij schreeuwde tegen de jongen dat hij zich koest moest houden. Ineengedoken rende Will door, met de achterkant van de roltrap als dekking. De kolf van zijn geweer drukte in zijn schouder. Hij hield één oog aan het vizier.

Anthony bleef met zijn armen om zich heen slaan. Hij schopte met zijn voeten en raakte de slechte knie van zijn vader. Reuben liet hem vallen.

Will draaide zich om en haalde de trekker over.

De wereld stond stil.

De kolf van het geweer stootte tegen Wills schouder. Uit de loop kwam een flits. De patroonhuls werd aan de zijkant uitgeworpen. De kogel sneed door de compacte lucht als een mes dat een zak meel openrijt.

Reuben Figaroa's schouder ging met een schok naar achteren. Hij sloeg tegen de liftdeuren en gleed op de vloer.

Will liet zich ook zakken, leunend op één knie. Zijn vinger wilde de trekker weer overhalen, maar Anthony weerhield hem ervan.

Reuben had de Sig op de rug van zijn zoontje gericht. Zijn hand trilde niet. Will had de kogel in de verkeerde schouder geschoten.

'Kom hier, jongen,' zei Reuben.

Will was vijf meter van Anthony verwijderd, Reuben nog geen twee.

'Anthony,' zei Will. 'Rennen!'

Anthony verroerde zich niet.

Om beter te kunnen richten schoof Will op zijn knie over de vloer. Van opzij werd Reuben beschermd door de diepe alkoof van de lift. Alleen een frontaal schot kon hem uitschakelen.

'Stop.' Reubens blik schoot tussen Anthony en Will heen en weer, en toen zag hij Faith.

Ze bevond zich aan de andere kant van de roltrap. Weer een driehoek, weer met Reuben in het midden. Will hoorde voetstappen van naderende agenten, maar hij durfde zijn blik niet van Reuben Figaroa los te maken.

'Anthony,' beval Reuben. 'Hier komen, jongen.'

'Anthony, schat,' zei Faith. 'Kom maar naar mij. Wees maar niet bang.'

Will schoof nog iets dichterbij. Zijn vinger spande zich om de trekker.

'Nu, godverdomme!' riep Reuben.

Anthony stapte terug.

Will haalde zijn vinger van de trekker.

Reuben sloeg zijn gewonde arm om zijn zoontje. Anthony viel tegen hem aan, en zijn hoofd blokkeerde het gezicht van zijn vader. De Sig drukte tegen de slaap van de jongen. Anthony verzette zich niet. Hij zei geen woord. Hij had geleerd stil te zijn als zijn vader kwaad was. Al zijn angst trok zich samen in zijn lip, die net zo trilde als die van zijn adoptiefoma, en in de berustende blik in zijn ogen, die hij van Angie had geërfd.

Als ze Will over het misbruik vertelde, sprak ze nooit over wat er gebeurde. Ze gaf alleen advies: *Je hoeft alleen maar te wachten tot het voorbij is.*

Anthony wachtte op het onvermijdelijke. Het geschreeuw. Het slaan. Het blauwe oog. De kapotte lip. De slapeloze nachten waarin hij wachtte tot de deur openging.

'Terug jullie.' Zwaar hijgend liet Reuben de zijkant van zijn hand op zijn zoons schouder rusten. Bloed stroomde uit het kogelgat vlak onder zijn sleutelbeen. Het was dezelfde impasse als die van boven, alleen was Reuben nu nog wanhopiger.

‘Leg je wapen neer,’ zei Will. ‘Dit wil je niet.’

‘Shit.’ Reubens hand begon te beven. Bloed sijpelde over zijn andere arm naar beneden. Zijn spieren verkrampten en zijn borst en schouders spanden zich. ‘Waar heb je me mee geraakt?’

‘Hornaday 60 grain TAP URBAN.’

‘Tactical Application for Police.’ Zijn oogleden werden zwaar. Zijn gezicht glom van het zweet. ‘Minder penetratievermogen voor gebruik in stedelijk gebied.’

Met zijn achterste voet duwde Will zijn knie naar voren. Hij kon hem niet van opzij naderen. Hij moest dichterbij zien te komen. ‘Zo te horen heb je verstand van munitie.’

‘Zag je de Snake Slayer die die bitch trok?’

‘Had waarschijnlijk .410 Bonds in de kamer.’

‘Gelukkig heb ik haar kunnen tegenhouden.’ Reuben knipperde zweet uit zijn ogen. Will vroeg zich af of hij wazig begon te zien. In de buurt van het sleutelbeen zaten allerlei belangrijke zaken. De ondersleutelbeenslagader. De ondersleutelbeenader. Dat soort dingen wist Sara. Ze zou de schade opnemen tijdens de autopsie op Reuben Figaroa, want als die man Angies kleinzoon iets aandeed, kwam hij hier niet levend weg.

‘Laten we het uitpraten,’ zei Will. ‘Je moet geopereerd worden. Ik kan je helpen.’

‘Geen operaties meer.’ Hij schudde zijn hoofd. Nu vertraagde het geknipper. Hij had zijn arm niet meer zo strak om Anthony geslagen. De loop van de Sig stak schuin naar boven, maar Reuben kon zijn zoon nog steeds een kogel door de hersens schieten.

Will schoof weer iets dichterbij.

Faith maakte een geluid. Anthony keek naar haar. Will niet. Hij wist dat ze de jongen probeerde te wenken.

‘Niet doen.’ Reuben richtte het wapen.

‘Wat is de trekkerdruk van die Sig? Vijfentwintighonderd gram? Drieduizend?’

Reuben knikte.

‘Waarom verplaats je je vinger niet? Je moet geen fouten maken.’

'Ik maak geen fouten.'

Will schoof nog iets dichterbij. Drie meter. Als Reuben iets opzij ging, was Will hem dicht genoeg genaderd voor een schot door het hoofd. Door Reubens hoofd. Of door dat van hemzelf. Hij vertrouwde het wapen in Reubens hand niet. Het was weer precies zoals boven. Met één beweging kon hij Will doden. Of hij bewoog hem naar achteren en doodde Anthony.

'Het is niet best met je, man,' zei Will.

'Nee,' beaamde hij. De arm om Anthony verslapte weer. De jongen kon zich van hem losmaken, maar Reuben kon ook nog altijd schieten. Op Anthony. Op Will.

'Laten we het uitpraten,' herhaalde Will. Weer schoof hij enkele centimeters dichterbij, met het geweer voor zich uit. Eén meter wapen. Eén hand aan de greep, de andere aan de lade. Will liet zijn hand over de loop glijden. Als het geweer afging, vloog zijn schouder uit de kom. Hij kromde zijn rug, alleen vanwege de illusie dat hij zo extra ruimte won.

'Ik kan mijn zoontje niet alleen laten,' zei Reuben.

Will kon niet naar het kind kijken. Hij kon niet Angies ogen naar hem zien terugkijken. 'Je hoeft Anthony niet mee te nemen.'

'Er is hier niets meer voor hem,' zei Reuben. 'Jo is weg. Mijn carrière is weg. Als dat filmpje naar buiten komt, is mijn vrijheid ook weg.'

'Zie je hoe dichtbij ik ben?' vroeg Will.

Reuben knipperde met zijn ogen. Hij richtte de Sig.

'Ik kan de trekker nu overhalen,' zei Will.

'Ik ook.' Reuben hijgde zachtjes. Alle kleur was uit zijn gezicht verdwenen. Will zag elke porie, elk haarzakje. 'Ik laat mijn zoon niet alleen.' Hij slikte. 'Dat zou Jo niet gewild hebben. Haar echte moeder heeft haar in de steek gelaten. Ze zou haar zoontje nooit in de steek laten.'

Will schoof weer wat dichterbij. Hij dacht na over wat Reuben dreef, over hoe zijn leven uit de bocht vloog nu hij er alle greep op had verloren. 'Hoe kan ik hier een eind aan maken, Reuben? Zeg hoe ik je zoon kan redden.'

'Wie heeft haar vermoord?'

Will zon op een goede leugen, een leugen die hem ervan zou weerhouden zijn zoon te doden. Dat Jo nog leefde, dat Reuben nog iets had om voor te leven? Dat Jo dood was, maar dat de vrouw die daarvoor verantwoordelijk was in hechtenis was genomen? Dat ze Jo's moeder was? Dat ze had geprobeerd haar eigen kleinzoon te gijzelen?

Reubens geduld was op. 'Zeg op, man, wie? Wie heeft Jo vermoord?'

'Die vrouw boven.' Hij wist niet of hij de juiste keuze had gemaakt, maar nu moest hij doorgaan. 'Ze heet Virginia Souza. Het is een prostituee die Jo in de cel heeft ontmoet. Ze kregen ruzie. Souza heeft wraak genomen.'

Tot Wills grote opluchting knikte Reuben, alsof het allemaal logisch klonk. 'Ging het om drugs? Die ruzie?'

'Ja.' Weer verschoof Will een millimeter, en nog een millimeter. Zijn hand gleed nog verder over de loop. Te ver om de lade veilig te kunnen vasthouden. Nu kon hij het geweer onmogelijk veilig afvuren. 'Souza wist dat Jo rijk was, dat ze geld had. Ze is haar gevolgd naar het feest, en daar heeft ze haar ontvoerd. En ze heeft Anthony meegenomen.'

Weer knikte Reuben. De reden was duidelijk. Zijn vrouw had haar verslaving voor hem verborgen gehouden. Ze had ongetwijfeld andere dingen verborgen gehouden. 'Die hoer is nu dood.'

'Inderdaad,' zei Will.

'Jo ook.' Hij zweeg even om te slikken. 'Ze heeft me verraden. Ze heeft alles verraden wat we hadden. Ze heeft niet naar me geluisterd.'

'Zo zijn vrouwen nu eenmaal.'

'Ze nemen en ze nemen maar en dan spugen ze je uit alsof je niks voorstelt.'

De loop van de Sig stak weer schuin naar boven, maar niet ver genoeg van Anthony's hoofd. Reubens krachten namen af. Zijn spieren trilden. Zijn zenuwen waren tot het uiterste gespannen. Elk moment kon hij de trekker overhalen, per ongeluk of met opzet. Het zou er verschrikkelijk om spannen of de loop op Will of op Anthony was gericht als dat gebeurde.

'Niet bewegen,' zei Reuben.

‘Ik beweeg niet.’ Will schoof iets naar voren.

Reubens keel spande zich toen hij slikte. ‘Ze verborg het voor me. De pillen. Zij heeft dat filmpje gestolen. Ik weet dat zij het gestolen heeft. Ze heeft mijn leven kapotgemaakt. En dat van mijn zoon.’ Hij slikte weer. ‘Mijn zoon.’

Nu was Will hem dicht genoeg genaderd. Hij kon maar één ding pakken: het wapen of Anthony.

Anthony of Will.

Alles draaide om de vraag in welke richting het pistool wees.

‘Het is goed.’ Reuben keek Will nu aan, en zijn blik was vlak. Zijn mond gaapte open. Zijn lippen waren blauw. Hij kreeg niet genoeg lucht. Traag knipperde hij met zijn ogen. En weer knipperde hij, nog trager. Hij knipperde een derde keer, en Will dook naar voren, liet zijn arm door de lucht zwaaien en duwde Anthony aan de kant.

Op dat moment explodeerde Reubens hoofd.

Warm bloed spatte tegen Wills gezicht en hals. In zijn mond en in zijn neusholte zaten botsplinters. Zijn ogen stonden in brand. Hij viel naar achteren en liet zijn geweer los. Hij klauwde naar zijn gezicht en kreeg slierten spier- en ander weefsel tussen zijn vingers. Hij niesde. Bloed spoot op de vloer, maar hij zag het amper. Hij kwam overeind en liep achterwaarts weg, alsof hij zich van het bloedbad kon losmaken, maar hij zat er zelf onder.

‘Will!’ Amanda rukte hem aan zijn arm naar voren. Hij struikelde, viel bijna over zijn eigen voeten. Ze bleef aan hem trekken, sleepte hem over het atrium, een gang door waar hij tegen de muur stuiterde. Hij was stekeblind. Onder zijn voeten voelde hij tapijt. Hij wilde zijn ogen openen, maar het lukte niet. Splinters reten zijn oogbollen uiteen: stukjes bot, tand en kraakbeen van Reuben Figaroa.

‘Buig je voorover.’ Amanda duwde hem naar beneden.

Koud water stroomde over zijn gezicht en zijn mond in. Grijze klonten weefsel gleden langs zijn huid naar beneden. Hij zag licht. Hij knipperde. Hij zag wit porselein, een hoge kraan. Ze waren in een toiletruimte. Hij hing boven een wasbak. Will reikte naar de zeepdispenser. Het ding brak van de muur en barstte open. Met handenvol zeep boende hij zijn gezicht en hals. Hij scheurde het shirt van zijn lijf en boende zijn borst tot zijn huid rauw was.

'Stop!' zei Amanda. 'Straks doe je jezelf pijn.' Ze greep zijn handen en dwong hem te stoppen voor hij zijn vel afkrabde. 'Rustig maar,' zei ze. 'Haal eens adem.'

Will weigerde adem te halen. Hij was doodziek van al die mensen die zeiden dat hij adem moest halen. Hij stak zijn hoofd onder een andere kraan boven een schone wasbak. Hij spoelde zijn mond. Het water was roze toen hij het uitspuugde. Hij wreef over zijn gezicht, krabde over zijn huid, tot er geen stukje van Reuben Figaroa meer in zijn ogen en haren zat.

'Drink nog wat water.'

Hij peuterde iets uit zijn oor. Rood en gruizig, een stuk kies.

Hij smeet het tegen de muur en leunde met zijn handen op de wasbak. Zijn adem was als vuur in zijn longen. Zijn huid stond in brand. Over zijn gezicht en hals gleden denkbeeldige bloeddruppels.

'Het is oké,' zei Amanda.

'Ik weet dat het oké is.' Hij sloot zijn ogen. Het was niet oké. Overal was bloed. In de wasbakken. Het vormde plassen op de vloer. In de toiletruimte was het ijskoud. Hij rilde.

'Anthony?' Hij klemde zijn kiezen op elkaar om het klapperen tegen te gaan.

'Die is veilig. Hij is bij Faith.'

'Jezus,' mompelde Will. Hij probeerde zijn ademhaling onder controle te krijgen, enigszins greep op zijn lijf te krijgen. Hij kneep zijn ogen dicht. 'Ik wist niet zeker of Faith hem onder schot had.'

'Dat had ze. Ik ook. Wij allemaal. Maar hij was ons voor.' Amanda trok papieren handdoekjes uit de automaat. 'Reuben Figaroa heeft zichzelf doodgeschoten.'

Met een ruk ging Wills hoofd omhoog.

'Zodra Anthony weg was, zette Reuben het pistool onder zijn kin en haalde de trekker over.'

Vol ongeloof keek Will haar aan.

Ze knikte. 'Hij heeft zichzelf gedood.'

In gedachten probeerde Will het weer voor zich te zien, maar het enige wat hij zich herinnerde was een vluchtig moment van bezorgdheid toen hij Anthony aan de kant duwde, bang dat de jongen zou vallen en zich bezeerde.

'Je hebt het prima gedaan, Will,' zei Amanda. 'Reuben Figaroa heeft zelf een beslissing genomen.'

'Ik had hem kunnen redden.' Will veegde zijn gezicht af aan een handdoekje. Het papier was ruw als een kattentong. Hij keek ernaar, in de verwachting bloed te zullen zien, maar het enige wat hij zag was een donkere watervlek.

Veegde Faith nu Anthony's gezicht schoon op een ander toilet?

Toen het pistool was afgegaan, had de jongen even dicht bij Reuben gestaan als Will. Hoeveel jaar nog zou Reubens zoon de glibberige vezels van zijn vaders hersens over zijn gezicht voelen druipen? Hoeveel nachten nog zou hij gillend wakker worden, bang om te stikken in de grijze troep en het bot dat hij door zijn neus had opgesnoven?

'Will,' zei Amanda. 'Hoe had je hem kunnen redden?'

Will schudde zijn hoofd. Hij had de verkeerde keuze gemaakt. Hij voelde het met zijn hele wezen. 'Reuben had zijn wapen neergelegd als ik hem de waarheid over Jo had verteld. Dat ze nog leefde. Dat hij iets had om voor te leven.' Hij propte het handdoekje tot een bal. 'Je weet wat hij zei, dat hij Anthony niet alleen kon laten, dat Jo dat niet gewild zou hebben. Hij zou die trekker nooit hebben overgehaald als hij had gedacht dat er nog een kans bestond dat zijn gezin intact was.'

'Of hij zou jou hebben neergeschoten. Of door een van ons zijn neergeschoten, want twee verdiepingen hoger had hij net een vrouw doodgestoken. Hij schoot een andere vrouw door het hoofd. Bijna tien jaar lang heeft hij zijn eigen vrouw mishandeld. Hij dreigde zijn zoon te vermoorden. Hoe kom je erbij dat er een romantische band bestond tussen Reuben Figaroa en zijn vrouw, en dat alles goed af zou lopen als jij die op magische wijze zou oproepen?'

Will wierp het handdoekje in de afvalbak.

'Als je van iemand houdt, zet je niet alles op alles om haar pijn te doen. Je martelt haar niet. Je jaagt haar niet de stuipen op het lijf of laat haar voortdurend in angst leven. Zo werkt het niet in de liefde. Zo werkt het niet bij normale mensen.'

Amanda hoefde Will niet te vertellen dat er weinig verschil was tussen Angie en Reuben. 'Bedankt, maar ik laat de preek van de dag aan me voorbijgaan.'

Amanda reageerde niet. Ze keek naar zijn blote borst. Naar de volmaakt ronde O's die de sigaretten in zijn vel hadden gebrand. Naar de zwarte tattoos die de elektrische schokken hadden achtergelaten. Naar de Frankensteinachtige steken rond de getransplanteerde huid op een wond die niet had willen genezen.

Vóór Sara zou hij zich razendsnel hebben bedekt. Nu voelde hij zich alleen maar buitengewoon ongemakkelijk.

Amanda ritste haar jasje open. 'Op bezoekdagen kwam ik bij je kijken.'

Bezoekdagen. In het kindertehuis, bedoelde ze. Will had zich er altijd op verheugd, tot hij ertegen op was gaan zien. Alle kinderen werden in bad gestopt en mochten opdraven voor toekomstige ouders. En dan konden kinderen zoals Will weer de aftocht blazen.

'Ik kon je niet adopteren. Ik was een alleenstaande vrouw. Ik wilde carrière maken. Het was duidelijk dat zelfs de zorg voor een huisdier voor mij nog te hoog gegrepen was.' Ze sloeg haar jasje om zijn schouders en liet haar handen er even op rusten. Via de spiegel keek ze hem aan. 'Uiteindelijk kwam ik niet meer op bezoek omdat ik het verlangen niet meer aankon. Niet mijn eigen verlangen, want dat was al erg genoeg, maar jóúw verlangen was hartverscheurend. Je wilde zielsgraag gekozen worden.'

Will keek naar zijn handen. In zijn nagelriemen zaten bloedkorstjes.

'Ik heb voor jou gekozen. Faith heeft voor jou gekozen. Sara heeft voor jou gekozen. Laat dat voldoende zijn. Accepteer dat je het waard bent.'

Met zijn duimnagel schraapte hij het bloed eruit. Zijn huid was nog roze. Weer huiverde hij van de kou. 'Ze zal zo alleen zijn.'

Amanda hielp hem in het jasje. 'Wilbur, vrouwen als Angie zijn altijd alleen. Het maakt niet uit met hoeveel mensen ze zich omringen, ze zullen altijd alleen zijn.'

Hij wist het. Hij had het zijn hele leven gezien. Zelfs als Angie bij hem was, bewaarde ze afstand. 'Denk je dat we haar aan kunnen klagen omdat ze Delilah in de kofferbak van haar auto heeft laten doodgaan?'

'Met Jane Doe als onze enige getuige? Geen beveiligingsbeelden, geen DNA, geen belastende vingerafdrukken, geen keihard bewijs, geen getuigen die het kunnen bevestigen, geen bekentenis?' Amanda moest lachen, zo zinloos was het. 'Denny, die gaat ervoor boeten. Ik kan zorgen dat hij niet naar de gevangenis hoeft, maar hij is alles kwijt: zijn baan, zijn pensioen, zijn sociale voorzieningen.'

Ondanks alles had Will medelijden met Collier. Hij wist maar al te goed hoe het voelde als Angie je voor de wolven gooide.

'Laat mij maar even.' Ze probeerde het jasje dicht te ritsen, maar kwam niet verder dan zijn borst. Het was te kort van onderen, de taille zat een eind boven zijn navel. 'Ik moet een ander shirt voor je kopen voor je weer naar buiten gaat. Zo lijk je net een Filipijnse sekswerker.'

Het was als een laatste woord bedoeld, maar hij kon haar nog niet laten gaan.

'Het zal haar nooit opbreken, hè?' vroeg hij. 'Al die mensen die ze pijn doet. De schade die ze aanricht.'

'Neem maar van mij aan, Will, dat je uiteindelijk moet boeten voor hoe je bent.' Amanda schonk hem een treurig lachje. 'Elke seconde van de dag zal het haar opbreken.'

TIEN DAGEN LATER: ZATERDAG

VEERTIEN

Sara stond in haar keuken met een bak roomijs naar het middagjournaal te kijken. Na tien dagen speculeren gaf Ditmar Wittich eindelijk een interview. Met achter zich een schaalmodel van het gestrande All-Star Complex ging hij fel in de aanval en beweerde dat het project nog steeds een prima idee was. Hij had evengoed wartaal kunnen uitslaan. De verslaggever was alleen maar geïnteresseerd in zinnen die de namen Rippy of Figaroa bevatten.

'Het complex had de stad duizenden banen opgeleverd,' zei Wittich.

Sara zette het geluid uit. Afgezien van het Duitse accent had ze geen idee waarom Will hem met Goldfinger vergeleek. Wittich had meer weg van Stromberg.

Ze dumpte de rest van het ijs in de spoelbak. Waarschijnlijk niet de beste lunchkeuze, maar nog altijd te verkiezen boven drank. Toen ze een blik op de tv wierp, was het scherm opgesplitst tussen Wittich en het filmpje dat inmiddels Rauzende Rippy was gaan heten. Eigenlijk wilde Sara het niet zien, maar ze kon zich er niet van losmaken. Dat lukte bijna niemand. Een of andere medewerker van het GBI had het filmpje op Angies iPad gelekt. Amanda was op oorlogspad, waaruit Sara concludeerde dat ze waarschijnlijk zelf de schuldige was.

Angie had gelijk gekregen, het filmpje was inderdaad vernietigend, maar om een andere reden dan zij had gedacht.

De opnamen die Reuben Figaroa had gemaakt toen hij samen met Marcus Rippy een gedrogeerde Keisha Miscavage verkrachtte, hadden op internet alle viewrecords verbroken. Helaas werd er maar over één ding gesproken: de laatste drie seconden van het filmpje, als er buiten beeld een deur wordt opengeduwd en een hand Reubens iPhone wegslaat, waarna een vrouw iets roept wat verdacht veel wegheeft van 'motherfucker'.

De paarsroze veeg vlak voor het einde van het filmpje is bijna niet met het blote oog waar te nemen, maar in slow motion blijkt het een op maat gemaakte, leren Italiaanse naaldhak te zijn die tegen het hoofd van Keisha Miscavage schopt. De schoen van struisvogelleer is lichtpaars. Op de punt staat een geborduurde gouden R.

Will had de schoen onmiddellijk herkend. Hij had iets met schoenen. Hij wist zich te herinneren dat LaDonna Rippy dezelfde naaldhakken had gedragen bij het enige verhoor waaraan haar man zich tijdens het verkrachtingsonderzoek had willen onderwerpen.

Marcus Rippy gaf nu links en rechts interviews. Hij had zich tegen zijn vrouw gekeerd en beweerde dat Reuben en hij alleen maar een beetje met Keisha Miscavage hadden gedold. Het filmpje bekrachtigde zijn verhaal. Keisha was weliswaar gedrogeerd maar had geen uiterlijke tekenen van verwonding getoond voor LaDonna de kamer binnen was gekomen. Volgens Marcus had LaDonna het échte letsel toegebracht.

En zo had Will een nieuwe zaak: LaDonna had Keisha in elkaar geslagen. Vijf uur lang had LaDonna haar keel dichtgeknepen, haar gestompt en half gewurgd. LaDonna had Keisha's rug en benen bont en blauw geschopt en haar een coma bezorgd, waardoor ze een week in het ziekenhuis had moeten blijven.

Dat alles werd ondersteund door het forensisch bewijs. LaDonna's DNA was aangetroffen in het zweet en speeksel op het lichaam van het slachtoffer. Keisha's DNA was aangetroffen in de bloedspatten op LaDonna's paarsroze schoenen. De aanklacht was nog geen uitgemaakte zaak – met het kapitaal waarover Rippy beschikte, was niets ooit zeker – maar er was sprake van een gedragspatroon dat met bewijzen gestaafd kon worden.

LaDonna Rippy was een jaloerse vrouw. Will was op drie vorige schikkingen gestuit waarbij slachtoffers met geld het zwijgen was opgelegd. Een vrouw in Las Vegas was in staat haar verhaal te vertellen, ook al had LaDonna haar kaak gebroken en al haar tanden uit haar mond geslagen. Een vrouw in South Carolina liep met een alles onthullend boek te leuren over wat er vijftien jaar geleden was voorgevallen. Wellicht volgde er meer, want er volgde altijd meer. Naar verwachting stond de vrouw van Marcus Rippy een lange gevangenisstraf te wachten.

Of dat ook voor Marcus gold, was aan een jury om te beslissen. De wereld had soms allerlei excuses paraat als een man een vrouw sloeg en verkrachtte. Als een vrouw het letsel toebracht, was men minder coulant.

Sara weigerde zich nog eens in dat deprimerende moeras te begeven. Ze schakelde de tv uit, riep haar muzieklijst op en koos Dolly Parton. Ze schopte de stofzuiger de keuken in, stroopte haar spreekwoordelijke mouwen op en haalde al haar kasten leeg zodat ze ze schoon kon maken.

Dat was typisch Sara's manier om stress te bestrijden, hoewel ze ook een hele tijd op de bank had gehangen, Buffy had gekeken en veel te veel drank achterover had geslagen. Will had het druk met de afronding van de zaak rond Reuben Figaroa en het openen van nieuwe zaken tegen LaDonna en Marcus Rippy. Doordat hij van 's morgens vroeg tot 's avonds laat aan het werk was en Sara niet van haar nachtrust wilde beroven, sliep hij in zijn eigen huis. Wel beroofden ze elkaar van andere dingen. Weer iets wat misging. Uit haar eerste huwelijk had Sara geleerd dat er maar één succesvolle manier was om geen seks meer te hebben, namelijk door geen seks meer te hebben.

Overigens zou seks maar een tijdelijke oplossing bieden. Een groter probleem was wat er had gespeeld tussen Angie en Will en tussen Will en Sara, en dat kon Sara niet in haar eentje oplossen.

De telefoon ging. Ze stootte haar hoofd aan een la en reikte met een paar welgekozen krachttermen naar de telefoon op het keukenblad.

'Met mij,' zei Tessa. 'Ik sta in een telefooncel. We hebben vier minuten, dan is mijn geld op.'

Sara zette de muziek uit. 'Waarom bel je vanuit een telefooncel?'

'Omdat jouw lieve nichtje mijn mobiel in een gat in de buiten-wc heeft laten vallen.'

Sara sloeg haar hand voor haar mond om haar lach te smoren.

'Ja, heel grappig dat mijn telefoon nu onder de stront zit en ik mijn hand erin moet steken om dat kutding op te vissen.' Tessa's zendingswerk was meer gericht op het helpen van mensen dan op het kuisen van haar taal. 'Ik zit letterlijk in the middle of nowhere. Ik kan niet even naar een telefoonwinkel lopen en een nieuwe kopen.'

'Waar is ze nu?'

'Waarschijnlijk krabbelt ze mijn boeken vol en knipt ze mijn kleren stuk.' Tessa zuchtte. 'Ze is bij haar vader, en dat is maar goed ook, want anders vermoordde ik haar nog. En nou ga je niet zeggen dat ik even erg was op haar leeftijd. Dat heb ik al van mama moeten horen.'

Tessa was inderdaad even erg geweest, maar alleen al het noemen van hun moeder ontnam Sara alle plaaglust. 'Ze heeft mij ook de oren gewassen.'

'Ze maakt zich zorgen om je.'

Sara wipte op het keukenblad. 'Er loopt maar een dun lijntje tussen bezorgdheid en starheid.'

'Zeg dat nog eens, Ketel? De Pot verstaat je niet.' Tessa veranderde snel van onderwerp voor Sara terug kon happen. 'Heb je Het Gesprek met Will al gehad?'

Het Gesprek. De vereffening. Sara zag er al even erg tegen op als Will.

'Ik geef hem wat ruimte,' zei ze. 'Al die toestanden met Reuben Figaroa en Anthony en...' Ze hoefde Tessa niet aan de bijzonderheden te herinneren. Het verhaal over de gijzeling in het winkelcentrum was zelfs tot Zuid-Afrika doorgedrongen. 'Ik wilde het hem niet inwrijven, zo van: "Erg dat je getuige bent geweest van een gruwelijke zelfmoord, maar laten we het nu even over onze relatie hebben." '

'Uiteindelijk zul je het gesprek toch moeten aangaan.'

'Wat heeft het voor zin?' zei Sara. 'Ik weet precies hoe het gaat: ik doe mijn zegje, en hij knikt en kijkt naar de vloer of over mijn schouder, en dan wrijft hij over zijn kaak of plukt aan zijn wenkbrauw en komt het erop neer dat hij me nog steeds niets over zijn gevoelens vertelt, want hij gelooft dat hij ze gewoon weg kan denken en dat alles dan opgelost is.'

'Ohhhh,' zei Tessa. 'Will is dus een man, had dat meteen gezegd. Nu snap ik het.'

'Haha.'

'Zusje, je vertelt me de hele tijd dat hij niet wil praten, maar wat zeg je tegen hem?'

'Ik zei toch dat ik hem wat ruimte wil geven?'

'Je weet best wat ik bedoel,' was haar weerwoord. 'Ik zie het al voor me:

jij gedraagt je stoïcijns en redelijk en houdt hem in de waan dat dit een wiskundesommetje is met een oplossing voor X of Y, maar ondertussen ga je dood vanbinnen, alleen wil je dat niet laten merken want dan ziet hij je misschien voor een zielig vrouwtje aan.' Ze zweeg even om adem te halen. 'Hoor eens, je mag best eens een zielig vrouwtje zijn. Dat is geen man/vrouw-ding. Dat is menselijk. Jíj ontfermt je graag over hem. Jíj vindt het fijn als hij je nodig heeft. Het is geen zonde om Will hetzelfde met jou te laten ervaren.'

Sara wist al wat er kwam voordat Tessa het had gezegd.

'Je moet hem je gevoelens tonen.'

'Tess, ik wil alleen...' De waarheid moest eruit, al zei ze het alleen tegen haar zus. 'Ik weet dat het kleinzielig klinkt, maar ik wil niet het gevoel hebben tweede keuze te zijn.'

Het duurde even voor er een reactie kwam. 'Will is jouw tweede keuze.'

Ze doelde op Jeffrey. 'Dat is niet hetzelfde.'

'In allerlei opzichten is het voor Will veel erger. Je zou ongetwijfeld nog bij Jeffrey zijn als hij in leven was gebleven. Wat voor Will pleit is dat Angie nog leeft, maar dat hij voor jou heeft gekozen. Dus eigenlijk is het een soort scheiding, en jij zult zijn heks van een ex op de koop toe moeten nemen, waardoor je in hetzelfde schuitje zit als de helft van de vrouwelijke wereldbevolking.'

Sara liet haar hoofd tegen een kastje rusten. Ze keek door de woonkamerramen naar buiten. De lucht was bijna pijnlijk helderblauw. Ze vroeg zich af hoe Will zijn zaterdag doorbracht. Hun plichtmatige telefoongesprek van de vorige avond was wat loos geklets geweest over toekomstplannen waarover ze geen van beiden al te enthousiast hadden geklonken.

'Ieder mens heeft bagage bij zich,' zei Tessa. 'Jij hebt al jouw shit met Jeffrey. En praat me niet over mijn eigen shit. Mensen hebben gewoon bagage. Mocht er ooit iemand anders in je leven komen, dan heeft die ook bagage. De paus heeft bagage. Jeffrey had bagage. Toch rekende je hem dat niet aan.'

'Omdat hij van mij was,' zei Sara, en opeens begreep ze dat dat nog het pijnlijkst was. Ze was jaloers. Ze wilde geen stukje van Will met wie dan ook delen. Zijn geest niet. Zijn hart niet. Zijn lijf niet. Ze wilde hem helemaal voor zichzelf.

'Niet huilen, zusje.'

'Ik huil niet,' loog Sara. Dikke, stomme tranen biggelden over haar wangen. In theorie kon ze alle redenen waarom Will niet goed voor haar was met logica omkleden. Maar bij de gedachte dat ze hem kwijtraakte, zag ze nauwelijks reden om haar bed uit te komen.

De telefoon piepte, ten teken dat ze nog een halve minuut hadden om het gesprek af te ronden.

'Hoor eens, je weet wat je opties zijn,' zei Tessa. 'Je gaat naar Will en zegt dat je van hem houdt, dat hij een deel van je leven is en dat je zonder hem ongelukkig bent.'

'Of?'

'Je zet Dolly Parton weer aan en gaat je keukenkastjes verder uitzuigen.'

Sara keek de keuken rond. Ze was akelig voorspelbaar. 'Is er een derde optie?'

'Je neukt hem helemaal suf.'

Sara lachte.

Zwijgend wachtten ze op de drie snelle piepjes voor de verbinding werd verbroken.

Sara legde de telefoon weg. Ze keek weer naar buiten. Een vogel zweefde langs. Zijn vleugels flapperden in de wind. Sara miste de voederplanken die ze vroeger in haar achtertuin had. Ze dacht aan de open huizen die ze een eeuwigheid geleden samen met Will had bezocht. Ze had al voor zich gezien hoe ze in het weekend bakjes voor de kolibries vulde, de was deed en op de veranda zat te lezen terwijl Will aan zijn auto sleutelde.

Toen ze met zijn allen in het Grady in de wachtkamer van de intensive care hadden gestaan, had Angie tegen Will gezegd dat ze een lang en gelukkig leven voor haar dochter wenste.

Dat kon Sara Will geven. Ze kon hem alles geven, maar dan moest hij haar wel toelaten.

Op de bank kwamen de honden in beweging. Kwispelend slenterden ze naar de deur, want ze wisten wie er aan de andere kant stond.

Sara's eerste reactie was puur intuïtief. Haar haar zat in een omaknot. Ze zweette van het gezwoeg in de kastjes. Haar gezicht was rood van het huilen. Ze droeg een voddig T-shirt en een afgeknipte spijkerbroek. Zelfs haar bh slobberde. Zo mocht Will haar niet zien, daarvoor was hun relatie nog te pril.

Ze sprong van het keukenblad en hoopte dat ze de badkamer haalde voor hij de deur opendeed.

Ze kwam niet verder dan de woonkamer.

'Hoi.'

Sara draaide zich om.

Hij had een stapel afhaalfolders in zijn hand. 'Deze lagen in de hal.'

'Mijn buurman is de stad uit.'

Hij liet de folders op de eettafel vallen en hield de sleutel van haar appartement omhoog. 'Mag ik deze nog steeds gebruiken?'

'Natuurlijk.' Sara trok haar broekspijpen naar beneden. Ze streek haar T-shirt glad. Zo te zien kwam Will van zijn huis. Hij droeg een spijkerbroek en een hardloopshirt. Even schoot Tessa's derde optie door haar hoofd.

'Faith belde net,' zei hij. 'Kip Kilpatrick is zo'n twintig minuten geleden overleden.'

Sara wist dat de man de afgelopen vierentwintig uur in het ziekenhuis had gelegen. Zijn symptomen rezen de pan uit. 'Hebben ze ontdekt wat er mis was?'

'Hij heeft een grote hoeveelheid ethyleenglycol binnengekregen. Dat zit in antivries en in –'

'Koppelingsvloeistof.' Sara zag de opvallende rode fles voor zich die in Angies kofferbak had gelegen. 'Ze komt er weer mee weg, hè?'

'Boeit me niet. Begrijp me goed, ik vind het erg dat die man dood is. Ook al was het een lul.' Hij haalde zijn schouders op. 'Volgens Faith zat het in dat sportdrankje. Dat is rood, net als de koppelingsvloeistof, en het smaakt blijkbaar zoet, dus Kilpatrick heeft niks doorgehad. Met de helft van de flessen in dat koelkastje op zijn kantoor was geknoeid.'

'Slim.'

'Zeg dat wel.'

Ze zwegen allebei.

Sara had het gevoel dat ze al anderhalve week een variant op dit gesprek voerden. Het kon over iets vreselijks gaan wat Angie had uitgespookt. Of over het werk. Of een van hen merkte op wat ze iets moesten gaan eten, waarop een nog gekunstelder gesprek volgde en Will zei dat hij naar huis moest om papierwerk af te maken en Sara naar haar eigen huis ging om naar het plafond te staren.

'En nu?' zei Sara. 'Het is lunchtijd. Heb je trek?'

'Ja, eigenlijk wel.'

'Ik heb niks in huis. Als we de deur uit gaan, moet ik me eerst douchen.'

'Ik mis je.'

Het was zo rechtstreeks dat Sara ervan schrok.

'Ik mis je stem. Ik mis je gezicht.' Hij liep naar haar toe. 'Je aanraken, dat mis ik. Met je praten. Bij je zijn.' Op enige afstand bleef hij staan. 'Zoals je je heupen draait als ik in je ben, ook dat mis ik.'

Sara beet op haar lip.

'Ik heb je wat tijd willen geven, maar ik geloof dat dat niet werkt. Eigenlijk moet ik je net zo lang kussen tot je me vergeeft.'

Was het maar zo gemakkelijk. 'Liefje, je weet dat ik niet kwaad op je ben.'

Hij stak zijn handen in zijn zakken. Hij keek niet naar de vloer. Hij keek niet over haar schouder. 'Eind volgende maand heb ik een afspraak op de rechtbank. Er bestaat zoiets als scheiding door openbaarmaking. Je plaatst een bericht in de krant, en als je binnen zes weken niets terughoort, is de rechter bereid de scheiding uit te spreken.'

Sara rimpelde haar voorhoofd. 'Waarom heb je dat niet eerder gedaan?'

'Omdat mijn advocaat zei dat ik geen kans maakte. Rechters houden daar niet van. Het gebeurt zelden dat ze hun handtekening zetten. Ik heb Amanda om een gunst gevraagd, en ze heeft een rechter bereid gevonden om het te doen.'

Sara wist hoe moeilijk het voor Will was om hulp te vragen.

'Sorry dat ik dingen voor je verzwegen heb,' zei hij. 'Ik weet hoe zwaar het je valt dat ik je niet alles vertel. Het spijt me.'

'Dank je,' was het enige wat ze wist te zeggen.

Hij was nog niet klaar. 'Toen ik opgroeide, leerde ik dat je slechte dingen altijd moest verbergen. Voor iedereen. Het ging er niet alleen om dat mensen je al of niet mochten. Als je je misdroeg of iets verkeerds zei, werd dat aan je maatschappelijk werker doorgegeven en die zette het in je dossier, maar mensen – potentiële ouders – wilden normale kinderen. Ze hadden geen zin in problemen. Dus je kon kiezen. Of je liet het van kwaad tot erger gaan, alsof je wilde aangeven dat het je niet uitmaakte of je gekozen werd. Of je hield je problemen voor je en... bleef hopen.'

Sara durfde niets te zeggen. Hij sprak maar zelden over zijn jeugd.

'Angie hoefde ik maar iets te vertellen of ze verzon wel een manier om het me in te wrijven. Om me pijn te doen of me het gevoel te geven dat ik dom was of...' Hij haalde zijn schouders op, want de lijst was eindeloos. 'Dus hield ik het allemaal binnen, hoe belangrijk of onbenullig het ook was, want zo beschermde ik mezelf.' Hij wendde zijn blik nog steeds niet af. 'Ik weet dat jij Angie niet bent, en ik weet dat ik geen kind in een tehuis meer ben, maar ik wil alleen maar zeggen dat het een gewoonte van me is dat ik dingen verzwijg. Het is geen karaktertrek. Het is een tekortkoming. En het is ook iets wat ik kan veranderen.'

'Will.' Sara wist niet wat ze moest zeggen. Als hij dat alles twee weken eerder had verteld, had ze zich in zijn armen gestort.

'Ik heb iets voor je.' Hij haalde een sleutel uit zijn zak en schoof hem over het keukenblad. 'Ik heb nieuwe sloten genomen. Ik heb een alarm geïnstalleerd. Ik heb de combinatie van mijn kluis veranderd. Ik heb alles opgezegd wat met Angie te maken heeft.' Weer zweeg hij even. 'Ik begrijp dat je tijd nodig hebt, maar je moet goed begrijpen dat ik je nooit, echt nooit zal laten gaan. Nooit.'

Ze schudde haar hoofd, want het was zo zinloos. 'Ik waardeer de achterliggende gedachte, maar het gaat om meer dan dat.'

'Nee, dat is niet zo,' zei hij met klem, zoals altijd. 'We hoeven er niet over te blijven praten, want het enige wat ertoe doet is wat we voor elkaar voelen, en ik weet dat je van me houdt, en jij weet dat ik van jou hou.'

Sara zag slechts een gigantische cirkel. Hij verontschuldigde zich ervoor dat hij niet over dingen sprak en vervolgens zei hij dat ze nergens over hoefden te praten.

'Goed,' zei hij ten slotte. 'Ik ga nu weg, dan kun jij erover nadenken, en wie weet, misschien ga jij mij ook missen.' Zijn hand rustte op de deurknop. 'Ik ben hier wanneer je een besluit hebt genomen.'

De deur klikte achter hem in het slot.

Sara staarde ernaar. Weer schudde ze haar hoofd, ze kon er niet mee stoppen. Ze was net een hond met een teek in zijn oor. Hij was zo irritant raadselachtig.

Ik ben hier wanneer je een besluit hebt genomen.

Wat bedoelde hij daarmee?

Hier, in algemene zin, zoals in 'Ik ben er voor je'? Of heel concreet 'hier', namelijk dat hij nu op de gang op haar besluit stond te wachten?

En waarom was zíj degene die moest beslissen? Over de toekomst van hun relatie moesten ze toch samen beslissen?

Dat ging niet gebeuren.

Ze liep weer naar de keuken. Overal stonden potten en pannen. De stofzuigerslang zat vol hondenhaar. Die moest ze leeghalen voor ze ermee de kastjes in ging. Maar ze kon ook de boel de boel laten, douchen, op de bank neerploffen en wachten op een fatsoenlijk tijdstip om naar de fles te kunnen grijpen.

De honden volgden haar naar de badkamer. Ze zette de douche aan en trok haar kleren uit. Ze keek naar het stromende water, maar stapte er niet onder.

Wills woorden bleven door haar hoofd malen. De herinneringen stookten haar ergernis alleen maar op. Het enige wat hij haar geboden had, was een pyrrusoverwinning. Hij liet zich eindelijk van Angie scheiden, maar Angie zou nog steeds ergens rondhangen. Hij had nieuwe sloten genomen, maar Angie bedacht wel een manier om binnen te komen, net als vroeger. Hij had een alarm geïnstalleerd. Angie wist ongetwijfeld de code, zoals Will de code had geweten waarmee haar mobiel ontgrendeld kon worden. Hij had gezegd dat hij Sara nooit zou laten gaan. En wat dan nog? Dat gold ook voor Angie. Dit was het zoveelste voorbeeld van Wills geloof in sprookjes en zijn overtuiging dat hij het alleen maar uit hoefde te zitten tot alles op magische wijze goed zou komen.

Sara draaide de douchekraan dicht. Ze was zo gefrustreerd dat haar handen beefden. Op weg naar de slaapkamer trok ze haar badjas aan. Ze pakte de telefoon om Tessa te bellen, maar toen schoot haar de buiten-wc te binnen. En vervolgens besefte ze dat het geen zin had om haar zus te bellen, want ze wist al wat Tessa ging zeggen: op zijn gebruikelijke omslachtige manier had Will Sara zojuist alles aangeboden wat ze de afgelopen anderhalf jaar van hem had verlangd, en in reactie daarop had ze hem de deur uit laten lopen.

Sara ging op het bed zitten.

Idioot, dacht ze, maar ze wist niet of dit op haarzelf sloeg of op Will.

Ze moest dit logisch bekijken. Wills eerdere verklaringen konden op twee manieren worden uitgelegd. Eén: hij probeerde zich open te stellen, maar hij stak nog liever naalden in zijn ogen dan dat hij over hun relatie sprak. Twee: waarom praten over wat ze wilden als ze alles al hadden wat ze zich wensten?

Eén en twee. X en Y.

'Godverdomme,' mompelde Sara. Er was maar één ding erger dan het gelijk van haar moeder, en dat was het gelijk van haar zusje.

Sara stond op van het bed. Ze snoerde de badjas wat strakker aan en liep de gang door. Ze passeerde de woonkamer. De honden volgden haar naar de deur. Ze spitsten hun oren toen Sara haar hand om de knop legde.

Haar vastbeslotenheid begon te haperen.

Stel dat Will er niet stond als ze de deur opendeed?

Er was te veel tijd verstreken. Vijf minuten? Tien? Hij stond er vast niet meer.

Stel dat 'hier' ergens anders was?

De logica liet haar in de steek, en nu moest ze op het lot vertrouwen. Als Will niet in de hal stond, zou ze zijn afwezigheid als een teken opvatten.

Dat het niet zo moest zijn. Dat ze een dwaas was. Dat Angie had gewonnen. Dat Sara haar had laten winnen omdat ze te bezeten was van wat ze dacht te willen om stil te staan bij wat ze had.

Toon hem je gevoelens.

Tessa had gezegd dat ze zich kwetsbaarder moest opstellen. Er was niets kwetsbaarders dan een deur opendoen zonder te weten wat je aan de andere kant zou aantreffen.

Sara liet haar badjas openvallen.

Ze trok de spelden uit haar knot.

Ze deed de deur open.

Epiloog

Angie ging op een houten bankje in het park zitten. De latten waren ijskoud. Eigenlijk had ze haar jas moeten aantrekken, maar het januariweer was een vreemde mengeling van ijzig koud in de schaduw en brandend heet in de zon. Angie had opzettelijk een bankje onder de bomen gekozen. Niet dat ze zich verschool, maar ze wilde niet gezien worden.

Vanaf haar zitplaats had ze onbelemmerd zicht op Anthony, aan de andere kant van het park.

Haar kleinzoon. Niet echt, alleen formeel.

Hij zat op de schommel, en er speelden wel tien andere kinderen om hem heen. Zijn benen staken recht naar voren en zijn hoofd hing achterover. Giechelend probeerde hij hoger en hoger te komen. Angie was geen deskundige, maar ze wist dat dit het normale gedrag van een zesjarige was. Hij hoorde niet met zijn rug tegen de muur toe te kijken terwijl andere kinderen plezier maakten, maar moest meedoen, rondrennen, even vrolijk als de rest.

Ze hoopte dat de jongen nog heel lang gelukkig mocht zijn. Er was een halfjaar verstreken sinds Reuben Figaroa zich van het leven had beroofd. Anthony's moeder was bijna bezweken. Het jongetje was twee dagen vastgehouden door een kil monster. Ze waren van Atlanta naar Thomaston verhuisd, waar de familie van zijn moeder woonde. Hij zat op een nieuwe school. Hij moest nieuwe vriendjes maken. Zijn vader was nog steeds groot nieuws nu steeds meer van zijn zonden aan het licht kwamen.

Maar nu zat Anthony op de schommel en had het geweldig naar zijn zin. Kinderen waren net elastiekjes. Ze schoten razendsnel terug in hun oude vorm. Pas met het klimmen van de jaren ging de rek eruit als ze zich wilden losmaken van hun herinneringen.

Was Jo daar nog steeds mee bezig?

Angie keek voorbij de schommel naar het groepje moeders aan hun vaste picknicktafel.

Jo zat bij hen, maar aan de rand. Om haar arm had ze een mitella, die laag om haar middel was gebonden. Angie kende de prognose niet, maar het leek haar een goed teken dat Jo's hand nog steeds aan haar arm vastzat. Ook vond ze het een goed teken dat Jo eindelijk bij de andere vrouwen was gaan zitten. Het bezoek aan het park hoorde bij het middagritueel. Jo had zich maandenlang afzijdig gehouden, had met een krant of een boek aan een tafel een eind verderop gezeten en af en toe beleefd geglimlacht of geknikt. Dat ze nu bij de anderen zat, dat ze hen aankeek en met hen praatte, was zonder meer vooruitgang.

Sinds de nacht dat Delilah Jo had willen vermoorden, had Angie niet meer met haar dochter gesproken. In elk geval niet zodat Jo het kon horen. Het laatste wat Angie tegen Jo had gezegd toen ze haar bij het Grady had gedropt, was een reeks instructies. Op weg naar het ziekenhuis had Angie Denny al gebeld. Ng was er ook, en daarom moesten ze een geloofwaardig verhaal voor Jo verzinnen: dat haar vriendje haar verwond had, dat hij was verdwenen, dat ze weigerde zijn naam te noemen, dat ze geen aanklacht wilde indienen, dat ze Delilah Palmer heette.

Jo had zich uitstekend in haar rol verplaatst, maar ze had geen idee wat Angie nog meer had gedaan, bijvoorbeeld dat ze de plaats delict had gereorganiseerd en met behulp van haar politietraining alles in het volle zicht had verborgen. Of dat ze Delilah had meegenomen op een laatste, ellendige rit.

Angie huiverde bij de gedachte aan alles wat ze met Delilahs lichaam had uitgespookt. Niet vanwege het feit dat ze haar had laten doodgaan, want dat verdiende die bitch, maar vanwege het snijden.

Dat Angie gevaarlijk was, leed geen twijfel, maar ziek was ze niet.

Het doel heiligde de middelen, daar ging het om. Jo was daar het levende bewijs van. Letterlijk: ze leefde. Over de rest kon Angie niets zeggen. Hopelijk genas haar hand, maar sommige wonden bleven altijd open, wat voor balsem je er ook op aanbracht.

Angie kon alleen maar gissen naar wat er op dit moment in haar dochter omging. Ongetwijfeld voelde Jo zich nog steeds schuldig wat Reuben betrof. En extra schuldig omdat ze opgelucht was dat hij niet meer leefde.

Ze maakte zich waarschijnlijk zorgen om Anthony, om de schade op de korte termijn en de schade op de lange termijn. Om zichzelf maakte ze zich nog geen zorgen, maar ze voelde zich vast veel te zichtbaar, want de hele wereld wist wat haar man haar had aangedaan. Wat hij Anthony had aangedaan. Wat hij Keisha Miscavage had aangedaan. En andere vrouwen, want in de afgelopen maanden waren er uit het niets allerlei slachtoffers opgedoken. Marcus Rippy en Reuben Figaroa hadden een spoor van ellende achtergelaten en in het hele land vrouwen gedrogeerd en verkracht. Er konden weleens dertig slachtoffers zijn.

Angie vroeg zich af of Jo enige troost vond in het feit dat Reuben de vrouwen die hij had verkracht, nooit had geslagen. Dat was iets wat hij speciaal voor Jo had bewaard.

Als je een score bijhield, en Angie was typisch iemand die dat deed, moest je concluderen dat Keisha Miscavage de echte winnares was. Het feit dat iedereen met toegang tot een computer haar verkrachting kon googelen, had de jonge vrouw niet afgeschrikt. Angie had Keisha's verhaal in het nieuws gevolgd. Ze studeerde weer. Ze was clean. Ze gaf lezingen, praatte met andere studenten over verkrachting. Ze werd nu geloofd, door de meesten tenminste. Eén vrouw die een man van verkrachting beschuldigde, was een gestoorde bitch. Waren het twee vrouwen, drie vrouwen, enkele tientallen vrouwen, dan kon er een kern van waarheid in zitten.

Anthony sprong van de schommel. Hij kwam verkeerd neer en viel plat op zijn kont. Jo schoot overeind, maar Anthony stond alweer. Hij sloeg het zand van zijn billen, zette een paar scheve hinkstappen en was gevlogen.

Jo ging pas zitten toen haar zoontje in de touwpiramide was geklommen. Ze hield haar hand tegen haar borst gedrukt. Kennelijk plaagden de andere moeders haar omdat ze zo bezorgd was. Jo glimlachte, maar met gebogen hoofd, niet op haar gemak met zelfs de geringste aandacht.

Leek Jo maar meer op Keisha, dacht Angie. Trad ze maar naar buiten. Zei ze maar dat ze allemaal konden oprotten, kwam ze maar voor zichzelf op, was ze maar sterk, net als haar moeder. Verschool ze zich maar niet de hele tijd.

Was het verlegenheid? Was het angst?

De afgelopen maanden had Angie in gedachten een brief aan Jo opgesteld. Niet dat ze altijd met de inhoud bezig was. Het was geen obsessie. Meestal ging het als volgt: ze pakte haar troep in om naar een nieuwe plek te verkassen of ze reed in haar nieuwe auto en opeens dacht ze aan een zin die goed in de brief paste:

Ik had je moeten houden.

Ik had je nooit moeten laten gaan.

Ik hield van je vanaf het moment waarop ik je tegen die eikel in de Starbucks tekeer hoorde gaan, want toen besefte ik dat je mijn dochter was.

Angie wist dat ze de brief nooit zou schrijven. Niet als ze Jo een lang en gelukkig leven toewenste. Toch was de verleiding groot. Het ontbrak Angie niet aan egoïsme en kilheid, en ze had bewezen dat ze het geen probleem vond slachtoffers te maken, maar voorlopig nam ze er genoegen mee te doen wat ze altijd had gedaan: haar dochter vanuit de verte observeren.

Het leek goed te komen met Jo. Ze ging vaker uit. Soms ging ze naar het koffietentje bij Anthony's nieuwe school en bleef daar dan urenlang zitten, gewoon omdat het kon. Of ze bezocht de kerk en zat dan achterin en keek met haar handen samengevouwen op haar schoot naar het gebrandschilderde glas achter het altaar. Ze werd omringd door tantes en nichten en allerlei luidruchtig, vrolijk volk waar Angie in geen duizend jaar Thanksgiving of kerst mee zou willen vieren. Anthony zat op een particuliere school twee districten verderop. Financieel hadden ze geen zorgen. Jo's naam had op geen van Reuben Figaroa's bankrekeningen gestaan, maar ze was nog steeds met hem getrouwd geweest toen hij zo laf de hand aan zichzelf had geslagen, en ze had al zijn investeringen, bezittingen, auto's en geld geërfd.

Angie had ook geërfd. Van haar oom, wat in zeker opzicht ironisch was, want Dale had haar pas als nicht erkend toen Deidre dood was en hij haar aan het werk kon zetten. De stapels bankbiljetten die Angie uit zijn Kia had gehaald, hadden een waarde van achttienduizend dollar. Samen met het geld op haar bankrekening had ze ongeveer een halve ton om op te teren tot ze had bedacht wat ze met de rest van haar leven wilde.

Werd ze weer privédetective? Ging ze zich weer met gezwendel inlaten? Met meiden? Ging ze pillen dealen? Of keerde ze terug naar Atlanta?

Sinds Deidre zich een coma had gespoten, had Angie eigenlijk nooit een keuze gehad. Vanaf haar tiende was Dale er altijd geweest, haar duwend, trekkend en alle kanten op slaand. Zelfs als ze was ontsnapt, had Virginia haar weer terug weten te halen.

In haar denkbeeldige brief aan Jo legde Angie uit hoe Dale en Virginia hun tentakels om haar hadden geslagen. Dat ze maar vier jaar ouder was geweest dan Anthony nu toen het was gebeurd. Dat ze kwetsbaar was geweest. Doodsbang. Dat ze al het mogelijke had gedaan om hen gunstig te stemmen, want zij waren alles wat ze had op aarde. Misschien dat ze zelfs LaDonna Rippy zou citeren. Omdat ze geen afscheid had kunnen nemen van haar schoenen, kreeg die bitch het nog hard te verduren in de gevangenis, maar in wat schade kon aanrichten had ze zich niet vergist. Sommige mensen hadden gaten in hun binnenste die ze de rest van hun leven probeerden te vullen. Met haat. Met pillen. Met bedrog. Met jaloezie. Met de liefde van een kind. Met de vuist van een man.

Voor het gat in Jo's binnenste was Angie verantwoordelijk. Daar kon ze niet onderuit. Jo was grootgebracht door haar adoptiefouders. Ze had een normaal leven geleid. Maar op het moment dat Angie haar baby in die ziekenhuiskamer had achtergelaten, was er iets in Jo gaan scheuren. Volgens een oud gezegde trouwden vrouwen met hun vaders. Angie had het onaangename vermoeden dat Jo zich voelde aangetrokken tot mannen die op haar moeder leken.

Als er al een excuus te bedenken viel, zou Angie het volgende tegen haar dochter hebben gezegd: slechtheid ontstaat niet in één keer. Het duurt even voor alle dominostenen gevallen zijn. Je doet iemand per ongeluk pijn en je komt ermee weg. Dan doe je zo iemand met opzet pijn, maar hij is er nog steeds. En dan besef je dat hoe vaker je iemand pijn doet, hoe lekkerder het voelt. Je blijft hem dus pijn doen, en hij gaat maar niet weg. De jaren gaan voorbij, en je maakt jezelf wijs dat het feit dat hij nog steeds achter je staat, betekent dat de pijn die je hem toebrengt niet erg is.

Maar je gaat hem erom haten. Om wat je hem aandoet. Om wat hij jou aandoet.

Een plotselinge krachtige windvlaag sneed door Angies dunne shirt. Ze keek op naar de boom. Een Amerikaanse plataan, vermoedde ze, misschien wel dertig meter hoog. Door de flintertjes dood blad en dunne ranken leek de kruin op een haarnetje. Een gigantische stam met ondiepe wortels. Het soort boom dat ondanks al zijn grootsheid uiteindelijk door een zware storm geveld zou worden.

'Anthony!' riep Jo, hard en scherp.

Hij rende de glijbaan op. Schuldbewust rende hij weer naar beneden, en hij zwaaide verontschuldigend. Jo liep langzaam terug naar de bank. Ze schudde haar hoofd en glimlachte. Geen brede grijns met al haar tanden bloot, maar een lachje dat aangaf dat het uiteindelijk goed zou komen.

Gold dat ook voor Angie?

Nu zat ze alsmaar aan een brief te denken die ze wilde schrijven, terwijl er maar één brief was die ertoe deed: de brief die Will voor haar had achtergelaten.

Zodra Angie uit hechtenis was ontslagen, had ze zich naar haar postbus gehaast. Ze moest haar laatste cheque van Kip Kilpatrick incasseren voor zijn bankrekening werd opgeheven.

De cheque lag er niet meer.

Wel vond ze een brief van Will.

Of eigenlijk geen brief. Eerder een kladje. Zonder envelop. Gewoon een opgevouwen blaadje uit een schrift. Hij had zijn computer niet gebruikt, maar een pen. Tegenwoordig zette Will alleen nog zijn handtekening met een pen. Hij schaamde zich te erg. De laatste keer dat Angie zijn handschrift had gezien, was op de middelbare school geweest, voor de komst van de computer, voor ook maar iemand wist wat dyslexie was en iedereen nog dacht dat zijn kinderlijke, achterwaartse letters en slechte spelling op een laag IQ wezen.

Typisch voor Will was zijn briefje beknopt, even kort als de briefjes die Angie op de voorruit van Sara's auto had achtergelaten.

Het is voorbij.

Drie woorden. Alle drie onderstreept. Zonder handtekening. Ze zag Will al thuis aan zijn bureau zitten met het briefje voor zich, zwetend vanwege de spelling, niet in staat om te zien of hij het goed had en te trots om het door iemand anders te laten nakijken.

Sara wist hier vast niets van. Dit was iets tussen Will en Angie.

'Mama!' Ze dook ineen toen ze de schelle kreet hoorde. Drie kleine meisjes begonnen gillend rond te rennen. Een oorzaak leek er niet te zijn, maar het geluid was aanstekelijk. Binnen de kortste keren schreeuwden alle kinderen.

Voor Angie het sein om op te stappen.

Ze liep naar het parkeerterrein, en al snel had de zon haar weer verwarmd. Haar auto was een ouder model Corvette dat ze op internet had gevonden. Het geld kwam van een voorschot dat ze van de creditcard van Delilah Palmer had gehaald. De bitch kreeg de rekening toch niet meer gepresenteerd. Merkwaardig genoeg deed de auto Angie aan Delilah denken. De banden waren slecht. De lak bladderde. Maar uit de motor steeg een dreigend gerommel op toen ze de sleutel omdraaide.

Binnen hing een vleugje parfum. Niet van de vorige eigenaar, maar van Angie. Ze had nog steeds Sara's halve flesje Chanel No. 5. De geur paste niet echt bij haar, maar waarschijnlijk ook niet bij Sara.

Angie hield haar plaatsvervangster nog steeds in de gaten.

Ze had Sam Vera opgedragen haar dezelfde technologie te leveren die hij had gebruikt bij het klonen van Reuben Figaroa's computer. De inhoud van Sara's laptop werd nu in realtime geüpdatet. Ze schreef nog steeds zoetig lieve mailtjes over Will aan haar zus.

Als hij me in zijn armen houdt, is mijn enige gedachte dat dit eeuwig mag duren.

Angie had gelachen bij het lezen van die zin.

Eeuwig duurde altijd minder lang dan je dacht.

Dankbetuiging

Zoals altijd wil ik allereerst mijn uitgever, Kate Elton, en mijn literair agent, Victoria Sanders, bedanken. Mijn filmagent, Angela Cheng Caplan van Cheng Caplan Agency, maakt dit lijstje compleet. Ook bedank ik Bernadette Baker-Baughman en Chris Kepner van Victoria Sanders & Associates. Ik heb grote waardering voor Liate Stehlik, Dan Mallory, Heidi Richter en voor iedereen bij HarperCollins US, evenals voor mijn enthousiaste uitgevers wereldwijd. In het bijzonder wil ik mijn vertalers bedanken, die samen met mij de overstap hebben gemaakt. Ik vind het heel belangrijk dat mijn lezers een topervaring hebben, en ik ben het team zeer erkentelijk dat het alle zeilen bijzet om dat mogelijk te maken.

Ik bedank dokter David Harper voor alle medische informatie, waardoor Sara als een echte arts klinkt. Of in elk geval als een echte fictieve arts. Dokter Judy Melinek heeft me een buitengewoon bizar en gruwelijk idee aan de hand gedaan (bedankt, Judy!). Dona Roberts en Sherry Lang, beiden voormalige medewerkers van het GBI, en Vickye Prattes, voormalige medewerker van het APD, hebben me geweldig geholpen met procedurele kwesties. Eventuele fouten zijn voor mijn rekening.

Ten slotte blijf ik mijn vader eeuwig dankbaar omdat hij zo goed voor me zorgt als ik in de bergen zit te werken, en D.A. omdat ze zorgt dat het me thuis aan niets ontbreekt.